U0872237

60年来，几代核工业人艰苦创业、开拓创新，推动我国核工业从无到有、从小到大，取得了世人瞩目的成就，为国家安全和经济建设作出了突出贡献。核工业是高科技战略产业，是国家安全重要基石。要坚持安全发展、创新发展，坚持和平利用核能，全面提升核工业的核心竞争力，续写我国核工业新的辉煌篇章。

——**2015年1月15日，在我国核工业创建60周年之际，中共中央总书记、国家主席、中央军委主席习近平对核工业作出重要指示**

中国离心浓缩事业

从中核陕铀起步，

必将在这里发展壮大！

中核陕西铀浓缩有限公司文化产品

铀梦初心

（1969—2019）

——中核陕铀50年印记

中核陕西铀浓缩有限公司 编

中国原子能出版社

图书在版编目（CIP）数据

铀梦初心 / 中核陕西铀浓缩有限公司编 . —北京：中国原子能出版社，2019.9

ISBN 978-7-5221-0070-8

Ⅰ.①铀… Ⅱ.①中… Ⅲ.①纪实文学-作品集-中国-当代 Ⅳ.①I25

中国版本图书馆 CIP 数据核字（2019）第 206763 号

铀梦初心——中核陕铀 50 年印记

出版发行	中国原子能出版社（北京市海淀区阜成路 43 号 100048）
策划编辑	王 青 宋翔宇
责任编辑	张 梅 蒋焱兰 刘 佳
装帧设计	赵 杰
印 刷	河北文盛印刷有限公司
经 销	全国新华书店
开 本	710 mm×1000 mm 1/16
印 张	29.5
字 数	514 千字
版 次	2019 年 9 月第 1 版 2019 年 9 月第 1 次印刷
书 号	ISBN 978-7-5221-0070-8 **定 价** 68.00 元

网址：http://www.aep.com.cn **E-mail：atomep123@126.com**

发行电话：010-68452845

版权所有 侵权必究

《铀梦初心》

编委会

主　　任　鄢　斌

副 主 任　钟宏亮　梁光扶　沈振华

委　　员　（以姓氏笔画排序）

王华山　龙同光　冯　涛　吕永红　闫文慧
李　洲　李红彦　杨　斌　张志林　张新强
陈聚才　武　伟　周红斌　周旺喜　胡光宇
彭元明　韩　玉　韩建平

顾　　问　（以姓氏笔画排序）

于宗海　王全双　王德培　白永生　任宗鹤
孙永勤　孙武美　何德祝　张显贵　周渭泉
曹帮庭　康祖杰　寇金元

编辑部

成　　员　（以姓氏笔画排序）

方　文　石　佳　冯　涛　华建平　刘　爽
刘章建　李　珊　李　娟　张金龙　周红斌
净智倩　胡晓莉　隆　研　蒋　丽

前　言

光阴似梭，岁月如歌。在中核陕铀 50 年的行板里，流淌的是坚守为国心、胸怀高理想、握紧接力棒、干成大事业、筑梦在路上的创业歌、奋斗歌和奔跑歌。这歌里，是酸甜苦辣咸的荟萃，是战天斗地不畏难的和弦，是从蹒跚起步到灿烂腾飞的乐章，更是撸起袖子加油干的追梦交响。了不起的陕铀人给 50 年岁月赋予了如此广袤的含义，是他们让一片曾经的偏僻山野，变成了一个美丽安康、祥和舒泰的乐土家园；了不起的陕铀人更是以为国担当的家国情怀和豪情壮志积淀着 50 年的厚重和底蕴，抒写着 50 年极不平凡的传奇。中核陕铀从无到有，从小到大，从国外引进到自主创新，从跟跑、并跑到局部领跑，历程虽布满荆棘与曲折，但陕铀人砥砺前行的脚步是那么的坚定而有力，抓铁有痕、踏石留印，一切只为将关键核心技术牢牢掌握在自己手中，一切只为挺起中国铀浓缩事业高昂的脊梁，一切只为核工业强国的建设贡献陕铀智慧和力量。

历史是一面镜子。50 年忠诚坚守、50 年风雕雨刻、50 年同心筑梦，无论是红旗飘飘的战天斗地，亦或阴雨绵绵的执着守望，还是艳阳高照的劈浪前行，陕铀人一刻也没有忘记我们因“核”而生！50 年前，来自祖国四面八方的老一辈核工业建设者集聚在这大爷山下、滋水河畔，口号声、呐喊声震彻山谷，筚路蓝缕、以启山林，披荆斩棘、迎刃而上，只为共和国的需要，只为伟大祖国的召唤，只为强核强国的明天，拼劲全力乃至奉献生命也要筑牢民族复兴的国家安全基石！工程兵战士和老一辈核工业人那滚烫的心、那顽强的意志、那无尽的力量已成为照亮我们前行路上永不磨灭的光芒。回首 50 年，我们走得坎坷而艰辛，走得果敢而执着，走得自信而从容，在千击万磨中越发的坚劲，每一步、每一幕都谱写着可歌可泣的动人赞歌。回首 50 年，我们可以自豪地呼喊，我们拼搏、我们担当、我们奉献、我们自强，我们不畏艰难和险阻，不惧困难和挑战，因为我们早已把初心和使命融入了灵魂和血脉深处。回首 50 年，我们敢为人先、艰苦奋斗、科学严细、不计名利，我们崇德向善、健康向上、风清气正、聚和奋进，那为攻坚克难而生的骨子里充盈着强大的核力量，时刻准备着去开创，去拼搏，去奋斗。

总结历史汲取经验，展望未来迸发潜能！50 年，我们铸就了一个又一个属于我们的辉煌：军工能力建设阶段，试验工程建设阶段，离心工程建设阶段……中国离心浓缩事业从这里起步，新一代铀浓缩离心机大型商用示范工程在这里建成……中核陕铀的壮大历程就是中国铀浓缩事业不断取得跨越式发展的生动缩影，但我们没有躺在功劳簿上和安乐窝里悠然自得、坐享其成！因为“五大陕铀”“五大高地”“六个一流”的布局在呼唤，因为建好“两大基地”“六大中心”的责任在呼唤，因为实现三个阶段发展战略的使命在呼唤，因为建成世界一流铀浓缩企业的愿景在呼唤。携手并肩齐发力，开拓创新谋发展。历史的接力棒传递到我们手中，我们有信心也有能力把它握紧、握实、握好，我们义不容辞，定要以高度的政治自觉和使命担当，在同心多元高质量发展的崭新道路上越走越宽广，在建设核工业强国的伟大征程中续写属于我们的篇章，实现人民对美好生活的向往。

不忘自主创新初心、牢记为国担当使命！这如影随形的铮铮誓言必将激励着一代又一代陕铀人以“功成不必在我”的精神境界和“功成必定有我”的历史担当去创造灿烂辉煌，在新时代以实干以实绩以实效赋予“两弹一星”精神和“四个一切”核工业精神新的意蕴。惟不忘初心者进，惟牢记使命者胜，惟攻坚克难者赢，惟聚和奋进者强，让我们继续燃烧心中那团火，奋斗、奔跑、追梦远方。铸就大国重器，争创世界一流，我们坚信，宏伟蓝图必将绘就在这中国离心浓缩事业起步的地方！

编委会

2019 年 9 月

目 录

漫漫征途细语

党建先锋回眸

创业之基追溯

示范工程勋章

职业荣誉操守

清华骄子初心

情感回放畅谈

漫漫征途细语

2018年11月19日，坐落在秦巴山麓、汉水之滨的中核陕铀迎来了一件大事——我国新一代铀浓缩离心机大型商用示范工程进行国家竣工验收。2017年12月29日，示范工程就因其第一批机组成功启动而受到了社会的广泛瞩目。2018年3月，两会期间，中核陕铀又因新一代示范工程全面投运再一次成为关注焦点。由此可见，该工程对进一步提高我国在国际铀浓缩领域的地位、提高我国核电国际竞争力，进而使我国建设成为核强国的重要性。

在竣工验收会上，国家有关部门和中核集团领导的讲话也再次对示范工程的重要性作了强调，这是对地处秦岭深山的三线老企业——中核陕铀（原四〇五厂）多年来坚持为“中国离心浓缩事业从中核陕铀起步，必将在这里发展壮大”这一信念而不懈奋斗的认可。

50年隐忍，50年坚守，中国离心浓缩事业从这里起步，必将在这里发展壮大。“幸福是干出来的！”——中核陕铀人就是这样一步一个脚印、一次一个跨越，自信而勇敢地做到了从无到有、从小到大、从引进到国产的涅槃，牢牢地把核心技术掌握在自己手中，为中国核工业贡献出陕铀力量和智慧。

“功成不必在我，功成必定有我！”让我们一起去领略一下公司原老领导们是怎么说的……

永恒的约定

——陕铀第一任厂长张涛采访录

陈登峰

2009 年 6 月 21 日，受公司指派，潘亚超、陈红、刘爽和我一行 4 人，采访了居住在北京的离退休老领导，其中就包括公司第一任厂长、89 岁高龄的张涛老先生。临行前领导一再叮咛，一定要采写好老领导曾经在公司工作和学习的情况，为企业积累宝贵资料。

6 月 24 日，北京办事处的师傅开车把我们送到西城区月坛北街 12 号楼，张老先生住在 203 房间。打开房门，出现在我们眼前的是一位衣着简朴、精神矍铄、头发花白的老人。他个子不高，背有点驼。当我们说明来意后，他欣然接受了采访，并说："我就是张涛。"进屋后，我们发现老人正准备吃饭，早餐是煎鸡蛋和豆奶。我们带来了公司领导的问候和礼品，老人很有礼貌地翻看着礼品，不停地说："谢谢大家来看我，就别花钱买东西了。"

在老人吃饭的时候，我仔细打量了他房间的摆设。房子的面积不大，屋里的东西却干净整洁。一排书柜和沙发占据了客厅的大部分面积，红红的中国结挂在书柜上。寒暄之后，我们就开始架设采访设备。这时，老人吃过饭后来到客厅，忙着给我们泡茶。我们坚持不让他忙乎，想自己来倒水，但老人很固执，说我们不知道怎么用饮水机，怕我们被开水烫着，直到我们每人面前都泡好了茶，老人才在沙发上坐定，我闻出老人给我们泡的是铁观音。当准备开机采访时，他说，不着急，然后认真询问了我们的姓名。后来，采访结束时，他竟能一一叫出我们的名字，我心里暗暗佩服老人超强的记忆。

老人对我们的到来非常高兴，略显激动，面色有点红润。采访开始后，我发现他听力有点不好，思维却十分敏捷。张老很快对我们打开了话匣子，尽情沉浸在往日的美好回忆中，给我们讲述着公司选址经过和建厂初期的艰苦生活。对我们的提问，他好像并不在意，只是执着地说："别着急，我还没讲到采访那里"！他提到了参加选址的王济芝、担任副厂长的李宪彬，讲到了在洋县搭伙吃饭，讲到了工程打洞，讲到了建厂初期的一幕一幕，仿佛这些事情昨天刚刚发生，在他的记忆中是如此的清晰。老人说他现在身体还好，生活能自理，没有请保姆，有个孝敬的女儿每天来给做饭。我们采访得很融洽，有时讲个笑话，他也很开心。采访过程中他女儿在工作单位打来电话，向我们表示了感谢，我也打断了老人三次，怕他讲话时间太长容易疲惫，影响身体健康。后来我才发现，自己的担心是多余的，老人身体很好，送我们下楼时，他竟然比我们年轻人走得还快。

我们向老人介绍了公司组织目前工程运行建设以及今后发展情况。老人非常高兴，他告诉我们，国家迎来了核电发展的大好时期，中核陕铀现在的领导班子敢于创新，抓住了机遇，目光长远，职工群众团结一心，赶上了快速发展的大好时期，愿中核陕铀永远进步。老人说他现在年纪大了，手有点抖，但却非常想试着写上几句话，来表达心愿，奉献给正在和曾经在中核陕铀工作过的所有同志，奉献给蒸蒸日上的企业。我们给老人准备了纸笔，他思考了很久，认认真真写下了"陕铀人，团结奋进，兴核报国"。他的字刚柔相济，遒劲有力，让我们感到了震撼。

采访结束后，老人愉快地跟我们合影留念。我问老人是否对照相机的闪光灯不适应时，他说没关系。连着拍了几张照片后，我们自己的同志都说闪光灯太刺眼了我才停手，但老人却还要求多拍几张好做个留念。我知道，老人对中核陕铀，对陕铀人有着深厚的感情，我们的到来让他无限幸福，照相用闪光灯也好，屋里抽烟也好，不管大家提什么条件，他都会欣然应允的。

陕轴人

团结奋进

兴核报国

张[illegible]

2009.6.24日.

临近分手时，我们无法控制老人的行为，我把他往屋里推，不让他下楼相送，他使劲掰开我的双臂，很快关上房门，走在了前面，坚持把我们送到楼下。握手道别时，老人有点激动，说见到了中核陕轴的朋友，他很高兴。我的眼眶湿润了，我的眼光到处躲闪，唯恐我的那点小情怀被他发现。我们与他约定说：“张厂长，10 年后，等到咱们公司庆祝建企 50 周年时，那时您 99 岁，到时候我们还来采访您，听您讲述陕轴人的故事。”那一刻，老人很高兴，笑得很灿烂。当汽车远去时，我的眼前早已模糊不清，隔着车窗隐约看见老人仍然站在路边，朝汽车远去的方向高高地拱着双手，他在向我们祝福，祝福我们中核陕轴兴旺发达，前程似锦。

试验工厂建设的成就与缺憾

由景新　纪世鹏

概　况

1983 年国务院正式批准了试验工厂开工建设，1984 年年底主厂房基础破土动工，至 1988 年年底，全部建筑安装工程结束，1989 年 2 月 18 日获得了浓缩铀产品。

因为多种原因，1992 年 7 月，试验工厂停止运行，但其建设任务已经基本完成。至此，四〇五厂作为中国第一个初步掌握先进工艺技术生产低浓铀的工厂，确立了行业第一的地位；形成了一支有运行技术和管理经验的职工队伍，为我国铀浓缩事业的快速发展打下了坚实的基础。

试验工程的主要成就

纪世鹏

一是大大加快了我国铀浓缩事业发展的进程。

二是为商业化工厂的引进和建设积累了宝贵经验，经过多年的建设和运行实践，不仅对设计和主设备装配安装，而且对主辅系统安全运行的保障措施积累了宝贵的经验。经过多年的探索实践，试验工厂创造了一整套的工艺规程、标准和规范以及各方面的管理制度。这些宝贵经验为引进工程的顺利投产起了关键作用。

三是锻造了一支铀浓缩事业的骨干队伍。经过该工程的历练，从主设备研发、加工制造、工厂设计、土建安装、系统运行、生产准备及工厂管理等方面都为国家培养了一支人才骨干队伍。

工程建设的主要经验

一是坚持质量第一、安全第一的方针。建厂期间，从设计到建筑安装、从生产准备到安全运行都坚持了质量第一的方针，这对工程一次建成投产起了关键作用。为了贯彻落实“质量第一”的建厂方针，从设计到建筑安装主动提出并实施多项设计修改。吸取在建筑安装工作中发生的严重人身事故的教训，大力推行了“安全第一”的工作方针，总结并推广了“一看、二想、三防、四干”的《四步安全操作法》，从此再未发生人身伤亡事故。

二是大力推行自力更生、积极主动为工程建设配套服务的建厂方针。在继承发扬老厂的光荣传统基础上，各车间都主动承担了相关配套安装工程和一些设备零部件制造工作。掌握这些关键制造技术，为后来的主设备零部件和变频器的成批制造等民品开发打下了基础。

三是积极参加科研攻关工作，为提高国产设备质量作出了贡献。

四是推行全面质量管理和经济承包责任制，建立科学、完整的管理体系。对全体管理人员和班组长进行了目标管理和全面质量管理的培训。在此基础上推行了全面质量管理和经济承包责任制。推行经济承包责任制后，实现了厂年年都有经营管理和职工福利目标，然后进行层层分解到车间和处室，达到了“千斤重担众人挑，人人肩上有指标”的有效管理目的。建立了一整套的运行管理和专业管理的规章制度。保证了主辅系统的安全运行，并为商业化工厂的建设和运行做了技术和管理准备。

五是广招人才，大力加强专业培训，以适应铀浓缩事业持续发展的需要。按照工厂初步设计的安排，曾分三批调入了技术业务骨干，大大加快了技术业务和管理骨干队伍的形成。千方百计地引进人才，每年主动多接收大中专毕业生来厂工作，举办技工学校等都为工程的顺利投产打下了基础。对于重点技术骨干，一方面到重点院校引进专业对口的研究生，引进兄弟厂年轻的技术骨干；另一方面两次将技术骨干送到清华大学进行对口培训，这不仅满足了生产的需要，而且为核燃料事业的快速发展培养了后备人才。

六是因地制宜地发展“小而精”的民品项目，合理安排富余职工和职工子弟就业，充分利用职工的技术专长与积极性以及闲置厂房，先后开发了化妆品、绞股兰皂甙和茶、保水剂、低压配电盘柜等民品项目。不仅实现了民品整体盈利，而且安排了富余职工和职工子弟近 500 人就业。

七是提前拆除西垮基础，为 405-1A 工程提前建成投产作出了贡献。众所周知，405-1A 工程的引进是在 1992 年 12 月 18 日叶利钦总统访华时签订了政府间协议，1993 年 3 月 25 日在北京钓鱼台国宾馆签订正式引进合同。而国家计委批准该项目的开工建设已是 1993 年下半年的事了。为了使引进工程早日建成投产，厂提前做了两件事：首先，在 1992 年年底赴太原与第七设计院领导和主管设计人员商讨了工程初步设计方案；其次，在回厂后立即开始研究西垮基础拆除和确保东垮设备安全运行的可能性。经厂务会研究，决定动用厂仅有的自有资金的三分之一，将 100 万元投入新工程的前期准备——西垮基础的拆除工作。经核燃料局同意，1993 年元旦后立即开始了这项艰巨的工程。

在各方面专家的帮助下，通过全厂各单位的共同努力，1993 年下半年，就胜利地完成了这项艰巨任务，为工程提前半年建成投产作出了贡献。

未竟事业与缺憾

一是缺乏建厂的长远规划，退休职工未能走出山沟。如果说四〇五厂是在 1969 年 10 月动工建设的。实际上在试验工程开工建设之时，只有水厂、检修车间、福利区等是可供使用的。由于十几年的等待和建厂队伍来自四面八方，思想观念不够统一。思想上只顾忙于工程建设，对何时能建成商业化工厂心中无底。所以从未将企业发展规划列入企业议事日程。虽然也曾经有过将企业建成融合型的现代化企业想法，但由于过分强调自有资金短缺，未能实现借助民品开发使部分职工能走出山沟，在异地安排退休职工的意愿等一些美好的设想仅仅是开了个头，没有找到一个真正的立足点。

二是厂址过于狭小，影响了工程进度。四〇五厂建厂初期，是考虑主厂房要进洞的先决条件下进行总体规划设计的，在一条宽度仅为 100 多米的狭长地带（处于小河和山丘之间）建设一个小规模的工厂也许说是基本可行的；但是要在此基础上建设一个具规模的试验工厂和铀浓缩生产基地，就不能说是一种明智之举了。试验工厂的建设是在国家改革开放方针实施不久，国家财政比较紧张时期动工的，根据工程建设的实践，从土方平整到第一批主设备启动，主辅系统的建设就整整花了 5 年时间，这正是由于主厂区面积太小，主辅厂房和室外管网不能交叉施工造成的，因此可以说建设整体进度最少被推迟了半年。

三是企业文化建设未能形成完整的体系。企业本应有着自己独特的企业精神、价值观和经营理念。在试验工厂建设过程中一直就充满了多种思想矛盾，加之领导班子本身缺乏积极的思想革新，因而很多员工未能深层次地认识到自己从事的生产与经营所具有的政治意义。在企业精神培育方面，除了未能谱写厂歌外，厂训、厂规建设方面已基本上完成。

四是管理体制不健全，在干部选拔等方面缺乏完整有效的管理机制。总而言之，尽管在试验工厂建设中存在过不少缺憾，但是它的成就和经验还是非常值得借鉴，它在我国核燃料事业发展史上仍然占有光辉的一页。

（由景新，系四〇五厂原总工程师，已逝；纪世鹏，系四〇五厂原厂长，已逝）

中国离心浓缩事业在这里诞生

于宗海

陕铀人在汉水流域的秦巴大地上走过了50年的奋进历程，特别是在党的十一届三中全会后，我国实行了改革开放政策，使我们有机会与国外合作引进先进技术，在原来建四〇五扩散厂的基础上，成功的建成了我国第一座商用离心法生产浓缩铀的工厂，从此我国的核燃料生产技术上了一个新的台阶，有了跨越式的发展。在工程建设中，得到了党和国家领导人的亲切关怀，在中核集团的领导下，全厂职工发扬了“两弹一星”精神，不断扩大建设铀浓缩生产规模，发展壮大了中核陕西铀浓缩有限公司，为我国的核电发展提供了核燃料的保障。陕铀人在生产建设发展的同时，加强了企业管理，企业文化和精神文明建设，并取得了优异成绩，先后获得了全国“五一”劳动奖状，全国思想政治工作优秀企业，全国精神文明建设先进单位的光荣称号，展现了企业建设50年的良好风采。

改革开放抓机遇

中核陕西铀浓缩有限公司是中国核工业从事核燃料生产的骨干企业之一，是三线建设单位，早年在全国战备的形势下，毛泽东主席于1969年的10月10日批示建厂，并调中国人民解放军工程兵部队来厂建设，拟采用扩散法生产浓缩铀，取名为四〇五厂。原二机部为了加快工程建设，从四川将二十一、二十三公司调来四〇五工地，又从各地生产厂调来了一批职工筹备建设浓缩铀生产线。后来因生产工艺的特殊性，加之国民经济战略调整等原因，四〇五厂确定缓建，因此历经十多年的时间没有建成工厂，当时厂内处在一个十分困难的时期。

党的十一届三中全会后，提出了“解放思想，实事求是”的思想路线，实行改革开放政策，恢复了以经济建设为中心，

开辟了社会主义发展的新时期，从而使我们看到了希望，有了建设发展的机遇。核工业部为了提高浓缩铀的生产技术，提出了从扩散法向更为先进工艺方法过度的发展方向。因此国务院于 1983 年 3 月 30 日批准在四〇五厂建设先进铀浓缩技术试验工厂。1989 年 2 月 18 日，首批主设备生产出了合格的浓缩铀产品，1991 年年底基本上建成了试验工厂，使我国核能发展有了更为充足的燃料保障。在工程的建设中，我们对铀浓缩先进技术进行了孜孜不倦地探索、研究和实践，培养了技术技能人才队伍，同时建成了较为完善的配套辅助工艺系统及相关设施，为后续成功引进并建成中国第一个离心法商用铀浓缩工程 405-1A 工程打下坚实基础。

在党和国家的关怀下，核工业部领导果断决策、抢抓机遇，致力扩大浓缩铀的生产规模，决定与国外合作，引进先进的离心法生产技术。1992 年 12 月 18 日，中俄签订了《关于在中国合作建设核电站用浓缩铀工厂的协议》，1992 年 3 月 25 日，两国的有关部门在北京又签订了《引进成套设备和技术服务合同》，厂长纪世鹏同志参加了签订合同的仪式。经俄方专家团实地考察，部里决定把引进工程放在四〇五厂建设，并列为国家“八五”和“九五”期间的重点工程。从此在这块土地上，中国离心浓缩事业正式起步！当时我高兴地在全厂中层干部会上说：“这个工程是四〇五厂的生命线，是职工的幸福线，我们一定要抓住机遇，迎接挑战，把工程提前建成投产。”党和国家领导人高度重视引进工程，合同签订后，对方提出要先付款，再供设备，当时国家计委又未列此项计划，在这关键时刻，时任国务院总理的李鹏同志当即决定用总理基金付款，从而落实了引进合同，赢得了建设时间。我们几位厂领导得知此消息后，都备受鼓舞，十分感动。在工程建设的关键时期，时任中共中央总书记、国家主席、中央军委主席江泽民在温家宝、曾庆红、曾培炎等领导同志的陪同下，于 1993 年 6 月 9 日来厂视察。我和康荣元副厂长向他们汇报了四〇五厂的工作情况和工程建设情况，并陪同考察了主工艺大厅、主控室、供取料和主机装配等厂房。江总书记一边看，一边问，表示十分满意。回到会议室后，江总书记就有关能源问题，发表了重要讲话，他语重心长地对我们说：“你们任重道远，任重道远啊。”并挥笔题词“发展核技术，开发新能源”。总书记来厂视察，极大地鼓舞了全厂职工，成为工厂建设的强大动力。在工程建设中，国务院的有关领导也曾多次听取汇报，关心工程建设。时任国务委员、国家科委主任宋健于 1994 年 6 月 23 日来厂视察，并为厂题词“掌握核能先进技术，增强我国综合国力”。我们在工程建设中遵照中核总“抓紧防变、以内促外、改革创新、确保质量”的方针，不等不靠，积极主动，力争提前的指导思想，经过全厂职工的顽强拼搏，首批机组于 1996

年 10 月 2 日一次启动成功，并提前 304 天建成了一期工程。1999 年的一季度又提前建成了二期工程。我们没有辜负党和国家领导人的重托，提前建成了中国第一离心法生产浓缩铀的商用工厂。

拼搏奉献铸辉煌

引俄工程，主要是靠我们自己的力量建设起来的，其工程量之大，技术含量之高是空前的，在工期紧，困难多，任务重的情况下，全厂职工迎难而上，顽强拼搏，硬是把 1000 天要完成的工作任务，用近 700 天完成了，提前了 304 天建成了一期工程，并为二期工程建设积累了宝贵的经验。陕铀的职工队伍，是在工程建设的过程中锻炼成长起来的，是一支能吃苦、能拼搏、作风好、技术过硬的好队伍，他们凭着为国争光，为核工业争气的一身浩气，在工程建设中克服了一个又一个的困难，使工程建设得以顺利进行。如：他们在改造旧厂房中，拆除了一万多立方米的钢筋混凝土基础，制造了几百根大型钢筋混凝土主机框架，安装了数目庞大的机器设备，连接了上百公里的各种管道，敷设了几百公里长的大小电缆。在挖沟、砼砌、土石方等土建工程中投入了十多万个劳动日。由厂内职工自己搞土建，自己安装生产线，在建设史上是不多见的，四〇五厂的职工做到了，早日建成的信念激励着每个人，大干快上的劲头始终不减。

土建工程是工程建设的重要控制点，是提前建成工厂的基础，要改造使用原厂房，必须拆除原厂房的钢筋混凝土基础，原设计抗 8 级地震的钢筋混凝土基础厚一米多，要人工拆除困难是可想而知的，怎么办？只有苦战，在党委的号召下，全厂组建了青年突击队，以 2 号车间为主，全厂配合，他们硬是用风钻、钢钎、大锤，把钢筋混凝土一块一块的拆除了。在工作中手磨破了，虎口震裂了，人累瘦了，没有一个人叫苦，一干就是几个月，硬是在规定的工期内啃下了这块“硬骨头”。主机的安装框架，是安装前必备的物件，数量多，质量和精度要求高，养生时间又较长，在长达 5 米多的构件上，模具的平面误差不得超过 1.5 毫米，据外方专家介绍，他们是专业厂制作，合格率也只有 70%，而我厂的技术人员和职工是精心设计，精心制作，质量合格率达到了 100%，提前完成了任务，保证了主机的安装。在敷设电缆中，男女职工一起上，排成长龙的队伍，肩上扛着电缆，喊着口号，向电缆沟里排放。主机是生产线的核心，在其安装过程中要和管道安装相配合，职工们在大厅里用吊车吊的吊，抬的抬，连接的连接，在各个岗位上有序地工作着，把主机一排一排的安装在雄伟壮观的大厅里。真空探漏是个苦差事，在主机启动前必须真空找漏，要 24 小时不停一个接一个地找漏，保证主机的真空度，是主机启动的必须条件。在级联的启动运行前，职工们检查了一遍又一遍，就是为了确保万无一失，因此操作人员要严格的按操作规程工作，眼盯仪表，巡回检查，严格记录，分析问题，保证安全，这就是中核人的“四个一切”崇高精神的具体体现。

主机是引进工程的“宝贝疙瘩”，其涉及国际敏感技术，必须千方百计提前运到厂内，经两国有关部门商定，为了主机的安全运输，必须武装押运，保证绝对安全。公安分局（保卫处）的领导和厂内职工在武警部队的配合下，冒着零下 20℃严寒，在简易的火车车厢里，啃着冰冷的干粮，在铁道部公安局的配合下，经沿线铁路公安的严格保卫，克服了种种困难，把引进的主要设备一列车一列车的安全押运到厂，落实了引进合同，保证了建厂工期。

中核陕铀的历届领导班子是坚强有力的，像接力赛一样，一届接着一届干，没有最好、只有更好，他们认真地贯彻了党的路线、方针、政策，在中核集团的领导下，带领全厂职工，一心干事业，一心抓工作，一心改革谋发展，在艰难困苦的条件下，从起步到壮大。全厂职工在工程建设的实践中，浓缩出了陕铀精神，涌现出了一批先进模范人物，培养锻炼了一批生产建设的骨干力量，这是陕铀人的骄傲。陕铀人在工程建设中，热爱祖国，献身国防，用自己的实际行动，在中国核工业的建设发展史上，书写了壮丽的诗篇。

科学发展育人才

中核陕铀是改革开放的直接受益者，是改革开放为核燃料生产发展开辟了道路，为公司建设世界一流铀浓缩基地奠定了基础。胡锦涛总书记在党的十七大报告中指出：“科学发展观，第一要务是发展，核心是以人为本，基本要求是全面协调可持续，根本方法是统筹兼顾。”公司领导班子认真地贯彻了科学发展观。

工程的相继建设，使我国的核燃料生产发展迈出了可喜的步伐。通过工程建设，出了产品，出了人才，培养锻炼了一批生产骨干，为核燃料的持续发展增添了后劲。雷增光、李季科、史庆丰、刘皓洁、梁光扶等同志，都是在工程建设中锻炼成长起来的优秀人才，使我国的核燃料事业发展后继有人，我们这些老同志打心底里感到高兴。

中核陕铀历届领导班子，紧紧抓住了我国核电发展的大好时机，又陆续建成了离心四期引进工程、北区扩建一期工程和我国新一代铀浓缩离心机大型商用示范工程。今日之陕铀，产能规模效应显现，生产工艺技术性、经济性、安全性持续提升，全体陕铀人怀着“中国离心浓缩事业必将在这里发展壮大”的自信和豪迈奋力前行。

创新、拼搏、求实、奉献的50载，陕铀人忠诚坚守执着，一路披荆斩棘，始终无怨无悔，为的是向党和人民交上一份满意的答卷。

新时代新气象新作为，豪情满怀的陕铀人重整行装踏上新的征程，不忘初心担使命，矢志不渝谋发展，在建设核工业强国的筑梦路上谱写靓丽的底色，铸就属于每个人心中的那座神圣丰碑。展望未来，我坚信，世界一流铀浓缩企业必将会建成在这个中国离心浓缩事业诞生的地方！

（于宗海，系四〇五厂原党委书记）

一切为了离心铀浓缩事业

——康祖杰访谈录

李　珊

2019 年 5 月，地处秦岭南麓的汉中盆地夏池初涨，浓荫如盖，蝉鸣正密。记者穿过晨间疾徐的早高峰人群，来到了原四〇五厂厂长、党委书记康祖杰家。一番寒暄，主客落座。康老杖朝之年仍精神矍铄，神采奕奕，在特意为此次采访换上的衣服上，一枚红彤彤的党徽格外显眼。

康祖杰

“康老当初是什么机缘来了咱们四〇五呢？”记者打开了话匣子。

“这话说起来就长喽。”康老挺了挺腰杆坐得更直了些，眼神盯住我们，直叙胸臆：“1983 年年初春，时任核工业部部长的蒋心雄找到我，说四〇五要上先进工艺法铀浓缩项目，让我去四〇五担任厂长。我感到压力很大。自己已经 55 岁了，是否还能像年轻时那般有着一身干劲、一腔热血，再干出一番事业呢。蒋部长看出来我的压力，对我说国家定了以压水堆发展核电事业，现在到了国家需要技术性和经济性更好的铀浓缩工程的时候！很关键，很需要！蒋部长的一席话让我重新审视自己的责任。北京主管干部工作的刘书林副部长及张忱部长再找我谈话时，我便表示，这份重担由我来担！"

"请康老给我们聊聊当时初到四〇五厂的情况吧，工作中又遇到了什么具体困难？"

"我刚到四〇五厂的时候，工程缓建，厂子效益不行，职工生活水平一直上不去，待业青年数量多，平均每一家就有两到三名年轻人待业，无事可干，家长忧心忡忡。加上改革开放浪潮席卷全国，厂区地处三线，非常闭塞，一些职工对改革开放理解有限，厂区不稳定因素增加。再就是职工子女教育条件受限于教学质量不高，家长不得已只能将子女送到外地求学。

"有的职工为了生计，跑到洋县龙亭镇卖冰棍，有的甚至沦落到给附近农民种地方得以糊口的地步，更有女职工一人担负三名子女成长的家庭重任，拉着我的衣袖眼泪就簌簌落，嘴里道着'怎么活、怎么活。'看到这幅场景，我的眼泪也不由得落下，只觉得担子压得喘不过气，整夜整夜无法安眠呀。"

听了康老一席话，我们随行的摄影记者也低下了头。屋子里顿时安静得听得见心跳，大家都陷入到往昔的印迹中。只有摄像机"滴滴"闪着摄录灯，继续工作着……

康老顿了一会儿，重新恢复到神采奕奕："可我们不能气馁啊，困难面前就要昂扬斗志，想办法去解决。"他吸了一口长气，提振精神，不等我们提问，用宏亮的嗓音继续讲下去："刚开始，摊子搭起来了，由罗中奎同志任党委书记，我任厂长，张树材同志为副厂长的新班子在 1983 年 5 月宣布成立；后又于 6 月任命于宗海同志为副书记。我们做的第一件事就是梳理清楚四〇五厂还有哪些优势能挖掘，并想方设法解决好实际问题——国家把基建工程列为'六五'重点项目，我们认为主要还是抢建工程带动其他问题的逐步解决，稳定队伍、调动职工积极性，为工程建设作贡献。那时，铁路专线、大机修、仓库及部分福利设施都已相继建成，这些都是有利条件。"

康老的思维相当敏锐，记忆力也非常好："首先抓紧配合设计院设计，这是能提前尽快开始施工最重要的一环。在设计进行的同时，与二十一公司共同编写工程进度网络图，搞三通一平和土建施工准备！1984 年 11 月 15 日，主产区正式开工，在现场举行了开工仪式，二十一公司高明经理和我在会上作了动员讲话，我们两个和于宗海副书记挥掀动土，从此拉开了工程建设的序幕。紧接着，厂前区办公楼、电话站、教育中心、水厂等多个项目陆续开工，工程区到处是一片热烈、紧张的施工场面。1984 年 6 月，部任命纪世鹏同志为厂长，白永生同志为生活副厂长，罗中奎同志67岁离休，我转为党委书记。1985年6月，部任命王德培同志为人事副厂长，康荣元为生产副厂长，班子力量得到进一步加强。”

“康老，四〇五工程由基础建设转为地面建设，当时厂里职工情况咋样呢？”记者不失时机地求教。

“广大职工积极主动、群策群力参与工程建设。部领导曾建议我们把原工程与基建工程分开，我们感到实际操作困难，很难划分谁是四〇五的人，谁是基建工程的人，也怕影响团结，对老同志不公平。我们有2000多人的职工队伍，有完整的大机修系统，土建由二一公司负责，部分安装打破老厂的惯例，由我们自己干。如主辅设备安装、非标准加工、工艺辅助管道制作，除主工艺铝合金管道焊接，二十三公司水平高，请他们干，部分盘柜制作、管道安装、室外管网、电缆敷设等，均由我们自己搞！我曾带车间及部分处室领导，到邻厂大机修及硅钙车间参观学习，受到不少启发。自己干，这样既锻炼了职工队伍，又增加了经济收益。为此各单位积极准备，主动承担任务；广大职工积极工作，热火朝天。一番努力下来，职工看到了发展希望，生活水平也有所提高，精神面貌改观了不少，一举打破了四〇五工程区一潭死水的局面。”

基础建设如火如荼、轰轰烈烈，职工教育培训工作也相得益彰，紧密配合进行。

“康老，我看您桌子上摆着的这个老相框里镶嵌着一枚四〇五技工学校学员的照片，这对您是有什么特殊意义吗？”

“这张照片也有着它的一段历史。核工业部于1983年2月批复同意我厂正式建立技工学校；1983年5月即批复四〇五厂成立技校，并招标35名学员送外代培；1984年，在验收四〇五厂办技校条件合格后，首批招生120名学员。此后，每年都招生85～105名不等。这些毕业生不仅解决了全厂青年大量待业的大难题，而且充实了一线的技术工人力量，为基建工程上马发挥了积极作用，更减轻了家庭负担，促进了家庭和谐，厂区良好学风渐渐蔚然，欣欣向荣之态始成，我们终于冲破了发展瓶颈。”

正说着，康老的老伴起身拿出手帕徐徐擦拭着相框，“看着这第一批技校毕业生的合影像，就会想起那些难忘的旧事，就会想起那段难忘的岁月。”说罢，将相框递到康老手中，相片中那些熠熠生辉的面庞印在老先生盈盈眼波中，灿烂如昨。

“但是我们并不能止步于此。”康老喝了口茶水继续说，“彼时改革开放的春风吹遍全国，科学文化的重要性地位得到不断提升。要想企业发展得好，那就要加快人才力量的储备。

“自我提升教育产生了效益，解决了实际问题，但四〇五厂领导班子并不局限于此，而是敞开胸怀，引进吸收更大更多的人才。

“四〇五厂从 1983 年按计划接收大、中专毕业生，1984 年我们就接收了 20 多名毕业生，他们后来都成为生产中的骨干、企业发展的栋梁，像雷增光、李季科、刘皓洁、史庆丰等。还选送在职优秀职工去大学或中专学习培训，这些人多数在工作岗位上发挥了重要作用，他们中有寇金元等等。再后来，我们尝到了教育学习的优势，我们自己办电大，让立志学习的青年职工有机会突破自己，有知识决定命运的机会。电大走出来人才有郭强等。教育和知识，真正使四〇五厂脱胎换骨的关键核心！

“不仅如此，四〇五厂的领导班子更是把教育引向更深入——‘一切从娃娃抓起。’”

“我们更是要将幼儿园、小学、中学的教学质量提升上去，让职工从根本上免除后顾之忧。厂里采取招收年轻大学生、调进骨干教师、选送老师外出培训等措施，不断提高师资力量和办学水平。我记得当时有一名外请的优秀语文老师看到四〇五的艰苦环境，转身就走，我们一行人在火车站把他拦住，苦口婆心、苦苦相劝。老师才被大家的诚意打动，重新回来教学。经过几年的努力，毕业生考入大学人数逐渐增多，有的还读了研究生、博士生。有的子弟大学毕业后又回厂工作，1987 年考出去的高海潮便是鲜活的例子，回厂后为四〇五发展作出自身贡献，现在也在兄弟单位担任主要负责工作。”

“感谢康老带我们重温这段核工业二次创业期的光辉历程。康老有什么想对公司、对年轻一代核工业人说的话吗?”

“中核陕铀经历了 50 年风雨坎坷，始终砥砺前行，我希望年轻一代核工业人不忘初心、坚守使命，始终践行‘中国离心浓缩事业从中核陕铀起步，必将在这里发展壮大’的铮铮誓言，我衷心祝愿中核陕铀明天更美好!”

采访结束了，我们一行还在回味着康老的话。不远处“中国离心浓缩事业从中核陕铀起步，必将在这里发展壮大”的标语格外醒目！简单的一行字，却承载了几代人艰苦卓绝的努力。老一辈核工业人在困难期选择坚守，在核工业壮大期选择默默守护，他们如抚育幼儿般倾入毕生心血，如看着子女终成大器般深藏欣喜欣慰与感动。

天行健，青年以自强不息。老一辈核工业人，请您放心，我们将不忘自主创新初心，牢记为国担当使命，在新时代，在陕铀梦、中核梦、中国梦的征程中，阔步向前，创造崭新的辉煌。

（康祖杰，系四〇五厂原厂长、党委书记）

艰难的历程 辉煌的成就

何德祝

中核陕铀，一路走来，真是千辛万苦，艰难曲折，不折不挠，终成大器。经过几代陕铀人的努力，如今已成为我国铀浓缩事业的佼佼者，成为我国浓缩铀生产的骨干企业之一，为我国核电事业的发展和铀浓缩技术的进步作出并继续作出较大的贡献。

何德祝

1969 年，党中央、国务院、二机部决定建立陕西汉中铀浓缩工厂，即四〇五厂。来自全国各地的建设者们来到大爷山下、溢水河边这片农耕之乡。陕铀的前辈们和解放军官兵在当时及其困难的生活、工作条件下，在这里安营扎寨，建设三线工厂，做出了巨大的努力和牺牲。经过十年的努力，完成了建厂的初步任务。但是，由于历史原因和相对落后的分离技术，从经济上看已经不适应新的形势。因此，陕铀人虽然经过十年努力，却没有实现当时的目标。这是一个遗憾，却又是一个机遇。陕铀人的努力并没有白费，陕铀作为我国核燃料生产企业之一的地位并没有丧失，反而为国家新的决策提供了条件。

果然，改革开放的春风，国防科技工业的调整以及铀浓缩技术的进步，使陕铀获得了新的发展机遇。20 世纪 80 年代初，国家决定在陕铀建设我国第一个试验工厂。从 80 年代初开始，陕铀人为新技术的成熟和发展，再一次奋战在这块土地上，并为此而进行了长达十余年的苦心探索。为此，我们重建厂房，重修道路，学技术，抓管理，搞设备，抓配套工程，改善职工生产、生活条件等等。经过又一个十年，试验工厂终于取得了可喜的进展。工厂已初具规模，生活条件也有明显改善，在这十年中，我们积累了大量的试验数据和工厂管理经验，并且拿出了合格产品。特别重要的是通过试验工厂的建设，在土建、安装、主辅设备及配套系统调试和运行管理等方面为陕铀培养、积累了一大批工程技术专家，管理人员和技术工人。并且在十年艰难探索中铸就了陕铀人百折不挠、敢于创新和脚踏实地的宝贵精神财富。这一切都为陕铀的进一步发展打下了坚实的基础。可以说，没有试验工厂的建设就没有405—1A工程及其后续发展，这一点是毫无疑问的。

当然，试验工厂毕竟处于探索研究阶段，无论从技术的成熟性，工厂的规模等方面来说，它还不是一座商用工厂，经济效益也是非常有限的，甚至是亏损的。

随着国际形势的瞬息万变和改革开放的不断深化以及国家核电事业的快速发展，对浓缩铀的需求也不断增加。在这些综合条件的作用下，90年代初，陕铀又进入了一个新的跨越式发展阶段。有人开玩笑说“陕铀是一块福地，总是运气那么好”。1992年，国家决定引进新工艺法铀浓缩设备，在陕铀建设405-1A工程。这一结果与其说是陕铀有福，不如说是陕铀人付出艰辛努力的必然结果。

随着中外原子能部门1992年12月18日协议和1993年3月25日合同的签订，405-1A工程进入建设高潮，按照合同规定整个工程分两期建设。

在总公司的直接领导下，陕铀人迅速行动起来，制订规划，组织人力物力。从旧设备的拆除、厂房改造、设备运输、国内设备配套，各辅助系统改造、扩建，人员组织，技术培训、保卫保密、资料翻译，质量安全，剂量防范以及与外方专家的协调配合等等工作都迅速开展起来。并且提出“工期要提前，投资要节约”的要求。在完成相关准备工作的基础上，1993年底提出了奋战1000天完成一期工程的目标。

在这种情况下，我们制订详细的进度网络图，各相关单位、部门必须严格执行网络图进度计划。厂领导亲自到现场指挥、协调，坚持每周协调会制度，工作进度汇报制度等等。为了抢时间，保质量，保安全，无论是技术人员、工人还是管理人员常常是夜以继日地工作，加班加点，没有节假日成为一种常态的工作方式。但为了保证工程按计划完成，也为了国家和全厂职工的利益，为抓住这一难得的历史机遇，全厂干部、职工没有任何怨言，反而苦在其中、乐在其中。无论是拆除老地基中的握钢钎、抡大锤挥汗如雨，无论是运转设备中零下30多摄氏度的刺骨寒风，无论是预制Π型架和杯型槽中的日晒雨淋，还是主机自控系统中精确定位等等，我们都高质量地完成了任务。

一期工程建设首先要做好的是建设试验台架。人们常说，“麻雀虽小，五脏俱全”。试验台架能否如期完成，对我们是巨大的考验，也能衡量出陕铀人到底有没有真本事。1994年4月28日，厂提出“全厂齐动员，大干140天，确保试验台架”的目标口号，全厂职工在这个“麻雀”上下足了功夫。经过前期工程锻炼和大量的准备工作，我们如期保质保量完成了试验台架的建设任务。台架建设从厂房改造到设备转运、预制件制造、设备安装调试、辅助系统的改造和完善、运行规程编写、人员培训、后勤保障等等仅用了四个月多一点的时间。打了第一个漂亮仗，也让外方专家对陕铀人的决心和能力刮目相看。

试验台架建成了，在试验台架建设中陕铀人那种无私奉献，勇于拼搏，科学求实和团结协作的精神却永远激励着陕铀人在后续工程建设中继续迸发强大力量。

完成了试验台架建设任务，陕铀人信心更坚定，心里更踏实，提前完成一期工程建设目标也更有把握。于是，1994 年 10 月我们又提出“大干 700 天，确保 10·6”（即 1996 年 10 月 6 日一期调试启动运行），需要说明的是：我们的工作不是“单打一”进行的，在试验台架建设的同时，西跨一期工程和东跨二期工程都在按网络图要求同时进行。试验台架虽然“五脏俱全”，但它毕竟是“麻雀”，而一期工程不仅进度要求快，质量要求高，而它的工作量是试验台架无法比拟的，投入的人力物力也要大得多，系统也要复杂得多，而且为了保证工程进度，节省投资，许多本来应当由土建、安装公司完成的工作，我们也都要组织人力自己干，特别是为了利用原有厂房及相关辅助系统，在改造工程中遇到了大量的难题。所幸这些都被我们一个一个的解决了，并且解决得很漂亮、很适用。在这两年多的时间里，人们工作得很辛苦，思想的压力非常大，以至于在一期工程启动前两个月，总公司在厂指导工作的领导还在担心地问厂领导：10 月 6 号启动到底行不行？当时，厂领导认真地回答道：“请您相信，四〇五厂的职工是说到做到的，一定能按期完成。”不出所料，1996 年 9 月底全部完成一期工程主辅系统设备安装、调试，完成各项操作规程的编制、培训，各项技术管理工作全部到位，并于 1996 年 10 月 4 日开始启动一期工程试运行。工程质量达到要求。顺利完成了当初提出的目标任务，也比合同规定提前半年完成一期工程目标，并且节省了大笔投资。

一期工程的提前完成再一次证明：陕铀这支职工队伍是经过磨练，意志坚强的队伍，是既有奋斗目标而又脚踏实地工作作风的队伍，是既能握钢钎、抡铁锤又能掌握先进技术的队伍，是在困难面前不低头，前进路上永不停步的队伍。

一期工程完成后，陕铀的领导者们对二期工程建设的任务、特点进行了全面的分析，如果说试验台架建设是解剖一只“麻雀”，那么一期工程建设好比杀一头“猪”，二期工程就好比要杀一头“牛”，二期工程的特点是工程量比一期大，设备多、接口多。除了硬件工程量大之外，软件方面工作量更大，因为完成二期建设的同时要把整个过程进行全面整合，这与一期工程建设是不同的。比如施工图的整理、完善、归档就是很大的工作量。当然，完成了一期工程在设备安装调试等方面所遇到的技术难题就相对容易解决了。在分析情况的基础上，我们充分运用一期工程建设在技术上、人员组织上等已有的经验，二期工程建设相对一期心里踏实多了。在这种情况下，我们严格按网络图组织进度，在质量、安全等方面严格把关，在思想认识上毫不松懈，并提出了“建设一个好工程，培养一支好队伍，营造一个好环境”的要求，把工程建设、队伍建设和改善职工的工作、生活条件有机结合起来，使二期工程建设在忙而不乱，快中求好的气氛中进行。从一期建成算起，仅仅用了两年多的时间，二期工程也于 1999 年 3 月 15 日顺利启动投产。

经过试运行，证明整个一、二期工程质量是可靠的并达到设计目标要求，于 2002 年 12 月经国家验收合格，整个工程正式投入商业运行。在几年的工程建设中，我们这支队伍的思想素质、技术水平都得到了空前的提高，职工的生产、生活条件也得到了很大的改善。中核陕铀终于站起来了，终于成熟了，终于可以为我国第一个商用新工艺法铀浓缩工厂建设成功，为我国铀浓缩事业的新进步而扬眉吐气了。

随着我国核电事业的迅猛发展，国家需要大量的低浓铀，这既给了陕铀人更大的压力，也为陕铀提供了更大的发展机遇。如今，在国家和中核集团的大力支持下，几条生产线在陕铀人手中陆续建成了，历经磨炼的他们干得更为出色，更为漂亮！

陕铀前进路上虽有困难，但却充满了阳光。陕铀有着光辉灿烂的前程！对此，我们充满了信心，在这里以一首小诗来概括上述一切：

大爷山下起惊雷，溢水河边战鼓擂；
陕铀儿女多壮志，历尽艰难头不回；
一步一阶五十载，才得如今酒满杯；
正值风华担当时，谁不奋起扬新威！

（何德祝，系四〇五厂原党委书记）

五十年砥砺奋进　半世纪成就辉煌

——纪念中核陕铀创建50周年

于宗海　王德培

20世纪60年代中期，国际形势风雨飘摇，日趋紧张。党中央做出了加快三线建设的战略布局，把重要的国防军工企业建设在更加隐蔽的大山区，中央决定再建一座核燃料生产厂。1969年10月10日，毛泽东主席下令，调中国人民解放军工程兵53师来到汉中大爷山下进行基础设施建设，热火朝天的劳动场景充盈着这个偏僻的山野。

二机部决定，从部机关和五〇四厂等两个老厂抽调领导成员组成四〇五厂建厂领导班子，同时从五〇四厂调来数百名骨干队伍参加建厂。为了加快工厂建设，七院组成一支强有力的设计队伍进驻厂区，二十一建设公司、二十三安装公司的建设队伍迅速展开了建厂工作。很快公路修通了，铁路专用线建成了，供水管线开通了，福利区具备了居住生活条件。工程兵部队经过几年流血流汗、艰苦奋斗、顽强拼搏，巨量的基础设施建设完工了，相关的生产设备均已配齐。可以说万事俱备，只欠东风，只要上级一声令下，就可以安装生产机器了。后因种种原因，工程缓建了，这一缓建，13年过去了。

改革开放的第5个年头，给四〇五厂带来了新的机遇。1983年3月30日，国务院批准在四〇五厂建设新工艺法生产浓缩铀试验工厂，促进中国铀浓缩技术的进一步提升和跨越。

翘首以待多年的四〇五人欣喜若狂，激动不已，个个摩拳擦掌，人人斗志昂扬，精神振奋，纷纷表示要努力学习新技术，掌握新技能，一定把试验工厂建设好。

厂领导高度重视这项来之不易的新工程，组织职工队伍培训，边学边干，边干边学。经过十年的刻苦磨练，终于在1992年基本建成了该工程。同时凝练形成了特有的陕铀精神，为后续的工程建设创造了良好的发展条件。

1992年，可以说是四〇五厂发展的新的转折点，也是一次最好的机遇，更是四〇五厂持续前行的里程碑。在党中央和国务院的关怀下，核工业部决定向俄罗斯引进离心法技术和装备。我们听到这个从天而降的意外喜讯，非常高兴。

厂党委和厂领导研究，下决心争取把这项引进工程放在四〇五厂建设，这是关系到四〇五厂今后发展的重大命运问题，这是千载难逢的天赐良机。我们迅速向部里汇报，四〇五厂有试验工厂的基础，有一支在试验工程建设中积累了丰富经验的职工队伍，有信心、有能力建设好引俄工程。

1992年9月28日，部里电话通知，俄罗斯专家考察团要到五〇四厂和四〇五厂考察选择引进工程建设厂址，要我们作好准备工作。9月29日五〇四厂来电话说，俄罗斯专家考察团9月30日到宝鸡，要到四〇五厂考察，10月1日乘飞机回北京，要我们作好接待工作。厂领导一听很着急，考察团在我厂只有不到半天和一个晚上的时间。我们立即研究，时间再紧也要作好周全的接待工作。厂领导分成两个组，一组去宝鸡迎接考察团，一组在厂里安排接待。9月30日下午3点多考察团到了厂里，考察团中多数是上了年纪的老专家，他们顾不上休息，马上驱车到厂区参观工艺大厅。专家们看得很认真、很仔细，看到我们的变频器、主控室和供取料设备很先进，表现出极大的兴趣。

按当时的条件，我们热情满满盛情款待远道而来的客人。我们有外事工作经验，各方面的接待礼仪都较细致周到。考察团当晚开会研究，决定就在四〇五厂建设离心工厂，并立即通知了俄罗斯驻华大使罗高寿先生。部领导得知考察团决定在四〇五厂建离心工厂的消息后，马上向上级作了报告。

回想起来，中国的首座离心工厂能“落户”偏安一隅的四〇五厂，是有原因的。首先，我们默默隐忍十多年，从来不放弃，以使命和责任，时刻准备着报效国家，在基础设施和设备建设上一直在储备力量，这样一来，可以缩短建厂周期和节约建设成本；其次，我们前瞻布局，拥有较为丰富的技术资源和人才队伍，能够担当大任；再次，我们四〇五人有为国担当、甘于奉献的底气和勇气，必定能够完成中国离心工厂的“第一”重任。——想起这些点点滴滴，总是很感动，很欣慰，很骄傲；为四〇五人自豪，为中核陕铀自豪，为核工业腾飞自豪，为国家拥有独立自主的核心技术自豪。

1992年12月17日，中俄双方签订了引进工程协议书，1993年3月25日正式签订了合同。部里决定把此项引进工程定名为405-1A工程，并列为“八五”、“九五”建设计划的重点工程。按合同安排，先建试验台架，再建一、二期工程。部里提出了“抓紧防变，以内促外，改革创新，保证质量”的工程建设方针和“不等不靠，积极主动，力争提前”的工作要求，要把405-1A工程建成优质工程。

厂党委向全厂职工发出号召，一定要建设好这条四〇五厂的生命线，全体职工的幸福线，一切工作以引俄工程为主，加快建设。广大职工不负众望，撸起袖子、甩开膀子大干，不怕劳累不怕流汗。一期工程计划 1000 天建成，结果 700 天就完工了，并一次启动运行成功。405-1A 工程的建成，为后来建成我国具有完全自主知识产权，达到世界先进水平的大型商用示范工程打下了坚实的基础。为了保证建设时间，在改造旧厂房时，职工硬是用大锤、钢钎，把原八级防震设计建造的混凝土基础提前挖掘清理干净，保证了工程建设的时间节点。为及时将设备落实到位，厂保卫部、公安局、武警战士、供应处等单位的同志，在严冬的气候条件下没有专用押运设备，穿上棉大衣，啃着冰冷的食品，在铁路公安配合下，从满洲里口岸把装运主设备的一列列火车皮押运到厂里，确保了设备如期安装。

改革开放四十周年时，中国核工业报记者杨金凤采访梁光扶同志时，梁光扶意味深长地说 ：“引俄工程对四〇五是一个机遇，是生和死的机遇，没有这个机遇，四〇五厂的发展就会举步维艰。”

2005 年，在北京庆祝核工业创建 50 周年大会上，蒋心雄部长神色凝重地说：“过去我们党和国家领导人，去西方国家访问时多次提出引进离心机，人家就是不给。”蒋部长还在一次会议上语重心长地说：“405-1A 工程的建成投运，是我国核燃料工业发展的一个里程碑”。这项工程的引进，党和国家领导人都是关怀备至、大力支持。在中俄签订合同后，要向俄方付款，合同才能生效。紧急关头，时任国家总理的李鹏同志用总理基金向对方付了外汇，合同生效，引俄工程成功。当时厂领导和全厂职工听说后满怀激情，深受感动。

在 405-1A 工程建设和后续发展的各个时期，党和国家领导人都对四〇五厂关怀备至。在工程建设的关键时期，江泽民总书记于 1993 年 6 月 9 日专程来四〇五厂视察，并题词“发展核技术，开发新能源”，还一再对厂领导说：“你们任重道远，任重道远啊。”1994 年 6 月，时任国务委员、国家科委主任宋健同志来厂考察时，对厂领导说：“掌握离心技术是一个新的高度，对核工业来说，可能不亚于中子弹。希望四〇五厂的同志咬紧牙关，把这项工程搞上去。”吴邦国和邹家华等党和国家领导人也多次听取 405-1A 工程建设情况汇报。温家宝总理来汉中调研时，专门听取了时任厂长史庆丰同志的汇报。

今天，我们很自信地说，405-1A 工程是四〇五人自己干出来的，四〇五人没有辜负党和国家领导人的期望，用四〇五人特有的陕铀精神，勇于拼搏，不断进取，以实际行动向党和国家交上了一份圆满的答卷。

党的十八大以来的新时代，习近平总书记对核工业作出了重要指示“ 核工业是高科技战略产业，是国家安全重要基石。要坚持安全发展，创新发展。坚持和平利用核能，全面提升核工业的核心竞争力，续写我国核工业新的辉煌篇章”。

20 世纪 80 年代工程建设时期，厂党委提出“三种精神”：艰苦奋斗的拼搏精神，坚持改革的创新精神，团结协作的主人翁精神。90 年代在建设 405-1A 工程时总结为：艰苦奋斗的拼搏精神，科学严细的求实精神，不计名利的奉献精神。而今我们结合 50 载砥砺奋进历程，融入了敢为人先的创新精神，这些优良传统都深刻地诠释着陕铀人在敢想、敢拼、敢闯、敢干的光辉实践中，将传承弘扬“两弹一星”精神和核工业精神已经深入了骨髓和灵魂。

目前，公司党委书记、董事长鄢斌同志等带领的中核陕铀领导班子，提出了聚力打造“五大高地”，奋力建设“五大陕铀”，努力争创“六个一流”的奋斗目标。家国情怀浓浓的陕铀人，激荡着使命担当，不忘初心，奋发图强，开拓创新，必将为陕铀的崛起、为加快建成具有国际竞争力的世界一流铀浓缩企业而不懈努力。

（于宗海，系四〇五厂原党委书记；王德培，系四〇五厂副厂长）

今天我们欢庆胜利

康荣元

今天我们欢庆胜利，
昨天的历史不能忘记，
是改革开放的政策，
冲破了闭关锁国的藩篱。
学人之长，补己之短，
不到十年功夫我们实现了技术升级！

康荣元

今天我们欢庆胜利，
坚强的后盾不能忘记，
计委、财委、科工委，
中核集团各司局，
创造了良好的外部条件，
我们顺水顺风一路绿灯！

今天我们欢庆胜利，
朋友的帮助不能忘记，
潘院长带领设计人员，
冥思苦想解决了诸多难题，
绘制出卷卷精美的蓝图，
为工程的成功给我们奠基！

今天我们欢庆胜利，
基建的功臣不能忘记，
金雪生、臧谋善、吴拉前、张洪海、王国君……
劳模们的形象总在我的脑海浮起，
是他们用智慧的双手，
建成我国第一个离心法浓缩铀基地！

今天我们欢庆胜利，
离退休的老同志也不能忘记，
吃水不忘挖井人，
这是最普通的哲理，
是他们开垦了这片处女地，
才有了我们播种劳作收获硕果的欢喜！

今天我们欢庆胜利，
艰险的征程不能忘记，
精料冷升器卸不下料来，
贫料冷升器内漏又十万火急！
全厂动员实施应急方案，
试验攻关创造了新的取料工艺！

今天我们欢庆胜利，
善于革新的青年一代特别值得我尊敬学习，
梁光扶、梁国文、林涛、王念文、郭卫中、周旺喜……
太多的姓名在此我无法一一列举。
他们学习、钻研、实验、探索，
创造出更加辉煌的业绩！

今天我们欢庆胜利，
人才辈出特别使我欣喜！
四〇五厂的领导班子，
一届比一届更坚强、更有力！
四〇五厂的职工队伍，
一代比一代更聪明、更有朝气！

今天我们欢庆胜利，
干群的团结要倍加珍惜，
我们的团结凝聚了无穷的智慧和力量，
克服了千难万险才有了今天的盛大典礼。
尊重知识，尊重劳动，
尊重人才，尊重群众，
形成更加旺盛的人气，
勇往直前，我们将所向无敌！
四〇五厂的明天更加美好，
兴核强国奔小康，
为祖国献上新世纪的厚礼！

（康荣元，系四〇五厂原厂长，该文作于405-1A工程竣工验收之际）

中国核燃料事业发展的中坚力量

王德培

中核陕西铀浓缩有限公司是我国核燃料骨干生产厂之一。我国核燃料事业从无到有，从小到大，从弱到强，从军用到民用，从引进到自主，经历了艰难的60余载，取得了壮国威、强核电的伟大成绩，国际地位显著提高。在核电快速发展的今天，我想简要地回顾一下我国核燃料事业是在什么背景下、靠什么力量发展起来的这段历史。要讲清这个问题，就得从我国第一个核燃料生产企业五〇四厂谈起。

早在20世纪50年代，我国政府与外方政府签订了关于援助中国建设原子能工业的协定和合同。按照协定，我国从外方引进一座用气体扩散法生产核燃料的工厂，这就是1958年开始建设的五〇四厂，是外方援助我国原子能工业的项目之一。协定规定外方要派专家，从选址、设计、设备供应到安装调试和运行全面提供技术援助。当时我国核燃料事业是一张白纸，什么都没有。外方先后派来60余名专家对五〇四厂的建设进行帮助。党中央非常重视向外方专家学习问题，指示二机部要五〇四厂组织大批技术人员跟着外方专家学习，要求我们的技术人员“边干边学，建成学会”。毛主席在听取了二机部部长宋任穷的汇报后，高兴地指示，向外方专家学习要“像小孩学写字，要先写正楷，后写草书”。对这项尖端技术，最好最快的学习方式是直接派技术人员到外方生产厂实习。但外方不同意，只同意在北京援建一个气体扩散法实验室，作为实习基地，这就是为五〇四厂培训技术骨干立下汗马功劳的615所。从1959年1月起，五〇四厂先后分批派出近百名工程技术人员去615所实习。但好景不长，正当扩散机开始安装的时候，由于种种原因，外方于1960年8月撤走专家，把图纸、技术资料也一并带走，我方工厂建设面临着前所未有的挑战。

外方停援后，根据党中央的指示精神，二机部立即于1960年8月9日向五〇四厂等单位发出“为在我国原子能事业中彻底实行自力更生方针而斗争”的部署要求。五〇四厂广大职工，特别是技术干部，个个摩拳擦掌，纷纷表示要把解决难题当作动力，一定要奋发图强，钻研技术，埋头苦干，非争这口气不可，一定要自力更生地把核燃料生产出来。为贯彻二机部提出的以围绕技术难关为工作重心，加强对技术工作的领导，二机部袁成隆副部长扎在五〇四厂，组织党员、技术人员迎难而上，摸着石头过河，扎扎实实，一步一个脚印地攻克一个个难关。袁副部长和厂领导研究提出了四条措施：一是高度集中地使用有限的技术力量，采取科研、基建、生产和领导、技术干部、个人两种“三结合”的方式，围绕技术难关打总体战，改变过去那种配合外方专家而形成的互相割裂的组织形式和工作方式；二是充分发挥技术干部的作用，减少他们的非技术性工作和活动，以保证他们有充足的时间从事技术攻关；三是确保质量与安全，对进口设备、仪器和特殊材料，从运输、保管到安装调试运行，都要精心组织，谨慎从事；四是对重大技术问题的研究，坚决贯彻“摸着石头过河，稳扎稳打”的精神，一切经过试验，不打无把握之仗，不盲目蛮干。在这个关键时刻，二机部为鼓励技术干部努力工作，精通业务，多攻克技术难关，决定为技术干部建立技术业务档案，我有幸从事这项建档工作。这是一项新工作，特派技术干部处处长张绍千同志来厂做指导。按照建档要求，在干部处处长周戊己、科长李立智直接领导下，我每天都要与技术干部打交道，了解他们，熟悉他们，书写他们，敬重他们。建档是一项复杂而细致的工作，要求各专业带头人要为本专业的技术干部书写全面、准确、详细的技术水平、业务能力评价材料。我和其他同志把这些材料搜集起来，加以整理，再经各专业领导人审阅签字，最后报送主管的总工程师和副总工程师核准后打印装档案，作为每个技术干部评审、晋升和使用的技术水平和业务能力的考核材料。

那时五〇四厂的技术管理体制是按外方的模式，在总工程师领导下，设立总工艺师室、总机械师室、总动力师室、总仪表师室等机构。时任党委书记张丕绪、厂长王介福负责全面工作，生产副厂长王中蕃和总工程师郑流阳直接抓生产和技术工作。具体组织领导由副总工程师兼总工艺师刘宝庆、总仪表师金林等各总师分工负责。在各专业总师的带领下，在二机部专家王承书、吴征凯、钱皋韵等指导下，各技术部门和生产车间很快涌现出一大批技术骨干，如蒋心雄、刘广钧、康祖杰、纪世鹏、秦关湘、华戈旦、王成孝、陈海春、张鼎华、胡锦、王亮娟、忻鼎才、周仁坤、高建武、鲍克昌、陶平、李曙星、冉树森、潘洪声、孟军、贾金铎、杨际春、钟俊声、张卓勋、谢庄应等。这批技术骨干刻苦钻研，以坚忍不拔的毅力克服重重困难，用落后的手摇计算机计算复杂的数据，在食不果腹、营养不良、身体浮肿的艰苦条件下，他们毫无怨言，带病日益奋战，引领全厂广大职工仅仅用三年半时间，于 1964 年 1 月 14 日生产出合格产品，为我国 1964 年 10 月 16 日成功爆炸第一颗原子弹提供了宝贵的高浓核燃料。这次爆炸震惊了全世界，壮了国威。这一现实充分证明，我们自己培养的专家，才是政治上可靠、技术上过硬、业务能力强，不怕苦、不怕困难、敢于攻关的实干家。他们是我国首批掌握核燃料生产这项尖端技术的专家。这首批专家中，后来蒋心雄当了核工业部部长，刘广钧成为中科院院士，很多专家陆续派到四〇五厂等地参加建设和培养新的专家，继续发挥着桥梁作用。

1969 年，四〇五厂开始建设，因各种原因多年缓建。1983 年迎来了试验工程。上级决定调技术全面、经验丰富的康祖杰、纪世鹏、于宗海三位同志和老书记罗中奎同志一起组成新的领导班子，来领导和管理新工厂。他们先后担任厂长和书记，率领来自核燃料厂和其他兄弟单位的一大批新老技术干部，在较差的环境下、用不够先进的设备同广大职工一起艰苦奋斗，齐心合力，团结协作，因地制宜地完成了试验工程的任务，拿出了合格产品，培养出一大批掌握先进技术的专家。这批专家有康荣元、张树材、由景新、孙永勤、耿进喜、宋洪根、干祥煜、陈之杰、冯树荣、陈世芳、张书森、薛峰、王运通、穆炳文、彭福临、何华粲、王瀛泰、丁金钧、赵彦文、周明华、文象质、刘章立等。他们是我国核燃料生产的第三批专家。

1992年又喜迎405-1A工程，这是引进国外先进设备的新工程。由于上届老领导带领各路专家，在试验工程建设中积累了经验，磨练出一大批掌握了新工艺的技术干部和职工队伍，为新工程作了坚实的铺垫，积蓄了雄厚的技术力量，使405-1A工程在康荣元、何德祝、周渭泉、寇金元先后任厂长、书记的领导下，不断创新，改进技术，加强管理，一切进展顺利，如火如荼，很快建成投产，使新专家辈出，如雷增光、李继科、史庆丰、刘皓洁、梁光扶、高海潮、钟宏亮、吴宏伟、吕永红、王化忠、周旺喜、刘红俊、穆周朝、王念文、陈贵鑫、贾荫丰、黄闽川、王庆和、杨鑫、梁国文、雷兴亮、郭卫中等，这是我国核燃料生产的第四批专家。

几十年来，五〇四厂、四〇五厂和其他兄弟单位一样，都培养出一批一批新专家。核燃料厂涌现出的一代又一代诸多专家，都是我国核燃料事业发展的中坚力量，没有他们，就没有核燃料事业突飞猛进的今天。

光阴似箭，日月如梭。核燃料建设事业已过去60余载，有些老专家已去世，绝大部分老专家已退休。这些老专家功勋卓著，他们长期身居山沟，隐姓埋名，默默无闻，不图名利，没有怨言，只有奉献，一心一意为党为国实实在在干事业，献了青春献终身，献了终身又献子孙。他们退休后拿着不多的养老金，过着平淡的生活，我们永远不能忘记他们，党和国家也不会忘记他们。

新一代专家赶上了国家快速发展核电的大好时机。核燃料生产规模扩大，技术更新，设备换代和国际合作，为年轻一代专家提供了无限美好的发展空间。他们中很多人已是研究员级高级工程师，不久的将来有人可能会当选为院士，可喜可贺。

而今，核燃料事业发展日新月异，呈现勃勃生机。多条生产线也在四〇五人手中陆续圆满建成，几个核燃料企业发展齐头并进。形势喜人，形势逼人。我相信几个核燃料生产厂年富力强、充满朝气的领导班子和广大干部职工会互相学习，取长补短、互通有无，共同发展。我衷心地祝愿他们以坚守使命、为国担当为己任，为我国核燃料事业的新发展发挥聪明才智，在建设核工业强国的伟大征程中作出新的更大的贡献。

（王德培，系四〇五厂原副厂长）

科学管理和技术进步使陕铀插上腾飞翅膀

周渭泉

1999 年 3 月 15 日，随着 405-1A 工程最后一个机组启动并投入运行，我国第一座离心法商用铀浓缩工厂全面建成。中核陕铀全体干部、工人、技术人员发扬“陕铀精神”通过五年多艰苦卓绝的努力，用我们的双手实现了我国浓缩铀生产技术的跨越和生产能力的跃升，向党中央、国务院和全国人民交了一份优秀的答卷，在中国核工业发展史上写下了浓墨重彩的一笔！如今，新工程又在如火如荼的建设中，一个现代化的浓缩铀生产基地正在形成，展现了中核陕铀的美好前景。

周渭泉

回顾企业在 405-1A 工程全面建成投产后十年快速发展的历程，最深切的感受是：科学管理和技术进步使公司插上了腾飞的翅膀！

记得在工程二期首批机组启动后不久，公司领导班子在研究 1999 年工作要点时明确提出：在 405-1A 工程全面建成后必须过好技术关和管理关，确保我国第一座离心法铀浓缩工厂安全、稳定、经济运行，把公司建成我国“技术高新、指标先进、队伍精干、管理科学、效益优良”的一流浓缩铀生产企业。

为此，公司主要抓了两项工作：

一是审时度势，实现管理转型，建立一套规范、科学的管理制度和管理体系。在工程全面建成投产后，公司是一个现代化程度和技术含量都很高的高科技企业，必须用先进的手段和方法来管理。但由于公司长期处于基建期，管理基础工作薄弱，缺乏完整、规范的管理体系。我与公司领导一班人认真分析了这一现状，明确提出企业管理必须从抓工程基建管理转到抓生产运行管理；从追求工程建设目标转到抓安全、稳定、持久运行和经济效益的提高。为此，公司以质量体系认证为突破口推动管理基础工作；在全公司建立起运行有效的安全生产管理网络；强化以成本管理和资金管理为中心的财务管理，推行全面预算管理；通过建章立制，促进管理程序化、规范化，建立“分工明确、配合密切、办事有程序、工作有标准”的科学管理体系；坚持贯彻“以人为本”的原则，努力培养一支具有较高思想素质和业务技术素质的职工队伍，以适应企业持续发展的需要。

二是消化吸收引进技术，尽快掌握离心法铀浓缩厂的运行规律，实现工厂安全稳定运行。在此基础上，把目标瞄准国际先进技术，大力推进技术进步，以科技创新促企业发展。405-1A工程全面投产十年来的实践证明，公司实施“科技兴厂”方针，以科技创新促发展的决策是正确的。这些年工厂的几项重大技术创新无一不是“先写正楷，后学草书”的成果，例如：工艺层架改造；新的取料装置和工艺的应用；主工艺控制系统的改进与创新以及部件的研制；新型变频器的研制等等，标志着我们对离心法铀浓缩技术的认知和掌握实现了由必然王国到自由王国的过渡，大大提高了工厂的科技水平，缩短了与国际先进水平的差距。这些技术创新都取得了重大成果，先后获得国家级和国防科工委的科技奖励10余项，不仅都已转化为生产力，创造了可观的经济效益，同时也使一批中青年技术人员在科技创新中得到了锻炼、迅速成长，成为工厂的技术中坚，为公司的发展积蓄了力量。

温故而知新，中核陕铀这些年的实践证明了朱镕基总理关于“敢管理和技术进步是企业的两个轮子”的著名论断。通过扎扎实实的加强管理和推进技术进步，中核陕铀的经济效益不断提高，生产经营一直保持增长势头，可持续发展能力大大增强。以工业增加值计算的全员劳动生产率在核燃料系统和陕西国防科技工业系统名列前茅。工厂的主要技术经济指标不仅远远优于设计指标而且接近或达到国际先进水平，受到中核集团公司和国家有关部委的表扬。事实证明，只要我们认真实践科学发展观，坚持管理和技术进步双轮驱动，中核陕铀就一定能够实现又好又快发展，一个具有较强核心竞争力的一流铀浓缩生产企业必将出现在汉江之滨、秦巴山麓！

（周渭全，系四〇五厂原厂长）

企业文化是陕铀工程建设成功的“法宝”

寇金元

寇金元

企业文化是指一个企业的指导思想、经营理念和包括价值观、道德观、行为规范在内的工作作风等。各个企业的情况不同，企业文化也各不相同，但有一点是共同的，即每个企业都有与企业发展相适应的、有自己特色的、广大职工认可的行为规范、规章制度、企业理念、职工价值观等等。正是这些有形的硬文化和无形的软文化，支撑着企业，推动着企业的发展。我国制造行业的排头兵海尔集团，在企业严重亏损、面临关闭的状况下，从1984年一个仅能制造单一产品——电冰箱的集体所有制小企业，自张瑞敏上任后，经过20年的努力，一跃成为集制造、科工贸一体的混合型企业，成为我国白色家电的巨头，成为世界著名的跨国企业集团，为振兴我国的民族工业树立了光辉的榜样。剖析海尔发展的过程，从海尔“以人为本”抓企业文化形成、发展的过程，我们不难看出企业文化对企业的发展起着举足轻重的作用。

1. 基石作用

企业文化为企业战略的制定、实施、控制提供正确的指导思想，起着基石的作用。当前，在激烈的市场竞争中，为什么一些企业能够从弱到强，成为行业的排头兵？主观、客观的因素固然很多，但做得好的企业有一个共同点，就是企业的发展战略是建立在顺应市场的经济发展和企业自身要求的企业文化基础之上的。海尔的成功，正是海尔的发展战略建立在了全员的、全方位的海尔文化基础之上。笔者以为，企业发展的灵魂是企业文化，而企业文化的核心则是全体员工的价值观。为了突破我国核燃料生产的“瓶颈”，提升我国核燃料的生产技术和生产能力，20 世纪 90 年代初，在党中央、国务院的决策下，四〇五厂承担了重大工程技改项目，并提出了“工期要提前、质量要保证、概算不突破”的工作要求。面对上级对工程建设如此高的要求，面对工作上的巨大压力，四〇五厂党委一班人没有就事论事，而是换一种思维方式，抓住企业自身文化特色和组织优势，充分发挥党委的政治核心作用，把企业文化建设和思想政治工作相结合，为工程建设营造氛围，以不同形式在全体职工中开展了“怎样抓住历史机遇搏一次?”“我为工程建设做点什么?”的大讨论。厂党政主要领导深入到分厂、车间、工段、班组，进行宣传动员，与职工面对面地讨论，使干部、职工进一步认清了上级组织对四〇五厂全体职工的信任，认清了肩负的历史责任，变压力为动力。各级领导干部出现在工程建设一线，党组织、党员冲在工程建设一线，“青年突击队”红旗高高飘扬在工程建设一线。在领导干部、党组织、党员的带动下，职工中自发地形成了我为“工程出力流汗，早来晚走，主动放弃节假日”的无私奉献、科学严细、努力拼搏之风。厂党委及时引导、总结提炼出了职工在工程建设中形成的陕铀精神，以陕铀精神作为职工的价值观。由于陕铀精神来源于职工，有着广泛的群众基础，一经党委总结提炼，很快就得到全体员工的认同，形成了以陕铀精神为核心价值观的、具有四〇五厂特色的企业文化，使工程建设一开始就建立在了坚实的企业文化基础之上。

2. 助推器作用

企业文化对企业的发展，犹如火箭升空中的发动机，起着助推器的作用。当工程严格按照制定的网络图进度昼夜不停地向工程目标推进时，厂领导又接到了上级指示：工程要在按原设计大纲提前 300 天的基础上，再提前 65 天建成。就是说 6 年的建设施工周期要缩短到 5 年完成。压力之大、任务之艰巨可想而知。厂党委审时度势，及时发动科技人员、管理干部、一线施工人员，从技术革新入手，改进施工工艺，依据上百道工序的关键点成立不同的革新攻关小组，群策群力，大胆创新，使原来一道工序需 10 人干 6 天的工艺，通过革新5人3天就可完成。大大提高了工效，节约了原材料，提高了工程的质量。由于广大员工的奋力拼搏，奇迹般地提前1年零4天全面地完成了工程建设，为核工业的二次创业写下了浓重的一笔。总结工程建设的全过程，使我感受最深的是：一个企业所形成的特有的企业文化的核心——价值观，一旦被全体员工所认同、所拥有，把员工中的巨大潜能发掘出来，形成强大的凝聚力，创造出人间奇迹。

3. 聚合力作用

如果说企业文化使企业的战略目标建立在坚实的基础之上，起着强劲的助推力作用的话，那么，企业文化的另一个显著作用就是它的聚合力作用。在工期紧、持续5年的建设过程中，在国家三大建材调价上涨23%的情况下，四〇五人提前1年零4天建成国家重点工程，实现了庞大的主辅系统一次启动成功，还控制住了国家一次投资的总概算。四〇五人是如何取得这样的成绩的？四〇五人从各级领导干部到全体员工，平均每天工作10小时以上。厂级领导班子5年没休过双休日和节假日。就连春节都是初一在与全厂职工团拜，对员工一年的辛勤工作表示慰问中度过的，初二开会研究安排厂里新一年的各项工作，初三就进入施工现场开始各系统的协调工作。员工中，有的5年没探过亲，有的婚期一推再推，有的父母病危也不能到床前尽最后的孝心……所有这一切不是靠奖金、不是靠物质刺激，靠的是各级领导干部的身先士卒，靠的是员工的主人翁觉悟，靠的是企业文化形成的和谐的氛围和凝聚力。多年来，工厂先后获得了“全国五一劳动奖状”“全国思想政治工作优秀企业”等荣誉。

鲜明的核工业企业特点是核工业企业文化的生命，也是与其他企业的企业文化相互区别的主要特征。各个企业由于所处的地位不同、产品性质不同、发展方向不同，特别是企业领导者和职工队伍素质不同，传统作风的继承性不同等因素而形成了自己的特点，即使是同行业、同种产品、同样规模的企业也各有各的特点。因此，从企业的实际出发来创建企业文化应是一条最基本的要求。这实质上是党的实事求是思想路线的具体运用，也是马克思主义哲学处理共性和个性、矛盾的普遍性和特殊性的一个基本要求。

企业领导层的积极倡导和身体力行，是培育和建设有核工业特色企业文化的关键。良好的企业文化，不是自然形成的，它和其他工作一样，是在领导与被领导相互努力培育有核工业特色的企业文化根基，并持之以恒，夯实基础，外化于行，内化于心。基于这样的努力，近年来，四〇五厂先后荣获：省级先进基层党组织，省级文明单位等荣誉称号；职工中涌现出了全国、省部级劳模、各类先进 20 人，学科带头人 30 人，工程建设一等功 300 余人，加入党组织的 240 人，走上各级领导岗位的 100 余人……企业文化建设与思想政治工作相结合，是四〇五厂企业文化的显著特征。思想政治工作为企业文化建设提供了正确的指导思想和科学的理论保证；同时，企业文化又为加强和改进企业思想政治工作开辟了有效的途径，提供了有效的载体。四〇五厂正是从本企业实际出发，在找准自身优势、劣势的基础上，结合时代的要求，有针对性地继承民族文化的精华，发扬中国共产党领导和工人阶级主力军作用以及核工业“两弹一星”的光荣传统和精神，借鉴优秀企业先进经验，创造出符合自己的企业文化特色。

（寇金元，系四〇五厂原党委书记）

走进陕铀

王全双

2008年11月，上级组织决定，交流我到中核陕铀工作。由于思想准备和心理准备都不足，加之在老厂工作了将近31年，大半的青春年华都在那里度过，熟悉了那里的工作环境，习惯了那里的生活节奏，工作中驾轻就熟，非常舒心省事；且当时个人的年龄已53岁，极不愿意再换地方。特别是交流到一个自己还比较陌生的地方工作，生活环境、工作环境、人文环境需要时间适应，等到全都适应了，可能离自己退休的时间也不远了。总之，在那段时间里，个人的各种想法和矛盾相互交织，五味杂陈。但组织的决定又必须服从。就在这种纠结和矛盾中履新陕铀。如今一晃十一年过去了，中核陕铀也迎来了建厂50周年纪念。回想自己在陕铀工作的8年时间里，应该说是感慨颇多，欣慰颇多。

王全双

走进陕铀，正值公司加快发展的兴盛时期。405-1A工程进入十多年的稳定运行后，405-1C工程经过艰苦谈判正在大干快上，再接下来，就是北区扩建工程的开工。这些自己都赶上了。刚到公司，给自己印象最深的是，中核陕铀职工干活的劲头很足，士气很高，节假日观念“淡薄”。只要工作需要，加班加点在所不辞。许多基层单位即便是遇到春节这样的大节，也只休息两到三天的时间，初三、四就上班却很少有怨言。新工程工地上，塔架林立，机器轰鸣，人员往来穿梭，一派热火朝天景象；总包、施工、监理、工程安装、各工号、施工队组织有序，分工明确，责任到位，有条不紊；红、黄、蓝、白安全帽组成了工地、厂房的一道道风景线。雨季来临，给现场施工带来许多不便，场地积水、道路泥泞都没能阻挡施工进度；夏季高温，三伏酷暑，动一动，喝口水都是一身大汗也没能影响工程进度。

陕铀接待中心住满了外方专家和核系统参建单位人员。中核集团等上级组织领导、省市领导、兄弟单位领导和工作人员不时莅临公司和现场巡查工程进展情况。接待中心大、中、小餐厅里的就餐人员几乎每天都是满满的。服务员、客房保洁员、小车班司机大都彬彬有礼，工作细致认真，饭菜质量可口，给客人和上级领导留下了良好印象。中心院子里的玉兰花，每逢春节过后不久就会绽放出粉红、粉白色的花朵，芬芳美丽，花香四溢；那棵起初我还不太认识的木瓜树，碧绿的叶子、还有那结成的木瓜，初看似梨，景致雅观，据说它不可食用，但成熟以后放在泡菜坛子里不生白沫，四川籍的同志对此情有独钟；院子中央的那几株春梅每到3月份便是一树火红，生机盎然，生在北方、长在北方、工作在北方的我以往曾无数次听说过“春梅”这个名字，但从未见过春梅长的是什么样子，原来也是那么娇美；院子东南角的那行如塔一样的云杉树，挺拔修长，一年四季都在高傲地炫耀着自己高大的身影；B楼南边的那行金桂树，开花以后，能从八月份把香气飘进九月，整整一个多月的时间，晚间或空余时间在院子里散步，你能感觉其香味沁人心肺，醒脑提神儿；生活区道路两旁和楼宇间的香樟树，为人们遮阴送凉一整个夏天之后，到了金秋季节依然还是芳香四溢。

俱乐部大院的篮球场，排球场，每逢周末或工余饭后，特别是到了晚上，远远的就会望见那边的灯火辉煌，走近细看，里面一派生龙活虎，一群中青年职工在那里打着比赛或锻炼身体；科技报告厅一楼的羽毛球场，时有外宾和本厂职工在里面“对抗”，也有核燃料系统、省内企业单位、汉中地区兄弟厂家的职工在里面“角逐”；室内游泳馆则是那些游泳爱好者冬天的乐园，进入冬季，里面供着温水；室外游泳场则是夏日职工群众以及周边单位游泳爱好者的清凉世界，到了学生们的暑假期，里面更是热闹；一公园、二公园里散步的人，穿着红红绿绿运动衣在那里跳舞、打太极的夕阳红老太太们、老大爷们则又组成了公园里的另外一道风景，灿如晚霞；行走在铁路线和主厂区、生活区绕大弯儿的“步行客”们，一年四季都在用自己的脚步丈量着这块土地的距离，表达着他们的热情；早晚爬大爷山锻炼的人们在一览洋洲风光，手机“咔嚓”着天边的霓虹与远山近景之后，又在讲述着那山的灵验与神奇。

融入陕铀。履新前上级组织领导找我谈话说，中核陕铀是一个很好的单位，而且是一个年轻的企业，企业的发展前景良好，又地处汉中，汉中素有“西北小江南”之称，是鱼米之乡。那里的生活环境、工作环境都不错，去了以后，一定会干好的。领导的鼓励虽然给力，但我心里还是没“底儿”，不知到了以后能否也像在老厂那样得心应手把工作干好。就这么怀着“忐忑不安”、抱着“如履薄冰”的心态走进了陕铀。上任伊始，公司两级领导班子和广大干部职工群众还是给了自己应有的热情和支持。我接任的老领导向我介绍了党务工作情况，班子成员又介绍了工厂的总体情况，我分管的党群部门也给了自己有力支持；我则为了尽快熟悉工作和环境，先后拜访了在厂的几位老领导，再到机关基层30多个部门、单位了解情况。感觉走进陕铀则是另外一番天地，同时感觉只有了解陕铀才能更好地融入其中。一番走访调研之后包括在后来几年的工作中，深感这是一块创业的热土，是一片充满希望的田野，这里的干部职工朴实无华，队伍年轻，思想解放、说干就干、不讲条件是他们的性格特点。建厂以来，工厂在各个时期、各个阶段都积累了许多宝贵经验，这些都为陕铀的发展壮大打下了坚实基础，提供了重要发展保证。在先后几期的工程建设中，从干部职工的精神面貌反映也都证明了这一点。历任班子、历届领导也都是兢兢业业，责任至上，敢作敢为，奋力担当，为企业发展作出了应有贡献。所有这些，都给了自己鼓舞和力量。因此，个人也是信心满满。感觉进入陕铀，就是陕铀人，接过接力棒，就应该努力工作，把责任扛在肩上，把职工群众的利益举过头顶，和干部职工广交朋友，接近他们，友爱他们，善待他们，创造一个良好的人文环境，这大概也是书记和党务工作者们的一方责任和工作内容。

工作环境渐渐熟悉，步入正轨以后，个人也感到了些许的轻松，至少思想上的压力不再那么大，缓解了许多。在多数人看来，书记这个差使好当，动动嘴，坐在办公室里看看文件、看看报、喝喝茶，开大会的时候讲讲话就行了。可又有多少人知道书记的职责难道就是这些？责任担当以及职工群众对你的期望又是什么呢？明白了这些，就感觉你如果敷衍组织、敷衍职工就等于“欺上瞒下”。“政客”们那样做都会被赶下台、坚决打倒的！工作中也常常能听到这样的话：“党群人员不创造价值，党群人员只会耍嘴皮子、玩儿‘虚’的”等等。那么我要问：“行政职能人员直接创造价值吗?”答案肯定也是“否”。直接创造价值的应是一线职工。而机关工作人员包括党群部门工作人员都是通过管理间接创造价值。在管理的过程中，管理人员用的是“脑”，研的是“策”，定的是“规”，靠的是“嘴”。只有具备这方面能力的人，也才能做好这项工作。

做书记工作，需要胸怀大局，最主要的是群众观念要强，真正认识到职工群众才是我们的“衣食父母”，领导就是服务，干部就是公仆，只有这样底气才足。那种认为只要到了这个岗位能力水平自然高的想法和看法只能是“孤芳自赏”，不知高低。个人在不失原则的情况下，能够较好地做到团结爱护职工，较好地融入了这个群体。感觉只要你能对职工群众亲近，他们也亲近你，你能爱护他们，他们也爱护你，你能帮助他们，他们也愿意帮助你，你的言行能够代表他们的利益，他们就全心全意地支持你，拥护你。这大概就是“以心换心”的因果作用吧。当然了，也不可能让所有的人都满意，只要大多数人满意就行。有些人可能对你的工作还有意见，也有以怨报德、甚至给你出难题，闹难看，对你大不敬的，但那都是“个别”，很正常，无须在意。个人深感欣慰的是，在陕铀八年，两次党代会的召开，每三年的任期届满考核以及每个年度的任职考核，次次如临考试前夜般的“忐忑”之后，干部职工还是给了自己满意的结果。这也就是说，自己还是给组织和职工群众交出了合格答卷。有时总认为自己做的并没那么好，是干部职工高看了自己。随后便是不停地总结和反思今后如何去做才好。

组织上对干部的交流，意在锻炼干部，也是在“熬”鹰，更是对干部的一种爱护。通过组织行为让这些干部把原来单位的好做法好经验带到新单位，达到共同进步和提高，同时也为了避免干部在一个单位、一个地方呆的时间太长而产生惰性，以及人员人事方面的纠结纠缠，更好地防止干部犯错误不失是一种好办法。对于干部个人而言，除了短暂的感觉不知“家”在哪里，又不知未来归属何处之后，至少在锻炼适应和习惯各种环境考验方面得到了机会。

夏天的汉中，湿热闷蒸，这对于初到南方工作的北方人来说也是一个考验。行走在上下班的路上，能让你感觉这汉中怎么这么热，简直就是一个大“蒸笼”。瞬间能让你大汗淋漓，衣服裤子直往身上腿上贴；到了办公室，如果不开空调，脑袋上的汗珠子两个小时都落不下去；回到宿舍，第一件事情就是赶紧把身上的衣服换下来，再去吃饭。在老厂工作的时候，何曾尝过这种滋味儿？曾有一年夏天参加集团公司在南方某城市召开的会议，与核系统南方某单位的一名同志同一宿舍，见那人每天都要换套衣服，还感觉这人怎么跟女人一样，这下明白了。在老厂的时候，一年也出不了现在一天出的那么多汗。晚上更煎熬，不习惯也不喜欢开空调，不是被吹的脑袋不舒服就是肩膀疼，入睡后头上的汗水大约要到凌晨两点左右散去，枕头一面儿湿透了反过来再用另一面；衣服、皮鞋若不及时晾晒，不久就是一层绿毛。尽管如此，但汉中毕竟不属于“火炉”地带，后来习惯以后，感觉夏天也并不那么难过。也曾在小区院子里散步时还偶尔听说有些工作在南京的本厂子弟夏天还专门回来这里避暑呢。

生活环境适应了，工作环境熟悉了，如何服务陕铀就显得很重要。大约每位干部每到一地的想法都会是差不多一样的，那就是如何打开新局面，干出一番新业绩，在前人的基础上能够再上层楼那是再好不过了。用官方的话说就是“为官一任，造福一方”，用民间的说法则是“人过留名，雁过留声”，新官上任“三把火”嘛。总之，是要干出点事情来，感觉才能让组织放心、职工群众满意、自己也能心安理得。这都应是新老干部走马上任或每到一地的初心，无可厚非，本人也一样。到了陕铀以后，前后算起来与三位总经理搭过班子。他们年轻有为，思想解放，观念新；我本人则在履职的时间上比他们长，任职中核陕铀党委书记之前，曾在老厂任过11年的党委副书记、纪委书记。按照上级党组织关于党委工作要在企业“发挥政治核心作用”的定位和“融入中心，服务大局”的要求，党委书记要“到位不越位”的提示提醒。来到陕铀以后，个人重点在如何贯彻执行落实上级党组织的路线方针政策方面，如何加强公司党的建设方面，特别是如何加强公司两级领导班子建设方面，重点加强干部党员的思想理论武装方面，精神文明建设和企业文化建设方面坚持用心用力；党的十八大以后，在反腐倡廉履行党委主体责任方面积极工作。应该说在影响和改变中核陕铀的人文环境方面还是带来一些“新鲜空气”。个人认为，一个企业单位或集体能不能搞得好，关键是领导班子。领导班子能不能团结一心，共同用力，关键是两个“一把手”。两个一把手能够相互配合支持理解，班子就协调一致，形成的合力就强；相反，如果两个一把手“各怀心事”，甚至互相猜忌，事情就麻烦，形成的分力也不可小觑。总之，与三位总经理的搭档合作，尽管在有些方面有不同意见，但个人还是坚持做到以大局为重，有话在会上说，决不在会后发表议论和犯自由主义。珍惜合作共事缘份，保证了班子的团结和成员之间的同志友谊。

在促进企业管理方面，感觉公司总体情况不错：主辅工艺稳定运行，在建工程安全高效推进，企业效益逐年提高，各种荣誉纷至沓来，企业的发展欣欣向荣，势头迅猛，也令上级组织放心和兄弟单位“刮目”。但实事求是地说，管理方面的“短板”也明显。比如，部门的参谋助手作用发挥，政策研究、政策制定的合理性以及严密程度，机关部门的文字管理工作、包括会议程序方面还有不少地方不规范，显示不出大型国企应有的水平，需要加强和提高。特别是中层干部的思想理论水平、理论武装比较欠缺，刚到陕铀感觉比较明显的是干部们开会怎么只带“耳朵”，不带笔记本，也不知回单位后如何给职工群众传达的；会上发言三言两语抓不住重点，不清楚他要表达什么；少数个别部门给公司打一个三行字的报告都能文不对题、词不达意，不清楚究竟要请示什么；也有部门制定的需要提交公司有关会议讨论决定的文件制度如同草稿一样。有的部门领导当个“大干事”可以，让他出主意不行。也有的干部年龄并不大，但说话写文章“老、套、旧”，没有新意，写出的文章你一看不是去年的内容、就是前年说过的老话，典型的“过去时”。受限于思想理论武装，当参谋自然就少了思想，做助手肯定是水平不够。因为理论是思想的源泉，思想是行动的先导。针对这些问题和不足，在加强干部的理论武装方面自己坚持每年都要组织讲课，以加强这方面的教育培训，在给中层干部和每年“七一”全体党员讲课时，课稿都是自己亲自准备，没有特别情况，决不让秘书代劳。自我感觉，在这个方面个人还是有些优势。书记虽然给不了干部党员和职工群众物质方面太多的东西，但给大家以精神方面的食粮和理论武装应该是可以的和必须的。也曾有好几位干部在和我聊天时说，他们听完课回家后还讲给了自己的孩子听。

精神文明建设和企业文化建设反映的是企业的精神面貌。一个企业的历史是什么？有没有灵魂，都反映在了企业的精神文明建设程度和企业文化建设水平上。就如同一个人有没有文化、有没有能力、内涵如何你单从他的外表是看不出来的，而气质风度神态如何则是从内在的方面发出的。“刚柔交错天文也；文明以止人文也。观乎天文以察时变，观乎人文以化成天下。”我不知道我个人的理解是否正确，当人类文明达到一定程度的时候就会形成人类文化，为我所用。一个企业、一个单位又何尝不是如此呢。中核陕铀建厂至今已过“不惑”、正在奔“知天命”之年，有着自己曾经的历史和正在走向辉煌的发展，“内强素质，外树形象”，精神文明建设必须过硬，企业文化建设必须做强。因此，在这方面还是有许多工作要做。个人感觉，公司在继承和发扬优良传统方面不够，形成自己单位特有的文化内容不多，曾有上级部门领导不止一人也不止一次和我谈到这个问题。当然，也能看得出听得来人家很委婉。对此，自己总在思考，这些工作真正下决心去做，其实也并不难。再后来，在巩固“全国文明单位”的基础上，不断推进精神文明创建活动。在践行科学发展观实践中又提出了建设“和谐陕铀，魅力陕铀，美丽陕铀”的问题；在建厂45周年活动以后开展了文明礼仪创建活动；继而开展的《中核陕铀史》编撰工作，为激发陕铀职工的爱厂热情，推动企业精神文明创建和企业文化建设活动都起到了较好的作用。公司在中核集团系统、省内外的知名度和美誉度也越来越高。

“政声人去后，民意闲谈中。”如今退下来了，“无官一身轻”，顾虑少了，也放得开了，有些话也能说了。工作中的许多人和事都已成过往。曾经的工作是好是差任由干部职工群众评说，“宠辱不惊，闲看庭前花开花落；去留无意，漫随天外云卷云舒。”到了这个年龄的人，大概就是这个心态吧。个人深感：交流干部到一个新的地方、哪怕是一个非常艰苦的地方去工作，都是好事情。“千磨万击还坚劲，任尔东西南北风。”对于干部本身而言，则是意味着一种新生。感觉自己曾为自己是一个核工业五〇四人而骄傲，后来也为自己成为一个核工业四〇五人而自豪。

衷心祝愿核工业兴旺发达！衷心祝福陕铀明天更加美丽！

（王全双，系公司原党委书记）

党建先锋回眸

在集团公司党组、上级党委的坚强领导下，公司党委认真学习贯彻党的十八大和十八届历次全会精神、习近平新时代中国特色社会主义思想和十九大精神、全国国有企业党建工作会精神，切实发挥公司党委领导作用，直面各种复杂严峻挑战，团结带领广大党员干部职工，不忘初心、牢记使命、为国担当、聚和奋进，经受艰难考验，出色地完成了各项目标任务，做到了“十二五”公司发展目标圆满收官，“十三五”发展征程顺利推进。以2018年我国新一代铀浓缩离心机大型商用示范工程全面建成并顺利通过国家竣工验收为标志，中核陕铀实现了跨越快速发展。

近年来，陕铀品牌彰显实力，公司党的建设全面加强，全面从严治党不断深入，科技创新能力水平进一步提升，干部职工队伍建设不断加强。公司三次蝉联“全国文明单位”殊荣、两次获得“全国设备管理优秀单位”，连续两年被中核集团公司评为“业绩突出贡献奖单位”，先后获得“国家技能人才培育突出贡献单位”“陕西省质量管理先进单位” “集团公司管理提升活动优秀基层单位”等荣誉称号。

几年来，我们勇立潮头，干到实处，推进一系列重大工作，办成了许多过去想办而没有办成的事情，各方面工作都取得了重大成就，在中核陕铀发展史上写下了浓墨重彩的一笔。

党建引领为建成国际一流铀浓缩企业提供坚强保障

——中核陕铀党建工作综述

郑　可

2019年适逢中核陕铀建企50周年，在几十年国企改革历程中，如何在党的领导下，把党的领导、党的建设的出发点和落脚点切实落在服务生产经营、提高企业效益、增强企业核心竞争力和服务广大职工、满足职工需求，这个课题从未丧失它的时代价值。事实上，在当前新形势下，如何回答这个问题显得更加突出和急迫。

实践是检验真理的唯一标准。在我国新一代铀浓缩离心机大型商用示范工程建设过程中，中核陕铀党委结合自身实际，边实践、边摸索、边总结、边创新，进行了一些有益探索和积极尝试，总结出具有陕铀特色的党建工作经验。一方面，在工程建设中，中核陕铀党委强化党建引领，推进党建工作与工程建设深度融合，确保了党支部战斗堡垒作用和党员先锋模范作用的有效发挥；另一方面，中核陕铀党委在破解选人用人机制瓶颈方面进行探索，坚持正确价值导向，拓展选拔任用通道出实招，培养造就高素质专业化干部队伍，为建成世界一流铀浓缩企业提供坚强保障。

筑牢党建与业务“一体两面”新格局

中核陕铀党委在2017年提出党政“思想同心、目标同向、责任同担、决策同言、工作同频、考核同步”的“六同”理念，推进党建工作与生产经营深度融合、同频共振。按照新时代党建工作新要求，强化政治建设，夯实基层组织，逐级落实党建工作责任，把党建工作融入公司改革发展的各个环节，致力于打造“崇德向善、健康向上、风清气正、聚和奋进”的政治生态，推动全面从严治党向基层延伸，避免党建工作与生产经营“两张皮”。举旗帜、树正气、育文化、聚人心、展形象，也许是中核陕铀当下党建工作的真实写照。

中核陕铀党委书记、董事长鄢斌形容党建和生产经营的关系是“一体两面”。所谓“一体两面”，就是党建工作和生产经营如同一枚硬币的两个面，硬币离开其中任何一面都将丧失价值。党委书记与总经理角色有侧重，但目标方向是一致的。要把党委书记和总经理看作是一个整体，如果把两者割裂，那么工作上一定会产生偏差，出现“两张皮”现象，一定会出问题。鄢斌谈到，坚持党的领导，加强党的建设，是国有企业的“根”和“魂”，抓好党建就是进一步强化国企的属性。全国国企党建会召开后，中核陕铀党委思想自觉、政治自觉、行动紧跟，聚焦“集团公司党组32条要求”，压紧压实管党治党主体责任，实现党建“补课”、再造、工作全覆盖，激发党建工作动力。及时调整党委工作机构设置，配齐并落实党务干部职级待遇，实现责权利相统一。树立党的一切工作到支部的鲜明导向，强化基层组织政治功能，推进党支部工作标准化、规范化、精细化。出台《党建工作与业务工作深度融合实施办法》，实施基层党建工作考核办法，党建工作与生产经营占相同比重。通过体制机制再造，公司党委把方向、管大局、保落实的领导作用充分发挥，对企业改革发展的引领力不断增强，实现了政治领导、思想领导、组织领导的有机统一。

在中核陕铀，倡导崇德向善、健康向上、风清气正、聚和奋进的政治生态，通过实践已经从公司层面层层落实到党总支、党支部等基层组织末梢。把落实党中央的要求和贯彻中核集团党组决策部署当作政治任务，这就是“讲政治”。在具体工作中，中核陕铀党委强调，不管哪个单位出了问题，首先要追究党支部书记的第一责任。通过这种方式，给基层党组织负责人“压担子”，要求其承担起自己应负的责任，即“党要管党”。鄢斌表示，一个单位的政治生态很重要，企业风气正不正，团队氛围好不好，关键看党组织，尤其是党组织负责人，一个党组织负责人若没有一身正气，没有政治担当，只知道“和稀泥”，稀里糊涂混日子，明知道某些方面有问题，却依然不管不问，迟早会出现大问题。一旦出现问题，必须首先追究党组织负责人的责任。

与此同时，中核陕铀党委在基层党支部应用转化“一体两面”理念，贯彻“双向进入、交叉任职”“党政同责”“一岗双责”原则。具体体现在，基层车间行政主要领导必须同时担任车间党组织副书记，使其既有行政职务又有党务职务，实现党政融合、有机配合，党建气氛一下子和谐起来。对此，中核陕铀党委还专门给在车间担任党务副职的行政一把手就“树正气、育文化、带队伍、促发展、保落实”布置了“作业”，进一步明确了其今后抓党建工作的思路和举措。

党支部书记真正承担起责任后，他们“说话才真正算数”，在党员中自然就有了威信，在党员中形成示范效应，党组织的凝聚力、战斗力随之提升。通过“压担子”，党支部书记纷纷走出办公室，到基层一线去，到科室、工段、班组跟职工谈心，“用心、用情、用力”地开展工作，发现问题及时解决，基层党组织的活力随之增强，党员和职工重新找到了归属感。可以说，现在的中核陕铀，支部书记“有职有权”，确确实实是在引领着大家不断攻坚克难向前进。主工艺运行部为进一步强化党建工作与生产运行深度融合，发挥党组织在运行一线的战斗堡垒作用，于2017年下半年，在1A、CD两个运行值分别抽调1名优秀值班主任担任支部书记兼总值长。在开启推行新管理模式的同时，创新基层党建工作，将支部建在运行岗位上，第一时间把控系统状态和运行人员状态，加强运行值与职能科室的“无缝”衔接，确保主工艺运行部各项管理要求在运行系统落地生根。同时，支部书记及时将党建工作安排部署到运行各个环节，发挥党员在运行一线的骨干作用和模范带头作用，用“真学、真想、真干、真担当、真奋进”的劲头，精心操作，精心呵护，确保公司核品生产线安全、稳定、经济运行。

下一步中核陕铀党委准备进行新的试点，即：如果在工作中发现某些基层干部确实能力突出，既能承担业务管理工作又能胜任党务工作，那么就可以考虑在该单位实施“党政一肩挑”，且同时配备专职副书记。这项创新准备从承担核品生产线运行维护的相关部门开始试行。

关键时刻共产党员显担当

在我国新一代铀浓缩离心机大型商用示范工程建设过程中，中核陕铀党委作出了“要把党的建设与示范工程建设相结合”的决策部署，坚持“工程建设到哪里，党组织就建到哪里，党组织和党员先锋作用就发挥到哪里”的原则，不断探索完善在工程建设中全面加强党的建设的有效途径和方法，确保把党建工作优势转化为工程建设攻坚能力。

从2017年下半年开始，示范工程建设进入攻坚期。中核陕铀党委结合工程实际，深入推进“立足岗位作贡献，建功陕铀当先锋”主题实践活动，各级党组织团结带领广大干部职工攻坚克难、无私奉献，啃下了一个个“硬骨头”，危险面前不畏惧、不退缩，党支部攻坚克难的战斗堡垒和党员敢于担当的先锋模范作用充分发挥。公司领导班子成员带头深入一线解决问题，带头到建设现场参加抢工义务劳动。领导干部干在先、冲在前，一级做给一级看，一级带着一级干，“头雁”效应充分显现。从示范工程安装阶段到工程收尾阶段，每当遇到工程建设中的关键节点，中核陕铀主要领导都带领管理部门的党员干部，以主题党日或主题实践活动等形式，在节假日、周末或晚上主动参加一线义务劳动。示范工程对现场清洁度要求很高，虽然有些党员干部对一线生产技术工艺了解不深，但为保证示范工程建设任务顺利完成，他们主动申请参加现场清洁工作。在工作现场，党员同志冲锋在前，脏活累活抢着干，毫无怨言。他们为什么这么拼？那就是早日建成建好示范工程的使命在召唤，“四个一切”核工业精神在召唤，党和国家“核心技术掌握在自己手里”的担当在召唤……他们义不容辞。

工程建设单位党支部紧密围绕工程“四大控制”，开展“关键靠党员”主题活动，组建党员突击队、党员攻关组，实施“关键任务有党员引领、关键路径有党员盯守、关键问题有党员攻关、关键时刻有党员冲锋”。机电检修车间负责示范工程主机安装和管道真空找漏工作。看似简单的操作，但每一台主机都需要对阀门进行一次打开和关闭，仅此一项，就是几十万次的重复操作，这还不算其他工作，其任务量之大可想而知。一上午下来，职工腰都直不起来了，腿也在发抖，手上也磨出血泡。怎么办？关键时刻，车间党总支一班人带头垂范，带领40余名“党员突击手”先后20多次开展“现场突击”，大家群策群力、拼搏奉献，快速高效高质量地完成了各分项任务，为真空找漏及工程建设节点目标的完成奠定了坚实基础。2017年5月20日，在示范工程建设“提速”的大背景下，机电检修车间第一党支部利用周末休息时间组织“党员突击队”开展义务劳动，对工程主设备隔膜阀按技术要求进行检测。鄢斌同志作为该支部的一名党员，积极响应支部号召，放弃休息时间，与同志们一起并肩奋战、同甘共苦。大家发扬陕铀人特有的“三种精神”，克服高空作业困难，一丝不苟认真作业，保质保量完成了工程任务。

针对工程中的急难险重任务，2017 年，工程一线党支部组成了 45 个“党员科研攻关小组”和 78 个“党员突击队”，聚焦急难险重任务，攻克技术难题 32 项，保质保量完成了重大节点任务。自控仪表车间生技变频党支部所在工段承担了 23 项重点工作任务，其中有 17 项是由党员同志承担项目负责人，支部共组织 15 次“党员突击队”活动和 8 个“党员科研攻关小组”，攻坚克难解决现场实际问题。所有调试负责人都是由支部党员担任。2017 年 10 月 21 日，自控仪表车间生技变频党支部联合主控工段党支部开展了“献礼十九大，攻坚克难靠党员，建功陕铀作贡献”党员主题突击活动。活动以促进南厅同步系统安装工作为主要内容，在支部书记郭鹏和孟福海带领下，参加活动的党员同志、党员发展对象、入党积极分子及主动请缨的职工一起，利用周末休息时间，来到工程建设现场进行电缆敷设。经过 9 个多小时的不间断工作，顺利完成了 43 列安装任务。

实践证明，党员干部的模范带头行为，职工是看在眼里记在心中的。这对广大职工起到了良好的示范引领作用，密切了党群、干群关系。有党员在组织生活会上反映，过去感觉自己跟普通职工没两样，现在因为自己是一名党员，觉得“我跟别人不一样”；过去参加组织活动不积极，现在参加组织活动有了责任感、荣誉感和成就感。这就是坚持党建引领，加强党的建设的效果在基层党员身上的具体体现。

锻造高素质专业化干部队伍

中核陕铀有近 50 年发展历程，历经数次改制改革，当前职工年龄结构不均衡，给干部队伍建设带来了较大压力。公司党委面对新时期高素质专业化干部队伍建设的迫切需要，深入调研、分析研究、问计于民、民主集中，从突破思维壁垒中找方法，从拓展选拔任用通道上出实招，努力打破干部队伍老化、断层的“瓶颈”问题。

为增强干部队伍的活力和动力，为优秀青年员工搭建成长成才的平台和施展才华的舞台，大胆选拔任用年轻干部意义重大。鄢斌表示，选人用人就是要发挥党组织的领导和把关作用，坚持正确的价值导向，严格规范选人用人制度程序，做到“一碗水端平”，真正把忠诚干净担当的干部选好、用好、管好。2017 年上半年，中核陕铀党委经过严格遴选考察，选派 9 名优秀年轻科级干部到关键重要岗位交流锻炼、墩苗壮骨，筑牢年轻干部成长的根基。本着缺什么、补什么的思路，基层一线的年轻干部交流到综合管理部门，去开阔眼界、拓展思维，提升管理能力；管理部门的年轻干部交流到基层一线，去接地气、经受实践锻炼，积累一线工作经验。这种双向交流锻炼的模式，使年轻干部明显感觉到肩上的担子重了，心中的责任强了，干事的劲头足了，极大程度上提升了年轻干部的综合素质。这种干部培养方式给优秀的年轻干部又提供了一条进步的通道，让真正想干事、能干事、会干事的人有平台去发挥。同时也有利于实现干部结构的“老、中、青”搭配，形成老干部“传帮带”，年轻干部历练积累、快速成长的良好氛围，极大地调动了青年员工干事创业热情与激情。

一名到综合管理部门交流锻炼的年轻干部与记者谈到，自从到了现在的岗位，立刻就被压了“重担子”，虽然专业领域跨度大，很多业务知识都不熟悉，但在生产一线磨炼积累的知识和经验会促使他很快适应新的岗位的。“我有充足的信心”，他微笑着说。虽然每天都很忙碌，但确实把自己的潜能给挖掘了出来，在较短时间内迅速提高了诸多能力，尤其是思维方式、思考问题、工作方法都得到了极大改善。而一位从管理部门到基层一线交流锻炼的干部反映，现在每天和职工群众在一起，慢慢和他们打成了一片，生产一线专业知识逐渐丰富起来，实践经验慢慢多了起来。通过双向交流锻炼，年轻干部的知识结构大大优化，综合素养有效提升。年轻干部们敢于挑重担、打硬仗的工作作风和蓬勃向上的良好精神风貌也直接影响着身边人，带动着身边人。他们的成长发展更鼓舞着、激励着中核陕铀广大青年充分发挥青春智慧和力量，在为中核陕铀作出更大贡献的同时，实现自身的人生价值。

建设我国新一代铀浓缩离心机大型商用示范工程，既是我国实现铀浓缩技术工业化应用的重大跨越，又是中核陕铀发展史上的里程碑，更是考验中核陕铀党建工作的试金石。实践证明，没有国企党组织的坚强领导，没有党建工作的正确引导，没有党员干部职工的不懈奋斗，就没有中核陕铀今天的良好成绩。“路漫漫其修远兮，吾将上下而求索。”随着国企改革的进一步深入，中核陕铀将在党建工作上进一步探索实践，确保将党建工作优势转化为企业竞争优势和发展优势，为加快建成具有国际竞争力的世界一流铀浓缩企业提供坚强政治保障。

党建新境界　运行有保障

主工艺运行部党总支部

2018 年是中国核工业集团第一批五厂三矿建立 60 周年，同时也是中核陕铀示范工程启动达产之年，三秦大地见证魅力陕铀 50 载沧桑砥砺，汉江水扬波彰显春华秋实璀璨光辉。今年 3 月 20 日，由中核集团完全自主研发建造的——我国新一代铀浓缩离心机大型商用示范工程在中核陕铀全面建成投产。

示范工程的建成达产不仅是中核陕铀未来发展关键，更是我国核工业走出国门的坚实基础和有力保障。回望 8 年南山下的工程建设，7 年日日夜夜的组装调试，熟悉的面孔越来越少，新的朋友越来越多，一代代陕铀人前赴后继、使命使然，为建成国产设备示范工程，付出了数不尽的汗水和无悔的青春。工程建设期间，主工艺运行部党总支部认真贯彻落实集团公司和公司党委的工作部署，坚持党建引领，实现党建工作与示范工程建设深度融合同频共振，积极参与工程施工的组织与管理，支持公司工程建设工作，做好工程现场的危难紧急工作，保障工程建设各项任务的完成。

主工艺运行部党总支部所辖 3 个二级党支部（白班党支部、CD 党支部、1A 党支部）。工程建设期间在车间党总支部的统一领导部署下，成立党员突击队，积极开展与工程建设联系紧密的党员责任区、党员模范岗、劳动竞赛、技术比武、岗位练兵、合理化建议、义务奉献等众多活动。活动的开展，不仅是党支部发挥战斗堡垒作用的必然要求，也是提高车间党员积极性、增强集体荣誉感和主人翁意识，增强党总支的战斗力和凝聚力的方法体现。期间各支部涌现出一大批优秀共产党员、先进事迹、感人故事，这充分展示了党组织的先进性和战斗堡垒作用，他们以坚定的信心和非凡的勇气，积极奉献，攻坚克难，锐意进取，开辟了党建与生产建设同频共振的新境界。

白班党支部是由车间管理科室及职能人员组成的党支部，工程建设期间，白班党支部充分发挥党支部战斗堡垒作用，坚持树旗帜、塑形象、抓学习、促发展，使党员先进性得到有力展现。党员突击队累计参与突击任务 26 次，其中在 2017 年 5 月为工程建设安全消防检查合格，一天就完成了近 400 台灭火器的更换工作；2017 年 6 到 8 月完成主机电气测量任务，累计完成参数测量记录 80 多万个；2017 年全年检查机器隔膜阀累计 10 万余次，同时积极将工程建设期间各项数据汇总，编写论文 30 篇，五小攻关论文 12 篇，专业技术论文 13 篇。2017 年白班党支部被公司党委授予先进党支部，白班支部运管科党小组被授予模范党员责任区，支部书记关成明获得公司优秀党务工作者荣誉称号，这些喜人成绩的背后是一群默默付出甘于奉献的共产党员真实反映。2017 年 12 月 29 日，示范工程第一批机组顺利启动，启动当天白班支部所有党员对两个机组的机器供电、供水、阀门开关反复检查 3 次，从 28 早上一直检查到 29 日早上，吃饭在工地，休息在现场，反复的确认就是确保各项启动工作的万无一失。攻坚克难的堡垒就是这样用党员的无私和忘我凝聚而来。

CD 党支部是运行党支部，不仅维护 2 条生产线的安全稳定运行，还积极参与工程建设。2017 年 CD 党支部坚持以安全稳定运行为中心，以工程建设为重心，将党建工作为有型抓手渗透到工程建设的方方面面，充分发挥党组织的战斗堡垒作用。所成立的党员突击队共完成突击任务 22 次，参与 235 人次，完成 8 批机组保温棚搭建拆除工作和主机启动前的准备工作，用实际行动诠释了共产党员的真正含义。与此同时支部积极开展宣传活动，一大批先进事迹在车间和公司广受好评。其中有黄勇与儿子黄友哲的工地父子兵，两代陕铀人从“子从父业”到“青出于蓝”为公司的发展奉献了青春和热血。没有豪言壮语，却有着情怀和担当；没有丰功伟绩，却时刻不忘初心。他们的行为是对“艰苦奋斗、不计名利”的陕铀价值观的最好诠释。2017 年 9 月 25 日，车间接到紧急任务，在车间党总支部的要求下，在参加中核集团第一次高技能人才培训班的党员同志们接到通知迅速向现场集结，这些车间岗位上班长大拿，在经过一天的学习讨论后，没有休息就义无反顾地参与到此次突击任务中，从 18 点集结完毕一直工作到晚上 22 点，突击队员们分工协作、攻坚克难，完成了 7 列保温棚的拆建，为第八批主机真空干燥工作按期开展争取了时间。在工程建设关键节点上，党员和积极分子随叫随到第一时间深入施工现场参与工程建设，真正做到了主工艺运行车间党员干部真想、真干、真担当。这些优秀的人物和先进的事迹不仅在支部和车间形成崇尚先进、学习先进、争当先进、赶超先进的良好风气，还为车间在公司赢得了良好的声誉。

1A 党支部是公司及车间的第一条生产线职工党员组成的党支部，2017 年该支部不仅配合公司和车间完成多项科研攻关和技改实验，还主动作为积极组织党员同志成立突击队参与到示范工程建设中，配合车间参与突击任务 21 次，参与 220 人次，累计拔插供电插头 6 万余次，检查机器开关 4 万余次，确保了党组织对车间重点工作的推动作用和示范作用。由于 1A 支部人员结构年龄较大，在多次的突击任务中，不少同志都干得腰酸背痛，在搭建保温大棚期间，一位老党员突发腰疾，但他强忍着疼痛，硬是一个人把数百斤的保温膜从大厅门口背到装架底下，佝偻的腰背背起的不仅是工程建设的材料，更扛起了一位共产党员的理想信念和陕铀人特有的精神文化。“老同志嘛，要发挥余热。”说这话的正是 2017 年获得全省劳动竞赛“优秀班组长”称号的祁智涛同志，工程建设中，祁师傅不仅积极参加党员突击队，还带领自己的徒弟到施工现场，为年轻一代讲解工程建设中的注意事项，以此作为年轻人学习的机会，老党员们充分发扬“传帮带”精神，让年轻一代通过工程建设快速成长，进一步促进车间岗位融合。努力把人才培养成党员，把党员培养成人才，发挥党员先进模范作用，使每一棵树苗尽可能长成陕铀的参天大树。

随着示范工程的建成达产和十九大的胜利召开，主工艺运行车间党总支部将认真贯彻落实党的十九大会议精神，深入推进公司“五大高地”建设和“五大陕铀”建设，加强党组织在车间生产运行中的战斗堡垒作用，以党的建设成效推动和保证生产经营任务落实落地。充分发挥共产党员的先锋模范作用，不忘初心、牢记使命，埋头苦干、聚和奋进，牢固树立“四个意识”，发扬“两弹一星”精神和“四个一切”核工业精神。为更有效推进 4 条生产线的安全稳定运行做好政治保障，为加快建成具有国际竞争力的铀浓缩基地，加快培育世界一流的核燃料企业作出新的贡献。

党建引领创佳绩　示范工程谱新篇

自控仪表车间党总支部

为保证我公司示范工程的顺利投产，自控仪表车间党总支部积极发挥党支部战斗堡垒和党员的先锋模范作用，紧紧围绕公司示范工程建设开展主题实践活动，做到党建工作与工程建设深度融合，同频共振。自 2017 年以来，各党支部先后组织开展了以工程建设为主题的党日活动 15 次，党员突击队开展活动 18 次，开展技术攻关活动 8 次，党总支部党员参与率 100%，体现出了党员同志“关键时刻靠得住、困难时候顶得住”的先锋模范带头作用，以实际行动诠释了党组织的战斗堡垒和党员的先锋模范作用。

工程我为先，党员冲在前

为保证示范工程自控仪表系统、中频供电系统的安装和调试工作顺利进行，自控仪表车间党总支部积极开展主题为“真情献礼十九大，攻坚克难靠党员，建功陕铀作贡献”的党员突击队活动。组织党员、入党积极分子和职工，克服施工难度和天气影响，齐心协力，先后完成了工程调试设备的转运、十多列机器插头的连接和数万米电缆的敷设等多项突击任务，极大地推进了示范工程建设的安装进度，为后续调试工作的有序进行奠定了良好的基础。尽管每项突击任务都十分艰巨，每名党员要重复蹲、站数万次，这对每名党员同志的身体条件都是一个严峻的考验，为了能够按时完成任务，保证示范工程的启动投运不受影响，参与党员同志们克服劳动强度大的困难，经过连续奋战数小时，终于按期保质保量地完成了任务，尽管大部分党员同志累得腰酸背痛，好多天走路都是直不起腰，弯不了腿，但作为一名党员，能在公司示范工程建设中发挥模范作用，尽到作为一名党员的责任，党员同志都毫无半点怨言，就一句话："为了示范工程建设顺利投产，值了！"

责任重于天，党员我在先

在公司示范工程启动的最关键时刻，针对前期机组启动过程中系统出现的疑难故障，车间党总支部及时组织党员骨干进行认真细致地分析讨论，连续加班加点，在较短时间找到了出现问题的根源所在，及时地排除了影响后期机组启动的重大疑难故障，确保示范工程启动、投产顺利进行。

针对示范工程系统某一疑难故障，车间党总支部成立技术攻关小组集中力量分析解决和处理。攻关小组由支部党员、主任工程师、专业工程师、专业技师以及技术骨干组成。由于小组成员各自均有专项项目，只能利用中午休息时间召开专题会，会议中各位成员通过分析故障现象，积极讨论，最终形成一致意见，明确了系统测试验证方案，以期达到彻底解决该故障的目的。党员技术骨干拿出"关键时刻站得出来"的能力和"撸起袖子加油干"的决心，勇于担当，甘于奉献，充分发挥党支部的战斗堡垒作用和党员的模范先锋带头作用。

示范工程调试所使用的简易信号发生器产生故障，党员翟微同志得知后主动请缨，将信号发生器重新焊接并优化电路后修复正常，保证了后续调试任务的顺利进行。

针对如何优化示范工程电调阀系统化应用技术以及电调阀检修维护方面的规范化问题，车间党总支部组织党员技术骨干、专业工程师等技术人员，进行集中攻关讨论，对近期电调阀出现的一些现象进行了分析，逐一明确了解决问题的方法，统一了改进的思路，对电调阀控制系统的优化提出了可行性意见；进一步明确了示范工程电调阀检修维护的规范化操作程序，后期在确定方案后将开展组织实施，从而使电调阀的应用更可靠、更高效、更智能，以实际行动推进公司五大高地的建设工作。

充分做好示范工程前期各项准备工作，在时间紧、任务重的情况下，车间党总支部及时组织技术力量强、经验丰富的党员骨干展开了示范工程电阻测量工作，通过此次活动的开展，共计发现20台有缺陷的主机，为主机相关部件的更换赢得了时间，消除了“带病”运行的隐患，保证了启动计划的顺利进行。

在工程安装施工中，常常遇到各类技术难题，各党支部积极发挥党员模范带头作用，党员同志带头解决难题，积极开动脑筋想办法，为确保工程安装进度作出了应有的贡献。例如：在仪表安装图中，设计仅仅标示出了仪表取源点，未设计仪表安装方式及位置。在综合了安装成本、今后运行维护便利等多方面因素后，党支部组织党员同志设计制作了仪表架，将仪表集中布置安装，方便了今后运行时的维护操作，并经设计、监理认可，已大量投入使用；在仪表引压铜管焊接时，重新制作接头，将原来的铜管套在接头上改为接头套在铜管上，增加焊接台阶，便于施焊，通过这一改变，大大提高了探漏通过率，减少了返工量。

工程有党员，进度有保障

示范工程首批机组能否按期进行投产，是示范工程建设中具有里程碑意义的一件大事。车间党总支部积极开展党建引领作用，发挥党支部战斗堡垒和党员的模范带头作用，组织党员骨干先后完成了仪表入厂检定、安装、调试等示范工程启动前期准备工作，为工程的按期启动达产作出了应有的贡献。

为了把好仪表安装施工第一道质量关，车间党总支部党员同志带头，规范操作，严格把关。由于仪表检定工作的特殊性，受检定标准装置数量限制，为完成仪表检定工作，人停装置不停、换人不换装置，党员带头加班加点，及时完成了工程建设中涉及专用仪表近600台，电工仪表约500台、热工仪表约700台的入厂检定工作。

在仪表安装过程中，严格按照施工规范、图纸、技术说明进行施工，先后完成了仪表支架、引压管制作及安装工作，按节点要求完成了示范工程建设自控仪表的安装工作。期间，所在支部组织党员突击队，在较短时间内完成了轻杂质事故保护传感器的安装工作。施工过程中，为了检查、消除仪表安装缺陷，面对已安装的几百个仪表吹洗用$\phi 3$阀门，不厌其烦一遍又一遍对$\phi 3$阀门上近千个螺丝行进紧固检查，小到一个螺丝钉，大到仪表设备，将各项工作做实做细，消除设备缺陷。

在启动阶段，积极发挥党组织的战斗堡垒作用，按照要求，及时响应。先后处理注油间仪表异常20多起，确保真空计指示准确可靠，为注油工作提供了计量保证。同时，还完成了机组、串级、气体辅助系统近600台仪表的调试工作，对于损坏仪表或超差仪表及时更换、检修，仪表指示准确无误，保证工程顺利启动达产。

积极做好调试过程中的预想预防工作，在仪表调试阶段，难免会出现仪表损坏，需要有备品仪表替换的情况，而工程设计总包方并没有考虑仪表备品。所在党支部积极组织党员骨干，未雨绸缪，在年度材料计划中采购了相关的仪表备品，确保了后期调试工作的顺利进行。对于调试过程中损坏的仪表，及时和仪表制造厂商联系，解决了损坏仪表的维修问题，为公司节省了材料费用。发挥了党员同志在我公司示范工程建设中的作用。

在公司党委的正确领导下，在公司行政的大力支持下，车间党总支部始终坚持不忘初心，牢记使命，积极贯彻落实公司党建例会精神和要求，认真履行党建责任，坚持政治引领，不断提高政治站位，在我公司示范工程建设中，车间党总支部紧紧围绕“攻坚克难靠党员，建功陕铀作贡献”这一主题实践活动，始终坚持将党建工作与生产运行、工程建设、经营管理深度融合，以党建促生产、以党建保发展，展示了新时代自控人开拓进取、奋发向上的良好精神风貌，为我公司示范工程建设作出了突出的贡献。

把党建融入工程　用党建引领示范

辅助工艺运行车间党总支部

“示范工程建设既是我们的一项重要的生产任务，更是一项政治任务。”这几乎成为了第四施工队每一位人员都熟悉的口头语。第四施工队承担了示范工程建设大厅保洁、主机清洁、大厅温湿度控制、冷却水系统冲洗、真空干燥时加热升温和排汽、机组冲击试启动和启动时冷热水转换等工作，这些工作直接关系到示范工程对大厅清洁度和工程进度的要求。为把这些工作做好、做扎实、做到位，辅助工艺运行车间党总支部根据车间实际情况成立了“党员工程建设先锋队”，在示范工程建设中开展“关键靠党员”主题活动，把党组织的战斗堡垒作用和党员先锋模范作用充分发挥出来，以党员带动全员，促进了党建工作与工程建设深度融合、同频共振，为示范工程建设贡献

了力量，确保了“关键任务有党员引领，关键路径有党员盯守、关键问题有党员攻关、关键时刻有党员冲锋”，促进了示范工程全年节点目标任务完成。

活动中，“党员工程建设先锋队”认真贯彻执行公司、车间年度工作会议精神，紧紧围绕公司质量、安全方针和新工程建设目标要求，依据《北区扩建离心工程安装质量保证大纲》《工程公司质量管理体系合订本》要求，按节点要求圆满完成了工程大厅保洁；变频器冷却水系统冲洗、调试；$\phi 8$ 水管连接后的冲洗、打压、置换；主机真空干燥期间锅炉运行、机组升温、排气、处理水断流、主机冲击、启动等相关调试工作，确保了施工质量，以及环境与职业健康安全管理体系的有效运行和持续改进，实现了各项施工任务质量保证率100%、合格率100%；无重伤及以上人身伤害事故、火灾事故、环境污染事件，实现了“零事故”目标。

“党员工程建设先锋队”紧紧围绕新工程建设，确保“关键任务有党员引领、关键路径有党员盯守、关键问题有党员攻关、关键时刻有党员冲锋”，促进示范工程建设的全面建成投产。

活动期间，要求进入工作岗位的全体党员佩戴党员徽章，亮出党员身份，时刻鞭策大家不忘党员身份，自觉履行党员义务，要以共产党员的标准严格自我提醒、自我约束、自我激励。制作“党员工程建设先锋队”宣传牌，放置在厂房入口，时刻提醒党员要牢记职责，带头发挥先锋模范作用。

关键任务有党员引领

在示范工程建设中，调试组始终把“安全第一、质量第一”放在首位，围绕着各项施工任务，制定出施工中安全、质量管理制度，责任到人。为了更好地落实各项制度，发挥党员带头作用，指定由党员担任施工负责人和作业组组长，在每天班前会上对当日的工作任务、质量、安全、6S等要求进行布置，在班后会上对当日的工作进行总结；车间主管施工的领导、施工队长、作业小组长、施工人员每日在施工记录上签字确认；车间主管生产的领导担任施工队的第一负责人，负责及时与各施工单位联系沟通，将施工区域、施工任务、安全注意事项等进行告知，杜绝因交叉作业引起不安全因素的产生。

注重施工任务方案编写及培训。在主机、补压机、变频器系统冷却水管道冲洗调试中，党员技术人员主动挺身而出，除完成生产运行任务外，还经常牺牲休息时间加班加点，深入到施工现场，对照图纸和工艺线路对难点、疑点进行一一论证，编写施工方案，并对施工人员进行技术交底培训。共进行培训6次，累计培训116人次。

关键路径有党员盯守

在示范工程建设中，主机清洁是施工队承担的一项关键任务之一，清洁质量直接影响阻尼器的更换进度和后续真空干燥的要求质量。由于此项工作对清洁度要求很高，而且施工难度较大，现场作业环境复杂，“党员工程建设先锋队”冲锋在前，党员领导干部带头干，党员职工紧跟上，充分体现出“一个党员一面旗”，党员就一定要“闪光”。在每次主机清洁前，先锋队将参加清洁的人员分 5 个作业小组，指定一名党员担任组长，从施工开始到验收全程负责施工安排、进度、质量、安全。如果在双休日或中班需要加班时，党员干部带头加班，带领党员同志投入到施工建设中，起到了关键任务党员引领的作用。整个工程建设期间共进行了主机清洁 46 次，完成 42 列主机清洁任务，共计 1564 人次参加，其中党员占清洁总人数的 80%，针对主机清洁的难点，提出了 2 项合理化建议并已实施，取得较好的效果。

在机组真空干燥、冲击、启动期间，为满足机组启动前的工艺要求，主机加热跨接软管安装的可靠性、机组升温期间时系统排气的彻底性也是调试工作中的质量控制关键点。由于施工作业现场条件限制，中央地沟的软管制作连接也是调试组“头疼”的事。场地狭小，照明不足，先锋队面临软管连接固定、爆管、漏水等诸多困难因数。于是施工组提出党员同志要勇于担当，冲锋在前，要发扬党员带头，干部争先，再大的困难都要去克服。于是，施工现场走在最前面的总是党员干部。安装结束后，为了确保质量，还特地安排两人一组对地沟管线巡检，两人其中必须有一名是党员。通过以上措施，在整个机组调试期间，没有发生过因管道连接质量问题影响机组升温的情况，确保了机组调试、冲击和启动工作顺利进行，充分体现出了“关键路径有党员盯守”。

关键问题有党员攻关

示范工程中，为更好地解决“机组升温过程中的排气和水断流问题”以及“如何使地沟软管连接更合理，便于操作”，“党员工程建设先锋队”成立了 6 人攻关小组，其中党员 5 人。首先对以前机组升温中排气、处理水断流情况进行统计分析，分析造成水断流的原因，提出了如何确保排气、处理水断流的思路和建议 3 条。通过改进，大大降低了机组升温后冷却水管道的气堵，检查水断流的次数由原来的每批 28 处减少到 4 处。

在机组真空干燥、启动时，针对地沟软管（长 6 米）连接后无法固定，造成部分管道变形、破裂、鼓包无法使用等问题，攻关小组经多次讨论和实验，提出了提前制作备用管道，放置现场，便于更换；同时考虑在地沟顶部、周围预埋固定连接件，将软管进行高挂，避免上述问题的发生。为了确保操作准确性，对连接后的软管进行标识并设置相应的检查制度，每天安排专人对软管在使用过程中的情况检查。通过以上措施，实现了党建工作对示范工程建设中真正由“贴近”变成“融入”。

关键时刻有党员冲锋

在示范工程建设中，作为“党员先锋队”的成员，不论是男同志还是女同志就是一个一个的钢铁战士，大家一直坚守在工程建设的最前线，先后完成了调试和施工任务 30 多项。形成了技术规程类程序文件，运行调试规程 10 份、调试方案 7 份、标准操作卡 31 份、应急预案 2 份、作业规范 6 份。

为了确保施工进度，在主机真空干燥时排气、消除水断流、更换阻尼器等工作时，往往需要在休息时间加班进行，每当遇到需要加班时，“党员先锋队”的党员总是冲在最前面，主动请缨。几年来，只要是施工的需要，党员同志总是随叫随到，没有任何一句怨言。他们在施工中严格要求自己，做到口勤、腿勤，不怕苦、不怕累，每天提前十分钟到现场，打扫卫生，摆放物品，下班时也总是最后走出现场；即便是回到家里，也是时刻待命；现场一有新的或者突发事件出现，总是党员第一个出现在现场。“党员先锋队”的党员在示范工程建设中，以高度的责任感、使命感和工作热情投入工作，体现出党员的担当意识，用自己的实际行动展现出党员的风采。

哪里有需要，哪里有问题，哪里就有“党员先锋队”的同志们。他们用自己的实际行动，争分夺秒，全身投入到示范工程建设中。哪里最苦最累，哪里就有党员在冲锋陷阵。“把示范工程干好，做一名合格党员”，这就是“党员先锋队”严于律己的工作准则。没有感天动地的豪言壮语，用自己的行动，默默展现着党员本色！

坚持党建引领 助力示范工程

动力车间党总支部

北区扩建工程（二期）作为中核集团自主研发的新型专用设备大型商用示范工程，该工程的建成将意味着中核集团专用设备技术发展迎来新的里程碑，更好地为核燃料出口提供支持和保障。动力车间党总支部充分认识到示范工程的重大意义，进一步提升政治站位，积极主动参与建设我国自主研发的新型专用设备大型商用示范工程，承揽了示范工程中的高低压配电室电气安装、外围电气调试、主机跨接线和变频器及其母线安装、闭式冷却塔的施工安装等重点工作，同时为整个工程提供安全稳定的动力保障。

动力车间党总支部在示范工程的施工过程中坚持党建引领，做深做实做细党建工作，注重党建工作与施工任务的深度融合，号召广大动力人坚守使命、为国担当，开拓创新、聚和奋进，高标准、高质量、高效率地确保动力车间承担的各项施工任务圆满完成，为把该工程建成示范工程、一流工程、精品工程、标杆工程提供动力方案，贡献动力智慧。

一名党员就是一面旗帜

动力车间党总支部牢固树立党建工作与施工生产任务“一体两面、深度融合、同频共振”的理念，紧紧扣住党员队伍这个主体，强化党员意识，激发内生动力，激励引导车间全体党员立足岗位履职尽责，融入工程施工比学赶超，勇做建功陕铀的先锋队。

共产党员梁永红同志作为施工现场临时用电安全负责人，做好施工现场低压临时用电的安装和拆除工作，使施工现场临时用电管理质量得到很大提升，有效降低临时用电存在的安全隐患，又保证施工现场安全用电；共产党员马继业同志作为施工现场变频器进出电缆头制作的负责人，确保电缆制作质量的同时，电缆头整形、规范、美观得到保证；共产党员王建同志带领着管工班人员制作配电室电气盘柜基础和安装以及变频器柜和电容器柜的运输和安装，盘柜安装落位整齐规范。同时，车间党总支部积极发挥退二线干部的先锋模范作用，成立了由董雪利、王浩、张静林、宋海洋、刘文建五位共产党员组建的党员突击队，承担起南厅电气安装（南厅变频器负荷柜到主机装架的电缆敷设与机组跨接线 94 列，共计 9212 根的制作安装）的质检工作，发现倒相错误 20 多处，绝缘不合格 30 余处，导线的压接工艺不符合规范 200 余处，其他问题 10 余处。发现问题后，他们做好记录，及时督促整改和复查，确保了南厅变频器负荷柜到主机装架的电缆敷设与跨接线的安装质量，保证了车间施工任务的圆满完成。

树立先锋，党员比学赶超

党总支部积极引导全体党员为示范工程建设建言献策，在车间统计提报的合理化建议中，党员占 65.5%；在公司开展的创新创效活动中，车间共有 48 人/次参与，党员占 60.4%；同时，积极鼓励支持党员参与工程的科研技改，车间有 11 名党员参与，占 61.1%；在工程的 QC 小组活动中，党员参与占 71.2%，涌现出了“全国优秀质量管理小组一等奖”2 个、“全国质量信得过班组”1 个、“陕西省优秀质量管理小组一等奖”3 个、“陕西省质量信得过班组”1 个、“陕西省优秀质量管理小组二等奖”5 个、集团公司“安全生产先进班组 1 个。

加强宣传，讲好动力人的故事

动力车间党总支部积极营造浓厚的文化氛围，讲好工程建设中动力人的故事：《“蜘蛛侠”的侠肝义胆——记中核陕铀高压线路班》《中核陕铀供电系统实现安全运行1500天创历史新高》《动力人战高温、冒酷暑，积极完成故障抢修任务》《动力人的高品质是这样炼成的——记“全国优秀质量管理小组”动力车间保护班QC小组》等4篇文章在《中国核工业报》和“中核集团官网”上刊登。此外，车间党总支还开展了向李思泉老党员情牵车间变化、心系车间发展的高尚品格学习——“致车间全体职工的一封信”活动，积极引导车间全体党员认真落实公司党委“五个一”要求，号召广大动力人忠于事业、爱岗敬业，争做敢于担当、勇挑重担的动力人。

在示范工程的施工过程中，动力车间党总支部确保了党建工作融入工程建设中心不变、聚焦问题不变、创新方向不变。同时，鼓励党员在工程建设施工中“亮出身份、喊出声音、干出业绩、做出榜样”，发挥了先锋引领作用，形成了“迎难而上当表率、创新思路找办法”示范工程施工建设的良好干事氛围。

今后，动力车间党总支部将以党的十九大精神和习近平新时代中国特色社会主义思想为引领，不驰于空想、不骛于虚声，真抓实干、聚和奋进，在公司党委及总经理部的坚强领导下，不忘初心精耕主业、牢记使命建功陕铀，以求真的态度、踏实的作风，抓好党建、带好队伍、搞好生产，奋力走好新时代动力人新的长征路！

党建与工程建设深度融合

化工成品车间党总支部

化工成品车间党总支及下属党支部按照“一岗双责”的要求，积极开展党建及工程建设深度融合工作，坚持围绕中心、服务大局、求真务实、团结奋进，积极开展别具特色的党员突击队活动、“两学一做”学习教育常态化制度化活动，充分发挥“一名党员一面旗”的作用，认真开展“喜迎党的十九大，立足岗位做贡献，建功陕铀当先锋”主题实践活动，努力促进党建与工程建设的同频共振。在公司党委正确领导下，化工成品车间党总支以第三施工队为载体，在全体施工队员的努力下，共完成了主机 $\phi 8$ 冷却水管预制工作，并根据实际情况完成了打压、消漏工作，保证了大厅清洁安装、真空干燥等重要工程建设节点目标任务。

思想重视，充分准备，积极筹措

化工成品车间党总支部高度重视工程建设施工任务，针对承担 $\phi 8$ 水管的预制、安装以及调试工作，及时召开了专题会，成立了第三施工队，形成第三施工队的组织结构，并从车间各个单位抽调精兵强将，作为第三施工队的主体。根据工程工序多、根数多、局部时间投入人力多及高空作业多、施工难度大的特点，在查阅了相应的技术规范、安装规范、安全质量标准后，对施工人员进行了安全、质量、技术培训。对车间的工器具、辅材进行清理，并组织对如何开展“示范工程”进行了专题讨论，对可能遇到的困难进行了详细分析，使车间干部职工对承担工程施工遇到的困难有了清楚的认识，理清思路，制定科学规范的施工方案，为今后在施工中遇到困难及时解决困难奠定了基础。

加强党建与工程建设深度融合

在工程建设期间扎实开展“喜迎党的十九大，立足岗位做贡献，建功陕轴当先锋”主题实践活动，充分发挥党员的模范带头作用。车间党总支根据工程时间紧任务重的特点，强化建设“想干事、能干事、干成事、好共事、不出事”的施工队伍，动员二级支部及时组建“党员突击队”，充分发挥“一名党员一面旗”的作用，并结合“两学一做”活动的开展，紧紧围绕工程建设施工任务，坚持问题导向，发挥党员模范带头作用，坚持党建与工程建设的深度融合。其中生产技术科党支部根据工程时间紧任务重的特点，及时组建“党员突击队”，组织党员带领职工迎着困难上，加班加点，抢时间争进度，协助完成冷却水管下料、去毛刺 30000 多根，及时安装冷却水管 7 列，协助完成冷却水管打压、消缺、整理 12 列。再生安分党支部在 ϕ8 水管预制工序中成立了 ϕ8 水管退火、翻边、套垫、喷漆突击队，党员带头利用工作闲暇时间、中午休息时间，克服人员少，工作量大、天气炎热等困难，保障了 ϕ8 水管的正常供应；在 ϕ8 水管安装过程中成立了 2 个 ϕ8 水管安装党员突击队，在不耽误生产任务的前提下，及时调整施工时间，减少上山、下山进出次数，施工队员均在 12：30 分进入安装现场直至完成当日工作任务；示范工程启动期间成立了主机冷却水水管消缺突击队，参与人员大部分由党员组成，由于消缺工作的不确定性，突击队制定了 24 小时值班计划，同时保证突击队员手机 24 小时开机，做到随叫随到，及时处理。成品科党支部承担 ϕ8 水管后期的下料任务，成立了 ϕ8 水管下料突击队，克服成品科人员少、工作任务多等困难，突击队调整作业时间，将下料时间调整至 7：30 至 9：30 之间，既完成了工程任务，又保证了生产任务的正常完成。液化工段党支部针对 ϕ8 水管成型工作，成立了成型突击队，成立初期积极准备，针对每种规格的 ϕ8 水管制作专用工装 16 个，大大提高了成型效率。

强化安全教育及现场监督

ϕ8 水管的卸车、转运、安装都存在诸多不安全因素。因此，在施工任务开始之前，车间举办了施工安全教育培训，对施工安全控制进行了详细的讲解，多次学习危险源辨识表。同时，车间领导和施工队负责人按时召开安全例会，确定每个工序的安全负责人，再三强调安全注意事项，并要求党员同志带头遵守安全作业规范，并监督、提醒施工队员规范作业；另外，施工队设置有安全员，定期检查监督施工人员的安全防护情况是否到位，制止不安全的施工行为。对个人安全防护品穿戴不齐全、不规范的现场叫停进行整改，及时消除不安全的隐患，并确保防护用品发放到现场每一位施工队员，施工人员使用到位，并注意事项提醒、监督到位。通过采取的一系列安全措施，圆满实现了工程建设“零事故”目标。

鼓励创新，确保施工质量和进度

在车间所承担的工程项目中，基本上均为手工作业，劳动效率低，施工质量不易保证。车间科学细化工作流程和工序，形成了规模化和流水线作业，确保了施工质量和进度。同时，采取激励措施，奖励在施工过程中提出合理化建议的职工，逐渐在职工中形成了积极钻研技术，勇于创新，大胆尝试的工作作风。在工程建设期间，依靠集体智慧采取了多项举措，共提出合理化建议 10 余条，共制作、加工、应用工装 21 种，提高了工效，保证施工安全质量和进度。其中 $\phi8$ 冷却水管预制的去毛刺工装、翻边工装的应用，均使施工质量和进度得到了保证。

车间总支及下属各支部在公司党委的正确领导下，不断引导广大党员发挥先锋模范作用，加强作风建设，坚持以上率下，强化政治纪律和组织纪律，坚持“两学一做”教育常态化制度化，在工程建设方面工作与党建工作的深度融合，圆满完成工程建设任务，充分发挥好支部的战斗堡垒作用，为示范工程的顺利达产贡献了自己的力量。

动力车间供水党支部的故事

谢　瑛

溢水河畔，丰都山下，有一个政治坚强，求真务实，开拓创新的集体——动力车间供水工段党支部。支部书记带领 9 名党员发挥战斗堡垒作用，把基层党组织和党员队伍先进建设放在首位，围绕供水系统全年安全、稳定、连续运行为目标，出色完成供水任务，赢得了各级领导的高度评价。供水党支部引领下的 90 号运行班是一个仅有 11 名女职工的班组，这个班组真可谓地道的“娘子军”。虽然是一个平凡的岗位，但这 11 名女同志却创造着不平凡的业绩。

这个班组担负着公司生产、生活饮用水的供水任务，以及生活饮用水的加氯消毒处理任务。她们团结协作，爱岗敬业，出色地完成各项工作任务；她们积极上进，秉承着求真务实的工作态度；她们身负重任，以“认真操作、精心维护、节能降耗、确保供水”为职业道德规范，在平凡的岗位上默默地、辛勤地耕耘，为公司树立了供水行业良好的企业形象，取得了良好的经济效益。不得不说，水泵运行是一件辛苦的工作。每当夜深人静，万家灯火俱灭，大人和孩子们都已进入梦乡时，漆黑的夜空下闪烁的是值班室内明亮的灯光，90 号班组的姑娘们仍在坚守岗位。她们绷紧琴弦，就连说话时眼睛也不敢离开运行主机，时刻巡视运行参数。因为用户用水量忽大忽小，每时每刻都有掉压的可能，压力下降时，她们会以最快的速度开启设备，保证水压；熬过漫漫长夜，旭日东升，当大家迎着早上的太阳精力充沛去上班时，她们眼圈漆黑，拖着疲惫的身体买菜准备老公孩子的中午饭；有点闲暇功夫准备睡觉时有的却因困过头无法入睡，这也是运行工的职业病，她们常常称自己为“夜猫子”。姐妹们上要照顾年迈的父母，下要抚养年幼的孩子。更有甚者老公在外省上班，生活重担都压在一个体弱妇女身上，日夜的操劳也使得她们的身体越来越差。但她们依然本本分分，尽职尽责地干着自己的工作，没有抱怨，辛劳背后的泪水只有她们自己知道。他们用自己默默地付出，赢得了用户们的满意。工作中男人也难完成的工作她们照样也能干。为了保证水压在安全范围内，有的设备没有改造，有的阀门不灵活一天要来回开停好多次。要想保证安全供水，维护好设备是关键。特别是班组所管辖的设备已经运行 20 多年，老化的设备要维持正常的生产运行，维护设备就要付出双倍的努力。她们实行设备维护保养承包制，贯彻“润滑、清洁、紧固、调整、防腐”十字作业法，建立维护保养记录卡，设备完好率达到 95%以上。维护时，先去油污、去锈迹、先湿擦、后干擦、再上油，小到一个电机螺母，大到一个泵体，使其达到轴见光、设备见本色；盘根漏水了，她们自己更换盘根，直到试车正常，看到自己油乎乎、脏兮兮的两手露出会心的微笑。工作中，她们始终把确保供水系统安全、连续、经济运行作为班组首要任务，将工作重点放在安全上，连续创造了 20 多年无违章、无事故的良好记录。由于公司主工艺对供水系统有严格的要求，不能有掉压、断水事故，必须确保分分秒秒供水畅通，因此运行人员必须有极强的责任心。

对于有的供水管线的老化，运行人员最担心的是供水管线会突然发生爆裂。有一次凌晨 4：15，运行人员遥测主机发现清水池水位呈下降趋势，排除其他因素，判断有爆管现象，汇报总调，立即果断关闭生活水阀门，保证一类生产负荷用水，经过检修人员抢修，确保了核品生产线供水正常。3 月份 90 号中班人员发现 DN300 管线流量突然大增，判断可能是厂区哪段管线爆裂漏水，立即汇报分厂巡线检查，原来是阳光小区管线破裂漏水。每年 3 至 8 月份是水源井设备损坏最严重的时候，3、4 点也是人最困的时候，6 月 15 日 3：15 分运行 5 值巡视主机突然发现 8 号站没有电压显示，立刻打电话汇报水源井值班人员，值班人员以最快的速度飞奔到 8 号站，进行了及时处理，避免了一次难以估量的经济损失。

公司从高质量发展，在精益管理上，节能降耗上下功夫。为了响应公司号召，供水党支部带领班组制定了“强化精益管理、落实 JYK、降低供水系统运营成本”效能监察实施方案。全员自觉参与“成本控制”和“节能降耗”工作，充分利用清水池有效容积开展削峰填谷，采取优化设备运行状态，不断降低能耗，降低供水成本，班组每年节约电费支出约 21 万元，为公司后续发展、长远发展鉴定基础。

公司示范工程的全面建成，标志着我国铀浓缩离心机实现了升级换代，达到了国际先进水平。近年来，核燃料事业面临新的机遇与挑战，公司提出党建工作与经营发展深度融合，在供水党支部的带领下，大家兢兢业业，拧成一股绳，在比、赶、学、超中干起来，保质保量完成供水任务，为保障公司示范工程建设提供了有力的安全保障。

一分耕耘一分收获。一分耕耘一分收获。在供水党支部的正确领导下，在 90 号运行班组的姑娘们夜以继日的共同努力下，曾连续多次获得公司“双文明班组”，更在 2007 年在人民大会堂被全国妇联授予中央企业“巾帼文明岗”，2008 年又被全国妇联授予“全国三八红旗集体”。“路漫漫其修远兮，吾将上下而求索。”作为供水服务行业，她们将继续牢记初心、忠于初心、坚持初心、守住初心。永远“不忘初心跟党走，执着信念不动摇”，用实际行动来为党旗增光添彩！

筑梦路上

赵建杰

50年前，第一代核工业人从祖国的四面八方汇集到朱鹮故乡陕西洋县的溢水河畔。没有住所，就寄居在老乡家中；没有砖盖房，就自己建砖厂；没有路，就自己砸石子铺路；没有饮用水，就自己打井……专用电网拉进来了，专用供水线通水了，铁路专线通车了……一排排整齐的厂房，一栋栋矗立的家属楼，迎来了中国核工业四〇五厂第一代创业者。他们，默默扛起了四〇五人沉甸甸的责任。

改革开放的春风吹拂神州大地，四〇五厂成为改革开放的直接受益者。1993年，国家“八五”“九五”期间的重点建设项目405-1A工程在中核陕铀开始建设。一句“任重道远”的谆谆嘱托，吹响了中核陕铀建设的号角。

没有合适的工具，就自己加工；没有专门工装，就自己设计；没有成熟的经验，就摸着石头过河。大家心里都憋着一股劲，再苦再累，也要争口气端上铁饭碗。工程技术小组现场办公，现场安装小组、党员突击队迅速进入现场……作为刚参加工作的我，积极投身于工程建设中，亲眼目睹了一个个漂亮的“绝活”，亲身体验了一个个让人感动的画面，亲身回味了一个个让人兴奋地欢呼。人累瘦了，手磨破了，虎口震裂了，却没有一个人叫苦叫累……他们咬紧牙关，提前啃下了一块又一块硬骨头；他们用自己的辛勤劳动实现了“质量要保证、工期要提前、概算不突破的”铿锵诺言；他们用艰苦奋斗的拼搏精神、不计名利的奉献精神、科学严细的求实精神，向中国核工业、向党和人民交上了一份满意的答卷。自强、开拓、奉献、创新的陕铀人，慷慨激昂，激流勇进，用自己勤劳的双手，实现了“发展核技术、开发新能源”的奋斗目标，实现了我国核燃料关键环节生产能力的跨越式发展，有力地推动了我国核电事业国产化步伐。

新时代、新思想、新征程，新奉献。中核陕铀紧跟时代节奏，步入高速发展的快车道。2018年3月20日，我国新一代铀浓缩大型商用示范工程在公司全面建成。漫天的礼花、惊地的锣鼓声、雷鸣般的掌声中，我们热泪盈眶，视野一瞬间模糊起来……

没有安装图，就自己按照示意图绘制；没有操作台，就自己利用边角余料加工；没有成型的设备，就自己想“高招”。大家目标一致，要想争创世界一流，就要好好拼上一把。一个个科研攻关小组，一个个党员先锋队，一个个青年突击队冲进了施工现场……示范工程建设期间，我既是安装工，又是指挥员；既落实生产任务，又要保证工程进度。一幕幕感人的画面又呈现在眼前：管子瘪了，重新加工；压力表微降，重新检查打压；水断流了温度不升，立即消缺……整齐林立的装架，稳定旋转的机器，智能化的控制系统，自强、开拓、奉献、创新的陕铀人，坚守使命，为国担当，聚和奋进，用自己的智慧刷新了历史纪录，实现了一个又一个“零”突破，扛起了“兴核报国”的梦想。示范工程的全面建成，提升了核燃料生产自主化能力，提高了我国铀浓缩领域的地位和市场竞争力，使我国核燃料产业由核大国走向核强国。

陕铀梦、中核梦、中国梦……筑梦路上，有你也有我，陕铀人扛起了沉甸甸的责任。50 年弹指一瞬间，一代又一代陕铀人，不忘初心，牢记使命，建成了世界一流的铀浓缩企业，唱响了为中华民族复兴而奋斗的主旋律。

陕铀赞歌

袁志忠

光阴似箭，岁月如梭。一转眼公司走过了50年。从最初的四〇五厂——华光公司——中核陕西铀浓缩公司，公司一步步走来，守正创新，健康发展。从早期的筹备建厂——引进——安装——直到生产出合格的产品，公司一步步走来，持续创新，蓬勃发展。这些无不浸透着老一辈四〇五人和新一代陕铀人的辛勤汗水及无私的奉献。

作为一名核二代，我从小就跟随着父母在这里生活成长。也在大人们神神秘秘、断断续续的交谈中懵懵懂懂地听到了一些从没接触过的词汇：核、铀-235、铀-238、六氟化铀等等。当时我并不知道这些词是什么意思，只感觉好像和原子弹核武器有关系。记得刚上初中的时候，作为一名共产党员的父亲变得忙碌起来，经常起早贪黑，加班加点，有时顾不上吃饭，就让母亲用铝饭盒装些饭菜，放在一个布袋子里拎着就出门儿了。半夜我睡得迷迷糊糊的时候就听见大门“咣当”一响，门口传来父亲的声音：“给我下碗面条，饿坏了。”早上起来我又不见了父亲的身影，就问母亲：“我爸忙什么呢？一天到晚不见人。”母亲告诉我说：“要上马了，单位忙得很，小孩子家，别乱问。”“上马了？”我带着满脑子的疑问上学去了，坐在教室里看到二十一建设公司的翻斗车、大卡车等很多大型机械设备，从中学操场边的马路上呼啸而去，一辆接着一辆。我隐约感受到了“上马”的重要含义。

到了1993年，四〇五厂迎来了大的发展机遇。从俄罗斯引进了新工艺法铀浓缩生产线。我的父亲从事的是真空找漏工作，是真空班的班长。由于以前技术储备不够，父亲的文化水平又不高，新的找漏设备运用起来不是很得心应手，数据经常出现偏差，准确率也不高。那段时间经常看见父亲下班回来后眉头紧锁，一言不发。我知道父亲是遇到难题了，就关心地问：“老爸，怎么了？是不是你给我说过的探漏仪又出问题了？”父亲“嗯”了一声，紧接着又说道：“没什么，难不倒我们”。到了晚上，父亲班里的几个叔叔都到我家来了，他们趴在桌子上，又写，又画，又翻书，又辩论。每天晚上，父亲带着几个叔叔一“捣鼓”就是大半夜。经过他们夜以继日地不懈努力，攻坚克难，终于将这进口设备“拿下”，找漏的准确度达到了百分之百，数值误差控制在了规定的范围内。

看着父亲脸上洋溢的笑脸，我心里暗暗下定决心，一定要让中国的核事业在我们这一代更上一层楼。作为新一代核工业人，我也积极地投入了生产建设当中。厂房的改造，设备安装、调试，管道的连接，加班加点更成了家常便饭，不过条件要比父辈们好多了。车间将会议室临时改成了休息室，支上了床，铺上褥子和被子。专门由分工会主席组织买了饭菜水果等食物，吃住都在车间解决了，再也不用半夜回去找饭吃了。困了，上休息室就睡，醒了起来就接着干。经过四〇五厂全体职工的艰苦奋斗，不懈努力，终于将引进的设备安装到位，所有的改造项目顺利完成，1996 年提前 304 天顺利地启动投产，1997 年 5 月份转入了正式生产运行，达到了所有设计工况的要求。为中国的核事业作出了积极贡献，也为后续离心技术摸索出了宝贵的经验。

接下来的二十多年，是中核陕铀大跨步大发展的重要阶段，新的厂房一座座起来，离心机设备一排排进入，无不浸透着每一位陕铀人的汗水，将陕铀人的“三种精神”发挥得淋漓尽致。

当时间定格到了 2018 年 3 月 20 日，我国自主研发生产安装的新一代商用铀浓缩离心机正式启动投产，标志着中核陕西铀浓缩公司由弱到强不断发展壮大，不断取得新的进步。作为一名参加了历次工程建设的普通共产党员，我也积极地投入到了这次北区扩建工程的建设当中，在新工程建设中担任第四施工组组长。每次冲击实验和启动前，我们施工组都要钻进地沟里完成软管的制作安装等工作，地沟内阴暗潮湿通风不畅，为了抢时间，我就带领施工组其他队员提前进入现场进行管道的安装工作。记得有一次在施工过程中管道突然爆裂，冰冷的冷却水瞬间从管道中喷射出来，为了不影响启动，必须在第一时间内将破损的管道更换下来，我当时毫不犹豫直接扑了上去，先将阀门迅速关上，然后拿起两把扳手，迅速拆卸破损的管子接头。其他同志本来下意识地往后躲，但在我的带领下都自觉地冲了上来，一起将损坏的管子更换掉。当时大家的注意力都集中在重新连接管道上，当脱落的管道重新连接好后，走出地沟时才发现我的衣服已经从上到下全部湿透了。当大家关心地问我冷不冷时，我笑呵呵地连连说：“没事，没事，没有影响到启动就好。”

一个团队就是一个家。为了减少浪费，每一次施工完成后我总是最后一个离开现场，并将现场的物品清理干净，工具摆放整齐，同时将其他同志用完后丢弃的脏污的手套、抹布清洗晾干了，以备第二天使用。

在进行配合主机消缺、更换单机时给装架排水、送水、排气时，为了赶时间、赶进度，加班加点已经无法统计有多少次了，由于个别同志身体不好或家中有事，我总是带头加班，从不计较个人得失。为了节约时间经常中班连饭都不吃，都是工作结束后回家再吃。由于工艺的要求，当接到指令后，不论多晚，进入工地忘我地工作。在我的影响下，身边的同志都自觉加班。通过努力，在施工中，我所在的施工组都很好地完成了各项施工任务，所有任务都按期完成。

我始终以共产党员的标准严格要求，以我父亲等老一辈四〇五厂人为代表的建设者们，当年投入工程建设的激情为榜样，自我提醒，自我约束，自我激励。在北区扩建离心工程二期项目建设中，完成了南北大厅保洁、主机清洁、大厅温度控制、冷却水系统冲洗、真空干燥时加热升温和排气、机组冲击试启动和启动时冷热水转换等施工任务七十多项，有力地保证了北区扩建新工程的顺利启动，并荣获了一等功。

回顾历史，中核陕铀 50 年的发展中，每一项工程的建设都离不开历届领导的睿智决策，离不开陕铀员工艰苦奋斗，无私奉献的精神和爱岗敬业，精益求精的工作作风。作为一名核二代，我为父辈们为中国核事业奉献自己的一生感到骄傲，我也为自己能成为一名陕铀人感到自豪。中国核事业就是在这样千千万万普普通通的核工业人的努力下，逐渐发展壮大。

为所有在公司发展中作出贡献的同志们点赞！

示范工程中的“小故事”

刘　辉

我叫刘辉，是来自机电检修车间的一名普通共产党员。我主要从事真空检修工作。在工程建设的过程中，真空工作是为了保证系统上安装的所有管道、设备都符合相应密封性要求，是工程建设最后一道、也是最重要的一道工序，同时也是全系统安全稳定运行的重要质量保证。在示范工程建设中，在我们只有 7 人的真空团队的共同努力下，在所有工程建设者的艰苦拼搏下，保证了示范工程按计划顺利启动，同时我作为我们团队的负责人，经公司推荐获得 2018 年度“中国核工业集团有限公司优秀共产党员”称号，获得此项荣誉不仅仅是我个人的荣誉，更是在示范工程建设中所有兢兢业业、努力拼搏、无私奉献的工程建设者共同的荣誉。

在这里，我想和大家分享一些工程建设中的小故事。

第一个故事：克服一切困难

刘辉

记得有这样一件事，那还是在干第一个工程的时候，晚上 9 点了，正准备下班回家的时候，一阵急促的声音传来，电话铃声响了，接完电话我整个人就像静止了一样，又是一个紧急通知，第二天就要开始真空干燥，想想大家已经工作了十几个小时，晚饭也没吃，我都不知道该怎么开口让大家留下来。她们几个看到我都愣住了，知道肯定是有临时任务了，互相看了看坚定地说：“你发话吧，说干就干，我们都听你的。”不知怎么的，一下子就感觉鼻头有些酸，想想大家伙都还没吃饭，又匆匆投入工作中。就这样，一晚上在升降车上我们不间断地找漏、冷冻测量，已经到了早晨 7 点，终于其他工作都结束了，就剩下提隔膜阀了，看到她们女同志们在升降车上都已经困得打盹了，感觉站都站不稳了，我实在不忍心再让她们继续工作了，在我的一再坚持下，她们被我赶回去休息了。喝了一杯浓茶，缓了缓神，我自己一个人开始提隔膜阀，8点多车间领导来现场的时候，看到我还在提隔膜阀，都纷纷加入，很快也就结束了工作。现在回想起来，也许就是一定要按时完成任务的信念和责任心支撑着我们继续坚持。

在示范工程建设中，我主要担负的是真空实验这部分工作，同时参与了前期管道安装、转运等部分工作。也许大家不了解，真空实验工作和其他工作相比，有它自己的特殊性：普遍存在耗时长、隐性工作多的特点，而且是工程建设向着启动运行转换过程中的最后一项工作，工作质量和工作责任容不得半点马虎。从事真空工作的人员由于退休等原因，真空人员从某工程的一个工段五六十人到1C工程中一个真空专业班30多人，等到示范工程中仅有7人，而工程建设工作量却显著增加。在任务不减反增的情况下，现在的一个人承担的工作量是以前的几倍甚至十几倍，而我作为这个团队中的负责人和唯一的一名男同志，爬高下低、重体力活和一些繁琐的工作都主动承担下来，加班就更是常态。在近8年的工程建设中，我放弃了年休假和双休日，而有时为了完成节点任务，长假期间仍照常上班。

一台检漏仪，两个氦气袋，三名真空工作人员，一个工作日就能完成一列区段立管的真空检漏任务，并保证消漏合格。我们站在升降车上检漏，常常一站就是一天，一天要站十几个小时，每天下班脚都是肿的，而且为了节省时间和避免上下升降车大家都是尽量少喝水。

第二个故事：不忘初心

大家可能不知道，在工程刚开始不久的一段时间里，我就感觉身体越来越不舒服，撑了一周之后，同事们都建议我赶紧去医院检查看看，身体好了才能更有力地投入工程建设中来。将手头的工作交代给同事们之后我就匆匆赶到医院就诊，结果被检查出来是心肌梗塞。我给医生说能不能给开点药打点针，好了我还得回去工作。医生严肃地说："必须手术，都这样了还怎么工作。"无奈之下，我在西安做了心脏支架手术。住院的时候，同事们都说想来看看我，我一想到工程建设刚刚开始，正是需要人的时候，就没让他们过来。出院时医生再三嘱咐要按时长期吃药，一定要加强休息，避免重体力劳动，等彻底好了再干工作。我在家休养的一周时间里，一想到同事们每天都在加班干工程，而我只能躺在床上，心里越想越急，我就每天一个电话打给车间领导请求工作。为了我的身体健康，车间领导果断拒绝了我的要求。没办法，我又自己到领导办公室，把我术后的情况逐一解释清楚，在我的一再坚持和保证下，车间领导才有条件地同意了我工作的要求。像我这样的性格，在工程现场工作一段时间后，我又和以前一样加班加点的投入到工程建设中，已经忘记了自己是一名病人。刚开始的一段时间，家人、朋友、同事们都觉得我就是个疯子，居然拿身体开玩笑，特别不理解我为什么就敢这样做，刚开始我还给他们做一些解释，时间长了我也就不作过多的解释。其实在现在看来，我也只是做了一些普通党员该做的事而已。

第三个故事：实现不可能

在工程建设中，我们遇到了以前从来没有出现过的问题，遇到了以前从未解决过的困难。

2015 年，我们用了整整大半年的时间将工艺管道全部真空检漏合格，但当 2016 年挂机结束后，集流管连接前区段立管消缺结束后，首次做区段管道真空冷冻测量时，我在检查冷冻测量数据时就发现数据差值偏大，但按照规程是符合合格标准的，出于职业的敏感性，我立即对差值较大的立管进行真空检漏，结果在区段立管上发现存在焊缝微漏。稍微平复一下心情，我第一时间将问题反映给车间领导，并建议对全部的管道、设备重新进行找漏和冷冻测量，最终车间领导在我的一再坚持下，决定全部管道、设备重新找漏。就这样，多达上万个找漏点、几千次的冷冻测量，原来大半年的工作时间被我们硬生生压缩到了 3 个月完成。最终冷冻测量全部合格，工程得以按计划顺利进行。

在整个工程建设的几年时间里，为了提高检漏设备的灵敏度和检漏效率，我每天都是 7：30 坐倒班车进入施工现场，提前用真空泵对当天需要真空检漏的管道进行预抽空。利用同事们中午吃饭的时间再将早晨已经做完的工作和下午将要进行的工作进行整理、安排，下班后再将明天需要检漏的管道提前抽一次。每天都是第一个进入工作现场，最后一个走出工作现场。

在这期间，由于单机出现的缺陷问题，要在已安装好的装架上更换单机，这让我们本就捉襟见肘的人员安排又带来了更大的压力，而且装架已安装好再去更换单机，工序繁杂、工作量大，包括破空、抽空、单机检漏、充氮封存等各项工作都需要我们去做。为此，在保证原本工作的基础上，还得再抽调部分人员配合更换单机，作为团队里唯一的男同志，我挑起重担，兼顾两边，绝不能拖工程建设的后腿。还有这样一个有趣的事情，我的微信运动每天都在四万步以上，每天都是排在第一位，不知道的同事开玩笑说你这步数不会是摇的吧？但是一份辛苦一份收获，当按照时间节点圆满完成了工作任务时，那发自内心的获得感、成就感和自豪感都会让我们觉得一切付出都是值得的。

为了建设好我们国家的离心工厂，在真空工作中我始终坚持“严”字当头，抓好质量关，同时也为了提高工作效率，在总结以往工作经验的基础上，在规程规范要求内，努力提高真空实验合格标准，将真空冷冻测量的数值标准，由原来的不大于 1 μmHg 提升到后来的不大于 0.7 μmHg，而到示范工程时更是进一步提升到不大于 0.5 μmHg。这就要求现场检漏人员拿出十二分的精力和耐心，不放过一处细小的漏隙，保证自己检验的每一根管道都经得起时间的考验。而且根据现场的实际情况，我改进制作的各种实用工具达 40 余种，维护修理的真空设备达几千余台，保证了真空工作的持续性。

在示范工程主机更换阻尼器的工作中，由于装架层数增多，级联体积增大，而使用的流量孔板仍沿用外方的标准，造成抽空时间明显延长。更换七院重新改进的流量孔板后，在控制抽空速度的情况下，我观察了压力下降的坡度曲线，结果发现降幅明显过快，实验当天就在孔板表面检查出了油膜，我当时马上决定换回外方孔板，同时向上级领导汇报，得到了肯定的答复，事后天津机械质检人员所抽检的所有单机阻尼器的油量全部合格。为了加快主机装架检漏速度，减轻劳动强度，我在已有的经验上大胆假设、小心求证，带领年轻的技术人员，从上千组数据中寻找规律，总结经验，成功地将以前复杂的找漏方法简洁优化，同时大大减少了检漏所需时间。同事净智倩根据我的改进成果所做的 QC 成果《缩短单机消缺时间》，在中核集团公司成功发布并获得“一等奖”。这一切都说明我和我的团队不仅是能打硬仗，更是一个有着创新精神的好团队。

2018 年 4 月 20 日，又是凌晨两点，施工现场依然灯火通明，人声鼎沸，老远的就听见有人扯着嗓子喊：“都坚持一会，等把故障处理好了，咱们安安心心回家睡觉”。等走近了一看，不出所料，果然是我，他们最爱找的刘师傅。只听大家伙七嘴八舌都在这嚷嚷，这可是咱们第一次在运行级联上处理阀门故障，系统不能停，不能破空，又没有这方面的工作经验，这可咋办嘛，大家都不约而同地看向我，在大家期盼的眼神中，我“嚯”的一下走到故障阀门跟前，毅然决然地说：“咱们把电阀传动部分拆下来，进行修复看看，我就不信还处理不了了”。要保证良好的真空度，我只能小心翼翼地拿着扳手缓缓地拧下螺栓，像宝贝似的端着阀门一点一点地挪动，不能碰撞周围的管道，不能大力敲击，时刻保证轻拿轻放。就这样，已经到了五点半，阀门终于修复好了，故障解决了，系统得以正常运行了，大家伙一晚上皱着的眉也终于舒展开了。

第四个故事：巾帼不让须眉

“一个好汉三个帮”，我个人取得的成绩，离不开我们的“娘子军”团队。

也许大家已经发现了这样一件有趣的事情，在工程施工现场的真空工作人员除了我以外都是女同事。

她们每天用瘦弱的身躯拖着升降车，推着液氮罐，抱着氦气袋，一根管道接着一根管道找漏，一个区段挨着一个区段做冷冻测量，为了不浪费时间甚至减少上厕所，她们尽量不喝水，在升降车上一站就是一天，等加完班准备回家，放松下来的时候，一个个的才发现整个脚都肿了，恨不得能脚不沾地走回去。

碰到真空干燥的时候，依然要挨着有 65℃高温的大棚继续找漏、继续爬高下低，65 ℃的高温呀，一般人在里面待一会儿都困难，更别说还要继续作业，根本就是汗如雨下，一天天的下来，不夸张地说，衣服就像被盐泡过的似地，都能看到盐粒子了。但是没有一个人抱怨工作的辛苦，没有一个人抱怨工作的劳累，在她们脸上看到的永远都是一定要干好真空工作的那份坚定、那份决心，在她们身上就是有那股子拼劲。

又是一天的工作结束，加完班回家的路上，我听到她们在讨论说，康师傅的方便面我都吃遍了，现在要换个口味改汤达人了；另一个说，我都不吃方便面了，换粉丝了。听着她们的讨论声，我竟有些无话，想想我们每天加完班到回家就已经 9 点多了，自己一个人也懒得再做饭，还不如吃个泡面了事。对我们来说，最开心的时候就是回到家用热水泡个脚，休息一晚上，第二天有充沛精力继续战斗。干工程的这几年，虽然照顾不上家庭，但家人们毫无怨言，有他们的理解和支持，也是我们工作最大的动力。

有一天，我在上面提隔膜阀的时候，就听楼下有人说："真空的这几个女师傅不简单，男人们都拿不下来的活，她们却一干就是几年呀，要是换了我，我早就背不住啦"，是呀，与男同事相比不论是体力还是精力上势必存在一定的劣势，但是在工程建设中，她们真正做到了巾帼不让须眉。在工程建设近 8 年的时间里，她们克服种种困难，和男同事一起加班加点，出主意想办法，保质保量地完成了自己所担负的各项真空检漏和真空测量工作。

我作为一名在陕铀从业 20 余载的普通职工，更是作为一名普通的共产党员，今天所说的这些就是我微小而平凡的日常工作，其实在示范工程建设期间我身边有许许多多这样的普通职工，做着和我一样的工作，他们不计名利的奉献精神，同样值得我们去学习。我将把这份荣誉化作坚实的动力，不断提醒自己，在今后的工作中坚守初心，更加努力地去完成各项生产任务，为陕铀的美好未来而努力奋斗。

曹家坝村焕发新光

刘章建

汉江，作为长江最长支流，在历史上占据重要地位，与长江、黄河、淮河并列，合称“江河淮汉”；而汉中因为这一水脉的充盈，沿江镶嵌在水边的古老村落，隽永奇秀而交通闭塞，山险坡陡而地贫物脊，道路崎岖而地广人稀、偏远……陕西省汉中市宁强县阳平关镇曹家坝村就是这样的处境，生存的地理位置，很大程度上成为限制一个村落发展的桎梏。

曹家坝村位于阳平关镇东南方，距镇政府18公里，距县城35公里，全村辖8个村民小组，419户，1505人，全部为农业人口。

2012年，陕西省召开全省扶贫动员电视电话会议安排部署了扶贫任务。从这一年开始，中核陕西铀浓缩有限公司就与曹家坝村成为了唇齿相依不离不弃的一对“亲兄弟”；从这一年开始，中核陕铀党委的日程上画上了社会责任的一抹“重彩”。

“曹家坝像是有点盼头了”

那时候，曹家坝连一条像样的硬化公路都没有，扶贫工作队人员亲眼看着村民骑着摩托车带着化肥，在坑坑洼洼的土路上跌跌撞撞地艰难行驶，到山崖下时，停下摩托车，用塑料布遮住，扛着化肥上山回家。远远望去，山上的房屋影影倬倬地悬挂在山崖边，让人不寒而栗。

路，尚且如此，其他一切更无法谈及。

陕铀扶贫工作队没有放弃，作为央企，就有责任出主意、想办法、助脱贫、帮致富。他们俯下身子，一头扎进村里，先后走访了8个村民小组，理出了“穷根”。曹家坝山大林深，沟壑纵横，土地分布偏远，村民居住分散。因此，交通成为遏制发展甚至放弃发展的“根本命脉”。扶贫工作队提出了“要想富先修路”的意见。可是，钱，从哪里来？

中核陕铀不含糊，盯紧关键，瞄准要害，因地制宜，分头落实。2012 年投入资金拓宽曹舒公路 6.4 公里；2013、2014 年分别投入资金和物资，修建曹舒公路上 6 个桥涵；2015 年投入资金拓宽村内道路 3 公里，2016 年投入资金用于修桥补路……

2012 年至 2016 年，中核陕铀向曹家坝村捐赠的钱款物资，全部用于基础道路路基拓宽、延展、桥涵、漫水桥等基础建设。从而一举用“路”联结起村、镇、县，联通了各村民小组，拓宽的路基硬是把全村 8 个小组 1500 余人紧紧凝聚在村委会这个核心。村委会的门打开了，开会有人来了，议事也热闹起来了。村民们都说：“啊呀，看起来，曹家坝像是有点盼头了。”

这里成为了全镇“嫉妒”的对象

曹家坝的盼头还远远不止于此。2016 年 7 月 13 日早上 6 点多，陕铀扶贫工作队从宁强县出来，就近吃了几碗面皮，驱车行驶了一个多小时后，终于到达曹家坝村。至此，近 50 公里的水泥硬化道路戛然终止。在向导带领下，沿着山坡、顺着水渠，走在宽不盈尺的毛坯路上，入户访问了七八户农家，进行全面系统的摸底，并详细登记。

村民徐玉成，51 岁，夫妻二人，抚养一个老人和一双女儿。国字脸，串脸胡，眼睛清澈透亮，上衣显然是一件衬衣改装的短袖衫，裤子左腿膝盖处缝了一个碗口大的补丁，脚上没穿袜子，套着一双沾满泥巴的半新迷彩解放鞋，算是他最好的行头。

交流很顺利，工作队队员合上登记表后说：“徐老哥，山里辛苦啊，你们住得高，又不通路，发展起来要慢些。”

徐老哥低头抖抖烟灰，咧开嘴笑了，“也不害怕，慢慢来，等你们把路的事情搞妥帖了，我们就都有希望了。”

村民徐玉成的话，代表了绝大部分贫困户的心声。八组贫困户余华强家，距离大路 2 公里，平时喂几头猪指望年底卖了换点钱。可收猪的贩子抬眼望着他家居高临下的位置直摇头，猪价都要低五毛钱。为啥？交通不便，把猪弄到大路上都需要半天时间，费时间耽误事。

五组贫困户杨士华家养了 30 多头毛猪，遇到夏季下雨发大水，道路中断，饲料就没法运输了，只能人背肩扛慢慢往家挪，下面一车饲料上不去，圈里的猪娃饿得嗷嗷叫。老杨苦不堪言。

2018 年，陕铀扶贫工作队和县农管局扶贫工作队强强联合，在地方政府积极支持下，大力推进全村基础设施建设，联合投资的通往 6、7、8 组的 5.1 公里水泥路，已完成施工；联合投资的通往 4、5 组的 4.6 公里水泥路已开始施工，全面打通东、西沟交通瓶颈……

工作队的同志们已记不清穿烂了几双结实的工作鞋，刮烂了几身衣裳。村民们见到工作队的同志，都会自豪地说："外村的人都说，你们曹家坝烧了棒槌粗的香了，遇到这么好的扶贫单位。"

2017 年 11 月份，曹家坝以村委会为中心辐射周边 4 公里道路安装了 37 盏太阳能灯后，这里更是成为了全镇"嫉妒"的对象。就连镇上的领导都开玩笑第说："阳平关全镇辖村都没有夜里亮灯的，就你们曹家坝夜里灯光亮，你们运气好，摊上了中核陕铀这个好央企。"

发展营生有主张

2017 年 6 月 1 日，陕铀扶贫工作队按照省委要求，驻村了。如何致富，发展啥营生，不仅是广大村民，就连村委会一班人都心里发毛。工作队自有主张，他们跟县上协调，先后参观、考察了几个宁强县的利税大户，结合村里实际情况，敲定了要发展银杏产业的方案。扶贫工作队投入资金购买 44 吨银杏果，发放给 96 户贫困户，种植 260 余亩银杏苗，带动全村发展银杏种植达 1000 亩，年利润达 100 万元以上。

这还不算完，扶贫工作队根据广大村民意愿，于 2018 年引进大棚栽培技术，投入资金建设大棚 13 个。贫困户杨辉兴得到 2 个大棚近 500 平方米的资助，他兴奋地说："咋个没搞场哩？不管是栽洋芋还是种香椿，一年三季，咋说都会比种庄稼收入高，一定能搞起！"

农村的发展除了道路是主要因素，资金来源也是重要的限制。2017 年 7 月 5 日，公司向宁强县捐赠了扶贫专项基金 50 万元。该笔捐赠款通过宁强县政府搭建的金融扶贫平台放大后，可变为 500 万元的定向曹家坝村的产业扶贫贷款额度，使得本村产业发展资金得到了极大充实，为产业下一步发展打下坚定的资金基础。

贫困户杨开斌一直在外打工，天南海北奔波了 20 多年。道路畅通后，他的家经涵洞道路贯通，与主干道相接，他和妻子瞄准了未来发展势头，在家养了 5 头母牛，养了近百只乌鸡，搞了十几亩银杏，开办了农家乐，新修了圈舍要增养肉牛，琢磨着要贷款，开启了脱贫致富的门路。

曹家坝的"保姆"

农村的事情千头万绪，刻不容缓。陕铀扶贫队就像是曹家坝的"保姆"，样样事都挂在心上，落在实处。

2018 年 7 月 11 日宁强县普降暴雨，曹家坝村遭受严重洪灾。村内外道路损毁严重，到阳平关镇的阳双路巨石阻隔，无法通行；通往县城的曹舒路多处塌方，塌方量高达上万立方米；村内通组道路 10 多处遭到大水冲毁，人畜寸步难行，村民恐慌不安，流言四起。

工作队积极协调、多方调度，在镇党委和县有关部门支持下，一方面亲临现场指挥抢险救灾，及时清通对外联系主干道，保障农资进出，化解村民恐慌；一方面动用公司储备的扶贫资金，雇佣挖掘机对村组道路进行清理。短短几天时间，修复损毁道路 12 公里，修建简易桥涵 3 处，及时保障了道路顺畅，使今年拟脱贫贫困户修房子所用砂石、水泥等物资能及时运进去，也方便了村民出行。广大村民联名写表扬信，敲锣打鼓送到村委会。

春天里，工作队员在走访贫困户石厚义家时，得知秧田引水渠年久失修，无法引水，导致自己和其他几户人家十几亩水田无法按时插秧。工作队动用扶贫经费，落实施工及时解决。夏天里，贫困户余华明骑摩托车不慎落入悬崖，紧急抢救，村支部和驻村工作队协调资助，补贴救护车及转运费用。

村内四组观音崖路段约 1 公里，路面宽 3.5 米，因为是前些年在悬崖上修建的道路，有 5 处路面上方石头呲出，呈鹰嘴状，大车过不去，严重影响村民物资进出。村支部和驻村工作队协商，向镇政府报告利用中核陕铀的帮扶资金，实施爆破拓宽，极大地方便了群众出行……

暖心工程一件件，帮扶措施一项项。为加大扶贫力度，依托中核陕铀职工，积极解决农副产品销售难问题，助推农产品销售，2017、2018 年已定向购买宁强县土蜂蜜、香菇、木耳等农副产品近 200 万元。

这些年来，中核陕铀切实履行央企政治责任和社会责任，以党建帮扶为引领，扎实推进基础设施建设、产业发展、农产品推销、教育助学、大学生就业等帮扶措施，打好扶贫“组合拳”，已累计投入 580 万元。另据统计，贫困户实现每年增加收入 3200 余元，今年已经实现脱贫 117 户、428 人，21 户兜底，目前正在进行核查前的各项准备工作，有望顺利实现整村脱贫目标。

创业之基追溯

2018年11月19日，坐落在秦巴山麓、汉水之滨的中核陕铀迎来了一件大事——我国新一代铀浓缩离心机大型商用示范工程进行国家竣工验收。2017年12月29日，示范工程就因其第一批机组成功启动而受到了社会的广泛瞩目。2018年3月，两会期间，中核陕铀又因新一代示范工程全面投运再一次成为关注焦点。由此可见，该工程对进一步提高我国在国际铀浓缩领域的地位、提高我国核电国际竞争力，进而使我国建设成为核强国的重要性。

在竣工验收会上，国家有关部门和中核集团公司领导的讲话也再次对示范工程的重要性作了强调，这是对地处秦岭深山的三线老企业——中核陕铀（原四〇五厂）多年来坚持为“中国离心浓缩事业从中核陕铀起步必将在这里发展壮大”这一信念而不懈奋斗的认可。

50年隐忍，50年坚守，中国离心浓缩事业从这里起步，必将在这里发展壮大。“幸福是干出来的!”——中核陕铀人就是这样一步一个脚印、一次一个跨越，自信而勇敢地做到了从无到有、从小到大、从引进到国产的涅槃，牢牢地把核心技术掌握在自己手中，为中国核工业贡献出陕铀力量和智慧。

“功成不必在我，功成必定有我!”50年来，中核陕铀人大力弘扬“两弹一星”精神和“四个一切”精神，为中国核工业核燃料铀浓缩事业的发展壮大作出了重大贡献，真正兑现了公司“中国离心铀浓缩事业从中核陕铀起步，必将在这里发展壮大”的豪情。

毛主席、周总理最关心 405

王济芝

参加初期建厂的同志现在年事已高，步入老年群体，退出工作岗位。相当一部分同志过早地离开了人世。如今健在的人，对四〇五的过去都有不同的记忆。看到今天的四〇五人在党中央、国务院、中核集团的领导下，经过几十年、特别近十几年的不懈努力，四〇五人在核工业史上绘出了绚烂的一页。那些在老厂工作过的老同志，他们对核工业都有种特殊的感情。他们都知道，党中央毛主席、周总理及其他领导人对核工业的重视和厚爱。四〇五走过了几十年的艰辛历程。张涛、李宪彬等领导，经历了 6 个月选址全过程。1969 年 4 月中旬，王济芝、罗自钦、陈瑞根、吕天兴、陈世业 5 位同志奉命参加选址。有了这 6 个月的选址经历，看到今天四〇五的发展变化，我们自然想起毛主席和周总理对四〇五的关心。

1969 年 4 月 17 日，在部招待所会议室，张涛接见我厂和邻厂两个单位参加选厂的同志，他说：大家按时报到，这很好！任务很急，还没开始，昨天一机部就来电话要我们付款，马上接收设备。四〇五的人听了，又不明白是怎么回事，选点还没定，怎么就有了机器？张涛又说，这是 1968 年 10 月一机部领导、二机部的部长和十局在上海某厂开会签订的合同，要他们完成兄弟厂的任务，接着为四〇五生产。周总理在参加上海设备订货合同时对上海马某某说：主设备要抓紧，要有彻底的革命精神，争分夺秒地赶在战争前头。

王济芝

1969 年 4 月，袁学凯主任、刘伟部长向国防工办报告组织四〇五选厂时，袁说争取 1975 年建成投产。周总理摇头说：1975 年还行？你们把问题想得简单了，形势紧张，要抓紧 3 年的时间进行基础建设，施工队伍不用你们管。

1969年7月5日前，选厂人员在陕南，特别是在安康紫阳交通通讯条件不好，无法随时向部里报告行踪，所以，工办、二机部不断给陕西军区革委会打电话追踪要求向工办报告情况，5月22日到汉中后，要求6月30日前回京报告。

刘伟、牛书申、张涛7月5日在工办汇报，要求进一步落实勘探工作，同时要求领导要亲自到现场复查。

1969年8月16日，二机部主任袁学凯、部长刘伟、副部长牛书申以及李宪彬、张涛、徐步宽、华浩、赵士英、朱国荣，加上省领导30多人组团去现场复查。8月29日向省报告，9月30日回北京。

1969年9月5日，袁、刘、牛部长，四〇五的张涛、李宪彬、邻厂的徐步宽向专委会报告这次复查的结果时，周总理要求抓紧时间，用3年的时间进行基础建设，谈到施工队伍的问题时，周总理又说：不用你们管，你们要尽快给中央写出报告。

1969年9月15日上午，刘部长给地质四队下达任务。

刘伟、牛部长、袁主任在部招待所接见地质四队的革委会主任孟祥。地质工程师孙克端同志、四局孙局长、我厂和邻厂的领导都参加会见。刘伟对四队的同志说："叫你们来接受一个重要任务，这个任务和邻厂一样重要，一样急，上午才把报告送给毛主席，下午你们就到了，这很好。四〇五的前期工程，你们是先锋。地形测量要先提供，设计单位做平面设计，地质水文要把钻机赶快调来组织开钻。你们可用10天时间组织学习，调整人员，要团结，不要在北京坐等，最好明天就去三线，建设要抓紧嘛！去了要先接通电话，一同向部办事组汇报进展情况。"

1969年10月1日晚，我和李宪彬同志拿着李立功同志送给的两张观礼券，坐在天安门前东观礼台等候毛主席来国庆观礼。只见毛主席出现以后向观众挥手致意，就进了休息室。10月2日早上到食堂吃饭时宪彬告诉我喜讯说：毛主席在观礼时对周总理讲，同意加快新厂建设，10天以后才见正式文件，10月10日为批准时间。

毛主席、周总理是国家最高领导人，国事繁忙，日理万机，还为我厂劳神费心，从方针政策，到建厂细节抓得很紧，由此可见毛主席、周总理是何等的关心！

激动人心的时刻

屈军明

1993 年 6 月 9 日，注定了是一个刻骨铭心的日子。雨后不久的汉中盆地，不仅天气晴朗、视野开阔，而且阳光灿烂、艳阳高照。这一天，气温达到了 32 度。

这一天，厂区办公楼前早早地站着一群焦急等待的人，他们在等谁？

下午 4 点左右，几辆中型旅行车缓缓地驶到了厂区办公楼门前。一辆前挡风玻璃上用红字标着“1”的车停稳后，门徐徐打开，一张我们非常熟悉的面孔出现了，啊！江泽民总书记！在场的许多同志都不敢相信自己的眼睛。

当江总书记微笑着与等候在那里的公司党政工领导一一握手时，大家才缓过神来：真是总书记来了！总书记是来视察我厂引俄工程的。跟随江总书记一起下车的还有几个熟悉的身影：温家宝、傅全有、曾庆红、曾培炎、滕文生等人。

在主厂区会议室里，江泽民一落座，就随手拿起面前放着的一瓶公司生产的饮料，看了又看，并高兴地念着产品的名字：““南参”。公司党委书记于宗海代表全体职工对总书记的到来表示热烈欢迎。接着，总书记向公司领导介绍了随行的温家宝同志和傅全有同志。公司党委书记于宗海、副总经理康荣元分别向总书记一行简要汇报了企业的情况。

汇报过程中，总书记不时插话问：“共产党员有多少啊？团员有多少啊？”厂领导回答后，总书记笑着点头道：“三分之一，三分之一。”他还详细询问了工厂生产及有关技术问题等。

听了十几分钟的情况汇报后，总书记一行换上了工作服，先后深入多个现场和控制室视察，分别与各岗位的工人和工程技术人员一一握手，表示慰问，并向陪同的公司领导仔细询问有关的工艺技术问题。温家宝同志在视察过程中，叫了一位厂里负责宣传的同志陪他先行，并不时询问主设备运行原理，用电量等技术问题。当陪同的同志请他到总书记旁边以便录像拍照时，他谦逊地说：“你们注意把总书记录好就行了。”

视察生产现场以后，总书记一行又回到会议室。江泽民总书记来到展台前，弯下腰仔细观看展台上的各种产品。公司领导向总书记介绍公司生产的微电脑离子计、绞股蓝皂甙、保水剂、绿海系列高级化妆品等民品产品的性能、用途，总书记一边看一边高兴的点头。随后，在热烈掌声中，江泽民总书记挥笔为公司题词“发展核技术，开发新能源。”

题词后，总书记站起身来，与站在他旁边公司领导像拉家常一样，就我国的能源科研生产及发展方向等问题，发表了重要意见。他指出：“新工艺成本就低得多，技术上了一个很大的台阶。从我们国家来说，从全世界来讲，煤资源我们比较丰富，水资源还比较多，但利用建水电站的只有8%，石油我们国家不算丰富。从世界来讲，上述资源是有限的，不久的将来要枯竭。你们的核燃料发电是利用原子分裂，有些单位是研究聚变技术的。聚变在我看来肯定是有希望，但是，最近的将来是不可能的，实验室有点现象，应用到工业上需要一定的过程。但如果成功了，就取之不尽，用之不竭了，海水里面都有氘哇，氚哇。”谈话过程中，他那有力的手臂不停地上下挥动着。最后，他大声对在场的公司领导说：“你们任重道远！任重道远！”

下午4点到4点55分，江泽民总书记一行不顾天气炎热，在公司视察近一个小时。我们看到，尽管总书记不停地扇着自己随身带的一把纸扇，他的额头还是有不少汗珠，身上穿的白衬衣也被汗水浸得一块又一块。

江泽民总书记来公司视察的喜讯，在总书记一行离开后不久，便迅速传遍了全公司的每一个角落，全公司随即沉浸在一片欢乐幸福的喜悦之中！

总书记的到来，一直激励着405人。直至今天，当我们怀揣着”“中国离心浓缩事业从中核陕铀起步，必将在这里发展壮大”的铮铮誓言，并成功建成示范工程的时候，我们仍然津津乐道那个难忘的日子。

李鹏总理基金工程：梦想与现实在这里交汇

李 娟 冯 涛

1984 年 3 月 6 日，时任国务院总理的李鹏同志，在核工业部工作会议上代表中央提出了未来中国核电发展的方向目标和工作思路：在 20 世纪末通过建设几个核电站，建立起核电站的制造体系和核燃料供应体系，使 21 世纪初的中国核电有一个较快发展；发展中国核电，必须国产化，但这个国产化，并不是追求 100%的国产化，而是基本的国产化。李鹏这次讲话，使几十万核工业队伍在保军转民的迷茫中看到了未来的方向，也使四〇五人迎来了希望。

引进合同签字仪式

1996 年 10 月 2 日，位于大山深处的四〇五厂 1A 工程控制室灯火通明，空气紧张而凝重，大家在焦虑地等待那一神圣时刻的到来，操作人员各就各位，目光紧紧地“钉”在了各种仪表显示器上，时间一分一秒地划过，大家的心几乎提到了嗓子眼儿。随着一声“启动”令下，“第一批机组开始启动，升周顺利。”主操作员汇报的话音刚落，在场的每一位陕铀人无不心潮澎湃、雀跃欢呼，幸福的泪水夺眶而出。

这是一个令四〇五人永远难忘的日子，作为李鹏总理基金项目之一的405-1A工程首批机组的成功启动，实现了我国铀浓缩技术进步的重大跨越。星霜屡移，岁月如歌，历史不会忘记过去，让我们寻着前辈们奋斗的足迹，再次回顾那段激情燃烧的岁月。

厚积薄发　迎接生命线、幸福线

1969到1996年，405人在军工能力建设和试验工程建设的20几年间，对铀浓缩技术研究实践的脚步一刻也没有停歇。随着改革开放的春风沐浴这片沃土，四〇五也真正迎来了厚积薄发的那一刻，获得了新的发展机遇。1992年9月，为适应国家核电发展对浓缩铀的需要，经国务院批准，决定从国外引进成套生产设备和技术，以加快离心工厂建设步伐。后续的几个月间，中俄两国政府相继签署了《关于在中国合作建设核电站用浓缩铀工厂的协议》《引进成套设备和技术服务合同》。俄方专家团实地考察后认为，建设离心法铀浓缩工厂，四〇五厂在员工风貌、人才队伍、厂房及配套设备设施等诸多方面均有良好基础和深厚积淀，从此，中国离心浓缩事业从这里起步！

引进工程得到党和国家高度重视，列入国家“八五”和“九五”期间重点工程。合同签订后，对方提出先付款再供设备。当时国家计委又未列此项计划，在这个关键时刻，时任国务院总理的李鹏同志当即决定用总理基金支持工程建设，为早日建成先进离心法铀浓缩工厂赢得宝贵时间。广大干部职工翘首以盼的生命线、幸福线落下了实锤。

啃下这些“硬骨头”

奋进的号角已经吹响，鲜红的旗帜已经飞扬。1993年3月，正当怀揣梦想的陕铀人准备甩开膀子大干一场的时候，根据工程需要原设计抗8级地震的旧厂房需破除厚1.1米，共计1万多立方米的钢筋混凝土基础，成了新工程建设的第一个“拦路虎”。

万事开头难！如何破？问题严重而棘手！

只有苦战！在公司党委号召下，青年突击队迅速组建，以当时的2号车间为主，全厂配合，用风钻、钢钎、大锤，把钢筋混凝土一块一块地破除，连续三个多月，厂房四周的敲击声此起彼伏。由于工作强度大，突击队员即使戴了手套，握钢钎、抡大锤，布满老茧的手上还是被磨破了，虎口被震裂了。大家夜以继日、克服困难，没有一个人叫苦叫累，硬是在规定工期内啃下了这块“硬骨头”。破除完的土方量若用 4 000 辆 5 吨卡车运输，足以排成一条 18 公里的车队长龙。

引进的关键是主机，主机是浓缩铀生产的关键设备，设备运输必须确保万无一失，经两国有关部门商定，由四〇五厂保卫部和武警部队进行联合武装押运。零下 30 ℃的极寒天气，列车上的押运人员眉毛胡须结了霜，手脚冻得冰凉，说话也不由自主地上牙磕下牙，在简易的车厢里，押运人员冷了就喝热水取暖，饿了就啃冰冷的干粮充饥，即便在这样艰苦的条件下，也未能浇灭陕铀人干事创业的激情。在原铁道部公安部门的全力配合下，沿线铁路公安严格保卫，把引进的主要设备一列车一列车地安全押运到位。

1995 年 6 月，主辅系统土建结束，进入设备安装阶段。为确保厂房足够清洁具备装机条件，公司先后 8 次动员 20 000 人，进行卫生清扫“大会战”，职工、学生、离退休老同志都主动放弃休息日，对 7 000 平方米的水磨石地面展开近乎“苛刻”的全面保洁。

梦想是美好的，而与现实的重合确是艰难的！在边干、边学、边摸索的工程建设过程中，自强开拓的四〇五人始终坚信办法总比困难多，以顽强的意志和毅力破解一道道难题、闯过一道道难关，一期工程首批机组成功启动比原计划竟提前了 304 天，这种速度、这份力量就是四〇五人精神的“内核”。

汗水浇灌出美丽的成功之花

千击万磨虽辛苦，吹尽黄沙始到金。岁月如流、激情不减，昂首阔步迈入新世纪的中核陕铀抢抓机遇，陆续建成了 405-1C 工程、北区扩建一期工程及具有完全自主知识产权的我国新一代铀浓缩离心机大型商用示范工程，中国商用铀浓缩整体技术水平达到世界先进。全力助推着我国铀浓缩产业从与世界“并跑”到“局部领跑”的跨越式发展，这些成绩的取得都离不开当年的总理基金项目奠定的坚实基础。

如今，历经 50 年风雕雨刻的中核陕铀正以“重整行装再出发”的昂扬斗志和“永远在路上”的执着追求，在新时代新征程上砥砺奋进，致力构建同心多元高质量发展新格局，用智慧和汗水浇灌出美丽的成功之花，陕铀人坚信：建设具有国际竞争力的世界一流铀浓缩企业的陕铀梦定会实现！

今天，我们为核一代树丰碑

刘章建　李　珊

1955 年 1 月 15 日，在我国广西富钟县花山区杉木冲采集到的第一块铀矿石，被带到中南海，在中央书记处扩大会议上揭开了它的神秘面纱。会上，李四光讲了铀资源情况，周恩来总理让刘杰打开盖革计数器探测第一块铀矿石。当有放射线通过检测发出“嘎嘎”的声响时，与会领导都十分兴奋。接着，钱三强讲了原子能概况和中国的现状与设想——这是共和国历史上具有特殊意义的一天。这天下午，毛泽东主席作出了建立和发展我国原子能事业的战略决策。至此，开始了我国核工业建设和核武器研制艰巨而伟大的秘密历程。广大科研专家和建设者们从此深深扎根戈壁荒原、隐姓埋名大山深处，经受住各种艰难险阻的考验，用生命浇灌心中最神圣、最伟大的强国梦，终于研制出决定中国命运的“两弹一星”——原子弹、氢弹和核潜艇。

风涌云动，星移斗转，转眼之际，东方巨响已半世。但是，我们深刻缅怀和敬重邓稼先、王淦昌、朱光亚、陈开甲等这些“两弹元勋”的同时，也真切地感悟到：在核铸强国梦的征程中，仍有这样一群人在依然续写着崇高而伟大的核工业精神。他们默默无闻、风餐露宿、不辞劳苦、以身许国；他们经历过创业阶段的艰辛，也经受住了改革开放产业转型的阵痛；他们或许是我们的祖辈父辈、或许是我们身边某一位鹤发垂暮的老者……但是祖国不会忘记，核工业不会忘记。是他们，用青春和热血、用使命和担当、用坚强的意志品格和坚忍不拔的精神力量，不负党和国家嘱托，不辱核工业长子使命，为共和国的核事业做出了不朽贡献，树立了永恒的丰碑！

今天，1 月 15 日，正是中国核工业创建 64 周年的特殊日子，让我们一起，把目光移转到位于秦岭南麓、汉水河畔的中核陕西铀浓缩有限公司，回顾核一代人的为国担当故事。

“这是关系国家命运的大事，好好干！”

面对西方国家的核威胁、核讹诈，面对风云变幻的国际形势，上世纪六十年代初，党中央、国务院毅然决定建设四〇五工程。1969 年 10 月 10 日，毛泽东主席亲自批准四〇五工程开始建设，中央专委会议提出要在 1973 年建成四〇五工程的总要求。

至此，第一批建设者响应号召，从祖国四面八方汇聚汉水之滨，开始了艰苦创业。

对于建厂初期的艰苦与不易，已是耄耋之年的中核陕铀退休职工唐大树这样回忆道：“在毛主席‘三线建设要抓紧，就是同帝国主义争时间、同修正主义争时间’的批示下，我于1959年初春从重庆火车站出发，经过三天两夜的车程赶到了位于甘肃兰州的核工业第一批厂矿五〇四厂，又于60年代末来到位于汉中盆地的四〇五厂。”

“初到四〇五厂，只见山高林密，溪水环绕，遍地江南秀色，风景格外优美。但等真正在这里扎下根了，方才尝出其中艰辛。首先要解决的就是住的问题，没有砖和水泥，我们只能学当地人，和着泥巴和稻草轮流打“水胡基”，砌墙建设简易房，再用油毛毡、草席子盖起来就是我们的“家”。每每到了夏季，这泥草糊的屋子便湿热不堪，蚊虫蛇鼠不胜其扰；冬季最难熬，滴水成冰，土地硬得连地基都打不进去，却只能任由北风卷着寒雪吹破墙皮打湿贴身的被褥……

“虽则我们吃住条件艰苦，但厂矿的建设工作却绝没有一丝含糊。随着工程部队、核工业二一、二三建设安装公司的进驻，厂矿建设如火如荼，大三材(钢材、木材、水泥)需求量不断攀升。我们几个负责水泥采购的同志每个月都带领着40多辆解放运输车到位于四川江油的水泥厂拉水泥，每次浩荡的车队出发，总是引来不少周边老乡围观，没见过汽车的孩子更是拔来青草喂‘铁牛’。”

“直至车队入川，我才由衷感叹自古‘蜀道难于上青天’这话一点不假：车道的一边是鸟绝云绕、枯松倒挂的绝壁，另一边便是滚滚嘉陵江翻着白浪咆哮着奔涌，每每行至最为险峻的广元明月峡老虎嘴便更觉冲流惊石、深崖万丈，不自觉地便生出一背冷汗，但我们运输队仍旧做到了排除万难，一次次圆满完成承担的运输任务。”

运物资、建厂房、修铁路专用线……核工业四〇五厂终在秦岭南麓的深木密林、沟壑荒草中建设起来。“时穷节乃现，一一垂丹青”，核一代们终以不朽的意志品格，为我国核事业书写下一笔浓墨重彩。

“我仍清晰地记得当我毅然加入核工业时，我的上级领导嘱咐：毛主席在看到那块从广西富钟县采集到的第一块铀矿石后，握住地质部党组书记、副部长刘杰的手说道：‘这是关系国家命运的大事，好好干！’你们是第一批建设者，不能辜负党和国家对我们核工业的嘱托啊！——国家兴亡，匹夫有责，是新中国让我们这些穷苦人家的孩子吃饱饭、穿暖衣，毛主席的这份期盼更是让我们从此有了一生能够追寻的事业。如今，与我一同进厂的四〇五厂创业者们都早已进入耄耋之年，或已然过世。但我想说，作为一名平凡的核一代，我们不辱此生使命！”

“60年来，几代核工业人艰苦创业、开拓创新，推动我国核工业从无到有，从小到大，取得了世人瞩目的成就，为国家安全和经济建设作出突出贡献。”

改革开放初期，国家对国民经济特别是国防工业进行了大幅调整。核燃料产业作为我国国防工业的重要组成部分，调整幅度非常大。到20世纪80年代中后期，核燃料系统的军工任务锐减，一些重要核设施关停，一些在建项目下马，全系统经历了令人难以想象的阵痛。

原四〇五厂劳动服务公司党支部书记刘吉军这样回忆那段艰难岁月：“彼时的四〇五厂生存危机四伏，一方面，一些职工为了生活和生存，沦落到在周边农田种田的窘境；另一方面，开放的国门让计划经济一去不返，很多职工对于市场竞争完全不知所措。那时候我们这些最初厂矿建设者们已入中年，上有老、下有小，生活压力陡增。但更要紧的，我们绝不能让这厂子就这么倒了。为了自救，四〇五厂一口气搞下了洗发水、黄酒、雪糕、电褥子等不少民品项目，但是因为这些民用产品技术含量都不高，加上管理模式受限，收益都不太好，最终被市场淘汰掉，但也只能是临时解了燃眉之急，保住了厂里的核心人才和骨干队伍，护住了未来发展的根脉。”

原四〇五厂党委书记康祖杰回忆说，“那个时期厂里没什么效益，待业青年比比皆是，加之来自开放前沿地区新思潮、新理念的冲击，生活区不稳定因素不断增加。都说教育是百年大计，为了稳定人心，更为了再图将来，20世纪80年代初期，我带着厂里职工开始办技校、办中学。好不容易在部里批到办校指标，从四川请来的老师却因为厂里太过艰苦，转身就走，我们便一路追回四川，以诚动人，最终金石为开方留住师资力量。几年努力下来，校舍修起来了，师资力量足了，学校办得有声有色。这为下一步迎来的试验工程、甚至是405-1C、405-1D、示范工程培育了大量优秀人才。

长风破浪会有时，岁月峥嵘以兴国。改革开放的阵痛发展时期，核工业第一批创建者作为中流砥柱、中坚力量，勇挑肩头使命，又一次承揽时代所赋予的责任，推着四〇五厂这艘巨轮再次挂起云帆，直济沧海，开启征程。

2018年11月19日，由中核集团自主研发，具有完全自主知识产权的我国新一代铀浓缩离心机大型商用示范工程在中核陕铀顺利通过国家竣工验收之际，核工业创建者们专程赶来祝贺。他们说：“这样的成就是陕铀人在新时代发扬敢为人先的创新精神，艰苦奋斗的拼搏精神，科学严细的求实精神，不计名利的奉献精神。不忘初心，牢记使命，坚持创新发展，所取得的达到国际先进水平的崭新成果。此时，我们激情满怀，我们更坚信中核陕铀在公司党委和总经理部的带领下，开拓创新，不断前进，继续打造“五大高地”、建设“五大陕铀”，必将为建成具有国际竞争力的世界一流铀浓缩企业做出更大贡献”。

而此时此刻，站在核工业创建 64 周年的新起点上，作为新一代核工业人，我们更想对老一辈核工业开拓者说：没有核工业第一代人研制的“两弹一星”，没有核一代们传承和发扬的核工业精神，哪有我们的大国地位，哪有关键技术掌握在我们自己手里的底气和自信，哪有今天的美好生活？没有一个个默默无闻、顽强不屈、坚守使命的核工业第一代人打下的牢固根基，哪有我们如今又好又快发展着的核事业。

今天，我们要为“核一代”树丰碑！请你们放心，我们将牢记习近平总书记对核工业的重要批示和殷切嘱托——“60 年来，几代核工业人艰苦创业、开拓创新，推动我国核工业从无到有，从小到大，取得了世人瞩目的成就，为国家安全和经济建设作出突出贡献。核工业是高科技战略产业，是国家安全重要基石。要坚持安全发展、创新发展，坚持和平利用核能，全面提升核工业的核心竞争力，续写我国核工业新的辉煌篇章”，接过接力棒，管好示范工程，助力核梦强国，做核工业的奋斗者，当新时代的奔跑者，做核工业的追梦人，接过光荣与使命，续写中国核工业新的华章。

四〇五厂选址前后的回顾

王济芝

我写这个材料来自本人参加选厂的工作手册，虽然记录的是豆腐账，却也客观真实，但我文化低，有的字不会写，写得慢，记得不全这是有可能的，不足之处还希望大家谅解。

这笔豆腐账的本本，我保存了40多年，自己感觉保存没有用，丢掉又可惜，每次看到这个小本本，就会让我想起许多人、许多事。我重新翻起那些旧书本，照抄了几段，自己觉得物以稀为贵，很感兴趣，这些都成了茶余饭后的故事。所以家人不同意我写这些东西，他们认为四〇五经过几届领导的艰苦努力，几代干部工人的艰苦奋斗，已与过去有天壤之别。你写的这些东西年轻人看不懂，有什么用？别自找苦吃了！休息多好。我无言以对，只说没有过去，怎么有现在，别人看不懂，留给你们编辑作厂史资料。

回顾之一：难忘的岁月

1969年4月初，新疆东风机械厂革委会成立刚几天，军宣队宣布接到部里的电话，通知派人去北京参加选厂，指定罗自钦、陈瑞根和我三人准时于4月19日前到部大楼找张绍成报道，司机师傅吕天兴、宋兆连与两台英吉普同时到达陕西西安。

我们3个同志4月16日在部招待所向张绍成报道，并带去东风机械厂赠送的毛主席像章和250元人民币，请帮助买500本“四合一”语录本。张向我们3个介绍了选厂是由部里组织的四〇五、八一三两家合在一起进行的，由13局张涛统一负责。同时告诉吕天兴来电话说老厂不让取车的事，部已通知五〇四事情已解决。

1969年4月，在部招待所张涛召开选厂会议，宣布选厂小组人员组成。

四〇五选址小组7人，由我厂和七院两个单位组成。四〇五王济芝、罗自钦、陈瑞根，七院王胜选（电）、张可玉（水）、刘惠贤（工民建）、朱献华（工艺），四〇五小组王济芝为组长，七院王胜选为副组长。

张宣布：选厂小组已报国防工办批准，一个大组下设2个小组，我厂和邻厂有分有合，统一看点，各做各的工作，各取所需。同时告知，大爷山、麻柳沟（石泉）工办已否定，这次重点是做安康的工作。选厂小组报工办批准后，从4月18日至23日，学习毛主席三线建设的重要指示，根据备战备荒为人民的精神，要求反复学习文件，吃透选厂要求、条件、规模、保密等。参加人员自我介绍情况，端正态度，强调不是游山玩水，准备吃苦，加强团结。

4月19日，张涛向全体人员介绍选厂条件和有关的资料，听取大家的意见后到天津某所参观4号机，为进山提供感性认识。

4月22日，张涛、二局郝局长参加向管委会汇报选厂小组准备情况。刘伟部长、李觉副部长、牛书申副部长、袁学凯主任同意可到汉中复查，并提出现场要开好调查会，写出有真凭实据的材料，不能大概，可能这样的材料领导下不了决心。

4月25日，分头准备离京，去陕西汉中、安康。张涛、王济芝、华浩先到兰州军区办理介绍信。其他人指定5月2日西安大厦集中。

回顾之二：相隔两年，再来安康

1969年5月2日，选厂小组组长张涛向陕西省报告二机部来陕西安康、汉中选厂址的计划。陕西省全力支持，同时通知了两地的领导机关，指派省代表来志民，安康曹锐民，汉中军周建民随行协助。

1969年5月3日到安康，受到隆重接待。

1969年5月5日，乘182大队7队的船去安康紫阳县，用7天的时间做了认真的考察。紫阳县的交通、水电、自然环境、经济条件都不具备建厂条件，只好放弃紫阳回安康。

1969年5月12日，又到汉阴县、石泉县复查了7天，一致认为只有石泉、麻柳沟两点有希望。5月20日，向安康作了汇报后，5月27—29日用三天的时间再到马池点作了认真的讨论比较。5月29日回到汉中招待所一栋五号会议室，讨论下一步的行动方案。

回顾之三：失而复得

1969 年 5 月 30 日，张涛在汉中向部报告选厂的情况。刘伟部长、李觉副部长同意到洋县复查，韩城可不去。第二天又来电话说，要求尽快回京写选厂报告。张涛传达电话精神时四〇五厂的几位同志特别高兴，已经预感到在洋县有了一点希望。

1969 年 6 月 2 日，四〇五小组把工作重点放在石泉马池和洋县大爷山，用七天的时间收集资料，把工作做深做细，作优缺点的对比，地质部的邵明昌要求：每人表明自己对各点的倾向性意见，选厂小组准备写总结报告的时候，上级又来电话说：兰州军区的意见是可到黄河流域看看，同时要求不占良田。陕西省军区徐副司令员说：四〇五、八一三汉中只能有一个，这一个只能靠东，西乡以远。他又说：汉中军工企业占地 6 万亩，人口增加 50 万，可能从有余粮变为缺粮，也强调西去宁强，东去洋县东或去韩城。从接连的电话和军区领导的谈话中，可理解汉中有向外推的意图。这时张涛要求，大家继续做好自己的工作。6 月 14—16 日大家收集需要的资料，6 月 17 日回京向部报告。

张涛对同志们说：不要怕否定，否定了怎么办？如果否定了会给你新的地点。大家不是都回北京，去了也没事情干，汇报用不了那么多的人，工办可能去几个，到总理那里一个也用不着去。七院 4 个人去 2～3 人，四〇五的自己研究。罗要回去报告，我和陈瑞根到北京（陈参与报告的起草）。

回顾之四：五湖四海会战汉中

选厂小组回北京后，四〇五、八一三定点汉中首先得到了部领导的认可，有山有水是个好地方。工办向总理汇报后，总理也同意。部随即进一步做报告材料补充工作，为设计做准备。如：1969 年 7 月 5 日，七院电讯工程师李梅芝同志要到现场调研我厂与二机部的通讯线路走向问题。地质部地质工程师曹文基调研进山条件。陈世业同志从新疆于 7 月 7 日到西安大厦接送配合以上工作的人员。

地质部地质局 8 月 5 日分别来多次电话，说地质部的意见是给省水文地质队，搞勘探并提出勘探条件、时间、工程地质钻探、测量任务。地质部、七院、陕西省水文地质队已于 7 月 17 日、24 日分别到汉中，准备接受任务，两支队伍发生矛盾，都想担任四〇五的勘探任务。最后由地质部另交给任务。汉中由部地质四队担任才解决。

1969 年 7 月 4 日，我和陈瑞根从北京到西安，途经郑州某库领了 2 个轮胎带回西安小车备用。7 月 6 日早饭后，陈瑞根给乌市打电话，询问吕天兴来了没有，让他找陕西省来志民联系省革委会基建指挥部电话。1969 年 7 月 7 日早上，陈世业到西安，七院李梅芝晚上到西安，然后到汉中、安康看现场，了解通讯情况。7 月 20 日，陈世业同志的小车因打不着火，坏在石泉至马池的九道湾上。从下午一点到晚上十点，西安运输公司三队的张同志热情帮助检修，用 24-7038 货车拖至石泉县政府大院，才算解困。

1969 年 7 月 14 日，地质部曹文基、刘长海、韩开荣、黄柚峰等 7 个人已到齐，随同到汉中看完现场之后，这次才弄清楚，7 个人已安排任务，当前没有力量，只能 1970 年以后才能做四〇五的工程。于是 7 月 24 日向张涛汇报，请部地质四队担任，张指示要回去报告情况。

回顾之五：第三次去汉中

1969 年 8 月 15 日（星期五），张涛召集选厂小组开会，布置第三次去现场。张说：这次组织 15～16 人，军管会袁主任带队，除去李觉副部长外，其余领导都去。6 局的领导徐步宽，四川厂的李宪彬一同前往。要求：

1. 和省军区联系，通知他们部里去几个人。

2. 省军区首长去不去？去的话请做好准备。

3. 人多车少，借辆小车。

4. 乘星期天的班机，四〇五的同志提前回西安安排。因雷暴雨飞机不能降落，转乘 17 日的班车。

张绍成乘机人员名单：四〇五王济芝、陈瑞根当天下午乘车去西安，1969 年 8 月 16 日继续讨论行程的问题，袁主任说：情况明，决心大，落脚在何处，怎么看，你们倾向的点要多看看，车辆、飞机、汽油、吃住都应该想到。刘伟、李宪彬、王济芝该有重点地看，原来工期是 1975 年建成，这不适应战争的要求。总理已三次说要求三年建成，我们一定要按总理的办。又说四〇五看样子工程应分两期，先生产 2 号、3 号机，后生产 4 号机，其时间由 1975 年提前至 1973 年。

1969 年 8 月 17 日，我和陈瑞根提前在领导到来之前到了西安，和省革建委、军区联系。接机、住宿、吃饭、交通工具途中加油等等都做到了周到安排。

1969 年 8 月 18 日上午，李宪彬、徐步宽也准时到达了西安新城大厦。当天下午在后楼 205 房间召集两个厂和两个院的选厂人员、部机关军管会的同志全体人员。宣布：从今天起，张涛同志为四〇五厂厂长，李宪彬同志为四〇五厂的副厂长。在四〇五厂大家都叫李宪彬主任或李主任，那是 50 年代在五〇四厂的习惯叫法。

1968年8月19日晚上，袁学凯、刘伟、牛书申、张涛、李宪彬、徐步宽在省委大院向马文瑞书记作了汇报，请他们帮助。他们表示：老领导回陕西，哪有不帮忙之理？因牛书申是原陕西军区老政委。袁是兰州空军副司令员，战争年代都有深交，所以一见如故。

1969年8月19日，吃早饭后，先学习最高指示，然后向司机交代当天263公里的行程，什么地方吃饭、休息、道路情况、车速、行程顺序及应注意的问题。吉普车、生活服务车共11辆车列队出发，当晚住石泉。

在石泉因为都听了选址汇报，看过资料，心中有数，到现场只是增加感性认识，虽然领导年龄大，但不惧山高路险，对地形地貌进行了实地考察。

讨论时，牛说：石泉是在大山前，大江边，并不隐蔽，靠近公路铁路，福利区和马池镇放在一起等于一个小城市，没有平地，施展不开，工程量大，等铁路通的话要晚一年多，影响工期。

刘说：1973年建成，周总理讲了不下三次，我们表态遵照总理的指示争取1973年建成。

袁说：时间的问题总理已经定了，我们既要考虑按时间，又要考虑百年大计，万年大计，为我们的子孙后代着想。

1969年8月20日，离开石泉来到汉中。8月22日在洋县东贯溪水文总站了解汉江流量，最高水位、水温，溢水河的情况，23日、24日到汉中，然后到南郑看看。讨论比较时，刘说：这次出来看了4个点，洋县大爷山、石泉松柏山和麻柳沟、南郑，大家主要意见是洋县、南郑好，但事情也没有绝对的好。

1969年8月26日，选厂人员讨论离开汉中，当天上午牛书申部长由宋兆连开车又到大爷山看了一次，27日回西安，中午在凤县武装部吃面条。晚上在宝鸡武装部（军分区）设宴招待。由于袁、刘、牛的到来，宝鸡地区党政领导都出席作陪。28日回西安时，中午在武功机场飞行员灶吃便饭，实际上也是有准备的设宴款待，饭后我去结账时，管理人员坚决不收费。袁主任说：今天有两个中央委员到机场来吃饭，是千载难逢的事情，我代表大家谢谢你们啦！大家都笑着鼓起掌来。

1969年8月29日，又在西安大厦后楼205房间继续讨论洋县、南郑的对比，实际决定谁在现址，谁在南郑。

刘伟说：这次由袁主任带队定点我个人表示是满意的，来时我们对省里说重点是汉中，他们都表示欢迎，这是重要条件。向工办汇报时，提到汉中点多，密集，离机场、012、791不到20公里。三机部同志就说，隔山隔河，你生你的蛋，我喂我的鸡（飞机），各不相干，太挤我们可以让地方。密了近了还可以互相学习，这是优点。刘引用毛主席的诗说：“踏遍青山人未老，风景这边独好”。各有优点，两个厂都表示满意，实际上早都在做自己的调研工作，准备材料。

袁接着说：刘说的我全同意，风景这边独好，好在哪里？汉中山好、水好、地方好，进山就更好，符合毛泽东靠山近水进洞的思想。选厂跑遍了四川广元，陕西汉中、安康，湖北郧阳，走遍白龙江、汉江、巴山、秦岭，才选了这个地方，定下来。所以，“踏破铁鞋无觅处，得来全不费工夫”。东西南北，最后定汉中。如果没有意见，就这样回去向总理报告，大家都鼓掌表示赞成。

刘责成张绍成、冯岚尽快写报告，厂院的人员回单位，部里来的人员 30 日回京，四〇五的李宪彬，八一三的徐步宽随同刘、袁去京，向工办汇报，讨论开展前期工作。四〇五的王济芝、罗自钦、陈瑞根、吕天兴、宋兆连、陈世业回汉中招待所设联络点待命，保持与各单位的联系，保持畅通，有事及时向在京的李宪彬报告。

1969 年 9 月 12 日，李宪彬打来电话，要我 9 月 16 日前送一块现址的石头样品给北京。我当即由汉中到现址取三块样品的石料送到北京饭店，交给宪彬同志，才知道给部里的报告已经写好，9 月 16 日，部里所有主要领导及相关的局领导参加讨论拟给周总理、毛主席的报告。我厂的李宪彬和我因送石头也参加听会，邻厂徐步宽、华浩参加，会议由袁学凯主持，发言也很热烈，对四〇五、八一三定点在汉中没有不同意见，少有几个同志起身拿起石头看看。牛书申问我：四〇五在新疆怎么样？张涛接过话说：他出来几个月了，不了解那里的情况。主持人接着宣布四〇五、八一三在汉中的报告已通过向周总理、毛主席报告，大家又是鼓掌赞成。

回顾之六：四〇五先有鸡（机）后有巢

1969 年 4 月 17 日，二机部领导授命 13 局副局长张涛同志组织四〇五、八一三两个单位与两个设计院共同参加的联合选厂小组，张涛任组长。

张涛同志在会见选厂全体人员时说：我们这个任务很重要，也很急，总理亲自抓这件事。选厂小组的成员组成，已报国防工办批准。我们选厂小组还没有组织起来，一机部有关生产厂就来电话，要四〇五验收设备接收付款，同时做好设备的运输、存放等一系列工作尽快去人办理。张答应：款可以付，人也可以去，其他暂缓，因四〇五不具备条件。张说：我们当前的主要任务是尽快选个好厂址。选厂工作实际进行不到两个月，6 月底回京总结汇报。

这时，四〇五的同志们表现出极大的热情做工程前期的准备工作，罗自钦、王济芝、陈瑞根同志在汉中接待来自各地的搞地质、水文测量的人员。给他们安排吃住、介绍情况，带他们查看现场，做好各种必要的服务工作。结束时，向北京报告了在汉中的工作情况。当时二机部，正在北京饭店召开1969年的部预算会议，张涛、李宪彬、王济芝三人参加了会议，要求四〇五提出1970年度预算计划和设备材料计划、工程进度，人员数量等等。讨论时张涛说：家有三件事，先选急的办，当前最急的是什么？一是没有人办事。二是1970年度的预算计划。三是一机部又来电话要设备付款，接收、存放设备。战备风紧，风险大，不宜久拖。于是决定向部建议：调干祥玉接收设备，郝继伟管财务，陈新、黄庭木编制1970年的材料、设备计划，许近勇、代玉章等3个基建人员限10月19日前报道。八一六厂的厂长阎传同志看我们如此着急的样子戏言：四川厂房建好了开了庆祝会，没有鸡（机），你们鸡有了但没有巢。一个有巢没鸡，一个有鸡没巢。

回顾之七：四〇五厂的由来

1966年8—9月期间，国际形势紧张，老厂随时都有被破坏的可能。中央为了保证核事业的持续发展，五〇四厂党委决定筹建第三个工厂（即三套）。王介福为厂长，刘喆为书记，王传珍为政治部主任。当时的党委办公室主任张培洪同志提议说：四川厂是五〇四厂技术的翻版，三套也是五〇四的技术翻版，干脆番号也翻一下，就叫四〇五吧。到会的人都觉得好，一致同意，这就是铀浓缩第三个厂—四〇五厂的由来。会后，刘喆、张培洪代表厂党委到北京向刘杰部长作了组建三套的设想汇报。刘杰部长作了重要指示：提前上马有着极大的责任，要接受二套的经验教训，早准备一定要有超、有创，学会我们不会的东西。

1966年11月26日，在新疆组建了三套筹备处办事机构，1969年10月10日，铀浓缩第三个厂——四〇五厂按毛主席批准落址在了陕西省洋县。

回首过去，2019年对于我们陕铀人来说是个具有特殊意义的一年。50年的沧桑巨变，50年的光辉历程，让我们在公司领导班子正确领导下，统一思想，和谐奋进，以科技进步为动力，以加快发展为主题，深化改革，不断进步，中核陕铀的明天会更好！

中国离心浓缩事业起步的地方

——中核陕铀建企50周年巡礼

刘章建　整理

0岁起步的十年——寻根

50年不长，只不过是历史长河里不经意的一抹云彩；50年不短，能抵得过岁月记忆中不忘却的千钧重任。

秦岭是厚重的，足以成为中国的父亲山；汉江是厚重的，足以成为汉中的母亲河。依靠着秦岭和汉中，伴随着秦岭风霜和汉江烟云，一起成长起来的中核陕铀呢？

让我们把封尘在记忆深处的目光，再一次骄傲而自豪地停留在那些旧岁月里去徜徉吧，那些岁月里静静地崛起着陕铀人牢记使命、强军报国、不屈不挠、奉献国防的爱国豪情；那些岁月里静静地抒写着陕铀在核工业序列里不可或缺的位置。

20世纪60年代初，国际形势风云变幻，党中央、国务院毅然决定建设四〇五工程。周恩来总理为四〇五厂建设多次作出指示。1966年8月起，二级部积极搭建四〇五厂领导班子，由五〇四厂厂长王介福负责，成立选厂小组，历经三年多时间，先后奔赴陕西、湖北、四川、甘肃等4省18县，历经初选、复选、三选、筛选，汇报、讨论、研究等复杂过程，于1969年9月经二机部专题会议研究，形成报告上报毛主席、周总理。

1969年10月10日，毛泽东主席亲自批准四〇五工程开始建设。以周恩来总理任主任、由国务院副总理及相关部委领导15人组成的国家领导国防尖端事业最高决策机构——中央专委会提出要在1973年建成四〇五工程的总要求。1970年完成勘探、设计；1970年年底前完成15公里铁路专用线；其他配套问题由国务院李先念副总理组织召开了关于抢建四〇五工程的会议，使工程各方面问题都得以很快落实。其时，四〇五工程负责部门，先后落实了人员、土地、设备、电力、运输、交通等诸多事项，1970年6月四〇五工程现场“三通两平”基本完成，现场临时变电站建成通电、沿山环形公路基本建成、铁路专用线已做完定线设计，全厂职工积极主动开展各项生产、技术、队伍建设，抓紧施工工具、器具、工艺装置、材料等物资的准备和编制完整生产准备工作规划等任务。同时，中国人民解放军工程兵53师官兵参与基础建设，该部队历经9年艰苦卓绝的基础建设，18名同志先后光荣牺牲，为中国国防事业付出了年轻而宝贵的生命……其间，周恩来总理、叶剑英副总理、李先念副总理等中央领导和中央专委其他领导，听取了二级部关于四〇五工程概况的汇报；李先念副总理就四〇五工程作出专项批示。由于多种原因，四〇五工程陷入了较长一段时间的多头交织困难重围之中，四〇五人空有一身武艺，得不到施展，怅然若失的一大批职工在困难和艰辛中挣扎着寻求新的突破口。

春风吹梦的十年——起航

1978年，改革的春风再一次激活了四〇五人贡献国防事业、报效中国核工业的激情。随着我国改革开放新局面的不断呈现，国际形势变化和国家国防事业的顶层设计也发生了很大扭转。1977年9月，应该是一个即将破晓的黎明前的暗夜，满怀着报效国防奉献核工业激情的四〇五人在长达8年的顽强坚守和不屈隐忍中，终于爆发出一股豪情。觉醒了的四〇五厂组织设计、土建、安装、生产单位的有关人员，形成了加快工程建设的文件上报二级部。国家建委、国防科工委、省国防工办领导会同交通部、铁道部技术人员组成中央工作组到四〇五工程现场勘查。

1978年4月，二机部向中央专委报告了《关于加快汉中四〇五建设问题的请示》。报告称，经国家建委、国防科工委、二级部联合工作组到现场勘察，四〇五厂可放在汉中洋县南山坡建设，基础设施基本完备。1978年8月，中央专委以专发〔1978〕3号文，对四〇五厂建设问题给予批复，原则同意二机部意见。陕西省召开专门会议贯彻落实中央指示。省委书记于明涛强调，建设四〇五厂是加快国防尖端事业发展的需要，是实现四个现代化的需要，对中央专委批件要坚决贯彻执行。会议要求省、地、县有关单位要大力协同，密切配合，积极支持，确保工程按期完成。

那是一个激情澎湃的岁月，那是一个荡气回肠的年代，那是一段可圈可点的功勋。十多年来，四〇五工程的建设者们艰苦奋斗、拼搏奉献，谱写了一曲曲厚重的凯歌。截至1982年年底，基本建成，主机监造完成验收入库与工程设备、仪器仪表、工装等生产准备具备基础，工厂架构序列已经具备一定生产能力，环境监测开始工作，工程地质和水文地质勘测全部完成，水、电、路及福利区设施初具规模，职工队伍建设和技术培训也提前展开……

四〇五人在苦苦坚守了10年多之后，终于迎来了用武之地，终于赢得了真正意义上的核工业工程建设的使命和荣耀。勤劳勇敢的四〇五人不等不靠，勤奋工作、积极布局，又开始了新一轮为工程建设精心筹备的辛勤付出之中。1982年，二机部部长刘伟发表重要讲话，国家决定建设试验工程，为争取时间，二机部决定试验工程基地建在陕西汉中洋县。四〇五新工程列入二机部3项重点工程之一！这标志着基建工程缓建结束，是四〇五厂建设任务的大转折。

是啊，机遇只留给有准备的人！如果没有四〇五人在工程缓建阶段的担当意识、精心布局、勤奋工作和不离不弃的豪情，如果没有四〇五厂决策层高瞻远瞩、兴核报国、守厂有责和不屈不挠的意识，那样一个长期蛰伏、引而不发、万千头绪的混乱中大厂，那样一个丝毫看不到希望、甚至吃饭都成问题的两千人大厂的核心竞争力，早就遗失到爪哇国去了。如果那样的话，如果真的那样的话，国家建设试验工程的重大决定，又会千帆竞流旁落到哪里去了呢？如果那样的话，如果真的那样的话，按照当时的国家布局和需要，按照国家改革开放迫切发展经济建设的紧迫性和必要性，四〇五厂，会不会分流改制脱离中国核工业的序列，跻身经济大潮的洪流中，摸爬滚打、跌跌撞撞、寻找企业发展的新突破口呢？——由此看来，四〇五厂新的希望绝不是空穴来风、唾手可得，而是靠着永恒的不离不弃、恒久的勇敢担当、积极的工作奉献，一滴一滴、一丝一毫、一步一步，靠着坚定的信念，靠着勇敢的拼搏，靠着无私的奉献，用一种始终坚守爱国情、始终怀揣报国梦，始终坚定报国志的大气场、大豪情、大担当赢得的。

1981年起，党中央、国务院高瞻远瞩、科学决策，二机部及国家相关部委积极组织，整体推进我国核工业相关产业的技术进步和发展。1983年，经国务院批准，试验工程正式落户四〇五厂。从此，四〇五厂迎来了国家重点项目——试验工程，开启了新的发展历程。试验工程，是我国核工业核燃料铀浓缩行业的第一个试验工程。

1983年5月，核工业部蒋心雄副部长主持召开了关于试验工程的会议。部试验工程办公室、四〇五厂等13个单位28人参与了为期3天的会议，会上，核工业部张忱部长和李觉顾问做了重要讲话。张忱部长要求，试验工程一是要抓紧，二是要搞好。要急国家之所急，急工程之所急。副部长蒋心雄宣布：试验工程项目经理由四〇五厂厂长康祖杰担任。四〇五厂又开始了新一轮工程前期的大量准备工作：先后派44人前往七院学习了解设计情况；派人到三院参加主机实验，积累操作运行经验；派人去相关单位调研设备试制以及材质性能；组织开展辅助工艺技术培训；学习、设计和编制出实验工程建设控制网络图……在核工业部领导和部重点工程办公室的关怀领导下，历时 19 个月，编制了以 1988 年三季度建成试验工程为总目标的网络图方案。

1984 年这一年，四〇五厂铆足了干劲，狠狠大干了一场。从 1 月 8 日试验工程主厂区开始进行场地土石方平整开始，不到一年时间，完成了“三通一平”建设，工程进入实施建设阶段。

1984 年 6 月，陕西省副省长孙克华在县、地领导陪同下，一行 14 人来四〇五厂视察指导工作。孙克华副省长做了四点指示：试验工程非常重要；凡列入重点工程的项目，省、地、县都要据此办理；关于知识分子的具体困难问题，中央正在研究解决办法；要办好集体企业，实行合同制，从根本上解决待业问题。

1984 年 8 月，核工业部蒋心雄部长来四〇五厂检查指导工作，并在四〇五厂现场召开了处级以上干部和单位负责同志大会。蒋部长说，要使工程质量高、按进度、讲效益地搞上去，首先必须提高认识。这是因为建设试验工程，不仅是为了掌握新技术，着眼于发展，而且是为国争光，关系核工业发展的大事。二是要发扬核工业创业年代的优良传统，贯彻党和国家现行的方针政策。三要以整党和改革的精神抓工作，建设一个能开创新局面的领导班子，要加强团结，正确处理好建设与生活的关系。

从 1985 年开始，四〇五厂坚持“以主带辅，突出重点”的原则，确定了“先东后西，由北向南，空中结合”施工方案，奋力拼抢施工进度。短短 4 年间，先后完成了主工艺系统、辅助工艺系统及全部配套设施。1987 年 12 月底，2 号厂房主机空载启动成功，标志着四〇五厂在掌握新技术方面有了突破。

准确地说，是国家的改革开放成就和挽救了四〇五厂。首先，改革开放，解放了思想，激发起我国大力发展核工业的顶层设计愿望，营造出中国核工业前瞻发展的紧迫性，国家层面立项重点工程放在四〇五厂建设，激活了广大职工的报国热情和维持生计的生存大计；其次，改革开放，增强了国家各方面能力的提升，在国家经济建设大潮下，试验工程所需的各种材料、设备、耗材等跑遍全国总能采购到，缩短了工程时间，提高了工程质量，保障了项目实施。

1988 年，四〇五厂试验工程主辅系统进入全面安装联动试车的新阶段。11 月，1 号大厅按计划完成了第一批主机安装调试；配套的供电、供水、供汽、压缩空气、自控仪表、电源、空调通风等辅助系统联调完成，全面投入运行。

12 月 29 日，试验工程第一批主机启动正式开始。8 时 30 分，试验工程启动委员会召开启动会，四〇五厂全体厂领导、参与建设协作单位代表等参加启动会。厂长纪世鹏要求大家“精心组织、精心操作、稳妥可靠、万无一失，确保启动顺利进行。”大家还到7号控制室听取了当班值班主任刘皓洁关于启动各系统工作状况的汇报。9时43分，康荣元副厂长代表启动委员会签发工作票，同时下达启动命令。9时51分，第一台主机开始启动；15时55分，第一批机器启动完毕。1989年1月2日20时35分，四批主机全部启动完毕；2月18日，四〇五厂首次生产出合格产品。

截至1990年年底，试验工程共完成125个子项，累计完成工程投资35 625万元，为国家计委批准概算总投资的78%。截止1993年8月，累计完成建设总投资43 054万元，完成建设总投资51 000万元的84.42%。

试验工程作为中国核工业第一个试验工厂，负有光荣而艰巨的使命。它能否按期高质量地建成投产，不仅直接影响到中国的国际声誉，而且对中国核工业相关领域的发展、生产技术进步和关键环节“飞跃”瓶颈具有重大意义。工程建设期间，中核总公司领导对四〇五厂提出，通过试验工程要“出产品、出经验、出人才”，为中国核工业发展作出更大贡献。

试验工程从开始建设到运行投产，历时4年时间，四〇五厂实现了目标要求。试验工程在组装、安装、调试、试验启动过程中，四〇五厂广大职工一边干一边学，很快具备了安装、试验、启动、运行能力。一大批科研技术及生产人员攻坚克难，锐意进取，在实践中探索、锻炼、成长，逐步成为核工业相关领域的中坚力量。试验工程经过10年建设和运行，积累了该领域比较完整的设计、安装、试验和生产运行经验，掌握了新技术、新工艺及运行维护技术，形成了一支满足该领域科研设计、建设安装、生产运行及科学管理的职工队伍，造就和培养了一大批老中青技术专家和现代化管理人才，为中国核工业的发展奠定了坚实的基础。

今天，当我们站在功劳簿上回望这一段岁月的时候，我们会惊喜地发现，四〇五人心中有一个清晰、明确的印迹。那就是勇敢担当和无私奉献，那就是陕铀精神。正是靠着这厚重的精神财富，四〇五厂勇敢地为国担当，为中国核工业发展蓄力助航，迈出了勇敢而坚定的时代强音符。

离心起步的十年——筑梦

1998年8月11日，405-1A二期工程首批机组开始启动，于17时10分全部达到额定转速，在比合同规定的时间提前半年的基础上又提前了4天顺利启动成功。

四〇五厂的发展脉络，是那么巧合地与改革开放镶嵌在一起，与国家建设同辐共振，奏响了一曲曲快速发展的时代进行曲。

历史从来不会遗忘任何奋斗者，因为印迹和步履是那么的坚定和铿锵。四〇五人克服着寂寞与偏远，信念坚定地肩负起国家离心工程的建设，在中国核工业核燃料领域留下了不可磨灭的功勋。让我们把目光重新回放到那个标志着四〇五厂振兴的关键时刻吧！

1992年9月，为适应国家核电发展对浓缩铀的需要，经国务院同意，调整试验工程方案，引进俄罗斯离心成套设备，以加快离心工厂建设步伐。随后，俄罗斯专家弗拉索夫一行9人在中核总领导陪同下，对四〇五厂进行了实地考察。考察认为：利用四〇五试验工程的现有建筑和大部分辅助配套设施，改建一座离心法铀浓缩工厂，具备了良好的基础条件，在投资、进度、质量控制方面，有很大优势。经核算，利用基础设施和辅助系统等固定资产，不仅可节约2 500万元，而且比新建厂缩短周期1年以上。

风物长宜放眼量。俄罗斯专家的意见很重要，这为引俄项目落户四〇五厂奠定了主要基础。同时，我国秦山核电站成功并网发电和大亚湾核电站等相继在建，也必然加快了中国核燃料铀浓缩产业发展的新机遇。然而，更重要的是四〇五厂不等不靠、长远谋划，积极开展基础设施建设、不断加强组织机构管理、持续进行职工教育培训等前期工作，自然而必然地为引俄离心设备落户四〇五厂打下了具有决定和实际意义的坚实基础。

1992年12月，中国核工业总公司总经理蒋心雄和俄罗斯原子能部部长米哈伊洛夫分别代表本国，签署了《在中国合作建设生产低浓铀的气体离心机工厂的协议》。

1993年3月25日，中俄双方正式签订了《为在中国建设用于原子动力的浓缩铀气体离心机工厂供应设备和提供服务的总合同》。

正确地说，每一次的更新与递进，都是四〇五人新一次的机遇和挑战，都是四〇五人不屈不挠和拼搏奉献的“战场”。号角已经吹响，旗帜已经飞扬，四〇五人再一次勇敢地面对挑战，发起了新的冲锋。

“试验台架”是首战。为确保“试验台架”装置安装启动的进度，厂提出了“全厂齐动员，大干140天，确保试验台架”的口号，振奋全厂精神，鼓舞职工干劲。短短4个多月时间，800多名职工直接参与工程建设，1 400多名职工间接参加，5万9千各个工作日。时值三伏，全体参建职工克服罕见酷暑天气，克服重重困难，加班加点，拼力气、拼智慧，拼耐力、拼精力，提前3天完成中核总对厂提出的目标要求。1994年9月20日21时30分，中、俄双方代表和专家就“试验台架”协议书及有关附件签字确认生效。22时，康荣元厂长发布启动命令；22时30分，负责“试验台架”启动工作的雷增光副厂长执行命令，“试验台架”启动升周；21日4时50分，“试验台架”达到额定转速；24 日 17 时开始投料，逐步达到额定工况，一切正常，启动成功。

1994 年 11 月 6 日，在启动现场，俄罗斯原子能部部长米哈伊洛夫一行 8 人在中核总副总经理李定凡等的陪同下参加了剪彩仪式。“试验台架”的建成，打胜了 405-1A 工程的第一仗，大大增强了全厂职工的信心，为后续工程建设铺平了道路。1996 年 3 月 19 日，“试验台架”完成预定任务，光荣停运。一年半时间里，依托“试验台架”，完成了工艺、电气、参数测量考核和大纲规定的培训项目，达到了积累运行经验、摸索运行规律、培训运行人员的重要目的。

405-1A 工程，是在原调整试验工程建设方案基础上建设的，面临首次引进无规可循、缺乏经验、技术难度大、工程量大、施工期短等诸多困难，厂结合实际、客观分析、勇敢担纲，决定自行承担主、辅工艺设备的安装任务和土建任务。为此，四〇五厂未雨绸缪，精心组织，积极协调，全方位推进 405-1A 工程建设。组建成立了 405-1A 工程指挥部，充分发挥组织、计划、控制等职能，确定了科学合理的工程建设进度目标，建立质量保证体系明确质量目标。

1993 年 3—12 月，开始对原试验工程 1 号大厅进行改造。面对抗八级地震、厚达 1.1 米的钢筋混凝土基础，即便掌着钢钎，一锤下去，也只蹦出一个火花，地面上只留下一个小小的印痕。青年突击队来到施工现场，在尘土飞扬、铿锵有力的开凿声中，咬紧牙关，克服恶劣环境影响，连续奋战 3 个月，拆除混凝土方 10 000 立方米，硬是在规定工期内啃下了这块“硬骨头”。庞大的土方量若用 4 000 辆 5 吨卡车运输，足以排出一条 18 公里厂的车队。

1994 年年初，1 号大厅西跨、2 号 2 厂房通道、3 号 A 贫料厂房等主辅工艺厂房全面开始土建施工；1995 年 6 月，1 号西大厅坯基、吊车、框架、钢平台安装完毕，7 号、3 号、8 号、10 号厂房改造基本完成，主辅系统土建结束，进入主辅系统设备安装阶段。为确保厂房清洁具备装机条件，厂先后 8 次动员 200 000 余人次进行卫生清扫“大会战”，职工、学生、离退休老职工都放弃双休日，对 7 000 平方米的水磨石地面进行展开一丝一毫近乎“苛刻”的全面保洁。

1995 年 2 月，俄罗斯专家来厂视察 405-1A 一期工程工程总进度，确定将工程工期由 1 000 天缩短至 700 天。这就意味着 3 年要完成 4 年的工作量，对四〇五厂又是一次严峻考验。

为按计划进度完成 405-1A 一期工程，厂提出了“全厂齐动员，大干 700 天，建成一期工程”的行动口号，召开动员会，讲形势、讲任务、讲目的，把全厂职工思想统一到工程建设上来。

1995年10月30日，中、俄双方实地检查验收，厂房具备主机安装清洁度和安装条件。11月1日13时30分，405-1A一期工程第一个主机安装落位，至12月25日，主机装架全部安装落位。

1996年阴历正月初三是我国传统的新春佳节，正当人们都沉浸在春节浓厚的节日气氛中时，四〇五厂各施工厂房内，参建职工夜以继日、连续奋战：拆除、爆破、清理，制造、安装、调试……负责设备押运的同志们行进在茫茫铁道线上，饿了啃方便面，渴了喝白开水……大家心里只有一个目标：一切为了新工程！

1996年10月2日，405-1A一期工程首批机组比原计划提前300天的基础上又提前4天一次启动成功。

1996年10月12日，405-1A一期工程投运庆典隆重举行。中核总总经理蒋心雄、副总经理李定凡，俄罗斯原子能部部长、第一副部长、驻华大使、商务参赞，陕西省省长程安东一行，乘专机抵达四〇五厂，参加工程启动典礼。蒋心雄在庆祝大会上说，405-1A一期工程投运是中国核燃料发展的一个里程碑，核燃料的生产从扩散到离心，是一个飞跃，其意义是深远的。希望四〇五厂全体职工再接再厉，加快405-1A二期工程建设进度，为中国核燃料生产、为核工业的二次创业做出新的贡献。

终于，靠着陕铀精神浸淫的四〇五人始终没有辜负核工业重托，于1999年3月15日，405-1A二期工程机组提前半年全部启动。

1999年5月17日，厂又一次隆重集会，庆祝国家“八五”至“九五”期间重大技改项目405-1A工程提前全面建成。国防科工委主任张华祝、俄罗斯原子能部副部长、中核总总经理李定凡、陕西省省委常委栗战书、副省长陈宗兴为工程全面建成投产剪彩。

405-1A工程从1994年1月开工到1999年3月全部建成，仅用5年多时间。四〇五人用辛勤的汗水和勤劳的智慧在秦巴山麓、汉水之滨铸起了一座中国核工业不朽的丰碑。

一直以来，四〇五厂的发展得到了党和国家领导的高度重视和关心。1993年6月9日，在四〇五厂发展的关键时期，中共中央总书记、国家主席、中央军委主席江泽民，在中央政治局候补委员、书记处书记温家宝，中央办公厅主任曾庆红，中央军委委员、总后勤部部长傅全有和陕西省省委书记张勃兴、省长白清才、中央财经领导小组秘书长曾培炎、中央政策研究室副主任滕文生、兰州军区副司令员陈超少将等陪同下，亲临工厂视察，听取了康荣元副厂长关于工厂建设发展情况汇报，听取了引进俄罗斯新的离心机进展情况，分别视察了2号厂房、1号大厅、3号厂房、7号控制室。江泽民对离心机的生产运行原理、性能十分关心。他指出："离心比扩散上了一个很大台阶。你们的核燃料发电是利用原子分裂，聚变在我看来肯定有希望的。你们任重道远，任重道远！"江泽民挥笔为工厂题词："发展核技术，开发新能源"。

1994 年 6 月 22 日，国务委员、国家科委主任宋健来厂视察。他从一个科学家和科技工作领导者的角度对中国第一座离心法铀浓缩工厂建设的意义做了深刻阐述。他指出："掌握离心工艺技术是一个新的高度，对核工业来说，可能不亚于中子弹。因为技术难度高，它对经济发展是双用的技术，对我们今后核能的发展具有重大意义。李鹏总理和国务院各位领导都关心四〇五这个项目。这项工程的资金是从总理的特别经费中开支的，而且数额不小。如果我们不跟上世界先进水平的话，落后了，老上不去，威慑就会丧失……这件事情标志着中国的核能力，是质的提高，掌握这个技术以后，可促进核电，促进国民经济的发展。这件事情意义非常大，希望四〇五厂的同志们咬紧牙关把这个工程拿下来！"宋健为工厂题词："掌握核能先进技术，增强中国综合国力。"

李鹏、吴邦国、邹家华等国家领导同志，也曾多次听取离心工程情况汇报，解决工程引进、建设过程中遇到的困难、问题。陕西省党政主要领导张勃兴、白清才、程安东、陈德铭、袁清纯、赵正永等也先后视察工厂，关心工厂的建设和发展。

国家语重心长的重托，核工业高瞻远瞩的顶层布局，各级领导的关心关怀，这些都成为四〇五人为之不懈努力的动力。

扩大规模的十年——逐梦

思路决定出路！时间这个老人，永远只眷恋那些有准备的人。不屈不挠、顽强拼搏的陕铀人，注定要在我国改革开放 30 年的重要节点上，收获希望，播种未来。

2008 年 5 月 23 日，中俄两国在北京签署了《关于离心四期和长期分离功采购合同的基础条款协议》，胡锦涛主席和梅德韦杰夫总统出席了签字仪式。

2008 年 8 月 27 日，《引俄离心四期工程合同》和《分离功采购合同》在莫斯科签订。至此，长达 8 年之久的项目引进工作画上了圆满句号。通过各方面艰辛努力，最终把一个希望非常渺茫的项目，变成了现实。

405-1C 工程，投资规模大、标准高、工期紧，且是中核陕铀首次采用项目总承包管理模式建设的工程项目。为此，在项目策划阶段，公司明确提出了要把这个来之不易的引进项目建设为"精品项目""阳光项目""廉洁项目"

和中俄合作的又一典范工程。

2008 年年底，占地 22 000 千平方米的厂房建设开工；2009 年春夏之际，工程管理机构、各施工单位相继进场开工；基建维修车间加快构建混凝土制作共制作框架等 5 220 榀，完成沟盖板 3 300 个；检修车间改进俄方安装试验获得成功，大面积推广应用，仅用两个月时间就完成了 28 800 个平板支臂定位安装；历时 18 个月，完成 10 个子项、24 个分项，61 道工序的施工，发现和改进技术问题数十处，完成 100 多次消缺，上千吨、上万台设备的安装，完成施工数据记录 42 万条，报验资料 1 100 份；自控仪表车间完成 200 000 米电缆敷设，落位盘柜 400 多面，安装接线盒 8 000 个，安装仪表 2 000 块，焊接支架仪表转换器 7 000 多个，端子接线 280 000 多个，校验仪表 3 000 多块；机电分厂克服交叉作业困难，实行两班倒施工，部榀架安全准确按时安装到位；动力车间组成 8 个施工队，安装高低压电气盘柜和各种动力箱 711 台，安装变压器 34 台，敷设高低压电缆 70 000 米和通信以及网络线缆 5 000 余米，打压阀门 7 800 个，预埋管道 20 000 米……整个工艺安装项目由 10 个施工单位工程、18 个子单位工程、30 个分部工程、54 个子分部、194 个分项工程组成。

2011 年 6 月 3 日，405-1C 工程全面投产，工程实现各公司产能翻番，单位成本较大幅度降低，取得了较好的经济效益和社会效益，为我国核电事业和中核陕铀可持续发展奠定了良好的基础。

创新发展的十年——圆梦

国家改革开放的顶层设计和经济飞速发展的浪潮，也一直助推着中核陕铀的发展进程。“十二五”期间，中核集团公司明确提出，要打造具有国际竞争力的核燃料产业。这表明核燃料产业必将具有广阔的发展空间和美好的发展前景。中核陕铀也将迎来重要的发展机遇期。对此，中核陕铀“十二五”期间的发展进行了深刻梳理和正确审视：

其一，公司具有离心工厂运行管理经验方面的优势；其二，公司长期以来就在消化和吸收离心分离技术上拥有多项重大技术创新和改进，实现了生产工艺、设备和技术的不断升级，具有技术优势和储备，实现了工业化应用；其三，职工队伍精干，技术力量雄厚，历史遗留问题相对较少，具有人才优势；其四，公司开展引进工程建设成为国际合作典范，同时，通过外协承包、工程安装等项目，阐明和合作共赢的姿态，具备对外合作的优势；其五，汉中地质条件良好，是核燃料生产和发展较为理想的基地，具有地理环境和地质条件优势。因此，中核陕铀提出了加快示范工程建设，要把工程建设成为样板工程，要在同行业中树立标杆。

2009 年 12 月 31 日，示范工程工程建设启动一期建设；2012 年 2 月，主机开始安装；至 2013 年 1 月整整历时一年，主机安装工程全部竣工。期间，安装各类设备 7 000 余台，各类管道 80 000 余米，各类真空阀门 6 000 余台，安装质量达到设计要求；2012 年 6 月 5 日，示范工程一期工程主辅工艺系统调试工作正式开始；至 2013 年上半年，历时 9 个月，工程启动调试工作全面完成，实现了全部机组一次性启动成功。2013 年春节期间，陕铀人又在春节的热闹气氛中，涌入施工现场，展开示范工程二期建设。

2018 年 3 月 20 日，长达 8 年的示范工程建设，终于画上了圆满句号。3 月 20 日两会期间，中核陕铀又因新一代示范工程全面投运再一次成为中央电视台等多家媒体关注的焦点：我国新一代铀浓缩离心机大型商用示范工程在中核陕西铀浓缩有限公司全面建成。该工程由中核集团研发建造，具有完全自主知识产权。示范工程的建成，标志着我国铀浓缩离心机实现了升级换代，具备大规模商用条件，技术水平、经济性进一步提升，达到国际先进水平。新一代铀浓缩离心机的研制和工业化将进一步提高我国在国际铀浓缩领域的地位和竞争力，是中国核能发展核燃料供应的重要保障，也是我国核燃料产业铀浓缩领域由核大国走向核强国的重要一步。

示范工程的建成投产是中核集团改革开放 40 周年成果的一次重要展示，也是陕铀人为改革开放 40 周年奉上的一份高质量答卷。在工程建设过程中，陕铀人不忘自主创新初心，牢记为国担当使命，怀揣梦想，披肝沥胆，砥砺奋进，聚和奋进，迈出了重要而坚实的一步。

50 年沧桑巨变，50 年沧海桑田，陕铀人揽尽风雨苦亦甜，砥砺前行谋发展的奋斗史，是中核陕铀在中核集团带领下紧跟时代步伐以壮士断腕的决心与勇气奋力开创前路的发展史。惟实干者强，惟革新者胜，惟时代者而得时代，中核陕铀以党的号召为旗帜，以改革滋养发展，以创新成就未来，在改革开放的洪流中把握机遇，奋力拼搏，先后建成中试工程、405-1A 工程、405-1C 工程、示范工程，自强开拓的陕铀人终在时代的洪流中以引领者的姿态走出一条为国担当的新长征路。

波澜壮阔陕铀情，聚力奋进新时代。中国离心浓缩事业从陕铀起步，必将在这里发展壮大！50 年，为我陕铀点赞！

木板房中的奋斗

田　英

阳春三月，我作为离退休老同志参加了厂区“初心园”的奠基仪式，并参观了主厂区各工号。走进原一号车间，当看到那高度自动化的控制室和1号大厅排列整齐、雄伟壮观的机组时，我惊呆了，变化实在是太大了！它使我想起了三十多年前初到一号车间的情景。

我是1985年到一号车间的。那时，经过多年缓建，试验工程刚启动不久。车间没有固定厂房。九号车间前边空地上的四间木板房，就是办公室和厂房。车间党政工领导合用一间小房子、作保管室占一间、生产技术组和工艺工段占用一间、机械、水处理、电气工段共同挤在一间房子里。我当时是车间文书，没地方去，就和车间领导共同挤在一间房子里。亲眼目睹了大家辛勤工作的点点滴滴。

小小的木板房，房小窗户更小，冬、夏都得开着门通气。那时，没有空调更无暖气。薄薄的木板，既阻挡不了夏日的酷热也抵御不住冬天的严寒。何况，陕南雨水多，为防木板漏雨，还在房顶上加盖了牛毛毡。这样一来，夏天时，不但闷热，房子里还有一股沥青味，刺鼻的气味很难闻，但工作只能在房子里干。面对这种情况，当时车间党、政领导李汉文、张洪海，既不讲客观、讲条件，也不等、靠、要，而是发动群众自己想方设法解决困难和问题。大家在建筑工地找来废砖、旧木板条，在房顶四周摆上砖，再在砖上架上旧木板条，将牛毛毡垫起十多公分高，形成一个隔热层，这样一“改善”，工作条件就得好多了。

熬过了夏日的酷暑，多雨的秋季飘然而至。有一天下午，上班时还是风和日丽的大晴天，快到下班前，忽然狂风大作，下起了暴雨。我正为没带雨具而发愁如何回家时，车间保管员刘师傅跑进办公室惊呼：“主任，不好了！

保管室漏雨进水了。”由于保管室地势较低，积在地面的雨水，从地下的门缝直往房子里灌，房顶也有几处开始漏雨了。车间领导迅速组织身体强壮的男同志一边堵漏，一边挖沟排水。另一些人则将保管室内放在低处的物资往架子上搬。雨下个不停，另外几个房间也有不同程度的进水和漏雨。接水、堵漏、挖沟排水，大家整整忙乱了一个多小时。快七点多钟，雨小了，大家才陆续下班回家。主任和在外面排水的同志衣服都被雨淋湿了。为了防止再次被雨袭击，事后，车间组织人员对所有房顶进行了堵漏，对墙根培土加固，并挖深了排水沟。

冬天到了，木板房的冬天格外冷。为了取暖，各个房间都架起了烟囱安上了炉子。我主动承担了生炉子的任务。但我从没生过炉子，折腾了好长时间，搞得浓烟四处窜，都没有把煤烧燃。工会主席王振善看到情形，赶快过来帮忙，并教给我生炉子的正确方法。生炉子有方法，封炉子更有窍门。我封的炉子常常第二天燃完熄灭了，而张洪海书记封的炉子依然燃得特别好。所以，只要张书记在家，准是他封好炉子，最后一个离开房间。数年如一日，不论春夏秋冬，张书记总是那个上班最早而下班最晚的人。

虽然，房间里生了炉子，但还是冷得很。冷得我写材料时都戴着手套。可是，车间领导和那些年长的技术人员，为了查资料和写字方便没有一个戴手套的，现在回想起来，我都为他们不怕苦的精神敬佩。

从夏至冬，木板房的日子都不怎么好过。但是，车间的干部、职工没有因为条件艰苦、环境差，而对工作有丝毫的懈怠，更没有怨天尤人、叫苦叫累。

房子虽然简陋，但艰苦的创业工作已然开始。由于试验工程主工艺流程改变，需要将大量的英文资料翻译成中文，供学习培训用。车间的主要任务就是编写所属各工号主工艺、辅助工艺水、电气操作规程。车间彭福临、姚自升、朱志恒、张梅樵等多位技术人员还兼任厂技校代课老师，需要编教材。当时，车间只有一台苹果计算机，程序及文库是全英文的。因此，起草文件、编写规程，全是手写。他们每人面前都放着几本厚厚的书，一会儿埋头奋笔疾书，一会儿翻书查阅资料，一会儿又拢在一起激烈讨论……我不懂技术，不知他们说的是什么、写的什么，但我深刻感觉到他们那种科学严细、乐于奉献的精神。每当他们为一个问题有不同见解，各述理由和依据时，音调就高了起来；而当他们开心笑时，准是取得了共识，解决了一个技术难题。我也就伴随着他们一起焦急和开心着。

彭福临当时是车间生产技术组组长。他是一个对工作极其认真负责又非常投入的人，投入得有时会忘记时间。为了查找借阅资料，或是和上级相关部门研究解决问题，他经常外出。那时，没有手机，联系不太方便，我曾几次奉命去找他。记得刚到车间不久，主任就派我去办公楼找他。我到资料室说他去了技术处，技术处的人说他走了，让我去档案室看看，档案室的人说他刚走，我正不知要在什么地方找他时，有人告诉我你到计划处看看。到了计划处，我看一个人像我们车间的人，但又不敢肯定是他，我就站在他面前问道：请问！彭福临在你们这里吗？惹得计划处人哄堂大笑。还有一次更糟，我在他能去的地方找了个遍，都没找着他。等我回到车间不久，他却满身尘土，提着一包东西笑嘻嘻地回来了。原来，他为了研究、掌握分配电盘元器件的构造和技术数据，跑到二三公司废旧仓库“寻宝”去了。

日子在平凡中度过，知识在学习中增长，经验在探索中积累，技能在培训中提高。就在这简陋的木板房中，一号车间工程技术人员凭着聪明才智和科学严细的求实精神，翻译、编写了大量的技术资料、操作规程和培训教材，培训出各个工段的技术骨干。为试验工程准备了充分的技术和人力资源。为后来的安全运行打下了坚实的基础。

为了加快工程进度，各车间都承担了一些土建工程任务，车间领导也主动向厂部请缨，要求承担一些力所能及的工程任务。厂里把在九车间经过处理后的水管运到下溢水村旁公路边的任务交给了车间。这项工作看似简单，却非易事。那短短的几百米距离，是一片凸凹不平的新建筑工地，而那粗粗的钢管每根有五六米长，大的内径 150 多公分，小的也有 80 多公分，不是三四个人可以抬走的，而需要几个人在后面使劲推，才能挪动位置。但由于地面不平，你往前推，它偏向低的地方乱滚。费了九牛二虎之力，人人累的满头大汗，前进不了几米。后来有人建议，找来粗粗的麻绳，从管芯穿过，年轻人在两端用绳子往前拉，其他人在后面推。这样解决了管子乱滚的问题，效率倍增。搬运中为了一起使劲，大家喊起了劳动号子。在运钢管时麻绳磨断了好几根，许多人手上还磨出了血泡，但是没有一个人叫苦叫累。每到下午四点，不用叫，大家都放下手中的工作自觉去干活。为此，厂部奖励车间每人 5 元月奖。

1987 年，试验工程由土建转入安装高峰，车间也从木板房搬进主厂区新厂房，开始了崭新的征程和奋斗。

木板房的奋斗，正是“中国离心浓缩事业从陕铀起步”的蹉跎岁月，那是我今生最美好的记忆、最灿烂的时刻。

那些年那些人那些事

刘吉军

吃饭不够"认真"的小老头

建企初期，因生活条件限制，绝大多数人都是"单身汉"，一日三餐都自觉在用席棚子搭起的职工食堂解决，凭饭菜票排队买饭。

和往常一样，职工食堂里正有序排队，个子瘦小的那一个老头又排在买饭的长龙中。他从来都是安静排队，话语不多。可每次总是来得太晚。由于他来得太晚，只好买两个馒头和一点咸菜充饥。

"他是谁啊?"有人悄悄问道。

"这是咱们第一任厂长啊（当时叫革命领导小组张涛同志），看不出来吧。"

这是刘吉军第一次见到张涛同志。张涛每次来食堂吃饭总是规规矩矩排队，由于他每次来得晚总是将就买点儿吃的。小刘同志就冲他招招手："张涛同志，您到我这里来排队吧，我这里靠前。"

张涛

"我来得晚就要按顺序排队，谢谢你啦。"他礼貌地拒绝了。回头望望他的身影，不那么起眼，淹没在队伍里，可那缓缓挪动的身影又显得那么特别。与群众为伍，没有特殊性，自然纯良是那个时代的人最为可贵的特质。那不高的身影却总能在人群一瞥之中看到他，这个个子瘦小的老头还真挺认真。

张涛同志是历经抗日战争、解放战争和新中国建设考验，对党无限忠诚的国家10级高级干部。为了工程建设，他受组织委派，舍家离城，从北京只身来到了四〇五厂，成为四〇五厂选址定点的第一人。他和选址的同志们一起经历六个月，行程万里，跑遍了四省、18个县市，49个点，历尽千辛万苦，终于选定了现今的四〇五厂这块风水宝地。

张涛同志，在建厂初期生活异常艰难的岁月里，在工程建设千头万绪的繁忙工作中，始终保持不畏艰险，与职工同甘共苦，平易近人和严细的优良作风。他经常深入群众，深入施工现场，夜以继日地尽心尽力地工作。常常因为工作太忙而错过食堂吃饭时间。

一天中午约 1 点多钟，小刘奉政工组李树枫指令要求把有关文件送给张涛同志审阅。

小刘敲敲门，“进来!”听到张涛的声音，推门而入却没有看到人，定睛一看，办公室兼宿舍的屋角处张涛正在忙碌着。煤油炉子冒着黑烟，屋内充斥着烟熏味，原来张涛正忙碌着在下面条。

“领导，您怎么不去食堂吃饭呢?”小刘问道。

“刚刚忙着处理一些事情，错过了去食堂吃饭的时间。我又不大会做饭，只能下面条了，你来得正好，帮我看看我这面条熟了没有?”小刘拿起筷子尝了一下。

“领导，没有盐，没有油，这怎么吃啊？您的油盐酱醋在哪里?”回答却是：“没有顾得上买，就这样凑合吃吧。”

“领导，您这吃饭也太不认真了吧?”

小老头张涛笑了：“只要工作认真就好，吃饭就没有必要那么认真了。”话音未落，他端起那盆没有滋味的面条有滋有味地吃了起来。

有风范就有风骨

李树枫同志是一位国家 13 级高级干部。1969 年 11 月至 1973 年 6 月，时任厂政工组组长。刘吉军在和李组长三年的朝夕相处中，他这样说道：他朴实严谨的工作作风，彰显了一个老一代高级干部的风范与风骨。

1971 年 7—8 月间，厂分配给政工组 3 栋木板房的全套材料，让他们自己动手搭建板房。在李树枫同志的带领之下，政工组全体干部组搭建一栋，宣传部与群众工作组搭建一栋，政工组与保卫组搭建一栋。因当时政工组办公室只有 3 个人，搭建房屋需要技术更需要力量。面对只分了一栋板房的 1/3 板材，如何才能合理利用又具有功能性呢？李树枫拿起笔在纸上开始绘制草图，又拿出卷尺丈量板材，不断计算，最后决定将宿舍和办公区合二为一。

虽是小小的板房，却总算是有了“规模”。从中间隔开约 8 平方米左右之后，前面一半当办公室，摆放了三张办公桌和简陋的办公用具，后半面就是李树枫和刘吉军的宿舍。两张单人床和简单的生活用品摆放后，中间就只剩下勉强能走一个人的过道。

当初那艰苦的生活是没有亲历的人难以想象的。木板房中，冬天寒冷难耐，

夏日酷热难眠，晚上蚊虫成群，叮咬的人常常难以入眠。“啪啪，啪啪……”一到晚上就听到板房里传出双手击打的声音。“小刘，别打了，快睡吧，蚊子是打不完的，就让它们和我们作伴吧。”李树枫风趣的话语让人忍俊不禁，“也好，我们穿着衣服睡。”深更半夜，出门不方便，没有路灯，漆黑一片，没有手电照明，就难以出门，遇到阴雨天就更加困难了。

1972 年夏天的一个晚上，狂风暴雨，小板房里的两个人被惊醒了，雨水太大了，屋内很快注满了水，锅碗瓢盆，办公用品都漂了起来，屋内就像鱼塘一样。两个人瞬间起来开始忙碌，挖沟排水，加高板房挡土，一直折腾到天亮。地面上的水虽然清空了，但是地面上满是泥浆，他们又运来了沙子、煤渣、石灰等厚厚地垫了一层夯实后才松了一口气。终于消停了，两个泥人互相对望后哈哈大笑起来。

在那个艰苦的年代，年过半百的李树枫同志就是这样在木板房中办公、住宿了 3 年多时间。艰苦的生活，恶劣的环境，没有摧垮创业者的信心，他们以老一代核工业的创业精神为榜样，怀着“为国争光，为二机部争气”的决心，实践着“安下心，扎大根，汉江河畔献青春献终身”的誓言。

请到青年突击队里来

1971 年厂部决定在“五·七”基建连培训学习后的 249 名复转军人中挑

选 30 名身强力壮的同志组成“青年突击队”承担抢建三栋二层子弟学校教学楼的任务，并要求在当年 9 月 3 日前建成，那时“请到青年突击队里来”成为了最热烈的工作热情邀约。

突击队的主要工作是配合连里的瓦工班、木工班、电工班、机械班等工种。突击队的同志充分发扬我军敢拼、敢上、敢打硬仗的优良传统，哪里需要就到哪里去，脏活累活抢着干，从不叫苦喊累。

特别是当年 7 月中旬，天气炎热无比，此时，正好需要上三楼的楼板。面对一块楼板 300 多斤，又没吊装设备的实际情况，难道就这样停工等待设备吗？领导着急，他们联合起来，主动向连部领导请求“我们是军工，我们是突击队，我们个个身强力壮，我们抬也要把预制楼板抬上去！”

经领导批准后，他们就四人一组，共分 12 组，在“下定决心，不怕牺牲，排除万难去争取胜利”的歌声和“呦吼，呦吼……”的劳动号子声中将一块块水泥楼板安放好。每次抬上楼后，个个汗流浃背，工作服湿透了，他们就脱下来拧干了再穿，再湿，再拧，就这样反复不知多少次。

现在当我们漫步在优美的社区时，还可以看到物业公司办公室前后的三栋楼，就是他们突击队参加建设的“子弟学校”的旧址，尽管后来经过了整修，它依然挺立着，还在为中核陕铀发挥着巨大的作用。

四〇五工程建设记忆

唐大树口述 唐道刚、唐朝晖、唐建记录

万事开头难。历史的缔造和发展，总是充满了艰辛。相较于1969年，四〇五厂的创建，更是举步维艰。在中核陕铀创建50周年之际，公司积极寻找和探访那些首批入驻并参与四〇五厂建设部分离退休职工。让我们顺着退休职工唐大树的记忆，再一次回到那艰苦卓绝、激情澎湃的岁月，去为中核陕铀创建做出巨大贡献的先辈们：

我1937年1月出生于一个贫苦的农民家庭，祖籍重庆铜梁县。1958年秋初中毕业，准备参加中专考试时，突然收到了一份学校发来的招工录取通知单，当时真是高兴极了，因为有了正式工作，就不用再去到处打零工了。事后才知道，这是五〇四第一任厂长王介福通过他的老战友，当时时任重庆市市长的任伯戈从重庆市各所学校的初中毕业生里挑选了200名品学兼优、政治条件好的青年学生，支援核工业建设。我们随后被分配到重庆长安机器厂、发电厂、还有泸州化工厂去培训学习，我被分配到了泸州化工厂学习制冷技术，还有的去学习车工、钳工、电焊工、分析、化验等工种。

1959年4月，我们这支来自重庆的青年学生队伍，从重庆菜园坝火车站出发，到达了目的地兰州五〇四厂，加入到了中国核事业。

1969年年底，响应组织安排，我和五〇四厂一部分同志来到了位于汉中市洋县，参加了四〇五厂工程建设。“三线建设要抓紧，就是同帝国主义争时间，同修正主义争时间”，这是毛主席高瞻远瞩进行战略大转移的远大部署。我们背靠秦岭余脉大爷山下，面对汉江溢水河畔，扎下大营。洋县县城、龙亭、磨子桥、江坝、智果、东韩、范坝、上溢水、下溢水、尹家泉、长滩等地都是建设四〇五的队伍。洋县政府大力支持，当地老百姓也很欢迎我们到来，并借给了我们不少民房。组织上为了保证四〇五厂工程建设，设立了军管会，军管会主任柳燕是一位师级干部，下设有军代表；二机部还从四川厂调来了李宪斌主任、管财务的郝屹伟、管供应的陈新、搞新品（主机）的干祥玉等骨干，组成了建厂领导班子。接着又从五〇四厂调入400多人，是进厂的第一批职工队伍，我就是在这个时候由五〇四厂调入四〇五厂的。刚来时住在洋县龙亭中学，由军代表刘连生负责组织我们学习，有时还搞军训、

拉练、演习活动，当时的厂指挥部设立在洋县的红卫旅社，从洋县到四〇五工地是从魏家庙进入，经永丰、庆丰有一条砂石公路，另外一条路从范坝进入下溢水的道路工程兵部队正在修建，溢水河上还有两座工程兵部队刚修建完工的桥，一个位于长滩，一个位于上溢水，厂区工地部分叫北山坡，福利区这一片叫南山坡，厂区北山坡全是一片荒地，南山坡福利区这边也是一片荒野，长满了各种灌木杂草，二十一公司（章家梁）是个长满杂草的小山岗。

刚进入工地，首先得解决住的地方。于是，大家就轮流打“水胡基”，再用油毛毡、席子等材料盖起了简易的平房。有一天早上起来，只听到一位同志“啊”地叫了一声，看到他飞快地把脚缩了回来，大家仔细一看，原来是鞋子里钻进了一条蛇，幸好没有被咬伤。那时候，再苦再累，大家都没有怨言，始终热火朝天、齐心协力的干工程，当时跟我们一道从五〇四来的当过警卫营营长的孟伍同志是我们食堂的伙头军（炊事员），做的饭特别好吃。

随着工程建设的不断深入，摊子越来越大，人员不断增加，部里从北京派来了张涛局长（任四〇五厂长）、郑任为书记，同时还从八一六调来了200多名从部队转业的军工。这时担负基础设施建设工程的53师的工程兵相继开进，驻扎在尹家泉、上溢水两侧的山坡上（就是现在的武警部队和厂区河对面的山梁上），满山遍野都是工程部队的营房，正式开始了基础工程建设。当解放牌汽车第一次开进工地时，当地老乡的孩子第一次见到汽车，以为是“铁牛”，还割把青草塞过去喂“铁牛”。

1969年12月，我接受了新的任务，与张常孝同志一同被派往西安，住在西七路79号省基建指挥部招待所，任务是负责接待、联络及物资采购。物资采购工作量很大，厂里还给办事处配备了一辆解放牌汽车，将采购的物资及时运回厂里。从西安把物资运输到厂里，汽车要整整跑两天的时间，第一天开到宝鸡住一晚，第二天翻越秦岭，经留坝、张良庙，从褒河进入汉中再驶往洋县四〇五厂。为确保物资安全，车上必须要有押车人员，这条线路来来回来跑了好些趟，秦岭美丽的风景让人留连忘返，但是路况非常险恶，冬天路面上结着厚实的冰，夏天动不动就是路遇塌方，每一公里都开得小心翼翼，不能有任何闪失，从侧窗子望下去就是落差很大陡峭的山谷。有一次和张常孝同志一同押车，车子突然闪了一下，把我们吓了一大跳，原来是司机疲劳驾驶打了个“秒盹”。

1971年秋天，组织上安排我回到洋县四〇五工地，在后勤组从事物资计划管理工作。为了统一部署、协调推进工程建设，由四〇五厂、工程部队、二一建设公司、二三安装公司4家单位共同成立了工程管理指挥部，其中杨永春、刘金娥和我三位同志负责三大材（钢材、木材、水泥）物资计划、申

请和调拨、分配、交付工作。基础建设工程对三大材的需求量特别大，每年要用水泥上万吨，木材几千立方，光是用于拱顶的螺纹钢用量都在千吨以上，工程用的木材都是从东北大兴安岭各个林业林场供应的，有红松、白松、黄花松、水曲柳等，都是上等好木材。为了满足及时发运木材的需要，在东北大兴安岭各个林场，都派驻有催交发货的人员，他们都是从部队转业的军工，正是由于他们的不畏严寒、吃苦耐劳的奉献精神，保证了基础建设工程的木材需求。基础建设工程需求量很大的水泥，都是 500 号以上的高标号水泥，当时供应我厂水泥的单位有：耀县水泥厂、四川江油水泥厂、渠江水泥厂、峨眉水泥厂等。同样，这些供货单位也派驻有我厂催交人员，如宋大奎、李高生等同志，他们都为工程水泥的及时到货出了大力气。

1972—1973 年这段时期，由于整个汉中地区各处都有三线军工工程，因此整个铁路线运输特别繁忙，经常货物材料排不上队或者因铁路线路塌方而停运。为了保证基础建设工程正常施工，在火车停运期间，就由厂车队组织几十辆汽车，到水泥厂拉水泥。有一次，我在一个月内连续 3 次带队到江油拉水泥，最多时有40多台车，颇为壮观。“蜀道难，难于上青天。”一点都不假，那个时候川陕公路状况非常差，一边是陡峭的山崖，一边是咆哮的嘉陵江，最让人心颤的就是在离广元不远明月峡的老虎嘴，远远望去就像一只张开大嘴的老虎，车子从“嘴里”开过去，就像走了一道鬼门关一般，开过去紧张得衣服都湿透了，过往的司机们经常能看到老虎嘴下方江边有掉落下去的汽车残骸。过了广元，还有一段根本就没有成型的公路，汽车得从河道里趟水过去，车队队长马希方与司机韩本花、刘长群、宋士杰、孙孝征、韩运福等同志，在物资运输上付出了汗马功劳。

后来二一公司开始在北山坡盖厂房、在南山坡福利区盖家属楼，此时二三安装公司也相继进驻，投入安装工程，接着从四〇五厂到洋县马家村的13公里铁路专用线也开始动工修建，整个工地热火朝天、出现一片欣欣向荣的建设高潮。在福利区家属楼未盖好之前，职工家属们都借住在周边的老乡家里，土坯房条件好一些的漏风少一些，条件差一些的房子四处漏风。我家当时就在范坝十七组的一户田姓老乡的土坯房里住了近半年时间。待家属楼盖好了，大家才陆陆续续地搬进福利区楼房里居住，开始大家做饭都是烧木材、锯末、刨花，后来厂里建了蜂窝煤厂（现在的阳光小区），大家才改烧蜂窝煤来做饭取暖，也都是定量供应的。当时的206招待所还驻扎有一支加工连部队。

1974年4月，响应毛主席上山下乡号召，厂里组织了第一批知识青年上山下乡活动。组织上把我从物资供应岗位抽出来，给知识青年带队，负责他们的管理工作。同去的还有在厂工会工作的蔡洪根同志，由老蔡负责，我协助老蔡工作，出发当天，厂长张涛、书记郑任、政治部王传珍、县知青办王天才，公社袁书记等领导还专门为我们开了欢送会。下乡知识青年共有44名，有周向阳、李毅刚、孙西林、杨建军、钟林、李彦、兰艳萍等，下乡地点就在厂区周边的溢水公社，知青点分布在上溢水、长滩、岭底、西山大庄坡、小河村、东岭等地。在县知青办公室领导下，通过公社和生产队首先做好对三具（农具、家具、灶具）和住房的安排落实，每天都要跑一个点，中午在老乡家里吃派饭（付钱），经过锻炼的知青，他们在思想上、体质上都有了很大的提高，还有的评上了先进、模范，经过几年的下乡锻炼，知青们相继返回厂里，在各个不同的岗位上都发挥了重要的骨干作用。

一年后由另外的同志接替了我们的知青带队工作，我回到了供应处，服从组织安排开始从事政工工作，跟随老革命干部王瑞生书记工作。王书记是1937年参加革命的老干部，河北省阜平县人，他生活朴素平易近人，一身正气，特别是能跟普通群众打成一片，经常和一些装卸工、保管员一起玩，人们不叫他王书记，都叫他王老头。我在王书记身边工作了5年左右，他的工作作风一言一行令我终生难忘，是我永远学习的榜样。在供应处工作期间，还经历了一件事情，80年代的某一天，大家正在供应处上班，突然有人在院子里发现了一头很大的像牛一样的动物。经仔细辨认，原来是一头羚牛，足足有200～300公斤，从山脚下的排水涵洞钻了进来。大家又吼又叫的想把羚牛赶出去，结果惊到了羚牛，向着我们就冲了过来，一位同志躲闪不及被牛撞到墙角，大腿被牛角顶了一个大窟窿，流了好多鲜血。后来经过围捕总算把羚牛套住了，因为是国家保护动物，当时还通知了洋县野生动物保护站专门开车来人把羚牛拉走放归秦岭了。

我在四〇五厂工作了24年，其中在供应处工作了18年，直到1993年退休。我感到这一辈子过得太快了，还没有为国家做多少事情就老了。让我感到欣慰的是，我的几个孩子，都在厂里工作，他们依然在工作岗位上为我国的核事业继续奋斗着。

是的，唐大树的贡献和情操，也只是第一批入厂参与公司创建的一分子，也只是那个时代的缩影；而他们那400多人，就是托举起中国离心浓缩事业从中核陕铀起步的塔基。让我们一起向他们学习，向他们致敬。

从丰度到温度的毕生守护

刘章建　蒋　丽

时至今日，中国核工业的强大早已令世人瞩目。无数三线工人梦想最终得以实现，此时的我们更应该记住这一群为核工业事业奉献一生的人们。在祖国最需要的时候，是他们用胆识和智慧锻造出坚强盾牌，让我们记住他们……

今天，一位叫彭福临的老人，淡然地生活在这个被称为“中国离心浓缩事业从这里起步，必将在这里腾飞”的秦岭南麓。虽然，他已经84岁高龄，在这里足足生活了50年之久。他把他最灿烂、最精彩、最韶华的岁月，用献了青春献终身的豪情和大爱，播撒在这里；他把对祖国、对核工业、对四〇五厂毕生的忠诚，用科技工作中毕生的坚守与追求，谱写成华章和情操，播撒在这里。

彭福临

彭福临，从湖南家乡的小祠堂学校到长沙重点中学，从刚刚成立的北航到清华大学工程物理系，从西北边陲五〇四厂再到秦巴南麓四〇五厂，彭福临老人载过岁月云烟，踏遍山峦秋月，在岁月洗礼中汇就他“平凡”而又“纯粹”的核事业生涯。

彭福临老人娓娓道来他的核事业研究、探索和创业的历程。1954年，考入刚刚成立两年的北京航空大学发动机系。1958年8月11日，在党中央毛主席“我们要大力协同尽快把我国原子能事业搞上去，没有核武器，我们腰杆子硬不起来”的历史大背景下，经组织安排，彭福临和本系12人一起转入清华大学工程物理系。北航的高材生，即将参加工作，为新生的中国航空事业施展抱负的彭福临丝毫没有犹豫，他想到中国的核事业能在百里挑一境况下选中自己，那是多么光荣的使命。为国强去读书，为核强去担当的信念使他义无反顾投入到学习中去。

进入了新的“门槛”，彭福临在导师带领下，一边学习新知识一边实验性研制中国第一代离心技术——物理实验离心技术。初生牛犊不怕虎！这条路有多长，他不知道；这条路有多难，他也不知道。国家需要，就是他们学习和实验的方向。他们 24 小时，甚至 36 小时不休息地在实验室“搞事情”，沉迷期间，废寝忘食、呕心沥血。他们实在太累了，被老师感动地请进实验室隔壁的一间屋子关起来“勒令睡觉”。

1960 年 6 月毕业后去部里报到。几天后，彭福临与其他 6 人被派往核工业最需要人才最前沿一线最关键阶段的兰州五〇四厂。上班后，总工程师郑流阳、副总经理兼总工艺师刘宝庆看望他们几个“宝贝疙瘩”，介绍了工厂建设情况，尤其是关键岗位——数学计算科、工艺调整试验科及工艺技术科的情况。根据大学特长，彭福临被分配在调试科。驻厂（前）苏联女专家谢苗诺娃详细询问了他们几个清华生学习的内容和毕业论文，经过一番了解后，她很激动地说：“啊，你们是大专家了！”

1960 年 9 月末，五〇四厂领导派彭福临带领刘乔生、肖淑静和贾金铎去北京原子能院 615 室对“某关键项目的流量测定”难题进行科研攻关。彭福临他们与 615 室的徐润达、金太全、陈金昌、毕福春等一起，在（前）苏联专家带领下，做小、中、大三种机型的流体实验台的操作试验。经过一年多的计算、实验、失败、总结，终于在 1961 年年底，攻克技术难关，顺利完成“大机器”的基本特性和流量测定工作。这项工作，从理论公式推算到试验方案制定，在后续的生产中起到了重要作用。

1962 年年初回厂，即刻投入到两个中小机型的机组调整试验。彭福临亲自编写调试方案，负责对首次两个串联大机组的调试。

五〇四厂，那时条件艰苦，资源匮乏，唯有难关才磨炼人的意志。彭福临在实验室里潜心研究分离膜、研究流量曲线，针对每一个阀门做流量曲线实验，把一条曲线变成两条直线……对于当时来说，这样的实验是非常困难的。粮食不够吃身上浮肿，技术资源更是一穷二白，长期饥饿和大量的实验致使他双腿浮肿，鞋子穿不上了，只能趿拉着鞋子，走在泥泞路上将脚都磨破了，依然还是要坚持实验。当彭福临老人说到这些时，他的眼睛微闭，依旧微笑讲述当年的艰辛与不易。根据实验获取了基本数据资料，信心就足了，如此也就有了更多的设定与设想。他尝试着在地沟里搞调节实验、控制水温、水流量……当他看到产品数据出来时，面对如此高的丰度值，他激动得心都要跳出来了。想到这样就能为制造原子弹提供更多技术保障，他是喜悦的也是满足的，那一刻这样的“丰度”是否成就了他心中的温度。彭福临与爱人工作都在五〇四厂，那时他做实验，他的爱人则在工艺系统搞实践，家庭中的默契度又传递到工作中去，他笑称：我的试验田就由你来耕种。

1963年元旦，彭福临熬更守夜，编写了铀浓缩系统试验方案等辅助系统庞杂的配套方案。在理论技术指导下，大机器取得了首次试验成功。他先后提出和解决了系统中“腐蚀损耗测量”和“丰度产能增加”等科学性决策，被推广应用并据此写出了正式试验机组总结报告。在全厂学习、提升、吃透后，随即全部级联启动，由彭福临他们工艺调整试验科负责流量调整。终于，1964年元旦，高浓度合格产品在中国首次“问世”。3月，部领导来厂慰问时，大家兴高采烈地问首长：原子弹啥时候能爆炸？首长含蓄地说：这么大的事情，只有毛主席能决定！——彭福临他们，是坚实地奠定了中国首枚原子弹爆炸的第一群人啊！

1965年，以彭福临为组长，负责筹备建设五〇四厂工艺实验室。经过一年多苦干，实验室基本建成并进行了部分实验性工作。同年，他还承担了归口工艺调整实验科的国家鉴定委交给的《某两种分离膜试验》的坚定任务。这是一项非常繁琐和精细的艰巨任务，由国家鉴定委总抓、部主要领导主抓、厂领导直抓的关键项目。

1969年，鉴于国家国防建设布局和三线建设需要，部派五〇四厂保卫处处长张常孝、二室书记杨远岑、计划处骨干张顒、工艺实验室苟发和、彭福临等一行5人，调入陕西汉中四〇五厂，开展四〇五厂建设的前置工作，主要任务是与汉中市联络、沟通，做好驻地大批人员入驻的安置工作以及粮食供应等诸多细节问题。他们一行5人徒步穿行在洋县各地，先后选定小江中学、磨子桥中学、龙亭中学等，为首批入驻人员临时提供安顿处。1969年10月17日，老厂来的200多人顺利入驻。

进了四〇五厂的门，就是四〇五厂的人！彭福临暂时忘记了心爱的铀浓缩事业，重新把一腔热血和新的希望火种播撒在四〇五这片贫瘠而荒凉的地方，他期盼着新的工厂早一天腾起铀浓缩事业的新基业。他先后参与了厂的初步设计、进洞方案、福利区规划、地质结构探查等多项筹建工作。

1970年春节，厂领导王济芝通知彭福临：“部通知，主设备生产已全面展开一段时间，要求尽快派懂技术的专家作为驻厂代表，负责协调生产。由彭福临负责、吕苍良配合到上海驻厂。”当时，以上海电机厂为主，上海汽轮机厂、上海先锋电机厂、上海重型机器厂等其他配套工厂，都在为四〇五厂组织制造设备。这一大段时期，他们穿梭在上海的大街小巷，协调各厂生产，解决技术难题，对设备生产、技术攻关、难题破解等，进行了大量指导和调整，做出了他们应尽的责任，付出了他们辛勤的汗水和智慧。

80年代初，四〇五工厂缓建。四〇五厂罗中奎书记找到彭福临他们几个清华毕业的技术骨干谈心，跟他们谈了目前厂里下一步的发展情况，要他们结合目前厂里的情况，做技术和知识储备。给知青补习文化科技知识，给工农兵大学生等补习专业基础功课。那段时间，培养了张新民、王运通、尚志萍等一批品学兼优、勤奋好学的青年职工。对于那个时代的科技工作者来说，也不是只仅限于干本专业，哪里需要就“搬”到哪里去。他相继去学校、技校代课。面对当时职工文化程度良莠不齐状态，他利用自己所学知识进行授课。人不能闲着，文化储备，人才培养对于四〇五来说都是都是至关重要的。“把心放在工作上”是彭福临一生的座右铭。

80 年代是四〇五厂艰难的过渡期。彭福临不忘奉献，依然默默无闻地关注企业发展，关心核工业的命运。他负责的项目荣获陕西省二级局科技大会表彰，他本人出席了会议，被评为优秀科技工作者。他参加了天津三院试验机的装配、安装、启动及工艺试验全过程，为四〇五厂未来发展埋下了科技的种子。他负责筹建四〇五厂小型临时离心实验室的筹建，并开展了前期的试验工作。1984 年，他参加了清华大学工程物理系举办的铀浓缩技术讲习班，再一次为四〇五厂新技术应用奠定了技术支持。1984 年年底，他调入 1 号车间任生产技术组组长，与电气组朱志恒密切配合，开始了分配电盘实验和组织分配电盘生产，当时实验没有正式场地，只能在临时搭建的棚子里做实验，干得热火朝天是最贴切的画面形容。近 2 年的实验期，看到那电盘一排排林立起来，心中更多的是责任。参与了首批启动供料调整技术研究。试验工程准备期间，他负责编写了级联试验大纲和工艺操作规程，涉及建立了孔板喷嘴等流量计校验装置；他负责对厂第一批值班主任以及后续各值班主任、工艺技术人员的讲课培训；他与天津三院合作撰写的试验总结报告，荣获部科技进步二等奖。面对采访，彭老自豪地说：“凡是搞实验的事儿，都不会把我撇开的！”

彭福临工作期间，搞科研和带徒弟两不误，不仅著述了大量科研成果，还积极培养了一大批值班主任和技术人才，他们很多都成为后来引俄离心工程中的缔造者和引领者，许多都走上了领导岗位。

90 年代初，引俄离心机终于到厂了。这是彭福临他们 50 年代在清华大学期间，在中国首次创造性地搞了一年多并做过初步探索性试验的“大工程”啊。彭福临感到由衷的兴奋，他又把最后的余热尽情地挥洒在工程现场。在临退休之前，作为新中国最早的一批离心技术研究者、作为新中国第一批探究离心技术科学的探索者，他亲眼见证了中国离心技术的起步。但是，由于常年劳累，积劳成疾，病魔缠身，终于病倒了，他患上了严重的胃病和腰椎间盘突出。他原打算退休后休养一段时间后，继续返回岗位从事他毕生“研究”的铀浓缩事业，然而，他又患上了前列腺癌骨转移……令人欣慰的是，彭老知道，公司足足有15名清华生在为核燃料铀浓缩“把舵”，他应该放心了。

从丰度到温度，在穿越时空照亮未来的路上，也许他已经停下了脚步，也许已有更多为核事业奉献的人已经被这个时代带上了光环，有的却默默不语，过着属于自己的平凡生活。但不管怎样，时代车轮滚滚向前，在各种价值观激荡奔涌的今天，他依然坚守住内心的追求。他说：“就算被时代遗忘了，那就忘了吧……”回忆往事他满脸含笑，充满了欣慰感。他说“苦难催人进步，难关磨人意志。”怎样的心怀才能托起这样的话语？怎样的感怀才能理解这样的情怀？——当一位几乎与新中国成立同步的热血青年在核工业奔腾的岁月里被锻打成耄耋老人的时候，当一位50年代初期就在潜心钻研中国铀浓缩和丰度的老者舒缓地这样喃喃自语的时候，想来一定是以一颗不变的初心、不变的情操，不变的使命在跳跃。

彭福临，中共党员，1983年，获得研究员级高级工程师职务资格；1993年，荣获国务院政府特殊津贴的专家称号。

彭福临老人，也仅仅只是中核陕铀早期科技人员中的普通代表。

核燃料厂第一任值班长贾金铎

李　珊

贾金铎，1936年出生，毕业于华中工学院，即今华中理工大学，热力发电专业，1958年加入中国核工业，先后在北京总部、五〇四厂、八一四厂工作。1959年向苏联专家学习核领域相关专业技术。1985年来到四〇五厂从事离心法铀浓缩事业，建立值班系统，其培养出的多名优秀值班长现任职在核工业各领域重要领导岗位。

1985年的春天来得格外的晚，除夕夜的鞭炮声刚刚止息，便有豆粒大的冻雨落了下来，院墙一带的细竹在寒风里发出簌簌的声响，玻璃窗很快结出一层剔透的窗花。妻子将厚实的棉衣递到贾金铎手中，“峨眉去汉中少不得坐整天的火车，棉衣热茶可要记得带。”说罢，将小瓦盆焖着的老北京酱菜和四川辣酱收进一个布包内，“人最难变的就是口味，这些吃完了再做新的吧。”

待到巴山的秀石古松渐渐消退下去，群山愈发挺峻，蒸腾的云气聚拢在山涧之中，火车开始减速滑行，列车员扯着嗓子喊道：“汉中站！汉中站到了！”

“贾师傅，您今早给我们讲的技术我还没琢磨透，您倒是再说说。”

“汉中站、汉中站终于到喽！”贾金铎口中喃喃。

“我说技术难题，您怎么念叨着汉中站。”实验室的小同志索性将熟睡的贾金铎晃醒。

“贾师傅已经两个通宵没睡了，你怎么又去打搅他？”实验室的同志赶忙制止着。

贾金铎从蒙眬睡梦渐次转醒来，吸了口长气，将意识拉回到了四〇五的级联实验室。

“没事，向苏联专家争分夺秒学技术那会也是睡在实验室的，这样的工作强度我能经受得住。”说完，扶着有些酸麻的腰站起来，取出匣子里的粉笔，在小黑板上画起了讲解用的线路图……

冬季下午的暖阳悄悄溜走，实验室内笔头“沙沙”声从未停止，学习充满了收获，掌灯时分，贾金铎方降低了讲课的音调，擦拭额间汗水，“看着你们年轻人如此专心学技术，我心里有底多了。”又清了清嗓子，“但是你们知道吗，人才梯队建设却非一朝一夕之事，四〇五厂要有自己的人才储备才行呐。要培养出几个技术靠得住的值班长，建立咱们自己的值班系统，工程的运行才能有保障。多培养人才便我如今最大的心愿了！”

“贾师傅您放心，我们一定踏实学技术，努力成长。”

“离心法铀浓缩是未来发展的方向，党和国家把核工业的未来交给了四〇五厂，咱们怎么都要啃下这块硬骨头。”贾金铎给青年技术骨干鼓着劲。

“贾师傅，晚饭后我们再自习一会，得把下午的收获都消化吸收了才睡得踏实。”实验室小张边说边拿出一罐红彤彤的辣椒酱拧开，浓厚的酱香在食堂铺展开。

“看这色泽和香气倒像是四川的辣椒。”

小张笑了起来，“这不是我上次技术搞不下来，研究了一夜，清早您拉我去家里喝米粥拌酱，我觉得实在味美，便偷偷带了一瓶出来让大家也尝尝嘛。”

“你倒是鬼机灵了。这是你师娘手艺，从四川厂带来的！我俩跟着核工业干了大半辈子，这胃的喜好也从北京酱菜变成了四川辣椒。”

“这口味的变化折射出的确是您追随核工业建设的脚步。”

“到一处，吃住入乡随俗，方能扎下根，静下心，才能多做点贡献。”贾金铎搔了搔头，理了下思绪继续说，“我记得50年代末期，在北京的苏联专业撤走那会，人家都问我，后面的工作小贾你有底没有。我心想我早在实验室里住了一年了，书本也翻破了，老北京酱菜都吃了好几坛子了。于是我说大家放心我把技术都学扎实了，我有底。于是就像今天带着你们干离心技术一样，回五〇四厂当了首任一值值班长，带出了一支技术队伍。

“后来四川厂建设时期，正值‘文革’，厂长也说话不算话了，周恩来总理嘱咐我们说，工程必须上马啊！那时候是真的难，但我们不怕，我们有毛主席思想武装头脑，天不怕地不怕。”

“所以您这性格里有着北京酱菜的积淀厚重，又带着敢闯敢拼的四川辣劲！”

“更有着我们四〇五人埋头苦干、攻坚克难的意志品质。您是将核工业艰苦朴素、踏实奉献精神带给了我们这群年轻人呐！”

是啊，来到四〇五厂，中国的铀浓缩离心技术尚处在牙牙学步的实验和举步维艰的理论阶段。这是一个全新的课题，对于贾金铎这位老工艺人来说，虽然先后在五〇四厂、四川厂，他都处于铀浓缩供取料的核心工艺岗位，可是，面对四〇五厂这个跃跃欲试着抢吃“第一个螃蟹”者来说，如何布局，并前瞻开展工作呢？作为第一车间的车间主任，贾金铎无论如何都感到巨大压力。在厂部的积极支持下，他率领车间仅有几十个人，一边组织自建工程生产，一边筹谋建立运行值班系统。说起四〇五厂第一批主工艺值班系统建立的情况，贾老至今记忆犹新：

“那时候，我们四〇五厂从来还没有真正搞起过系统运行，一切都很新鲜、很陌生，但是必须搞起来，一值值班主任任宗鹤、二值值班主任刘浩杰、三值值班主任史庆丰、四值值班主任张涛，在他们的带领下，四〇五厂的工艺系统运行模式的班底建立了。通过四个运行值，大家通过培训学习、理论考试，学习离心技术……

在追逐共同目标中，在辛苦工作中，在集体生活带来的欢乐中，1985 年在指缝中溜走，远处生活区远处的鞭炮声渐渐密了，年关更近了，南方人的甜糯米饭上了笼屉，北方人的包子饺子下了锅，天南海北聚集于汉中盆地的核工业人终迎来了二次发展机遇，眼中闪烁着的希望与憧憬。另一边的中试工程现场，午夜时分却仍旧灯火通明，有人伏案破解技术难题，有人仍在调试着设备，有人聚拢着讨论着后续工作，只为实现心中永续燃烧着的强核报国梦！

风雨铸就一甲子，沧海桑田报国梦。2019 年 3 月，在对贾金铎采访的过程中，记者问及贾老是何种机缘促使其投身核工业建设时，83 岁高龄的贾老笑眯眯着说：“我不善言辞，所做也极为有限，作为个人我微不足道、不足挂齿，党和国家培养我成为了核燃料系统的首任一值的值班长，我就有责任培养新的更多的值班人才。我终身所怀抱的仅是加入中国核工业时对党组织说的那句话：让我去祖国最需要的地方！”

一对伉俪的故事

于继烈

宋洪根和于继烈，于1985年夏天从四川厂举家调动到四〇五厂。从此，我们俩亲历了共和国核工业铀浓缩三个厂的发展历史，也开启了我们在四〇五厂的故事。

我们迁到四〇五厂时，新项目工程刚刚开始，土建工程、系统和设备的安装与调试等各项工作都在紧锣密鼓地推进。作为总调度长的老宋，一心扑在工作上，没日没夜，没有周末，没有节假日，总是不在家。

建厂初期，厂里的生活条件也不是非常好，职工住房也不是非常宽裕，我们家换季时需要更换的被褥，放在高处，需要登高才能拿下来。那一年深秋，老宋又是连着好几个周末都没有回家，孩子们都在外地工作和学习，家里只有我和年近九十的老母亲，天气越来越冷，没办法，只能自己将凳子摞了两层才能勉强够着放着冬季棉被的柜子。我鼓起勇气，颤颤巍巍地登上摞得高高的凳子，小心翼翼地打开高处的柜门，但还是在拿被褥下来的时候没掌握好平衡，凳子腿一歪，摔了下来。瞬间，鲜血直流，一个大大的口子。当时也没有手机，老宋还坚持在工作岗位，呼天天不应，叫地地不灵，只能强忍疼痛爬着去够电话，打电话给康祖杰书记。幸运的是，他的儿子康小泉当时在家并接到了电话。放下电话，他就三步并作两步地跑来了，但是他没有钥匙，我也爬不起来没法去给他开门。小泉当机立断，几脚把门踹开，赶快把我送到了医院，做了紧急处理，头上缝了好多针，为了不影响老宋的工作，我当时并没有告诉老宋。那天晚上，老宋在工地上忙到很晚很晚才回到家。

当时，党和国家领导都非常关心四〇五厂的建设，厂里需要每个月将新项目工程的建设进展编辑成15分钟的录像片，发到北京。当时的国家总理李鹏等领导人都要亲自审阅并做出批示。因为工程紧张，工地上任务繁重，而且工程进度不等人，老宋和厂里的同事们总是只能利用夜晚通宵达旦地完成这项工作，从挑选素材，到进行编辑，再到形成上报的脚本，都需要认真挑选比对，反复推敲逻辑，仔细审核细节，一丝一毫都马虎不得。每次都是经过一夜的辛苦编辑、仔细校对才能上报。他第二天还得继续扑在工地上尽心尽力地完成自己的工程任务。

老宋不仅对工作勤勤恳恳，任劳任怨，而且还勤于思考，善于从工作中总结经验教训，并上升到理论高度，从而提高工作效率和质量。

为了平时更好地学习，每次出差，老宋总要买回来很多专业和管理书籍，家里的书架上放不下，就放在床底下箱子里。很多次，半夜三更，我被“哗啦哗啦”的声音吵醒，起来一看老宋正在从床下往外翻书，原来老宋躺在床上还在思考厂里的技术问题，当时需要赶紧查书弄清楚。他就是这么好钻研！

我现在还记得，老宋利用业余时间完成了《用系统的方法组织机组启动》的论文，当时还被核工业总公司评为企业管理论文一等奖。

普通岗位不普通的三代担当

蒋　丽　刘章建

万丈高楼平地起。

今天，我们说中国核工业，说中核陕铀的50年建设，总是有一些无论如何也绕不过去的情怀和无论如何也不能忘记的人物，楔子一样，牢牢与一个企业不朽的魂魄紧紧地镶嵌在一起，血肉相连，情感交融，不离不弃，舍我其谁。作为中核陕铀普通职工家庭，蓬万朝、蓬勃、蓬玉诚这祖孙三代，就成为"核三代"的普通代表，跃然纸上。他们用50年的守候，用50年的静默，用50年的辛勤工作，再一次诠释着核工业精神。50年太短，也只是寰宇中的尘埃瞬间；50年太长，浓缩了三代人只干一件事。——这就是大爱，核工业精神最直白最朴实的注解。

究其实，他们也只不过是核工业长河的一颗熠熠生辉的星辰，也只不过是中核陕铀发展史上的一颗普通螺丝钉。

做一个始终快乐的人——甘于奉献的"螺丝钉"

1950年，一名叫做蓬万朝的年轻人，成为志愿兵，带着保家卫国的誓言参加了抗美援朝反击战，成就了一生的信仰和荣光。

1958年夏天，由国防部部长彭德怀亲自下令，每个团抽调2名连职干部到二级部做保卫保密工作，经过严格政审，复原转业的蓬万朝加入到核工业的洪流中。1958 年 10 月 17 日，带着部首长的信任和委托，他前往兰州五〇四厂报到，分配在厂干部教育科，负责全厂职工的教育培训工作。那时候，厂里只有 400 来人，工程建设如火如荼，各工种非常单一，很多岗位缺乏专业人才，就连一些通用工种都找不到会干的人。怎么办？这对于一个只有旧时代“私塾”传统文化的他来说，压力很大。他先后跑上海、西安、郑州、洛阳等地，寻求能够解决各工种培训的单位。经他协调联系，为厂里培训了一批急需的工种人才。在五〇四厂工作中，他先后组建了武装部，开办了《跃进小报》等首开先河的工作。期间，1966 年，根据国家核燃料事业发展需要，他又举家迁往新疆四〇五厂筹备处；1970 年，迁往湖北干校。

1973 年 3 月，应该是一个桃花三月笑春风的季节，蓬万朝一家根据需要，又几经辗转来到位于陕西汉中洋县的四〇五厂。顾不上欣赏汉中春天的优美风景，他被分配在四〇五中学担任体育老师。蓬老师自信地说，那时候朝气蓬勃，意气风发，干得很不错；在部队养成的爱运动，爱体育的特长发挥了巨大作用，在这块“穷乡僻壤”里，他和其他体育老师一起，培养了一大批篮球运动员、乒乓球运动员等各类喜欢体育运动的年轻人。举办了学校第一届运动会，掀起了工程区热爱体育运动，增强人民体质的热潮。80 年代初，在他据理力争下，建起了洋县地区第一家拥有完整 400 米跑道的体育场。后来，四〇五厂的体育项目篮球、乒乓球等，在周边县、市一时声名鹊起，独占鳌头很多年。1986 年，他调入新组建的教育处，首创兴办了《教育动态》，刊登传播全厂职工教育文化思想和学校教学教育文化动态，发布全厂，兴起了全厂学文化知识的氛围。

蓬万朝，永远不是一个甘于现状、自甘寂寞的人。当老师期间，除了尽心尽意地传道、授业、解惑，他还当起了业余“作家”和“编导”。白天，他把自己的精力和操守奉献给热爱的教育事业；夜晚，他熬更守夜奋笔疾书编写剧本。先后完成了工业题材剧本《在木材背后》和《家庭纪事》等创作。1975 年，话剧《在木材背后》先后在厂里、洋县人民政府、汉中市演出，引起了汉中文艺界的不小轰动，形成了本地文艺界和企业界之间的文化争论。1976 年，该剧再次前往西安，参加陕西省国防工业系统汇报演出，再一次引起文化界和企业界的轰动。“深山里飞出了金凤凰”，话剧的成功演出，不仅首次让社会各界知道了秦岭深山的核工业四〇五厂，为企业带来了宣传效应，也培养出厂子弟的文艺骨干，直至现在，当年担纲主角的胡西安、张淑芳、李萍等人，到现在退休多年了，也依然是企业的“台柱子”。他撰写的话剧《家庭纪事》，先是发表在 1982 年汉中市核心文艺期刊《衮雪》，后成功参加陕西省国防系统汇演，荣获三等创作奖。

1993 年退休后，他再一次彰显出不甘寂寞、奉献企业的热情。在离退休管理处，他主动发挥爱好书法的特长，主动融入退休工作中去，以行草见长，乐于期间，帮助退休的书法爱好者提高书法兴趣的培养。1933 年出生，今年 86 岁高寿的蓬万朝老人，一生都是体现着乐观主义的高尚情操，真正做到了老有所养、老有所乐、老有所为的豁达人生。

访问结束的时候，我诚恳地对蓬老师说：“您啊，就是一个永远敢于‘首创’的人，不管到哪里，您都具有完全首创的精神和能力，您是对企业做出贡献的人啊。”

这位参加过抗美援朝战争的蓬万朝老人笑了：我干得那些没有用，只不过是不服输罢了。

做一个始终奉献的人——握好手中的“方向盘”

生于 60 年代的人有崇高理想，也怀旧，到了如今他们这个年纪再谈起过往不仅仅是祭奠，更多的是对于青春美好日子里那些难以挥之而去的记忆。

蓬勃，出生在五〇四厂，生在那个年月那个地方的孩子自然都遗传了核工业人奉献的基因。忠诚是那个时代人的写照，跟随父母“转战迁移”，在小小的蓬勃记忆里，新疆没有遍地瓜果，也没有牛羊满山坡的绚丽景象。在父辈影响下，唯有在辗转的三线生活中，家国情怀从那时慢慢根植，耳濡目染。

13 岁跟随父母又来到了四〇五厂，还未到 18 岁他赶上了最后一批知识青年上山下乡的时光。虽然是在四〇五厂附近农村插队，对于风华正茂的蓬勃来说，农村那一方天地里历练出他对于这个时代最简单的认识——劳动最光荣。回望一年多的知青生活，手里有了茧子，胡茬又多又硬，说话声音也大了许多。插队生活结束后，他又入伍去了宁夏，对于那时的蓬勃来说，这样的生活是必需的，也是顺理成章的。绿色军营里淬炼过的人性格多为坚强，和他的父亲一样，部队中的他开始注重培养自己的文化知识，这里更容易汲取营养，待到大爷山满山金黄时，蓬勃于 1981 年光荣退伍回到了四〇五厂。

80 年代初的四〇五厂刚刚进入初级起步阶段，厂区内生活供水需要三个分离较远的泵房提供。他被分配到当时还处在章家梁的一个泵房工作。那时年轻人都不怕苦，三班倒作息时间对于他们来说也当成苦中作乐。五工区泵房，谢村水泵房这些地方都先后留下他的足迹。随着工作经验日益丰富后，他担任了班长职务，骑着自行车从谢村镇上再回到家中，这样的路程对于他来说都是家常便饭。

时光打磨人，也历练人，角色转换中他调入厂里第六车间办公室做了文书。“小蓬，你在这个位置上可要好好努力啊！”对于组织的信任唯有更努力工作，编写工作制度、收发报纸、车间工会工作、技术比武、工作总结、会议记录……对于蓬勃来说都是全新的也是得心应手的。那时蓬勃脸上最多的是笑容与开心，无论多累，“睡一觉就好了”就是最好的修整过程。

供水泵房在雨季到来时常常被淹没，厂区内生活供水就中断，供水工作在那个时候尤为紧张，配合消防车给家属区送水这样的工作他也时常参与。“分工没有那么细致与讲究，哪里需要就到哪里去。”蓬勃笑着说，“我是党员，那时人单纯，没有架子与太多想法。”年轻的心燃烧起热情，那样的岁月至今想来都是有味的。

改革开放新活力下也为四〇五带来了不小的冲击力。年轻的蓬勃有了要在 30 岁以前学一门手艺的强烈想法。放下身段去车队做了学徒工，跟着老师傅学习修理技术。从文化墨香到与油腻的修理工作打交道，有艰难也有挑战。休息时老师傅们常常打趣说道：“你这学徒工工资比老师傅还高，你跟他学，这合适吗?”“没有什么合适不合适，学到手艺就是合适!”在老师傅的“敲打下”他对修理有了初步认识，有了修理技术后他又想能不能开上大汽车呢?机会来了，1990 年，洋县车管所首批驾驶员培训班开始招收学员，学期半年，面对高昂的 1 800 元学费，蓬勃报名参加学习大车驾驶技术。有了方向盘，他的行驶方向开始再一次转换车道，成为专业司机后，先后为厂供销公司，厂电视台做专职司机。

为适应机构调整，又进入厂工会工作，除了正常担任司机工作，为厂里俱乐部拉片子、写电影预告、清洁卫生以及闭路电视、广播系统维护检修这样的活儿他都做过。这些工作也成为他的“技术宝典”。

对于这样平凡简单的核二代，身边不乏这样的人，他们在核事业大光环中，普通又微小，却始终在核事业大方向中紧紧跟随，不断调整好手中方向盘，恪守本心，坚守人格，从容本分，一路向前。

做一个始终敬业的人——当好运行值班员

2011 年 7 月蓬玉诚入职，成为主工艺运行车间基层运行人员。也许是对这片土地的留念，也许是顺应。

主工艺运行工作需要更高责任心，面对新工程，后期调试阶段，变频器消缺系列工作，蓬玉成还真是下了不少工夫，为了让其控制电路中载波性能进一步完善，为确保变频器给主机提供高质量稳定的电源，在启动节点及以后投产运行中不出问题。下了不少工夫，做方案，开会讨论，提前熟悉操作，严格遵守两票三制，前后历经小半年，跟着大家早起晚归，匆匆吃个盒饭，吃完就直奔现场。每一次看到测试实验都取得了实验验证，想着能为示范工程又做了些事情，心中欢喜不已。

跟随实验的过程时间过得很快，下班的时候都是晚上 11 点左右了。第二天早上 7：30 又匆忙赶往现场。尤记得最后一次方案定型，天空飘起雪花，寒冷中人们却异常兴奋，经过教授、厂家、相关专业人员几番讨论验证后，确定方案无误。大家非常高兴，看到实验完满，希望就要到来，满心欢喜。

车间阶段性的活，工作量非常巨大，约十几万台机器，齐刷刷摆满整个大厅。面对车间领导委派任务，蓬玉诚不推诿直接接受，拍着胸脯保证在启动时绝对不会有电源插头松动的问题出现。他合理分配好时间，知道任务量十分巨大，每个人都有自己相应的列数，但凭着年轻活力和冲劲不光做好准确完成自己分内事，还主动帮助女同事、老师傅多干点，蓬玉诚心中满足感、成就感、责任感、收获感那一刻不断涌来。

工程初期，厂房空荡荡的只有一列列的桩架，到启动完成后，设备如雨后春笋般出现在焕然一新厂房里。希望正大踏步迎面走来拥抱的感觉瞬间温暖感动了自己，那一刻蓬玉诚真心觉得成长的魅力来自于学习，来自于实干。在示范工程建设那些年他学会了适应、奉献、承受，也获得了知识与充实。所有的付出都是值得的。

新工程结束后，蓬玉诚又回归到了运行值的小家之中。作为一名入党积极分子，在党支部的主题党日中，他积极建言献策，提出去与我厂隔水相望的溢水中小去送温暖。经支部商议批准后，他利用业余时间，积极与溢水中小展开交流沟通，在确立本次党小组的主题党日主题为“关爱留守儿童”后，他又精心设计活动方案。在提交党小组审议后，同志们纷纷响应，积极参与到活动中来，没想到本次活动还引起了公司领导鄢书记的注意，活动当天，书记亲临现场，这对蓬玉诚来说，简直就是一种莫大的肯定。鄢书记带领他们一道给溢水中小的留守儿童送去了来自一水之隔的中核陕铀的温暖。

好大一个家

蒋　丽　刘章建

服从使命是天职。三地转战，不得不说那些地方曾留下他们服从的足迹，他们不过是一滴水、一棵树、一块砖，在核事业前行征途上，抒写春天，迸发能量。

无问西东

“献了青春献终身，献了终身献子孙”是杨子端面对采访时说的第一句话。稍显严肃的脸上是对记忆久远的珍视与敬畏。

1973 年那个冬天，似乎特别冷，坐在那个简易“大轿车”上的一家人已不是第一次举家“全体转移”了。这一次杨子端一家又来到了四〇五厂。望着窗外那些模糊不清的景象，对于他来说无非是季节的更迭，孩子们对于这样的“动荡”也似乎没有了新鲜与期待。杨子端的脸上透着坚毅与果敢，回头望望疲惫的一家人，他又特意看了看抱着小儿子的妻子。他们夫妻俩是同学，同学情转变为夫妻情，妻从夫，夫从国，这样的关系看似简单又充满了使命感。他收回眼光，喉结涌动了一下，最后还是抿紧了嘴，裹紧了那身棉衣，挺直了脊背望向远方。

从张家口建筑工程学院毕业的杨子端夫妻俩，毕业后就服从分配来到了五〇四厂，于 1960 年来到了四川厂，这一次来到四〇五厂又将会迎来他怎样的艰苦创业？

“这个地方是谢村，这个地方是范坝……”听着司机沿路介绍，看到先期入场的四〇五厂职工就这样住在当地农村简易房屋里，杨子端心里愈发焦急起来。基建工作的迫切感，压力感瞬间涌上他的心头。如何更快、更好地建设好家属住宅区，妥善安置好厂区职工和家属，成了他刚刚进入四〇五厂的首要任务。

当时按照毛主席“靠山、傍水、扎大营”三线建设指示和中央“山、散、洞”的三线建设方针，拟将四〇五居住区按“村落式”多处分散布置在厂前区河两岸。于是那时就有了南山坡，北山坡、东山坡三处建筑住宅区。

住在北山坡暂建临时房屋内，真是冬凉夏热，临时道路都是山坡上的土路，遇到雨天，简直无法行走，偏偏那一年雨水又特别多，穿着高腰雨鞋都难以通过那泥泞道路，深陷其中难以自拔。对于能从事自己专业领域里的工作，杨子端是开心的，尽管要居住在当地乡村旁，生活条件异常简陋，心中留存的是服从与融入。角色融入对于他来说不需要太多时间，这些都是曾经熟悉的过程，走到哪里就把困难解决到哪里。当时基础建设没有可借鉴性、依靠性，完全是根据当地情况摸着石头过河，为了能有更多时间来工作，他们一家人吃饭问题都是在食堂解决，说起那时的伙食情况，夫妻俩淡淡一笑说：“挺好的！”忙碌的工作中照顾孩子的时间就更少了，为了腾出时间多做事，也常常把孩子送到家里老人那里帮着看管。

由于当时设计福利区集中建设的问题，根据方案要在南山坡原设计方案基础上，配套各种公共福利设施，需要重新规划。之前大量的工作都显得不够合理和完善了，杨子端与当时的设计团队经过与七院协商，决定由设计院将南山坡分散建设，杨子端就从这个山坡到那个山坡开始打“游击战”。由于当时方案不够健全，对居住、管理都不方便，他们经过多次交涉研究，确定在三处建设住宅区，虽然这个方案只是缩减了分区规模，但并未根本解决分散建设造成的生活上和管理上不便的缺陷。

一步步前行，一步步修正，正是有了这样的详细勘探与调研，杨子端于1974—1976年期间在建厂期间有幸参加了选址小组，并开始在河对岸地区进行详细勘探及调研，方案有了，思路活了，人心齐了，住宅有了。说到那时基建为了赶进度，唯一的工作办法就是“盯现场”，哪里有疑惑了就盯守到哪里，没有高低之分，没有明暗之分，在时间中洗礼那份圆满与责任是他们那个时候的职业操守。当看到重新规划出的南山坡建设雏形时，杨子端紧绷的脸上有了笑意。看到南山坡、北山坡部分住宅交付使用，看到职工们陆续搬进正式住宅，心中甚感欣喜。

1976年厂领导指示基建处，抓紧进行前期水资源勘探工作。开始进行地形测量和划界征地移民工作。杨子端在基建处的工作越来越繁忙了，是采用地下水还是采用备用河水？这一系列的问题与困难摆在了眼前。他当即陪同领导去西安向省国防工办副主任、省二机局局长曼丘同志汇报，得到各级领导重视决定派人来现场进行考察和勘探。杨子端负责现场工作，为了抢工期，他们坚持冬季施工，在近四年时间内，在110平方公里的范围内打凿勘探井76眼。通过勘探，可开采水量24万吨/昼夜，水温为18～19度，水质符合饮用水标准，为顺利建厂提供了可靠的水资源。

当年那个强壮的汉子如今已是满头白发，沧桑岁月里是否还会忆起那些峥嵘时光。若有重来，是否还愿如此依旧含笑；若有得失，是否还愿依旧无怨无悔。也许在杨子端的敬业生涯中，服从从来就是使命，服从从来就不是与自由对抗。

正午阳光

四〇五厂主厂区旁的那棵梧桐树，树冠在那个初冬越来越大，是对于冬天透彻冷艳的弥散还是与季节的成长。60岁的杨子端退休前，走在落满梧桐叶的路上，他知道时代的浪潮已经把他的下半生越推越近，而他的下一代已经越来越近地接过接力棒，步入了延续和继承的历程，他们应该有激情和壮志，他们也应当有服从。

作为杨家的老大，杨勖至今还记得1973年那个寒冷的冬天，举家6口人随着30多户的“大部队”辗转反侧“迁徙”到四〇五厂的情景。1980年他响应国家号召应征入伍，1982年年底退伍回厂，1983年春招工进厂里消防队，1985年4月被分配在一号车间，开始了真正意义上的职业电工生涯。当时车间只有50多人，他跟着师傅们一起学习技术、从事分配电盘制作、转化电盘制作等工作，一点一点地从组装、配线、下料等学起，一干就是好几年。杨勖师傅至今还记得当年拉着架子车去供应处领元器件材料的情景。1994年年初，从事引俄前期的电气安装、线缆敷设、调试等，直到1996年1A工程启动这段时间，基本上都是加班加点，天天晚上九点多才能回家。说起这一段经历，杨勖笑着说：“那几年，大家都是这样，为的就是要把工程早日建起来。”

2003年，厂里机构调整，在一号车间整整干了18年的杨勖，因为专业归并，划入二号车间，继续从事电气维修维护工作；10年后的2013年，他再一次因为专业归口，并入自控仪表车间。

现在说起这一切，杨勖觉得一切都是顺理成章的，跟着父母“折腾”是国家需要，不能打“折扣”。留在厂里上班也是“顺理成章”，按照组织需要、服从分配更是义不容辞的责任。对于他来说“理想”就是好好工作，努力提高文化，对于组织的一切安排都是：你说干什么，我就干什么。这不是境界问题，而是那个社会，那个年代给予的特殊性，是父辈遗传的“基因。”

大女儿杨瑾性格如同她的名字一样，做事严谨认真，一直在主厂区里工作。跟随父母来到四〇五厂，在父辈影响下她不管上学还是工作都很单纯，没有当代人那么复杂。1998 年那一年她 34 岁，担任了第四车间 8 号站站长，负责 8 号站的日常管理工作，设备运行方式制定和转换等工作。当时她所在的 8 号站是车间耗电大户，为此，她根据不同季节，在工况允许范围内，及时制定了调整制冷机参数，避免‘大马拉小车’现象，使设备处于良好状态同时也取得了不俗经济效益。

她从一名初出茅庐的学徒工到普通操作员、到值班长、站长、到技师，她为此付出了比常人更多努力。沉默中爱钻研，动态中爱比较，常年工作中使她善于学习与思考，用冷静来对待工作中的突变。由她首创的“一题、一答、一评”活动在运行系统上得到了很好宣传与推行，有力地促进了系统安全、稳定运行，获得无数次厂内先进荣誉表彰，值得骄傲的是 2006 年获得陕西省国防科技工业劳动竞赛委员会授予的“职工经济技术创新标兵”称号。

二女儿杨真至今记得全家人一起辗转的画面。想起刚刚来到四〇五厂时，那时还在读书的他们非常害怕雨季到来，要穿着厚重雨鞋去山下的学校读书，深一脚浅一脚的，不一会儿个个就穿上“高跷”开始挣扎式行走。“姐，我不喜欢这个地方，咱们家为什么要来这里啊?”“虽然我也不太喜欢这里，可是爸妈选择这里就应该是对的吧。”姐妹俩在雨中踽踽独行的情形她一直不会忘记。

1987 年技校毕业的杨真进入第二车间，参与了 405-1A 工程，从主机装配到注油再到管道安装，对于男同志来说管道安装工作都干得很吃力，可是对于核工业线上的女工来说只要工作起来身上都有一个“硬核”，哪里需要就“钻”到哪里去。那一年清洗卸料大罐，时间紧迫，当时她孩子正在生病，在每天完成清洗工作后，才能匆匆回家带孩子看病，虽然很累，但一想到不能耽误工期，再苦再累也值。1998 年，杨真服从分配进入主工艺车间，面对新工艺系统的运行工作，她从从前的“动态”要进入更多时候是“静态”的工作，如果说从前是“劳其筋骨”，而今是“心神合一”。角色转换对于这个家庭的孩子们来说，服从与适应是最好的完美演绎过程。

对于那个当初坐在母亲怀里进厂的小儿子杨诚，同他的哥哥姐姐们一样，上技校，进入厂内电厂工作，1991 年厂技校毕业，分配在四〇五厂七号车间从事电气检修工作，2010 年并入五号车间。为了系统稳定运行，也来到运行线上做一名运行电工，负责供电设备运行状况的监视及事故处理。

核二代对于四〇五厂的感情还是很丰厚的，毕竟这里是他们的第二故乡。父辈们从四面八方汇集到这里，他们也在这里工作、成家，也有人选择离开，但是他们如今也已年过半百，把自己的前半辈子都撂到了这里，说实话早与四〇五厂水乳交融，他们对自己平凡的状态与工作没有惊天动地的感慨，但也为自己平凡、淡泊一生而骄傲。

薪火相传

对于祖籍河北省博野县一栏信息，年轻的杨昕是陌生的，汉中洋县这个小地方不是故乡却胜似故乡。杨昕回到了这个生他养他的地方，和他的父辈们并肩站在一起。他不再是那个不懂事的毛头小伙，不再是那个倔强叛逆的孩子，在外读书的四年中，对于这里的一草一木让他有了更深的眷恋。

“爷爷，您说我回来工作，去哪个单位更好些呢？”“去哪个单位都可以，你只要用心去努力工作，在哪个单位都不会差！”看着爷爷微笑的面庞，杨昕知道未来的工作会有更多考验等着他。

对于厂里的状况杨昕是熟悉的，可是真的分到检修车间时，他还是有些退缩了，看到老师傅们每天穿着油腻工作服进入施工现场，一干就是一天，爱美的小伙总以为自己还能穿着漂亮工装坐在电脑前办公，潇洒地写写画画，没有舒适的工作环境，远离城市的喧嚣，“我的选择对吗？”杨昕沉默了……

初始跟随师傅进入现场干活，简单重复中以为一切都是容易，可是时间长了才发现自己所学知识根本就是皮毛，与实际还差很多。尤其在没有师傅带领情况下，自己就完全不知道该干什么了。“好记性不如烂笔头”。杨昕这回真的像读书时一样开始做工作笔记，记录设备型号，检修时间，检修程序步骤，甚至故障设备声响状态他都记录下来。积累多了就会薄发，渐渐地他可以一个人单独应对简单检修任务了。

为了确保工作不失误，杨昕对自己的工作不敢有丝毫疏忽，示范工程期间，每次加班到深夜对他来说就变成了家常便饭。一次杨昕在白天连续高强度的工作一整天后，待他回到家时已经是深夜，当他刚想拖着疲惫的身体上床休息时，此时电话响起来了，电话那头命令他即刻赶到现场解决设备突发故障。服从就是对安全运行的最好保障。

检修任务工作量较大的时候，年轻的杨昕愿意冲在最前头，对于那些棘手、难以解决的问题，他也从不会推卸。工程节点最紧张的那段时间里，有一台仪器经常出现一些“小问题”，总是修好运行一段时间就开始“罢工”。

因为之前从未出现过这样的问题，大家怎么都找不到问题的根源。许多同事对此都束手无策，生产已经耽搁了两天，大家都觉得这次大概修不好了，领导甚至都做好采购新设备的打算了。杨昕主动跟车间说让他再试一试。尽管已经连续两天没有好好休息，他还是坚持一次次细心检查，不断重新拆装、组装、反复测试，他终于发现，原来是一个非常不起眼的小零件造成的。问题得到解决，他松了一口气，马上将这个新故障记录下来。

记录问题，这是他平常工作的一个习惯。无论大小故障，他都必须记录在册，并详细写明解决的方案和注意事项。每隔一段时间，他就将问题汇总，并召集其他同事一起研究，分享解决问题的方法并共同探讨预防的对策。杨昕常常说："解决问题很重要，但是预防问题更关键。"多年来，他也发现解决了很多故障问题，同事们有任何问题，他都乐于倾囊相授。有些年轻职工可能因个人原因离开，但留下来的都已在工厂独当一面。每年处理损机故障几十次，日复一日，年复一年。如今，厂房每年检修的故障阀门数量都在下降，由原来的60个，下降至现在的36个。看着这些逐年下降的数据，他无比的欣慰。

瞧这一家子，也许他们的故事不够鲜活、生动，但却代表着核工业人最真实的生活状态和工作心态。他们也许没有光环，但更多时候是默默不语，踏实工作。他们，是我，也是你，是大家。

珍惜人才的一桩轶事

王德培

20 世纪 60 年代，我国大规模开始三线建设，一批批国防军工企业陆续搬迁到远离城市的偏僻山区。这些企业都建立了自己的子弟学校、职工医院和生活设施，形成了一个相对独立的小社会。

四〇五厂始建于 1969 年，1970 年就开办了四〇五学校，那时校舍简陋，设备短缺，师资不足，厂里只得抽调部分技术干部到学校任教。

1983 年，康祖杰同志调来四〇五厂任厂长。康厂长很重视四〇五学校的建设，在建厂初期，各方面条件都不完备的情况下，想方设法为学校增添教学设备，改善办学条件，并先后引进了多名优秀教师，增强了师资力量。当时，有学生出言不逊，对一位新调来的老师不尊重、没礼貌，使这位老师心灵受到创伤，非常生气，不辞而别了。康厂长知道后，亲自带着我驱车去追赶。当我们赶到大河坎时，司机陈世业师傅急于赶路，车速有些快，违规了。交警把我们车拦下，罚陈师傅执勤。陈师傅哭笑不得，乖乖地去执勤。陈师傅问交警，要执勤多长时间，交警回答："你抓住一个违规的来替你，你就可以走了"。康厂长一听，皱着眉头啼笑皆非，这要等多长时间呀？康厂长和我无奈地老老实实坐在车里傻等着。陈师傅很想向交警求情，说我们有急事，请早点放行，但又怕交警知道是四〇五厂厂长坐的车违反交通规则了，罚得更重，只好违心地"受制"于人。

一个半小时过去了，终于等到了一位违规的司机。我们火急火燎地赶到大河坎，受了一个多小时的熬煎，跑了一趟冤枉路，这位老师未到这里来。我们迅速返回汉中，又找了几处这位老师可能去的地方，均未找到。后来我们来到汉中火车站，看到这位老师正排队准备进站。康厂长紧紧握着这位老师的手，很耐心地劝说老师不要走，但这位老师仍然很生气，内心的创伤难以抚平，还是执意地走了。我们跑了一天，中午连饭也顾不上吃，饿着肚子空手而归。

这位老师回到原学校后，我们仍与他保持联系。在这里受到的创伤慢慢修复了，气消了，内心平静了。学生不尊敬老师是学生不对，老师的职责就是教书育人，老师有责任帮助学生才对。经过反复思量，这位老师回来了，受到全校师生的热情欢迎。

这位老师回到四〇五学校后，工作认真负责，既专心教书又用心育人。经过几年的努力，这位老师被评为特级教师，后来又当了四〇五学校的校长，为四〇五学校的发展做出了不可磨灭的贡献。

唐代政治家韩愈说 ：“世有伯乐，然后有千里马。千里马常有，而伯乐不常有。”这桩轶事不正是千里马与伯乐相辅相成、相知相惜的最好体现吗？愿中核陕铀世世代代都有伯乐与千里马相辅相成、相知相惜。

灿烂工匠

蒋　丽　刘章建

一个时代有一个时代的使命担当，一个时代有一个时代的追求梦想，一个时代有一个时代的灿烂辉煌。一个时代，就是一段岁月抹不去的能量；一个时代，就是一颗璀璨的明星在发光；一个时代，就是一首永远唱不尽的赞歌。一个时代，也许能改变许多人的人生，但是，他们核工业的朴素情怀里至今仍是担当。相信，那些为了理想信念而前行的人，那些为了纯粹初心而默默坚守的人，那些一辈子只干了一件事情的人……永远都值得敬重与礼赞！

在这里，刘同洲老人、童立清老人、宾昌学老人，他们收获梦想、豪情、快乐和自信，最终完成了历史使命。今天，当他们安享退休生活的时候，铭刻在记忆中的那段激情燃烧的岁月，才是最为弥足珍贵的记忆……

一辈子就整锅炉的刘同洲

三月末，见到刘同洲老人的时候，他刚刚过完 90 岁生日。客厅中央摆放着的生日鲜花，依然散发着沁人心脾的暗香，仿佛在诉说着一段难忘的岁月流长。

刘同洲

90 岁高龄的老人，虽然耳背，依然思维清晰地说，“一辈子就整锅炉了，其他啥都没干。”语气干净利落，丝毫看不出任何后悔的意思，仿佛叮咚泉响。

刘同洲，男，1930 年生，1948 年参加革命工作，1949 年入党；1950 年任化工厂司炉工，1959 年调入五〇四厂先后任司炉班长、副工段长；1972 年调入四〇五厂医院任司炉班长，1978 年调七号车间任副工段长；1985 年光荣离休。

老人的女婿张运通，帮助我们一起同老人进行了简短的交流。老人在四〇五工作的十余年间，正是厂里最艰难的时候。1972 年到四〇五医院后，作为司炉班长，他带领 7 个人，从盖厂房开始，一点一点垒起了医院锅炉房的基础，土建、基建、安装、调试……建成了四〇五厂第一套1吨快装锅炉系统，满足了医院取暖、消毒、洗澡等需求。期间，他悉心保养锅炉，耐心维护运行，他负责的锅炉连续6年获洋县劳动局颁发的“红旗设备”，他个人连续6年获先进。1978年，厂3套10吨锅炉安装期间，他调入7号车间，参加了该系统的安装、调试等工作。70年代，锅炉算是最早的通用压力容器，其安全性和技术性是不言而喻的。作为“锅炉专家”，刘同洲先后被汉中地区劳动局邀请，前往城固、勉县、洋县等地方，解决处理了很多技术难题和技改方案。

刘老的女婿张运通笑着说，“老头可是能人，木匠、铁匠、缝纫、裁剪，样样精通，连身上的衣裳都能自己做。1983年，我被评为陕西省国防系统新长征突击手，他被评为省国防系统先进工作者，我俩一起坐火车去西安开会、领奖。”

说起刘老，他的老伴也是赞不绝口：“他什么都干，什么都学，还啥都干好了。去给人家修缝纫机，他就学会了裁缝手艺……”

童立清的艺术人生

童立清

1971年，作为文艺兵的童立清，跟随249人的“大部队”军转来到四〇五厂，这一年他才26岁。面对泥泞路面，简易草房，他选择了留下。从此，他就成为了厂工会的第一批文艺青年，画画、写字、写报道、搞宣传、当宣传队员，忙得不亦乐乎，直到2002年光荣退休。

童立清把自己的文艺才干全部用在工作中。30年中，他身兼数职，先后从事过电影放映员、照相、美工、编导、书法、文艺创作等多项职责。尤其是厂里的每一次大型庆典演出活动，几乎都绕不开他，无论是编排、灯光、摄影都留下了他辛勤的汗水和智慧。不仅如此，他还先后创作了韵白剧《半袋水泥》、京剧舞蹈《小常宝》、舞蹈《市长换锅》、现代舞《核能之光》等大量艺术作品，先后在陕西省国防工办和陕西二机局、北京中核集团等地演出，荣获多项荣誉，为企业争了光。

细说往事对于他来说不都是沉默的过往，有光影的舞台和暗室里的胶片影像成就了他在四〇五厂的美好记录。如今细数那些普通时光对于他来说，伴随的或许不是多么辉煌的科技创新工程，却为这个偏远的厂区带来了太多丰富多彩的文艺生活。

相信翻开谁家的相册，或多或少都会有童立清的作品。爱美的心在任何时候都是难以掩饰的。“童师傅，我们家孩子满百天，请你给拍个照！”“童叔叔，我想拍个艺术照！”那时除了身份证拍摄，童立清更愿意用相机为大家留下美好瞬间。喜爱摄影的童立清对于摄影自有他的一套，那时在工会工作不仅要负责工作上的事情，还需要想着他的创作。

暗黑夜幕里，电视信号有了问题，想到会影响明日电视转播，他带上徒弟摸黑出门了。“师傅，这么黑的天，还要上大爷山，要不算了吧。”徒弟怯怯地问道。“那不行，如果不恢复正常，会影响明天转播的。”童立清话音未落，又转身进屋拿上他的“宝贝疙瘩”。看着师傅黑夜里拿上相机，徒弟搞不清楚他要干什么。

摸黑上山，耳边风呼啸，星光稀稀落落晃动着，下旬的月色却出奇明亮，信号塔在月色中越来越近了。高塔上传来了童立清的声音：“找到故障了，这边的线路松动了，我重新连接一下……”故障清除了，趁着徒弟再一次爬上高塔复查的瞬间，童立清拿出挎包里的相机迅速调整好位置，将一轮明月和高塔上的身影一并装进镜头了。暗黑的下山路上他们大声高唱着……而那一张《夜色》在集团公司摄影大赛中也获得了优秀奖。

“我就是个草根摄影师，但我喜欢舞蹈的光影与摄影相融合的瞬间。”这样的“草根”摄影师不是专业却胜似专业，暗房里的胶片时代对于他来说是他最钟爱的天地空间。厂里的职工都是他的“粉丝”，在他的“光影歌舞”世界里，有神秘、也有普通。企业是家，是家就要有文化、有快乐，而他就是这快乐文化的传播者。

走进新时代生活中，捕捉企业里人们生活中的幸福感是搞摄影艺术的重要组成部分，在摄影的过程中看到了自己的收获也看到了企业文化艰辛的一路成长。童立清说：“时光留不住，但我想留住时光里的那些瞬间。看到由自己编排的舞蹈在光影中流光溢彩，那瞬间的一颦一笑不都是我们美好生活的记录嘛。”

不能说童立清用影像见证了这个企业人们生活的纪实片段，但他却用自己的艺术爱好记录着那些年我们珍贵的真实写照，也记录着我们四〇五人风雨兼程的美好岁月。

工作、生活与摄影并不冲突，当年那个文艺兵已将他对艺术的爱好与理解充分释放在了这个让他一生艺术迸发的地方。

童立清告诉笔者，他最近购买了莱卡相机。这可是个好消息！

我要成为那个最好的

宾昌学，生于1945年，祖籍重庆，1964年以优异成绩考入北京大学医学院（6年制），1970年经组织严格审查分配到陕西汉中四〇五厂医院工作。用“从一而终，从医而终”来形容他的职业生涯，应该是准确的。

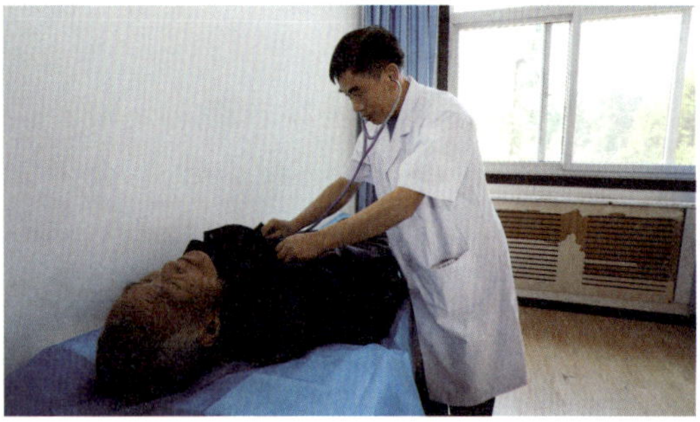

宾昌学

1970年的四〇五厂还没有正规医院，十几个医生就挤在一个木板房里坐诊开药。没有像样的居住条件，只能是自己动手盖房子，晚上借住在当地农村人家，直到1972年时待到房屋都盖起来了，医院才算有了雏形。

“宾大夫，快来看看这个孩子怎么了？”望着眼前蜷缩成一团的13岁孩子，他快速地查看孩子的体征，恶心、呕吐，脸色蜡黄。“孩子，能回答我的问题吗？”“呜呜，嗯嗯……”眼前的孩子已经无法讲述自己的感受了。没有外伤感染，身体无力状态却越来越明显了。宾大夫又一次询问了孩子的家人，这一次他捕捉到一个信息，家属说到家里几日前有人病逝。难道是传染病？食物中毒？结合当时的农村环境，他马上想到会不会是农药中毒引起的?！采用中毒诊治方法治疗以后，那个孩子的病症很快有了缓解。

孩子康复出院以后，宾大夫还亲自骑着自行车前往窑坪大山里进行走访调查。果然是当地有人对这家人报复，进行了投毒行为。——这是20世纪70年代的医疗案例。

“他们将生命交于医院，我当然就要竭尽全力保全他们。”这一日宾大夫查房时发现一名女患者在胃肠科住院一天了，还没有查出病因。他发现患者的疼痛区很奇怪，既不像是阑尾炎也不像是肠胃炎。他对着患者的疼痛部位按压之后，开始对各种可能性进行并列式、否决式、筛除式逻辑推理，最后他肯定的得出结论是宫外孕。事实证明宾大夫的判断是正确的。看到病人康复，他笑言：“尽力把病看好，是我的职责，也是所有医生的愿望。”——这是20世纪80年代的医疗案例。

70岁的王师傅至今看到宾大夫都会说上一句：“那时医疗条件不好，若不是你经验丰富，我的小命早都没有了。”那一天的情形宾大夫至今记忆犹新。

王师傅腹痛难忍，血压不断下降，当时医生们都认为病人是肠梗阻痉挛病症。可是不断下降的血压却提示这样的判断是不正确的。宾大夫不急躁又一次发挥了重要作用。他耐心与患者交流，当患者无意间说到发病前一天曾经摔过一跤，不过并没有皮外伤。正是这个细节说出来之后，宾大夫眼中有了肯定的神色，他回身对护士说："给我准备注射器!"所有的人都惊呆了，他要注射器做什么用，只见宾大夫找到患者疼痛处，准确有力将注射器推入，很快注射管内就抽出了血。果然是由于脾脏破裂出血引起的血压下降。看见眼前患者康复就是他最得意的时候。——这是 20 世纪 80 年代发生的医疗案例。

也许，当年宾大夫为了"三线情怀"深入秦岭腹地来到四〇五厂时，或许还不能完全理解当年的远方是怎样的一种家国情怀。唯有忠诚执行那个时代的特殊性、责任性。在他的陈述中，往事并没与那么沉重，如同他乐观开朗的性格，对于过往都愿意快乐描述。

1989 年后，四〇五厂新医院建成了，宾大夫也历练成为医院的内科主任医师。从医 35 年的宾大夫于 2005 年退休了，然而，他依然选择了退而不休，仍在医院上班，至今已近 50 年。他的老同学们几乎都定居在大城市，有的在美国，有的在英国、法国，留在国内的都成为了医疗行业的大专家。他笑笑说，这一生没有什么好得意的，如今回望他的艰苦时代与平淡一生，他笑言不后悔，在这里虽不是大医院、大城市，但我在四〇五很开心，在这里没有"病人"，有的都是朋友。我有愉快的人际关系，我也爱这里的山山水水。

经历风雨和岁月洗礼，如今的四〇五医院早已从当年的那个小卫生所成为了二级医院。当阳光穿透树叶撒落地面，微风发出"沙沙"声响时，宾大夫从医生涯却依然没有停止，他依然受聘在四〇五医院体检中心工作，依然用他的耐心接待着每一位来做体检的人。如果说与四〇五厂结缘是一次服从分配的渊源，那么退休之后继续留在医院服务，就是他与四〇五厂一生的相知相守。

因为他始终牢记着他的老师那一句话："你们是北京医科大学毕业的，今后无论走到哪里，都要成为那里最好的!"

流星划过，留下一抹惊艳的弧光。灿烂如昨，工匠犹在；恒久弥坚，陕铀常新。

我的人生从不偷闲

蒋 丽 刘章建

"若我还能年轻 50 岁，我还愿意再做些事情，对于我们的党我有期盼也有信心！"面对采访者，86 岁的童志贵如是说道。

关于童志贵的故事或许这些都不算是故事，可又确切是身边人的一些小故事，多听听前辈们的故事，也许那其中片段就是我们核工业人所经历过的一部分。

不偷闲的协同攻坚

一代人有一代人的责任与使命，一代人也有一代人的青春记忆。说起刚入厂时的经历，童志贵记忆犹新。那是 1970 年年末，随行 20 多人从五〇四厂来到汉中，没有居住地，只能暂时借住在当地磨子桥，由于当时条件异常艰苦，他们可都是带着床板、床头来这里安身立命。那时的四〇五厂百废待兴、一穷二白，基础建设、基础管理亟待开发与铺设，童志贵就是在这个时期参与了四〇五厂的早期建设。

冬日，弥漫着浓雾的汉江水面上，没有小桥流水人家，没有江南水乡的清秀与雅致，冷风吹过童志贵伫立的身影，他焦灼地等待着，希望快点能乘坐小船渡过江面，再乘坐"大轿车"进入厂区。每日这一来一回的时光摆渡中，他总是会思量那些"设计"。对于当时的地势地貌与制约条件，如何合理分配各车间的定位、内部设备配套问题都成了他每天脑中合理与不合理的故事，反复与七院同志和负责电气的同志费心地跑现场，看、查、访、定……

童志贵

摊子越铺越大，越来越觉得人才引进是迫在眉睫的关键大事，职工队伍的调配工作全面铺开了。根据工程进度和体制建立的需要，四〇五厂从 1974 年开始陆续采取从兄弟单位调配领导干部和技术骨干等形式来充实职工队伍，闲不住的童志贵立刻被派往上海、苏州、山东等地调人，当年选人用人制度颇为严苛，对于组织上的信任童志贵不敢有丝毫懈怠。为了调动人员能无顾虑入厂，他也是颇费心思，前前后后数次调研走动，经过童志贵的努力，先后共有 30 多人来到四〇五厂参加”三线建设”。忠诚与信任是那个时代最闪亮的一束光彩。

不偷闲的“政委”与“团长”

工作是一场修行，无事可干、无所作为，不仅活得磨皮擦痒，还会生了事端、恶习、坏毛病，所以，人太闲，真不是件好事情。

闲不住的人又怎能闲下来一时半刻，当听说专用设备库需要用人时，童志贵又坐不住了，积极要求去西安，当时厂里的专用设备在西安有库房，除了配备有部队人员参与保卫，同时也需要厂里派人协助全程监管参与。

那时专用设备货源都从上海、四川等地组回，进厂之前都由西安“归口”，设备的重要性不言而喻，由于是保密项目，进厂之前他们对于有数字编码的设备代号，要格外严格控制现场及库房，因而能去那里工作，也是组织上对童志贵极大的信任。

1970 年盛夏的西安，在张常孝的带领下，35 岁的童志贵来到了专用设备处。面对一个排的士兵人员列队迎接，面对那些绿色士兵的威严，张常孝笑着说：“童志贵是个级别很高的同志，现在就是专用库房的领导人，大家有什么事情都可以找他商量解决!”“好啊，这下我们又多了位领导人，你可就是我们的政委喽!”听见排长这样一说，掌声顷刻响起来，看到如此信任的眼光，童志贵脸上笑容舒展开来，信任、担当、责任在那一刻涌上心头。他握住部队排长的手说：“既然我是政委，那我这个‘领导’可就真的要和大家一起共同担当了。”

那些日子里，每当看见设备顺利到库，他也深受鼓舞，工作热情高涨起来，随时想着为迎接工程建设多做实事。

长期与部队同志们一起工作、生活，不自觉中也有了军人的自律与严谨。自觉融入这样的群体中，对于库房的琐碎工作，他也是积极参与。在一群军装队伍中，总能看到一个穿便装的人，自觉参与着各项工作，对于不清楚状况的外单位人员看到时，总有人会问道：“这个人是谁啊?”

“我们的团长啊!”有人回答道。

“既然是团长，为什么不穿军装呢?”

面对旁人的诘问时，人群中有人大笑着说：“这你就不知道了吧，少校以上的人都不穿军装呢。”自此以后，童志贵又多了一个响亮的绰号——团长。

不偷闲敢叫板的设备管理人

虽然有部队人员协调、帮助，但是设备储存，押运工作依然繁杂。有时候设备来往于两个库房周转，十几个车皮运转设备，押运工作充满不定时性，人跟货走，货停人不停，这样的“不消停”持续了11年之久。

1981年春天，厂专用设备与供应处合并后，童志贵的天地看起来“小了”，琐碎的工作却更多了。在他的手里开始书写一本本精准细账，从数量、类别、型号、大大小小的甄别工作让他开始时刻把关，调配。

“老童，把旋压机资料让我们拿去看一下。”厂技术处人员如此要求着。

“不行，按照规定，这样的密级资料，必须要有借条！”

“我们有厂长的特批，还要什么借条！”

“不按照规矩办事，任他是谁，我都不会给你们！”技术处人员看见如此较真的童志贵，也是笑笑没办法：“你可真是个老倔头，就依你！”

有人说他敢和厂长叫板，可对于这样的不合规，童志贵却真敢叫板不胆怯。

“那时候厂里大锅炉验收工作时，我至今记得，验收的配件是一万一千零八件。”面对房颤，脑梗过后留有系列病症的老人说出这些准确数字时，他的脑“核”里究竟装着什么？是不服输还是一个老党员最本质的纯粹，那一刻他刚刚用过眼药的双眼看起来是明亮的、通透的。岁月流淌中的一组组数字，从86岁的老人嘴里“跳出来”，简直让人惊讶：1953年3月12日入团……1953年8月14日上班……1953年12月26日入党……1969年11月10日接到通知来四〇五厂……

不偷闲的“文化人”

“今天是何晓君和陶蓬这一对新人的婚礼，感谢大家在这里见证他们的幸福。”——这是童志贵老人主持的第一场婚礼，说起他业余时间做婚礼主持人一事时，老人笑了。80年代末期，厂里也开始有了对婚礼形式上的新需求。人们都说童志贵能说会道又幽默，不如尝试下做婚礼主持人。这一发不可收拾，童志贵主持风格不仅诙谐、喜庆、还接地气，于是他又开始了他的婚庆司仪“事业”。认真的童志贵可不含糊，不光认真拟写婚礼流程，还针对每对新人状况现场送上新婚祝福词。那种即兴可不是一场随便，完全得益于老人平时的爱好与积累，经他主持的婚礼在厂内就有近300场。

《菜根谭》里曾说：“人生太闲则别念窃生，太忙则真性不现，故君子不可不抱身心之忧，亦不可不耽风月之趣。”只有忙过的人自会寻找另一种轻松的“闲事。”

1993年，彻底闲下来的童志贵，有了更多时间来做一切他喜欢的事情。他笑说他是一个对文艺有感觉的人，既然要做就做些能拿得出手的活儿。他自学中医知识，偶尔还真能对症给他人推拿解痛；他爱剪纸，喜庆婚礼上少不了他相送的一对大红窗花；他爱书法，尽管眼力差了许多，新年之时一定亲手写上一幅；他爱烹饪，家常小菜他拿的起，大家吃得香；他爱戏曲，跟随着豪迈秦腔品味他的秦人之声……

除了对工作有责任和义务以外，也需要对生活再好一点儿，在另一种状态下换一种生活方式不断考量自己的人生，感受另外一种快乐。诚然，这一切都注定了童志贵的“卖力人生”。他说他还有很多事情要做，还有什么事情要做呢？那就是爱生活！他说生活太好了，即便现在耳朵不好了，手脚不利索了，他依然还是会坚持做些什么，因为内心有坚持就没有什么是不能，不偷闲的日子才是干净的、欢喜的。

追　车

秦佩静

从小我就最喜欢听爸爸讲故事。在我听过不计其数的故事中，使我触动最大、印象最深、至今记忆犹新的，还是早在 20 多年前，我即将走向工作岗位前夕，爸爸给我讲过的他在建企初期亲历的那个故事。

山城重庆是全国有名的雾都，重庆水轮机厂就坐落在长江南岸的李家沱，它是国家指定为四〇五厂生产专用设备的厂家之一。根据合同规定，该厂的首批设备验收合格后，急需由我厂运出储备。当时，因四〇五厂正处于基建阶段，暂无储备条件，只好在全国各地租用多处库房存放全国各地生产的专用设备。

1971 年秋，爸爸和童伯伯奉命带领 5 名荷枪实弹的解放军战士奔赴重庆，奉命执行将专用设备押运到千里之外的西安某仓库的任务。

李家沱与装运设备的九龙坡火车站隔江相望，两地的汽车、人员只能靠轮渡过江。爸爸他们一行 7 人，冒着浓雾，以行军的速度向渡口赶去，他们要搭乘黎明第一班轮渡过江，到对岸九龙坡火车站接替昨晚留守装好的十节车皮设备物资的战士小杨。

拂晓，东方渐渐透过浓雾露出了白色，江面上时不时地有小船在浓雾中谨慎地航行，岸上工厂的轰鸣声、车站蒸汽机车的喧闹声、江中航船的汽笛声、江涛拍岸的击水声、岸边大树上刚刚从梦中醒来的雀儿站在树梢欢歌雀跃的叽喳声，汇聚在一起，仿佛是在共同演奏一曲悦耳的交响乐，听起来是那么的和谐欢快。

他们搭乘第一班轮渡过江后，直奔九龙坡车站。爸爸、童伯伯分别带领两名战士，将车站货场搜了个遍，也没发现昨天装好的 10 个车皮和值勤战士小杨。大伙顿时紧张起来，久经沙场的童伯伯镇定地说："跟我来，咱们找军调处去。"

在铁路职工的指引下，他们很快就找到了军调处。正在值班的马参谋，看过童伯伯他们呈上的 02 单位介绍信，并了解来意后，热情地解释说："你们昨天装好的 10 个车皮，因配车需要，已于今晨编组到 3502 次列车上，于 4 点 50 分发往成都方向。你们执勤的战士也随车同行。"爸爸他们非但没能得到安慰，反而更加紧张起来："我们的战士身无分文，又没带任何食物，万一出现不测怎么办?"马参谋望着一个个紧张的面孔，才意识到事态的严重性，沉思片刻："你们稍等，我去请示一下首长。"爸爸他们急得像热锅上的蚂蚁，坐立不安。此时，他们心中只有"掉队"的战友小杨。十几分钟后，马参谋返回后说："经上级与重庆铁路局调度商定，由你们选派一名同志马上乘坐即将到站的 331 次客车到重庆站找调度室，他们会给你们出具重庆局命令。你们拿到命令后，务必赶乘 84 次客车到内江站下车，估计应该在那里能够追上 3502 次列车。"他边说边带着爸爸他们赶往站台，等 331 次列车。

马参谋带领他们边走边交代，来到站台。童伯伯年龄大，爸爸主动承担了此次"追车"任务。童伯伯关切地说："情况多变，注意安全。"边说边脱下身上的毛衣交给爸爸："天气凉，把它穿上。"又从口袋掏出了 5 斤全国粮票和 30 元钱递到了爸爸手中，语重心长地说："路上多加小心。"

331 次客车到重庆站刚停稳，爸爸就第一个冲下车，顺着列车员指引的方向，直奔调度室。一位左臂挂着"调度长"的同志早已在门口等候，见爸爸直奔过来，连忙迎上来，"您是秦同志吧?""是，"两人紧握双手，"快跟我来。"调度长将一张写着 1971 第 8 号令的命令书交给了爸爸。"我们接到军调处电话，为了等您，84 次列车已经晚点放行啦！”他们疾步赶到二站台，只见值班员焦急地手持信号旗，随时准备发出发车信号，看到调度长和爸爸走来，忙招呼爸爸就近上车，刚上车，值班员就摇动着绿旗，发出了发车指令，机车嘹亮的鸣笛声和站台广播播放的“大海航行靠舵手”融为一体，列车踏上了征程。

车窗外的晨雾渐渐消散，爸爸的心情却倍感压抑。列车飞快前行，沿途美景不停的一闪而过，车厢内座无虚席，有三五人聊天的，有与儿童嬉戏的，有下棋打牌的，有趴在桌上睡觉的，有餐车列车员推着小车穿梭叫卖的，人们尽享着旅途生活的乐趣。对这一切，爸爸无心去想，脑海里闪现的只有坐在设备车上孤独无助的小杨同志。

下午 16：40 客车抵达内江车站，爸爸急忙下车找到了调度室，调度长看到他呈上的“命令书”后，安慰道：“您要追的 3502 次车预计明晨 2：30 才能到达本站，你先不要急，先休息一下。”爸爸一直悬着的一颗心才落下了。

爸爸在车站职工食堂填饱了肚子，又到站外商店购买了预计 2 个人能食用两天的食品才返回休息室，休息室内，爸爸心神难以平静，踱来踱去，总觉得时间过得好慢，他这时才拿出了重庆调度室的“命令书”仔细观看：“第 8 号令：沿途各站，02 单位某同志，执行特殊任务，请务必尽力协助。重庆铁路局总调度室，1971 年 10 月 28 日。”这时，爸爸的眼泪竟湿透了双眼，他深深感到铁路局对“三线建设”的全力支持，他也为自己能够亲自执行这次任务，感到责任重大。

昏昏沉沉中爸爸被调度长轻轻推醒，他触电一样一跃而起。“秦同志，列车马上就要进站了！”爸爸拿好东西跟调度长奔向站台。站台上只有一名调度员手持信号灯，踱来踱去，准备迎接即将到来的列车。正南方，一缕灯光由远而近，伴随着午夜更加响亮的机车轰鸣声进入了站区，爸爸瞪大眼睛，仔细观察驶过的车厢，一节、二节、三节……当第 15 节车皮驶近时，他发现了萎缩在车上设备箱顶上的小杨。爸爸不顾一切地朝着慢慢减速待停的列车跑去。

车停稳后，爸爸追了上来，他冲着小杨不断高喊：“杨留根！杨留根……”蜷曲在军大衣中紧握钢枪的小杨，猛然听到车下有人叫喊自己的名字，还以为是在做梦，定了定神，再仔细听……他连忙向车下望去，一眼就看见了爸爸在车站挥手高呼的身影。他边回答边急速地从车上跳下来。“小心，别滑下来！”爸爸一边对小杨念叨，一边伸手去接应小杨。小杨像见到久别亲人一般，挥起双臂，把爸爸紧紧地抱在了怀里。人们常说：“男儿有泪不轻弹，”此时的小杨再也控制不住自己的感情，大声痛哭起来。

爸爸轻拍着小杨的后背安慰："快别哭啦！跟我来。"拥着小杨来到了休息室，借着灯光，爸爸才看清了小杨疲惫不堪的小脸上，就像刚刚从舞台上下台的包公，满脸煤烟。身上的棉大衣早已被雨水浸得透湿。匆匆洗漱后，将近一天一夜水米没沾的小杨饥不择食，抓起食品就狼吞虎咽地吃了起来。

调度长手持信号灯，急步来到休息室："准备一下，马上要发车啦！"来到站台，爸爸和小杨爬到了车上，安坐在调备厢顶端，深深透了一口气。深秋季节，川蜀大地寒气逼人。随着列车不断加速，车上的风也越来越大，爸爸和小杨偎依在一起，顶着蒸汽机不断漂来呛人的煤烟味，老爸才深深体会到，小杨这一天一夜的坚守多么不易啊。

列车 10 点到达成都东站，将在此重新编组，老爸他们持"命令书"，向军调处领导详细说明了情况，并请求现有 10 个车皮暂停驶发，等待我们的后续"大部队"的车皮到达后再行编组。

童伯伯带领的其他 4 名战士和押运的 20 车皮设备，被重庆军调处特批，编组在 3018 次直达列车上，于当天下午抵达成都东站。按军调令等候在列车进站停靠的轨道旁的爸爸和杨留根，与"大部队"会师，大家互相拥抱，好似久别重逢一样，他们押运着重新编组后的列车，向目的地继续前进。

爸爸亲历的这个故事，时常在我脑海中闪现，父辈们忠于职守、不畏艰险、一心一意为了"三线建设"，为了四〇五工程奋力拼搏的精神，不正是陕轴人多年历练出的特有的"陕轴精神"雏形最生动的诠释吗！它将永远是我前进的动力，是我永远要继承的精神财富。

幼教事业的“摆渡人”

蒋　丽　刘章建

近40年的幼教光阴从未让她遗忘，那时的热血满腔，那时的意气风发，那时的义无反顾……而今几十年过去了，回忆起来依旧是闪烁而温馨的日子。那些完美记忆都留存在老人内心深处，稍有触碰，记忆的闸门就“泄洪”似得断然洞开，倾泻而出……于是，我们看到一段触及灵魂深处的感动。

从北京铁道部幼儿园到核工业五〇四厂幼儿园再到四〇五厂幼儿园，秦少文在幼教战线上工作了近40年，完成了她对三所幼儿园的基础建立工作。对于这些“陈芝麻烂谷子”的过往，她颇有些激动，满怀深情地娓娓道来深情回忆。

1952年，新中国刚刚成立不到3年，不满20岁的秦少文一参加工作，就被分配在中国铁道部总工会。她思想活跃、聪明伶俐、积极肯干，完全就是为新中国建设应运而生的。可是没有想到的是，正是基于她的这些特点，促使她与幼教工作结下了毕生之缘。适逢1952年全国大办幼儿园、托儿所，秦少文接到部领导通知，要求她牵头组建铁道部系统第一所幼儿园。尽管她有着较强的工作能力和活泼性格，但她没有接触过学前教育，完全不懂幼儿教育知识。可是，勤学苦练什么都能干成。就这样，她带着“空杯”状态，她凭着顽强的毅力和不屈服的勇气，在很短时间内，就搭起了铁道部幼儿园的“班子”，使新建的幼儿园走上正轨渠道。铁道部副部长刘建章看她勤奋好学，是个好苗子，就亲自安排她到北京师范大学参加了幼儿学前教育的读书学习。俗话说，“学习是最好的老师。”通过两年大学生涯的深造培养、打磨沉淀，再回到幼教岗位上修炼和实践，很快，秦少文成为铁道部幼儿园的中坚骨干老师，乃至成为新中国早期优秀的幼教专家。

秦少文

1958年，伴随着国家“好人好马上三线”的号召，幼教生涯正前途无量的她，接到组织命令，调动她去兰州核工业五〇四厂创办幼儿园。国家的需要就是命令，秦少文义无反顾地奔赴兰州。那时候，五〇四厂正是困难建厂初期阶段，厂里正是大搞基建时期，职工们都忙于工作，无暇顾及其他，加之那个时期计划生育还没有实行，每家普遍都是四五个孩子，没有专人看护孩子，缺乏基础教育，幼儿园的创建就显得迫在眉睫。秦少文看在眼里急在心里，这些伴随着父母刚刚从全国各地“汇聚”在一起的孩子们每天“放羊”似得挖沙子、刨泥巴，让心中燃起幼教之火的秦少文心中隐隐作痛。为解燃眉之急，她按照“一间房子就是幼儿园”的简单思路，迅速搭建“新舞台”。当时的条件很艰苦，看着刚刚“开业”的幼儿园，几十个满脸鼻涕眼泪的小家伙都在张着嘴大哭，有哭着就尿了的，也有哭着要往外走的……那些哭声一开始是小合唱，到最后就是大合唱了。即使面对这样的嘈杂与混乱、简陋与拮据，秦少文依然耐心不急躁，面对那些孩子就像是对待自己的孩子一样，她抱抱这个，再摸摸那个，直到把他们都“笼络”得开开心心。那个爱哭的小姑娘入园已经一周了，可是每天来还是要哭，秦少文就想着法儿地逗她。细心的她将糖块分成好几块，“来，看看老师手里有什么宝贝啊，不哭爱笑的宝宝都会有。”小妙招还是很有效的，在甜蜜糖果“诱惑”下，爱哭泣的孩子爱笑了，愿意上幼儿园了。

幼儿工作就是一个往复循环，三年一轮，从小班带到大班毕业，当孩子们带给她笑声时，她也将这三年关爱给予他们，尤其是那些孩子奶声奶气追在她身后一声声喊“妈妈”时，那一刻她的心都化了。

聊到激动处，老人的嗓门显然变大、语速明显增快。看着激动的老人，我们只有不停地劝说，“喝口水吧”“歇一歇吧”。

1972 年，秦少文再一次响应号召，调动到陕西汉中的四〇五厂。工作呢，还是创办幼儿园。有了两次办幼儿园的经验后，为她在四〇五厂开办幼儿园提供了范本。由于当时的四〇五厂家属区还比较分散，入园孩子无法集中在一起。依据当时条件，只能是分散开办幼儿园，一部分在南山坡，一部分在北山坡，虽然是临时性的，但还是比较正规。看着幼儿床、教具、厨具堆满那小小托儿所，她更加有信心了。

幼儿园不比其他场所，卫生条件必须摆在第一位，她要求所有阿姨都要搞卫生，把小小的幼儿园楼上楼下都打扫得干干净净，天天如此。在他人眼里幼教就是吵闹、琐碎、繁杂，在她眼中都是开心、欢乐、满足与艺术。那时代所处环境与教学的相互关系还是有些差异，很多人认为“幼儿园就是放羊式的，只要保证孩子安全就是全部。”“不，放羊式教育对不起孩子，也对不起家长们。”秦少文大声反驳道，即便有人觉得幼教工作就是“放羊式”，秦少文也力争要做一个正规的“好羊倌”。面对幼儿园收纳了 8 个班，近 200

个孩子的庞大队伍，她按照大学里学到的知识，开始编教材，写大纲，从幼儿语言、简单计算、基础美工、音乐唱歌、自然科学和生活认知等6方面，全面、系统进行梳理和编写。那是一段难忘的经历。她每天上午上课，下午备课，虽然授课时间只有10～20分钟，可她从不含糊。因为，那时候，四〇五厂专业从事幼教事业的只有她一人，工作量很大，压力也很大。

那时候，虽然有很多保育员，但是远远不能满足正规幼教需求，很多老师都是半路出家的，于是她每周六下午就召集大家一起商讨下周的课程内容及教育互动具体方案和策略，这些方法使得老师得到了具体帮助，很快成为幼教工作的佼佼者。

那时候，电话还不普及，孩子们的父母都在单位里工作，一旦有孩子生病，秦少文总是毫不犹豫地给孩子穿好衣服，二话不说抱起孩子就去医院看病，生怕耽搁孩子的病情。那时候，厂里幼儿园条件不是很好，炎热夏季没有空调和电风扇，她稍有空闲就为孩子们摇扇送清凉，开窗通风，遇到“六一”、运动会，家长开放日她就会更忙碌，前期准备以及道具人员安排都需要她来精心谋划。正是有了秦少文这样优秀的幼教师，那些年轻的父母们才能在企业创业初期中安心工作。

那时候，物质条件较差，幼儿园里教材、教具更是稀缺。面对幼小孩子好动、爱游戏的性格，如何解决孩子需求冲突也成了那个时候最突出的问题。针对这种情况，除了正常的语言、音乐、计算等课程，她还建议开设了认识社会环境和自然环境课程，让孩子们认识什么是蒲公英，蒲公英是如何飞向远方的；教孩子们观察蚕宝宝如何生长、吃桑叶、蜕变、吐丝……那些丰富的自然环境和乡土课程取得了不错的效果，让曾经的孩子们仍然记忆犹新。

针对幼教老师的个人教学能力不强，她多次找厂里请求、协调，安排有一定基础的幼教远赴西安、近到汉中进行外培、学习。经过脱产学习锻炼后，厂幼儿园先后培养出焦丽、刘晓丽、刘春兰等优秀的幼儿教师。

应该说，秦少文这一代人，忠实地实现了她们自己奠基石和铺路人的角色，任由国家“哪里需要哪里搬”；成功地履行了她们是核工业人的担当和情怀，“广阔天地有理想，三线建设献韶华”。路，一步一步走出来了，每一次都是恒久忍耐和创造，每一次都是爱心支付和守候，每一次都是传承理想和信念。近40年的幼教生涯，接触过的核工业“小可爱”，应该是数不胜数的，用“桃李满天下”来形容这位孩子们教育的“领路人”是绝对不为过的。可是，面对采访，秦少文却很内疚。她仍“惭愧”着说：“唉，那时候，基础条件太差，总觉得对不起每一茬的孩子们呀！”

四〇五幼儿园创建，是我们企业成功走到今天不可或缺的一项综合性服务，在那样一个“洪荒”的年代，职工们除了拼了命似的工作，一般情况下，是无暇或者顾不上照顾“牛犊子”一样的一群群孩子的，是她，美丽的北京姑娘秦少文和像秦少文一样的美丽姑娘们，解决了职工的后顾之忧，默默地肩负起培养核工业子弟的担当；当年他们手把手教育的那些个“核二代”孩子们，如今，很多都回到公司，扛起了核工业的接力棒，成为各岗位优秀员工。可是，秦少文，如今已经是耄耋老人了，她依然关注着公司幼儿园变化，为落实国有企业全面深化改革要求，加快剥离国有企业办社会职能，公司幼儿园已正式移交给地方政府了，她肯定地说：相信我们的幼儿园会越办越好。

与孩子们相伴的日子长了，孩子们银铃般的笑声就会温暖你的人生。在秦少文的幼教生涯中，她就像个忠实的“摆渡人”，在起点与终点之间来来往往、执着奉献。这份执着，只因她在孩子们清澈的眼睛里，看得见那穿透迷雾的光芒无比绚烂。

人才铸就了新陕铀

王德培

1969年10月10日，毛泽东主席批准建设我国第三座核燃料生产厂——四〇五厂。后因多种原因，工程停了，工厂缓建。

1983年，恢复建厂。核工业部任命康祖杰同志为厂长，与老书记罗中奎同志搭档组建新的建厂领导班子，率领当年从我国第一座核燃料生产基地——五〇四厂调来的一大批骨干队伍开始了工程建设。后又从我国第二座核燃料生产厂——四川厂和四〇四厂调来部分职工补充到建厂队伍中。

四〇五厂是采用离心法新技术生产浓缩铀的新厂，一切都是新的，一切都要从头开始。万事开头难，万事都得人来办。因此，必须加强人才队伍建设。

康厂长首先想到办技工学校，先把生产一线队伍建设起来，打好建厂和生产基础。他找了核工业部有关领导申请办技校，答复很坚决，不同意办。因当年国家要压缩核工业队伍，四〇五厂需要人可以从兄弟单位抽调。康厂长看到厂里很多职工子女待业，有的一家几个待业青年。兄弟单位职工退休子女可以顶替，而四〇五厂缓建，职工退休了，子女待业了。很多家长愁眉苦脸找康厂长反映情况，诉说苦衷。康厂长听了很揪心，于是下定决心，不辞辛苦、不厌其烦地跑到部里求情。功夫不负有心人，终于感动了“上帝”，同意四〇五厂办技工学校了。后来的实践证明，四〇五技校办得及时、办得很好，一批一批技校毕业生为四〇五厂工程建设和生产发展发挥了重大作用。

十年间，技校为四〇五厂培养了数百名技术工人。这些毕业生有钳工、电工和工艺等工种，分配在全厂各生产车间，绝大多数很快就成为各工种的技术骨干和顶梁柱，有的晋升为技师和高级技师。1991 年从四〇五技校毕业的温伟，毕业后当了钳工，聪明能干，技术熟练。后来他坚持自学计算机网络技术，成为高级技师，全国技术能手，陕西省国防科技工业十大杰出青年，并获得省部级科技进步奖 4 项，享受了政府津贴，今年公司为他建立了“温伟大师工作室”。现在这些毕业生有的快到退休年龄了，仍坚守在技术把关的岗位上。30 年来，四〇五技校毕业生为四〇五厂的建成投产和生产安全稳定运行功不可没。

办技校是康祖杰同志任厂长期间，在领导指挥工程建设的同时，为解决生产急需用人，为解决职工后顾之忧办的一件让人难以忘怀的大事。

在四〇五厂创建 50 年间，历届领导班子都很重视人才队伍建设。20 世纪 80 年代中期到 90 年代中期，是四〇五厂建设的关键时期。这届由纪世鹏同志任厂长、于宗海同志任党委书记带领人数最多、职位齐全、职责分明、分工协作、讲团结、重大局的领导班子，非常注重人才队伍建设，广泛引进人才和培养人才，珍惜爱护人才，选拔重用人才。

在这里，我首先要特别感谢清华大学领导和工程物理系领导，他们很关注为四〇五厂选拔输送毕业生。我们每年都要去清华大学招聘学生。有一年校领导在招聘会前，对核工业相关单位去招聘学生的同志深情地说：“我们希望工物系更多的毕业生能去核工业企业发展，但有些外资企业出高薪，月工资达 4 位数，把有的毕业生吸引去了”。在招聘会上，校领导指名要四〇五厂的同志向毕业生介绍四〇五厂的情况。工物系的领导更是全力帮忙，人事科戚科长和高宝英同志每年都热情地向我们介绍毕业生的情况，并耐心动员毕业生来四〇五厂工作。在校领导和工物系领导的大力支持和帮助下，先后有雷增光、梁光扶、刘皓洁、贾荫丰、刘宏斌、焦成襄等优秀毕业生来厂工作。清华领导和工物系领导还专程来四〇五厂与厂领导交流有关科技项目合作和人才队伍培养等问题，并看望清华来厂工作的毕业生，鼓励他们努力工作，为核工业的发展贡献聪明才智。那几年，我们还选派了优秀本科毕业生到清华大学进修二学位，大大提高了我厂人才队伍的技术素质和政治素养。

那几年，四〇五厂还从全国有关高等院校和中等专业学校接纳了200余名大中专毕业生，他们在四〇五厂各项建设和生产中都做了大量工作，是四〇五厂建设和生产不可或缺的中坚力量。有的为四〇五厂奉献了青春年华之后，被调到其他单位担任要职，如李季科、刘皓洁就是两位典型代表。

那个年代进厂的大中专毕业生，个个生龙活虎，人人生气勃勃。工作不怕劳累，生活不怕艰苦，叫干啥就干啥，从不讲条件，亦不计报酬。当年四〇五厂工作条件和生活环境都很差，职工工资偏低。大家不计较这一切，只顾全力抢工程，埋头干事业。厂领导心中有数，深感愧疚，我们各方面的条件确实较差，工资水平确实较低。新来的这些毕业生内心当然会有些不言而喻的想法，有一位大学生在私下写了一首打油诗：“自愿来到四〇五，大干工程不怕苦。每月工资百十五，顾了自己苦父母”。还有一位大学生向我说了心里话，“每月能拿伍佰圆，我就心满意足了”。我退休后，经常在回忆，当年的四〇五厂与现在的中核陕铀相比，真是天壤之别，今天总算苦尽甘来了。

1986年从清华大学硕士研究生毕业的雷增光，热爱事业，技术全面，工作认真。32岁就成为享受政府津贴的有突出贡献的中青年专家，33岁就出任四〇五厂主管生产、技术的副厂长，34岁被评为研究员级高级工程师，36岁担任四〇五厂总工程师，41岁被调到核工业理化工程研究院任院长。2010年49岁出任中核集团公司总工程师。雷增光同志事业心强，当年他主动要求来大山沟里的四〇五厂工作，女朋友不同意，与他分手了。

陕铀公司总经理梁光扶同志，1990年从清华大学毕业后，保留研究生入学资格，他毅然决定到大西北工作。2003年他在人民大会堂作为大学生扎根西部的典型代表发言，引人关注，影响广泛。如今，他在四〇五厂工作了28年，对四〇五厂工程的科研创新、技术改造、项目管理等方面做出了重要贡献。

1995年是四〇五厂引俄工程刚刚起步的重要时期，急需俄语翻译人员。那个年代很少有高校设置俄语专业，我们偶然得知四川师范大学有俄语专业毕业生，立即派人去联系，得到川师大领导的大力支持，把陈华云、宋慧梅两位优秀毕业生支援给我们，解决了四〇五厂的燃眉之急。后来结为美好良缘的这两位俄语翻译官，在引俄工程建设中发挥了不可替代的作用，受到俄方专家的好评。

在中核陕铀创建50周年之际，砥砺前行半个世纪的陕铀人，不忘初心，勇于奉献，开拓进取，不断创新，铸就了中核陕铀崭新的今天。我坚信，经历了种种磨炼的陕铀人，一定会在新时代为建设“五大高地”、打造“五大陕铀”，为建成具有国际竞争力的世界一流铀浓缩企业的美好明天而努力奋斗。

民品与后勤支撑的故事

刘吉军　蒋　丽

随着1983年试验工程如火如荼地开展，四〇五厂工程建设顺利推进，投资完成较好，但是民品生产比较滞后。1983年的民品总产值仅为6.28万元，这无疑成了四〇五厂发展的瓶颈和“软肋”。

1984年8月，蒋心雄部长来四〇五厂检查工作时指出：“要一手抓工程，一手抓民品，在工程上马的同时，民品也要搞上去，如果只是工程上马，民品没有上去，不能算建厂合格。”

1971年2月，刘吉军随着从8342部队集体退伍转业249名军人来到陕西汉中大三线——四〇五厂，经过进厂前的培训结业教育前夕，他第一个被厂部点名分配到厂部政工组下属组织，任组织干事兼政工组办公室的日常事务工作。

1971年至1974年，在这个时期，正是我厂筹备组织机构搭架建设的重要阶段。

当时全厂职工才300多名，加上这批从部队来的249名军工，总计还不到600人。从此四〇五厂组织机构开始逐步建立起来了。让我们透过一个老兵的视角去看看那些年的悠悠往事。

心甘情愿做这样的“傻子”

1981 年 5 月，厂行政处从第九车间借调刘吉军到厂驻汉中四〇五厂招待所，协助孙德桢科长抓好招待所管理工作。当时因为招待所服务员大部分都是本厂职工子女，待业青年，难管理，刘吉军深知这份看起来简单的协助工作，其实充满了挑战性。

初到汉中招待所的刘吉军面对难以管理的青年人，着实着急，怎么样才能让涣散人心集聚起来，如何把冰棒厂规模扩大，是他急需去解决的问题。他想唯有紧张的工作气氛与忙碌感才能让他们有成就感。那年夏天，天气炎热，知了叫声不断，仿佛把夏季的白昼鸣叫的更长了。

“订单，又接到订单！“

“刚才又有电话预约冰棒……”

“太好了，我们的冰棒货真价实，不怕没有销路！”

看到冰棒厂做出的冰棒供不应求，销路不错，为了满足供应，他们制定了夏天分成两班倒生产方式，为了完成生产量，有时一班要干 10 个小时，刘吉军负责带领两班人干，等于他一天要上 20 个小时的班，就这样四〇五厂招待所生产的冰棒还是供不应求。有时昼夜干了通宵不休息，有时真累得不行，打个盹，醒来接着干。一个夏天下来，他瘦了十多斤，有人说他：“老刘，你怎么那么傻啊，你不能找其他人带领一个班，你自己负责一个班。”“不行啊，我也想这样做，但是我不放心，如果管理不到位，容易出问题。”

除了日常管理工作，更多的是关注人的思想动态。刘吉军意识到：作为一名领导管理者，不但要管好人，而且要管理好事。管事就是做事的过程，以身作则，教育、训练、培养下属，所以说做人，做事体现着管理者的基本心态素质、条件与能力。一个优秀的管理者应该是一名既会“管人”又会管事的管理者。考验如影相随。

一位待业青年走到刘吉军面前说：“我自己买了一张电影票，你都不批准让我去看，而另一个带班负责人还专门买了电影票让他们去看呢!”面对“委屈”的年轻人，刘吉军询问调查了带班负责人，他也承认是那天晚上库存都做满了，就允许他们拿着销售款买了电影票去看了电影。面对这样的错误允许，刘吉军狠狠地批评了他们：“谁给你们这么大的权利，敢把公款拿去买电影票，看电影，这是非常严重的错误，拿了多少钱，我要双倍罚你们的款，赔偿公家的损失，如果下次发现这种情况，不是双倍罚款的问题，要按照国家有关规定严肃处理。”无规矩不成方圆。

有人说他“六亲不认，是傻子”。可是他说如果能做一个有利于人民、有利于国家的人，那么他心甘情愿做这样的“傻子”。“我就是长再多心眼，也只想把这些心眼用在工厂里，用在这些离家较远的孩子们身上。把冰棒厂管理得越来越好、能有效益不断增加，把待业青年人带领好，不出差错，不出事故，这就是我的责任和任务。”那一个夏天过去了，他日渐消瘦的身体状态终于发出了警报。身体越来越不舒服，经过汉中卫校透试检查后发现，肺上有一粒米粒大的黑影子，医生怀疑他得了“肺结核”，为他开了一个月的病假条，让他必须好好地调剂休息，不能劳累。幸运的是他回到家卧床休息了一个星期，再去卫校透视检查时，那个黑影不翼而飞了。

1982 年在厂领导的支持下，汉中四〇五厂招待所很快从行政处划转给厂劳动服务公司管理使用，主要安排厂待业青年就业。主要是对外开放，然而当时的当地人和来往汉中办事的客人，并不认同这所曾长期紧闭大门的招待所。没有客流怎么办？走出去，请进来成了他们揽客新招。刘吉军和服务员们举着“欢迎到汉中四〇五厂招待所住宿”的大牌子，不畏酷暑寒冬、不分昼夜地到火车站、汽车站宣传。那时没有现如今这么多的宣传与营销手段，可却是当地当时最有效的第一家广告宣传模式。虽然很苦很累，但也有了回报。每天都有跟着大牌子来住宿的人；另外招待所加强了食堂伙食改善，提高技术烹饪质量，本着薄利多销与热忱服务模式，最大限度满足就餐人员需求，主动为住宿客人排忧解难，看到不断增加的床位，清洁的房间及周围环境卫生，进出招待所的客流也就越来越多了。

到了年底经过检查考核验收，各项承包基数超额完成了任务。当年公司的白经理给予奖励现金 200 元，那是他到四〇五厂第一次拿到这么多的奖金。

筹建劳动服务公司

20世纪80年代初期，国家处于转型时期，百废待兴，政策调整，引发出不少新的矛盾，四〇五厂又从在建变成停建，造成一些职工思想不够稳定，对前途迷茫，社会安定受到影响。大批的待业青年问题更为突出，一个家庭有两三个待业青年，仅靠一个人的工资养活五六口人，生活也确实困难。因而影响职工队伍的稳定，出现了一些社会治安问题，个别待业青年还做出了一些出格的事，家长们既痛心又着急。厂领导压力也很大，非常重视，下定决心要尽快采取措施，加以缓解，经反复调查研究决定成立以发展集体经济，拓宽就业渠道，安置待业青年的劳动服务公司。

1982年春节后，在原厂五七办公室的基础上成立了四〇五厂集体经济性质的劳动服务公司，抽调了一批事业心强、有开拓思维、有管理经验、能吃苦耐劳的职工充实到劳动服务公司工作，厂领导也号召各单位要大力支持，提供方便，同时也注入了一定的资金，调集了一些闲置设备和场地，还破格配备了一大一小两辆汽车，这些行为给劳动服务公司职工以极大的鼓舞。但毕竟工厂处在困难时期，职工的工资都时常受到威胁，支持劳动服务公司的财力、物力极度有限，劳动服务公司便自身发动大家树立奋发图强、自力更生、不等不靠、积极进取的思想，一定不负众望，创造出历史的辉煌。

1983年刘吉军担任了劳动服务公司党支部书记，通过调查摸底了解到全厂200多名待业青年，有的下乡回城待业，有的读书毕业在家，他们烦躁迷茫，法制观念淡薄，容易冲动，极易被别有用心的人挑动，极易做出出格的事情，应立即把他们召集起来，进行教育培训。讲法律、讲国情，使大家认清形势、振作精神。困难是暂时的，前途是光明的，在各方面的配合下，增加了一些新的岗位，使他们逐步上岗。后来成为工厂新工程建设的主力军和骨干。时隔多年后，有人感慨地说，几年的劳动服务公司经历，为他们人生航程指明了正确的方向。当时劳动服务公司根据人员素质和环境要求，确立了依靠本厂、服务于厂、积极进取、广开思路，创办更多的集体企业，挖掘更多的就业岗位，做大做强，尽一切可能，提高就业人员的收入。

工厂驻地离城区较远，生活物资极端缺乏，职工家属、病人、小孩想喝点新鲜牛奶、吃点鸡蛋都相当困难，服务公司就从实际出发，不如通过我们自力更生，艰苦努力，兴办养鸡场、牛奶厂，解决这个职工最实际的困难，集思广益之后在福利区的东西山头就有了忙碌身影。在老师傅带领下，青年和家属们利用一些旧的房屋大棚，经过整修，盖起了鸡场、奶牛场。在几名老师傅的带领下，经过一段时间的努力，效益出现了，每个职工每月可以凭票领到三至五斤的鸡蛋，需要喝牛奶的老人、小孩、病人也可随时买到新鲜的牛奶。多年来职工的期望，终于在劳动服务公司及待业青年的努力下初步解决了职工生活物资缺乏的困难。

要想使劳动服务公司得到更大的发展，必须开发附加值较高的工业产品，经过对市场的调查，我们根据当时劳动服务公司机构和人员的组成，所承担待业青年就业等任务特点，在原有商业服务网点的基础上，根据市场要求，新开设了青春商店、汽水厂、冷饮厂、电褥厂、施工队等多项产业，还开发附加值较高的工业产品，创办了机电制造厂，开发制造电动孵化器盘柜，孵化器的制作，终于成功了。陕西电视台主动做了报道宣传，一台、两台、三台……不断地制成产品，销往全国各地，拥有了一定的市场，为发展集体经济，安置待业青年就业，稳定社会，发挥了重要的作用。

劳动服务公司的基建维修队，当时在厂也是响当当的，承接了不少房屋维修、承包小工程、修建道路、整治广场地面等工作，受到各方面的信赖，当新工程上马时，为了完成新工程主厂房的部分任务，厂里决定把当时厂房的基础维修车间并入劳动服务公司，共同来完成这项任务，劳动服务公司首次承接了这一较大工程，不负领导信任，很好地完成了任务。

改革开放大潮涌来，再借助改革开放的政策，随着厂里的两项工程的建设，在劳动服务公司工作的待业青年，经过劳动服务公司的洗礼，陆续地进入了建设崭新的核燃料大厂，承接父辈的基业，为我国核事业的发展不断发光发热。劳动服务公司是他们永远怀念的地方，尽管他们多数人已成为中国重要的铀浓缩大厂的骨干力量。

做基建工程建设上的尖兵

1993 年 2 月至 1995 年 3 月，那时正是基建维修车间，承担引俄工程一期阶段——试制框架的安装及厂房改造任务。

人们常说“麻雀虽小，五脏俱全”。框架能否按期完成，这是对基建维修车间第一个考验。在整个工程施工建设中，遭遇 60 年不遇的高温、干旱，老天似乎有意要考验建设者的意志，基建维修车间职工勇敢并成功地接受了挑战。

为了不拖延工期，工种界限被打破，哪里需要上哪里。很多同志有工作连续 24 小时顾不上休息；有爱人生小孩，老母亲生病住院也顾不上去照顾、探望的……工程技术人员任务更为艰巨，常常为核对一个参数、一组数据确保准确无误，一干就是通宵，承担负责材料运输的同志们，在高温酷暑的夏季里，跑上跑下、厂内厂外的奔波却没有一个人抱怨叫苦叫累。面对热火朝天的工作状态，车间党支部及时捕捉良性的宣传报道，结合厂及车间现有的宣传平台，充分发挥了“一台一站一报”的作用，真正做到了电视上（厂电视台）有音、广播站（厂广播站）有声、墙报上（车间墙报专栏）有动态，到位的宣传，使得职工工作热情日益高涨，广泛激发和调动了车间广大职工积极性。同时车间开展了“与时间竞赛”的活动，加班加点，苦干 38 天，提前三个月完成了安装任务，首战告捷，为我厂引俄工程提前一年时间完成一期工程任务，打下坚实基础。

在紧张施工过程中，基建维修车间不仅与时间赛跑，而且严把工程质量关。车间承担的引俄工程预制和安装的门架、风沟、槽梁、方梁等当时不仅获得专家的好评，而且车间以最快的速度铺通了厂前区到主厂区道路，全面参与前期的土建工作，并在随后两年中，为了工程生产制作了 1 860 余件的生产设施。在承担工程土建工作同时，基建车间又承担起四〇五厂生产和生活保障设施的维修、扩建任务。先后新建 10 号办公楼、32 号哺乳室、206 专家楼、游泳池、离退休办公楼、7 号办公楼、消防队办公楼、液化气站，并对 90、91、93、6 号清水池与全厂热网管线以及污水管线进行维修、扩建、新建 20 余栋家属楼。特别是四〇五厂门诊大楼和住院部大楼，创造了基建维修车间建筑面积大、难度高、质量要求严、工期最快的新纪录。

时隔多年后，回忆起在基建维修车间参加试验台架工程那段岁月，刘吉军平静地说：“那两年大干快上加班去，是常事，一年加班日基本上占到正常工作的 85%，也就是说，一年要干两年的活……”

伴随着引俄工程的全面开放，基建维修车间迎来了体制改革。1993 年基建维修车间与劳动服务公司联营，1994 年车间与劳动服务公司合并，后来改制成为“建安公司”。

从国家空白到自主拥有
——中国核燃料铀浓缩苦行僧探秘

刘章建　蒋　丽

题记：如果说，没有清华，就没有中国核工业的话；那么，没有清华，也就不会有中核陕铀的今天。中核陕铀建企50年的发展历程中，先后拥有了彭福临、任宗鹤、雷增光、史庆丰、刘浩洁、焦成襄、梁光扶、贾荫丰等一大批早期的清华骄子，为了公司奠基、起步、发展做出了卓越贡献，奠定了中国离心浓缩事业从陕铀起步的辉煌；也“补血式”的注入了张进荣、许小龙、王鹏、封学智、姚浩田等新生力量，他们为示范工程建设做出了重大贡献。他们，都是科技队伍的“苦行僧”。

2019年是新中国成立70周年。70年里，我们伟大的祖国发生了翻天覆地的巨大变化。我们的国家从一穷二白、积贫积弱的旧中国成功华丽转身，站在世界民族之林的高端，我们不仅有了不断深化自身改革开放的能力，我们还形成了全世界利益共同体的鸿篇巨制，积累了可以为世界各国各民族奉献中国智慧的手段和能力，这就是中华民族最长足的骄傲，最珍贵的财富，最强大的力量。

新中国建设伊始，我们的国家面临着巨大困难和严峻考验。政治上，“进京赶考”尚在“实验阶段”，还很不成熟；经济上，千疮百孔，十分落后；军事上，台湾还有百万军队负隅顽抗，西方势力虎视眈眈；外交上，美国拒绝承认并竭力阻挠其他国家承认新中国，阻挠恢复中华人民共和国在联合国的合法席位，对新中国实行政治孤立、经济封锁和军事包围的政策；党建上，也面临着因革命胜利而可能滋长的骄傲自满、享乐腐化等腐朽思想的侵蚀。国际国内形势错综复杂，各种敌对势力伺机侵略颠覆、妄图扼杀新中国。

中国人民志气大！我们有改造和建设新中国的勇气和信心。1961到1965年，我国完成国民经济的恢复和调整，我国的综合实力，特别是工农业生产，进一步增强，建成了以大庆油田、包钢、兰新铁路等为代表的一批工交项目；国防和科技领域出现重要突破，原子弹、万吨水压机、中程导弹、人工合成胰岛素、超音速歼击机都是在这一时期研制成功。

立业之基的荣光

2015 年 1 月 15 日，在我国核工业创建 60 周年之际，中共中央总书记、国家主席、中央军委主席习近平作出重要指示，对我国核工业取得的成就给予充分肯定，为新形势下我国核工业发展指明了方向。

习近平指出，60 年来，几代核工业人艰苦创业、开拓创新，推动我国核工业从无到有、从小到大，取得了世人瞩目的成就，为国家安全和经济建设作出了突出贡献。核工业是高科技战略产业，是国家安全重要基石。要坚持安全发展、创新发展，坚持和平利用核能，全面提升核工业的核心竞争力，续写我国核工业新的辉煌篇章。

中共中央政治局常委、国务院总理李克强作出批示指出，希望弘扬传统，聚焦前沿，全面提升核工业竞争优势，推动核电装备“走出去”，确保核安全万无一失，为把我国建成核工业强国而继续奋斗。

60 年前，党中央审时度势、高瞻远瞩，作出了发展我国原子能事业的战略决策。60 年来，在党中央正确领导下，在全国各行各业大力协同和全国各族人民大力支持下，我国建立了世界上只有少数国家拥有的完整的核科技工业体系，实现了核能大规模和平利用，为国家经济社会发展、增强国家综合实力、保障国家能源安全、提高人民生活水平作出了积极贡献。

中核陕西铀浓缩有限公司，这个按照国家三线国防建设布局，坐落在秦岭南麓、汉江之滨的偏远工厂，这个曾经被神秘称呼为“241 号信箱”和“四〇五厂”的老三线企业，这个铆足了劲头、默默坚守了 50 年核工业关键环节——核燃料铀浓缩的厂子，这个忠实地诠释和抒写核工业“两弹一星”精神、发扬和点燃着核工业“四个一切”精神的团队，终于在 2018 年 3 月 20 日，引起了全国人民的聚焦和关注，央视等近百家主流媒体展开“轰炸式”采访报道。

“3 月 20 日，我国新一代铀浓缩离心机大型商用示范工程在中核陕西铀浓缩有限公司全面建成。该工程由中核集团研发建造，具有完全自主知识产权。这是中核集团学习贯彻落实十九大精神，以科技创新为引领，提升核燃料生产自主化能力，落实保障国家能源安全战略的又一重要举措，也是我国核燃料产业铀浓缩领域由核大国走向核强国的重要一步。示范工程的建成，标志着我国铀浓缩离心机实现了升级换代，具备大规模商用条件，技术水平、经济性进一步提升，达到国际先进水平。新一代铀浓缩离心机的研制和工业化将进一步提高我国在国际铀浓缩领域的地位和竞争力，是中国核能发展燃料供应的重要保障，对提升我国核电国际竞争力至关重要。示范工程全面建成投产当天，四代中核陕铀人齐聚主厂区，开展‘不忘初心 坚守使命’主题活动，共同见证示范工程全面建成这一历史时刻和美好瞬间，激励陕铀职工不断坚守使命，为国担当，聚和奋进，建设‘五大高地’，打造‘五大陕铀’，为加快建成具有国际竞争力的世界一流铀浓缩企业不懈奋斗。”

这一标志性工程的建成，不仅牢固树立了我国在核领域由“并跑”到“局部领跑”的重大跨越，也标志着中国核工业在核燃料铀浓缩领域关键环节的重大突破，还标志着中核陕西铀浓缩有限公司“中国离心浓缩事业从中核陕铀起步，必将在这里发展壮大”的誓言终于实现。

岁月是怎样的一种砥砺呀，时光是怎样的一种流逝？恍惚间，50 年，中核陕铀以“核心技术掌握在自己手里”的高度自信和绝对创新，站上了历史的最高舞台，再一次收获了牢记使命、为国担当的政治意识和创新守正、科技领先的累累硕果。那么，一次次重新出发的背后，有着多少感人肺腑的传承？有着多少刻骨铭心的记忆呢？

立业之源的奉献

彭福临，中共党员，1935 年生于湖南省汨罗市大华村山底湾，1954 年北航 4 年，1958 年清华 2 年，1959 起开始探索核燃料铀浓缩理论和实验研究；1960 年 6 月毕业后同行的 6 人被派往核工业最需要最前沿最关键的兰州五〇四厂。1969 年，调入陕西汉中四〇五厂。1983 年，获得高级工程师技术职务资格；1983 年，获得研究员级高级工程师职务资格；1993 年，荣获国务院政府特殊津贴的专家的称号。

彭福临，从湖南家乡的小祠堂学校到长沙重点中学，从刚刚成立两年的北航到清华工程物理系大学，从茫茫戈壁五〇四再到四〇五厂，彭福临老人载过岁月云烟，踏遍山峦秋月，在岁月洗礼中终完成了他“平凡”而又简单的核事业生涯。

1954 年，彭福临考入刚刚成立两年的北京航空大学发动机系。1958 年 8 月 11 日，在党中央毛主席“我们要大力协同尽快把我国原子能事业搞上去，没有核武器，我们腰杆子硬不起来”的历史大背景下，经组织安排，彭福临和本系 12 人一起转入清华大学工程物理系。彭福临在导师带领下，一边学习新知识一边实验性研制中国第一代离心技术——物理实验离心技术。

1960 年 6 月毕业后同行的 6 人被派往核工业最需要最前沿最关键的兰州五〇四厂。上班 3 个月，就被派去北京原子能院 615 室对《某关键项目的流量测定》难题，进行科研攻关，历经一年多的多次试验的成功，在后续铀浓缩的生产中起到了重要作用。

1962 年年初投入到两个中小机型的机组调整试验。彭福临亲自编写调试方案，负责对首次两个串联大机组的调试。

1963年元旦，彭福编写了铀浓缩系统试验方案等辅助系统庞杂的配套方案。在理论技术指导下，“大机器”取得了首次试验成功。他先后提出和解决了系统中“腐蚀损耗测量”和“丰度产能增加”等科学性决策。1964年元旦，高浓度合格产品在中国首次“问世”。——彭福临他们，是坚实地奠定了中国首枚原子弹爆炸的一群人啊！

1965年，他还承担了国家鉴定委交给的《某两种分离膜试验》的坚定任务。

1969年，调入陕西汉中四〇五厂，开展四〇五厂建设的前置工作，主要任务是与汉中市联络、沟通，做好驻地大批人员入驻的安置工作以及粮食供应等诸多细节问题。彭福临暂时忘记了心爱的铀浓缩事业，重新把一腔热血和新的希望火种播撒在四〇五这片贫瘠而荒凉的地方，他期盼着新的工厂早一天腾起铀浓缩事业的新基业。他先后参与了厂的初步设计、基建方案、福利区规划、地质结构探查等多项筹建工作。

1970年春节，彭福临作为驻厂代表，被派往上海，负责协调主要设备生产。

80年代初，四〇五工厂缓建。彭福临他们几个清华毕业的技术骨干，给知青补习文化科技知识，给工农兵大学生等补习专业基础功课。培养了一批品学兼优、勤奋好学的青年职工，完满地完成了工厂的技术储备。

80年代，彭福临参加了天津三院9台设备的装配、安装、启动及工艺试验全过程，为四〇五厂未来的发展埋下了科技的种子。他负责筹建四〇五厂新技术实验室的筹建，并开展了前期的试验工作。

90年代初，引俄离心机终于到厂了。彭福临感到由衷的兴奋，他又把最后的余热尽情地泼洒在工程现场。终于，在临退休之前，作为新中国最早的一批离心技术研究者、作为新中国第一批探究离心技术科学的探索者，他亲眼见证了中国离心技术的起步。

从丰度到温度，在穿越时空照亮未来的路上，也许他已经停下了脚步，也许已有更多为核事业人奉献的人已经被这个时代带上了光环，有的却默默不语，过着属于自己的平凡生活。——当一位几乎与新中国成立同步的热血青年在核工业奔腾的岁月里被锻打成耄耋老人的时候，当一位50年代初期就在潜心钻研中国铀浓缩和丰度的老者舒缓地这样喃喃自语的时候，想来一定是以一颗不变的初心、不变的情操、不变的使命在跳跃。

立业之根的隐忍

梁光扶，生于广西壮族自治区巴马瑶族自治县一个贫困的壮族农民家庭。1985 年高考，他以全县第一名的成绩考入清华大学，1985 年入清华大学工程物理系攻读“220 专业”（核燃料循环与材料专业），他就开始接触基本的离心技术。但是真正具体到设备研制，我们国家当年迫切需要解决材料工艺的问题，甚至到 20 世纪 80 年代，解决这个问题还是比较困难的。他在学校都没有见到过真正的离心机。1990 年到中核陕西铀浓缩有限公司（原国营四〇五厂）参加工作。历任主工艺车间助理工程师、四〇五厂某重大工程现场技术负责人、值班主任、技术组长、车间主任工程师、车间副主任、公司副总工程师、总工程师、常务副总经理（主持工作）、总经理、党委副书记、董事会董事等职务。

在四〇五厂，他一待就是近 30 年，期间，他参与了中核陕铀引俄工程及国产化工程建设的全过程，在这些工程的科研创新、技术改造、项目管理等方面做了重要贡献。引俄工程对中国铀浓缩事业从扩散转向离心，意义重大。我们国家在离心技术的攻关经历了很多年，引俄工程落地，为铀浓缩技术从扩散法向离心法升级起到至关重要的作用。这是党中央、国务院的重大决定，当时动用的是总理预备金。引俄工程对四〇五是一个机遇，是生和死的机遇，没有这个机遇，四〇五的发展就会举步维艰。

其时，梁光扶在深圳的同学，月工资已经能拿两三千了，而在四〇五厂也就一百多块钱。当年一起来四〇五厂的同学中，先后也有离职的。他从学校毕业的时候，是保留研究生学籍的，后来看到有引俄工程这么好的锻炼和学习机会，就放弃了读研。从个人角度讲，梁光扶此刻已经意识到这项工程的重要性，能够认识到这份事业的价值。

梁光扶他们这一代人，在引俄工程建设中强烈地“植入”了科技创新的“基因”。从建造引俄一、二期工程开始，以梁光扶这批清华生为主力的科技工作者就开始了边建设边探索，边实践边创新，边成熟边转化的“头脑风暴”。

科研创新是会“上瘾”的，也让四〇五厂的领导者们尝到了“甜头”。很快，四〇五厂提出了“以科研带动项目，以项目带动发展”的思路。在梁光扶团队的不懈努力下，解决了我国核工业产业体系中间环节的瓶颈问题，为我国核燃料产业跨越式发展做出了重大贡献工程的各项性能指标正在逐渐恢复。梁光扶意识到核心技术受制于人，将是中核陕铀最大的发展瓶颈。于是，他下决心在消化、吸收的基础上进行技术创新，以提高系统安全可靠性、自动化信息化水平、节能降耗、减少对人的依赖为目标，他通过密切跟踪国际前沿技术动态，持续推动新工艺、新材料、新技术和新方法的研究和系统优化升级项目的技术攻关，技术创新也由早期辅助配套设备转向关键系统和核心设备，这一过程贯穿了他 10 年的总工程师生涯。

近 30 年来，他积极投身国家重点工程建设，为企业发展做出了巨大贡献。他本人先后荣获国家科学技术进步二等奖 1 项、国防科学技术进步一等奖 1 项、二三等奖若干项。在他的带领下，公司先后获得省部级科技奖 3 项。获得实用新型专利授权 1 项、普通实用新型专利 9 项、国防专利 20 项、科技奖 70 余项、5 项科研成果通过成果鉴定。

2018 年 3 月 20 日，以梁光扶担任工程建设总指挥长的我国新一代铀浓缩离心机大型商用示范工程全面建成，标志着我国铀浓缩离心技术达到国际先进水平。实现了从跟跑到并跑乃至局部领跑的全新历程。

作为中国核燃料铀浓缩行业的领军者，梁光扶说：我在四〇五干了29 年，无怨无悔。我大学的班主任老师每次提到我，都对我的工作成绩很满意。我认为自己从事的这个行业和我所学的专业对口，而且能遇到引俄工程和国家新一代铀浓缩离心机大型商用示范工程，我算是生逢其时了，有的人可能一辈子都遇不到这样的工程。

站在新的历史起点，面对新的历史课题，梁光扶说，核燃料产业发展进入新时代，机遇与挑战并存，问题和希望同在。他提出“建设具有国际竞争力的世界一流铀浓缩企业”的发展目标。

立业之胆的担当

张进荣，男，1989 年 6 月出生，2012 年 7 月毕业于清华大学核工程与核技术专业，同年 7 月到中核陕西铀浓缩有限公司参加工作先后经历和参与了工程施工、系统运行维护、工艺系统运行管理、工艺技术等工作，于 2016 年 5 月至 2017 年 7 月任主工艺运行车间运行值副值班主任，2017 年 7 月至 2018 年 7 月任主工艺运行车间工艺组副组长，2018 年 7 月至 9 月任主工艺运行部 CD 工艺运管科副科长，2018 年 9 月至今任主工艺运行部 CD 工艺运管科科长。

第一个阶段从 2012 年至 2013 年，转变适应融入阶段。转变、融入、做事。刚参加工作，主要是现场施工和系统运行维护以跑现场干活操作为主，搬设备材料、找漏、操作阀门设备、加液氮、吹洗等都干了。身处偏僻的异地他乡，干着和大学所学没有多大关系的活，有失落、有茫然，甚至有时候会有一点点怀疑当初的工作选择。但在清华“自强不息，厚德载物”校训教育和“四个一切”核工业精神熏陶下，特别是受身边同事积极、踏实、勤勉、认真做工作的场景和事实感染和优秀学长事迹的激励，他坚定了当初的选择，真正融入成为了中核陕铀的一分子，积极、认真做每一件事，关心系统运行，关心技术进步，关心公司的发展，关心核事业的未来。

第二阶段从2014年至2016年，全身心投入技术和创新工作，快速成长阶段，关键词、激情、学习、成长、做事。此时经历了一年多的锻炼、学习，他已经掌握了基本知识和能力，主要从事系统的运行管理工作和工艺技术创新工作，期间主持或参与完成了大量科研技改专项工作，解决了一些系统问题。此时工作是快乐的、激情的，个人是充满干劲和闯劲的。期间，他受到贾荫丰、杨小松、王铁军、谢国和、唐建、刘太珍等众多领导同事的帮助，使他快速成长。

第三阶段从2016年至今，逐步成熟，坚定理想信念，开拓进取，永远奋斗阶段，关键词：担当、责任、作为、希望。此时作为基层管理者和专业技术人员，他主要从事运行管理和技术创新工作，在技术进步上继续开拓创新，在管理上也务实求新创效。现在已经能独自处理工作中遇到各种各样的问题，更加成熟。畅想未来，他更关心的是中核陕铀在什么时候能够成为一个真正意义上的智能化铀浓缩工，一个引领世界铀浓缩运营、技术、人才的高地。

张进荣是一个敢于和善于“破旧立新”的人，这是他们这一代年轻人最为明显的优势。他以一名清华生的睿智和灵动，立足岗位，从小改小革入手，不断进行技术创新。刚开始从小的方面着手，完成了一些小工作，对系统、对工艺技术了解掌握逐步加深。随后开始主持、负责科研项目，如NaF吸脱附工艺系列科研项目、供取料厂房无人值守项目等，促进了技术进步，提高了生产的工艺的效率可靠性、经济性、和安全性。目前，他和他的同事们一起，正在开展主工艺系统自动化、智能化升级研究，仿真培训系统开发研究，某设备寿命延长研究，希望通过行业共同努力能够全面、系统掌握铀浓缩主辅工艺核心技术，与数字化、信息化智能化通用技术相结合，建设智能化铀浓缩工厂。近年来，他主持完成4项科研，作为主要完成人参与完成科研项目10余项，参与科研和各类专项20余项。

立业之魂的创新

面对媒体记者的采访，梁光扶侃侃而谈：“公司目前拥有清华生10多名，他们才是未来中国核燃料铀浓缩智能化生产的核心力量。他们的加入，必将会颠覆式地促进我国铀浓缩技术的飞跃式发展。现在进行示范工程调试，我们都是优先让没有工程经验的年轻人上，技术熟练的师傅们负责监督指导和把关。一个工程干下来，新来的年轻人都被锻炼出来了。”

"虽然工程完结了，但我们在做科研的时候，基本上是让年轻的人去做。会有技术改进空间越来越小这样一个过程，因为系统越来越完善之后，能够改进的地方也许还有空间，但空间会越来越小。但同时，社会整体的技术水平越来越进步，向着智能化、设备可靠性高、节能环保的方向发展。我们的系统和设备也要向着更安全、更高效方向发展，向着智慧陕铀的目标持续迈进。"

在工程建设中创新，在工程建设中培植新人，正是中核陕铀前瞻布局，瞄准现状，着眼未来，不断超越创新的重点措施。

科研攻关是一项费时费力费事的事情。可是，问题就摆在那里，作为高材生、作为清华学子，这一伙敢于进去的年轻人，天生就有一种敢于担当、勇于挑战的勇气和魄力。几年来，他们先后参与或担纲，完成了几百项科研项目，为示范工程建设注入了全新的系统运行模式。仅张进荣自己，就先后完成了多项科研项目。

作为项目负责人，张进荣团队主持完成了《HF 吸脱附系统高在线应用研究》《新型 NaF 吸附塔研制及应用》系列科研项目，摆脱了连续运行对液氮的需求，实现了 HF 的静态收集，简化了 HF 收集处理的工艺，大幅降低了运行人员的工作量，降低了废水产生，提高了工艺生产的安全性、可靠性和经济性，使公司年降低成本 200 多万；主持完成了《03C、03D 厂房无人值守策略研究及自动化改造》项目，使 03C 厂房基本实现了无人值守的目标，极大地降低了运行人员的工作量，提高了系统的可靠性，显著提高了我公司供取料系统综合技术水平，为后续系统的智能化工作奠定了坚实的基础；主持完成了《供取料系统标准化配置研究》科研项目，详细梳理了多年来供取料系统所取得的各类技术进步和优化，基于目前技术水平对供取料系统配置进行了初步的标准化，为老旧系统的更新升级和后续新工程设计提供了支持和依据。

作为负责人，张进荣团队完成了《03C 厂房 740L 容器收料研究及应用》前期的设计、改造、试验及相关技术文件的编写等工作，初步实现了产品容器直接收取精料的工艺；2017 年组织完成了 405-1A 级联、405-1C 级联的找漏工作，保障了系统安全稳定运行，同时也摸索积累了运行级联系统找漏消漏工作的宝贵经验。

此外，张进荣他们这批清华生完成了《新式小型深冷装置研制及应用》《自控温电热带在铀浓缩工厂的应用研究》《铀浓缩培训基地设计研究》等多项科研项目及铀浓缩生产供取料操作工国家题库部分的命题工作。

示范工程勋章

2018年11月19日，坐落在秦巴山麓、汉水之滨的中核陕铀迎来了一件大事——我国新一代铀浓缩离心机大型商用示范工程进行国家竣工验收。2017年12月29日，示范工程就因其第一批机组成功启动而受到了社会的广泛瞩目。2018年3月，两会期间，中核陕铀又因新一代示范工程全面投运再一次成为关注焦点。由此可见，该工程对进一步提高我国在国际铀浓缩领域的地位、提高我国核电国际竞争力，进而使我国建设成为核强国的重要性。

在竣工验收会上，国家有关部门和中核集团公司领导的讲话也再次对示范工程的重要性作了强调，这是对地处秦岭深山的三线老企业——中核陕铀（原四〇五厂）多年来坚持为“中国离心浓缩事业从中核陕铀起步必将在这里发展壮大”这一信念而不懈奋斗的认可。

50年隐忍，50年坚守，中国离心浓缩事业从这里起步，必将在这里发展壮大。“幸福是干出来的!”——中核陕铀人就是这样一步一个脚印、一次一个跨越，自信而勇敢地做到了从无到有、从小到大、从引进到国产的涅槃，牢牢地把核心技术掌握在自己手中，为中国核工业贡献出陕铀力量和智慧。

一直以来，中核人以高度的使命担当投入工程建设的各个主战场，坚持党建引领，坚持安全创新发展，锻造了一支高素质专业化人才队伍，走出了具有中核特色的自主创新之路，以实干、实际、实效向党和人民递交了一份满意答卷。

为了核强国的建成

——写在我国新一代铀浓缩离心机大型商用示范工程国家竣工验收之际

杨金凤

2018年11月，坐落在秦巴山麓、汉水之滨的中核陕西铀浓缩有限公司迎来了一件大事——新一代铀浓缩离心机大型商用示范工程进行国家竣工验收。其实早在2017年12月29日，我国新一代国产示范工程就因其首批机组成功启动而受到了社会的广泛瞩目。2018年3月，全国“两会”期间，中核陕铀又因新一代示范工程全面建成再一次成为关注焦点。由此可见，该工程对进一步提高我国在国际铀浓缩领域的地位、提升我国核电国际竞争力，进而把我国建设成为核强国的重要性。

在竣工验收会上，竣工验收委员会认为：该项目完成了批复的建设内容，实现了批复的建设目标。

“中国离心从这里起步，必将在这里发展壮大。”这句话不仅是对中核陕铀发展历程的浓缩，更体现了陕铀人的高度自信。中核陕铀到底有着怎样不同寻常的发展历程？中国离心事业又为何必然在这里起步并发展壮大？我们从历程、探究两个维度来回答这一问题。

历程篇：中国离心事业怎样在这里起步并壮大？

可以这样说，中核陕铀的发展史，就是中国离心事业的壮大史。这里诞生了我国第一条离心法铀浓缩生产线，并且在运机型在国内铀浓缩厂中是最全的，经历20多年的发展，积累了丰富的离心厂建设及运营经验。翻开中核陕铀的历史档案，会发现它与我国离心工程的引进吸收再创新的历史基本对应。以离心工程为主轴线，中核陕铀的发展大致可以分为三个阶段。从20世纪60年代四〇五建厂到20世纪90年代一期引进工程落地到四〇五厂之前，是四〇五厂的艰苦创业时期，也是中核陕铀为发展离心工程的长期准备阶段；从引进一期工程到四期工程的建设阶段，是以四〇五厂为代表的中国铀浓缩团队对离心技术和工程的引进和消化阶段；新一代国产化大型商用示范工程，是离心工程真正在中核陕铀创新壮大的阶段。

艰苦创业阶段：为离心准备了20年

1969年10月10日，作为核工业铀浓缩老厂五〇四厂的“翻版”，四〇五厂在西南三线批准建设。本着战略战备原则，四〇五需要建成铀浓缩生产线。当年11月，第一批建设者冒雨进入工区，当时的建厂原则是：先厂房后住宅，先生产后生活。主工艺厂房进山，生活区以分散形式落在三个点。建设者来自五湖四海，500多人中有438人是从五〇四老厂调入的。建设拉开序幕后，各路队伍先后投入战斗——劈山修路、架桥过河、征地移民。先锋队徒步到现场勘察地形，绘制工厂总平面布置图。厂职工分成三部分，一部分参加设计，一部分负责设备材料，剩下的打垒盖房子。一方面，工厂所在地依山傍水、牛羊遍地、飞鸟鸣唱，风景这边独好；另一方面，这里条件艰苦、交通不便、资源匮乏。职工住在农村，没有通信，几乎与世隔绝；喝井水、烧柴火、吃饭没有菜。对于刚刚离开城市生活的一批建设者来说，条件算极为艰苦的。但四〇五人知道这个三线厂的诞生对我国核工业的战略意义，因而意志坚定、心无旁骛。

从一开始建设起，四〇五人就秉承一个念头：早日建成工厂，为我国核燃料事业发展作出应有贡献。四〇五厂的早期建设者和工程兵在当时极其困难的生活、工作条件下，在大爷山脚下安营扎寨，建设三线工厂，其间做出了巨大努力和牺牲。为了进行基础设施建设，有18名工程兵献出了年轻的生命。经过 8 年的艰苦努力，完成了建厂的初步任务。但是 8 年后，国际形势发生变化，基于国家战略调整的需要，工程暂时停建。虽然工程最终没有建成，但正是在这个阶段，四〇五厂生产和生活的基础设施大体建成，一些通用的设备和厂房为后来的工程建设奠定了基础。

扩散法浓缩工程目标没有实现，给四〇五人留下了一个大大的遗憾。四〇五厂开始利用原工程留下的基础建设条件，继续进行铀浓缩技术的研究。试验工程建设阶段的奋进历程，对我国开拓核燃料技术发展的视野，对四〇五厂尽快掌握铀浓缩先进技术、培养队伍起到了很大的促进作用。

应该说，这一阶段为我国后来引进一期离心工程，在四〇五厂建设我国第一座商用离心浓缩铀工厂奠定了基础。因为在引俄工程签订协议前，俄罗斯专门派专家来中国考察，决定该项目在哪里落地。四〇五厂前期对铀浓缩技术研究的丰富积累、优秀的人才队伍、优美的厂区环境都成了俄罗斯专家愿意将工程在四〇五厂落地的因素。

回顾引俄工程落地前的 20 年，四〇五人经历了漫长的等待和艰苦的准备时期，在 20 年的时间里都没有真正建成有产能的工程项目。工厂的干部职工都在热切地盼望着一个真正的产能项目落地。所以当引俄工程有可能落地四〇五厂的消息传来，全厂上下欢欣鼓舞，尤为重视。为了该项目能真正落在四〇五厂，他们为迎接俄罗斯专家，全厂上下全部出动，清洁厂房、擦洗机器设备，做了所有能做的努力。正如中核陕铀现任党委书记、董事长鄢斌所说：四〇五人为引俄离心工程准备了整整 20 年！

引俄工程阶段：展现了强大的消化吸收能力

1993 年，我国与俄罗斯签订协议，决定在四〇五厂建设引进俄罗斯离心机和有关配套设备的一、二期工程，并将其列为国家“八五”和“九五”期间的重点工程。国家对此项目高度重视。当年，对方要求先付款，再供设备，而那时我国经济紧张，国家计委无法为没有列支的项目拿出经费，最后还是动用了总理基金落实了引进合同。

按照中核总“抓紧防变、以内促外、改革创新、确保质量”的方针，以不等不靠和争取提前的思想为指导，全厂职工开始建设“四〇五厂的生命线、职工幸福线”。为了保证工程进度，节约资金，节省人力，许多本应由土建、安装公司完成的工作，四〇五厂都组织自己的人力来干。主工艺厂房是主要引入俄罗斯的技术和设备，但供取料厂房却需要四〇五人自己进行大量有效的技术改造，以满足主工艺安全运行的要求。因此，在主工艺厂房安装主设备的同时，供取料系统技改施工也随之展开。四〇五人充分发扬了能吃苦、能创新的精神，不仅承担了整个工程主机框架的制作、安装，工艺厂房改造施工，主机、工艺、管道及电气、自控系统安装调试等大量自营工程任务，而且使得一期工程在保证质量和不突破概算的前提下，首批机组提前304天一次启动成功，且损机率远远低于设计指标。

引俄一、二期工程主要靠四〇五厂自己的力量建设起来，其工程量之大、投入劳动之多、科技含量之高都是空前的。引俄工程的建成，标志着我国在核燃料循环的关键环节上实现了生产能力的跨越和技术水平的提升，大大提高了我国核燃料的生产能力。

引俄一、二期工程建起来后，四〇五人以确保离心工程主辅工艺系统安全稳定运行为主要目标，开始实施大量的科研创新和技术改造。他们不断消化吸收俄罗斯的引进技术，深入开展攻关科研，加快科研成果应用，获得多项国家科技进步奖、中核集团科技创新先进单位等荣誉。在消化吸收的过程中，四〇五人真正形成了自己的离心工程建设能力。

中核陕铀原党委副书记、总经理梁光扶，是四〇五厂自己培养出来的工程技术专家。20世纪90年代初他大学毕业就来到企业，完整地经历了四〇五引俄离心工程的全过程。梁光扶说："引俄工程对四〇五厂是一个非常重要的机遇，这是生与死的机遇"。

引俄一期工程期间，一开始的机组调试以俄方为主，后来中方全面掌握启动调试技术后，变成中方操作，俄方监督。到1997年2月，一期工程机组全部启动，损机率满足标准，俄罗斯人还有点难以置信，他们都有点不敢相信中方能在这么短的时间把这件事干好。这也从一定程度上证明了四〇五厂对俄方工程吸收消化的成果。

为了形成规模产能，四〇五厂又开始努力促进引俄工程四期项目落地。陕铀人坚持不懈、积极奔走，从促使双方能够坐到谈判桌开始商谈，到框架协议的签订以及政府间补充议定书的签署，再到激烈的商务谈判，每个过程都有陕铀人努力的身影。2007年11月，四〇五厂正式更名为中核陕西铀浓缩有限公司。2008年，引俄四期工程在陕铀人翘首企盼中落地。引俄三个项目在中核陕铀落地建设，使得中核陕铀离心工程有了一定的规模效应，中核陕铀进入跨越发展时期。

现阶段：再创新结出的硕果

2012年，中核陕铀启动新一代国产大型商用示范工程前期工作。在核工业理化院、中核天津机械公司、中核新能等多家参建单位的大力支持与共同努力下，历时多年，克服重重困难，完成了工程的安装、系统调试、机组启动等一系列工作，并在专用设备和仪表、工艺设计等领域实现大量创新。这些创新，当走进中核陕铀，对比引俄一期工程和新一代示范工程的主工艺厂房和供取料厂房，就能非常明显地感觉到科技进步在这里留下的时代印记。新厂房不仅更加干净整洁，而且设备通过创新改进，体积变小，数量也明显减少；主控室的智能化水平也更高，因为智能化水平的飞速提高，新厂房里基本见不到人影，因为设备故障在主控室的屏幕上都会明晰显示，人工抄表和挨个检修机器的情形都成为历史。

新一代示范工程相比于我国首次离心商用工程，主要的意义在于中国实现了自己离心设备的升级，具备了大型商用条件，达到了国际先进水平。放眼全球，目前除了俄罗斯和Urenco，中国的离心技术已经步入世界领先行列。至此，经过对引俄项目的消化吸收，中国的离心工程实现了真正意义的再创新。

梁光扶说，中核陕铀人坚持搞工程一定不能复制。每干一个工程我们都坚持要有所创新。从引俄一期工程开始我们就在做实验，为下一步要用到的设备进行考核试验。引俄工程从一、二期到四期，空调、供取料的水循环系统等都发生了变化。我们的技术人员通过交流，了解到最新的欧洲的水平和工艺，就树立了达到欧洲水平的目标。通过10年时间的改造，我们现在的若干工艺技术水准已经完全能够与世界先进水平比肩了。

探究篇　中国离心事业为何能在这里起步和壮大？

探究中国离心事业为何能在四〇五厂起步和发展壮大，其实只要你穿越二三十年的时光，走进陕西省这个小山沟，走进四〇五这个老厂，走进这个近1 800名员工坚守的地方，你就能对这个问题的答案有一种深切的直观感受。而如果一定要将这些原因加以梳理，那么，多年来一直被四〇五人普遍公认的三种精神——艰苦奋斗的拼搏精神、科学严细的求实精神、不计名利的奉献精神，也许能成为揭开谜底的答案。

用艰苦奋斗的拼搏精神，珍惜改革开放的契机

四〇五厂老厂长周渭泉曾多次跟厂里的职工讲，四〇五厂是改革开放政策的直接受益者。没有改革开放，没有“引进来”的指导思想，我国不会与俄罗斯签订引进离心机的工程合同，也就没有四〇五厂和我国铀浓缩技术的飞速发展。

四〇五人也是在引进的过程中，意识到技术引进必须与消化吸收和发展创新相结合。消化吸收和发展创新理应是技术引进的重要组成部分，也是缩短我国同世界先进水平差距的关键。因此，在引进的同时，四〇五厂大力开展科研攻关，大力鼓励职工开展研究，消化吸收和开发创新国外技术。引俄工程时期，四〇五人就以提高级联效率的研究、供取料系统新工艺的研究和

应用、三大计算机系统国产化为标志，实现了新技术过渡。

有了改革开放的契机，怎么抓住这个契机，更考验着四〇五人的智慧和付出。在改革开放带来国外先进技术的同时，也带来了相应的风险。因为有20世纪60年代前苏联撕毁协议、撤走专家的血的教训，同时也为了防止引进工程存在变数，当时的中核总提出了“抓紧防变”的方针，而四〇五人也一直在奋力拼搏，想“争取提前建成引俄工程”。

1994年，引俄的机器大规模到达之后，能否一次启动成功？中方不是很放心。于是，中俄双方又签署了一份试验台架协议，相当于抽样检验机器的性能。台架试验的作用就是要验证真正交付的机器和提供的技术文件的一致性。这也能看出中核总和四〇五厂的老领导和老专家思考问题的科学性，合同签订的缜密性。建设台架是引俄工程建设的首战，当时正好赶上60年不遇的高温和干旱，既想抢工期又要保证工程效果，四〇五人付出了非同寻常的努力。技术人员为核对参数和数据，经常一干就是一个通宵；承担设备运输的职工，冒着高温，在简陋的列车车厢内，啃方便面，把一批批设备安全迅速地运回厂区……全厂总动员，奋战140个昼夜，终于拿下台架建设任务。

首战告捷，双方又商定将原预定的1 000天完成一期工程缩短到700天。面对看似不可能完成的任务，俄方还预备了一支精干的安装队伍，随时准备奔赴中方的施工现场。为了证明中国人不比外国人差，四〇五人又开始了苦干，其中土建施工尤为艰苦。因为主工艺厂房要在原厂房基础上改建，原厂房抗八级地震、厚度达1米多的钢筋混凝土基础要拆除。为此，四〇五厂专门组建了青年突击队，大家钻孔的钻孔，掌钎的掌钎，抡锤的抡锤；他们的手磨破了，虎口震裂了；当时拆除的混凝土如果用装载量5吨的卡车来拉，这些卡车也足以排出一条18公里长的车队。敷设电缆时，全厂职工齐上阵，排成长龙队伍，肩上扛着电缆，一齐喊着号子，向电缆沟里排放电缆。那个场景和那种干劲感染了在场的很多人。陕西省国防科工办的同志当年见证了四〇五厂敷设电缆的场景，至今记忆深刻。他对鄢斌提到：你所带领的队伍，是一支足以让你骄傲的队伍。

用科学严细的求实精神，追求创新

2017年才从中核兰铀调到中核陕铀担任总工程师的陈聚才，谈起中核陕铀人的科研创新，用了四个字来概括——科学精神。这四个字是肯定，更是赞誉。

让陈聚才印象深刻的，不仅是陕铀人每年花2 000万元投入到科研创新上，这个数字在国内同行中属于高水平，这些科研经费都得到了合理使用，如果有预先确定的科研项目需要追加经费，只要公司的创新专家组讨论通过，经费很容易就会获得追加，而这在很多公司是至今难以实现；而且，中核陕铀的科研机制灵活，即便之前制定了科研计划，但在研发过程中他们会根据市场和技术发展状况，及时调整工艺路线和设备改进方向；在中核陕铀，允许科研失败，失败之后，科研人员不需要承担任何责任。

“如果说中核陕铀的工程进展分成了三个发展阶段，那么每个阶段他们的科研创新成果都非常突出。而由此传承下来的科研氛围，在中核陕铀得到了很好的保护。这也正是中核陕铀招收的大学毕业生流失比例极低的主要原因。”陈聚才说。

中核陕铀的科研创新实力和能力，在铀浓缩领域名声在外。而其为何能够频频在科研创新方面取得成功，陕铀人总结了两点：一是他们的创新是以解决问题为主要出发点；二是他们的科研特别讲究务实，务实的意思就是，能改造的绝不换新的。

这种务实精神，根源于四〇五厂在建厂后的 20 多年都在过苦日子，即便是引俄工程时期，他们的投资费用也是异常紧张。为了降本增效，把投资成果最大化，他们就下定决心要不断进行科研创新降成本。通过对很多老设备不断进行技术改造和创新，使其满足了工程需要。有条件限制才能产生更具潜力的科研成果，这一点在中核陕铀得到了最明确的体现。引俄一期工程的供取料厂房是中核陕铀用务实态度搞科研创新的缩影。在这个厂房里，能看到最原始的设备和工艺，也能看到改造过的拥有发明专利的设备，当然也有最新最先进的设备。这里记录了引俄工程最初的技术改造痕迹，也展示了中核陕铀人不断进行更新改造的成果。

在中核陕铀“土生土长起来”的副总经理龙同光告诉记者：“中核陕铀的科研创新都是以解决工程的实际问题为出发点，而且陕铀人也在此过程中尝到了甜头：如果设备改造得更先进，节省的能耗远大于科研项目的投入经费——这笔账有多划算，应该不止陕铀人能算明白。”

而且在中核陕铀，所有科研立项和科技论文都要求围绕生产经营来实现。梁光扶说，这样搞科研有个好处，科研成果可以直接应用于生产，很快反哺企业发展；缺点在于太局限于企业发展，会丧失登高望远的眼界。但事实上，中核陕铀虽然身处山沟，但在科研创新上却从不保守——他们积极鼓励符合条件的员工攻读清华大学核工程与核技术专业第二学位和工程硕士；他们把最年轻最有创新潜力的年轻人定期派往 IAEA 交流学习铀浓缩工程的最新技术。

为了鼓励科研创新，中核陕铀的人才培养工作也是做到了极致。科研人才培养方面，除了每年都尽量多招大学毕业生，让人才的科研含金量更高，梁光扶等管理层还密切关注新入职大学生们的科研成果产出率，如果是岗位限制了他们的创新，专家组会第一时间介入，调整他们的岗位。而梁光扶也一再鼓励新入职的大学生到一线去找科研创新点，“真正的科研产生于一线。我当年虽然在主工艺厂房负责调试运行工作，在车间里去拉液氮也是我的主要工作，点点滴滴的工作都含着大学问。”在技能人才培养方面，“金晓东大师工作室”“温伟大师工作室”以及马上将挂牌的“唐建劳模工作室”，都是中核陕铀培养技能人才的成果和新的摇篮。其中温伟的成长尤其具有代表性。作为曾经的一名普通钳工，在中核陕铀自学、科研浓厚氛围的感染下，当年只是电脑用得比别人好一点点的温伟，决定系统地自学编程。如今，中核陕铀最新的设备主控室里，用的正是温伟独立设计的某设备检测系统软件，除了简单易学可靠性高，该软件还有漂亮亲切的界面，获得了很多运行人员的好评。当你看到这一切，怎能相信这个厉害的软件就出自一名钳工之手？而在中核陕铀，这样的能人和能人身上的奇迹，层出不穷。

不计名利的奉献精神，让陕铀人高度自信

在中核陕铀采访，常常能感受到浓浓的正能量。

从四〇五建厂时期如是，到社会飞速发展的今天，亦如是。

引俄一期工程建设进入尾声时，四〇五厂二车间的职工明明知道干完最后一批安装任务，很多人或许将被分流到其他工作岗位，他们戏称自己是任务完成得越快，“下岗”越快。但他们本着对工程安装极端负责的态度，坚持直到安装完最后一根管道，拧紧设备的最后一颗螺钉。后来，二车间的 70 多名职工在工程安装任务完成后被分流到其他岗位。他们没有因为自己曾为工程建设立下汗马功劳而请求特殊待遇，毅然服从组织分配，满腔热血投入到新的工作中。

这些正能量不仅来自于公司的高层和中层管理者，而且来自公司的普通一线员工。

梁光扶在中核集团也算小有名气。他当年在四〇五厂还是一位中层技术骨干时，就作为大学生支援西部的典型，被邀请到人民大会堂演讲。风光的背后，是梁光扶为了引俄工程放弃了清华大学为他保留的研究生攻读机会；当年当他还在大爷山下的小山沟里拿着很低的工资时，他在深圳的同学月工资已经达到了 2 000 元；他年迈的父亲在供他读书多年后为了营生，不得不去家乡附近的水泥厂背水泥；为了在四〇五厂深度参与引俄工程，梁光扶 8 年没有回家，当他带着已经结婚 6 年的妻子第一次回到家乡时，面对老父亲，他的愧疚无以言表……但是，在这么多的付出之后，当记者问他是否曾羡慕别的同学在大都市里功成名就时，他却说：能够把一生最好的时光献给祖国的铀浓缩工程，值了！

中层管理者——中核陕铀党委宣传部副主任冯涛，是一个在一线岗位工作了 13 年的技术骨干，他于 2017 年被调到党委部门工作。当带着记者在偌大的主工艺厂房参观时，面对庞杂的系统和设备，他如数家珍而又热情洋溢，好似那些设备都是他最亲切的兄弟。冯涛的声音中，满是陕铀人的自豪。干了 13 年技术岗位再来做宣传，一线岗位的历练已然成为他做好现在工作的“法宝”。但他的工作可不仅仅是宣传，每次安排好记者和被采访人的会面后就匆匆离去，在深夜还在采访群里帮忙联系第二天的采访，在周末仍热心于公司青年论文发布会的主要组织工作……面对忙得像个陀螺却一直激情满满的冯涛，我们甚至有点不忍心打扰他。记者问冯涛：是一种什么力量在激励着你？他说：我打心底里热爱陕铀这个企业，热爱这份事业。唯有不断地去拼，才能不辜负组织的培养，不辜负职工群众的信任。

一线员工——机电检修车间的曹玮，当新一代大型商用示范工程进入最艰苦的安装阶段时，被当作主力队员安排在八个人的“编辫子”（从母管上下左右分出 6 个口，每个口用大约半截铅笔长的 4 颗螺栓连接）小组。由于是从事新的工种，一开始合作时，他的进度和师傅差了大约 1/3，第二天则差了一半。曹玮看在眼里，急在心里，他开始抽午休和晚上下班的时间苦练技艺。一个月下来，进度赶上来了，他却整整瘦了一圈。当他抱怨几个月前新买的指纹开锁手机无法解锁时，妻子才心疼地发现：不是手机坏了，而是他的食指指纹因为拧螺栓磨平了。“为什么不戴手套？”“螺母太小，戴手套拿不稳……”这朴实的回答，是陕铀一线员工忘我奉献最细微的例证。

当走在中核陕铀的办公楼里，踩着那老式却又厚实的石砖地面；当走进中核陕铀领导班子的办公室，看着那些读小学时在学校办公室司空见惯的老式桌椅……你也许就能读懂陕铀人的务实和奉献。从最代表高科技和现代化管理水平的核电企业调到中核陕铀这个老企业工作，一开始鄢斌也无法理解陕铀人的这种“节约”。“但是，当你了解了陕铀的发展历程，知道他们起步之初的艰辛，知道他们现在在科研创新上的投入和拼命，你就会理解这些老办公楼和老式桌椅里渗透的，不仅是一个企业的企业文化，更是陕铀人不为太多外在所累的高度自信。”

“叮铃……”中核陕铀办公楼独具特色的急促而响亮的下班铃响起，在结束了采访的这一刻，记者突然有一种“这里不是企业，这里更像一个大学”的错觉——这里有着厚实的历史底蕴，亦有着最具科研和事业理想的员工，而这些正是中国离心事业能从这里起步并不断壮大的基因。

“能把一生最好的时光献给四〇五，值了”

杨金凤　葛维维

坐在记者面前的中核陕西铀浓缩有限公司党委副书记、总经理梁光扶，朴实内敛，笑容中是不易察觉的自信。相比于16年前作为中核陕铀（四〇五厂）副总工程师，在人民大会堂作为大学生扎根西部的典型代表发言时的风光，如今已是公司主要领导的梁光扶，反而更为平实。

梁光扶

梁光扶，出生于广西壮族自治区巴马瑶族自治县一个贫困的壮族农民家庭。1985年高考，他以全县第一名和全区第二名的成绩考入清华大学，专业是当时的“220专业”，即如今的核燃料循环与材料专业。1990年大学本科毕业后，他保留研究生入学资格，到了陕西汉中的四〇五厂工作。在四〇五厂，他一干就是28年，期间，他参与了中核陕铀引俄工程及国产化工程建设的全过程，在这些工程的科研创新、技术改造、项目管理等方面做了重要贡献。对梁光扶个人的采访，既是对一个痴心我国核燃料自主化工程的核科研工作者的成长追溯，更是一次对四〇五厂近30年为核燃料工程不断创新发展的脉络索引。

“在四〇五，我实现了事业与理想的高度融合”

记者（以下简称“记”）：您在四〇五厂干了28年，完整见证和经历了四〇五从引俄工程到我国完全自主研发的新一代铀浓缩离心机大型商用示范工程建成投产的发展周期。请您从个人角度回顾一下四〇五厂浓缩事业发展历程中的重要阶段。

梁光扶（以下简称“梁”）：工作是大家干的。我只是有幸全面参与这一过程。可以说，在四〇五，我实现了事业与理想的高度融合。

引俄工程一期的时候，我还在车间。引俄工程对中国铀浓缩事业从扩散转向离心，意义重大。我们国家在离心技术的攻关经历了很多年，引俄工程落地，为铀浓缩技术从扩散法向离心法升级起到至关重要的作用。这是党中央、国务院的重大决定，当时动用的是总理预备金。四〇五厂原来是在从事基础建设及浓缩技术研究，要顺利向商用阶段转化，当时靠自己比较困难。引俄工程对四〇五是一个机遇，是生和死的机遇，没有这个机遇，四〇五的发展就会举步维艰。

引俄工程能够落在四〇五厂，是因为四〇五厂有一些浓缩技术的研究和工程运行管理基础。当时国内主流的铀浓缩技术为扩散法分离，从 1993 年开始，我们正式启动了引俄一期工程建设的前期工作。当时四〇五厂利用已有厂房的基础设施进行改造，主厂房的钢筋混凝土有 1 米多厚，要把它重新砸掉，重新建框架，这是非常难的。基建车间的同志，刚开始利用钢钎、铁锤砸，后来利用微爆破的方式，才将这些混凝土砸开的。当时，为了节省资金投入和人力，工程绝大部分都是四〇五人自己干的。这一年多的过程，很是辛苦。

1993 年到 1995 年，俄方的机器设备陆续到货。1994 年机器来了之后，为慎重起见，中俄双方又签署了实验台架的协议。1994 年开始突击实验台架的建设，相当于抽样检验机器的性能。当时中核总公司和四〇五厂的领导专家，思考问题还是很科学的，合同也写得很缜密，为建成高质量工程奠定了坚实基础。

1994 年，我担任台架实验室的值班主任。期间，我前往俄罗斯学习引俄工程离心机的技术图纸、文件以及操作规程和工艺。这是一个全新的开始。

记：在俄罗斯 1 个月的学习经历对你有什么影响？

梁：在清华大学读书期间，我也曾接触过基本的离心技术。但是真正具体到设备研制，我们国家当年迫切需要解决材料工艺的问题，甚至到 20 世纪 80 年代，解决这个问题还是比较困难的。我在学校都没有见到过真正的离心机。

在俄罗斯接触到他们的离心设备后，颠覆了我对离心机的理论认知。在俄罗斯我们学习了离心机的运行规程和运行参数以及如何操作设备、遇到事故如何处理等。我的心思全都放在如何把学到的东西用在国内的工程建设上。从科研角度来讲，我当时还是很兴奋的。到俄罗斯学习让我大开眼界。俄罗斯的相关设备，其技术性能指标，让我惊叹苏联的机械工业水平。

记：试验台架积累的经验对后续引俄一期工程的开展有什么意义？

梁：从我个人成长来说，试验台架是打基础长见识的过程。引俄工程的专用设备属亚临界离心分离设备，有着很高的可靠性，各种规程技术文件比较完善。试验台架上培养了运行操作人员、值班主任和技术、技能人员，这些人才在之后的工程调试中都发挥了重要作用。实验成功之后，1995 年，工厂转入引俄工程生产线的建设，1996 年转入设备安装阶段。一期工程建设过程中，因为工期非常紧张，为了确保引进技术成功和节省投资，四〇五厂提前 300 多天将工程建成投产。

记：引俄工程上，中方学到了什么？都做了哪些改进？

梁：引俄工程前面的机组是俄方为主做调试，中方学习；后来中方全面掌握调试技术，变成中方操作，俄方监督。从 1996 年 10 月，第一批机组启动，到 1997 年 2 月，机组全部启动完成，损机率满足设计标准。俄方开始都不相信，中方能在如此短的时间将这么大的工程干好。当时四〇五厂的年轻人很多，学习能力都很强。四〇五厂也因该工程锻炼了一大批技术管理人员。五〇四厂也来了不少技术人员，都是通过工程想学习技术和经验，所以说这个工程也为五〇四厂后来的离心工程建设培养了人才。

在工程改进方面，主工艺大厅，主要是学习俄方的技术，再消化。2002 年，中方对引俄一期工程主工艺厂房的级联进行了改进，改进了流程、结构、连接方式，将级联的效率提高了 1%。这需要做大量的计算，技术改进成功对厂里来说意义也很大。供取料方面，从启动运行开始，厂里一直在坚持改进工艺。因为我们知道供取料方面和欧洲还有差距，在对标的过程中，一些新的技术又运用到改进中，直到 2012 年，今天这种自动化的供取料方式才定型。

追溯四〇五人的科研创新基因

记：引俄工程时期，四〇五人就开始有部分科研创新的成果。这些成果是如何产生的？

梁：俄方专家虽然工作严谨，但有些方面比较刻板，而四〇五人勇于在干的过程中有所创新。俄方要求必须按照技术文件来，特别是在引进的主厂房工艺部分，基本上必须完全按照俄方的设计来。当时主工艺大厅是按照俄方要求改建，辅助厂房是中方负责。空调和供取料厂房的设备安装，中方设计人员进行了很多尝试，克服了诸多困难。

从一开始辅助厂房的设计就可以看出，四〇五人从来不是停留在现有的水平上的，而是不断在进步、在创新。有些创新是在安装调试中发现了问题，通过解决问题实现的；有些创新是通过到世界先进国家参观，产生灵感，回来再对我们的系统进行改造实现的。最开始四〇五厂根本没有技术积累，就是本着解决问题、把系统做得更好的原则，来进行一些改造和升级，但正是靠着这种勇于发现问题，持续解决问题的实干精神完成了四〇五技术创新能力的原始积累。

记：四〇五人科技创新的基因是怎么形成的？

梁：应该说是一代代传承下来的。从建造引俄一、二期工程的时候就有了，之后又提出了“以科研带动项目，以项目带动发展”的思路。一直以来，四〇五人始终本着做一次科研，就要把这个项目做得更加安全、经济的原则在做事。

对厂里来说，科研就是技术改造或者研制；同时，我们也通过科研，培养技术人员。如果只是运行操作，对科研人员来说是没有挑战性的，但是做科研课题，可以激发大家的创造性。从引俄工程到国产示范工程，我们的系统设计越来越优化。

四〇五厂科研搞得好，有其原因：在促进公司创新发展的同时，能很好地体现个人价值。同时，物质奖励和职称评定的激励也极大程度地调动了大家做科研的主观能动性和积极性。通过激励机制和创新文化的培育，在四〇五厂，大家聚焦运行系统及生产线做科研、撰写技术论文的良好氛围已形成。

记：四〇五厂的科研氛围浓厚体现在哪些方面？

梁：第一是在科研投入方面，四〇五厂投入力度比较大。最多的时候达到每年超过 2 000 多万元，科研的立项数量和资金总量都比较大。

其二是四〇五厂大学生比例比较高，企业愿意花比较大的代价去招大学生，这些大学生也成为公司科研创新的主力；同时，四〇五大学生流失的比例相对来说是比较少的。无论是老同志还是年轻同志，他们的归属感都比较强。

其三是大多数科研人员都想去做一些创新，科研氛围差的岗位，他们不愿干，大多数大学生来了还是想通过干一些科研项目来提升个人价值，他们也不愿意默默无闻。公司领导也会通过座谈会和摸排来了解情况，调研大学生立项和出成果的情况。

记：目前，公司所有的工程项目基本都结束了，会不会有一种时代终结的感觉？您是生逢其时，机遇垂青，在这里也能迎接自己挑战。如果这些工程都结束了，年轻人成长的空间是不是会小一些。技术改进的挖掘空间是不是也会越来越小？

梁：虽然工程完结了，但我们在做科研的时候，基本上是让年轻的人去做。会有技术改进空间越来越小这样一个过程，因为系统越来越完善之后，能够改进的地方也许还有空间，但空间会越来越小。但同时，社会整体的技术水平越来越进步，向着智能化、设备可靠性高、节能环保的方向发展。我们的系统和设备也要向着更安全、更高效方向发展，向着智慧陕铀的目标持续迈进。

记：四〇五所在的地理环境对厂里的科研创新有影响吗？毕竟这里还是比较偏僻的。

梁：在四〇五厂，搞一个工程一定不是重复的，从一个工程到另一个工程一定要有所创新。所以从引俄一、二期工程开始，我们就开始积极探索实践，为下一步要用的设备进行考核试验。四〇五虽然地理位置相对封闭，但是我们的要求是，思想上、技术上绝对不能自我封闭。公司积极安排干部职工“走出去”交流参观学习，紧密追踪对标国际先进水平。大家不是故步自封，而是不断地学习探索，从而取得进步。对于相关行业的新技术、新方法，大家都马上就想：我们的系统能不能用得上，将来怎么用？大家都树立了高度的求变、求新的意识，并逐渐形成一种思维习惯。

“我与离心工程的缘分，可以说生逢其时”

记：从您个人来说，在四〇五能不能发挥个人价值？

梁：四〇五厂注重科技创新，相对于庞大的系统来说，整个工厂的流程优化做得多一些。我喜欢干有挑战有创新的工作，不喜欢平平淡淡的工作，爱动脑筋，勇于思考与创新。四〇五厂就有这种创新的氛围，大家也都按照这种科研思维在工作。

记：从清华大学毕业，来到四〇五厂所在的小山沟里，为什么会坚持留下来？

梁：当时我有同学在深圳工作，月工资已经能拿两三千元了，而在四〇五厂也就一百多元钱。当年一起来的同学当中，先后也有离职的。可是我当时心里想的就是要干出一番事业来。我从学校毕业的时候，是保留研究生学籍的，后来看到有引俄工程这么好的锻炼和学习机会，我放弃了读研。从个人来讲，我当时能感受到这项工程的重要性，能够认识到这份事业的价值。对于我的职业成长路线，我当时也有明确的认识——大学毕业生在实践中有很多要学习的，和专家一起工作的时候，能够学到很多，需要在实践中去领悟。特别是俄方专家对工作的严谨态度和对技术的严格要求，是非常刚性的，有很多值得我们学习的地方。

记：28 年的时光都献给了山沟里的四〇五厂，您认为值得吗？

梁：值得！28 年我就干了一件事情，这件事情对行业有多少影响我没有想过。我想的是：我的科研想法实现了多少，为企业产生了多大效益，发挥了哪些作用。对我来说，这才是人生最有价值的部分。在这方面，我感到很满足，感到自己这辈子没有枉费。而且我认为我国的铀浓缩行业有一个非常大的科研团队，这个团队有创新思想，非常团结，大家在一块交流，能畅所欲言，达成共识，并且努力去做。这个团队不仅局限在四〇五厂。近年来我国的铀浓缩技术创新能做得这么好，从产业瓶颈做到了初具规模，核燃料供应已能完全满足核电发展需求，这充分说明这个团队还是很有水平的。

我在四〇五干了28年，无怨无悔。我大学的班主任老师每次提到我，都对我的工作成绩很满意。我认为自己从事的这个行业和我所学的专业对口，而且能遇到引俄工程和国家新一代铀浓缩离心机大型商用示范工程，我算是生逢其时了，有的人可能一辈子都遇不到这样的工程。

记：您在厂里是不是年轻人的榜样？

梁：年轻人喜欢问我问题，让我分享一些经验，但是我没有什么大道理，我的理论就是科研人员也要从基层一点点干起来，但是要善于总结思考。只有在一线、在基层，科研才能找到灵感和思路。

现在进行示范工程调试，我们都是优先让没有工程经验的年轻人上，干过的师傅们负责监督指导和把关。一个工程干下来，新来的年轻人都被锻炼出来了。四〇五厂的目标很明确：建一个工程，就要培养一批人才！

科技创新：深山里的科研“富矿”

葛维维

身处秦岭山脚下一个古朴山村的中核陕西铀浓缩有限公司，却是个名副其实的高科技现代化企业。几乎无人值守的厂房里，成千上万台离心机整齐地做着永不停歇的转动，核燃料生产的“关键一环”便在这里。

离心分离原理简单，但如何让离心机几十年如一日维持每分钟数万次的转速，并让整条生产线朝着更加安全、经济、节能、智能化的方向发展，却极其复杂。这也是迄今为止，世界上只有少数几个国家掌握离心技术的原因。

从20世纪的“卡脖子”问题到如今我国离心技术达到国际先进水平，创新、创新、再创新，中核陕铀人将科技创新融到了骨子里，驱动自己不断向前。获得国防发明21项、实用新型专利11项，国防科技进步奖一等奖2项、二等奖21项、三等奖11项，获得省部级以上科技奖40项……多年的坚守，陕铀人将这座深山里的工厂打造成了一座科研“富矿”，支撑着我国离心技术不断走向壮大。

起步 “与生俱来”的科研基因

离心技术是核燃料生产的关键技术，发展离心技术对进一步提高我国在国际铀浓缩领域的地位、提升我国核电国际竞争力，进而把我国建设成为核强国有着重大意义。1993年，中国首个从俄罗斯引进的离心工程落地四〇五厂。任重道远，肩负着中国离心起步任务的四〇五人，从一开始瞄准的就是彻底掌握这一技术，因而科研基因一直根植在项目的始终。

中核陕铀总经理梁光扶回忆：“引俄工程之初，为了验证俄方设备的可靠性，确保工程顺利进行，当时提出了先开展台架试验。在试验过程中，四〇五人一门心思扑在上面，进行了大量科研，为后期工程安装、调试、运行积累经验。”隔着这么多年时光，当初科研人员分秒必争的场景似乎又在梁光扶的叙述中浮现。

除了学习先进的技术，更重要的是思考与创新。当时俄方负责主工艺设计，四〇五厂负责供取料厂房，俄方专家希望中方在设计中加入一个扩散净化级联，以满足供取料的要求。四〇五厂科研人员经过计算，认为这样的设计是不必要的。还是学生的四〇五人向老师叫起了板。但结果出乎意料。“扩散法中国搞了很多年，机器的性能我们都有所了解，离心法比扩散法要高级，没有理由再去使用扩散法的设备，我们选择采用更高级的技术。”一向以严谨刻板而著称的俄方专家，在听取了中方科研人员的论述和设计之后，最终采纳了中方的建议，并由衷地竖起了大拇指！

也就是在这样不断地学习、思考和明辨中，尽管初次接触离心工程，四〇五人不仅顺利完成了任务，工程比预定工期还提前了整整304天。四〇五人用工程实际成效赢得了俄方专家认可。更重要的是，在这个过程中，属于四〇五人的科研基因扎下了根。正如梁光扶所说的：“四〇五人从来不是停留在现有的水平上的，而是要进步、要创新、要提升。”首次引进离心技术的重任，让他们牢记离心工程需要攻克的难点与重点，并在今后不断进步、创新。

发展　国产化示范工程的使命

勇攀高峰不止步，无限风光在险峰。引俄工程创造的佳绩很难彻底让四〇五人满足，他们深知，引进，为的是消化吸收再创新，只有完成国产化离心工程的建设，才能真正将中国离心事业发展起来。为此，在引俄工程完工后，在工厂运行期间，他们从来没有停止过科技创新的步伐。公司总经理助理吕永红告诉记者："2004 年，公司提出了'以科研带动项目，以项目带动发展'的理念，与此同时，十几年间，公司每年都坚持拿出近 2 000 万元的经费用于科研。"

随着 2018 年 3 月份新一代国产离心机示范工程完工，几十项大的工程创新进入公众视野：建成国内首个阶梯形级联和多层装架级联，具有良好的工程技术水平及经济性；研制出级联专用电动调节阀并在生产线应用，完全替代了机械式调节器；研制出供取料系统专用加热箱、保温箱、系列冷冻装置及电动物料运输车等配套装置……

尽管每一项科技创新的文字描述都不长，但是要知道，"任何改进都不能是在工程上首次应用，必须经过反复考核试验才能使用"这是大型工程必须遵循的。在示范工程中取得的这几十项突破，完全来自于陕铀人为了示范工程年复一年的科研积淀。严谨、细致、坚韧、执着……太多的词可以形容他们的工作，或许可以凭采访中的三个故事，去探寻一点他们创新的足迹。

刀尖上的试验——成功研制电动调节阀

在公司车间里，一个不处于使用状态的墨绿色的大柱体格外醒目，柱体周围还连着错综复杂的管道。这便是系统原先使用的调节阀，这个调节阀原先得依靠进口，不仅费用昂贵，而且使用时还需要配套压空系统、零位系统，交互能力差。2004 年，公司启动了电动阀的研究工作。"电动调节阀是对过程的控制，而过程的控制是很模糊的，很难用具体的 1 和 0 去区分，需要不断适应系统。"负责人翟微深有感触。尽管一开始连基础的理论都很难摸索，科研团队还是细分了阶段。初始阶段他们搭建了模拟平台，尽可能模拟真实环境，测出数据。在经历了最初的摸索之后，2009 年，团队成功研制出样机。"这只是开始。"翟微回忆。为了验证样品的可靠性，需要在系统中开展试验，但是试验时，不能影响正常生产，更不能影响系统安全。"就像是刀尖上的试验，每一步都要慎重。"为了获得准确的数据，团队成员在狭小的空间里一待就是一整天，一步一步调节、测量、记录……尽管承受巨大压力，翟微表示："成和败都要把结果做出来，每次都有成果，就是进步。然后围绕问题深入下去。”如今，一个跳动着红色数码的电动调节阀已经完全替代了原先庞大的系统，小小的设备，提高了精度，提升了自动化水平，除节约设备成本外，还对优化系统运行产生了深远影响。

“像爱迪生发明电灯一样”——研发专用仪表护航安全

在离心机运行过程中，仪表对保障整个系统的安全发挥着极其重要的作用。但在国内同类工程中，这些仪表往往依靠进口。“要实现国产化自主工程，这种关键技术必须自己掌握。从引俄工程开始，公司就决心攻关仪器仪表。”负责人刘通告诉记者。专用仪表的研发，材料是关键。“就像爱迪生试验灯泡一样，去尝试。把适合做的材料研制出来，然后再把材料装备到仪表里，反复试验。”要知道，每一种材料对应的就是一轮研发周期，失败了就需要重新再来。刘通笑着告诉记者：“团队里的成员都是从运行过来的，深知仪表的重要性。”功夫不负有心人，在不断尝试、研发之后，如今公司自主研制的仪表已经升级到了第二代，除此之外，他们还研制出了仪表用的性能测试装置。谈及这些成果，刘通很兴奋：“现在仪表的信号就在控制室里面，还具有自动保护系统，有了仪表的护航，整个工艺系统更加安全可靠了。”

“逼着自己干出来”——一站式变频电源国际领先

电源稳定可靠是离心工厂稳定运行的关键因素。而陕铀人在引进消化吸收的基础上，实现了电源领域的极大创新，首次研发应用一站式变频电源。“以前我们使用的电源是自动化的，需要人工切换，而一站式变频电源是智能化的，它能够自动判断电源供电情况，根据判断，进行电源的供电和切电。”主工艺运行车间苏智欣解释道。离心工程使用的电源为中频电源，而要实现上述的智能化功能，做到实时控制，实则困难重重。“人的心律不齐会出现问题，机器也是一样，在这项技术里需要确保各部分处于同一频率，因为出现杂波之后，机器会震动甚至损坏。”一方面是技术的难题，另一方面，又是一条无可借鉴的道路，“中频电源供电属于特种电源，在这个领域做一些研究改进基本没有可以借鉴的经验。”苏智欣回忆：“当时也是顶着极大的压力，国产化示范工程工期是固定的，交给我们的时间不多，但是我们把方案给领导看了之后，他们做出判断，还是选择了相信我们。”随之而来的，是夜以继日的加班，早上七点半进现场，晚上十一二点离开，成为团队成员的常态。年轻的苏智欣只是笑着告诉记者：“有时候要逼着自己干。这是一份事业，也是给自己的挑战。我的要求就是，每一步都走扎实，严谨细致，精益求精。”伴随着机组的启动，一站式变频电源的成功也有目共睹。

壮大"完美主义者"的"理想国"

在中核陕铀采访，有一个很深的感触：这里的科研工作者永远都不会满足，他们就像一群"完美主义者"，面对眼前的一点点不完美，总是想着去解决、去克服。他们总是一脸幸福地调侃："在山沟沟里，只能搞科研。"硅谷是全世界公认的高科技工作者的天堂，而这个深山，仿佛就是这群离心事业"完美主义者"的"理想国"。

事实上，一个企业要在市场竞争中立于不败之地，获得持续、长久的发展，就必然要让企业壮大，朝着更高经济性、安全性、可靠性的方向发展。推动企业发展壮大、在竞争中立于不败之地的，正是科技创新创造的驱动力。因而，也正是这些"完美主义者"的不断求索，推动企业朝着"理想"发展，朝着更高的现代化迈进。

可以看到，在工艺大厅里，原先推着液氮罐负责巡检的人已经全部撤出，整个大厅几乎看不到一个人。在供取料厂房，原来高空吊装的物料，已经通过自动化运输物料车，在厂房地面上顺利流转、运输、装卸，与之相呼应的，是自动化的物料采集系统，所有的过程都在一个黑色的箱体里自主完成，无需值守和操作。在主控室里，主机健康度检测系统能够对整个大厅所有的机器进行实时监控，3 秒钟内就能采集现场机器的信息，并传回主控室……原先离心工艺的五大连续系统，水、电、蒸汽、压空、液氮，经过这些年的科技创新，其中三大系统已经完全被取代，不再使用，这中间经济成本的节省和安全性的提高是不可估量。

"信息化、智能化是现代化企业的标志，要实现我国离心事业的壮大，我们生产的产品需要放到世界舞台上竞争，我们的管理、产品经济性、系统安全性都要达到世界领先的水平。"技术管理部主任穆周朝说，"我们也希望借助技术进步，降低人的劳动强度，让员工得到更自由的发展，让他们去接受培训，提高知识结构，从而用更多科技创新成果，促进企业朝着更高标准的现代化去发展。"这些年，中核陕铀除了自身建立了完善的科研管理体系，形成了科研人才梯队，还与外部院所、高校、高新技术企业厂家建立了完善的沟通平台。"现在有什么科研改进想法，可以借用这些人才和平台共同推动完成。"穆周朝告诉记者。

"我们的目标是建成具有国际竞争力的世界一流铀浓缩企业。"这是采访过程中很多员工的共识。而在亲身参观之后，会发现，这不是一句空话，这是这群"完美主义者"打造的"理想国"的不远将来。

工程管理：深耕细作 挖掘最优路径

葛维维

走进中核陕铀有限公司工程管理部党支部书记兼主任王念文的办公室，桌上摆放的3本厚厚的《北区扩建离心工程二期（国产离心示范工程）建设经验总结汇编》惹人注目。王念文笑着告诉记者："这还是初稿，后面还会有试运行经验总结，这次成果相比以往更为丰厚。"

从20世纪90年代引进建设我国第一个离心法铀浓缩工程，到如今新一代国产化离心机示范工程建成投产，作为工程建设单位的中核陕铀已经承建了4个离心工程。公司也从最初跟俄方学习安装、运行管理经验，发展到如今依靠自主管理，在短短42个月内完成国产离心机示范工程的建设。谈及这背后的蜕变，中核陕铀副总经理龙同光深有感触："20多年来，中核陕铀深耕离心事业，并在不断探索尝试中，挖掘出一条与公司发展最为契合的管理路径。"

“大团队”协同作战保进度

国产化铀浓缩离心机大型商用示范工程建设，参与方众多，包括设计单位、研发单位、生产单位、施工单位、监理单位、质监单位等。要在规定时间内确保示范工程完成，王念文表示：“计划是龙头，只有一切按计划进行，才能确保顺利拿下每个节点。”在计划管理方面，中核陕铀除了编制一级网络进度计划图，还制定了月度计划、双周滚动计划甚至各个专项计划。

有了计划，统筹执行少不了。“这其中重要的一点就是让参建各方有‘大团队’意识，心往一处想，劲往一处使。”作为业主方，中核陕铀成立了示范工程建设指挥部，由公司党政主要领导任指挥长，部门单位主要领导担任指挥部成员。面对工程中的重大问题，指挥部统一决策、统一部署。2017 年上半年，工程进入攻坚期，工程指挥部及时策划协调，对项目建设中的主要问题进行专题研究，积极优化配置资源，对工程统一推进起到龙头作用。

除了设立高层协调机制，指挥部还下设办公室，由公司工程管理部负责牵头，及时跟进现场情况，解决现场问题。王念文回忆：“我们工程管理部每周都要召开协调会，总包、监理、施工单位都聚在一起，讨论工程中碰到的问题，共同推进项目。工程从安装调试到启动共召开了 97 次会议。”王念文笔记本上密密麻麻写满了字，每一次会议讨论的问题、强调的重点都清晰可见。工程建设期间，公司上下一盘棋，在不断摸索中，提出“以生产运行为中心，以工程建设为重心”的工作方针，建立质量保证体系，即用制度支撑，按照“大团队”的机制运行，由工程管理部统筹，技术管理部、质量部、安防环境部等各部门积极配合。龙同光解释道：“中核陕铀一直坚持采用最适合公司发展的管理方式。对于公司来说，运行才是根本常态，而工程建设是阶段性的，考虑到公司的发展，不能一下子配备大量的人员，最好的办法就是利用大协调机制，通过体制保障，协同作战。”事实证明，这样的“大团队”协同作战机制，提高了运作效率，解决了工程中的各大难点，确保了工程按计划顺利推进。

咬定细节不放松

离心机安装是示范工程的重要环节，安装质量对后期调试、启动都有重大影响。谈及这方面的工程管理经验，王念文语气无比坚定：“就是要咬定细节不放松！”

安装过程涉及三个关键因素，即清洁度、垂直度、真空度。“针对每一个指标，在每一个操作环节上，大家都力求做到最好。”工程管理部副主任樊治强告诉记者，“公司内控要求比国家标准要高。设备调平时，国家标准是千分之二，我们的要求是千分之一以下。对于离心机和工艺系统的真空度控制，公司的要求比标准提高了50%。事实上，我们的员工在操作中做得更好。”

为了达到高质量控制要求，其增加的难度可想而知。“就是干出来的!”樊治强强调。为了让离心机达到垂直度的要求，很多员工都是趴在台架上，用水平测量仪一台一台去测量，一个螺栓一个螺栓地调，往往一趴就是一整天；为了保证各个管道在与离心机连接之前的清洁度，安装厂房里任何时候都保持洁净无尘；为了确保离心机真空度达到要求，工作人员是从第一根管道、第一道工序开始，最先到达现场进行准备，每一天施工结束，往往等所有检查合格后才能回家……他们为了细节坚守，回家时总以星辰为伴，就这样一干就是5年多。

离心机启动之前，需要进行的关键工序是阻尼器注油和更换。公司成立了专门的业主质量检验队伍，并进行培训后持证上岗。在阻尼器注油前，需要将阻尼器清洗得非常干净，容不得一点杂质，并且保持所有的尺寸不变形，阻尼器关键部件检查采用了双人互查制，由业主方质检组和制造厂质检人员两次检查确认，确保阻尼器的质量。特别是某一部件检查，还需要在高倍显微镜下进行，一天工作下来相当疲惫。阻尼器更换期间，每台主机质检员要用强光手电检查部件状态，更换工作更是小心谨慎，注油后的阻尼器从运转到安装都需平拿平放，避免油液洒出，安装需保持平稳对接。几十万台机器的更换，工作量可谓惊人。尽管过程相当辛苦，樊治强回忆：“在操作的时候，大家都很小心，尽量一次把事情做好。检查的时候，每个人都非常细致，千方百计确保质量，如果发现不合格立刻返工。”

谈及这份严细，王念文深有感触：“我们很多人都是从运行过来的，深知现在把好质量的关卡，对今后安全稳定运行至关重要。”

精细化管理显成效

今年3月20日，我国新一代具有完全自主知识产权的铀浓缩离心机大型商用示范工程全面建成。在工程启动过程中，每批机组都是一次启动成功，离心机的初期失效率不到万分之一，又一次刷新了纪录。机组的性能指标优良，远优于合同要求。离心机示范工程是集工艺、电气、自控、空调等多种专业于一体的系统工程，系统庞大，技术复杂，国际上只有少数国家掌握这项技术。在示范工程机组启动中获得这样的业绩，实属不易。

王念文说：“工程后期，系统越来越大，如果产生误操作，影响可能是致命的。”为了确保每一个环节的安全，公司推进精细化管理。在工程启动前，公司设计了 SOP 标准化操作流程，流程中将机组启动中的每一步操作对应的各项设备应处的状态都标注清楚。“每一个人都得对照工序卡、标准操作卡，按工作指令操作。此外，每一个阀门、每一步操作都需要一遍遍地检查确认，甚至是几个人反复确认、挂牌、铅封，不容一丝马虎。机组正式启动前，我们实行了 10 分钟倒计时准备，只有万无一失，才能去按启动按钮。”樊治强回忆。

作为现场的总协调，工程管理部在启动期间确保 24 小时不离现场。如今，望着井然有序的现场，樊治强露出欣慰的笑容：“工程后期各项事务比较繁杂，正是这些流程化、精细化的操作，有效地保障了启动期间的有序、安全。但这一次控制得最好！”

事实上，精细化管理已经深入工程建设中的很多环节。在离心机安装、调试过程中，为了确保质量和安全，公司推行了责任制。比如在离心机抽真空的过程中，每一个人都将自己的姓名标注在自己负责区域。同样，在离心机擦拭、安装厂房的清洁环节，阻尼器的清洗、检验环节，小到一根管道、一个阀门，大到一台设备，也都责任到人。这种做法既便于后期追踪，也便于责任落实。王念文表示：“精细化管理就是落实管理责任，将管理责任具体化、明确化。大家也在这个过程中养成了责任意识，坚持一次把事情做好。”

国产化示范工程的情结

中核陕铀坚持对每期工程都进行管理经验总结。王念文这个经历过 4 个离心工程的“老人”望着眼前各个工程的缩影，把手落在了还是初稿的《北区扩建离心工程建设经验总结汇编》上，颇有感触：“国产离心机示范工程对我国铀浓缩行业来说是一个门槛，只有迈过这个槛，我们才算是离核强国又进了一步。”

事实上，从示范工程获批在中核陕铀建设，全体参与者就铆着一股劲。从 1993 年首个引俄工程落地公司起，20 多年来，陕铀人一直深耕离心，为国产化做准备。正是因为在每期工程中都对工序优化仔细琢磨，才有了示范工程数十道关键工序有条不紊地推进；正是因为前期对各个流程难点、工期、人员需求了然于胸，才有了示范工程计划排列几乎丝毫不差；正是因为员工们对工艺的不断打磨，才保证了示范工程每一次调平、每一次真空试验、每一批启动的完美精度……厚积薄发，这份属于老厂的积淀在工程管理中展现得淋漓尽致。“能够参与这次工程建设，看到国产机型落地，对很多人来说是一份光荣。”这是很多人的心声。行万里者，不中道而辍足。为了这份国产化的情结，为了示范工程快速推进，陕铀人抒写了太多无私奉献的故事。樊治强讲述道："在质检队里，有 20～30 个工人已经面临退休了，他们却戴着老花镜坚持站好最后一班岗，每一项工作都严谨细致地完成，而且在工作中传帮带，把好的经验传给年轻同志。工程管理部人员，白天需要到现场去查看，晚上排计划，清理问题，经常需要加班到通宵。在工程攻坚期，为了工程顺利推进，很多人主动申请周末加班。工程出现问题，每一个参与方都积极配合，解决问题优先。很多人，家里老人、小孩生病了，现场走不开，都只能麻烦邻居帮忙去照顾……"

艰苦奋斗、科学严细、不计名利，这是长期以来陕铀人形成的精神特质，而伴随着国产化示范工程的竣工，这些特质将更加夺目。

人才管理：锻造铀浓缩领域的“大国工匠”

郑　可

在近半个世纪的发展中，中核陕铀目前已经形成了一支对党忠诚、担当负责、多梯次、能战斗的人才队伍。目前其职工总数约 1 800 人，其中享受国务院特殊津贴专家 7 人，全国技术能手 3 人，陕西省“三五”人才第一层次 1 人，集团公司首席技师 2 人，陕西省首席技师 2 人，中核集团公司技术能手 10 人，陕西省技术能手 2 人，还有陕西省技能大师工作室 2 个。

在我国新一代铀浓缩离心机大型商用示范工程建设中，中核陕铀的人才队伍发挥了举足轻重的作用。随着当前国际铀浓缩市场竞争不断加剧，为增强产品的竞争力，就必须在保障产品质量的同时进一步提质增效降低成本，深入挖掘现有设备潜力，利用现有人才力量，尽可能地调动员工积极性、创造性，以“大国工匠”精神发挥出他们的最大潜力，对加快建成世界一流铀浓缩基地具有深远意义。

职级体系管理·让人人都“有路可走”

中核陕铀坚持党管人才，于近期开始实施一项特色政策，即职级体系管理办法。该办法设置了管理、技术、技能三条通道。其中，技术和技能两个

通道建设已经取得了阶段性效果，并在新一代铀浓缩离心机大型商用示范工程中发挥了积极作用。

具体到技术通道，该通道自上而下被分为“专家级工程师、高级主任工程师、主任工程师、副主任工程师、专业工程师”，主要适用于技术人员。而技能通道自上而下被分为“专家级技师、首席技师、主任技师、副主任技师、专业技师”，主要针对技能人员。随着员工职级的提升，其薪酬待遇参考相应行政级别也同样提升。这种评级方式更为细化，更符合中核陕铀这种高科技企业的自身实际。谈到制度设计的初衷，中核陕铀人力资源部主任孙伟介绍，以前只能是千军万马挤独木桥，现在是给每名员工规划好职业生涯，让每个人尤其是基层员工都“有路可走”。

职级体系管理办法的一大特色就是“凭真本事”。它体现在：一是有“真本事”就能参加评级，不用“熬年头”。据曾在“‘一带一路’暨金砖国家技能发展与技术创新大赛”中获得氩弧焊焊接比赛三等奖、“陕西省技术能手”的机电检修车间职工李进介绍，他目前的职级是“专业技师”，他的薪酬待遇等同于“科级机构副职”。如果想评“副主任技师”，李进只要满足相应的软硬条件即可，无硬性时间限制。李进说：“我作为一个焊工，走原来技能鉴定的路线，最多能评上个高级技师，相当于‘国家一级焊工’，还要熬年头。现在的体系很灵活，只要能力达到标准，就能被提拔。因为人的青春宝贵、精力有限，搞技术革新要趁年轻，没有年限硬性规定对青年人的成长非常好。”职级体系管理办法“松弛有度”，它鼓励员工搞创新只争朝夕，但较之以前的评职称审核标准，职级体系管理的要求反倒更高。职级体系管理的原则是“政治合格、业绩突出、群众公认、宁缺毋滥”，候选者要通过党支部推荐、组织考察、公司研究等程序。评比条件除发表论文、著作外，还包括申请发明专利、做出突出贡献或解决疑难险重问题等选项。对此，李进表示，他正在整理多年来的生产经验，力争早日发表有关论文。同时，作为一名焊工，他考虑进一步优化自己的焊接工艺，并尝试在一些工序上进行自动化改造。

旧的职称评定是“一评定终身”，使劳动者容易躺在过去成绩上“吃老本”。相比之下，中核陕铀的职级体系管理是动态的，“能升也能降”。以李进的“专业技师”为例，他每年都要接受年度考核，与干部考核同步。考核结果分为“优秀”“称职”“基本称职”和“不称职”四个层次，作为续聘或解聘的重要依据。考核结果为“不称职”或连续两年考核结果为“基本称职”的，降低一个层级使用。据介绍，2017 年就有 3 位“专业工程师”因为量化考核未能达到标准，已被人事部门谈话，其当年绩效按照考核合格的 70% 计算。

职级体系管理办法的推出，大大调动了公司员工的积极性，特别是激发了新员工锻炼实际操作能力的热情。李进表示："长此以往，基层员工学技术的风气会越来越浓厚，工匠精神就会慢慢养成。我作为一线技术工人，非常支持这项改革。"

中核陕铀此次制度创新，在职级体系管理办法中具体体现在，通过技术和技能通道上升的技术人员和工人，除与管理通道享受同等经济待遇外，还同时接受更多的培训机会。层级越高，技术人员和工人就能拥有更多的外出调研、培训学习、技术交流的机会。更重要的是，他们可以参加企业管理活动，比如参加公司月度工作例会。当讨论一些关键议题时，车间主任要征求他们的意见。这些发言权和建议权都有专门的制度保障。通过参与一定的管理活动，不但让过去闷头搞技术的工人开阔了视野，更让他们了解了公司的现状，加深了对自身工作意义的认识，对企业管理也有了直观体验。

上述举措大大增加了基层技术人员和工人的获得感和幸福感。有基层工人表示："现在责任与待遇统一了，更能感到自己作为一个工人被组织重视和认可，大家心气儿顺了，工作积极性提高了很多。"

大师工作室·锤炼工匠的"熔炉"

李进之前获得过包括省级荣誉在内的多项荣誉，他说："我目前在生产中仍有很多新设想、理念，希望得到实现，想实实在在再做出一些成绩。但这需要资源和人员上的支持，更需要一个协调的平台，所以我想成立自己的工作室。"李进提到的"工作室"目前在该公司有两个，分别是"金晓东技能大师工作室"和"温伟技能大师工作室"，还有一个"唐建劳模工作室"在筹建中。在新一代铀浓缩离心机大型商用示范工程全面建成过程中，中核陕铀的技能大师工作室发挥了积极作用。

如果说职级体系管理办法为员工提供了上升的渠道和动力，那么技能大师工作室在中核陕铀就是一个实打实的示范平台。据孙伟介绍，大师工作室的核心任务就是"带队伍，育人才"。以金晓东为例，他作为铀离心分离运行系统的技术专家和操作能手，言传身教，毫无保留地向年轻同志传授运行经验和技能技巧，为铀浓缩工业培养了大批技术和技能人才。金晓东培养的9名工程师、3名技师以及多名高级工都已成为各运行岗位的中坚力量，为铀浓缩生产运行系统人才队伍建设做出了积极的贡献。

一个大师工作室人数在16～20人。中核陕铀对金晓东和温伟等给予了充分信任，他们在各自工作室可根据工作任务和课题的需要，根据候选者的工作能力，站在公司层面"需要什么人就去挖什么人"，自主决定团队人选。以金晓东工作室为例，其团队中既有高级工程师，也有普通技师；既有名牌大学毕业生，也有普通技校生。但学历并不代表能力，只要是能对研究课题有帮助的人才，就有可能被选进团队。孙伟介绍，大师工作室就是个“大熔炉”，形成一种“工匠精神”的氛围，发挥人才的集聚和示范效应。在这里刚毕业的大学生收获很大，让他们理论联系实际，把动手能力锻炼出来，鼓励他们成为一专多能的人才。

大师工作室的称号既是一种荣誉也是一种鞭策。一方面是要完成课题任务。据介绍，工作室的研究课题来源有两种，一种是自上而下，即上级布置的科研任务；另一种是职工自发提出的课题。中核陕铀为每个大师工作室提供了专门办公场地。正在“金晓东技能大师工作室”值班的主任工程师张大刚表示，过去技术改造的想法都是零散、自发、小范围的，但自从有了技能大师工作室这个平台，技改由自发变成了有组织的行为，各工序、各环节也经常进行“圆桌讨论”式的“头脑风暴”。而自己想办法提出课题的过程也是个自我提高的过程。另一方面，由于“金晓东技能大师工作室”是经陕西省人力资源和社会保障厅批准成立并给予了相应支持，所以陕西省方面会定期对工作室进行量化考核。在“金晓东技能大师工作室”里，墙上除了金晓东个人简介外，还有金晓东工作室成员简介、建设目标任务、年度工作计划、五年发展规划等内容。其中，年度工作计划、项目完成进度和月度重点任务有专门表格，使每个人对任务进展情况一目了然。

如今，在中核陕铀，大师工作室是个“香饽饽”，能进工作室工作是对一个人能力的证明。由于公司建立了职级体系管理通道，基层技术人员和工人要想提升职级，必须拿出实实在在的成果，而大师工作室就是能出成果的平台。一名基层工人反映，现在身边很多工人都多看书、多学习、多实践，想办法让自己参与进去。一个争着学技术、出成果的“工匠精神”氛围在中核陕铀逐步形成。

“1234 工程”·建铀浓缩人才高地

无论是职级体系管理办法还是技能大师工作室，施行的时间都还比较短，真正收到实效或发挥作用还需要在实践中进一步探索。具体到职级管理办法，虽然目前管理通道、技术通道、技能通道囊括了大部分干部职工，但顶层设计仍显松散，还需要进一步实践和细化。特别是管理通道，如何量化管理人员的工作业绩、如何给管理人员规划未来发展等方面仍然需要进一步优化。比如在国有企业中，党群工作不可或缺，如何量化党群工作成果，给党群干部规划一条明确的职业通道还需要开动脑筋，继续探索。

其次，新一代铀浓缩离心机大型商用示范工程全面建成后，对中核陕铀的人才培养提出了新的具体要求。孙伟介绍说，既然是示范工程，不光要在工艺技术、生产流程等方面确立标准，也要在各项管理制度上打造样板，为今后铀浓缩产业发展奠定基础。其中，人才配置和培养是一个非常重要的内容。目前，中核陕铀人力资源部正配合技术部门进行标准化体系设计。内容包含工艺、流程等内容，这是一个系统工程。工艺标准化还直接决定未来人员的配置。在铀浓缩产业这个特殊领域，人才培养要在产业特色上下工夫。比如，如何针对具体操作人员，尤其是新入职员工设计新的激励机制就需要开动脑筋、潜心研究。

从未来长远发展角度，为加快建成具有国际竞争力的世界一流铀浓缩企业，中核陕铀 2017 年提出了建设“五大高地”的目标，其中就包括建设人才高地。人才高地建设目标概括为“1234 人才工程”，包括一项中长期人才发展规划、二项培训能力建设工程、三项人才建设工程和四项人才发展机制。在中长期人才发展规划中，力争到 2025 年，培养选拔职级体系人员 150 人左右；建设博士工作室 1 个，科技创新团队 5 个；建设国家级技能大师工作室 1 个，省级技能大师工作室 2 个。在三项人才建设工程中，也专门包含技能人才队伍建设工程，即要以技能大师工作室为依托，逐步建立由高层次技能人才领衔的技能创新团队，开辟绿色通道，帮助其在生产运行、技术革新、科技攻关和人才培养等方面多出成果。

习近平总书记指出，要弘扬“工匠精神”，精心打磨每一个零部件，生产优质的产品……目前中核陕铀正以我国新一代铀浓缩离心机大型商用示范工程的全面建成为契机，深耕人才资源，通过不断的制度创新，探索适合铀浓缩领域的特色人才培养机制，提供培养大国工匠的沃土，为加快建成世界一流铀浓缩基地提供人才保障。

陕铀人——浓缩出事业和人生的精彩

丁　燕

他们为核燃料而生，是一支历经磨难向死而生的队伍

1969年10月10日，遵照毛泽东主席批示精神，在陕西汉中地区洋县境内建核燃料生产厂，第一代陕铀人聚拢到大爷山下，开始极为艰苦的军工能力建设。奋战近十年，工程下马。20世纪80年代初，根据保军转民的战略部署，陕铀人又开展铀浓缩核心技术试验工程。这一干又是十年。这十年，陕铀人始终咬住自主创新不放松，朝着掌握核心技术的奋斗目标步步挺进，也正是这十年，四〇五厂在铀浓缩新工艺及人才培养方面打下了一个良好基础。

俗话说，机会是留给有准备的人，四〇五厂在困境中迎来了生机。1992年12月18日，中国与俄罗斯政府签署《关于在中国合作建造核电站用浓缩铀离心工厂的协议》。1993年3月25日，中俄双方签定协议，确定在陕西洋县建设新工艺法铀浓缩工厂，代号为405-1A工程。

说起这段往事，扎根中核陕铀28年的梁光扶总经理感慨万千："引俄工程落地，为铀浓缩技术从扩散法向离心法升级起到至关重要的作用，这是党中央、国务院的重大决定。当年四〇五要顺利向商用阶段转化，引俄工程是一个生与死的机遇，没有这个机遇，四〇五的发展就会举步维艰。"

陕铀人作为改革开放的受益者，不会忘记党和国家领导人对405-1A工程的大力支持：是国务院总理拿出总理基金用于工程建设，李鹏、吴邦国、邹家华等领导同志曾多次听取工程建设的专项汇报；曾记得，1993年6月，江泽民总书记来公司视察，题写"发展核技术，开发新能源"，并一再叮嘱："你们任重道远，任重道远啊"；更难忘，1994年6月，时任国务委员、国家科委主任宋健在现场说的那些振奋人心的话："掌握离心工艺技术是一个新的高度，对核工业来说，可能不亚于中子弹……希望四〇五厂的同志咬紧牙关，把这项工程搞上去。"

熬过严冬的人倍觉太阳的温暖，历时五年时间的抢建，陕铀人发扬其特有的"艰苦奋斗的拼搏精神，科学严细的求实精神，不计名利的奉献精神"，圆满完成405-1A工程建设任务，实现了我国铀浓缩设备的升级换代，向党中

央、国务院、全国人民交上了一份满意的答卷。

陕铀人朴实、严谨，能吃苦打硬仗，同时也不缺乏对机遇的洞察力。他们看准国家扩大内需和核电大发展的新形势，历时 8 年谈判，在中央政府有关部门和中核集团的正确指导下，硬是把引俄四期这个希望渺茫的项目变成了现实。2011 年 3 月 15 日，离心四期引进工程首批机组成功启动，随后圆满建成投产。与此同时，公司启动北区扩建工程一期项目建设，2013 年 3 月全面达产。紧接着，2017 年年底，由中核集团完全自主研发建造的我国新一代铀浓缩离心机大型商用示范工程首批机组在中核陕铀成功启动，至 2018 年 3 月 20 日工程全面建成投产，标志着我国铀浓缩离心机实现了升级换代，具备大规模商用条件，技术水平、经济性进一步提升，达到国际先进水平。新一代铀浓缩离心机的研制和工业化进一步提高了我国在国际铀浓缩领域的地位和竞争力，是中国核能发展、核燃料供应的重要保障。

他们天生带有科技基因，在浓缩事业的同时浓缩人生精华

从 1992 年到 2018 年，从引俄工程到国产示范工程，“自强、开拓、奉献、创新”的陕铀人紧跟国家核电发展步伐，在引进和建成离心四期工程、北区扩建工程中，拥有了相关专用设备制造资质和能力，积累了丰富的建设、运行、管理经验，主产品一次交验合格率 100%，使公司的产能规模、科技创新、国产化技术水平跃上了一个新台阶。

陕铀人取得的骄人业绩，与科技创新是分不开的。毕业于清华大学核燃料循环与材料专业的总经理梁光扶说：“陕铀人科技创新的基因从建造引俄一、二期工程时就有了，当初提出‘以科研带动项目，以项目带动发展’的思路，现在一代代传下来。对厂里来说，科研就是技术改造或者研制，同时通过科研培养技术人员。”这些年来，公司培养和造就了一大批高素质的管理、技术和技能人才，其中有 3 名“全国技术能手”，多名省部级劳模，拥有普通发明专利 1 项，实用新型专利 10 项，国防专利 20 项，科技奖 70 余项。

六岁就跟父母到四〇五厂的温伟是第二代陕铀人。16 岁技校毕业后进厂当名钳工，在过了五六年调皮浑噩的日子后，有一天突发奇想，要用一个月时间，系统学习一遍编程。对这个只是“电脑玩得比别人好一点”的年轻人的“自学成长计划”，车间领导和师傅们都大力持。温伟很快成为厂里有名的编程高手，奇迹也随之而来：自 1998 年以来，他负责的科研技改多达 30 余项，其中独立设计的Ⅲ型主机转速监测系统软件，除了易用性上佳、可靠性高之外，还有漂亮的界面，获得了运行人员的一致好评。进厂 27 年来，4 次摘得国防科技进步奖，2 次获得实用新型专利证书，成为享受国务院政府津贴

的技能大师。如今，“温伟大师工作室”已成为陕铀的一张靓丽名片。温伟说，我的成长离不开陕铀对人才的大力挖掘，“2004 年公司要建立 30 人的技能人才库，入选者最低每年 2000 元补贴。我是所有报考人当中学历最低、资历最浅的，结果我名列其中”。

2018 年年初，中核陕铀下发《专业技术职务和职业技能资格融合管理办法》文件，鼓励一线岗位职工同时参加专业技术职务任职资格评审和职业技能鉴定，只要评审或鉴定合格，不管有无机会被聘任到科研技术岗位，都享有相应技术职务和职业技能的双待遇。“两技融合通道”政策一出台，就有 600 多人报名应试。正是这种打破常规的激励举措，极大地调动了员工的主观能动性和积极性，聚焦运行系统及生产线做科研、撰写技术论文的良好氛围，在四〇五厂已蔚然成风。

他们坚守党建是国企的“根”和“魂”
打造一支忠诚、干净、担当、奋进的团队

沐浴着中国特色社会主义新时代的春风，1700 多名陕铀人不忘初心，坚守使命，为国担当，努力打造中国铀浓缩行业的运营高地、技术高地、人才高地、管理高地、文化高地。

2017 年年初，新任党委书记鄢斌走马上任。鄢斌多年在核电企业从事党务工作，当然知道四〇五厂在中核系统的靓丽口碑：公司拥有全国五一劳动奖状、全国思想政治工作优秀企业、中央企业纪检监察系统先进集体、国家设备管理优秀单位、国家国防科工局军工能力建设先进单位、中核集团业绩突出贡献奖和科技创新特别奖等 30 多项省部级以上荣誉称号，三次蝉联“全国文明单位”。以往四〇五厂不乏靓丽的彩虹，在新时期、新形势下的党建工作在某些方面也有软肋。

那天是鄢斌第一次参加公司的月度例会。他发现会上只谈生产，少了党建和企业文化的内容。当即提出：坚持党的领导、加强党的建设，是国有企业的“根”和“魂”。在全面从严治党、依法治企的大环境下，我们要做好三件事，一是促进我国铀浓缩事业的快速发展；二是把四〇五厂干事创业的平台氛围营造好；三是给职工创造美好的生活。从下个月起会议升格，把党建工作与生产经营融合起来，同频共振。

近两年，中核陕铀党委强化责任担当，落实“一岗双责”，把一切工作向基层、向支部、向党员延伸，不断提升软实力，努力打造一支忠诚、干净、担当、奋进的团队。党的十九大胜利召开后，公司迅速组建了宣讲团，深入部门、车间、科室、工段、班组、社区、军营，用习近平新时代中国特色社

会主义思想汇聚起上下同欲、干事创业的精神力量。

风成于上，俗形于下。以前只能在央视上看到的百家讲坛名师，纷纷来到陕铀，在每月一期的“陕铀讲堂”上娓娓而谈。2018 年 3 月，《新陕铀》《陕铀科技》季刊先后问世，讲好陕铀故事，陕铀人有自己的文化阵地了。还有爱心助学、绿色环保、核科普等公益活动一个接一个，全厂 50 个党支部共结对帮扶 23 户贫困家庭，打好扶贫“组合拳”。

不经意间，职工们发现很多身边的事在变化：公司生活区食堂建立起来了，厂门口“初心园”那片新栽树林绿意盎然了，生活区设干湿垃圾箱，道路干净起来了，新来的大学生拿到汉中人才公寓的钥匙了，还有洋县特有的国家一级珍稀动物朱鹮，越来越多停栖在厂房边的树枝上了。

张鸥是第三代陕铀人，对于常年生活在闭塞小山沟，她有着自己的看法：“以前从厂里到西安坐汽车三四个小时，现在高铁只需 50 多分钟，加上网络时代信息共享，我没有觉得有什么缺憾，反而更习惯这里的安静平和。”然而连她也没有想到的是，公司为了留住 90 后人才在汉中市租赁一百套公寓，作为人才激励措施提供给近年来进厂的大学生，他们可以在此居住 5 年，每天均有班车接送。

一切都在变得更加美好。就在新一代铀浓缩离心机示范工程全面建成的当天，鄢斌书记、梁光扶总经理收到康祖杰、于宗海等七位老同志联名写的一封感谢信。信上说：“公司领导为企业发展日夜操劳，为职工共享发展成果费尽心血。职工积极性空前高涨，我们全体员工包括离退休人员对公司的满意度大幅提升，大家都有实实在在的获得感，心满意足的幸福感。”

一个资深媒体人说，一个企业、一个社会是否和谐，关键看退休职工或社会弱势群体是否满意，是否洋溢着笑容。当记者走进中核陕铀，到处都能看到自信和愉悦的笑脸，“崇德向善、健康向上、风清气正、聚和奋进”的厂风厂貌会由内而外地令人感动。

记者采访时，正值中核集团党组成员、副总经理杨长利来企业调研。在汇报座谈会上，杨长利对陕铀领导班子说了一番语重心长的话：“铀浓缩是核工业产业链中的关键环节，目前我国与国际水平是并跑状态，某些方面处于领先地位。四〇五厂低头拉车拉得特别好，在铀浓缩科研和工程比投资上，在国内是做得最好的。希望大家戒骄戒躁，以安全创新发展新业绩铸就铀浓缩事业新的辉煌。”这是上级领导对企业的评价，对企业领导班子的厚望。相信不远的将来，陕铀人“建设具有国际竞争力的世界一流铀浓缩企业”的陕铀梦一定会流光溢彩。

只为将核心技术牢牢掌握在自己手中

冯　涛

中核陕西铀浓缩有限公司是我国第一座采用离心法生产浓缩铀的工厂和重要的核燃料科研生产基地，在中国离心法铀浓缩技术应用研究、人才队伍培养、技术进步等方面发挥了重要作用。回首中核陕铀50年发展历程，从孜孜不倦地进行铀浓缩离心技术探索、研究和实践，获得俄方考察团高度赞许并成功引进我国第一个离心法商用铀浓缩工程，到我国新一代铀浓缩离心机大型商用示范工程实现安全、稳定、经济运行，中核陕铀人血液和骨子里充斥的“不忘自主创新初心、牢记为国担当使命”的精神，推动着中国离心浓缩事业从这里起步并发展壮大。铸就大国重器、争创世界一流，中核陕铀人以果敢担当和家国情怀再出发！

让科技创新成为闪亮名片

2018 年 11 月 19 日，由中核集团自主研发、具有完全自主知识产权的我国新一代铀浓缩离心机大型商用示范工程在中核陕铀顺利通过国家竣工验收。专用电动调节阀、一站式中频电源、新一代转速测量系统、新型供取料运行工艺、新型液化均质系统、新型专用传感器、新型专用过滤器、容器阀门与器壁专用加热套、供取料厂房智能化研究等一大批中核陕铀自主创新研发的新技术、新工艺、新设备在示范工程中得到集中广泛应用，不仅直接有效降低了工程建设投资和后续运营成本，更使系统运行的本质安全度得到全面提升，工程整体技术水平、安全性、经济性处于世界先进水平，这是对安全发展、创新发展最美的生动诠释。

中核陕铀始终秉承“以我为主、协同共赢”的科技创新理念，近 10 年累计投入科研资金 2 亿余元，建立并完善技术创新体系、科技创新管理制度，深化协同创新、产学研相融合，建立技术交流平台，加强重点科研项目管理，致力提高自主创新能力，科技创新硕果累累。向创新要效益，以创新促发展，科技创新就是要聚焦一个实打实的“新”字。中核陕铀人勇于探索、勤于实践、敢闯敢干、攻坚克难，研制开发了系列拥有自主知识产权的新技术、新工艺、新设备，涵盖主工艺、化工、自控仪表、电气、机械等领域，诸多科研创新成果相继在同行业推广应用，形成实实在在的生产力和发展潜能，“创新”已然成为中核陕铀一张闪亮的名片。公司先后参与制定国标、国军标、行业与企业标准 29 项，先后获国家发明专利 23 项、实用新型专利 12 项，以及包括国家科技进步二等奖、国防科技奖在内的省部级及以上科技奖项近 70 项。

将创新因子融入血液

出成果离不开好的创新氛围，更离不开好的创新体制机制。为此，中核陕铀持续在形成完善规范的科技管理制度体系上下工夫，使技术技能人才勤于思考、勇于探索、敢于尝试、善于实践。《科研与技术管理办法》《科研项目管理办法》《四新管理办法》《科技成果管理及奖励办法》《知识产权管理办法》《国防科技报告管理办法》《〈陕铀科技〉内部刊物技术论文奖励管理办法》等等一大批制度相继出台，使科研攻关全过程有章可循、有据可依。精准有效的配套激励机制及措施也最大程度上激发了员工们的创新热情与激情，他们聚焦铀浓缩工程前沿技术，问题导向、目标导向，创造性地解决工程实际问题。鼓励创新、敢为人先的创新文化正在形成。一次次的资料积累、一次次的现场排查、一次次的模拟演算、一次次的试验实践，中核陕铀人对自主创新不倦追求，只为推动中国铀浓缩工厂整体运营水平不断迈上一个个新台阶——要做就做最好的！

协同创新啃下“硬骨头”

要创新，必须得有一支敢于啃“硬骨头”的人才团队。中核陕铀现有享受国务院政府特殊津贴 7 人，“全国技术能手” 3 人，中核集团公司首席技师 2 人，中核集团公司技术能手 10 人。每一个数字背后，都是汗水和智慧浇铸的结晶，都是面壁十年图破壁的坚韧和执着！金晓东大师工作室、温伟大师工作室、唐建劳模创新工作室等自主创新“练兵场”的“孵化器”作用不断显现，示范引领下，各基层单位创新工作室犹如雨后春笋般一个个涌现；平台创新、团队创新驱动下，一个个攻关小组、攻关团队活跃在科技创新的各个战场。老师傅言传身教、率先垂范，年轻人勤学苦练、追赶超越，破解一道道难题、攻克一道道难关，出了成果也锻造了队伍。“我打心底里希望去挑战自己、突破自己，在团队攻关的过程中，我不仅得到了历练积累了知识，而且更加深入理解了陕铀精神的内涵。”这是一名陕铀年轻人发自内心的声音，他们正以后浪推前浪的勇气在创新的舞台上尽情挥洒智慧的青春。

核品生产线安全稳定运行了，是不是就可以高枕无忧了？“满足”“安逸”，在中核陕铀人的字典里没有这些名词。即使示范工程运行各项指标处于世界先进水平，“真学、真想、真干、真担当、真奋进”的中核陕铀人也永不满足。工程竣工验收伊始，科研人员们就在思考着如何进一步提升工程的经济性。没有参考实践怎么办？这难不倒攻关团队，深思方案、编制预案，大量的演算对比、碰撞讨论、现场勘查……不到两个月时间，攻关团队就成功完成了示范工程相关线路优化改造，使工程年生产能力提升约 1.67%，并大大拓展了工程对各丰度产品生产的适用性。中核陕铀紧密结合实际，创造性优化实施生产运行方案，既按时保质保量完成相关低丰度产品生产任务，最大程度降低对系统的整体影响，又提升某工程生产能力约 4.1%。一个个成功的实践真真切切映射出中核陕铀人的创造创新活力，安全、稳定、经济运行之基石也在这永无止境的奋力奔跑中一步步被夯实。

工程某关键专用阀门出现了故障，必须以最快的速度最可靠的质量修复。该阀门是定制设备，内部结构精密，无任何检修经验可循，异常处理攻关小组面临着巨大压力。小组成员镇定下来找对策，一页页细细查阅一摞摞小山一般堆积在桌面的资料，摊开的笔记本上写满了思路，现场检测人员实时报送着检测进展，不断传阅着的图纸四角已经被汗水浸湿，时间一分一秒悄然溜走……“找到了，故障找到了!”随后的自主加工、自主检修更是彰显着中核陕铀人的自信与底气。阀门投入运行后状态良好，历经艰辛后摘得果实的甜蜜感陶醉了攻关组每位成员。

而今，中核陕铀正在开展主设备性能恢复与延寿等新一批重大科研攻关项目。可以说，从中核陕铀人开始探究中国离心法铀浓缩技术的那一刻开始，“创新”二字，就始终伴随着这个肩负国家使命的工厂，形影不离与中核陕铀人砥砺前行。中国离心浓缩事业从陕铀起步，必将在这里发展壮大！这最深沉、最厚重的呼唤激励着鼓舞着新时代的中核陕铀人，咬定青山不放松，向着“将核心技术牢牢掌握在自己手中”步步挺进，在建设核工业强国的筑梦路上闪耀最美丽的风姿，弹奏最动人的乐章！

风雨载舟五十年　砥砺奋进陕铀梦

——记中核陕铀50年奋斗历程

李　珊

五十年沧桑巨变，五十年沧海桑田。50年来，陕铀人揽尽风雨苦亦甜，砥砺前行谋发展的奋斗史，是中核陕铀在中核集团带领下紧跟时代步伐以壮士断腕的决心与勇气奋力开创前路的发展史。惟实干者强，惟革新者胜，惟时代者而得时代。中核陕铀以党的号召为旗帜，以改革滋养发展，以创新成就未来，在改革开放的洪流中把握机遇，奋力拼搏，先后建成中试工程、405-1A工程、405-1C工程、示范工程，自强开拓的陕铀人终在时代的洪流中以引领者的姿态走出一条为国担当的新长征路。

十一届三中全会后，党中央对核工业做出了“停产限产”的决策。根据国家对国防科技工业战略调整的总体布部署，核工业实施“以军为主”向“保军转民”的战略调整，四〇五厂在中央的决策部署下开始了第二次艰难创业，此时的四〇五厂历史包袱沉重，产业结构矛盾突出，经济状况严峻，人员大量富余，但四〇五厂没有丝毫犹豫，在党中央“保军转民”方针的指导下，全力投入到国民经济的主战场，历尽艰辛保存自身寻找生机。

在这样的历史背景下，党中央、国务院经过科学决策于 1983 年将实验工程落户四〇五厂，至此，四〇五厂打响了精干主业、调整结构的改革脱困攻坚战。对于工程的意义和建设过程中的艰辛，原四〇五厂物资采购部主任秦允祯这样回忆：“彼时的四〇五厂为了生存办汽水厂、做化妆品，但因地处山区远离市场，所以大家生活依旧困难，在听说中试工程消息的时候，职工那个高兴啊。记得工程建设过程中需要修建一条配套输水管线，但国家批给的管材根本不够。为了能够凑齐材料，四〇五厂只得在全国设立了数个采购点，到市场上自己去找。当时我的采购点在东北，但是听说北京市场有了新材料，我便和工作人员连夜奔赴北京，几日的不眠不休终于厘清了全新市场，购得了材料。”四〇五人就是这样在市场经济初期摸着石头过河，一点点摸索经验，战胜一个又一个困难，终于不负党和国家期望建成工程。

历史之河奔涌不息，皓月长烟长存浩然。十一届三中全会的召开如春风般吹绿了大江南北，也为陕铀人带来了崭新的机遇与挑战，苟利国家生死以，岂因祸福避趋之，处在历史的转折点的四〇五人以“四个一切”的核工业精神奠基思想，将责任与担当勇挑肩头。保存了技术和人才，也保存了自身实力，终激越于历史潮头，迎来发展新契机。

从一开始的全然无知到后来同步Ⅳ型转速测量系统在示范工程成功应用，这十几年间的成长让我感触最深的是中核陕铀对管理优化和人才的培养的高度重视。

陕铀公司的发展一直得到党和国家领导的高度重视和关心，1993 年 6 月 9 日，时任中共中央总书记、国家主席、中央军委主席的江泽民同志视察公司并题词“发展核技术，开发新能源”，至此，中核陕铀进入创新发展的全新时期，先后在 1999 年建成 405-1A 工程，于 2011 年建成 405-1C 工程，积累了丰富的离心工厂建设、运行、管理经验，培养和造就了一批高素质的管理、技术和技能人才。

由于俄方态度的不积极，405-1C 工程的谈判一度进入焦灼，谈判时长更是长达 8 年。过程的艰辛让陕铀人强烈意识到全国改革开放步伐的加快、力度的加强和深度的加深。市场不相信眼泪，市场规律就是高度竞争，想要在全球经济一体化的大浪淘沙中赢得生机，就需要及时破除思想藩篱，树立求变意识，站在市场化、专业化的角度储备人才，用改革滋养发展，用管理梳理短板，用科技创新灌注新鲜血液。

为此，中核陕铀先后引进 SOP 管理、TPM 管理、精益管理等国际先进管理经验，精干主业、提质增效，带动公司生产经营绩效的持续提升。中核陕铀相信资金、技术、人才这些生产要素只有靠管理将其整合在一起，才能更好地发挥效益。通过持续不懈抓精益管理，夯实现场管理，中核陕铀进一步消除了生产现场的安全和质量隐患，有效促进了员工素质的提升。通过优化组织机构，有效解决了公司因规模扩大后所带来的人力资源压力挑战。通过优化资源配置，不断加强非主业单位以市场化、社会化的方式为企业减负增效。通过优化作业流程，清理了无效、低效管理。通过统筹推进三支三才队伍建设，不断提升软实力，努力打造忠诚、干净、担当、奋进团队。

陕西省技术能手温伟这样回顾自己在中核陕铀的成长历程：

“1999 年，我在公司的鼓励和给予的培养平台上开始学习编程，从一开始的全然无知到后来同步Ⅳ型转速测量系统在示范工程成功应用，这十几年间的成长让我感触最深的是中核陕铀坚持优化管理，不断挖掘人才，并疏通人才培养通道，使管理优化和人才培养工作相互促进、相互引领、相互推动，从而不断激发出公司内在活力。”

随着国家核电发展步伐的加快，中核陕铀也迎来了创新发展的新时期，同时这一时期也是改革开放向纵深发展的攻坚期，惟实干兴邦，惟精神不朽，中核陕铀秉持开放包容的发展理念，一路追随时代步伐革痼鼎新，越过坎坷，抓住机遇，接轨国际，最终走上了快速发展的快车道，成为核燃料产业体系的生力军，为中国核电发展发挥了自身光热。

“我是一名共产党员，这是我应该做的。”

“关键是要敢想，敢为人先，沉下心塔踏实干，实现最终的超越。”

习近平指出，改革开放 40 年，是在中国共产党领导下，中国人民凭着一股逢山开路、遇水架桥的闯劲，凭着一股滴水穿石的韧劲，成功走出一条中国特色社会主义道路。我们遇到过困难，我们遇到过挑战，但我们不懈奋斗、与时俱进，用勤劳、勇敢、智慧书写着当代中国发展进步的故事。

恰逢改革开放 40 周年之际，我国新一代铀浓缩离心机商用示范工程于 3 月 20 日在中核陕铀建成投产，标志着我国铀浓缩及其升级换代，为我国核电发展提供优质充足的核燃料，为核燃料的“走出去”提供了强大支撑。

示范工程的建成投产是中核集团改革开放 40 周年成果的一次重要展示，也是陕铀人为改革开放 40 周年奉上的一份高质量答卷。在工程建设过程中，陕铀人逢山开路、遇水架桥，不忘自主创新初心，牢记为国担当使命，在关键技术领域始终怀揣着“亦余心之所善，虽九死其犹未悔”的豪情地。公司坚持以科研带动项目，以项目带动发展，在充分消化吸收铀浓缩行业前沿技术的基础上不断提高自主创新能力，将核心技术牢牢把握，确保生产运行工艺技术装备水平处于国内行业领先地位。五年来，中核陕铀排除各种困难，攻克技术壁垒，攻占技术高地，创新成果不断，获得国防发明专利 15 项、实用新型专利 6 项，国防科技进步讲 6 项，中核集团科技奖 10 项，在工艺技术、自动化控制、电源、制造、冷冻等方面的领先技术在国内同行业得到很好的应用。

在谈及在未来工作中追赶超越国际先进技术时，公司青年科技人员许小龙颇具年轻人的豪情：

“关键是要敢想，敢为人先，作为年轻人更是要打开自己的格局，沉下心踏实去干，实现最终的超越。”

在示范工程建设过程中，中核陕铀始终坚持以党的十九大精神和习近平新时代中国特色社会主义思想为引领，始终坚持党组织把方向、管大局、保落实的主体责任，使党建工作与工程施工建设深度融合、同频共振，共产党员们充分发挥自身先锋模范带头作用，确保了工程建设过程中“关键任务有党员引领、关键路径有党员盯守、关键问题有党员攻关，关键时刻有党员冲锋。”

荣获中核集团 2017—2018 优秀共产党员的刘辉就这些党员中的一员，“我在示范工程建设中承担着真空工作，这份工作的严谨程度直接影响着工程质量，所以我们必须一丝不苟全身心地投入其中，肩上的责任让我们倍感压力与挑战，但团队中的党员同志们没有一人退缩，始终冲锋在前，恪守责任，最终保质保量完成了该项工作。”

始终坚守自身使命、始终履行党员义务、始终出现在示范工程现场急难险重的任务中是党员们的承诺，共产党员们用坚实的臂膀和顽强毅力，用踏实的脚步和流淌在身体里的红色血液书写出一幅幅动人的示范工程党旗礼赞，也留下了无数个可供后人观瞻的感人故事。

“我是一名共产党员，这是我应该做的。”一句质朴的语言承载的是一份共产党人的朴素初心——“我们唯愿国好、家好、陕铀好！”

大道致远兮百川而容纳，大音希声兮天下而求索，志向高鹏兮腾跃于河山，为国担当兮驻大国雄魂，五十载岁月荏苒，五十载华章璀璨，中核陕铀用五十年发展历程从跟跑、并跑到最终实现向铀浓缩领域技术领跑发起冲锋，用自身使命担当助力“中国制造”到“中国创造”的飞跃。未来，陕铀人更加坚信中国离心从陕铀起步，必将在这里发展壮大，继续朝着运营高地、技术高地、管理高地、人才高地、文化高地，向着安全陕铀、智慧陕铀、法制陕铀、文明陕铀、美丽陕铀不断迈进！

要干，我们就干到最好

冯 涛 李 珊

2019 年 3 月 19 日，在我国新一代铀浓缩离心机大型商用示范工程全面建成达产即满一周年之际，来自清华大学、中国原子能工业有限公司及相关单位的 10 余名专家齐聚中核陕铀，对工程运行情况进行充分研讨、考量。大家一致认为：示范工程全面运行一年来，工程运行情况良好，损机率远低于控制限值，级联分离能力、能耗指标、经济指标均优于上一代工程；工程安全性、技术性、经济性处于世界先进水平，这标志着我国铀浓缩技术商业化应用提升到一个全新高度，对于我国铀浓缩事业发展具有里程碑意义。

去年的 3 月 20 日，当世人的目光齐刷刷投向它时，我们无比欢欣、鼓舞、振奋和感动，因为它是建设先进核科技工业体系不可或缺的重要一份子，因为它使我们将核心技术牢牢掌握在自己手中，因为它夯实了中核陕铀建成世界一流铀浓缩企业的核心和基础。在全体中核陕铀人的精心呵护下，这个大国重器以其优异的运营绩效挥洒着示范的魅力，充分彰显着陕铀智慧、陕铀方案、陕铀力量。

从它“孕育”的那一刻起，中核陕铀人就以“咬定青山不放松”的执着和情怀，燃烧着心中那团火，勠力同心、聚和奋进，破解了一道道难题，攻克了一道道难关，以实干实绩实效诠释着“不忘自主创新初心，牢记为国担当使命”的内涵与真谛，践行着强核强国的铮铮誓言。

我们坚信，“核”它在一起，中核陕铀必将跨入安全创新高质量发展的新阶段。我们坚信，“核”它在一起，中核陕铀争创世界一流的脚步定会更加铿锵有力。

处处体现一个“新”字

将示范工程打造成标杆工程、精品工程，是中核陕铀人孜孜不倦的追求。其今日之所以能取得如此优异运营绩效，是与中核陕铀始终坚持科技引领、创新驱动分不开的。30 年，中核陕铀人时刻牢记“中国离心事业从陕铀起步”的国之光荣，时刻用智慧汗水谱写着“中国离心事业必将在陕铀发展壮大”的豪情壮志。30 年，中核陕铀始终聚焦世界铀浓缩工厂运行前沿技术，充分发扬敢为人先的创新精神，将科技创新、科研攻关真真切切融入了自己的根和魂，致力于全面提升各运行系统总体技术水平。正因如此，才使得示范工程处处显示着一个“新”字。专用电动调节阀、一站式中频电源、新一代转速测量系统、新型供取料运行工艺、新型液化均质系统、新型专用传感器等一大批中核陕铀自主创新研发的新技术、新工艺、新设备在示范工程得到集中广泛应用，一个新字，不仅直接有效降低了工程建设投资和后续运营成本，更使系统运行的本质安全度得到全面提升，这应该是对安全、稳定、经济运行最好的诠释。

好的开端是成功的一半。从工程设计伊始，中核陕铀就携手设计院对级联设计进行了一系列创新和优化，首次使用离心工程模块化设计技术，优化资源配置，创新级联结构，大幅度提高级联效率，使其灵活性、适应性处于世界先进水平，并通过解决技术难题，确保其抗震性能。纵观示范工程“体检报告”的各项指标，我们能深刻体会到，中核陕铀人流淌出的一滴滴辛勤汗水，滚落地下所凝结出的智慧结晶是那样的掷地有声。主机初期失效率、项目比投资、单位分离功成本、试运行损机率、级联空气漏率等一系列关键指标，远远优于国内同类工程，安全性、经济性均处于国际先进水平。示范工程的优异运营绩效也充分展现了中核陕铀在离心法铀浓缩工厂建设、调试启动、运行维护、科技创新各环节各方面的浑厚内力。要干，我们就干到最好！

而今，示范工程的示范效应、标杆效应显现出来了，我们相信，在不远的将来，我国新一代铀浓缩离心机必将实现更大规模商业化应用，为实现中国铀浓缩产业“领跑”世界夯实根基。

永不满足的拼劲与韧劲

示范工程建得这么好，我们是不是就可以高枕无忧了？显然不是。因为中核陕铀人骨子里始终流淌着“永不满足”的血气，可谓是没有最好，只有更好！科研团队成员们不断在思考着、探索着“如何进一步提升示范工程经济性”这篇大文章。

2019 年春节前夕，由金晓东大师工作室牵头组织的示范工程级联精料端部机组层架线路优化改造项目进入了关键的冲刺攻关阶段。

“如今我们的系统进入运行阶段，安全稳定是头等大事。作为科研人员，我们就如向日葵永远朝向太阳的方向一般，无法停止对卓越的追求。如果能够提升级联的运行水平，付出再多努力都值得。”金晓东大师工作室的科研人员坚定地说。

农历春节的脚步近了，地处秦岭一隅的中核陕铀挂起了红彤彤的灯笼，点起了新修的明亮路灯，家家开始预备年货。可金晓东大师工作室的成员却一心扑在技术攻关上，想方案、编预案、跑现场，夜晚的灯光勾勒出科研人员们伏案钻研的身影，白昼的喧嚣打扰不到他们一次次演算的耐心，他们的内心澎湃而宁静，为的只是精准，为的只是突破！

不经一番寒彻骨，怎得梅花扑鼻香！一心扑在工作上的科研团队最终顺利实施完成优化改造项目，有效解决了该结构级联生产低丰度产品效率较低的问题，进一步拓宽了级联生产的丰度范围，同时使级联生产能力提高了约 15 tSWU/a，经济效益显著。

这或许只是陕铀人科技创新路上的一个缩影，一个个科研项目如雨后春笋般的焕发着生机与活力，一个个科研团队用意志、智慧、品质彰显着打造中国铀浓缩行业技术高地的豪迈与底气。千淘万漉虽辛苦，吹尽狂沙始到金。风雨兼程 50 年，矢志报国终不悔，创新驱动下的高质量发展使得中核陕铀人更加坚定、更加自信。

敢于啃“硬骨头”的政治担当

在示范工程建设及调试启动过程中，一个又一个急难险重任务接踵而至，但这些“硬骨头”都被我们生生啃下了，这与党建引领作用在工程建设中的凸显是密不可分的。回首 2017 年至 2018 年，在示范工程建设的关键期攻坚期，中核陕铀开展“立足岗位做贡献，建功陕铀当先锋”“关键靠党员”等主题实践活动，203 个党员突击队、85 个党员攻关小组奋战在工程建设一线，把每个任务作为政治任务来对待、来完成，有效攻克了技术难题 67 项，啃下了数不清的急难险重“硬骨头”，切实做到了“关键任务有党员引领、关键路径有党员盯守、关键问题有党员攻关、关键时刻有党员冲锋”，党员的示范引领作用充分发挥出来了，整个参建团队的士气和斗志也就激发出来了，强烈的使命感责任感与强大的精神动力成为工程建设中战无不胜的法宝，攻坚克难的堡垒就是这样炼成的！

2019 年年初，一位接受采访的离退休老党员杨子端向笔者讲述了自己毕生投身核工业的奋斗史。当笔者问及杨老是靠什么战胜一切艰难险阻，又是如何来到四〇五厂时，杨老说：“我此生所做都是些极微小的事情，如果要说是靠什么做好核事业的话，那一定是毛泽东思想的武装，有了这个武装，我和我的同事们天不怕地不怕！20 岁的我对党组织提出，让我到祖国最需要的地方，四〇五厂就是那个地方啊。”说罢，转向我们，“我在四〇五这片土地工作生活了大半辈子，年已古稀，看着四〇五人生活好了，脸上的笑容足了，我是由衷的高兴。现在是你们青年人报效核工业的时候了，你们一定要听党话、跟党走，不负重托，运行好咱们的示范工程！”这就是一名老党员的政治本色。

从试验工程建设阶段的铀浓缩技术研究，到引进我国第一个商用离心法铀浓缩工程 405-1A 工程，直至今日的铸就大国重器，在中国铀浓缩事业发展壮大的光辉历程中，中核陕铀人行进的脚步越发稳健、越发坚定。我们坚信，历经 50 年风雕雨刻的中核陕铀人，必将以决胜的风貌再出发，在实现新中核“三位一体”奋斗目标的伟大征程中，继续谱写浓墨重彩的新篇章！

示范工程的协调人

蒋 丽 刘章建

陈佰刚是示范工程施工现场总协调单位的项目经理。示范工程项目贯穿了从项目申报、设备研制、设备制造、工程建设过程控制等众多环节，涉及工程公司、业主、总包、监理、13个施工队等，如何把“多头协作”理顺成“一条龙”作业，并驾齐驱、多头开花，陈佰刚在其中的作用至关重要。

下重手抓安全

安全大于天！为此，陈佰刚牵头重点抓安全，使安全控制绩效直接决定项目实施绩效，可谓重中之重。他要求业主、总包、监理、工程公司及各施工队均按工程建设规范建立安全管理组织机构，抓牢“强化事前控制，紧抓事中控制，重视事后控制”这三点控制，切实发挥管理网络核心效应的作用，使安全管理实现横向到边、纵向到底。根据“管生产必须管安全”“一岗双责”和“谁主管、谁负责”的安全管理原则，陈佰刚建立了以项目经理为首的安全生产管理机构，制定了项目安全管理目标，并将目标分解到每一个管理部门和各个施工队乃至每一名参建人员，明确了项目各级管理人员和操作人员职责，并将制度固定下来，把安全与生产从组织领导上有机统一，保证了管理网络的严密性。

示范工程结束时，实现了工程所有子项目一次交验合格率100%，实现了人身死亡率、重伤率为零、重大机械事故为零，实现了重大环境事故率为零，噪音及污染物排放达标率100%等关键任务目标，在兄弟单位中竖起了陕铀人安全至上的丰碑。

现场征询 当即解决

示范工程建设初期，基本遵循的是周一所有施工单位聚在会议室一起召开周例会，对各施工单位存在的问题和下阶段拟解决事项进行协调、疏通、解决。会议上，由于供货因素、协作协调、交叉作业等原因往往出现扯皮，推诿之事，致使会议效率不高、问题搁浅。为了进一步提高工作质量和办事效率，陈佰刚改变以往工作会议惯例模式，主动深入施工现场，一个项目一个项目跑，一个问题一个问题看，抓关键、找难点、捋难点。前置介入，心中有数，现场征询，当即解决。走访式会议取代了传统“文山会海”的冗长与拖沓，“一对一式解决”“一对一式聆听”，缩短了信息沟通时间，优化了快速信息传递，更大大缩短了决策周期和执行周期。

“循环往复式”供货

在认真总结北区扩建一期经验教训的基础上，陈佰刚大胆决策、科学论断，发明了“循环往复式”新供货方式，在整个示范工程区段立管加工过程中，积极加强与供货单位沟通联系，针对工程区段安装“双周滚动”计划，确定了一批次配套区段立管供货时间和数量。陈佰刚将每列区段立管存在的安装问题、真空找漏问题等及时反馈给供货商，促使供货商及时更换送货，督促安装单位及时进行更换。对更换下来的管道标注问题后返厂，返厂处理合格后又作为下一批次配套区段立管。科学优化的“循环往复式”供货方式的被推广使用后，使示范工程区段立管安装过程中，没有出现备用管道的任何浪费。以北区扩建一期管道备用量为例，按照每区段立管重量 7 吨，每吨加工费 30 000 元计算，仅此一项就降低了工程成本 65 万元左右。

示范工程中的“女强人”

刘章建　蒋　丽

陈　利

中核陕铀主工艺系统专业工程师陈利，是示范工程中的“女强人”。从2014年起，她连续5年坚守工程建设第一线，先后担任喷涂作业小组组长、主工艺调试组负责人、工程启动运行后相关竣工验收管理以及示范工程建设经验汇编等多项工作。不管是在哪个岗位上，她都从事着创造性“事业”。每一项工作，不管是前置任务，还是后续工作，都事关大局，牵一发而动全身，关系到示范工程整体形象。为此，陈利呕心沥血，一心扑在工程上，留下了一串又一串闪光的足迹。

60℃高温下检查10 000多阀门

2014年第一施工队成立后，陈利在当年4—6月期间在第一施工队担任喷涂作业小组组长，完成了作业方案的编写，组织人员合理安排施工作业，在工程节点前顺利完成了南区扩建工程的装架喷涂工作。2014年10月至2017年8月的近3年时间里，陈利担任主工艺调试组负责人。为完成好调试相关规程方案的编写工作，她对调试大纲、方案、规程进行梳理，合理安排，她共完成了70余项工艺流程图绘制、启动调试方案和运行规程编写报批等繁杂工作。此外，陈利还组织人员完成了机组、料流和辅助系统的单体设备调试和系统调试工作。

2016年9月，系统开始进行首批机组真空干燥工作，这对示范工程调试具有重要意义。陈利主动放弃假期，带领调试组的同志每天进入施工现场，确认系统状态。她和工友们每天在60℃高温环境中检查10 000多个关键阀门的打开情况，检查装架的水断流。每次检查至少需要3、4个小时，检查完成后，陈利和工友们的衣服都湿透了。2017 年 10 月 15 日，她和工友们圆满完成机组的真空干燥工作。

喷涂作业“不输男”

2017 年 8 月，陈利被调到工程管理部后，又负责工程启动运行后相关竣工验收管理和示范工程建设经验汇编等工作。她对工程建设过程的宝贵经验进行了系统总结，为后期工程的建设储备，提供了较好的借鉴和指导作用。

陈利不但能以 15 年工龄的心细如发和技术特长，去规范工程建设流程，确保施工不“跑偏”、启动不失误、运行不出错，还把喷涂组作业组长的活儿，也干得风生水起，受到公司考评奖励。

“下午要喷涂五列装架号，咱们早点到现场做好准备，1 点准时开工！”班前会上，陈利一边看着施工计划，一边给施工队同事安排工作。

当天依然是一个忙碌的日子。施工人员陆续抵达现场后，安静的大厅随即热闹起来。“咱们是高处作业，大家注意安全！安全带保证至少有一端固定。还是按惯例，二、三、四层每层两个人，一层一人。一人负责喷号，另一人负责调整安全带位置，整理输送压空的管线。”安全带、安全帽、防护眼罩、专用口罩、细沙手套和橡胶手套，都是她们的秘密武器。为了不让手套滑落，同时防止过多的油漆沾到衣袖上，她们每个人都从手腕开始，用透明胶带将整条胳膊“裹”起来。

陈利和工友负责第三层装架，距离地面 7 米多，宽度却只有 60 余厘米，两边没有防护，走到上边要特别小心。工友在前边，陈利紧随其后看护好安全带，保障两人的安全，同时捋顺输送压空管线，防止管线打折影响喷涂效果。十几米的距离她俩要四、五分钟才能走完。每喷完两个号，就要调整安全带的位置……

夕阳还在恋恋不舍地注视着大地，陈利她们完成了五列装架号的预期目标。当他们撕下胶带，脱下手套，手已被汗水浸得发白了。防护眼罩和专用口罩里边都是一层厚厚的水雾，眼睛上也被压出一个夸张的圆圈，嘴巴周围更是被压出一个猪鼻子形状。安全帽压着湿漉漉的头发贴在前额，还有汗滴混着皮肤上裸露的油漆向下滑落……

陈利以她五年如一日的坚守，成为示范工程中的“女强人”。她和其他为示范工程默默奉献的姐妹们一样，成为示范工程建设中一道靓丽的风景线，在中核陕铀建设史上留下了自己闪光的足迹。

陕铀的基石与骄傲

蒋　丽　刘章建

机电检修车间是承担中核陕铀示范工程建设安装等重点任务的生产单位。作为车间行政工作的“领头羊”，车间主任黄闽川要求大家严格按照“凡事有责任，不推诿，主动担当；凡事有落实，不拖拉，主动工作；凡事有回应，不懈怠，主动沟通”的“三个主动”原则开展工作。

黄闽川

“三个主动”成为车间全员拧成一股绳、聚拢一股劲的强大动力。机电检修车间历时 8 年按节点完成了中核陕铀下达的工程施工、调试任务，以创新的管理方法和过硬的工程质量，为示范工程建设添上了浓墨重彩的一笔，实现了“干一期工程，树一块牌子，创一方荣誉，炼一支队伍”的总目标。

高效合作　完成多系统安装工作

作为车间领导的黄闽川经常深入施工现场检查和解决问题。在支臂平板、管道安装、主机落位及主机关键零部件更换施工的艰苦阶段，他更是和职工一起坚守在施工现场。黄闽川带领机电检修车间以积极务实的精神、高效尽责的管理为示范工程建设打下了坚实的基础。工程前期，机电检修车间付出了难以想象的辛勤与汗水，他们克服前期配套设施不完善等不利因素，完成了项目建设的预埋件加工、框架槽梁方梁安装、主机冷却水、变频器冷却水等系统的施工任务。其中，优化改进支臂、平板的安装工作，提升效率明显，人均安装效率提升了 2 倍，由原先每组 30 个/天提升到每组 62 个/天。单组单日最高完成过近 200 个支臂的安装工作，不仅提高了效率而且同样满足质量技术要求。正是由于安排合理、强化过程监督检查，通过不懈的努力，机电检修车间圆满地完成了此项安装任务。

科学布局　“兵团”会战显成效

在黄闽川的带动下，机电检修车间不断创新始终贯穿全程。工程实施中，提高真空试验标准，将真空冷冻测量合格标准由 1 μmHg/h 提高到 0.5 μmHg/h，使示范工程容积增加、连接点增加的情况下，整体真空漏量比北区扩建及 405-1C 工程漏量还小，确保了今后的运行安全。机电检修车间还改善单机检漏方法，通过对比研究单机漏点所在位置与冷冻测量数据的关系，优化检漏方法，使单机漏点判断时间由 4 小时缩短至 2 小时，大大减少了真空试验的时间。为工程节点提供了有力保障。

黄闽川科学规划，采取与施工队总协调、各“兵团”会同、多点作业、梯次协同、团结协作的总方针。施工作业人员梯次进入，顺序作业，汇同攻坚，连续作业，安装作业持续 4 个月。最后攻坚阶段，全体施工人员早晨 8 时就进山开工，晚上九时才洗澡回家，连续奋战 45 天，全面完成了 03D 厂房整体施工，为工程顺利达产创造了条件，为工程建设交出了一份圆满的答卷。

在工程建设中期，由于施工安装任务增加和交叉作业面的增多，为保证施工进度，多道工序需要同时进行时，机电检修车间主动克服人员捉襟见肘、任务繁杂等不利因素，关键时刻车间党员突击队主动担当，改变区段立管的安装方式，将原来在框架上进行的组装工作转移至大厅地面上进行，大幅缩短了立管的安装时间。单列区段立管的安装由 14 个小时降低至 9 个小时左右，效率提升明显。

机电检修车间与制造厂协商，改变立管上集流管的预安装方向，降低了集流管与设备连接时的工作难度与时间，单根立管集流管连接时间由 5 小时降低至 3 小时。

排兵布阵　激发职工的创新智慧

关键时刻，黄闽川精心总结，提升职工士气。工程后期的注油工作是施工关键工序，注油间的队员们总结以往经验，针对新工程的特点，采取倒班模式增加注油合格率。在紧张而枯燥的注油工作中，机电检修车间改造了注油间真空管线，提高了注油间真空泵的利用效率。原管线每日只能保证 1～2 个截断组注油阻尼的真空工作，改造后可以保证 3～4 个截断组注油阻尼的真空工作，效率提升 2 倍左右。同时，机电检修车间优化了注油装置的温控装置，增加电动温控阀，提高了注油装置温度控制的稳定性，保证了下阻尼油的油质稳定。

施工队员们在高强度操作之余，积极想办法优化工序流程，最终注油合格率提升到了95%，极大地提高了工作效率，缩短了施工工期，为主设备关键零部件更换提供了坚实的保障。

整个示范工程建设期间，机电检修车间完成了21个分部、51个子分部、128个分项，改进了数十处技术问题，并且无一例安全质量事故。这其中浸透着职工们创新的智慧。在黄闽川的带领下，他们先后进行几十项创新和技改，不仅缩短了施工时间、改善了施工环境，而且大大提升了工作效率和工程质量，为示范工程后续建设打下了坚实的基础。

黄闽川说："当我们机电检修车间的职工看到示范工程一列列整齐林立的管道、一排排紧密联结的主设备，将空旷的大厅变得充实立体，我们每一位参与者都为之振奋，自豪感油然而发。"如果说他们是江河中的一滴水，无疑他们已经汇入企业的大江大河。他们就是中核陕铀的基石和骄傲，他们是示范工程的缔造者和见证者。

“金大师”的担当情怀

刘章建　蒋　丽

金晓东是中核陕铀铀离心分离级联操作工首席技师，中核集团首席技师，人们习惯称呼他“金大师”。这不仅是因为以他名字命名成立的“金晓东大师工作室”家喻户晓，同时也是对他30年职业生涯的认可和尊重。

魅力在于革故鼎新

金晓东

示范工程启动阶段，他着重调研分析了气体离心机启动投运过程中离心机失效的原因，同时对气体离心机氟利昂处理工艺进行了分析，并对分台阶充料控制方法进行了优化改进。为最大限度降低气体离心机启动投运过程中的失效率，金晓东创新性地提出改进离心机试启动工序，增加氟利昂充料环节以全面筛选缺陷离心机，严格把控氟利昂分台阶充料全过程，控制充料速度延长每一个台阶稳定时间，以防止避免物料发生冷凝。这种工艺改进在我国新一代铀浓缩离心机大型商用示范工程启动投运过程中进行了实践，极大地降低了工程启动期间的离心机失效率，使得我国新一代铀浓缩离心机大型商用示范工程在启动初期的失效率达到了万分之一以下，远远低于工程设计指标，也优于同类铀浓缩工程实际指标，创造了新的行业记录。

魅力在于率先垂范

在示范工程进行第六批机组真空干燥期间，2017年7月18日，金晓东在家中接到运行值电话告知真空干燥机组压力突然上涨。他撂下饭碗，立即带领3名调试组成员赶往工程现场，利用丰富的故障处理经验，迅速组织进行系统找漏工作。他们在温度高达40多度的真空干燥隔离大棚内对数个区段数列主机逐一排查判断漏点，经过 1 个多小时的仔细检查，最终准确判断确定某二截断组供料竖管一层集流管法兰连接处有漏点。他们配合检修人员消除漏点。并逐一分区域判断确认系统无异常后，及时恢复了第六批机组真空干燥工况，尽力减少机组脱离工况的时间，有效保障了真空干燥工作按计划顺利进行。

魅力在于技艺精湛

在示范工程三批机组启动运行后，后续机组仍在陆续启动投运期间，金晓东对已经交给运行值管理的运行系统依然高度关注。2018 年 1 月 17 日，他在紧张的系统调试工作空隙，对已运行机组设备认真进行巡检，期间发现 11 机组 2 区段补压机的一路冷却水管进、回水温差大，相应壳体温度高，判断此路冷却水管有堵塞。后经检修人员检查确认，示范工程补压机冷却水管连接安装方式存在一定的缺陷。经中核陕铀研究决定，对示范工程所有补压机冷却水管连接安装方式进行了改进。由于补压机冷却水管路较多，如不通过手摸体感每一根水管温度仔细对比检查，不易发现局部水路有堵、不畅通异常。正是由于金晓东心系系统，一丝不苟的敬业精神，严谨细致的工作态度，及时发现并消除了示范工程关键设备存在的安全隐患，为系统安全稳定运行提供了保障。

魅力在于培养人才

金晓东结合以往离心机启动调试的经验，深入研究新型离心机技术要求，重点关注新机型与其他类型主设计参数的不同之处，以及对启动调试过程的控制要求。通过对新机型级联运行的各类工艺参数进行优化调整，研究制定新级联的运行及事故处理方法，金晓东带领团队共完成编制示范工程主工艺系统调试技术大纲、本系统运行规程 30 本，启动调试技术操作卡 100 多份，成为工作“指南”。他充分利用示范工程启动调试，将提高调试组成员的业务水平列为重点工作。金晓东督促团队成员对各系统知识强化学习，他本人对调试工序深入细致的分析讲解，并结合大量的实际调试操作，促进了年轻成员业务水平的提升和进步，为中核陕铀积极培养后备专业技术技能人才。

天生我材必有用。金晓东用一个热血男儿的赤胆忠心抒写了一曲勇敢担当舍我其谁的陕铀梦。因为金晓东们，我们才能庄严承诺：中国离心浓缩事业从中核陕铀起步，必将在这里发展壮大！

业绩都是大家拼出来的

蒋 丽 刘章建

雷兴亮说："人是工程建设的主体，如何充分调动员工积极性，发挥大家的聪明才智，集思广益，群策群力，'众人划桨开大船'才是关键。"基于这样的思考，他一次次把"依靠众人划桨的大船"驶向成功的彼岸。

雷兴亮是中核陕铀自控仪表车间党总支书记，从 2009 年起开始担任自控仪表车间施工队的主管领导。他充分发挥共产党员先锋模范作用，注重植入管理关键要素、科学布局施工措施、积极组织施工人员，先后完成了 405-1C、北区扩建工程一期、北区扩建工程二期等工程自控仪表系统的安装调试，配合冲击试启动及启动等工作。

将个人荣辱与工程质量挂钩

雷兴亮

作为施工队主管领导，雷兴亮在施工队积极实行项目负责制，在施工队队长名下又设置了施工队质量员、安全员、资料员、材料员，成立了工艺大厅自控系统安装组、供取料自控系统安装组、外围辅助系统自控系统安装组等作业组。为保证工程生产线自控仪表系统安全运行，组织好科研技改和工程建设及运行相关工作，雷兴亮树立"人人都是人才"的理念，以达到内部强管理，外部适应公司管理的新要求。每个项目作业组都设置组长以及兼职安全员、资料员。施工队队长具体负责施工队组织管理工作，负责施工、安全及进度工作的具体落实。各施工作业组组长全面负责所承担工作范围内安全、质量、进度的落实和安排，是所承担工作范围内质量、安全、进度各项工作的第一责任人。责任制的实施有效保证了施工进度的顺利完成。

雷兴亮创新思维，打破施工班组界限，坚持以专业为主，岗位为辅，将计划细化到天，把责任落实到人，推行日清日结；发挥领头羊的模范带头作用，施工队从队长、各施工小组长到各位老师傅，身先士卒，勇于吃苦，起到了火车头及标杆作用；工程施工期间，实行项目“质量承包制”，根据此原则将责任落实到人。每一项工程任务或工作，贯彻“谁安装，谁负责”，在施工作业面清晰标明施工人员的名字，直到后期调试、试运行和成功启动，他们见证着自己的敬业，也见证了优质的奇迹。将个人荣辱同工程质量挂钩，是一项创举，既带动了施工人员内心的职业荣誉感，提升了安装质量，也凝聚起巨大的源动力，牢固竖起了“自控人”的美誉名片。

合理化建议与改造无处不在

搭建宏观建设平台，从上层向下辐射，是自控人的管理特色。雷兴亮面对现场施工作业中不合理、不完善的设计，大胆提出合理化建议。例如对仪表安装吹气阀，并用角铁进行固定放置，将分散仪表集中安装，为以后检验、检修与工艺人员操作使用提供了极大便利条件。

为了记录设备传感器参数，测量过程中需要两人配合，1 台设备测量需要 200 秒，两个人 1 天只能测量一个装架，中间还不能有休息。面对浩大的测量工作量，在车间领导和技术人员共同努力下研制出了具有存储功能的便携式测量工具。此工具大大减少了工作量，1 个人 5 秒就能完成 1 台设备的测量任务，还可以远程测量参数。科技创新，科技引领，让自控系统有了更大的前行能量。

在启动过程中，发现个别设备参数不正常，雷兴亮带头组织人员全面复测，发现原因在于转速传感器不正常。在时间紧，工作量大的情况下抓紧一切时间做了缺陷处理。调试期间共完成设备调试 908 台（件），完成控制回路调试 3 251 个，网络通讯调试 181 套，仪表调试 930 块，各类模拟量点、开关量点的调试共 96 329 点。

大胆采用新工艺

自控仪表施工时间跨度较长，与土建、工艺等专业交叉作业较多，施工过程中安全风险较大。一般大的工程节点，设备到货、工作面移交等因素直接影响施工进度，前期各专业造成了时间延迟，导致留给自控仪表专业的实际施工时间十分有限，对施工组织能力要求较高。

为此，雷兴亮鼓励施工队人员开展技术创新，大胆采用新工艺新方法，解决施工实际问题，先后解决了施工现场的一些焦点、难点问题：规范金属软管与槽盒、预埋管的连接，广泛采用配套金属软管连接头，使电缆软连接路径牢固可靠；广泛采用热缩管改进金属软管与航空插头的连接方式，改变用白布带加塑料带制作电缆头的传统做法，节省了时间，增加了连接强度；规范接地，严格区分保护地、工作地，做好等电位接地；电缆敷设按照不同的信号分类合理分布，有效减少外部环境对信号的干扰以及各种电缆信号之间的相互干扰。

谈及示范工程的艰辛，雷兴亮每每都情不自禁地说："业绩都是大家拼出来的。"作为单位负责人，他总说，他和班子所做的也仅仅只是琐碎的小事情，一支团队不可磨灭的战斗力和战之能胜的决心才是最可贵的。可以毫不夸张地说，如果没有一支顽强拼搏、勇于挑战，聪明智慧的职工队伍，这些密布如丝、线头缠绕、举重若轻发挥着巨大作用的自控仪表系统安装、调试的活儿，无论如何是拼不下来的，示范工程能够顺利运行，凝聚着自控仪表职工全部的汗水！"

他是示范工程上坚定的螺丝钉

刘章建 蒋 丽

刘辉是中核陕铀机电检修车间主检工段的一名普通共产党员。在示范工程建设中，刘辉作为工程真空工作负责人，勇担责任、严格要求，创新操作，缩短工艺，高效高标准完成了工程所有安装工作的真空检漏任务，有力地保障了新工程安装节点进度，为工程顺利完成做出了贡献。

示范工程立“头功”

行百里者半九十。真空检漏是一项特殊工作，容不得半点马虎。尽管刘辉和工友们在示范工程中严格执行真空工作操作制度，加班加点悉心展开“破空、检漏、抽空、封存”等一系列繁琐的工作，但“坏消息”还是不期而至——“大面积的冷冻测量结果不合格”摊在大伙儿面前。

看着真空冷冻测量数据记录，刘辉久久都不能回神，明明全部管道找漏、消缺后再找漏都是合格的，怎么现在冷冻测量结果会不合格呢？而且还是“大面积”的冷冻测量结果不合格，这将对工程质量造成严重的影响。眼看着工期节点将近，这可该怎么办？

刘 辉

刘辉稍微平复了一下心情，第一时间将问题反映给车间领导，并果断建议对全部管道、设备重新进行找漏和冷冻测量。最终，车间领导在他的一再坚持下，展开全部管道、设备重新找漏。就这样，上万个找漏点、几千次的冷冻测量，原定半年的工作任务量，被他们硬生生压缩到 3 个月完成。最终，冷冻测量全部合格，刘辉和同事们完成了上万米管道的检漏和数千台阀门的真空工作，确保了大批量管道阀门安装的质量，保障了主工艺系统安装的进度，为示范工程按计划顺利启动立了“头功”。

“我就不信处理不了”

作为中核集团的优秀共产党员，刘辉像一台永不磨损的机器，始终满载运行，永远在路上。示范工程施工现场深夜依然灯火通明，人声鼎沸，老远就听见有人扯着嗓子喊：“都坚持一会，等把故障处理好了，咱们安安心心回家睡觉。”等走近一看，不出所料，果然是刘辉师傅。这个时间还在工地忙活的，永远少不了他。这可是大家首次在运行级联上处理阀门故障，系统不能停，不能破空，又没有这方面的工作经验。既要保证良好的真空度，又是首次在运行设备上处理故障，难度很大。大家都不约而同地看向刘师傅。只见他一拍大腿，“噌”的一下走到故障阀门跟前，毅然决然地说：“咱们把电阀传动部分拆下来看看，我就不信处理不了。”只见他小心翼翼地拿着扳手缓缓地拧下螺栓，像捧宝贝似的端着阀门一点一点地挪动，避免碰撞周围管道，更不能大力敲击，要时刻保证轻拿轻放……就这样，直到早上 5 时 30 分，阀门终于修好了。刘师傅皱了一晚上的眉头也终于舒展开了。

真空找漏工作，是一项完全由工作节点决定工作时间的特殊作业，必须秉承“拿得起，放不下”的原则。因此，常年加班和跨时间作业就成为刘辉和工友们的“新常态”。从工程开始至结束，刘辉负责示范工程所有主工艺系统管道阀门的真空检漏工作。为顺利开展工作，他合理配置人员设备，编制真空检漏程序，始终坚守在一线。他持续改进真空工作的方式方法，创造性地发明了一种缩短检漏时间的“新工艺法”，极大地提高了工作效率，获得了最佳工作效果，圆满完成了整体工程主工艺系统真空检漏工作。

如果说，示范工程建设是一项集大成的成功壮举，托起了中国核工业新里程碑的话，那刘辉他们就是这一庞大工程中的螺丝钉。因为示范工程高速运转的每一台机器上，都凝结了他们辛勤的汗水，凝聚着他们的智慧。这就是永不磨灭的陕铀魂。

为国担当显赤诚

李红军

作为中核集团重点建设项目，我国新一代铀浓缩离心机大型商运示范工程在中核陕铀的建设具有非同寻常的意义。中核陕铀党委委员、副总经理龙同光作为示范工程建设指挥部副总指挥长，具体负责指挥部的日常运作管理。工作中，他锐意进取、谋划长远、勤勉工作、大胆创新，以高度的责任心和强烈的使命感、以严谨细致的作风和坚韧不拔的态度，组织10余家参建单位团结协作、攻坚克难，全面实现了“工程建设安全质量进度可控、投资费用节约”的管理目标，为我国的铀浓缩产能的提升、运营成本的降低、管理经验的积累和技术水平的升级换代做出了重要的贡献。

项目按期建设，是对国家的担当

工程建设期间，我国新一代离心机已具备了工业化应用条件。中核陕铀加强顶层设计，及时进行项目调整论证，协调各有关单位通力合作，将项目调整为新一代离心机示范工程。期间，龙同光严格把关，及时组织召开沟通协调会，研究解决相关问题，保证了建造方案的优化和工期的合理可控。2017年6月，中核集团批复了项目初步设计，实现了工程建设项目的重大调整。

龙同光

龙同光说：“项目能否按期建设，关系到企业的信誉，代表着中核陕铀对国家的担当和对人民的承诺。”他身体力行，全力以赴、勤奋工作，认真谋划，为审批单位科学决策提供有力支持；同时他积极与上级部门进行沟通、说明情况，有效缩短了审批时间。2017年12月26日，示范工程投料许可如期获得了批复，为工程建设按期启动奠定了坚实基础。

险情就是命令　严控工程质量

示范工程的控制指标严于以往各期工程。在关键工序控制、关键环节的施工现场，总能看到龙同光和现场管理人员、施工人员共同探讨、协调解决施工过程中出现的各种问题的身影。正因为如此，示范工程建设中，各参建单位严格控制过程指标、及时优化关键工序，保证了各工序质量。龙同光提出并亲自组织实施了多项工序改进优化的建议。其中，在项目报建阶段，他首次将工艺管道安装的工序“倒挂”，缩短工期半年以上；在冲击试启动阶段，增加了氟利昂预处理环节和隐患主机的排查手段，对于降低工程初期失效率起到了决定性的作用。“涉及示范工程建设的问题一定要保守决策、谨慎处置。”这是经常挂在龙同光嘴边的一句口头禅。示范工程主机消缺量大，出现的问题较多，风险较大。譬如：主机外套筒漏水、辅助拉杆安装等工作是首次遇到，没有任何经验借鉴。在龙同光强有力的协调下，各单位通力配合、有效决策，彻底消除了安装调试阶段的诸多问题，持续提高了工程建造质量。在龙同光的指导下，工程管理部及时根据条件变化，多次优化了一级网络进度计划，多次调整了现场施工资源，硬是将因为消缺所延误的工期赶了回来，消除了工程建造进度风险。

龙同光重视工程建设应急响应能力建设，要求：“只要现场有施工，各单位负责技术、安全的管理人员就一定要到现场进行旁站监管，应急人员就一定要处于待命状态。”2017 年 10 月的一个周末，他接到报告：某机组某区段失电。不到 1 小时，龙同光紧急组织了各单位应急人员，及时赶到了施工现场。经过全面排查、排除了故障，消除了系统安全威胁后，他才松了一口气。这次失电事件，也是对工程应急响应能力的一次大检验。龙同光对大家高度的警惕性表示非常满意，并告诫所有人员：示范工程安全质量尤为重要，险情就是命令！

大力应用创新成果　确保“四大控制”受控

中核陕铀多项创新成果在示范工程上顺利得以应用，离不开龙同光的大力推广。示范工程首次采用了分离级柔性组合技术和新型结构可调阶梯级联结构，增大了阶梯级联工况使用范围；配套的中频供电系统、IV 型转速测量系统、双电动调节阀等一大批科研成果的应用，实现了新型离心机及其配套专用设备的技术实现同步升级。示范工程的供取料系统实现了完全自主设计，供水、空调、自控系统上的关键设备均为国内供应，摆脱了关键材料、关键设备的长期依赖进口的被动局面。为确保中频供电科研能得到的充分验证，龙同光协调各施工单位，现场给科研试验开绿灯，提高了工程整体的可靠性。

作为国内首个具有完全自主知识产权并建造、运营的新一代离心机大型商用示范工程，龙同光充分集成各方优势资源，突出建设单位的主体责任，强化过程管控，规范组织施工，有效保障了工程建设“四大控制”始终受控。工程建设过程中，他始终坚持党建引领，充分发挥广大党员干部的先锋模范和示范引领作用，带动广大参建人员攻坚克难，实现了工程建造良好业绩。他倡导“在干中学、在学中干”，通过积极参与工程建设，为企业练就了一大批优秀的工程管理和技术人才。因此，示范工程建设项目管理创新成果获得了陕西省创新成果二等奖。

在工程建设后期，龙同光提早安排，工程管理部组织实施，各单位积极参与，高效、高质量地完成了示范工程相关各类总结、论文的编制撰写工作，并组织形成了《北区扩建示范工程建设经验汇编》。这也是对示范工程项目管理、工程建造和系统调试过程宝贵经验的一次全面系统的总结，为后续工程建造和运营提供了宝贵的文献资料。

2018 年 3 月 20 日，示范工程实现了全面启动的建设目标，工程初期失效率远低于设计指标。工程自投运以来，系统运行状态平稳、运行参数受控，工程整体状况良好。经测试，示范工程各项技术性能均优于设计指标、优于前一项工程。国内各大媒体竞相报道，赢得很高的赞誉。这背后，闪烁着龙同光以及中核陕铀班子团队牢记使命、为国担当的赤诚之心，闪烁着他们多项工程管理经验的丰厚积淀和聪明才智，也闪烁着他们锲而不舍、勤勉工作、锐意进取的精神。

主工艺运行的“眼睛”

蒋 丽 刘章建

一夜两次解决紧急故障

2017年11月15日午夜时分，质谱分室副主任马腾的电话铃响了起来。打电话的是示范工程在线分析系统的值班人员，报告系统突然出现异常故障。在线分析系统是工艺运行的“眼睛”，重要性不言而喻。挂了电话马腾转头对妻子说：“现场出了点问题，我要进去一趟。”随后，他匆忙收拾衣装冲出门去，边走边向上级电话汇报。

马 腾

夜已深了，马路上静悄悄的，没有一个人。为了争分夺秒，马腾没有更换工作服径直奔向了示范工程现场。来到现场后，他一边详细询问出现故障的过程，一边动手操作设备检查参数变化。他思索片刻后便布置任务：人员分两组，一组马上领取取样器开展现场应急取样，值班人员做好应急分析准备；另一组立即进行系统局部停机，开展现场检修。

一时间工作间内人影穿梭，大家都开始忙碌起来。马腾一边指导值班人员操作设备停机，另一边他又着手进行在线应急取样。他熟练地操作着设备，讲解着操作原理。这是他最喜欢的工作方式，利用每一次检修与应急处置机会进行现场培训，以加深大家对应急处置操作的认识。

深夜里万籁俱寂，当有些人已进入梦乡的时候，取样间里却异常忙碌。大家精神抖擞，行动快捷，齐心协力，1个小时便成功完成了应急取样并及时报出了分析数据。这时值班人员都松了一口气，只有马腾还在忙碌着。他一边检查电路，一边研究核对图纸数据，终于找到了系统的故障点。确定检修方案后，马腾开始进行故障部位的修复，看到他严细认真的工作劲头，值班人员也顾不上休息，纷纷聚集到旁边帮忙打起下手来。30分钟后系统抢修完成，大家组装好单元进行上机考核，由于检查设备的故障得以修复，系统恢复了正常运行。可马腾还不放心，他又复查确认了一遍设备状态，对系统进行了双标测量检查，叮嘱现场人员巡检与应急事宜。

凌晨时分，马腾拖着疲惫的身躯乘坐班车回到了家中。刚休息片刻准备睡觉时，手机铃声再次响了起来。这次打来电话的是零点的值班人员，他们报告在线分析系统另外一台设备的分子泵突然出现停车故障，而且无法重启，系统真空度在持续变差。听到情况后，马腾立即指挥值班人员进行应急处理。虽然对他来讲应急检修是“家常便饭”，但像这样一台设备故障刚处理完，另一台设备又出现紧急故障他还是很少遇到。“可不可以拖到第二天再处理?”这个想法在他脑海中一闪而过。“不行，示范工程启动在即，任何隐患扩大的可能性都不能有!”马腾心中告诫着自己又走进漆黑的夜里。

当马腾再次回到家中时已经凌晨 4 时。他静静地躺在床上，久久不能入眠。回想起参加工作至今，自己先后参加了中核陕铀 3 个工程的建设与运行。伴随着技术水平的提升，他对这个岗位除了热爱，更多的是增加了一份敬畏。由于工作的特殊性质，作为系统负责人的他多次深更半夜进入现场进行抢修。

技改为企业节约成本两百余万元

2012 年，在北区扩建离心工程建设期间，马腾主要负责质谱间建设、在线分析系统、基础施工现场配合、质谱计与转换台落位、安装与调试以及方案编制等多项工作。虽然时间紧任务重，但他不惧困难主动领命。为确保工程建设的进度与质量，他坚持带头干加班赶，每一根管线，每一个螺帽，每一个阀门，每一条电缆都坚持亲自动手亲自检查。在质谱计安装调试过程中，质谱间周围还在进行着地面自流平的施工，刺鼻的气味充斥着整个房间，让人难以呼吸，但他始终坚守在现场，一丝不苟地完成着每一条谱线，每一个峰形系数，每一路进样灵敏度，每一台的系统稳定度。在北区扩建离心工程启动前，他高质量地完成了在线分析系统的安装调试工作，成功辅助工艺系统完成了一期工程的启动与运行工作。

2014 年，马腾负责了北区扩建离心工程二期在线分析系统的筹备与建设工作。他在不增加质谱计的基础上，实现一个分析系统兼顾两个工艺模块的方案，这一方案在二期工程建设筹划过程中获得了公司的认可。2016 年作为优化方案的重要环节，由马腾负责组织完成两台 BFQT-5 质谱计的进样系统改造以及料流转换台的改造工作。此项改造工作的完成，成功实现了单台质谱计既能在线分析一期工程料流又能在线分析二期工程料流的功能。这在国内铀浓缩工厂的建设中还属于首次应用，间接为中核陕铀二期工程的建设节约成本两百余万元人民币。

从2017年年底离心工程二期首批机组启动至今，马腾等技术人员高效地完成了在线分析系统的安装调试工作，维护了在线分析系统的安全稳定运行，准确及时地报出了每一项分析数据，实现了工程一次投产产品合格率100%的质量目标，为我国新一代铀浓缩离心机大型商用示范工程的全面建成和高质量、高效率生产运行提供了强有力的支持。

一个不平凡的日子

刘章建　蒋　丽

2017 年 12 月 30 日，对于苏智欣来说，无疑是一个不平凡的日子，因为这一天是示范工程首批机组正式启动的重要节点。面对这个重大节点，往事历历在目：2015 年 1 月—2016 年 3 月，完成了 42 台变频器单体调试和联合调试工作；2016 年 1 月—2017 年 3 月，配合完成了某供电单元 6 台变频器改造的技术工作；2016 年 4—9 月，实现了 6 台中频电源并联带载运行和过激运行……岁月蹉跎，时光荏苒。1 000 多天的勤劳付出，就要见分晓了。但苏智欣心里并不忐忑，因为他有足够的自信和把握。

苏智欣

天刚蒙蒙亮，苏智欣与同事们就顶着凛冽的寒风，乘坐公司大巴车准点到达工程区。他当天所负责的是中频供电系统的现场供电指挥工作，这项工作对于他而言是第一次。虽然已积累了两次工程启动工作经验，但是他心里仍然不敢有一丝松懈。示范工程中的中频供电系统是一套全新的系统，采用了全新的并联供电技术设计，系统原理、操作方式、负荷与其他系统均大不相同，供电方式和备用策略选择的正确性对启动工作有着直接的影响。因此，这对启动工作是一项全方位的实地检验。

这套全新的系统是苏智欣和同事们多年的科研心血，从 2014 年起，他们用了近 3 年时间进行了很多复杂的科研和现场测试工作。在正式启动前期，为确保设备的完好性，苏智欣他们每天都在现场检查设备状态，大到系统功能操作验证，小到器件螺丝和电路板线路检查，每一项检查验证工作都必须一丝不苟地完成。苏智欣和同事们通过现场检查，先后排除了直流母线过压、刀闸连杆松懈和并联逻辑控制错误等关键问题，确保了设备完好性。

2017 年 12 月 30 日 8 时 30 分，苏智欣指挥现场电气工作人员将启动设备状态逐一进行核验，检查是否存在异常。为保证正确性，他拿着检查表亲自复查确认。随着启动节点的临近，面对新系统，大家心里虽然有些紧张，但是苏智欣相信自己团队的前期工作是全面准确、细致到位的，这也使他和同事们坚定了启动成功的信心。

9 时整，随着中控室一声令下，苏智欣通过步话机命令南北两侧启动小组同时对机组送电。半分钟过去了，正在中央平台下的苏智欣检查发现电源指示灯点亮，同事也通过步话机反馈确认了全新的并联供电系统供电正常，这时苏智欣一直提着的心终于放下了。

下午 5 时整，示范工程首批机组正式启动圆满成功，这也标志着全新的并联供电系统正式投运。苏智欣和他的团队终于露出了难得的笑容。

就是从这一天起，苏智欣和团队每天奋战在现场第一线，连续 9 周完成了共计 18 次试启动和正式启动工作。于 2018 年 3 月 20 日，顺利完成了示范工程的全面投运工作。

时光在飞逝，岁月在流逝。流淌的是汗水，留下的是丰碑。示范工程商业运营已过半年，并联供电系统运行正常、稳定，这与苏智欣和他的团队在示范工程调试、启动工作中的兢兢业业、一丝不苟是分不开的。他身上展示着陕铀人不屈不挠的精神和核工业人铭记在心的“四个一切”精神。

“苛刻人”许小龙

蒋　丽　刘章建

许小龙是中核陕铀主工艺运行车间调试组组长，在示范工程建设中做出了突出贡献。

平凡的夜晚不平凡

2014 年 10 月，车间领导问许小龙：“示范工程启动调试任务艰巨，你能否承担？”他回答：“只要组织相信我，我必全力以赴。”示范工程启动的 3 年正值许小龙的孩子成长的关键阶段，鉴于要经常加班，为专心工作，许小龙说服妻子带着孩子暂时搬回娘家住。此后的 3 年半时间，许小龙带领团队研究新设备特性和启动调试工艺，编写技术规程，组织培训和现场施工，及时进行技术总结。示范工程启动调试过程时间长、复杂程度高、危险性大，但是整个过程中没出现一次差错。

许小龙

一个周五的晚上，许小龙接到加班任务。随后，许小龙立即联系了突击队 8 位同志，一起进入施工现场。通过现场状态检查，启动设备，连接工艺线路，悬挂标志牌，复查工艺参数，突击队在确认所有参数正常后才离开现场。那天深夜，突击队员们走在回家的路上，许小龙开玩笑说：“哈哈，本来该是一个平凡的夜晚，这下变得不平凡了。”

不仅眼要看到，手也要摸到

新设备启动调试过程中，要求工作人员每天在近 60 ℃的高温环境中检查上万个关键阀门的打开情况，这对于工程质量非常重要。根据以往工程建设经验，用眼睛检查就行，但几次实践下来，大家发现总有遗漏。在这种情况下，许小龙做了一个非常“苛刻”的决定——检查阀门打开时，不但眼睛要看到，而且手要摸到。由于阀门本身比较烫手，所以大家都必须戴上手套。如此一来，本来1个小时能够完成的任务，现在需要3个小时，而且是在高温环境下，每次干完活大家衣服都湿透了。实践证明，这样虽然辛苦，但是工作质量提高很多，复查很少再有遗漏。

写出最好的调试大纲

调试初期，许小龙就提出一定要写出最好的调试大纲和工序卡。为此，他带领大家研读新设备技术规范，找不同点和关键点。他还去档案馆借来了往期工程资料，从车间借来了涉及工程的所有启动调试大纲和运行规程。他与大家一起研究，对于有疑问的地方及时向前辈请教。为了确保万无一失，许小龙走遍示范工程的每一根管道，每一台设备。几经修改，他完成了现场流程图纸24份，启动调试方案18份，运行规程30份，为后期启动调试打下坚实基础。

损机率是衡量启动调试质量的重要指标。在启动调试某工序过程中，许小龙提出了新的抽空方式，进行了对比实验。新的抽空方式提高了该工序的施工质量，同时加快了该工序的进度。在某工序的某操作过程中，一个重要的监测参数会发生较大波动，许小龙经过反复思考，找到了原因，调整了其中两项操作的顺序，完美地解决了这个同题。损机率是衡量启动调试量的重要指标，许小龙以降低损机率为切入点，对启动环节的多项工序提出了改进建议，效果显著，示范工程损机率达到历史新低。

2018年，许小龙荣获中核集团年度“优秀青年标兵”。相对于他对企业的贡献和付出来说，他当之无愧。他是新时代青年的优秀代表。

职业荣誉操守

为深入贯彻落实中核集团、原子能公司和中核陕铀年度工作会、党建工作会精神，促进广大党员干部职工统一意志、统一行动、步调一致地推进“三大变革”、打好“五大攻坚战”和争创“六个一流”，确保公司年度各项目标任务顺利完成，以优异成绩庆祝新中国成立70周年和中核陕铀创建50周年，经公司党委研究，在全公司范围内开展“端好陕铀金饭碗、建功中核争一流”大家谈主题活动。

该活动通过“专题学习、专题研讨、主题征文、主题演讲”等有效载体，展示了陕铀人的形象和担当，收到良好效果。现将征文优秀作品集结，供大家学习参考。

不忘初心爱岗敬业

常艳芸

习近平总书记指出：“一切国家机关工作人员，无论身居多高的职位，都必须牢记我们的共和国是中华人民共和国，始终要把人民放在心中最高的位置，始终全心全意为人民服务，始终为人民利益和幸福而努力工作。”总书记的讲话教育我们无论处于什么样的位置，都要心中有人民。我是公司人力资源部的一名职工，长期从事社会保险服务工作，如何能热情周到地为职工做好服务工作，尽最大努力确保职工各项保险待遇及时落实，做到既合法合规，又合情合理，让职工满意呢？我想，唯一的答案就是牢记一名共产党员应有的初心，认真细致，勇于担当，立足岗位，用心用情用力为职工做好各项服务。

今天跟大家分享工作中的几点体会。

首先我热爱自己的单位。一个人在自己的职业生涯中，对工作负责是最基本的要求和原则，无论你身在何种岗位，无论你身处何等职位，无论你的收入高与低，你都应该热爱自己的单位。因为是单位给我们提供了锻炼的平台，是单位给我们提供了报酬，是单位给了我们这一份体面，所以请大家善待给你提供这份工作的单位，我们要干一行爱一行，要热爱我们的单位，热爱自己所从事的职业岗位。

其次，要团结协作，乐于奉献。在工作中，我们不是独立的存在，人与人之间的合作紧密相连，相互依存，只有大家都发挥了积极的作用，只有相互协作，密切配合，这个团队才是高效的。我的工作很平凡，只是一天天的重复，做不出什么惊天动地的壮举，也没有什么轰轰烈烈的事迹，但只要我兢兢业业任劳任怨地工作，尽自己的所能圆满完成自己的工作任务，尽到应尽的职责，对工作问心无愧，这本身可能也是一种奉献吧。

再次，要立足岗位，做好服务。在新时代下，作为一名服务工作者，要冲破桎梏，打破惯性思维，要站在更高的角度去考虑问题，既要保障职工的权益最大化，又要合法合规，在日常的工作中，要时刻以“职工的满意就是我们工作最大的动力”来鞭策自己继续努力，用心用情用力地做好服务。涓涓细流，汇成江河，我想我们自己把本职工作做好了，就是为公司的发展贡献了自己一份力量。

最后，要敢于担当，勇于干事创业。我们陕铀儿女都应该树立“端好陕铀金饭碗、建功中核争一流”的思想，既然选择了这项工作，就没有理由敷衍塞责、得过且过地混日子，就当义不容辞、满腔热情地对待它，专心专意做好它。要有敢于担当的品质，对工作带着激情，对生活充满热情，对事业饱含感情。一个没有激情的人是干不好工作的，干事业就是要充满激情。组织安排给我们的工作，要积极去干，主动干好，认真负责。只有我们每个人立足于岗位把本职工作干好，单位的整体工作才能干好；每个人的作用发挥了，我们的陕铀梦才能够实现。

逐梦新时代

董晓玉

夜晚的天空中启明星在熠熠闪烁。我正走在加班回家的路上。我知道，我的工作，和启明星一样闪亮。中核陕西铀浓缩有限公司，就是我的家。

我还记得招聘时我对它的向往，我对成为一名中核人，成为一名陕铀人的期待。我有一颗强国心，我有一个自强梦。是陕铀给了我安身立命的本钱，是陕铀给了我逐梦而飞的希望。是陕铀将我与上千陕铀人融为一体，创造出新篇章，幻化出新气象。我知道我取得工程建设三等功，获得先进生产者荣誉称号，享受着外人钦羡的目光，被人尊称一声董工，只因我处在陕铀奔腾前行的浩瀚洪流中，只因我站在巨人的肩膀上。

我知道中核是个金字招牌。在那个工业基础薄弱、百废待兴的时代，正是中核人，是钱三强、王淦昌、邓稼先等老一辈科技工作者秉持“国家利益高于一切”的坚定信念，奋发图强、攻坚克难，以强烈的创新自信，打破国外的技术封锁和限制，突破关键性技术难关，造出“争气弹”，为打破西方大国的核讹诈和核垄断，与成千上万的核工业人一道，铸就了共和国的坚强盾牌。

我知道陕铀是我的金饭碗。1969 年建厂，50 年来中核陕铀从无到有，从小到大，从一期工程到 2018 年我国新一代铀浓缩离心机大型商用示范工程的全面建成。陕铀，它有着厚重的历史，崭新的厂房；有着坚毅的工匠，新鲜的血液；有着传承的精神，先进的工艺。我站的地方不仅仅是陕南一隅，大爷山下，而是中国离心起步的地方啊，是能将中国离心事业发展壮大的中核陕铀啊。习近平总书记指出，核工业是高科技战略产业，是国家安全重要基石。我工作的地方就是发展核工业的基础之地，是夯实国家安全的基石之地啊。站在新的历史起点上，作为国防科技工业战略力量的中国核工业，中核陕铀，该怎样不负坚守 50 年的艰辛？又该如何将光荣与梦想，沉淀为砥砺的锐气，化作建设核强国的动力？

我的回答是：端好我们的金饭碗、守好我们的金字招牌。怎样端好金饭碗？要靠每一个陕铀人的共同实干和奋斗，靠生产一线的耕耘者，检修保障的守护者，科技创新的攻关者，改革发展的开拓者，管理服务的提升者，靠全体陕铀人不忘初心，勇于逐梦，顽强奋斗。伟大事业都始于梦想、基于创新、成于实干。正如习总书记所说："做实体经济，实实在在地、心无旁骛地做一个主业，这个还是本分。"端好金饭碗，就是精于用心，善于用力，忠贞用情，破思想藩篱，解工作难题。端好金饭碗就是要拿出"我将无我，不负人民"的精神，凝聚共识，统一力量，讲政治，勇担当，转作风，塑形象，统筹推进"五大陕铀""五大高地"，弘扬"四个一切"核工业精神，坚定不移地朝着建成具有国际竞争力的世界一流铀浓缩企业的目标前进。

山再高，往上攀，总能登顶；路再长，走下去，定能到达。草木蔓发，春山可望。我们都在努力奔跑，我们都是追梦人。指点春潮澎湃起，扬帆奋进启征程，让我们时刻端好金饭碗，奋力逐梦新时代。

脚踏实地干工作

李　雅

不翻开尘封的岁月，就无法了解辉煌的历程；不仰视一段光辉的历史，就无以感受曾经的苦与乐。50年无论对于一个企业，一个车间，还是一个人来说，都不是短暂的。50个春夏秋冬，留下了难忘的回忆。2018年3月20日，我国新一代铀浓缩离心机大型商用示范工程启动达产。这一切，见证着陕铀人的努力，见证着中核陕铀的发展。

过去的历史让我们牢记艰苦奋斗，也让我们年轻一代有了一种对未来发展的使命感、责任感和紧迫感。大学毕业，我回到了生我养我的这片热土，回想起祖辈们为我们打下坚如磐石的基础，父辈们为我们创造的如苍柏般的阴阴遮蔽，这灵动的山，这秀美的水，这朴实的人，都让我感到格外可亲，分外可爱。努力把中核陕铀建设成为效益优良，管理一流，机制创新的现代化企业，是我们第三代陕铀人所应肩负起的梦想和使命。我常常问自己究竟能为企业做什么？我的价值何在？我该如何发挥自己的一技之长？在一线工作中我一直在追寻自己的价值，探寻适合自己走的路，我给自己总结了一句话：脚踏实地、厚积薄发。

古人云：富不学富不长，穷不学穷不尽。社会永远不会淘汰有学习能力的人，赢在学习，胜在改变。一线工作涉及不同的类别，需要学习掌握的知识很多。本职工作是每一个员工的必修课，每一个人都要尽职尽责地做好，只有经过严格考核才能确定自己胜任的岗位。在工作中要善于发现问题，养成总结思考的习惯，解决问题时，要不断地改变修正自己的方法，使自己思路清晰，心态正确，拥有远见。做事时，要明辨事理，辨别是非，凡事深入了解，不盲目，不偏执，不自负，形成踏实、自信、耐心、沉静、果敢、简练的工作风格，不断在工作中成长进步。

在工作中，当不满足现状的时候，要拿出更多的智力和体力，去追求更大的进步，才会有更多的创造和发明，而不是一味地抱怨，不是毫无意义地攀比。在一线工作的日子，虽然辛苦，但是教会了我用积极乐观的心态看待，让我在枯燥的工作中找到了快乐，收获了知识。

每当看到师傅们娴熟地操作、忘我地工作时，我感到中核陕铀的每一位员工都是伟大的、成功的。因为他们靠自己的辛勤劳作、一技之能胜任了本职工作，在平凡的岗位上实现了自我价值，在重复的工作中持之以恒。我相信自己也会像他们一样，胜任工作，实现人生价值！

五十年光阴匆匆，五十年艰苦奋斗。秉承着陕铀人特有的“敢为人先的创新精神，艰苦奋斗的拼搏精神，不计名利的奉献精神，科学严细的求实精神”，中核陕铀为祖国交上了一张张优异的答卷，同时也摘取了一项项耀眼的桂冠。接下来的道路依旧任重而道远，作为自豪的陕铀人，我们将充满万丈豪情，脚踏实地，为共筑陕铀梦、中国梦发出耀眼的光和热！

用精神创造财富

刘　芳

“金饭碗”，古时指皇帝吃饭的碗，民间传言，能得金饭碗，一生衣食无忧。传统意义的“金饭碗”则指待遇优厚的职位，亦成吃国粮的另称。得此“金饭碗”，便意味着从此前程似锦、丰衣足食、生活美好。

适逢新时代，我们为“金饭碗”赋予了更多的时代意义和艺术内涵，打造出独一无二、具有时代烙印的“金饭碗”，使其成为滚滚历史中的重要一页，永载史册。1969 年，多少个能工巧匠从祖国的四面八方汇聚而来，四〇五厂——第一座离心工厂随之在汉江江畔拔地而起，一期工程启动直至“我国新一代铀浓缩离心机大型商用示范工程”全面建成一系列里程碑式的工程，无不彰显着大家从事工作的“金贵”，让职工无形中有了光荣感、使命感。什么是陕铀人的金饭碗？我理解它是我们企业形象的隐喻，实际应该是核事业的一块金字招牌。如果光说端好端稳金饭碗，谁还能撸起袖子加油干呢？说得不好听，端上金饭碗，大家可以吃大锅饭、太平饭、享太平福了。

端好陕铀金饭碗，不是一句空话，必须要靠一件件具体的事情来体现，靠一次次务实的奋斗来落实。再到具体工作中，就是要求我们不折不扣地做好本岗位职责范围内的事。

立足岗位履职尽责，是每一个人对工作时应有的职业道德和基本操守。一方面，岗位是干工作的平台，是承担工作责任的地方，只有明确了自己的岗位职责，才能在自己的岗位上恪尽职守，以身作则。另一方面就是要履职尽责，尽好本份。履职尽责，说起来简单做起来难，要切实做到做好，实属不易。现实当中，履职尽责完美无缺的人少之又少。卡耐基曾经说过：“有两种人注定一事无成，一种是除非别人要他去做，否则绝不会主动做事的人；另外一种人则是即使别人要他做，他也做不好事情的人。那些不需要别人催促，就会主动去做应该做的事，而且不会半途而废的人必定成功。这种人懂得要求自己多努力一点多付出一点，而且比别人预期的做得还要多。”

端好陕铀金饭碗，就是要立足本职、爱岗敬业、勇于担当，从每一件小事做起、从每一天做起。“凿池不待月，池成月自来。”对工作的主观能动性，代表了一种自我态度，是心理的自觉。履职尽责首先要强化责任意识。责任心是每个人心灵的内化，有责任心才有责任感，才会尽心、尽力、尽责。履职尽责要奋发有为，要有精气神。如果人人都有一股子“精气神”，个个朝气蓬勃、斗志昂扬、激情奋进，把工作当事业、把职责当使命，真正做到在岗在位在状态、敬业勤业干事业。要真正做到履职尽责，不只是有热情、愿奉献、敢担当就行，还必须不断提升履职尽责的能力，最重要的一点，就是时时、事事做有心人、当用心人。在实践中掌握新知识、积累新经验、增长新本领。要把尽心尽责、勇于担责，转化成内化于心、外化于形的价值取向，转化成夙夜在公、勤勉工作的职业操守，“日日行，不怕千万里；时时干，不怕千万事”，体现了我们陕铀人履职尽责的优秀品质。

回望过去，我身边的师傅们立足岗位、履职尽责的模样散发着耀眼的光芒，而我在这光芒里徜徉，让生命的旗帜在心灵的天堂飘扬，用一颗美丽的心灵，用一片痴心，用爱和责任努力铸造自己的灵魂，用坚定传神明亮的眼睛照亮前行的使命，用火热的心点燃一个个绚烂的春天。

始于喜欢，终于热爱。陕铀人没有感人肺腑的故事，没有惊天动地的事迹，有的只是将责任与奉献完美诠释的一颗颗平凡的心。他们立足岗位、履职尽责，在工作的过程中是无比享受和幸福的。

习近平总书记指出，60 年来几代核工业人艰苦创业、开拓创新，推动我国核工业从无到有，从小到大，取得了世人瞩目的成就，为国家安全和经济建设作出了突出贡献，核工业是高科技战略产业，是国家安全的重要基石。试问哪个单位、哪个职业、哪种饭碗能相提并论！

端好端稳陕铀金饭碗，我认为不能仅仅从物质上思考，而要从精神这个角度下功夫，用精神创造物质财富。陕铀人秉承的“四个一切”核工业精神是那样的熠熠生辉，浓缩熔铸了智慧与心血的“四个一切”，激励着我们“专心致志钻业务，心无旁骛干工作”，这是陕铀人的共同语言，是时代精神、民族精神、家国情怀、坚定信仰的集中体现。让我们携起手来，立足本职，从我做起，不忘初心，继往开来，把陕铀建成具有国际竞争力的一流核燃料企业，续写核工业新的辉煌篇章。

永远在路上

牛　娜

如果你是一滴水，你是否滋润了一寸土地？如果你是一缕阳光，你是否照亮了一分黑暗？如果你是一亩良田，是否养育了一方家园？如果你是公司一颗最小最小的螺丝钉，是否会为了你热爱的事业奉献终生？我想答案是肯定的！数代先辈用他们的青春和热血，铸就了新时代中国核工业的腾飞，作为新时代的接棒人，我们责无旁贷！核事业在老一辈核工业人手中起步，必将在我们这一代人手中发展壮大！

有人说：事业是拼搏出来的，事业是开创出来的，可我说：伟大的事业都是一代又一代人传承与奉献出来的，是实实在在干出来的。原子能事业的开创者钱三强说过：如果我们选择了最能为人类福利而劳动的职业，我们就不会为它的重负所压倒，因为这是为全人类所作的牺牲……正是对事业和责任的无限情怀，对求实和进取的不懈追求，让我们把个人的情怀融入到核工业振兴的征途上，融入到陕铀兴旺发达的事业里，为陕铀争先，为核工业争光，为祖国争气。

作为一名老龄工作者，我从来不觉得自己的工作是无足轻重的。要知道，历史就是让人来铭记的。看，核工业先辈们用他们的默默无闻，用他们几十年如一日的坚守，用他们扎扎实实的工作，诠释了一句响彻时代的标语：国家需要就是我们努力的方向。正是这一句简简单单的承诺，多少核工业人用一生去实现这个庄严的使命。听，时代车辙滚滚向前，留给世人的只有那一抹历史的芳华和我们为美好生活不懈奋斗的身影，他们没有炫人耳目的高论，只有大德无言的表率伫立于新时代的滚滚浪潮。敢问路在何方？路，是前辈们用血汗铺就出来的，是在新时代奋斗者们的手里……“功不唐捐，玉汝于成。”我辈必将交上名为奋斗的满意答卷，交于核工业的前辈们来阅卷。

幸福是奋斗出来的！也许你只是伟大事业创造过程中的一个小兵，可是正因为有你，奋斗的道路变得更加雄阔，人生的蓝图变得更加丰富多彩。作为中核陕铀的一名老龄工作者，我很欣慰，也很幸福。欣慰的是——我能为老一辈的陕铀人做好服务，幸福的是——我能跟着中核陕铀一起成长，一起拼搏，一起前进……

我是一名核三代，我的母亲9岁离开哈尔滨，跟随着我的姥姥姥爷辗转五〇四厂、四川厂、四〇五厂，我的父亲也是在青年时代就从大连来到了四〇五厂，最后在四〇五厂安了家、扎了根。我就出生在四〇五，成长在四〇五，中核陕铀就是我的故乡、我的家。我亲眼目睹了前辈们的奉献和拼搏，正是他们让我对自己的人生、对自己的工作有了更多的思考和规划。“天地之大德曰生”，我要把所思所想都扎实地落实在本职工作上，我将坚持“尊重老干部就是尊重党的光荣历史，爱护老干部就是爱护我们党的光荣历史”的工作宗旨。用心、用情、用力地做好离退休职工的服务管理工作，用我的实际行动让他们拥有快乐、幸福、有质量的生活。把党的温暖、组织的关心送到困难离退休职工心坎上。作为一名老龄工作者，我很平凡，可是为了心中热爱奋勇拼搏的那份热情，定当勇气加身，成就非凡之业，为我的人生增添那最绚丽的幸福之花。作为新时代的陕铀人，要为“陕铀精神”赋予最新的含义。不管身处何位，我都始终坚信：正是因为有你我的一分奉献和坚守，才铸就了未来事业满分的成功！

讲政治、勇担当，转作风、塑形象！亲爱的朋友们，可敬的奋斗者们，新时代的轨迹已行至我们身旁，我们必将挺起胸膛，不忘初心，传承陕铀前辈们的拼搏和奉献，发挥出我辈陕铀人的激情和闯劲，以“功成不必在我”的精神境界和“功成必定有我”的历史担当，保持爬坡过坎的压力感、奋勇向前的使命感、干事创业的责任感，一步紧跟一步行、撸起袖子加油干，去建设我们深爱的陕铀。“端好陕铀金饭碗，建功中核争一流。”让我们携手共进，立足平凡的岗位去建设我们深爱的家园，用双手去浇灌美丽的陕铀之花，用奋斗去谱写新时代新中核的美好篇章。

奋斗新陕铀，建功新中核！前进路上，我们永远在行动……

端好沉甸甸的金饭碗

濮莹莹

不知不觉中，我这个厂子弟已经在中核陕铀工作 15 年了，作为核三代，我和父辈们把青春和热血都献给了这里，但我们无怨无悔。我们心怀感恩，感恩它给了我们稳定幸福的生活保障，养育了我们一代又一代。

如今，世界经济和科技高速发展，各行各业竞争激烈，就业压力空前艰巨。在这样的严峻形势下，能拥有一份稳定、可靠的工作是多少人梦寐以求的事情啊！更不要说是能在从事核生产的中央企业中有自己的一席之地，该是多么来之不易。那么，既然我们如此幸运，端上了这让人羡慕的金饭碗。我们要怎样才能把它端得好、端得稳呢？我认为归结起来就是四个字——积极工作。

首先，态度决定一切，所以我认为想要积极工作首先要有积极的态度。有了积极主动的工作态度，才能在工作中有饱满的工作热情，才能有强烈的责任感，才能树立起爱岗敬业精神，干一行，爱一行，钻一行，以钉钉子的精神一步一个脚印，全力以赴，不驰于空想，不骛于虚声，面对工作中遇到的问题，主动想办法解决问题，勇于担当，而不是千方百计找借口。

其次，积极工作需要有积极的状态。既须有一鼓作气的干劲，也须有咬定青山不放松的执着，新时代、新征程，党和国家各项工作都提出了新要求，每个人都应该思考如何提升自己的本领更好地工作。就拿我来说吧，现在到了一个新的岗位，面对的是一个全新的领域，需要学习新的知识，那么，如何才能尽快地适应新岗位需要呢？我时刻勉励自己不要畏惧，不要退缩，时刻保持积极的工作状态，刻苦学习，虚心向老师傅和同事请教，严格要求自己，从头做起，熟悉工作职责，掌握工作技能，提高工作能力，有了这些本领才能更好地完成本职工作，为车间、为公司的发展尽一份力。

再次，积极工作需要有积极的表现，就是要用心、用情努力工作。奋斗者既要有凌云之志，更要有笃定之行。无论在哪个岗位，都要脚踏实地，在精准、精益上下功夫，以“求变、求新、求高、求实”的工作作风把工作做新、做优、做精，把工作过程变成创新创优的过程。对于我们运行人员来说，每当进入工作现场就必须集中精力，眼观跑、冒、滴、漏，仪表指示；耳听声音变化；手试温度和振动；鼻闻异味；经过积极主动认真的检查，分析设备异常及机组运行状况，做到心中有数。抄参数，做巡检，时刻盯着仪表盘，枯燥而单调，但却丝毫不敢怠慢，要真正做到用心、用情实属不易。运行工作平淡、琐碎，而且看不出成绩，更需要兢兢业业的我们，用心去守护着系统的安全稳定运行。

沉甸甸的金饭碗捧在手中，我们要全力守护它，感恩它，善待它，并矢志不渝地为之奋斗。习近平总书记一句“新时代是奋斗者的时代，中国梦由奋斗者构筑”激发起全国人民奋斗的昂扬斗志。让我们陕铀人共同奋斗，为我们手中的这个金饭碗添光增彩，做新时代的奔跑者、奋斗者，为全面建成国际一流的铀浓缩基地贡献我们的智慧和力量。

端好陕铀金饭碗

王　帆

这是一个怎样的新时代？这是一个文化自信的时代，一个民族复兴的时代，一个人类命运共同体的时代。这是一个风起云涌的时代，一个风雨无阻的时代，一个充满挑战并最终战胜挑战的时代。

在这样一个新时代，有四个字，我们要把它牢牢地记在心里、印在心里，争取未来三十年都不会褪色：“把握当下”——永远，永远不要错过今天的这个时代。

新的时代带来新的机遇，也意味着迎接新的挑战。在这个大变革时代，科技飞速发展，人们的生活日新月异，不禁让人感悟到，即使身处中核陕铀的大环境，没有危机感就会被时代所淘汰。唯有将自身的能力变得真正强大，才能真正端好陕铀金饭碗，获得切实的稳定感和安全感。作为一个新时代的陕铀人，我们应如何做到把握当下这个时代，端好陕铀金饭碗呢？

首先，追寻自己的使命感。一个拥有技术成就的中青年职场人，对自己的未来及人生价值一定是有过思考的，要不断地问自己的内心，一生真正想要的是什么？未来如何发挥自己的独特价值，为中核陕铀和社会带来益处和影响。

其次，创新专业优势。对于从事核技术领域，是专业性强、选择面窄的行业里的技术从业者，跨行发展的风险相对较大，在行业内发展的话必须使自己成为专家，才可能使自己优秀到不可替代。如果自己的专业能力不突出，则只能使自己成为没有特色、没有优势的普通技术人员，既不能替公司承担重任，也无法实现自己的理想抱负，难以在事业上有所成就。

再次，两耳要闻窗外事。做技术研发，整天盯在现场、办公室里潜心研究，不太注重与外界的互动，忽略与他人之间的交流，闭门造车是行不通的。我们只有对外界的新成果、新鲜事保持敏感，才能适应不断变化的世界，用自己的青春和想象力，为中核陕铀发展贡献自己的力量。

最后，时刻保持危机感。使自己的能力更强、成果更显著，还要保持危机感，有了危机感，才会促使自己有更大的推陈出新的动力，保有不断创新的激情。我们是时代的主人翁，不是历史的匆匆过客。

作为一名新时代的陕轴人，想要端稳陕轴金饭碗，就需要让自己保持足够的竞争力。伟大的时代已经向我们发出了伟大的召唤，为我们确立了伟大的使命。我们的生命能否有机会得以辉煌，我们能否拥有一个自律、利他的圆满人生，完全取决于我们能否与这个时代同频共振，完全取决于我们能否把个人的使命、理想，与这个民族的使命、理想连接起来。

把握这个时代，你就拥有这个时代。

扬帆新起航

王振楠

踏上新征程，光明前景招呼我们奋斗；建功新时代，伟大事业激励我们前行。100年波澜壮阔，我们的党从嘉兴南湖红船出发，引领中国复兴巨轮破浪前行；40年改革开放，我们国家大步向前追赶时代，走向世界舞台中央；50年陕铀发展，我们公司秉承先辈优良传统，走向浓缩历史新征程。“两弹一星”精神“四个一切”核工业精神，无数先辈们用自己的英勇事迹缔造了核工业崛起的奇迹，历史发展的巨轮驶到了我们脚下，仿佛世人的眼睛全都聚焦于此，且看我辈英才如何秉承前人光辉，在新时代起点上挥斥方遒，指点江山，把握当下，赢在未来。

历史总会铭记那些对得起国家、对得起民族的人。何谓对得起——上不辱使命，下不违初心。党和国家的使命和初心就是为人民谋幸福，为国家谋复兴；核工业的使命就是强军兴核，为国担当；作为新时代形势下的陕铀人，我们能做什么呢？

如果你是忙碌在工作岗位的党员干部，自当坚定理想信念，增强“四个自信”，树立党员带头意识，艰难险阻冲锋在前，凝心聚力，传递正能量，激发新作为，做新时代的合格新党员；如果你是坚守在生产一线的操作工人，自当干一行爱一行，钻一行精一行，以劳动模范为榜样，以技能大师为标杆，聚焦新技术，掌握真本领，以新风采建功本职岗位，竭力担当时代大国工匠；如果你是创新求变的技术人员，时代的发展步伐时刻敦促着你前行，掌握核心技术，激发创新思维，让企业技术立于不败之地，为核工业发展更添动力，与国家同呼吸、共命运，立足新时代，建功争一流。

时代总是需要那些富有家国情怀、爱国奋斗的人。新中国成立后，钱学森、邓稼先、郭永怀等一批爱国知识分子突破重重封锁回到祖国，在艰苦条件下开展科学研究，让我国核工业能就此起航；黄大年把自己变成“科研疯子”，只愿“中国由大国变成强国”；也许你我都觉得自身十分平凡，与轰轰烈烈的光辉事迹孑然无关，可是处于和平时代的我们，哪有那么多轰轰烈烈，干好自己的本职工作本身就是最大的不平凡。优秀售票员李素丽说过一句话：用力工作只能算称职，用心工作才算是优秀；南仁东仰望星空，脚踏实地，

20 年只做一件事，只为打造世界最大单口径巨型射电望远镜；奥运健儿赛场拼搏，只为领奖台上中国国歌响起那一刻的骄傲与自豪。时代不缺少慷慨激昂的爱国先锋，缺少的是平凡事业中依然为国坚守，为企担当、立足本职、无私奉献的平凡人。

“雄关漫道真如铁，而今迈步从头越!”先辈们用青春和热血为我们铺垫出来的发展之路，必将在我们手中扬帆起航，更添新功。把握当下，用时代赋予我们的热情，去点燃建功中核争一流的决心，用自己手中平凡的画笔去书写那属于陕铀人最不平凡的奋斗篇章，活出自己，赢在未来。

最后，共祝愿祖国好，共祝愿中核强，共祝愿陕铀美。

匠心铸就金饭碗

杨 英

什么是金饭碗？什么是陕铀金饭碗？我们该如何端稳这个金饭碗？

“饭碗”是我们安身立命在物质上的基本保障，有了饭碗，才能吃饱，才有力气工作。“金饭碗”说明在拥有饭碗，可以吃饱的基础上，还要追求吃好，是陕铀人追求更高水平生活质量的一种愿景和希望。而陕铀金饭碗就是我们的浓缩铀产品，如何端稳这个金饭碗，就得公司全体职工上下一心，共同努力，才能建功新中核。

在企业里，与企业一同成长并促进企业的繁荣发展，是我们每一位员工的使命所在，员工与企业的命运息息相关，没有企业的辉煌，也就衬托不出员工的智慧与价值。作为陕铀大家庭中一名普通的财务人员，我已经做好准备，以团结、创新、提升、奋进的精神风貌投身于“端稳陕铀金饭碗、建功中核争一流”的浪潮中。

财务部门作为公司的一个主要职能监督部门，“当好家，理好财，更好的为企业服务”，是其应尽职责。枯燥的工作日复一日，我与数字相伴，与票据为友，但我无怨无悔。既然扎根于财务工作，确保数字核算准确就是我们的责任，按时、高效地完成每一项工作，为决策者提供准确的数据，是我们每一个财务人的心愿！

小溪只能泛起破碎的浪花，百川纳海才能激发惊涛骇浪，个人与企业关系就如小溪与大海。每个人都要将自已融入集体，才能充分发挥个人的作用。作为财务人这个道理同样适用。财务人在部门领导带领下，统一意志、统一行动、步调一致推进“三大变革”、打好“五大攻坚战”和争创“六个一流”，确保公司年度各项目标任务顺利完成。

有句话说的好：思想有多远，我们就能走多远。当我们把爱岗敬业当做人生追求的一种境界时，就会少一些计较，多一些奉献；少一些抱怨，多一些责任；少一些懒惰，多一些上进，我们就会倍加珍惜自己的工作机会，并怀着一颗知足、感恩的心，把我们的工作做到尽善尽美，为陕铀梦的实现增砖添瓦、贡献自己的一份力量。

总之，端稳陕铀的金饭碗，不是一句口号，不是一阵风潮。它是只有通过辛勤劳动才能获得的成绩！天上不会掉馅饼，美好的生活需要双手去创造。每一个员工都是打造金饭碗的匠人，每一份付出、每一份贡献都会化作陕轴金饭碗上一个金色的点，这个用心血打造的金饭碗，也必将带领陕轴人迈向更加美好的明天！

像鱼儿爱大海一样

余　飞

“饭碗”是我们安身立命在物质上的基本保障。“金饭碗”比“饭碗”多了一个“金”字，更有价值、分量更重。说明在拥有饭碗，可以吃饱的基础上，还要追求吃好，是陕铀人追求更高水平生活质量的一种愿景和希望。而端好金饭碗，则是我们要追求一种长期的、稳定的、持续的工作状态，就是要“高质量发展”。

如何做到端好金饭碗呢？对于一名党员来说，听党组织的话，努力创造一流业绩，是对党员先进性的基本要求，也是党员应尽的义务。我们每一位共产党员，大部分在平凡的岗位上承担着任务；这些看来平凡的工作和任务，都同公司阶段发展的目标和事业紧密的联系着。对于一个小集体，党员是带头兵、领头燕，起到示范和引导的作用，更应该知道，端好金饭碗对于职工的重大意义。要端好金饭碗，作为一名党员，必须牢记使命，必须统一思想。思想是行动的先导、力量的源泉。统一思想才能有劲一起使，才能有效地促进工作稳步向前。

对于一名普通职工，如何能成功地端好金饭碗？我认为爱岗敬业、提高工作质量，就能端好我们的金饭碗。爱岗敬业是企业前进的基石，也才能使我们的饭碗端的更牢。也许你会说：“我只是一个普通员工，在平凡的岗位上工作，我们能做什么？那都是领导的事！”如果有这样想法你就错了，在企业的发展过程中，在平凡普通的岗位上，我们虽然只是普通的一员，但是，你我爱岗敬业的实际行动即是企业发展前进的基石！实际上，爱岗敬业就是做好本职工作，从身边的小事做起，日事日毕，努力学业务知识、技能，做好每一次巡检，填好每张记录。总之，待人接物，为人处事，都要做到从我做起，把小事做好，以热情诚恳的态度做好今天的工作；没有任何借口，任劳任怨的做好自己本职工作，当接到任务的时候，我们要尽心尽力的努力完成分配的各项工作，这就是爱岗敬业！

提高工作质量是每一个职工的工作目标。而工作中的细节性问题往往最能反映一个人的工作是否认真、细致，很多工作业绩显著的人并不是因为他们做成了大事，而是因为他们把细节做到了最好，做到了极致。有时候，一个小的失误就可能把你推到一个危险的境地，让你的一切努力付诸东流。工作中细心做事，认真踏实，也许你的付出，不一定能显山露水，但你的工作质量是大家有目共睹的。所以，注意工作中的每一个细节，切莫忽视任何一个小问题，养成严谨务实的工作作风，努力提高工作质量，才能最大化地创造工作效益。

人活在世上，总要有个人生目标，总要有个发展方向，说实在点，就是谋生的依托。既然以中核陕铀作为终身选择，就要把自己的理想、信念、青春、才智毫不保留地奉献给这庄严的选择，就像鱼儿爱大海，禾苗爱春雨！端好陕铀金饭碗，不是一句口号，不是一阵风潮，它是只有通过辛勤劳动才能获得的成绩。天上不会掉馅饼，美好的生活需要用双手去创造。有人说得好，“人生可以平凡，但不可以平庸：人生不一定伟大，但一定要崇高”。我坚信拥有阳光的心态，就能在平凡的岗位上创造出不平凡的价值。我相信不管现在，还是未来，只要始终如一、以积极的心态、阳光的心态来对待工作，必将会将让我们的事业更加辉煌！

我们是核工业的追梦人

张　楠

横空出世，莽昆仑，阅尽人间春色。飞起玉龙三百万，搅得周天寒彻。60年前，党中央审时度势、高瞻远瞩，做出了发展我国原子能事业的战略决策。60年来，在党中央正确领导下，在全国各行各业大力协同和全国各族人民大力支持下，我国建立了世界上只有少数国家拥有的完整的核科技工业体系，实现了核能大规模和平利用，为国家经济社会发展、增强国家综合实力、保障国家能源安全、提高人民生活水平作出了积极贡献。

作为中核陕铀的一名青年职工，我们毕生要完成的唯一一件事就是为"建成具有国际竞争力的世界一流铀浓缩企业"贡献自己的力量。一个企业不能没有目标，一个人不能没有信仰，公司着力倡导、培育推进"五大高地"建设，我们更应该响应公司的发展目标，使其指导自己该干什么并自觉去干，约束自己不该干什么并坚决抵制去干，从而形成共同的追求。确立了"支撑经营就是发展自己"的个人工作理念后，更加激励了自己与公司共成长的决心。

在加入公司不长的时间里，我非常有幸参与了两大重点工程的安装、调试、启动和运行，工作中作为党员突击队的一员，同身边的党员同志一起，用自己的汗水和智慧，点亮了工地无数的夜晚，我感到骄傲和自豪。成功的背后，隐藏了无数的努力和艰辛，为了工程时间节点，很多同事献出精力和休息时间，排除了各种技术瓶颈，坚持安全质量第一的理念，现场处处悬挂可见突击队旗帜提醒自己在党旗下的一言一行，鞭策自己"我能行"，鲜明的旗帜导向突出了党员的先进性，并且激励着我们无私奉献，率先垂范引领广大群众一起努力。最终，我们看到成功之后相互击掌的喜悦，这是发自每个人心中最真实的情感。

我所在的车间党总支非常重视每位党员的自身党性修养和建设，通过三会一课、外出交流、活动竞赛等多元化的学习教育，使每位党员包括我更加热爱自己的本职工作，"先锋精神、担当精神、牺牲精神和探索精神"这四种精神每时每刻激励着我"端好陕铀金饭碗，建功中核争一流"。

朋友们，我们的事业成就就是一茬人接一茬人前赴后继干出来的，我们的事业历史就是一代人接一代人押上身家性命用共同的心血写成的。没有哪个个体能包揽天下，书写历史，作为个人，无论身处何位，在位多长，都只是时代洪流的一朵浪头而已，冲击过，拼搏过，也就可以聊以自慰。如今的中核陕铀事业发展正处在爬坡过坎、滚石上山的重要关口期，我们不能满足于欣赏半山腰的风景，要有“会当凌绝顶、一览众山小”的壮志豪情。让我们在公司党委、总经理部的正确领导下，信心凝聚力量，实干谱写华章，斗志昂扬，奋力推进“三大变革”、打好“五大攻坚”、实现“六个一流”的新业绩，朝着建成具有国际竞争力的世界一流铀浓缩企业砥砺前进。

核梦圆初心

周梦湲

我是一名厂子弟，也是一名核三代。记得刚分到厂里时，厂子弟和外面分配过来的大学生闲暇时就不自然地分成了两拨人，彼此有些生分。有一次公司领导在给我们上课时讲到："今天咱们能够在这里见面，是因为我们共同选择了为祖国的核事业而奋斗。"没错！陕铀的金饭碗是一部厚厚的历史书，多少年来，有多少热血青年从五湖四海汇聚到汉中盆地这偏僻的一隅，默默无闻、夜以继日地为中国的核事业贡献青春与汗水。我的爷爷是第一批建设四〇五厂的工人，他见证了中核陕铀从无到有。小时候常听爷爷讲过去建设工厂的情形。那时候的生活条件非常艰苦，工作环境也很恶劣。可是爷爷每次一讲起来就停不住，脸上洋溢着知足，眼神中流露着怀念。爷爷常说我们那个时候搞建设，是毛主席周总理交付给我们的任务，我们就是想着不能让咱们国家再被列强欺负。前段时间我闲暇阅读了《核梦初心——我国核工业第一批厂矿故事集》，回想爷爷说过的话，感动莫名，老一辈人奉献出他们金灿灿如油菜花海似的青春，结出硕果累累，将祖国的核事业从无到有建设起来，奠定了国家安全的基石，一代又一代人的青春开了又谢，留给我们的不只是熠熠发光的金饭碗，更是无价的精神财富。回顾历史不仅仅是缅怀过往，更是为了保持优良传统，传承陕铀精神。我们应时刻牢记手中的金饭碗不是天上掉下来的，是老一辈人用热血浇筑的。

爷爷是我心中的英雄，他参加过解放战争与抗美援朝战争。我以前曾好奇地问过爷爷，你那时年龄那么小，不害怕吗？爷爷说："一个人的话当然害怕，但那时大家都听党的号召，相信毛主席，红旗指向哪里我们就一起向哪里冲，其他什么都不顾了。"爷爷的话里透着深刻的道理，正是因为数以千万的人民相信党、敬仰党、服从党的领导，才能众志成城，迸发出强大的战斗力，才能有我们今天幸福美好的生活。现在科技发达了，我们接触的信息多了，心中却没有了信念，失去了信仰。想要端好陕铀金饭碗，我们必须要坚持党的领导，我们一个人的视野是有限的，能力是渺小的。十八大以来党中央雷厉风行，从严治党，为权力戴上了金箍，反腐治腐力度前所未有，企业管理制度逐渐完善，因此我们要相信党，只有相信党，听党指挥跟党走，在公司党委的正确领导下，团结一心，凝聚正能量，才能保证这个金饭碗端得稳、端得好。

作为一名核三代，陕铀就是我的家。我对党对中核陕铀充满了感激。陕铀养育了我，在这里有我美丽的成长回忆。记得上大学期间，宿舍里的同学听说我的父母在央企上班，眼中都留露出羡慕的神情。现在我又回到这里，从父辈们手中接过发展核工业的事业，同时积极地加入党组织的大家庭。所以我感到很幸福，在别人眼中我从事的事业是崇高的，很多能力比我强的人还在辛苦奔波，每个月为“包租婆”打工。而我还可以每周想想到哪里去自驾游。从这个角度想，陕铀就是我们的金饭碗，但我还是时常听到一些抱怨，觉得单位这里不好那里也不行。吃着饭还想着扔掉碗。古人云知恩图报，善莫大焉。感恩是亘古不变的美德。在你迷茫时是陕铀接纳了你，给予了我们充足的信任和良好的工作环境，给予我们在工作中再次学习的机会。羊羔跪乳，鸦雀反哺，陕铀给了我们平台，我们应时刻心怀感恩，以陕铀为家，爱岗敬业，开拓进取，为陕铀的建设添砖加瓦。

端好陕铀金饭碗，不只需要我们缅怀历史，开展讨论，更需要敢于担当，勇于承诺。转眼间我在中央分析室已经工作近 8 个年头了，非常感谢领导、师傅们对我的悉心教导。这里有党政团结、同心同德的领导班子，有团结进取的同事，有严谨务实的工作作风。产品是我们端好陕铀金饭碗的物质基础，产品质量一直是中核陕铀的金字招牌，作为质量把控的关键环节，分析检测作为“眼睛”，在新形势下面对更多的项目更多的需求，端好陕铀金饭碗，更要练就“火眼金睛”。因此我将以 CNAS 认可为契机，深入学习新版 17025 实验室管理体系，以能力比对为抓手，不断提高自身技术技能水平。履行好本职工作，努力做到精细、精准、精益、精进，确保分析数据准确及时。

习近平总书记曾说：“每一代青年都有自己的机遇和机缘，都要在自己所处的时代条件下谋划人生，创造历史。时代的责任赋予青年，时代的光荣也属于青年，没有一代人的青春是容易的，但每一代人的青春都是大有可为的。”金在自然界的含量极少，金器都要靠冶炼而成。一代又一代人用青春和汗水炼就了陕铀的金饭碗。我们这一代人已经拿上了接力棒，我们的使命是光荣的，我们的愿景是远大的，新时代“金饭碗”绝不是等着来的，靠着来的，要着来的。

为了端好陕铀金饭碗，我们不能妄自尊大、好高骛远、拈轻怕重、无病呻吟；也不能妄自菲薄、自怨自艾、固步自封、不思进取。我们要认清自我，破除不合时宜的旧思想，彻底革除负能量，敢于正视不足，从我做起，从小事做起，从本职做起，遵守制度，主动作为，自我挖潜。我们要不忘初心，牢记历史，牢记使命，感恩企业，听党指挥。做好金镶玉，团结一心，凝聚共识，用心用情用力办好事；举好金字招牌，安全稳定高质量发展；拿好金刚钻，增强实干创业的本领；擦亮金名片，打造科研创新新高地；学习“金大师”，匠心独运，让工作成为学习，让学习成为乐趣。拓宽人才渠道，加强人才培养，做核工业人才的摇篮。

同事们，陕铀是我们的家，我们是陕铀的一份子，我们面临的机遇与挑战并存，形势严峻，端好陕铀金饭碗是我们的历史使命，是我们的事业，也是我们的“面包”。让我们共同以饱满的热情与正能量来面对今后每一项工作。以新的业绩为建企五十周年，为祖国七十华诞献礼！最后我以爷爷经常吟诵的毛主席的一首诗作为结尾：当年忠贞为国酬，何曾怕断头？如今天下红遍，江山靠谁守？业未就，身躯倦，鬓已秋。你我之辈，忍将夙愿，付与东流？

青春在陕铀绽放

孙 艳

曾经以为，梦想最大，远方最美。现在感到，珍惜拥有，爱在身边。朋友，珍惜现在，珍惜拥有。

近期认真阅读了《善待你所在的单位》一文后，我感觉心潮澎湃，感触颇深，受益良多。正是这种感触，促使我想用无力的语言来表达我内心的感动与感恩。整篇文章纵览全局，又细致入微，从单位对每个人的重要性到单位存在的意义，给人醍醐灌顶、豁然开朗之感。单位的工作业绩总是依靠踏踏实实的工作者，单位乃是给每个热爱工作的人一个平台、一种快乐、一个细节、一份爱。文中提到“三个珍惜”使我深刻领会到它的内在含义。

的确，作为个体属性的我们，在茫茫人海中，只不过是最为微小、最为普通的个体，单位作为群体的存在，是我们生活的依靠。离开单位，我们便没有了接触社会和与人交际的机会，离开单位，我们也就失去了实现自我人生价值的平台，因此，我们要怀着感恩的心对待工作、对待同事、对待生活中的一切。

看过一部正能量的电影《摔跤吧，爸爸》，故事其实很简单，一位印度的摔跤能手，没能在国际大赛上为国家赢得奖牌，他十分懊恼，想让自己的儿子完成他的梦想。可一连生了四胎都是女儿，他为此每天愁眉苦脸，直到有一天，他女儿打伤邻家的男孩，打得遍体鳞伤。他这才恍然大悟，女儿也有摔跤的天赋，奥运奖牌无论男女都可以去拿。于是，他的两个女孩从此就踏上了摔跤之路。最终夺得了 2010 年英吉利体育竞赛女子摔跤的冠军。

这是一个真实的故事，而且把人生的大道理天衣无缝地拼接起来，人不能固执己见，要学会换位思考，要坚持不懈，不能轻易放弃，半途而废，要懂得将心比心，站在别人的角度看问题，只要不忘初心，最终才能获得成功，人活着必须要有奋斗目标和理想，为了实现它而不断奉献和追求，这其实就是人生最大的乐趣所在吧。透过影片，我看到了一个宠辱不惊的人，在他的背后有一个三分钟热度的我，我感到自己的不足之处，与她们相比，我实在是有太多太多的缺点，我离人性最伟大的一面，还有许多需要努力的地方。所以我们更要珍惜现在的工作机会，因为我们所从事的工作，不仅为我们提供了一次稳定的收入，更重要的是，它一次又一次地磨练了我们的意志与心智，让我们更好地接近自己的目标，最终发现置身于一片广阔的天空。

珍惜一切美好，就会拥有一种幸福；珍惜一份感动，就会拥有一份快乐；珍惜一份情感，就会品尝一份甜蜜；珍惜一份光阴，就会博取一份精彩；珍惜在当下，精彩无限多。

譬如朝露，人生几何？珍惜当下的每一刻，珍惜陕铀的大舞台，让心灵之花灿若朝阳，让生命之花永远吐露芬芳！珍惜我们陕铀大家庭，担负起我们每一个人自己的责任，让陕铀之光照亮我们前行的道路。

道阻且长，行将必达。心怀感恩，心怀梦想，热情的去行动，在自己的岗位和人生角色中发挥自己的一份光和热。让青春的美好在陕铀这片沃土绽放！

青春筑梦在路上

张　涛

2018 年，是贯彻落实党的十九大精神的开局之年，更是公司发展史上具有里程碑意义的一年。这一年，具有完全自主知识产权的我国新一代铀浓缩离心机大型商用示范工程全面建成投产，这标志着我国铀浓缩离心机实现了升级换代，具备大规模商用条件，铀浓缩整体技术水平、经济性进一步提升，达到国际先进水平。

我参加工作是 2013 年，初到消防队每天跟着老师傅老班长学业务搞训练之余，还有一项重要工作就是进主厂区巡检，印象中当时我们北区扩建工程才刚刚开始建设，只有一座座刚建好的厂房，既神秘又壮观，随着时间一天天过去，我也一天天见证了它的变化，但是说来惭愧，这几年里无论是防火检查、动火作业检查还是日常巡查等，我绕着厂房走了都有几百圈一直没有意识到我每天所干的这种平凡的工作实际上是多么的不平凡，直到当这个新闻在中央电视台播出，在人民日报刊登，在公司宣传后，我才突然意识到我参与的是一个如此责任重大并且使命光荣的工程，我所做的这个看似平凡的工作有多么重要和不可或缺，每每想到这样一个厉害的工程就在自己工作的公司，心里就不由得升起一股自豪感。

随着工作经历的不断增长，以及这件事给我的感触，我一直在思考一个问题，作为公司的一名普通青年职工，如何在平凡的岗位上干出不平凡的业绩，贡献出自己的一份力量，经过这段时间的深思后，我觉得应该要做到以下几方面：

首先，要不忘初心，方得始终。习总书记在党的十九大报告中指出，“不忘初心，方得始终”，初心是起点时心怀的承诺与信念，是困境时履行的责任和担当，要不忘共产党人的初心和使命，不忘老一辈革命家的崇高精神和优秀品质，我们的公司也是在几代人的辛苦耕耘中才有了今天的成就。作为公司的一名青年员工，不忘老一辈艰苦奋斗、顽强拼搏的优良传统，不忘记那颗吃苦耐劳顽强拼搏的敬业之心，坚定理想、脚踏实地的努力工作，在岗位上积累知识，自觉传承“两弹一星”精神、“四个一切”核工业精神，就一定能在岗位上发光发热。

其次，要勤奋敬业，勇敢担当。敬业就是要敬重和专注自己的工作，在任何环境下，都把敬业当成一种习惯、一种本分，除努力做好本职工作外，还应主动关心和自己有关的事，要保持一种积极的心态，始终保持饱满的工作热情，认真的工作态度，用乐于奉献的工作精神和乐于创新的工作意识做好工作，平时自觉刻苦钻研业务知识，努力提高业务知识水平，同时敢于直面工作中的困难，并主动克服困难。在工作中不断加强自身的责任心，对事情要有敢于负责、主动负责的态度，要有工作就是责任，责任重于天的意识，无论在什么岗位上，都应该尽自己的努力做到最好。

再次，要作风过硬，精益求精。工作中应保持精益求精的态度，把老一辈对工作那股子热爱和认真的劲儿传承好。作为基层职工，要有每个岗位都是公司整体建设运行中不可或缺一环的认识，对待工作和同事不骄不躁，始终如一。要做到自己的工作无差错无拖延，要有耐心、细心和决心，要认真了解工作中的每个细节，流程的每个环节，遇到难题勇于尝试和探索，勤思考，多交流，这样才能做到对自己的工作胸有成竹，心中有底。在以后的工作中，我也将把满腔热情落实到自己的实际工作中，爱岗敬业，发扬拼搏、求实、奉献的精神，为公司的发展建设贡献自己的智慧和力量。

斗志昂扬，永不言败，我们在路上！

扬帆起航，砥砺前行，我们在路上！

筑梦青春，建功陕铀，我们在路上！

核三代手中的金饭碗

张兆辰

前段时间，我和一个同学在微信上聊天，他对我说，他在职业发展上遇到了一些问题，能否给一些建议。他是某名校的研究生毕业，毕业之后顺利入职一家很不错的企业，在人人向往的一线城市当上了白领，他进入这家公司后一干就是7年，工作业绩也都不错。然而，因为某些原因公司面临整顿，裁员的命运降至自己身上，他感到非常的无奈和无力，甚至感觉自己失去了归属感和安全感。他想不通为什么各个方面都不差的自己会遭遇如此命运，为什么会失去这么好的工作，要怎样做才能保住这来之不易的金饭碗。

俗话说，能得金饭碗，一生衣食则无忧。而在现代，金饭碗指的是待遇优厚的职位，得此金饭碗，便意味着从此前程似锦、丰衣足食、生活美好。

那么，我们为什么称中核陕铀为金饭碗呢？中核陕铀致力要建设成为国际一流的铀浓缩企业，而就在去年，我国新一代铀浓缩离心机大型商用示范工程也在中核陕铀顺利通过国家竣工验收，这标志着我国铀浓缩整体技术已到达国际先进水平，为我国核燃料的供应提供了重要保障，同时也提高了中国在国际铀浓缩领域的地位和竞争力。在这待遇优厚、性质稳定、技术先进的国际一流企业工作，还有什么理由不端好这金饭碗呢。

可是，我们要如何端好这金饭碗？有人说，我只要做好自己应该做的工作，不犯错就可以了。这看似没有错误的回答，其实是很肤浅的答案。一个有想法的人，对自己的未来及人生价值一定是有过思考的，他会不断问自己，内心真正想的是什么，未来要如何发挥自己的独特价值，才能为公司带来收益；一个有技术的人，会在行业内不断提高自己的专业能力，使自己成为有特色、有优势、能承担重任的技术人员；一个有进取心的人，即使自己能力很强，也时刻保持着危机感，有了危机感，才会促使自己有更大的动力向前迈进。反之，优越感很强的人，会在顺境中产生惰性，反而失去了目标和斗志。任何职业，都要向上面的三种人看齐，时刻让自己保持足够的竞争力，不应只局限于自己在工作中不出错，只有这样，才能端好金饭碗。

在我所从事的供电行业中，这几点同样适用。作为常年与高压供电系统打交道的职工来说，保证系统的可靠、连续和安全稳定运行，满足公司的生产和客户的需求，是我们工作的重中之重。它要求我们每个人对待工作都要有忠于职守、一丝不苟、认真负责等重要的职业精神。

今年，是中核陕铀创建50周年，也是新中国成立70周年。在这如火如荼奋斗追梦的一年，陕铀人将全力以赴点燃心中那团激情之火，站在新的起点上，我将以核三代的身份积极向党组织靠拢，争取早日成为一名合格的共产党员，握紧接力棒、用心用情用力端好金饭碗，一定能在“建功中核争一流”的道路上贡献一份力量。

大河流水小河满

刘章建

大河流水小河满，小河有水大河满。只有安身立命的“本钱”足够强大，才有安身立命的可能——这是企业经营劳资双方共同尊重的前提和共同希望的结果。

做为核工业企业的一员，如何正确端好“金饭碗”，我以为要做好以下四点：

第一，政治自信。中国核工业是国企长子，是关乎国家核安全与战略决策的重要企业，是绝对掌握核心技术的全产业链企业，崇高的政治地位与重要的科技能力，促使在职的每一名员工必须坚定政治站位和技术自信，全身心融入到企业发展的全过程中去，用勇敢担当的责任意识、大局意识、服务意识，真心实意投入到所辖岗位。

第二，科学武装。就是要时刻加强学习，学习技术知识，学习理论原理，学习岗位规范，学习管理经验，通过不断学习、不断充电、不断提升、不断蓄能，克服本领恐慌的无奈，拧干浮躁心理的水分，挤出技术漏洞的盲点，寻找端正责任的担当，补齐管理层面的短板，修正知识不足的端口，提升工作开展的能力，丰富内心深处的强大，学以致用，融会贯通，率真而为，从一而终，养成习惯，始成自然，伴随终生，受用无穷。

第三，工匠精神。细节和钻研是工匠精神的基本特质，讲求细节是工匠的基本担当，追求卓越是工匠的最高境界。一般而言，在成本控制和节约上，工匠注重的是一滴水、一度电、一张纸、一个螺丝钉的“斤斤计较”和“毫不放过”。锱铢必较和敝帚自珍都是很需要我们工作中认真思考并亲历而为的。犹记当年我的奶奶做饭，每舀一瓢米下锅前，都要忍不住抓一把放回米缸里。因此，大家始终没有饿肚子。在科研攻关和技术进步上，善于思考的工匠永远追求的是精益求精的“顺眼”和绝不放过的“难题”。这些“绊脚石”，对于工匠来说，反而是突破的“机遇”和提升的“空间”。主工艺技术团队的年轻人许小龙、张进荣们，就是典型的代表，他们始终立足当下，盯紧系统，瞄准现场，哪里有“漏洞”，哪里就是科研攻关的“焦点”，那里就是技术提升的空间。以他们为核心的团队，解决了很多具体问题。这样的员工，才是用心在工作的员工。究其实，工匠精神，就是“走心”工作者用智慧点燃激情的劳动者最好最美的彰显。

第四，恒坚情怀。一名员工，从上岗到退休，也只不过短短二三十年，匆忙而短暂。然而，灿烂的业绩，辉煌的人生，大多都是在何其平凡的岗位上积攒和留存的，尤其像我们这样的三线国企，更加需要恒久弥坚的人性情怀。不和任何人比，拿着单位每月的“月供”，持着国企厚实的“劳保”，享受着企业厚重的劳动保护措施和妥帖的用工制度，在多重“保险”下的劳动，有谁不愿付出劳动呢？有谁不愿为单位贡献智慧呢？那么，当下，我们就应当鼓足勇气，顺应时局，沿着平凡岗位的轨迹，做一名恒久弥坚、高尚情怀的职工，让岗位留下您永恒的足迹。

身在兵位，胸为帅谋。让我们用思想去工作，用智慧去工作，用情操去工作，用感恩去工作，端好陕铀“金饭碗”，捧好核工业“金招牌”，一起做奋斗者，一起做奔跑者，一起做坚定的“追梦人”。

“核力”端好陕铀金饭碗

蒋　丽

有人说关系是泥饭碗，是会碎的；文凭是铁饭碗，是会锈的；本事是金饭碗，是会升值的。作为核工业大军一员也许一直以来都是端着金饭碗。沉甸甸的金饭碗、你端得稳吗？

翻开手边的文字记录，不禁思索：那些在建厂初期进入四〇五厂的老同志他们是不是为了求得一个金饭碗的稳定而来到这个贫瘠之地呢？回答却是：他们只是积极相应国家号召，要在这里完成祖国核事业的最初创业。那些怀揣为祖国核事业时刻听从召唤的人们，可曾想过要在这里得到怎样的回报。

彭福临老人载过岁月云烟，踏遍山峦秋月，在岁月洗礼中汇就他平凡而又简单的核事业生涯。老人娓娓道来他的核工业创业历程，谈到如何把手中饭碗端好、端牢，对于他来说唯有不断注入对核事业的工作热情，那碗中自有温度自有热量。

回忆往事，他满脸含笑，充满了轻松感。他说：“苦难催人进步，难关磨人意志。”家境虽然清贫，却成就了他学业。1958年他在北航即将毕业时，系领导找到他说：“到清华去，去学习核物理，毛主席说要把我们自己的原子弹搞出来！”为国强去读书，为核强去担当。储备了有效知识以后，他于1960年进入了五〇四厂，当时条件艰苦，资源匮乏，他在实验室里研究分离膜，研究流量曲线，针对每一个阀门做流量曲线实验……对于当时来说，这样的实验是非常困难的。粮食不够吃，技术资源更是一穷二白，长期实验致使他的腿都肿了，脚上的鞋子只能趿拉着走在泥泞路上，脚磨破了，依然还是要坚持实验。当彭福临老人说到这些时，他的眼睛微闭，依旧微笑讲述当年的艰辛与不易。

根据实验获取了基本数据资料，信心就足了，如此也就有了更多的设定与设想。他尝试着在地沟里搞调节实验，控制水温，水流量……当他看到产品数据出来时，面对如此高的丰度值，他激动得心都要跳出来了。想到这样就能为制造原子弹提供更多保障，他是喜悦的也是满足的，那一刻这样的“丰度”成就了他心中的温度。

核事业起步与发展离不开那些一度被“代号化”的厂矿核研制基地，彭福临从五〇四来到了四〇五厂。入厂后参加了生活区选址工作，之后在这里他成了工艺实验室的主管负责人。

1986 年他又开始了分配电盘实验工作。当时实验没有正式场地，只能在临时搭建的棚子里做实验，近 2 年的实验期，看到那电盘一排排林立起来，心中更多的是责任。也参与了启动供料调整技术研究。

对于那个时代的科技工作者来说，也不是只仅限于干本专业，哪里需要就要到哪里去。面对网络工程筹建时期空档，他又相继去学校、技校代课。面对当时职工文化程度良莠不齐的状态，他利用自己所学知识进行授课。人不能闲着，文化的储备、人才的培养对于四〇五来说都是至关重要的。“把心放在工作上”像是彭福临一生的座右铭。

在穿越时空照亮未来的路上，也许他已经停下了脚步。也许已有更多为核事业人奉献的人已经被这个时代带上了光环，有的却默默不语，过着属于自己的平凡生活。

贾金铎从首都北京来到这里，成为中核陕铀核燃料系统第一个值班长，经验丰富，带出来不少专业人才。贾金铎经历了核燃料事业的从无到有，从扩散到离心的大踏步前进。面对成就，他说他不善言辞，所做也极为有限，作为个人与国家和公司相比是微不足道、不足挂齿的，但他终身所怀抱与承诺的是加入中国核工业时对党组织说的那句话：“去祖国最需要的地方！”

20 世纪 70 年代初，杨子端带着一家老小来到这里，那时他们一定未曾想过什么铁饭碗、银饭碗，“献了青春献子孙”是杨子端对核事业的珍视与敬畏。在核事业前行征途上，抒写春天，迸发能量，因为那一辈人拥有一颗无法停止跳动的“核”心。

也许有过这样经历的他们，一生都带着“先锋”“核心”“前进”“最终目标”的标志性词语，是老一辈核工业人用一生都在演绎的“无私”“忠诚”“责任”“豁达”为我们打造出了金饭碗。伴随着那些前人的一生足迹，再次手捧陕铀金饭碗之时就会更加用心用力，惟愿它永远金灿灿、光闪闪、满当当。

企业兴盛离不开员工的辛勤付出。当你与它有了唇齿相依的感觉时，这里就不只是你领取薪水的地方，也是你的第二个家，唯有这个家强大了、完善了，你的小家才会越来越好。

端起陕铀金饭碗时勉励自己，为了这个家多做些事情吧。那时你就会明白：在这个“大家”的时间是有限的，全力以赴、全心融入情怀之后，当有一天你转身退休离去时，在我们中核陕铀那份坚实积淀里也曾有你的微光与炽热。

那胸前熠熠生辉的党徽上，时刻闪烁着责任、担当、奉献的光芒。在示范工程建设的日子里，刘辉这样的好党员就擎起了一面鲜红旗帜。他工作努力，兢兢业业，遇到问题不绕道走，直面困难往前冲。他可曾想过给自己制造一个上升空间，他可曾想过给自己荣誉加身，唯有一种信念在提醒：我是一名党员，我身旁的人在看着我，我肩上的担子要敢于挑，我手中的碗要捧得稳。

常说要心怀感恩之情，“恩”是因为有“心”，那么你真的有心、用心努力工作了吗？是否遵守每一项规章制度，是否遵循能多干一点儿是一点儿的良好心态，是否与同事互相帮衬，相得益彰，是否从不轻视岗位上的简单与重复……

当身边涌现出金晓东、唐建、温伟这些工作大师时，常以为以他们这样的年龄与成绩来看，工作上还有必要那么拼吗？企业赋予每一个人的使命不都差不多吗？那是你只端起了你自己面前的一只小碗，而未思索过我们中核陕铀这个企业里是否还积蓄营养？是否还储存热量？倘若我们企业命脉里的“丰盛菜肴”一点点流失，你的小碗里还能剩下什么内容。“核心、核力”端好陕铀金饭碗，才能品尝更多丰富好味道。端好你手中金饭碗，从你每一天做起，从你身边事开始做起，从你每一次巡检做起，从你每做一份报表做起，从你每参加一次培训学习做起，从你每一次检修做起，从你每一次实验分析做起……雄赳赳身影里多份劳碌，气昂昂行动中多份投入与尊重，当我们再端起陕铀金饭碗时那仪态也才是最美、最动情的！

聚焦陕铀这50年来的风雨历程，你会看到一个全新陕铀正铿锵有力地迈步在新时代、新征程的路上。50年来，中核陕铀从无到有，从一期工程到现如今新一代商用示范工程全面建成，在它50知天命的岁月长河里，这里有崭新的现代厂房，有杰出工匠，有新鲜血液，有“四个一切”核工业精神和做强做优的经营理念。

陕铀人肩负着“生产清洁能源，建设美丽中国”的神圣使命，秉承“责任、安全、创新、协同”的企业核心价值观，传承弘扬“两弹一星”“四个一切”核工业精神，为加快建设具有国际竞争力的世界一流铀浓缩企业正不懈奋斗着。让我们担当作为，开拓新境界，谱写新篇章；让我们做陕铀的种子，在这片沃土上生根发芽、茁壮成长；让我们做陕铀的绿叶，永不忘记绿叶对根的情意。

清华骄子初心

2018年11月19日，坐落在秦巴山麓、汉水之滨的中核陕铀迎来了一件大事——我国新一代铀浓缩离心机大型商用示范工程进行国家竣工验收。2017年12月29日，示范工程就因其第一批机组成功启动而受到了社会的广泛瞩目。2018年3月，两会期间，中核陕铀又因新一代示范工程全面投运再一次成为关注焦点。由此可见，该工程对进一步提高我国在国际铀浓缩领域的地位、提高我国核电国际竞争力，进而使我国建设成为核强国的重要性。

在竣工验收会上，国家有关部门和中核集团公司领导的讲话也再次对示范工程的重要性作了强调，这是对地处秦岭深山的三线老企业——中核陕铀（原四〇五厂）多年来坚持为“中国离心浓缩事业从这里起步，必将在这里发展壮大”这一信念而不懈奋斗的认可。

50年隐忍，50年坚守，中国离心从这里起步，必将在这里发展壮大。“幸福是干出来的！”——中核陕铀人就是这样一步一个脚印、一次一个跨越，自信而勇敢地做到了从无到有、从小到大、从引进到国产的涅槃，牢牢地把核心技术掌握在自己手中，为中国核工业贡献出陕铀力量和智慧。

“功成不必在我，功成必定有我！”中核陕铀的建设，先后融入了多位清华大学高材生的智慧和贡献，他们是公司奠基的基本原点。目前，公司尚有15位在职的清华学子，仍然坚守在普通岗位上，贡献着清华力量。让我们走进他们的心底，看看他们的执着吧！

十年责任圆我清华梦

汪晋兴

汪晋兴，男，1986 年生，清华大学工物系 2011 届本科毕业生。现任中核陕西铀浓缩有限公司主工艺运行部值班主任。

“不忘初心，牢记使命。”这是习近平总书记提出的对党员的要求。我们这一代人是幸福的，没有经历过中国百年屈辱，没有经历过抗日战争，没有经历过解放战争，也没有经历过“文革”，我们一出生就已经是十一届三中全会后的改革开放。我们生在新中国，长在红旗下，在党的关怀下茁壮成长。20 世纪 80 年代出生的我基本上经历了改革开放的全过程，这期间，我们国家以举世瞩目的成就让中华民族开始伟大复兴。我们这一代人的使命就是接过先辈的传承，建设“四个现代化”，做“四有新人”。

“天行健，君子以自强不息，地势坤，君子以厚德载物。”这既是中华民族的传统美德，也是清华的校训。邓小平同志说“落后就要挨打”，“科学技术是第一生产力”。小时候的理想是做一个科学家，为祖国的科研贡献自己的力量。而考上清华是一次美丽的邂逅。直到今天，依然牢牢记得清华对我的教导。清华对自己学子的教育是从德行方面开始的。例如“为学为人，先为人，再为学”“又红又专”“行胜于言”，等等。我们中国人认为，德才兼备，以德为先，而德才兼备就是我们清华人优秀的传统。旧中国，新中国，清华人都前仆后继地奋战在祖国的第一线。“到大舞台，干大事业”，清华如此教育我们。

2009 年，面临就业选择，当时国家提倡大学生到西部就业，我响应国家号召，到我们陕铀工作。很幸运，来公司那年，正好是公司 40 周年厂庆。老师傅就给我讲一些当年的事迹，也看到一些资料，了解到今天的陕铀都是我们的先辈在一片荒郊野岭中艰苦奋斗得来的。感叹今天幸福生活来之不易。刚建厂时条件艰苦，环境恶劣，他们不断克服一个又一个困难，在祖国的大西部建设中国的核事业，是中国三线建设的组成部分，非常伟大。这应该算是我的入厂教育吧。

今年是个特殊的年份，既是中华人民共和国建国 70 周年，也是我们中核陕铀建厂 50 周年。岁月荏苒，来到陕铀工作已经十年。这期间，我参与了大部分工程建设，也成长了很多。虽然苦，虽然累，但我还是感到很骄傲，因为我与陕铀共同成长，这是一种认同感，一种家的归宿。

建设1C系统的时候，我工作了才短短几个月。我是从搬抬管道、阀门开始的。做这项工作前，对于级联只是有了初步的认识。当时也没想着抬管道这么简单的工作会有什么作用。4个月后，管道、阀门大半都搬运完毕，这时候，发现对于厂房的布局和各部位的安装、结构都有了很深的了解，而不是之前仅仅从资料、图纸上的浅层认知。之后一个月开始制作安装跨接线，11月到运行值开始级联方面的启动调试。实话实说，当时对于启动调试基本不懂，以前学习的内容侧重于平时维护系统安全、稳定、经济运行，没有学习过真空干燥，更换阻尼、氟利昂处理等。车间领导也知道班组情况，工艺班5个人，2名2009年参加工作的新同志，工作量大，工期紧，怎么办？我们就是边学习，边工作。每次出现新工序的时候，韩韬同志、金晓东同志，还有许永军班长都手把手教我们相关的知识和注意事项。每次我们都顺利完成交给我们的任务。

有一次我记忆特别深刻。2011年3月15日1C工程首批机组启动，16日我们值上零点班，而16日白天还要去汉中考职称英语，本来想请假去考试。但是班组一共只有5人，两人去考试后工作实在安排不开，就放弃了。当晚开始对机组进行R处理。控制室要监控机组情况，现场需要我们自己控制氟利昂系统供料压力，需要不停地转换取料工况和不取料工况，而取料工况时要15分钟记录一次参数，不取料工况时也要30分钟记录一次参数，而且当晚多台主机出现异常。由于人员少，我们基本每人都是满场飞奔，工作时又要谨慎小心，防止出现误操作，所以下班后非常非常累。但是事后想想，胸中弥漫着一种充实感，那是在建设祖国，那是在实践使命，又很开心。8年了，这个事情仍然像是昨晚发生过的一样，历历在目。

工作虽是辛苦的，但也非常锻炼人。1C工程建成后，系统建设的全过程参与，作为新同志的我，对于系统的理解也有了更高的境界。这为之后的维护系统安全、稳定、经济运行，帮助极大，也为之后建设国产离心机工程提供了宝贵的经验。

后来，我当上了运行值副值班主任、值班主任，就在想怎样实现公司的目标——建设成世界一流的铀浓缩基地。一流的基地需要一流的业绩，一流的业绩需要一流的团队。所以，我们需要一支具有竞争力的高素质的运行队伍。而这恰好就是我日常的工作，怎样带好生产一线的团队。一个队伍是否有活力、是否有战斗力，就看其责任、担当、能力、素养。增强工作责任心，端正工作作风，提高工作效率，提高工作能力，在实质上就是我们要有更多的责任心、更高的水平投入到生产中去，促进公司发展。

时代在发展，时代在进步。如果我们不能在新时代奋勇向前，就一定会被淘汰。中国的核事业由我们书写，我们可以研制核武器，我们也可以发展清洁能源。“不忘初心，牢记使命”这已经不仅仅是一句口号，而是我们不断建设祖国的内心动力。

做一颗普通螺丝钉

孙　丹

孙丹，男，1982 年生，清华大学工物系 2003 届本科毕业生。现任中核陕西铀浓缩有限公司主工艺运行部值班主任。

初次知道四〇五厂，是 2002 年深秋应届毕业生招聘会上，当时中核集团去了二十多家单位，厂里驻北京办事处的一位同志负责厂里的招聘工作，与我交流了一会儿了，表示四〇五厂欢迎任何一位清华学子前往工作。后来 2003 年年初“非典”爆发，毕业应聘工作中断了一段时间。春末的时候，工程物理系老师告诉我可以到四〇五厂或五〇四厂工作。当时我的思想状态还是比较模糊的，虽然上学期间学习“为祖国健康工作五十年”，但怎么为祖国工作，到哪里为祖国工作，个人完全没有规划。我就询问老师哪个更适合我，老师告诉我四〇五厂更年轻一些，于是我就到了四〇五厂。

因“非典”影响，2003 年 7 月我大学毕业后延迟了一个月才到厂报到，凌晨到达汉中第一个感觉就是这地方气候真好，在老家时正值伏旱天气，夜里气温都是 35 ℃以上，汉中白天也才 30 ℃出头，这也是汉中特别吸引我的一点。当时厂里派了接站车接我们，回厂的路上，接站的师傅笑问我感觉汉中这山沟怎么样，我回答说，发展阶段大概相当于老家十几年前的水平，但比在校时预期的要好，远比传说中的情况要好多了。

入厂之后，给我印象深刻的有三点：一是厂内厂外完全是两个世界，无论是行为习惯、思考方式还是勤快程度，厂里的职工和地方居民都有明显的差异；二是厂里很多职工觉得进口的东西都高大上，技术上仰望俄方；三是书到用时方恨少，刚开始工作觉得学的大部分用不着，实际工作一段时间才发现很多知识学得太浅，系统背后的原理很多是一知半解，所需的知识还有很多欠缺，距离完全掌握系统还有一大截差距。

刚开始倒班运行时，我在 3 号厂房现场，当时现场条件很简陋，现场值班点是一个玻璃墙的工作间，紧靠第三套冷冻站，位于厂房大门右侧。每次进出容器，值班室内充满汽车尾气，呛得留不住人。由于紧靠冷冻站，噪声很大，尤其是每当第三套冷冻站启动之后，对面说话基本听不清，大家都笑称联系基本靠吼。2005 年之后现场条件才逐渐改善。

当时公司的待遇很一般，运行人员的收入大概只有核电的四分之一，很多分来的人员离职。我对未来的发展也找不清方向，问自己我的追求是什么，思来想去，我的人生目标一直是要为祖国做点实事，核工业能满足我报国的理想，我也相信我在四〇五厂能为国家作出贡献，于是在运行岗位驻扎下来。

没过几年，1C 工程开始建设，俄方人员开始大量进驻现场，随着交流的深入，有了两点感受：一是俄方的老专家们确实水平很高，工作严谨，很值得我们学习，但是年龄也偏大；二是俄方与我们年龄相仿的工艺人员，有值得我们学习的，也有很多水平一般的，当时感触很深。公司的离心方法是学习俄方的，一直处于仰视心理，现在已经在某些方面上可以平视了。以前只知道苏联解体、红旗落地对俄罗斯伤害很大，但通过 1C 的建设和与俄方人员的交流，我有了直观的感受。对比我国的发展，更深一步地明白了“中国共产党是历史和时代的选择”这句话。

北区扩建工程开始，我负责级联部分的调试工作，与贾荫丰、杨小松、王铁军、谢国和、关成明、段卫东、净小宁几位同志一起扑在现场，经常搭乘杨小松同志的私家车，赶在零点下班之前就赶到现场，夜里才离开，工期紧张时往往等到中班交班才回家。实际上北区工程不仅仅是我个人技术工作的一个小高峰，更进一步让我感受到了国家的进步。工程建设前到兄弟单位调研的情况不是很理想，又是全套国产设备，对比之前的国产设备使用经验，心理实在没底。但调试结果出乎意料，配套国产设备的实际能力远远优于几年前的，经过我们调试方法的优化，主设备的故障率也只是设计指标的零头。蓦然回首，千千万万个有名或无名的社会主义建设者努力奋斗，已经使我们追上来了。

初心不改，方得始终。我们都是普通的社会主义建设者，都是社会主义现代化建设事业的一个零件、一颗螺丝钉，牢记为国奉献的初心，当回首往事时，不因虚度年华而悔恨，也不因碌碌无为而羞愧，可以笑着对下一代建设者说：“这是我当年参与建设的！”

热爱工作

熊彤炜

熊彤炜，男，1994年生，清华大学工物系2017届本科毕业生。现任中核陕西铀浓缩有限公司主工艺运行部级联操作员。

初心是一颗种子，在你种下的那天起，就需要持之以恒的浇灌，日复一日，年复一年，才能长成大树，开花结果。

不忘初心，方能始终。

这八个字一直深深地烙刻在我心中，因为一个人要自始至终明白自己需要什么，该放弃什么，要坚持自己的内心，学会选择。

我的父亲是一名光荣的志愿兵，复员后成为了一个普通的工厂工人，作为车床工，为厂里损坏的设备加工备用零件。这是一份很辛苦而且有些危险的工作，每天8小时不停地操作车床，只有中午吃饭的时候能休息两个小时，一个月休息2天，一年365天天天如此。如果遇上厂里大修，一大堆设备零件等着加工检修的时候，就更加苦不堪言了，白班上完回来吃完饭，休息一小会儿立马赶回去接着车零件，以至于晚上都不回家，直接在车间的小办公室的长椅上休息一晚，第二天接着工作。

在我眼里没有比这更加辛苦劳累的工作，但我父亲给我的印象确不是这样。相反，在他眼中，车床工是一份有技术含量、有创造性、有成就感的工作。

他经常给我讲车床的各种经验技巧，以及他独特的加工方法，讲述他自己如何提高效率。同样的时间，他加工的零件数量能比别人多一倍。对于加工有难度的零件，别人要车废好几个材料，而他一次就能成功。他偶尔也做点"私活"，比如用边角料车一个蜡烛台，给水管做一个连接件，或者单纯为了秀一下他的技术，车一个完美的圆球……每当他聊起自己的工作或者展示自己的作品时，他总是津津乐道。他从这份工作中收获的，不仅仅是报酬，还有无尽的乐趣和自己的价值，工作本身的枯燥与劳累，相比于这些东西，早已是黯然失色。

受我父亲的影响，我从小喜欢所有与工厂有关的东西。所以，离开学校以后，来到陕铀一号车间，我没有感觉到丝毫的不适应或者不自在。从一开始的集团公司培训，到后来的车间培训，再到进入主工艺运行一值，整个过程中的点点滴滴，都让我感受到陕铀人的和谐与团结。工作的时候大家是同事，下班后大家更是亲密的朋友，生活中有了困难，大家也不会吝惜自己的援助，主动帮忙。陕铀和谐友爱的氛围让刚刚踏入职场的我们，感受到了家的温暖。

进入车间两年的工作中，让我认识到车间的工作并不简单。级联系统和供取料系统的运行维护都倚靠着经验丰富的老师傅们。料流的转换、级联工况的转换、供料的净化、连接管真空测量、各项设备的检查维护等，各项操作都有着不同的方法与要领，就连简单的开阀门的操作，都有“开完之后回半圈”的要点。如果对操作不熟练，一不留神就会犯错，轻则降低工作效率，重则影响丰度，影响生产。对于我们大学生来说，设备运行规程并没有太难，学习理解并不麻烦，但庞大的系统和繁多的操作，仍然需要花大量的时间来掌握。在学习方面，我很庆幸运行值有经验丰富的老师傅和值班主任，有了师傅们对我们详细的指导，我们才能掌握系统的运行维护。另一方面，老师傅们对系统的责任感也是我们学习的榜样，他们对待工作的那份认真负责，对任何故障、任何差错都不放过的态度，是我们年轻人自愧不如的。

我们从学校到职场的转变，也正是从肩负责任开始。

2017 年年底到 2018 年年初，我有幸经历了示范工程的启动过程。从开始的真空干燥、氟利昂处理、试启动，再到最后的启动调试，各个岗位运行人员都团结一心，共同撑起了示范工程的启动。启动的过程是辛苦的，调试组的师傅们常常加班到晚上 10 点，运行值的倒班人员也承担了整夜的氟利昂处理和整夜的摩功测量工作。甚至在一次机组启动过程中，出现了阀门卡滞的问题，检修人员和车间领导们连夜赶来处理，为的就是保障系统能够顺利、安全地启动，让我们陕铀的示范工程不虚此名。

两年的工作让我学到了不少，也成长了不少。一方面我领略到工艺系统的精密与完善，另一方面我也认识到各个系统中或多或少存在的缺陷和需要改进的地方。我们的工艺系统需要不断地调整和改进，才能逐步走向成熟。秉承着对这份工作的热爱，我也应该发挥自己的专长，尽自己的能力，在维护日常运行的同时，改善或者消除系统的缺陷，为车间、为陕铀贡献出一份力量。

热爱工作，就是我的初心。

护念初心

耿 境

耿境，男，1993年生，清华大学工物系2015届本科毕业生。现任中核陕西铀浓缩有限公司主工艺运行部级联操作员。

还没将秋叶塞进烛灯，蜡烛却已然燃尽，孟夏将至，雨后清风送爽，和刚到汉中时有些相似——转眼便工作四年了。这些年来，受益于领导和同事的指导、支持、帮助，不胜感激。

从2016年进入主工艺运行部开始，我经常思考一个问题：如何干好当前的工作？记得刚开始倒班时，面对复杂的系统，不知从何学起，一时有些懈怠，不久便遇到了一个异常，当时束手无策、不知所措。事后想来，懒惰倦怠会给自己的工作带来麻烦，平时学习不刻苦、工作不认真，然后把系统的安全稳定寄希望于不发生异常，这是行不通的。通过这次异常，我认识到对于一个初学者来说，勤奋是干好新工作的关键。虽然克服自己的惰性很困难，但最后也只能硬着头皮从现场线路、基本规程开始学习系统知识，掌握后不断地预演和复盘各类异常。当对系统有了一定的掌握之后，回头看之前学的规程，渐渐地发现其中的关联，理解了一部分设计的原理，同时也发现了更多自己不清楚、不理解的地方。

在运行岗位工作的这段时间里，虽然自己很努力地在避免出错，但最终错误还是发生了，当时感觉很自责，由于自己的疏漏，给别人的工作带来了困扰和麻烦，因此一度对自己很失望。但错误已经发生，自责于事无补，只能努力去弥补错误造成的影响，同时分析错误产生的来源和环境，以避免再次发生类似的错误。另外，自己曾有过失误并且将来可能还会有失误，所以在别人犯了错误之后，是万不敢嘲笑或自得的，心里所想是“我有没有可能会出现这样的错误”“我们可以采取什么样的手段来避免类似的错误”。

从事系统管理员工作后，任务比之前多了一些，有的时候感觉自己一天忙了很多活，但一些关键的工作还没做好，只能加班加点地去做，并且完成的质量还不是很高。通过反思，我认识到了只有行动上的勤奋是不够的，必须要有思想上的勤奋，思想的勤奋能让自己提升工作效率和工作质量。所以当时看了一些时间管理和效率提升的书籍，学到了“四象限法则”，按着这个方法将自己的工作按重要和紧急程度进行了归类，把时间精力更多放在重要的工作上。同时随着熟练程度的提升及一些实用工具的运用，自己的效率得到了一定的提升，除非遇上紧急的事情，其他的事情都能在工作时间内完成。这样便能有更多的时间来提升自己的专业知识水平、保持规律的作息和运动，这些对自己的工作有很大的促进作用。

工作能力的提升是个人能力的提升的一个重要方面，所谓“百虑一致，殊途同归”，两者的关键都是将时间和精力花在需要的地方，因此便尝试着把每天做的事情按收益和影响时间进行一个分类，如阅读思想著作就属于收益大、影响时间长的事情；学做饭属于收益小、影响时间长的事情；刷朋友圈属于收益小、影响时间短的事情。在平时多做一些有收益、影响时间长的事情，随着时间的增长，收益渐渐累加，最后总能取得一点收获。

不觉上班已四年了，现在发现比起外在的结果，其实我更关注历经辛苦、全情投入后的个人的成长。我常常想，什么是个人的成长，尼采说“人的成熟在于重拾幼年时的态度”，《道德经》中描述为“我独泊兮其未兆；如婴儿之未孩”，《童心说》中有“夫童心者，绝假纯真，最初一念之本心也，纵多读书，亦以护此童心而使之勿失焉耳”，《华严经》中有“三世一切诸如来，靡不护念初发心”。人的成长就是不丢失“童心”、护念“初心”，不失童心，就有了朴实的生活观念和现实态度，可以让人更善于观察人和世界；护念初心，就能摆脱各种不切实际的理想，远离那些会破坏对人和世界的认知和观察力的“颠倒梦想”。

年轮的跨越推动着我们前进，岁月奔流让人体会生命的意义。不在意自己渴望的在未来是否实现，只需要做好自己的事情，自然能在时间长流中欣赏生命的美，在回忆、现实和希望交织出的独一无二的艺术品中得到启迪、熏陶和成长。

我少年意气风发

黄玉权

黄玉权，男，1995年生，清华大学工物系2018届本科毕业生。现任中核陕西铀浓缩有限公司主工艺运行部级联操作员。

2018年7月，我心怀理想走出清华大学这座象牙塔。还记得我第一次看到中核陕铀的招聘宣传材料时，首页上写着“中国离心浓缩事业从中核陕铀起步，必将在这里发展壮大”。那时我就想着如果我来了这里，一定能干出一番事业。

终于，我如愿以偿地加入了中核陕铀，来到主工艺运行部工作，一切对我来说都很新奇。这里有许许多多辛勤工作的人，更有无数平凡而又动人的故事。我决心，用自己的力量，将每一个发生在这里的好故事展现在大家面前。

初出茅庐的我，还有些稚嫩，琐碎的工作让我有时也会迷惘。可这里的所见所闻都感染着我，让我时常想起认真负责、努力工作的前辈们，想起干事业的初心。

习总书记多次强调不忘初心，他告诫我们：走得再远，都不能忘记为什么出发。我想，来了就为干事业就是我的初心，把中核陕铀打造成具有国际竞争力的世界一流铀浓缩企业就是我们陕铀人共同的初心。

已识乾坤大，犹怜草木青。如今的我们工作在不同的岗位上，也许我们每个人所做的，看上去都只是一点一滴不足为外人道也的小事，但聚沙成塔、滴水石穿，每一次操作、每一次巡检，具体到科研创新每一次攻关、每一天辛勤工作的背后，都见证着我们的发展，承载着我们的汗水，凝聚着我们的智慧。

2019年是新中国成立70周年，也是中核陕铀建企50周年。我们的祖国从改革开放到今天的四十多年以来取得了巨大的成就，神州大地发生了翻天覆地的变化。我想，这一切都离不开可爱的劳动者们的努力，他们让我由衷地敬佩。作为中核陕铀的一名员工，我始终要求自己要进一步弘扬工人阶级优良传统，不忘初心，牢记使命，深入践行“强核强国、造福人类”的企业使命，顽强拼搏，砥砺前行，聚焦主业，勇于变革，聚力打造“五大高地”，奋力建设“五大陕铀”，努力实现“六个一流”，加快建成具有国际竞争力的世界一流铀浓缩企业，为建设核工业强国、建设美丽中国贡献智慧和力量，打响、打亮中核陕铀这块金字招牌。

党的十九大报告宣告中国特色社会主义进入新时代，新时代下，我们陕铀人的使命也有了更深层的内涵，因为，在广袤的神州大地，无论是谁，都有着对美好生活的无限期待。我们的使命很大，摆在我们面前的，有“强核强国、造福人类”的政治使命；也有确保核品生产线安全、稳定、经济运行的企业使命与责任。

青年兴则国家兴，青年强则国家强，对于中核陕铀来说也是如此。作为一名新时代的青年，要勇于担当，同时也要增强本领。在不断创新中寻求发展，这也对我们的业务技能提出了新要求。因此，要让勤奋学习成为青春远航的动力，让增长本领成为青春搏击的能量。从 2018 年 7 月到 2019 年 1 月，虽然通过半年的工作和学习，我完成了从一名校园人到一名职业人的过渡，取得了一定进步，但我认为自己在工作中和思想上仍有许多不足之处，比如对需要学习的知识和规程学得还不够多，心理素质还不够强大，对系统了解还不够全面，复杂的操作还不能胜任等。在此之后，我进一步加强相关操作规程的学习，同时不断加强思想学习的深度和广度，认真克服自身存在的缺点，精益求精，使自己在思想认识和工作能力上更进一步，适应新形势下本岗位工作的需要，争取取得更大的进步，为公司发展作出更大贡献。

使命、责任在召唤，新时代的青年们应深刻领悟“四个一切”核工业精神和“两弹一星”精神的真谛和意蕴，靠奋斗、靠实干、靠创新在新时代赋予宝贵精神财富新的内涵，并将其内化于心、外化于行，以永不满足的拼劲与韧劲，敢于啃“硬骨头”的政治担当，和更加昂扬的斗志、更加饱满的精神、更加求实的作风，积极投身于核品生产、科研攻关、创新创效的各个主战场。

初心引领实干，使命呼唤担当。当初的少年正在路上，意气风发，唯有不忘初心、牢记使命，方可善作善成、一往无前。

初心不改　担当作为

刘　磊

刘磊，男，1989年生，清华大学工物系2014届本科毕业生。现任中核陕西铀浓缩有限公司主工艺运行部级联操作员。

1969年10月10日是咱们四〇五厂的建厂纪念日。今年是2019年，是新中国成立70周年，公司建企50周年，作为一名中核陕铀人，内心是怀着激动和感激的。回顾建厂之初的峥嵘岁月，为了响应党中央核工业大三线建设部署的号召，一大批优秀的技术人员、技能人员和军官战士从全国各地聚集到陕西汉中洋县的一个山沟沟里，开始了筚路蓝缕的创业历程。在这里，一代代陕铀人，披荆斩棘，经历了军工能力建设阶段、试验工程建设阶段、离心工程建设阶段三个阶段，用辛勤汗水和丰富智慧，奠定了建成中国第一座商用离心法铀浓缩厂的基石。从此，一颗陕铀梦的种子悄悄地在这片神奇的土地上生根发芽，开花结果。新工程的引进建设、技术改革的稳步推进、生活区进一步规划改造等，尤其是国产新一代离心机商用示范工程的建成，标志着我国铀浓缩技术实现了升级换代，具备了走向世界舞台的实力。如今新一代的陕铀人，意气风发，为打造"五大陕铀"，建设"五大高地"，实现"六个一流"继续奋斗着。

2018年的7月13日，我毕业后不久来到陕铀报到，当时还是一个懵懂的学生，对于工作所知甚少，组织性、纪律性、政治性都不够强。当时心里想的还是田园牧歌式的求学生活，是互相交流互相探讨真理和真知的合作学习，是互相关心互相帮助的互助共享。

作为一名刚入职的大学生，有一定的知识和理论，但是缺乏前辈们的韧性和意志力，随着时间的推移，慢慢熟悉工作，了解工作，在复杂而又枯燥的日常工作中，时而会出现意志消沉、精神懈怠的状态。因为思想政治上的不坚定、心理心智上的不成熟、行动上的拖延和犹豫，眼界格局的局限，自己常常陷入自身苦闷的陷阱里，觉得生活中自己在行动上和思想上总是无法完全统一，有时会做好事，但有时也会把事情弄复杂，而且不知道怎么解决，所以情绪波动容易反复，时而高兴时而忧虑，并常常感到灰心丧气，因为生活上的事情影响自己工作时的状态。但是通过和值里师傅、师兄慢慢相处，在工作生活中对一点一滴小事的感知和理解，也慢慢学会怎么把工作做得更好，怎么让人际关系变得轻松。在工作中多一份认真，每次操作前做好检查和预判，每次操作后都复查和总结，在生活上多一份关心和欣赏，保护他人安全，关注他人需要，给予他人鼓励。好的工作氛围需要大家一起营造，我愿意融入其中，做积极向上的一份子。

作为一名青年，对于中国共产党的理解不够深刻，关于党的理论知识不够扎实，常常忘记自己的初心和使命。很感谢厂里组织的“青春心向党，建功新时代”的延安培训学习。这次培训是朝圣之旅，寻根之旅，成长之旅，这次培训加深了我对中国共产党的理解。以前只知道吃水不忘挖井人，饮水思源，我应当懂得感恩，但是单纯的感恩是无力的软弱的，是飘忽不定的，必须找到自己的根和魂，找到奋斗的不竭动力和源泉，必须经过理论的武装、品格的锤炼、意志的考验和能力的锻炼。一个人的一生是有限的，但是为人民服务的事业是无限的，我应该将自身的奋斗和价值追求投入到共产主义事业中去。

“为中国人民谋幸福，为中华民族谋复兴”是中国共产党人的初心和使命，一代代共产党人把自己的事业和祖国的事业人民的事业紧密相连，不忘初心，牢记使命，永远奋斗。一代代陕铀人在中国铀浓缩事业上奉献青春、热血和汗水，也是为国担当。一代代清华人，秉承着“热爱祖国、无私奉献”的精神，在祖国的核工业里贡献智慧和力量。前辈们为我树立了榜样，在今后工作中我应该进一步坚定理想信念，不忘初心，牢记使命，为祖国和人民交上满意的答卷。

回首来时路，重峦叠嶂、布满荆棘，不可忘却初发志；展望新征程，道阻且艰、任重道远，会当击水三千里。作为一名陕铀人和清华人，要坚持勇于担当、主动作为，以坚持不懈的奋斗来承担起中国铀浓缩事业的重大责任和光荣使命，为上一代人续写传奇，为下一代人树立榜样！永立时代潮头，无愧历史担当！

踏实干事　快乐成长

张进荣

张进荣，男，1989年生，清华大学工物系2012届本科毕业生。现任中核陕西铀浓缩有限公司主工艺运行部CD工艺运管科科长。

2012年7月，我大学毕业来到中核陕铀参加工作，刚开始经过短暂的培训便跟随老师傅（有叔叔阿姨年纪的，也有大哥大姐年龄的）参与到了新工程建设工作中。带我干活的赵师傅、刘师傅、李师傅她们总是很自豪地说“这小伙是清华的，很聪明、能干”，问话的人也总是说“清华的人就是不错”。每每此时，我总是有点不好意思，但心里也深知这是前面学长、师兄通过努力打造出的良好口碑，也不免有些小自得，却也清楚自己应持续努力奋斗，牢记清华校训，在中核陕铀这片热土上，踏实干事，创造价值，在前行道路中不断实现自我成长。

在刚上班的一年多时间里，最重要的是融入中核陕铀这个大家庭，最好的融入方式则是和大家一起踏实干事。在入职后，我首先来到新工程建设现场学习和锻炼，主要是跟着真空测试的师傅们进行找漏和真空测量工作。第一天到现场，师傅们就告诉我真空工作在咱们工厂很重要，找漏工作对你今后从事主工艺方面的工作很有帮助。于是我记下了，然后以高度饱满的热情投入到真空工作中去，主动要求开展工作，一条焊缝、一处连接、一根管道地进行找漏和真空测量工作，同时也不断地熟悉了各种型号真空阀等设备的相关知识。在真空工作中有一项开关隔膜阀的工作，需要按照需求开关隔膜阀，开关一个隔膜阀似乎不算什么事情，但是当需要开关成千上万个隔膜阀时，任务就变得艰巨了。但是在大家眼里，这也只是一项要完成的工作而已。跟大家一起，从食指起泡到消退，再起泡再结茧，指关节有些自然歪斜的时候，到开关隔膜阀时，我的食指不再疼痛，也可以像老师傅一样快速完成工作。至今，我依然清晰地记得，为了保障工程重要节点顺利实现，我们真空工作人员和相关人员一起，连续奋战30多个小时，仍然笑着说“我不累”。经过5个月的工程现场工作后，我开始了主工艺运行维护工作。第一个岗位是供取料操作工，刚到岗位啥都不清楚，必须得抓紧时间学习，白班中班跟着何师傅他们边干活、边问问题、边学习，零点就走线路、看规程资料等，很快就具备了独立操作能力。在工作中，我不仅要完成工作，还喜欢钻研一下。比如我就发现室温净化耗时较长，而且合格后也不供料，于是便研究能不能做改进优化，写了个小论文，提出了思路和试验方案，并积极找相关领导和专家沟通，最终在闫主任和唐师傅的支持下开展了试验取得了结果，现在室温净化已经做了大幅优化，虽然具体方法有所不同，但思路却是当时提出的思路，想想还是蛮开心的。就这样通过踏实工作，我融入了大家，完成了学生到企业职工的转变，也开始了慢慢的成长。

工作一年半后我到了运行管理科从事运行管理和科研技改方面的工作，这期间最大的感受是要踏实干事，把事情做细做实，才能做好，自己也才能真正成长。唐师傅带着我做系统运行管理工作，他本人是非常严谨细致的，每天跑现场做好运行跟踪，将系统的运行情况牢牢记在脑子里，统筹做好周转、拆装、改造、异常排查处理等工作，保障系统安全稳定运行。我跟着他一样一样学，一样一样做，在较短的时间内练就了系统运行管理的基本能力和素质。与此同时，在领导的安排和支持下，我也开展了一些科研技改工作，在这样的工作中我深刻体会到了踏实干事的重要。清楚记得 2014 年上半年，为了按计划开展 NaF 吸附试验，在其他条件均已具备的条件下，需要将吸附塔中的填料倒出对吸附塔进行处理后再将填料装入，由于种种原因，填料再次装入既没有专业的工具准备也没有专业的人员准备，这时贾主任、刘师傅和我带上手套，用手一捧一捧地将数十公斤填料小球装入了吸附塔，保证了试验顺利开展。也记得通过一次一次核实保证了双收料容器支架的正确设计和加工，通过反复试验证了 NaF 吸附的有效性，通过反复推演确定了可行的自动净化程序。也是通过踏实工作，我顺利完成了承担的系统运行管理任务和技术创新工作，逐渐成长，培养了系统思维能力。

2016 年 5 月，我被选拔聘任为运行值副值班主任，之后又经历了工艺组副组长、CD 工艺运管科科长等岗位，在继续开展运行管理和科研技改方面工作的同时，也承担着基层管理和人才培养等方面工作，期间感受最深刻的依然是要想干好工作必须踏实干事，谋实事，求实效。在运行值，我们觉得现场管理还有很大的改进空间，我们就组织开展真正的全体人员参与的现场面貌提升工作，我和大家团结在一起，充分利用空闲时间，开展所辖卫生区域的大清扫活动，经过约一个半月努力，对地面、设备、管道进行了彻底清扫，现场面貌极大改善，运行值士气和精神风貌显著提振，面貌也彻底改观；在运行值，我们发现部分人员业务能力偏弱，我们便开展有针对性的培训工作，做好正面、正向、正确引导，由我自己带头学规程、学技术，并按计划开展培训效果监督检查工作，在短时间内形成了浓厚的学习氛围，促进了运行值整体业务能力的提升；在工艺组、运管科，我们发现现场管控存在的问题，便积极组织编制各类操作及行为规范提出标准指导运行人员工作开展，制定运管科现场检查制度和表格，认真开展检查和整改落实工作，形成了“日检查，日反馈，月考核”工作机制，显著提升了系统管控能力。我认为，踏实干事，才能得到大家的认同，才能和大家团结在一起，并肩奋斗，共同成长，创造价值。

参加工作已经七年了，现在我很庆幸，这几年来我始终能够踏实干事，和领导、同事团结在一起，做了一些事情，取得了一些成绩，也收获了一份成长。现在站在新起点，我还是希望，未来我可以和大家一直踏实干事，在陕铀这片沃土上不懈奋斗，创造更大的价值，收获更多快乐和成长。

守住初心许祖国

许小龙

许小龙，男，1988 年生，清华大学工物系 2011 届本科毕业生。现任中核陕西铀浓缩有限公司主工艺运行部 1A 工艺运管科科长。

我是清华大学工程物理系的学生，工作 8 年，信念终定，那就是以“强核强国”为目标，以“理工结合、又红又专”为方法，坚持“为祖国健康工作五十年”。如果当真有幸做到了，我觉得自己就无愧于一个清华人了，也无愧于一个中核人了。

刚上班的时候，我觉得终于从十六年的校园生活里“解放”出来了，心情自然是很好的。当时并没有立志要大干一场，只是觉得要好好工作。但是很快，我就认识到“不对了”。有很多同事会说“清华生很厉害，脑子跟常人不一样”，然后对行业里清华的前辈师兄的“丰功伟绩”娓娓道来。因为几乎每一个人都会这样说。这就让我有种被“寄予厚望”的感觉，还有一种感觉就是清华的“金字招牌”是前辈们通过努力一点点擦亮的，我要搞不好就会给清华抹黑。这是我万万不想看到、也承受不起的。所以，我清醒地认识到，虽然从校园里“解放”出来了，但不可以任性，更要严格要求自己，像前辈一样做出一些业绩、留下一些“印迹”。

最初一直在运行值倒班，工作上我不敢有丝毫马虎，没有什么错误，也没有什么成就，只是默默无闻，业精于勤。期间，我用半年时间写成一本《405-××工程中央控制室中俄文对照手册》，后来成为运行人员公用的学习材料。时间一晃就是 3 年，似乎没有什么“建树”，而且看不到未来会产生“建树”的机会。这期间，我在中核集团的大学同班同学，有好几个辞职了。他们会有意无意地秀一下“现在年薪底薪三十万或四十万”的“小得意”。偶尔几次，我也会想我该怎么办？虽然不能说那是一段“黑暗”的时光，但是确实是比较煎熬和痛苦的……最后，我告诉自己：第一，我的专业是核工程与核技术，我不想放弃大学的专业；第二，我是一个定向生，和中核集团有约在先，不可以毁约；第三，身边的同事对我很好，我也不舍得离开。这样一想，就豁然开朗。我就继续不敢有丝毫马虎，兢兢业业、默默工作。

2014年10月，我永远都忘不了。车间领导突然把我叫到办公室，问我："示范工程工艺调试任务艰巨，你能不能承担？"我说："只要组织相信我，我一定会全力以赴，我有信心干好！"然后，我就一头扎进了"示范工程启动调试"的世界里。一直到2018年3月20日，所有机组全部顺利启动，我紧绷了三年半的神经终于歇息下来了。示范工程多项指标创造了纪录，皆大欢喜。回想起来，这结果来之不易，凝结了太多人的心血。因为当时很多声音都传达一个意思：那就是一定要高质量、高标准，要万无一失！而我们就是启动前的最后一道关卡，我们也决定把自己当作最后一道合格的关卡。为保证主机真空干燥质量，我们在高温环境下每天对几万个阀门进行检查，而且自己提出来凡是在交换检查中发现有状态不对的，则所有同志对所有阀门重新检查。我们通宵达旦地编写启动操作卡，一遍一遍核对启动前设备、阀门、仪表状态，预想启动过程中的各种风险并提前采取防范措施。在启动过程中，我发现在某阶段非常容易损机，经过分析，我提出了优化启动程序的建议，实施后损机率明显下降。但是每批启动还是总有一两台损机，我心里强烈地产生了"想看到一批机组启动不损一台机器"的愿望，强烈的愿望让我天天思考造成可能损机的原因，并逐渐进行相关优化试验，因为容易损机的工艺操作阶段每次正好是零点，最后三批机组启动，我就索性每个零点班都坚守在现场，一是指导运行值进行操作，二是观察数据寻找原因。突然有一天，在去吃午饭的路上，我恍然大悟，找到了原因。恰逢最后一批机组即将启动，在我的建议下再次优化某操作。那天零点我坚守在岗位上，有幸目睹"愿望实现"。我必须承认，在示范工程启动调试期间，我的责任感、事业心被充分激发出来；我也可以很自豪地说，我们整个团队充满责任感和事业心。

2018年3月，示范工程达产后，我本打算好好休息一下。然而，车间领导让我主持"主设备性能恢复"科研，我毫不犹豫立即开展工作。这个科研项目已经做了好几年了，具备一定基础，但是如何在商用工厂实现不停机实施上始终难以突破。在进行了大量学习、深入调研、大胆推理和深思熟虑的研判后，我认为前期之所以无法取得突破是因为过于谨慎，使得选取的单元过小，因此带来了一系列复杂的问题。如果大胆地以机组为处理单元，那么很多问题都能迎刃而解，至于系统安全问题只需要在处理过程中处处小心即可。于是，我很快写出了以机组为单位的工艺方案。这一方案在车间讨论时引起不少非议，反对者居多。之后，我又找人逐个解释并说服他们相信安全可以有效保障。经过一番努力，车间同意方案提交到公司，很快公司召开了专题会议，会议上依然引起了一些讨论，最后梁总现场拍板，按照这个方案进行后续工作。2018年年底，我们在某级联相关机组成功进行了试验，为科研项目的后续顺利实施，进而恢复主设备性能、延长工程寿期打下了坚实基础。试验结束后，核工业理化工程研究院称："该技术弥补了行业技术空白，改变了行业发展格局，经济潜力巨大。"这件事让我感悟到，只要努力，完全有可能为公司、为行业发展创造出更大的价值。

现在我已经过了而立之年，多年磨砺，使我早已戒除杂念，只希望此生能够守住初心，以"强核强国"为目标，以"理工结合、又红又专"为方法，坚持"为祖国健康工作五十年"。

我的青春不等闲

姚浩田

姚浩田，男，1990 年生。清华大学工物系 2012 届本科、2017 届博研毕业生。现任中核陕西铀浓缩有限公司主工艺运行部主任助理。

暮秋的汉中尚无萧瑟之感，如约而至的晨鸣反让周末更显得慵懒惬意。洗漱、早餐完，我坐在窗前拿起久违的钢笔。寥寥几笔，我的思绪已飘回初至秦岭南麓汉中洋县的那个盛夏。

或许是挥别时新婚妻子的泪水唤起了压抑年余的情思，我的笔尖竟有些颤抖。妻子是北京市的检察官，而我是那一届的优秀毕业生，彼时虽然悲切，家庭的温馨和优异的成绩并未羁绊我投身祖国核事业的脚步。毕业后，我告别了繁华的首都，来到这祖国需要的地方——位于秦岭深处的中核陕西铀浓缩有限公司，开始了作为一个平凡的军工企业工程师的生活。光阴如梭，一晃年余。在生活中，我得到了公司无微不至的关怀；在技术学习中，我得到了集团首席技师金晓东和公司骨干段主任的指导。虽然与“北上广”同学间收入的巨大差异也曾让我不时失落，但家人的支持、领导的关爱却是我坚持追寻“中国梦，青春梦”的坚实后盾。

在“锦鲤观”甚嚣“网”上的今天，我也曾沉思——都说上帝是公平的，缘何唯独青睐他人？看国粹的喜欢说：“你瞧那简单的一亮、一步、一唱、一击，无不是台上一分钟，台下十年功！”回忆过去一年的工作，我想到的是调试时大家为按时交付示范工程而挑灯夜战的奋进；想到的是拟定某创新工作方案时大家一周只休息一个晚上的专注；想到的是在过去几十年里，核工业前辈们在执行中远超国家标准、行业标准的自我要求……正是这些冷暖自知的苦与对核事业如陈酿般的爱，才让核工业人与众不同、出类拔萃、建功立业！

我曾问金晓东师傅：“我最近对‘规程’的融会贯通很苦恼，刚入职的员工怎样才能迅速吃透‘规程’呢？”师傅却反问道：“你喜欢什么体育运动？”“乒乓球吧，经常和老师傅们训练。”我的回答略显犹豫。“如果你经常听中国乒乓的故事，你怎么会不知道他们的成功没有捷径，而都在于水滴石穿呢？”

我不免惭愧，囧状却把师傅逗乐了。是呀，过去一年来上班学技术下班练乒乓，点滴的进步何时曾有过一蹴而就？不都是量变方能引起质变的过程吗！

想起工作，我的心里洋溢着暖意。上级的关心、同事的认可、自我的热爱，都无不让我的每一天充满动力。中核陕铀，一个在我心中重要、现代、朝气蓬勃而严肃活泼的军工企业，为我们的青春提供了广阔的舞台。作为核工业“四个一切”精神的践行者，每天的工作能使国家力量日益增强，无疑是一种难能可贵而持久弥坚的享受。在科技发达的今天，民族脊梁的投影，或许不再是往昔撼天动地的坚船利炮，更多地会是身边一位位或许文弱却充满干劲的“红色工程师”。时代的变迁从未停止，人们的价值观也在不停地转变。或许今天“汲汲于富贵”将更多地诱惑你我，或许“锦鲤观”与不公无时不在动摇着你的信仰，然而青史会诉说什么才是真正的价值，什么才是真正令人钦佩的优秀与光荣。

情感回放畅谈

2018年11月19日，坐落在秦巴山麓、汉水之滨的中核陕铀迎来了一件大事——我国新一代铀浓缩离心机大型商用示范工程进行国家竣工验收。2017年12月29日，示范工程就因其第一批机组成功启动而受到了社会的广泛瞩目。2018年3月，两会期间，中核陕铀又因新一代示范工程全面投运再一次成为关注焦点。由此可见，该工程对进一步提高我国在国际铀浓缩领域的地位、提高我国核电国际竞争力，进而使我国建设成为核强国的重要性。

在竣工验收会上，国家有关部门和中核集团公司领导的讲话也再次对示范工程的重要性作了强调，这是对地处秦岭深山的三线老企业——中核陕铀（原四〇五厂）多年来坚持为"中国离心浓缩事业从这里起步，必将在这里发展壮大"这一信念而不懈奋斗的认可。

50年隐忍，50年坚守，中国离心从这里起步，必将在这里发展壮大。"幸福是干出来的!"——中核陕铀人就是这样一步一个脚印、一次一个跨越，自信而勇敢地做到了从无到有、从小到大、从引进到国产的涅槃，牢牢地把核心技术掌握在自己手中，为中国核工业贡献出陕铀力量和智慧。

"功成不必在我，功成必定有我!"让我们一起看看充满柔情的陕铀人是怎样描述这一段耐人寻味的足迹的，让我们看看这一群独立的群像吧!

那最初的峥嵘岁月

周静宜

五十年光辉岁月，五十年风雨兼程，当秦巴山区的陕铀明珠在汗水的打磨下渐渐升起，人们看到的是一个有着自强、开拓、奉献、创新精神的陕铀，一个逐渐壮大、日渐成熟、充满魅力的陕铀，一个技术自信、昂首阔步的陕铀，一个充满希望、具有国际竞争力的陕铀。作为一名陕铀人，心中的自豪自然不过多论述，国之重器的辉煌骄傲刻在每个陕铀人的精神领域，这份经年不衰的荣耀成就了每个陕铀人永不枯竭的底气和动力，能够传承拥有铁一般意志的工匠精神，陕铀人永远在奋斗与贡献的征程上！

神山圣水就是那梦开始的地方，青青巍峨丰都山，悠悠碧波滋水河，美丽富饶的汉中盆地走来一群朝气蓬勃、意志坚定的人们。他们是谁？是那个在光辉岁月中响应国家号召、勇于投身祖国建设的人们，是那个带着满腔热血、一身抱负投身核事业的人们。去吧！到边疆，到山区，到祖国最需要你们的地方！第一代陕铀人带着初生牛犊不怕虎的冲劲，在秦巴山区的山脚下挥舞起坚定的铁锤，打下深厚的根基。翻看历史的照片，依旧能够感受到建厂初期的质朴热血。就仿佛那建设的号角就要跃出纸张，传播到我的耳中，深深地撞进我的心里。叮叮当当，是他们建设的乐章；滴滴答答，是他们创业的潇洒。就这样，在那个一穷二白的年代里，最初的陕铀渐渐显现雏形。没有电，我们自己接；没有厂房，我们自己盖；没有粮食，我们就自己种。文化欠缺，我们就在工地木桩上刻苦学习，淳朴是他们的形象，专研是他们的灵魂。同唱一首歌的人多，同干一件事的人少，无法掌握命运，就会心如浮萍，无法探知未来，就会忐忑不安。幸好，陕铀第一代建设者们把机遇牢牢把握在自己手中，拼搏，建设，永不回头。

每每看到前辈们奋斗的足迹，我心中自是感慨万千，他们的开创既有承诺和坚守，也有信念和信仰。浩渺行无极，扬帆但信风，在雪与火、汗与歌、昼与夜的淬炼下，他们的心与魂、肝与胆都化作生生不息的奋进曲，唯有建设最光荣。

雄鹰翱翔，才见山高路远。展翅高飞，才见天淡云低。初代陕铀人的热血，就是那鹰击长空的精灵。震撼着这片贫瘠的大地。被汗水及热血洗涤的心灵，定能感受得到天空和泥土的芬芳。第一代陕铀创业人，甘当烈火真金，甘为疾风劲草，以雄心铸神剑，以青春铸神盾，炼就了铀浓缩事业的金色梦想。老辈们说，那会儿的山风雪呼啸，雨水如泼，但是他们建厂的心情比山风更奔腾，比雨雪更翻滚。

1969 年创业热血故事，像伟大传奇一样，一直绵延不断地发展到今天，一直被核工业子孙奉为经典，当年的这里山梁远望，当年这里缺衣少穿，但是凭着那气吞山河的壮志，和那坚持到底的信念，凭着那精神高于一切的富足之感，战斗！战斗！再战斗！战斗在荒山，战斗在河滩，战斗在建厂的第一线，战斗在每个初代陕铀人的欢歌中，秉承着共产党人不怕苦、不怕死的斗争精神，再苦再累也心甘情愿，赴汤蹈火也无怨无悔。一定要建成，一定要建好，一定要为共和国的光荣核事业献上厚礼，一定不忘毛主席的殷切期盼。

大道至简！简，不是简单。而是陕铀人的情怀，融入责任，才能担当使命；拥有梦想，才能传承精神；坚定信念，才能百炼成钢。

风在为谁呢喃，水为谁吟唱，钟声为谁而鸣响，激情为谁燃烧。捧着一颗心来，不带半根草去。龙头拂拭苍穹，乾坤一掷日月。陕铀人的精神就是时代的龙头恋歌，创业闪烁龙马精神，这天地即是疆场！山积而高，泽积而长。古老的大山能够听得懂这里的一切言语，春来暑往，草长莺飞，大雪纷繁，寒风萧索。大山作证，洁白无瑕是雪的道德，心有灵犀是梦的归途，以梦为马，奔腾的创业年代，不去想什么海市蜃楼，不去唱什么寂寞沙洲冷，只听从使命的召唤，跟随初心奔向远方，这样怦然心动的力与美，是这群初代陕铀人的精神雕像，汗水洗亮征程，心血浇筑梦想，钻研打造成长，请倾听他们热血鲜活的声音。

一群奔放的壮鹿，直抵创业初心最茂盛的山岗！怀着远方的心，不忘来时的路，这里是梦开始的地方，这里是核梦初心的故乡。

曾经有过的故事，今天还在把心熔化，曾经有过的身影，不随时光流逝。当年明月几时有，回眸往事，并不遥远，目睹创业的历史，领略前辈的风采，登高那个时代，望远那种境界，初心辽阔的陕铀人永远鲜活。做隐姓埋名人，干惊天动地事。这豪言壮语永远成为核工业儿女心中不变的情怀。弹指一挥间，转瞬五十年。献青春、献终身、献子孙、无怨无悔！建三线、搞基建、建陕铀、同圆梦！

“事业高于一切，责任重于一切，严细融入一切，进取成就一切”的核工业精神，就是在这样的艰苦奋斗、风雨开创中催生成长，战天斗地的陕铀人不忘初心、牢记使命，在一片荒芜的土地上建起了现代化的工厂，他们洒下干事创业的血汗、留下感人肺腑的故事，歌颂了核工业丰碑上的赞歌，更培育出了从无到有、从弱到强的陕铀战果。为国当先、忠诚坚守，将敢为人先的创新精神、科学严细的求实精神、艰苦奋斗拼搏精神刻入每一位陕铀人的骨血，让他们成为我们这一代陕铀儿女支撑前行的强大精神动力。

新的时代已经来临，强大的祖国正渐渐在实现伟大的民族复兴之梦。核工业的陕铀儿女定不负祖国所托，为国争先，敢挑重任，牢记使命，不忘初心，艰苦奋斗，奋勇前行，用青春无悔的热血来传承国之重器的骄傲与辉煌！

我们主工艺人

曹　峥

深入不毛地六十载洒碧血不忘初心力挺大国脊梁不使胡马度阴山；驰骋戈壁滩一甲子铸忠魂牢记使命勇担强核强国敢叫日月换新天。

60多年来，勤劳勇敢的核工业建设者筚路蓝缕以启山林，从无到有、从小到大、从弱到强，先后突破原子弹、氢弹和核潜艇是中国核工业人合奏出的一曲改变新中国命运的交响曲。进入新时代，以“华龙一号”为代表“核电自主化、系列化、规模化发展”的第三代核电技术“走出去”步伐明显加快，成为国家对外交往棋局中一枚分量极重的棋子。中核陕铀作为中国核工业全产业链上的重要一环，历经三代人的不懈努力，用青春、汗水乃至生命书写着家国情怀，实现了我国核燃料铀浓缩领域从跟跑、并跑到局部领跑的时代跨越。

自20世纪60年代末开始，按照党中央、国务院的正确部署和国家领导人的英明决策，第一代陕铀人在秦巴山麓、汉水之滨吹响了发展核工业的号角，经过三代陕铀人的艰苦创业，开拓创新，绘就了中核陕铀如今的壮美图景。在这幅壮美的图景中，始终活跃着一个重要的群体形象，他们就是主工艺人。

主工艺人手中托起的405-1A工程是中核陕铀承上启下、继往开来的重要工程项目。1A 工程的同志们自豪地称 1A 工程为老 A，每每讲起老 A 的故事就会情不自禁地拍起胸脯说，“中国离心浓缩事业从陕铀起步，必将在这里发展壮大”！屈指算来，1A 工程全面建成达产已整整 20 个年头，这二十年是极其不平凡的 20 年，1A 工程经历了大大小小无数次的严峻考验，每当考验来临，主工艺人总能够挺起脊梁，迎难而上，成功处置，化险为夷。

最令人难忘的当属发生在 2008 年 5 月 12 日的汶川特大地震。这次地震是新中国成立以来震级最强、损失最严重的一次地震，公司所在地距离震中直线距离不足 300 公里。2008 年 5 月 12 日 14：26，1A 控制室里，时任 1A 运行值值班主任的周延宏，正准备检查刚入职不到一年的小杨前一个阶段的学习情况，突然所有人都感觉到天旋地转，几乎站不稳了，隐约还能够听到隆隆的轰鸣声，如此的情形大致维持了两分钟。各种报警声响作一片，坐在操作台前的小杨被突如其来的场面惊呆了，一脸的茫然，仿佛在问：这……这是什么情况？周延宏是一位经验丰富的值班主任，他立刻意识到地震了。大地终于不抖了，所有人渐渐恢复了平静。老周开始对各岗位的值班长发布命令：老祁负责检查主设备、老岳负责检查电气系统、小王负责检查供取料系统、小张负责检查管道……主设备正常、电气系统正常、供取料系统正常、管道正常……一切正常！老周说：“大家坚守岗位不要掉以轻心，这么大的地震，余震也不会小，密切关注各系统运行状态。”地震的事过后许久，小杨曾经问周延宏：“周主任，地震来临的时候你们不害怕吗？”老周放下了手中的水杯，目光变得凝重，若有所思：“怕啊！我们是系统的守护者，就算发生天大的事，我们也不能各自逃命，因为我们是主工艺人，确保核品生产线万无一失就是我们的天职。”——这只是抗击“5.12”特大地震战斗中的一个缩影，“苟利国家生死以，岂因祸福避趋之”。主工艺人不惧天灾、不怕牺牲，抛家守业、坚守岗位，抗震期间无一人临阵脱逃，无一人贪生怕死，顶着随时会有余震发生的强大心理压力，排查消除地震造成的影响，经过近一个月的严防死守，最终赢得了抗击特大地震的全面胜利。

伴随着清晨的第一缕阳光，新一天的工作即将开始了。而对于担任示范工程调试组长的许小龙来说，却是又度过了一个不眠之夜，为了确保示范工程首批机组能够按照集团公司指示如期启动，三年来加班加点甚至彻夜不眠都已经成了家常便饭。熟悉他的人习惯叫他小龙，1988 年出生的小龙是公认的 80 后标准好青年，一提起小龙，都会不约而同地竖起大拇指：好！好苗子！

小龙同志参加工作以来，干一行、爱一行、钻一行，曾担任过值班员、副值班主任、1A 运行管理科科长，他在每一个岗位都能全身心地投入工作，所到之处，好评如潮。先后荣获公司“优秀共产党员”“先进生产（工作）者”“优秀青年突击手”等荣誉称号。工作之余，小龙仍不放松学习，2015年3月小龙考取了清华大学核能与核技术在职研究生，期间因表现突出获清华大学“廖凯原奖学金”励业奖，2017年6月，取得硕士学位。

2014年10月，车间主任问小龙：“示范工程启动调试任务艰巨，你担任调试组长如何？”小龙回答：“组织相信，我必全力以赴。”言必行，行必果，从此小龙就一心扑在了工程建设上面，一干就是三年半。这三年半：刚刚出生的儿子嗷嗷待哺，妻儿需要照顾；学业尚紧，硕士论文必须按照时点提交；工程进度告急，几乎天天加班加点。为了能够专心工作，他曾多次开导妻子，妻子终于带着儿子搬回了娘家。

小龙不但对自己要求严格，对调试工作更是一丝不苟，近乎苛刻，要求自己必须拿出最好的调试大纲和工序卡来保证示范工程的调试。为此，他研读规范、往返档案馆查阅借阅往期工程资料、下施工现场……共完成流程图纸24份，启动调试方案18份，运行规程30份。某启动调试工序，一个重要参数经常发生较大波动，小龙经过缜密思考提出解决方案，反复对比试验，不但解决了问题，还加快了该工序的总体进度。

集团公司做出批示，2017年12月29日示范工程首批机组启动，这是集团公司2017年十件大事之一。小龙负责首批机组启动操作卡的编写工作，为了确保万无一失，小龙带领调试团队连续奋战两昼夜，对照图纸、流程图对上千个设备及阀门状态展开地毯式排查，反复核对，相互印证。一分耕耘、一分收获，首批机组一次启动成功。就这样，一个机组接着一个机组、一个批次接着一个批次，整个启动调试过程未出现过一次差错，某重要指标刷新行业历史记录。2018年3月20日，示范工程如期全面建成达产，对提升我国核燃料自主化能力，落实保障国家能源安全具有重要意义。以小龙为代表的公司主工艺人向党和人民交上了一份满意的答卷。许小龙同志因此荣获了中核集团“优秀青年标兵”称号，小龙同志有理想、有能力、有担当，堪称清华精神与核工业“四个一切”精神完美结合的典范。

老A们、许小龙们是我们身边看得见、摸得到的主工艺人优秀代表，雷增光、梁光扶、金晓东、唐建……他们是我们耳熟能详并引以为傲的主工艺人代表，还有那些许许多多几十年如一日默默无闻、无私奉献的主工艺人，他们都曾经是，并且永远是主工艺人的卓越代表。

母亲在陕铀的美好生活

胡晓莉

母亲77岁了，每到冬季便来陕铀过冬。屈指算来，母亲在陕铀待的日子已有10年之久了。这些年来，母亲在陕铀的生活是快乐的。一说起陕铀，母亲是满心欢喜赞不绝口，今年她的快乐更多了些。

母亲很羡慕公司离退休老人的生活。她在观看了一场公司的演出后，这种感觉更强烈了。今年，母亲七月份便来厂里住了。时值九九重阳节，公司离退办为活跃离退休职工的文化生活，特意举办《陕铀情义浓，桑榆别样红》文艺汇演。母亲少有机会外出，便鼓动她去凑个热闹。看演出时母亲非常激动，每看完一个节目都像个孩子似的使劲鼓掌，连连称赞："演得好！演得好！"特别是节目《老有所乐》和《最美夕阳红》演出时，母亲看着一群老年人活蹦乱跳的样子，感慨地说："这哪是老年人嘛，分明是一群小姑娘和小伙子嘛，他们的生活方式太好了，老年人能有这样的生活该是有多幸福呀！"看完演出后的许多天，母亲还沉浸在这种欢乐之中，时不时地哼着小曲对我说："你们公司的退休老人能有这样的生活方式，是你们公司提供的平台好、机会好，让他们老有所养，老有所乐，这才是给老人最好的关爱！"

食堂的开放也是母亲喜欢的一件事情。母亲喜欢喝粥，每天清早煮粥弄小菜，对于赶上班的我是有些困难的。公司有了职工食堂，我每天早上跑步锻炼后，顺道买上食堂的粥、小菜、馒头之类作为我们的早餐。若遇上有事，中、晚饭来不及做了，也可以在食堂里得到解决。食堂饭菜花样很多，一周下来竟能做到不重样。母亲吃得很香，连连夸赞师傅们的手艺好。看到母亲生活开心，我也能做到上班和照顾她兼顾起来，心里宽慰了许多。

母亲一来便发现公司的路变宽了变平了。我告诉她，公司正在打造五大陕铀，其中建设美丽陕铀就是要给我们一个温馨干静的美好家园。母亲说："这好呀，这好呀！路这样平顺，以后散步再也不担心跌倒了。"见母亲这样喜欢，便在好天气里推了母亲去主厂区的道路上看秋景。母亲对秋意满满的新路非常喜欢，连连夸公司的景致好。我告诉她，这是公司在开展绿化革命和亮化工程。对厂区道路进行了修整，装设了路灯，栽种了银杏树和樱花树。到了明年，不知道会美成什么样子呢。许多职工下班后都在这条路上散步、跑步，已是公司的景观大道了。母亲听了接话说："真好呀，这条路风景好，来这里锻炼身体是再好不过了，公司这绿化革命和亮化工程真是为职工办好事、办实事的工程！"

近日里，母亲更开心了，因为暖气来了。对于老人来说，寒冷是最难熬的。母亲年年到公司来过冬，也就是因为公司供暖。前些日子，因施工没有供上暖，母亲非常担心，一次次问我，今年不会不供了吧？我肯定地告诉她，公司对这样的民生问题是很关注的，肯定会以最快的速度供暖。母亲才略略放心了。为了让她心里踏实，我时常将施工的进度告诉她。当她听到公司领导们为了供暖的事多方协调，施工人员深更半夜还在加班加点。她感慨地说，你们公司太好了，真是用心为大家办好事办实事呀！你们公司这样关注民生，以人为本，这样企业才能聚心聚力，哪有不发展的道理？

天天听母亲这样夸赞中核陕铀，深想一下，可不是这样吗，母亲在陕铀的生活是美好的，我在陕铀的生活也是美好的。问渠那得清如许，为有源头活水来。陕铀这块热土就是我们美好生活的活水之源，在心底里，对陕铀我是深怀感恩的。同时，我也知道，要想美好的生活如溪流般源源不断。那唯一的途径就是建设陕铀、发展陕铀。盘指算来，中核陕铀从建厂到今天已有五十年了，这五十年来，在陕铀人的努力下，中核陕铀有了巨大的变化。生产力从原来的探索到今天的创新；厂房、设备从原来的简易笨重到今天的宽敞智能；职工的生活更是从原来的艰苦艰难到今天的幸福安稳。而新一代铀浓缩离心机大型商用示范工程的启动及竣工验收是中核陕铀经济发展、科技进步最好的答卷。正是有了这些发展变化，我们才有了在陕铀的美好生活。

不忘初心，牢记使命归于一点就是提高人民的生活质量，使人民的生活有幸福感、获得感和安全感。以此来看，中核陕铀近几年来在企业文化建设、人文民生关爱、环境优化治理、生活条件提升上所做的一切，不就在努力地提高职工生活的幸福感、获得感、安全感吗？中核陕铀是一个充满着崇德向善、健康向上、风清气正、聚和奋进政治生态的企业；是一个有希望的企业；是值得我们倾注毕生精力的企业。做为陕铀的一名职工，我深深知道，要建设好陕铀、发展好陕铀，必须要传承和弘扬"两弹一星"精神、"四个一切"核工业精神，并强化"五个坚持"、推进"三大变革"、打好"五大攻坚战"、争做"六个一流"，为美好生活而奋斗不息。

对此！我信心百倍斗志昂扬！

我的抉择

焦远征

2003年，我刚刚大学毕业，怀着对“两弹一星”伟大事业的崇敬心情，毅然地选择了中核四〇五厂。清晰地记得入厂第一天，汽车沿着崎岖的乡村道路向着大山深处行进，车轮压在道路伸缩缝上发出规律的响声。响声带走了我的思绪，心里感觉这段路程好长啊，怎么还没到啊？繁华都市的憧憬与偏僻山区的景象在我内心形成了强烈反差，我不禁产生质疑，我是不是选错了行业？

入厂后，劳动人事处的同志服务周到，让我们刚毕业的大学生在单身楼也有了家的感觉。当时厂里只有405-1A一条生产线，在领导安排下，我们参观了离心大厅、中央控制室、供取料厂房……听相关部门同志详细介绍了405-1A工程在选址、引进、建设过程所历经的重重困难，建成了国内第一座采用离心法生产浓缩铀的大型商用工厂。这条生产线承载着我国引进、吸收、和平利用核能的重任，得到党和国家领导人员的高度重视和关怀：1996年，时任中共中央总书记江泽民亲临工厂视察，并亲笔题写了“发展核技术，开发新能源”几个字；1999年，时任国家科委主任宋健亲临工厂，对四〇五厂提出了殷切嘱托和深切期盼。领导人的重视和关怀，无不体现着国家对我国铀浓缩事业、对四〇五厂的殷殷希望与无限期待。这条生产线的建成凝聚着几代四〇五人的汗水和付出，是全体四〇五人的骄傲，也锤炼出四〇五人特有的精神。一周的所见、所感，让我对四〇五人的默默奉献、孜孜追求的精神肃然起敬，也坚定了我为国奉献、扎根四〇五的决心。

2008年，历经8年艰苦努力终于成功引进四期工程。还记得那是一个令人难忘的夜晚，职工齐聚俱乐部礼堂，时任厂长宣布了这一激动人心的消息，职工洋溢着新工程落地的喜悦，怀揣着对美好生活的期许，时刻准备着大干一场。在四〇五人特有的精神激励下，四〇五人日夜奋战在工程建设、主机安装、系统调试等多项工作一线，眼看着四期工程主体结构一天天拔地而起，一批批主机陆续到厂，新厂房一栋栋落成。经过3年多的卓绝努力，我们终于迎来了欢庆的一天——四期引进工程提前282天顺利达产。随着四期工程的投运，工厂实现了产能翻番，工艺系统自动化水平得到大幅度提升，职工工作环境发生了翻天覆地的变化，四〇五厂向现代化工厂迈出了一大步。伴随着四期工程的建设、投运，职工的收入也持续增加，社区陆续建设了阳光小区、春晖小区，扩建了憩园，修建了新公路，职工的居住、生活条件持续改善，社区的私家车也陆续多起来了，职工有了更多的幸福感、获得感。

与此同时，随着公司制改革，四〇五厂也更名为中核陕铀，公司踏上了发展快车道，时值我国核事业快速发展时期，公司领导积极筹划，后续扩建工程项目陆续落地，在两条生产线安全稳定运行的同时，公司职工撸起袖子加油干，2013 年 3 月 15 日，北区扩建一期工程顺利投产；2018 年 3 月 20 日，北区扩建二期工程顺利投产。这期工程对四〇五厂、四〇五人有着特殊的意义，它是我国完全具有自主知识产权的新一代铀浓缩离心机大型商用示范工程，是中核陕铀贯彻落实十九大精神，以科技创新为引领，提升核燃料生产自主化能力，落实保障国家能源安全战略的又一重要举措，标志着我国铀浓缩离心机实现了升级换代，具备大规模商用条件，技术水平、经济性进一步提升，达到国际先进水平。在工程建设过程中，四〇五人代代传承，发扬着“四个一切”核工业精神，涌现了一大批劳动模范、技术能手，他们在平凡的岗位兢兢业业、默默奉献、孜孜以求，为中核陕铀、为我们的国家奉献出陕铀人的智慧和力量。

历史车轮滚滚向前，奋斗的步伐永不停歇。新时代，中核陕铀改革发展也进入了新时期。在新一届领导班子的带领下，中核陕铀继续坚持党建引领，各单位上下同心，秉承陕铀精神，促使生产建设迈上了新台阶，陕铀人踏上了新征程，朝着打造“五大高地”，建设“五大陕铀”的目标阔步前行。

祝愿明天的陕铀越来越好！祝愿伟大的祖国更加繁荣富强！

岗位上的普通一兵

李艳楠

光阴荏苒、岁月如梭，转眼间中核陕铀即将迎来五十周年庆。五十年时间并不沧桑，却也是砥砺漫漫。中核陕铀经过五十年的发展已经强大起来了，同时朝着建设国际一流的铀浓缩基地这一宏伟目标奋勇前进，相信在不久的将来这一目标终会实现。中核陕铀的强大，凝聚着陕铀人的智慧与勤劳，流淌着陕铀人的血液与汗水，记载着陕铀人的奋斗与辉煌。

建厂初期，面对的困难是我这个 80 后想象不到的，不过通过观看之前的视频、照片、资料，我终于体会到了其中的艰辛。自己动手丰衣足食就是老一辈人的真实写照。房子是他们一砖一瓦盖的，菜是他们一颗颗种的，猪也是他们自己一头头养的。当时机械化不够，很多地方全靠的是人力，他们扛设备、搬运材料、开山劈石、抽空还要争分夺秒的看资料学技术。但是我能感觉出来他们不觉得苦、不觉得累，他们无所畏惧，他们不惧饥饿、不怕困难、无畏寒冷，因为他们心里有无比高涨的热情与目标，那就是按时完成建厂任务，不辜负国家、领导的重托。终于在他们的齐心协力下，陕铀建起来了，合格产品生产出来了。每次我看到那时施工现场保存下来的珍贵照片，心里都有很大的触动。核工业“四个一切”精神和“两弹一星”精神在他们身上得到了完美体现，值得我们学习并传承下去。

通过资料记载我们能感受到建厂初期老一辈陕铀人的拼搏与奋斗，那么通过日常工作的点点滴滴，我们可以同样感受到新一代陕铀人的奋发与斗志。

刘琳秀同志作为车间一名技术人员，她时刻提醒自己要用极其负责的态度努力工作。在工作中，她善于发现问题，并主动解决问题。针对北大厅调度盘反复出现的反应迟钝、稳定性差、维护困难等问题，她提出了改造方案，负责设计，合理安排，最终用最短的时间完成了改造。在她的努力下，使调度盘信号的响应速度提高了10倍多，极大地避免了由于信息延误而造成的损失，为系统的安全稳定运行提供了保障。另外，她还发现并针对10kV失电信号与DCS接口存在的问题提出解决方案并上报，目前已通过审批并落实了实施情况。随后又完成了公司的JYK项目——1C电调阀的改造设计及组态编程，最终仅用了10天时间完成了整个调试。随后，又投入到南厅的调节器改造、区段供电通讯组态调试、系统联调、程序完善等工作中。由于人员少，这些工作又要同步进行，因此她经常一个人同时要干好几项工作。对此，她能统筹安排，牺牲休息时间，以饱满的热情认真地工作，用自己的实际行动做好合格党员这个角色，从自身的改变，确保党员大家庭整体素质的飞跃。

2017年对于中核陕铀来说，是具有划时代意义的一年。我国新一代铀浓缩离心机大型商用示范工程首批机组在陕铀成功启动。陕铀人为此振奋，喜悦的心情无以言表！但成功喜悦的背后，是一群默默奉献的陕铀人，是他们用辛勤的汗水，谱写着陕铀的新篇章。回忆着01D南系统从土建、施工、调试，到最终顺利启动的点点滴滴，有太多感人的故事。清楚地记得2017年的夏天，班组人手很紧张，借调的、调走的、怀孕的、休产假的，班组少了将近10人。在班组成员极度缺少的情况下，01C系统01D北系统所包括的计划检修、科研技改等任务都不能落下，再加上01D南系统调试等工作，当时01C电调阀施工调试，03C管网改造这两项工作也在紧张进行中。可以想像当时班组成员是一个什么样的工作状态。然而每项工作都必须在规定的期限内完成，每个人恨不得有三头六臂。为了节约时间，班组成员干活都是小跑的。可就在大家忙得焦头烂额的时候，新的任务又来了，01D南厅21台调改阀调试。这项任务非常艰巨，要求我们必须在八月上旬完成，因为这关系到01D南系统能否顺利启动，而且不能因任何事情影响调试的进度。哪里还有人？谁来干这项工作？就在大家愁眉不展的时候，负责01C电调阀施工调试的陈卫华、张鸥、沈俊宁三位同志，积极主动站出来，要求在01C电调阀工作进行的空挡，完成01D南大厅调改阀的调试。因为当时真的是没人了，再加上时间紧迫，他们挺身而出，解决了燃眉之急。于是他们三人每天不是在01C就是01D南系统或者就是在去现场的路上。三点一线成为他们在三伏天的工作轨迹。他们在现场有时候一待就是大半天。那里常年十几度，而外面却是将近四十度的酷热，冰火两重天就是他们工作环境的真实写照。他们就这样一天天地将工作往前推进。在他们的努力下，最终在规定期限内圆满完成了南厅调改阀的调试，并且额外将南厅之前苏阀的电调阀也重新调试了一遍，为南厅的顺利启动打下了坚实的基础。他们的精神感染者身边的每一人！

在我身边像这样的人比比皆是，他们默默奉献、不计名利，是他们的付出才使得我们赖以生存的系统安全、稳定地运行。五十年的风雨兼程、五十年默默奉献，五十年砥砺前行使得中核陕铀，从最开始的一个工程项目到现在的四个项目。产品产量增加了，职工的收入增加了，厂区里的环境也是越来越好了，道路变宽了变亮了，公园变好变舒适了，房子变多变高了，退休职工的生活更加丰富了，供气供暖跟上了……职工的幸福感越来越强了。这些变化大家看在眼里乐在心里。

归根到底这是经过几代具有核工业“四个一切”精神和“两弹一星”精神的陕铀人不懈努力的结果。相信陕铀人会不忘初心、共同努力将中核陕铀发展得越来越好。

期待中核陕铀五十岁生日的到来，期待她更好的明天！

闪闪发光的幸福

刘　芳

光阴如水，岁月如莲，日子总是像从指尖流过的细沙，在不经意间悄悄滑落，转眼我从毕业到陕铀这个地方已是23年了。回望23年前刚上班时的憧憬与希望仿佛就在昨日，有的时候也在心底里问自己，是什么让我选择了这里？留在这里我后悔过吗？很快，我就有了答案。

1996年的一个早上，我已忘记了是刚上班以来的第几次进入6号水处理厂房，对于这个厂房我还是陌生的。偌大的厂房内油漆、电焊、化学品气味相继扑鼻而来，各种各样的设备设施琳琅满目，相互间的管道线路盘根错节，高空的、伏地的、地沟下的，层层连接，面对这些庞杂的工作内容，要成为其中的一员并能够稳妥“降服”它们，我心里真还是有些忐忑。距离10月6日405-1A一期引俄工程启动还有不到一个月的时间，满是灰尘与油污的陈维民师傅爬出地沟，看着我，拍了拍灰尘，收拾下班了。我盯着陈师傅被汗水浸透的额头，愣住了。这个怪人，他还会笑，他可是已经有一整月没休过周末了。施工网络图标红的部分是施工进度，“超载”的压力已摆在眼前，每当遇到现场困难、疑难，陈师傅都能够利用自己的睿智与他的团队一项项克服解决。陈师傅是年纪不大，五官很有棱角，平日不苟言笑，对他我是有些怕的，可今天他居然会笑得像个孩子似的。我悄悄地问身边的陈智强。“那个牛哄哄的老陈，今天咋笑了？”陈智强说：“你不知道，老陈今天可是啃了个硬骨头，因为安装空间受限行吊不能吊装到位，重要设备无法落地，可是个麻烦事儿。他经过一系列的准确核算，自己带领大家做了一套包括龙门架在内的工装，使设备按照设计在有限的空间能够精准落位了。”听完陈智强的话，我再一次注视着陈师傅的笑脸，陈师傅脸上的笑容是来自心底的，流露出无比的满足和骄傲。在以后的工作中，每当遇到困难，陈师傅那闪着光的笑脸就浮现在我的眼前。那笑容告诉我，实实在在、心无旁骛、努力地去做好一件事是光荣的，更是幸福的。

2006年，公司承接了某某工程的安装任务。在四川，作为辅助分队的专业工程师，我有幸和技师隆建国搭档。当时的施工环境非常艰苦，工地上“三通一平”还没有到位，我们要在紧张的工期内安装完上千台设备，几十万米的管线，安装位置从房顶到地沟，这又是一项艰难的工作。为了完成这些登高爬沟的作业，隆师傅总是不断地跟设计、监理沟通，与土建施工单位沟通，“手舞足蹈”的他像相声演员一般，费尽心思“抖出”一个又一个提高施工效率的“金点子”。旁边的年轻的同事对我小声说道：“隆师傅心理素质好强大啊！明明又苦又累又难干的活，他还能自嗨起来，带领大家往前赶工期。”

看着隆师傅及我们的团队忙碌又快乐的身影洒在工地的一个个角落里，我心里时常有一个疑问，是什么让隆师傅他们在干这样辛苦的工作时，还能这么快乐呢？终于有一天在屋顶安装冷却塔的一项工作节点完成之后，我又见到了隆师傅那孩子般的笑脸，这样的笑容像《肖申克的救赎》中安迪他们大修完屋顶后，在金色阳光的屋顶上喝着啤酒，安迪脸上洋溢着自信和满足的表情。这个似曾相识的笑脸让我突然明白，隆师傅在工作的时候，他并没有把繁重的安装工作当成任务或职业，他在辛苦工作的同时享受干完每项工作的幸福，他专心致志钻业务，苦干、实干、巧干印证他是一个信念坚定的人。信念坚定的人，无论身处何地，境遇如何，都不会轻易放弃自己的信念和信仰。

2018 年 3 月 20 日，经过无数陕铀人的忘我工作，我国新一代铀浓缩离心机大型商用示范工程全面建成，这又是一次生命与危险的撞击、智慧与勇敢的结合、科学态度与忘我精神的交织，经过几代、无数个具有工匠精神的“匠人”们的奉献，再一次见证了我国保障能源安全战略这一重要举措的落实。几代人的付出，几代人的笑容——它发自于心，取自于己。

回望过去，师傅们都已退休，师傅们努力的模样散发着耀眼的光芒。我在这光芒里徜徉，让生命的旗帜在心灵的天堂飘扬，用一颗美丽的心灵，用一片忘我的痴心，用爱和责任努力铸造自己的灵魂，用坚定传神明亮的眼睛照亮前行的使命，用火热的心点燃澎湃激情，烘焙着一个个绚烂的春天。而他们秉承的“四个一切”核工业精神是那样的熠熠生辉，浓缩熔铸了智慧与心血的“四个一切”，激励着我们“专心致志钻业务，心无旁骛干工作”，这是陕铀工人师傅们的共同语言，是时代精神、民族精神、家国情怀、坚定信仰的集中体现。

始于喜欢，终于热爱。陈师傅也好，隆师傅也罢，他，他们没有感人肺腑的故事，没有惊天动地的事迹，有的只是将责任与奉献完美诠释的一颗平凡的心，他们的幸福是简单快乐的，他们在工作的过程中是无比享受和幸福的。想来，幸福与工作无关，与财富无关，与年龄无关，更与每个人不同的生活轨迹和方式无关。高尔基说：“快乐是人生中最伟大的事。”音乐家瓦格纳说：“快乐不在于事情本身，而在于我们自己。”在工作中努力的人，在努力中幸福的人，大抵都源于此吧。

繁花落地悄无声，芳华五十载不留憾。

难忘的“战斗”

李 刚

那是2004年夏天，我们工段接到一项紧急任务：主厂区某厂房某型设备基础需要尽快破拆并重新浇筑新型设备基础。

经过现场踏勘和技术交底，工段长王连清组织召开“诸葛亮会”，研究怎么应对“敌情”：

“时间这么紧，工程量这么大，找施工队去干吧！”

“不行啊，同志哥！这个厂房属于公司生产核心厂房，保卫部门严格禁止外来人员进入施工，必须由咱们自己干！”

“厂房里面管道林立、作业面狭窄、设备众多而且都在正常生产运行，还不能有灰尘、噪声，这活咋干？”

“咱们可以用木板条搭设一个小号的简易施工棚，用彩条布蒙在上面包起来，不就可以解决了吗？”

“设备基础是高标号钢筋混凝土结构，尺寸大又结实，怎么破除才能按要求控制剧烈振动呢？”

“你还别说，这几天我了解到一种新材料，叫‘静态破碎剂’，只需要在基础上用电锤钻出足够的孔，把它填塞进去，然后浇水养护，它能够通过快速膨胀来破碎混凝土基础，这样的话就可以有效地防止常规破拆产生的强烈振动对运行设备的影响啦！”

……

就这样，大家你一言我一语地一通“神侃”，困扰心头的施工难题也解开了。

紧接着，工段成立了施工小组，刚刚进入施工现场第一天就遇到了“拦路虎”：一个基础约有2米长、1.5米宽、40厘米高，需要使用ϕ38毫米的电锤钻头在基础上按照15厘米间距打上约150个深度40厘米的排眼，而且在钻眼的过程中经常打中预埋在基础里的螺纹钢筋，强大的扭矩和反作用力让人难以握持住电锤进行施工。

“这活，太难干了！”第一天的施工中，3个人6小时才打了不到20个眼。施工棚里又闷又热，粉尘大还得要戴上口罩，同志们一个个累得满头大汗，强烈的锤击振动振得双臂酸疼两手发麻，吃饭连筷子都拿不住。

“进度太慢，不行啊！还得想想办法。”段长着急了。

接下来调整人员，选派年轻精壮的职工组成3个施工小组，轮流钻眼施工；准备了两台电锤施工，并且安排材料员随时待命准备电锤送修和钻头、耗材的备料，进度才又快了一些。

就这样每天晚上打完了排眼，用大功率吸尘器清理钻屑粉末，然后把静态破碎剂塞进排眼捣实浇水，覆盖草袋，白天派人1个小时浇一次水进行养护，依靠静态破碎剂的强大膨胀系数来破碎混凝土基础，破碎完毕再清理残余碎块，埋入锚固螺杆后绑扎钢筋网片，支模及浇筑新的混凝土基座……

参战的同志们都咬牙坚持，默默地忍受着高温、高粉尘、高噪声、高强度的繁重劳动，每天工作时间都在10小时以上，有时候夜班的同志下班回来都是满天繁星，家人早已进入梦乡。

8个设备基础依次全部施工完毕仅仅用了不到两个月的时间，设备更换也提前顺利完成，我们出色地完成了上级交给的任务，得到了上级部门的表扬和赞许。

直到现在，每当我路过这个厂房，都会不由得想起那次难忘的“战斗”，当年参战的同志们有的已经不在了，有的也已光荣退休，而我们依然战斗在基建维修的前沿阵地。看啊！如今的厂房鳞次栉比，有花有树、鸟语花香，那都是我们的建设者付出了许许多多的辛苦血泪才有了这现代化的厂房和设施，作为光荣的陕铀人，我们还要不忘初心、砥砺前行，为她持续稳定、经济安全运行和高质量发展提供可靠保障。

我为父辈们骄傲

王海良

2019年10月，是中核陕铀建企50周年。中核陕铀50周岁了，一代代陕铀人为建设世界一流核燃料生产基地在这片沃土上奉献着自己的光和热，能成为陕铀人我们感到骄傲和自豪。

今天的陕铀人生活幸福，生活质量一年比一年好，此时我们更不能忘了中核陕铀的第一批建设者，他们有的已经离开了，健在的也是七八十岁的高龄了，退休在厂里或在外安度晚年，但他们仍然关注着陕铀的发展和未来，因为他们这一生在陕铀埋下了深深的情。在50年前那个艰苦岁月里，在这片荒芜人烟的杂草荒山上，到处有他们的脚印，到处有他们撒下的汗水。陕铀的新员工可能不会留意他们的身影，但陕铀的历史忘不了他们。万事开头难，因为他们是第一批建设者，他们没有被困难吓倒，他们是陕铀的奠基石，是陕铀脚下的土，他们把最美好的年龄留在了那个荒凉岁月，远离家乡，远离父母亲人，为祖国的强大，为了国家三线建设，风华正茂的他们在陕南这片热土上谱写了一曲曲激情燃烧的岁月之歌，用五湖四海的语言汇成一部部壮丽的诗篇。他们默默无闻、埋头苦干，用辛勤的汗水和青春的智慧把陕铀绘制成一幅美丽的画卷。

我为我的父辈们感到自豪，我也为我有这么一位父亲感到骄傲，虽然他们的工作平淡，但他们在自己平凡的岗位上默默奉献自己的一生。现在他们已经两鬓斑白，退出了当年创业的这方热土，没多少人知道他们的名字，可陕铀这片土地上留下了他们生命绚丽的光彩，我为他们骄傲，我的父辈们，陕铀第一批核工业人。

我的父亲1968年在重庆涪陵五十四师当工程兵，当时只有20岁。1971年2月刚过完春节，五十四师就抽出200多人随朱自友同志坐火车来到了四〇五厂。父亲回忆说："1969年党中央根据国家需要在新疆开始筹备四〇五厂，当时在新疆筹备组不到20人，然后就在全国各地选址，由于环境位置要求选定了陕西洋县，四〇五厂名就是老厂五〇四的反过来的叫法。”1971年2月，父亲他们这批军工刚到四〇五厂时，这里全是小山坡，附近村里的住房也很少，他们没地方住，都被安排在附近老乡家住，然后他们就开始在北山坡搭建临时房子。铲荒草、平地面，用草席子和石棉瓦建造临时房，搭成一个个简易的房子和工棚。有了住的地方后，借用附近老乡的锅和炊具，露天做大锅饭，没有菜就每天吃馒头和面条。就在这种条件下，他们开始修公路、架电线、盖房子，他们肩挑背扛，用青春和热血满怀激昂的斗志开始了建设四〇五厂。那时候从老厂调来了很多人，他们带着家人，没有地方住，开始他们都借住在很远的地方。1971年年底，厂里开始筹备五七基建连，也就是最早的十号车间，基建连就是专门给厂里盖房子。父亲说当时真的很艰苦，基建连的同志们发扬艰苦奋斗、自力更生的精神盖起了一排排平房。房子盖好了，又开始在小机修厂房附近筹备建设修理连也就是最早的九号车间。为了建厂的需求开始采购了一些设备，从那以后，厂里就有了机械加工。厂里从苏州阀门厂、五〇四老厂、上海、新疆等全国各地调来了各行各业优秀的人才，开山修路、征地移民。1971年年底，国家又派二一建筑公司投身到四〇五厂的建设中来，到1975年厂里才建成最早的80楼，9号楼、10号楼都是最早的家属楼。1973年厂里在上溢水建成了医院，在福利区建起了第一个商店。父亲说当时工资才30多元，吃饭都是用的粮票，现在家里还有父亲留下来的粮票。

1971年，父亲他们建设当时的九号车间。三月的一天，父亲和同事刘兆明、王国伟坐解放卡车去洋县汉江河拉沙子，在洋县西大桥上由于司机操作不当，汽车出了车祸，父亲和同事从车上甩了下来，父亲伤势最重，不醒人事，在洋县医院头部缝了几针，在同事的照看下休养了几天后，父亲依然要求出院投身到建设九号车间的工作中去。

四〇五厂当时响应毛主席走五七道路政策，1976年在洋县小江办农场，父亲和他的师傅马玉柱带领班组同事在农场会战。他们住板房，喝水从汉江河用架子车拉，当时的农场条件生活十分艰苦，全是泥泞的道路，农忙天为了抢收抢种庄稼，他们不怕天气炎热，口干了咽咽口水，当时有个叫黄世忠的同事带病抢收抢种，晕倒在农场里……就是他们这群年轻的队伍，这种不怕吃苦的精神把收好的粮食拉回厂里，给职工带来了好吃的馒头、稀饭。

父亲回忆说，建厂初根据国家要求，在那个艰苦的岁月里，1969年开始，中国人民解放军五十三师的工程兵在这里施工，在当时设备落后的情况下难度可想而知，一个个血气方刚的工程兵建设者没有被困难吓倒，他们克服困难、奋力拼搏、没日没夜、风雨无阻用血和汗完成了祖国交给的任务，给党和国家交上了满意的答卷。许多年轻的工程兵牺牲在了这片土地上，他们的骨灰留在了洋县这片青山绿水。让我们记住陕铀第一批建设者也有他们的功勋，让陕铀历史记住这批付出生命代价的祖国好儿郎！

2008 年，中核陕铀迎来了 405-1C 工程。当时在机电检修车间当车工的我才 30 岁，身上有的是力气，能为工程出力奉献自己微小的力量我感到自豪。2008 年春节刚过，我就和机加工段同事们一起投身到工程的建设中，从框架、槽梁、方梁预埋件下料制作安装；从中央钢平台安装到大厅进风口预埋件组焊到安装；从四号空压站到 01C 压空管线安装再到 01C 注油间管道制作安装；从大厅主机冷却水管安装到 03C 厂房 03D 厂房三号厂房……从冬天到夏天、从白天到黑夜，工程现场到处留下了我们的脚印汗水和身影。我们把一个个阀门、一根根管道、一颗颗螺丝，准确安装到位。几年来，我们用汗水、用脚步、用微笑一次次完成一个个工程节点。虽然自己能力和付出是有限的，但是我能为工程建设奉献自己的青春和力量，我无怨无悔。有一次，我父亲突发高血压晕倒在家，我在安装现场不方便回去，同事王峰和几个工友开车把父亲从楼上背到医院，在医院又背着父亲楼上楼下做各种检查，等我赶到医院时，同事都把父亲安排好了，几个同事都累出了汗，真谢谢他们。

如果陕铀是一棵大树，那么第一批建设者就是深深的树根，第二代建设者就是树干，今天的年轻陕铀人就是一朵花，树根吸收水分、树干吸收阳光下，开花了。陕铀的今天是美丽的，职工安居乐业，幸福感洋溢在每个人的脸上，全体陕铀人发扬陕铀精神，圆满完成了工程建设，向国家和人民交上了一份满意的答案。我们相信，未来陕铀这片土地上一定会更加绚丽多彩。

动力人与陕铀共成长

王俊才

岁月如歌，春华秋实。1969 年，时任国家领导人高瞻远瞩、高度重视国防及三线建设，几经选址、深思熟虑后，四〇五厂在汉中市洋县动土建设。50 年弹指一挥间，但这 50 年四〇五厂从无到有、从小到大，这 50 年对于陕铀人来说是及其不平凡的 50 年。50 个春夏秋冬，18 000 余个日日夜夜，陕铀人耳闻目睹着这里的变化，动力人用自己的实际行动助推了公司的成长，同时也使自身所在的集体一步步向更高的目标迈进。

在工程建设期间，放电缆是动力人主要的工作之一。从建厂伊始到二期工程、四期工程，再到北区扩建工程以及即将验收的南区容器生产厂房，每处电缆敷设都有动力人的身影。我们敷设的电缆用米已经无法计量了，而应该用万米、十万米计量，如此大的规模和数量，这是全体动力人团结一心、聚和奋进的成果。

对于设备安装动力人同样专业。四期工程 21C 变电站 10 千伏配电设备到货时，正值设备到货高峰期，库房容量特别紧张。加上工期紧，工程项目部决定将设备直接运至现场进行安装。当时 21C 变电站还不具备设备转运条件，承担任务的动力人克服种种困难，自己修路，制作工装，连续 5 天加班加点，完成了 65 台高压开关柜的转运及安装工作，其中还包括约 350 米铜母线安装连接。在闭式冷却塔施工中，动力车间勇于承担重任，圆满完成了管道和电气安装，实现了节能降耗目的，动力人就这样用实际行动诠释着自己的职责和担当。

2017 年的冬季感觉比以往都要寒冷，大雪纷飞的时候，保护班成员坚守在闭式冷却塔的施工现场，上百根控制电缆的敷设和接线等着大家完成。零下的温度里薄薄的电工手套抵御不住凛冽寒风，冻僵的手里捏着 1.5 平方毫米的线芯恍若无物，平日如臂使指的螺丝刀也不再那么灵活。老师傅对于这样的工作环境已经适应，但新入职的大学生却没有吃过这样的苦，这时候老师傅就会言传身教，以身作则地引导新人，让他们懂得，技术大多来源于实践，更来自于苦干，而且需要带着一颗思考的心，每一项平凡的工作只要思考，总能从中获得一些东西。寒风中老师傅指导新员工怎样扎线利于检修和美观，探讨怎样接线符合规定且方便干活，间或指出某些不足。休息的时候，大家躲在避风的低压柜角落，或者聊几句生活中的趣事，或者刷刷手机里的新闻时事，或许辛苦，但不枯燥。

动力人还善于解决难题。在北区扩建工程首批机组真空干燥时，部分设备和材料未能按时到货，动力人果断采取措施巧思妙解，采用电缆代替封闭母线、临时盘柜带热循环泵运行等。保证了首批机组真空干燥节点顺利实现。在电气调试中解决了无数现场难题，确保了工艺系统调试顺利启动。

搞运行工作动力人更是一把好手。动力车间以“重细节、讲规范，提升供电运行系统精益管控”为目标，秉承严细求实的工作作风，提高大系统的管控能力，加强系统设备运行信息的准确性和可靠性，规范“两票三制”和SOP标准化操作。至2018年12月23日，实现了高压供电系统安全、稳定、连续运行2000天的突破。

动力人能守得住家业，同样亦可以走得出家门。2006—2008年，动力车间参加了公司外协工程项目的安装调试工程，主要负责电气系统、供水系统、通讯系统以及火灾报警系统的安装调试工作。在项目施工中，某工号电气预埋时，项目部在下班时通知第二天要进行地面水泥浇筑，要求施工队务必保证施工节点。施工队接到任务后马上进行人员安排。地面挖沟、开槽、打洞、管道焊接防腐，大家干得不亦乐乎，直至第二天早上七点，预埋工作全部完成。通宵加班在外协工程中已是常事，动力人吃苦耐劳、兢兢业业，为外协工程作出了巨大贡献，得到了建设方、公司的高度赞许。在系统调试中，空压站不能实现远方控制及自动控制功能，作为施工单位的动力人克服困难，根据设备实际情况，重新完善图纸，实现了上述功能，得到了设计代表的认可。动力人秉持核工业“四个一切”精神和陕铀精神，在工程安装调试中敢作为、能作为、有作为，为公司外协工程项目交上了一份满意答卷，也是公司“走出去”战略的一次成功探索。

我们是陕铀的动力人，有着能打硬仗、能打漂亮仗，有着敢于直面一切困难的优良传统。我们坚定信念跟党走，有责任、有义务、有恒心严守运行保安全、精简细修除隐患；有信心、有能力、有决心完成好公司党委、总经理部交办的各项任务。

全体动力人祝中核陕铀50岁生日快乐！祝愿陕铀的明天更美好！

创造辉煌业绩的动力人

王培谦

1998年初夏，怀着一颗赤诚、忐忑的心情来到位于大爷山脚下的四〇五厂。感觉像是一瞬间，时间就过去了整整20年，我也从一个年轻人变成了现在的“中年油腻大叔”。

从到四〇五厂工作至今，先后在热电分厂从事发电运行工作、动力车间从事电气检修等工作。感觉最深刻、影响最大的还是工作中遇到的陕铀人，大家用自己的青春、汗水、聪明才智诠释着一种精神——那就是陕铀精神。

在热电分厂工作期间，因为循环流化床锅炉运行是一种新设备，运行技术处于探索阶段，且循环流化床锅炉在点火后频繁出现床温不易控制（内部结焦、循环物料不均衡等）、启动时间长（大概需要4小时）等因素，造成锅炉调试运行阶段频繁压火、停炉。为克服锅炉点火困难，探索锅炉启动工作经验，热电分厂成立了以锅炉岗位的优秀司炉工高小峰为首的点火班，进行锅炉点火试验探索、锅炉运行过程紧急故障处理等难点工作。

1999年锅炉运行初期，影响循环流化床锅炉稳定运行最主要的问题是循环回料的量的控制不稳定。如果循环回料量小，起不到循环作用，锅炉床温偏高，锅炉接带负荷不稳定；如果循环回料量多，增加鼓引风机的动力输出，且锅炉炉床上大颗粒物料增多后造成沸腾困难。为解决问题，点火班成员进行分工，每天攀爬高度达到27米的锅炉本体20余趟，探索锅炉接带不同负荷情况下，循环物料阀的开闭大小情况，并结合锅炉控制盘床温、风量等参数的判定，在2个月内查找到物料阀开闭最佳位置（根据不同接带负荷情况），解决了物料循环的问题，锅炉接带负荷平稳运行。

2004年6月，对热电分厂的全体人员来讲，是黑色的一周。一周7天内，

3台锅炉先后出现异常被迫停运。3台锅炉被迫紧急点火5次，单台锅炉运行不超过24小时，就出现沉床、结焦等现象，锅炉被迫停运。

为保证锅炉稳定运行，热电分厂主管生产的副厂长焦彦涛组织点火班人员进行故障检查和处理。一方面，安排司炉人员准备锅炉循环底料（每次约300袋，配合锅炉点火过程的增加，一次大概需要600袋，累计重量达到6吨）、引子煤、点火木才等；另一方面，冒着锅炉停运后炉膛内几百度的高温，打开锅炉的引风机进行抽风降温的同时，安排人员垫着木板轮流进行炉膛内炉渣清理、检查风帽、炉膛内结焦块清除等工作。为保证安全，进入炉膛内工作的司炉工，喝一大杯淡盐水进入，每10分钟换人一次，出来的人工作服湿透，甚至头发打卷变黄。30余位司炉工不喊苦不怕累，甚至下班的司炉工，放弃休息继续配合实验人员进行作业。经过一周的连续奋战，3台锅炉从风道、循环系统、烟道等进行全面检查和分析，最终找到问题的故障点进行消除（锅炉底部的风室出现漏风，造成进入锅炉底部的风量分配不均匀，直接影响锅炉沸腾状况，从而出现部分床温高结焦、部分风量小沸腾不起来等状况），锅炉恢复正常运行。

在过去的10余年间，我亲身体会到四〇五厂各期工程建设的伟大，参加建设四〇五厂各期工程的动力人表现出的聪明敢干、吃苦耐劳的精神。就是这群文化程度不高的集体或个人（四〇五厂培养的技校生为主力），利用最少材料制作工装，提高了施工效率，提高了施工质量，给我留下深刻的印象。

从机械专业技术人员成长为工程建设电气技术负责人的李庆红，克服专业困难，在白天与各个施工队的施工人员进现场，落实形成施工实际问题，晚上加班加点学习施工规范、查看施工图纸。同志们印象最深的是，从不吸烟的他，烟瘾大到每天需要抽3包烟，解决了施工现场从穿线管预埋、电气设备安装、电气系统调试、送电接带负载等全过程的技术问题。尤其在2009年11月一天快下班的巡视中，李庆红突然发现01C-7厂房3台循环水泵的电气预埋未制作，土建施工方正在进行钢筋绑扎，如果不能够及时预埋穿线管，必然造成电气施工不能顺利进行，而且对土建方施工进度会造成影响。为此，他紧急联系第七施工队队长鲁明到现场，经过与土建方协调，第七施工队采取夜间加班作业的方式，冒着夜间严寒和泥泞的厂房地面，终于在混凝土浇筑前完成所有电气预埋管制作、敷设、固定等工作，确保双方施工均顺利进行。

共产党员梁永红，一名基层的电工，与其他2名职工组成施工现场临时用电管理小组，完成1C工程施工全过程中现场20余个低压临时电源箱的接线、送电和临时电源管理工作。对他们来说，在工作过程中没有周末休息时间，要随叫随到，确保了从土建施工开始到电气系统送电、调试全过程的临时用电负荷管理、临时电源安全管理工作，无一起用电事故。

2008 年至 2013 年间，动力车间管工班班长王建带领全班 10 名职工，利用旧槽钢制作电缆沟通行支架、使用液压车运输变压器、电气盘柜等设备，确保了 1C 系统、1D 系统 70 余台变压器、200 多面电气盘柜平稳运输就位；他们还使用旧角铁加钢管制作的简单工装，确保了配电室母线桥安装的平稳和电气盘柜的准确就位；在 405-2 南大厅变频器安装中，管工班利用设备包装箱上的长螺杆制作了滚杠，使用行车配套使用，将单台重量达到 2.7 吨的 108 台变频器功率柜准确就位。

供汽工段邢宝军等 6 人，为确保工作效率，先在地面进行电气槽盒加工，再使用液压升降车将连起来长达 6 米的电缆槽盒安装到规定位置，1C、1D 系统施工中，累计安装上下共计 6 层电缆槽盒 30 000 余米。

在电缆敷设过程中，第五施工队线路班职工，仅仅利用单向滑轮、绳索等简单工具，将 ϕ185、ϕ95 等多个规格的动力电缆敷设拉到高度为 6～7 米的电缆桥架进行敷设，确保动力电缆的敷设在电气设备就位后能够立即接线等，1C、1D 系统累计敷设各类电缆约 20 余万米。

01C-7 厂房冷冻机安装中，第七施工队施工人员在多次请教老职工、技术人员的基础上，组织施工人员使用 ϕ100 钢管和卷扬机简单配合，2 天时间内将重量达到 16 吨的 4 台制冷机通过砂石路面搬迁落位到设计位置，实现第七施工队参与公司工程建设零的突破。

2018 年，在 97D 冷却塔安装中，动力车间管工班在班长焦应刚的带领下，合理优化管件到货后的初加工、管件预制、二次搬运等工作流程，将 8 台冷却塔施工周期缩短了 1 个月，并多次使用吊车配合将 DN800、DN200 等多个型号的钢管安装到高度差达到 10 余米的冷却塔平台上，无不显示动力人的聪明才智。

从 2008 年至 2017 年，在连续积极参与公司工程建设的 10 年里，动力人参加 1C 工程至南区新工程施工的电气、供水等全部施工工作，包括后续的 2 座闭式冷却塔、南区容器厂房及水泵房的施工等全部工程项目。累计敷设各类动力电缆 30 万余米；安装电气设备 300 余台次；进行管道施工的材料重量累计达到千吨，并完成了通讯系统等辅助系统施工，为中核陕铀各期工程的顺利建成投产作出应有贡献。

时间飞逝，当年的年轻人慢慢变老，但不同岗位的热电分厂职工、动力车间职工，汇聚成了“新动力人”。虽然工作内容发生变化，但这种甘于奉献、勇于担当、成就作为的精神财富却日益增长、发展壮大。“动力人”用自己的辛勤汗水浇灌着中核陕铀这棵高科技产业之花，使她在这里发展壮大。

让璀璨的未来永远在路上

王胜利

岁月如歌，回首往昔忆峥嵘。今年不仅是新中国成立70周年，更是陕铀创建50周年。70年间，中国由贫到富、由弱到强；50年里，公司从无到有、从小到大，陕铀的每一阶段都深深留下了时代的烙印。伟大的时代赋予了中核陕铀特殊的机遇，中国改革开放为陕铀插上了腾飞的双翼。一代代四〇五人紧紧抓住这一难得机遇。拓荒者胼手胝足、历尽艰辛；改革者勇于尝试、敢为人先；历任领导班子殚精竭虑、运筹帷幄；无数陕铀人扎根三线，默默耕耘、甘于奉献。宝剑锋从磨砺出，梅花香自苦寒来。回顾陕铀成立50年间不平凡的岁月，公司走过了一段筚路蓝缕、创新求变、不断超越的光辉历程；演绎了从一无所有、白手起家到跻身国内领先、世界一流铀浓缩企业的创业奇迹。我们可以骄傲地说：忆往昔峥嵘岁月稠，看今朝旖旎风光秀！

回顾历程，展望未来，春华秋实，硕果累累！这是无数陕铀人秉持着核工业精神创造出难以磨灭的丰功伟绩。50年，在历史的长河中或许只是短暂的一瞬，然而对于陕铀人来说，这是为核工业奋斗的一生。他们将自己最美好的青春年华奉献给中国铀浓缩事业。对于正在日渐发展壮大的公司来说，则是经历了一个由稚嫩到成熟、由弱小到强大的蜕变过程。这50年间，无论对于个人，还是对于公司，都是朝霞般的年华，都拥有着无限的激情和绚丽的梦想。从遍地荒芜到建成中国第一条离心法铀浓缩生产线再到建成新一代铀浓缩离心机大型商用示范工程。一代又一代陕铀人辛勤付出所成就的这份伟大事业，是中国核工业历史上浓墨重彩的一笔。我们有理由为勇于超越、追求卓越的陕铀人感到骄傲和自豪。

新时期的陕铀人要紧抓机遇，不断寻求创新与突破，以更加饱满的精神面貌，更加敬业的工作精神服务于国防事业和核电事业。时代潮流大势不可阻挡，作为一家立足于国内市场，放眼于世界的铀浓缩企业，我们面临的是新时代的伟大历史机遇，在服务于国内核能发展建设的同时，成长为一家逐步发展壮大，成熟可靠的具有战略眼光的国际铀浓缩公司，真正践行改革开放的伟大时代精神。

习总书记说：“梦想从学习开始，事业从实践起步。”作为今年新入职的青年工作者，我们生逢其时，我们能够完整经历实现陕铀乃至中华民族新时代伟大目标的雄伟征程，这是何其难得的幸运、这是何其光荣的使命、这也是何其重大的责任。历史车轮滚滚向前，时代潮流浩浩荡荡，历史只会眷顾理想信念坚定、品质人格顽强、责任担当奋勇的青年人。我们要把个人的奋斗融入祖国的前途命运和民族伟大复兴之中，最大限度地实现人生价值，在新时代的广阔舞台上施展抱负、尽展风采。

美好的过去都以现在为归宿，璀璨的未来都以现在为起点。衷心祝愿陕铀能够继续在改革开放的春风下，在鼓舞人心、催人奋进的新时代宏伟蓝图中，在“四个一切”核工业精神的照耀下，在全体陕铀人辛勤劳动，无私奉献中书写更加辉煌的篇章。

新陕铀　我的故乡

魏万丽

时间如白驹过隙，转眼间中核陕铀已建企50周年。50年的栉风沐雨，收获了五十年的春华秋实，这50年，中核陕铀在几代人的共同努力下发生了翻天覆地的变化。这些变化已深深融入到每一个陕铀人的工作和生活中。您看，陕铀人的衣食住行与以前有了天壤之别：生活区建成了一栋栋崭新的楼房；干净整洁的柏油路上穿梭着来来往往的私家车；老年人在优美的公园里散步健身；美丽的校园里荡漾着孩子们朗朗的读书声；生产一线的工人们穿梭在干净整齐的现代化工厂里，中核陕铀呈现出一片和谐的景象。这50年，中核陕铀从无到有、从弱到强，陕铀人在一片荒芜的土地上建起了一座座现代化工厂。您看，每一位陕铀人为之自豪的我国新一代铀浓缩离心机大型商用示范工程已建成投产。50载中核陕铀"芝麻开花节节高"。

昨天，几代陕铀人洒下了干事创业的血汗，留下了感人肺腑的故事。听父辈们讲，陕铀第一代人大部分是20世纪60年代在祖国的一声召唤下，汇集全国四面八方人力，为发展祖国核事业，背起简单的行囊，离开家乡，离开妻儿，远赴千里来到秦岭深处的溢水河畔。那时候的生活条件是非常艰苦，但是每一个人的心里都特别激动，每一个人心里都明白他们所作的贡献对祖国的未来有很重要的意义，再苦再难心里却是甜美的。中核陕铀建立在依山傍水的深山里，生活和自然条件都非常艰苦。开建之初，生产区从最开始的挖山填沟，到打桩立基，家属区从简陋平房到一栋栋住宅楼，一条条马路、一排排绿树都是先辈们靠一把铁锹一个榔头干出来的，从当年留下来的一张张老照片以及展现在我们面前的新陕铀，诠释了"艰苦奋斗、自力更生"的含义。当年的小伙姑娘们付出了青春，走过了中年，迈入了老年，我们为他们点赞。

今天，新一代陕铀人继承了先辈们艰苦奋斗、自力更生的创业精神，不忘初心，精耕主业。转眼间我也过了不惑之年，17年前，我也是怀揣着美好的愿望，历经一天一夜的路程来到了中核陕铀，公司的热情接待以及装修一新的单身公寓一扫我路程的疲惫和一路内心的忐忑，从那一刻起我就暗下决心：这里就是我的第二故乡了！远方父母一句朴实的话"与同事好好相处，工作认真负责”我始终记在心里。从一名学徒开始，老师傅们一丝不苟、毫无保留地教导我，并且时常提醒“我们是涉核企业，工作必须严谨求实，一点马虎不得”，十几年的技术岗位，从一线实习，认识每一个阀门、仪表的用途、编写简单的操作票、参与一个个技改工作，到亲自主持重大科研以及参与公司重大工程的建设。从学徒变成师傅，我也把严谨求实的工作作风传承下去。

明天，中核陕铀将以更加高昂的步伐，为加快建成具有国际竞争力的世界一流铀浓缩企业而不懈奋斗。2018 年 3 月，我国新一代铀浓缩离心机大型商用示范工程在中核陕铀全面建成，标志着我国铀浓缩离心机实现了升级换代，达到了国际先进水平。新时代、新气象，作为新一代的陕铀人，我们将继续发扬老一辈人艰苦奋斗、自力更生的精神，为打造“五大陕铀”作出应有的贡献，始终保持核工业人特有的“事业高于一切、责任重于一切、严细融入一切、进取成就一切”精神，永远在路上。

我向外公学初心

姜 旭

当你来到这个位于秦岭南麓汉水之滨的中核陕铀工程区的时候，你一定会觉得工作和生活在这里的人们一定很幸福、很充实、很快乐！因为，他们每一个人的脸上都洋溢着幸福的笑容；因为，他们每一个人的眼神里都充盈着舍我其谁的自豪；因为，他们的每一天都充实而自信——他们，就是一群用 50 年的光阴耸立起中国离心浓缩事业起步的人；他们就是庄严地向世界宣示，中国离心浓缩事业必将在这里发扬壮大的群像。

姜旭（右一）

谁说不是呢？

2018 年 8 月，就是在这里迎来了一件大事——我国新一代铀浓缩高心机大型商用示范工程进行国家竣工验收。这项工程，是以中核陕铀为代表的核工业人向新中国成立 70 周年的隆重献礼和中核陕铀建企 50 年的里程碑式的跨越。该工程对进一步提高我国在国际铀浓缩领域的地位、提高我国核电国际竞争力，进而使我国建设成为核强国发挥重要作用。

是啊，时间是永远的试金石，它就像大浪淘沙的汹涌澎湃，也像水滴石穿的和风细雨。有时候，时间并不是白白溜走的，时间消逝了，可是时间掠过的每一刻，都厚重地诠释着“四个一切”核工业精神的强大魅力和“两弹一星”精神的内在神韵。回想来路，那些过往，那些遇见，那些际会，都是那么地美好……

大学毕业后，我的很多同学和朋友都决然地选择了留在大都市。他们告诉我，那里热闹繁华那里行不染尘；他们还告诉我，那里充满机遇那里婉约快乐。他们说，那里可以实现他们的人生价值，可以交付他们新生代的璀璨和阳光。他们问：你呢？我说不，我要回到陕铀这一隅，回到这熟悉的地方，回到这片生我养我的中国核工业的铀浓缩工厂。

安静地坐上列车，望着窗外呼啸穿越的巍峨的秦岭，我不禁想起我的外公，当年的他，是不是也和我一样，怀揣着梦想踏上列车，东奔西突、转战南北，用自己饱学的技术和智慧，去完成一个一个使命，并以毕生为代价，最终将自己的生命也奉献在了这个自豪地称之为“中国离心浓缩事业起步的地方”呢？

1960 年 8 月，一个坚毅的青年人坐上了从苏联回国的火车。他戴着一副金丝边眼镜，显得很斯文。他坐在车窗前静静地看着一本俄文专著，那是他在莫斯科读书时买的众多书籍中的一本。他在每一本书的扉页上，都郑重地写下自己的名字——穆炳文。他就是我的外公，1955 年第一批留学苏联的莫斯科大学化学博士。归国那年，他才 27 岁，风华正茂，怀揣理想。回国后，按照国家需要安排，他先后奔赴甘肃五〇四、新疆、湖北，最后再一次按照国家需要，积极服从分配，辗转来到陕西汉中四〇五厂，并在此走完了他的一生。

外公穆炳文，1931 年 9 月出生于陕西省周至县的一个秀才家庭，从小念私塾，新中国成立前考进了西北大学，毕业后回乡教书，过上了“教书育人，回报桑梓”的平静生活。1955 年的一天，国家有关部门通过层层考试和严格政审，作为新中国首批留苏的化学人才，踏上了去苏联深造的旅途。通过 5 年苦学，在莫斯科大学化学专业拿到了博士毕业证。1960 年 8 月，回到祖国，开始了报效祖国的历程。

作为一名中国第一批留苏化学博士，应该说，外公穆炳文的一生会有很多选择职业和从事科学研究的机遇。可是，他始终选择了甘于寂寞、服从分配，从来都把个人的专业和学术放在一边，专心致志地为每一次的“转业”做出新的择决和安排。来到四〇五厂，也是一样。一切都是“0”基础，一切就从“0”开始。这里是中国离心浓缩事业起步的地方，而产品分析又是离心之根本，是离心技术成功与否的眼睛啊！通过取样分析和分析结果，就可以更清楚知道无数人想探究、想了解、想要研究的“产品”的“含金量”是否达到国家需要，是否达到理想目标丰度。然而，分析取样的实验室都没有。怎么办？领导找到他，让他“挑大梁”。他以一名留苏化学博士的智慧和为国担当的责任，毫不犹豫地迅速挑起了重任，并进行了大量技术、资料、数据、材料、设备、仪器等的编写。于是，跑材料、跑市场、建立实验室、组建实验队伍、培训操作人员、建立实验人才队伍……他硬是在很短的时间内完成了一般人很难完成的艰巨任务，博得了全厂职工的赞誉和厂领导的首肯。对于一名留苏化学博士来说，建立一个实验室和培养一支专业化队伍，为他再一次赢得和叫响了“穆博士”的名头，这着实让他惴惴不安了很长时间。是呀，相较于一个甘于寂寞和不计个人得失的留洋博士，这是怎样的一种情怀呢？

20 世纪 80 年代，其实是四〇五厂最艰难、最举步维艰的阶段。工程缓建的现实，上级要求民品自养的“苛刻”，都让全厂职工捏了一把汗。厂领导在苦苦寻求民品开发的“突破口”……那时候，厂领导多头寻求机遇，调研民品开发的项目，调研了安康绞股蓝制造药厂，觉得这是一个很好的项目，便与厂家协商转让事由。对方“狮子大张口”，开口就是 100 万元。那时候，100 万元人民币，无异于天价。对于处在举步维艰时期的厂子来说，实在无法“拿下”。

外公穆炳文看到厂领导的难处，直言不讳：“我们回去自主研发吧！”

领导吃惊地看着外公，怀疑似地问：“需要多长时间？”

外公平静地说，“给我一个月，我一定拿下这个科研！”

此后的一个月里，他自费购置大量学习资料，供科研小组学习理论基础知识和实验数据。他带领团队，夜以继日，呕心沥血，不断研究、实验、改进、再实验，先后攻克了一个一个技术难关。一个月后，四〇五厂也拥有了属于我们自己的绞股蓝提取提纯技术……他和团队一起，独创性地生产出“绿海”品牌化妆品，获得全国第 101 项轻工业化妆品项目。

外公在世的时候时常跟我说，“干一行爱一行，他热爱分析，喜欢分析，在岗位上兢兢业业。是他的岗位让他感受到自己的价值，他愿意在这里奉献一生”。1990 年，穆炳文同志被授予厂级“劳动模范”称号——一个厂级“劳动模范”的称号，就是对一个中国早期的留苏化学博士最厚重、最庄严、最温暖的“盖棺定论”！作为一名我国早期的博士，如果他愿意，随便哪个城市哪个研究院，都会把他像“宝贝疙瘩”一样“揽入囊中”而厚爱有加的，而在偏远落后的中国第一座离心浓缩事业的工厂，“穆博士”却选择了默默无闻地“分析”，这是什么一种精神境界呢？这绝对不单单是一般意义上的分析啊，这也绝对不是一般意义上的精神境界吧！这是一种核工业“四个一切”精神的透析，是核工业人“两弹一星”精神的一生的分析，这是陕铀精神绵延不断继往开来的分析！中国的核工业就是这样，“干惊天动地事，做隐姓埋名人”。就是他们这一代人最忠诚、最公正、最理想的“丰碑”。

是啊，我也是一样，我也在默默坚守。每天都在自己的岗位上忙碌而充实着，每天都行走在同样的道路上勤奋工作着。我们生而平凡，但是我们的岗位却赋予我们神圣的力量，我们核工业神圣的使命和舍我其谁的担当，让我的每一天都充满力量。让我们每个人都能发光发热，让我们活得更有价值、更有意义，让我们为我们的中核陕铀美好的明天一起共同奋斗努力，创造辉煌！

画卷中的中核陕铀人

赖雪梅　李　阳

拼搏是陕铀人艰苦奋斗的满腔热血，求实是陕铀人科学严细的人生烙印，奉献是陕铀人不计名利的赤子之心。在公司建企50周年的奋斗历程中，一代又一代陕铀人始终不忘创业初心、牢记国家使命、勇立时代潮头，以实际行动践行陕铀精神，在秦巴山麓、汉水之滨描绘出一幅幅壮丽的画卷。

画卷一

1993年，正是公司工程建设迈开第一步的关键时刻。原有厂房的一万多立方米混凝土基础成了新工程建设的第一个“拦路虎”。为了提前建成工厂，缩短建设工期，计划使用原有厂房，厂房内原有的钢筋混凝土基础必须要拆除。

望着厂房里一米多厚的混凝土墙，小林面露难色：“老周，这能抗8级地震的混凝土真的要靠我们人力拆除吗?”

“别怕，万事开头难。凭着咱们手里的钢钎和铁锤，团结就是力量，只要我们心齐，没有搬不完的‘山’。”老周说完，给小林递了一套工具，转身开始投入到热火朝天的工作中。

忙碌的上午过去了，已是午饭时间，四周仍是此起彼伏的敲击声。小林低下头，即使戴了手套，握钢钎的手还是被磨破了皮。小林的前方是一声不吭埋头苦干的老周，他看了看周师傅，想抱怨的话始终没有说出口。

结束了一天的工作，大家收拾工具返回工棚，小林看见老周关节粗大的手上布满老茧，虎口处却已然裂开了，正隐隐地向外渗血，可老周毫不在意。小林看着自己受伤的血泡，忍不住问出了声：“周师傅，手不疼吗?”

“没事儿，”老周摆摆手，“书记开动员会那会儿就说了，咱们现在是要建设中国第一座用新工艺法生产商用浓缩铀的工厂，咱们现在干的事，是在建设厂里的生命线、职工的幸福线！咱们肩上的担子重着呢。”

一个月、两个月、三个月，整整七百天的奋斗，一期工程于1996年10月2日成功建成启动，前辈们用双手完成了不可能完成的工程，其过程之艰辛，任务之艰巨，是我们这些没有经历过的后辈难以想象的。没有他们的拼搏奋斗，就没有此刻中核陕铀的熠熠风采。

画卷二

2002 年的夏季比以往似乎更炎热了些。唐师傅翻阅着在图书馆借阅的厚厚一摞资料，手里有条不紊地工作着，额头渗出的汗水却反映出他内心的焦灼。供取料厂房内的那台国外进口制冷设备，反反复复出故障，报警停产已有一段时间，维修人员却始终找不到症结所在，怎么办？设备昂贵，返回原厂维修费用肯定不菲，设备故障停产严重影响生产稳定，该怎么解决这个燃眉之急成了唐师傅的一块儿心病。

唐建（右一）

下班以后，唐师傅仍在思考着解决设备故障的方法，晚饭过后，他拿起了电脑报，一篇文章的内容引起了他的兴趣，通过屏蔽不良信号来处理电脑故障，那是不是制冷设备的控制回路也能屏蔽一些“不良信号”？说干就干，为了验证这一想法的正确性，唐师傅主动联系维修技术人员，把他的想法提出来。按照他的思路，唐师傅与维修技术人员对照图纸，重新对整个制冷设备的控制回路进行了梳理，逐一排查，最终确定了信号的屏蔽位点，解决了问题，消除了故障，搞定了困扰大家已久的难题。

追寻真理，不断追求事实的真相，只有真正热爱工作、立足岗位的人才能全身心地投入工作。在唐师傅的身上，我们看到的是善于思考、勤于钻研的求实精神，更是一丝不苟、精益求精的工匠精神。

画卷三

历史选择英雄，英雄成就历史。2014 年 10 月，车间主任问：“示范工程启动调试任务艰巨，你能否承担调试组工作?”小龙回答：“只要组织相信，我必全力以赴。”在此后的三年半时间，小龙一心扑在工程建设上，带领团队研究新设备特性和启动调试工艺，编写技术规程，组织培训和现场施工，及时进行技术总结，并提出了多项技术创新。

示范工程启动调试过程时间长、复杂程度高、危险性大，但是整个过程没出现一次差错。为此，小龙同志奉献出了大量的时间和精力。在首批机组启动期间，一个关键电阀因故障无法开关，小龙立即组织力量进行故障抢修，故障处理一直从当天下午四点持续到凌晨两点，只因为小龙有一个信念：决不能把影响设备安全的异常问题拖到第二天解决。正是凭着这股不服输的劲头，小龙带领着他的团队创下了启动期间的损机率行业历史新低。

示范工程启动调试期间，也正是小龙家孩子 0～3 岁的阶段，因为要经常加班，为专心工作，小龙与妻子商量后，让妻子带着孩子暂时搬回娘家住了。小龙同志常说：“我相信信念比物质重要，我是一名中国共产党员，我的使命就是为党的事业奉献终身!”

“千磨万击还坚劲，任尔东西南北风；纸上得来终觉浅，绝知此事要躬行。为有牺牲多壮志，敢叫日月换新天；长风破浪会有时，直挂云帆济沧海。”一代代陕铀儿女用艰苦奋斗的拼搏精神、科学严细的求实精神、不计名利的奉献精神践行着核工业精神，用青春和热血铸就陕铀今天的辉煌。

值此纪念建企 50 周年之际，陕铀人必将乘着改革开放的东风，锐意进取，不断创新，坚持党建引领，坚持自主创新创效之路，向党和人民交上一份满意的答卷。

陕铀故事　依然在继续

孙文亮

“看看1C大厅的冷却水管，我们也是这么干过来的，现在看见它们，感觉就像看见自己的孩子，等你到了我们这个年纪，再看看咱们现在干的，你就知道是什么感觉了。”施工队师傅们这样说道。这支施工队便是负责主机冷却水管预制、安装的队伍，是他们赋予了“金属”特殊的情感和温度。

用“举、弯、蹲、跪”形容施工队安装日常最为贴切。主机冷却水管的安装工作重点在于弯管力度和准度。主机水管安装位置不一，有的需要施工人员举着主机冷却水管在十分狭小的工作空间（小到只能容纳一只手活动）内，对准接口，用扳手固定拧紧，原本只需几圈拧紧的管口，由于活动限制需要拧几十下，纵使是自认身体素质不错的我都觉得每装完一个管口，手和胳膊都是酸的；有的需要安装人员或弯着腰、或蹲着进行安装；有的则需要跪在地上，脸贴着钢平台手深入到连接点处，靠感觉安装。就是在这样的环境下，施工队员每天要保持在这样狭小的空间内举管、弯腰、下蹲上百次。

任务就是天，只要公司需要，我们就能上。战高温、赶施工、抓质量、求成绩，以实际行动保质保量完成了施工任务。

用“同心山成玉”描述施工队一点没有夸大。看看预制水管的流程，选材切割、喷漆、去毛刺、装套件岗位上伫立着不同的身影，分工明确，目标一致。在进度紧张时，没有人偷懒，没有人过早离开，施工队员能做的就是踏实本分地完成手中的任务，用现在网络用语形容就是“干就完了”。有的队员因长期喷漆导致手掌肿得像面包一样，或队员家中老人、孩子生病有事，其他队员紧张有序完成自己当天任务后，就积极主动替人分担，不将工作滞后，按计划完成各项任务，需要加班加点时也没有二话，一份执着下承载的是一份赤诚与热情。

他们甘于奉献、不计名利。在示范工程建设期间，施工队成员安装水管数量近 90 000 根。不了解的人怎会知道施工队队长唐炳峰刚做完鼻息肉手术后出院第二天便加入到工程建设的大军中，他总是冲在最前面，任务结束也是最后一个走出厂房。在施工紧急时期硬是忍着胯关节积水带来的疼痛和施工队员一起完成一个又一个节点任务。最后在车间领导催促和命令下，才停下手中的工作接受手术治疗。看着汗流浃背、无私奉献、任劳任怨、兢兢业业的施工队员，我们坚信他们的宣言：“喊破嗓子不如做出样子。”也许他们说不出心中那宏伟的志向，有的只是靠行动表达出对陕铀那份热情和忠诚。

现在我参与到了他们的故事中，听着他们讲述属于他们年代的故事，这些故事我们不会忘记，我会继续和后来人分享他们的故事。作为 90 后，我没有经历中核陕铀的艰苦创业，可是从这群可爱的人脸上，我看到的是陕铀人特有的奉献气质，淳朴人味下承载着是对陕铀、对国家那份忠诚。这只是陕铀发展长河中的一抹缩影，却承载着陕铀人民发展的使命和担当，处处充斥着这样的人，我们的陕铀必定是个不平凡的集体，必将在历史长河中留下浓重的亮丽诗篇。

少年智则国智，少年富则国富，少年强则国强。五十年逝，但陕铀人赤忱热血仍滋养着如今蓬勃生长的陕铀新青年。作为新时代新青年的我们更应该在自身工作岗位上，传承发扬陕铀精神，走出舒适区，实干、创新、奋斗，争做实干家，在今后继续铺好陕铀路、走好陕铀路，“核”力跑出好成绩。

他们的故事一直在上演，我们的故事也将拉开帷幕。陕铀故事，依然在继续！

砥砺前行逐梦想

张静静

十年峥嵘岁月，我们携手共进；十年创业诗篇，我们共同谱写。正值核工业成立64周年，中核陕铀建企50周年之际，陕铀机电公司走入了成立的第十一个年头。一路走来，陕铀机电人用坚定的信念把探索的艰辛踩在了脚下，以朴实无华的品格践行着爱国奋斗、建功立业的使命，不断向更高更远的目标攀登。

十年来艰辛努力创辉煌，不懈追求逐梦想！

在核电大发展的春天，中核陕铀汉中机电公司为国产LX精密零部件配套生产和工艺改进研发应运而生，自诞生之日起，就承载了太多的寄托与期望！无论是对昨天、今天，还是明天，这些期望就像阳光和雨露，滋润着陕铀机电的成长！

十年前，公司的起步阶段，基本上是刚刚学会走路的孩子，但这也是陕铀机电人的活力和朝气所在！“首长都动手，战士一起忙”，陕铀机电的开拓者们，在中核陕铀的大力支持下，在董事会的正确领导下，上下同心、聚合奋进、以厂为家、披星戴月、励精图治、奋勇拼搏，仅用两年时间，就实现了LX精密零部件合同订单从无到有，实现了生产工艺标准化，用勤劳的双手和敢于担当的品格为将来打牢了基础，让未来为现在自豪！在天津机械54家部件供应商中，陕铀机电成为一支战无不胜、攻坚克难的队伍。我们用加工实力、产品质量、服务保证，成为佼佼者，勇立潮头，走过了难忘的历程，走向了快速发展的道路！

十年，对于浩瀚的历史长河，仅仅沧海一粟。但十年足以见证一个奇迹的诞生。所有陕铀机电人用自己的青春、智慧、汗水共同浇铸了这个奇迹。正是在深入思考后的火花碰撞中产生的集体的智慧推动了陕铀机电的发展与壮大。业绩从小到大，一千万、两千万、五千万、一个亿……工艺优化和定额管理，工效不断提高，人均产值不断攀升。从弱到强，一路走来，描绘的是最新最美的图画！经过十年的努力奋斗，实现了产值1.8亿元，人均产值超过70万元的骄人佳绩。

十年来，无数事无巨细的工作中，陕铀机电人用最质朴的情怀，最忘我的担当，通过管理提升、技术创新、设备优化等途径，克服了产品送货路途远、运费成本高、产品路途保护难等因素，产品交期100%满足客户需求，产品出厂合格率100%，得到了客户的高度赞扬。为国产大型商用离心机示范工程的顺利投产，贡献了我们的力量！

今天是过去的继续，但未来将不同于以往。2017年，核电、核燃料面临的不利因素增多，国际市场分离功价格大幅下跌，风险进一步加大，整体经济增速放缓更加明显，尤其是LX零部件配套加工的需求急剧萎缩，订单断崖式下跌。我们在经历了连续几年的繁荣之后，行业的冬天已有开始的趋势。在这个时候，如何历练企业度过这个“冬天”非常重要。这是一场残酷的竞争，新时代的陕铀机电人不断的刷新自己对本行业的认识，以党建为引领，以安全生产为前提，以经济效益为中心，以开发市场、研发新产品为出路，以工艺优化为抓手，扩充生产能力，尤其是做好电调阀、传感器、精料过滤器等批量生产，不断精益求精，大胆尝试，开辟新的道路，不断引领队伍，并向现状发起挑战。

未来之路上，如果我们心中没有对于“春天”的寻找，那么我们将难以度过“冬天”的冰冻雪封。这是一场冰与火的历练，我们期待，下一个十年，当陕铀机电成立二十周年的时候，历经这一轮浴火重生，能够凤鸣九天！

我们已经站在新的起跑线上，下一个十年已经开始，我们将牢记核工业精神：事业高于一切，责任重于一切，严细融入一切，进取成就一切，在管理中求生存，在竞争中谋发展，艰苦奋斗，勇于登攀！

来自“大山深处”的信

万玥莹

亲爱的妈妈：

您好吗？从我不顾劝阻，一意孤行来到这个您眼中的“大山深处”到现在，它已经50岁了。五十年峥嵘岁月，五十年春华秋实，那个曾经荒芜的“大山深处”已经开出了一朵名叫“中核陕铀”的璀璨之花。现在我要自豪地告诉您，这50年奋斗、50年拼搏、50年骄傲的那些“暗流涌动”的往事——

记得那是1966年，我与被抽调的438名小伙伴一起组成四〇五厂筹备处，来到秦岭深处的陕西洋县境内建核燃料厂，我们这一群怀揣核工业梦的热血青年聚拢到大爷山下，开始了极为艰苦的军工建设。那时候的日子真是苦啊，多少次我都想放弃，多少次我都想拿起笔给您写信，向您诉苦，我想为什么我要来到这个穷山沟沟呢，要是去大城市我可以不用这么辛苦就能让自己过上很好的生活，而在这里，我就跟一个普通的体力工作者一样，我苦读那么多年是想用我的知识来为社会作出贡献，而不是在这大山深处面朝黄土背朝天啊，可是……可是，我不甘心啊，想着我走时对您说的那些豪言壮语，咬咬牙，我又放下了笔。

我们就这样埋头苦干，这一干就是二十年。1993年3月25日，中俄双方签定协议，确定在陕西洋县建设新工艺法铀浓缩工厂，代号为405-1A工程。引俄工程落地，四〇五厂要顺利向商用阶段转化，引俄工程是一个生与死的机遇，没有这个机遇，四〇五厂的发展就会举步维艰。曾记得，1993年6月，江泽民总书记来公司视察，题写“发展核技术，开发新能源”，并一再叮嘱：“你们任重道远，任重道远啊”；更难忘，1994年6月，时任国务委员、国家科委主任宋健在现场说的那些振奋人心的话：“掌握离心工艺技术是一个新的高度，对核工业来说，不亚于中子弹……希望四〇五厂的同志咬紧牙关，把这项工程搞上去。”熬过严冬的人倍觉太阳的温暖，历时五年的抢建，陕铀人圆满完成了工程建设任务，实现了我国铀浓缩设备的升级换代，向党中央国务院、向全国人民交上了一份满意的答卷！那时我多想写信告诉你，我成功了，我坚持了下来，可是转头想一想，不，还不够，我要在这里取得更大的成就时再骄傲地告诉您。

您一定还记得2008年的那场噩梦吧？那一天，阳光明媚，骄阳不燥，一切都鲜活得让人不曾设防。那一天，瞬间地动山摇，那一刻完全站立不稳，天旋地转，路上已经有人在奔跑。地面如旋转万花筒，顷刻之间眩晕感让人闭上眼睛，不敢再睁开……然而那一刻，在山摇地动的那一瞬间，我们在岗位的所有人第一反应便是奔向自己的操作岗位，所有在岗人员没有一个人逃跑，在地震时依然按照规定时间坚守在生产、运行岗位上，晃动的大楼吓不倒他们，在那一刻他们的心中系统是高于自己生命的存在，直到现在，我想起那年都不禁湿了眼眶，看啊，这就是我可爱的同事们。

大难面前陕铀人也不忘伸出援助之手，在天灾面前，陕铀人团结御难，积极援助八二一厂等兄弟单位，在第一时间将满载救援物资送到八二一厂，这是震后不足20个小时的火速行动。中核陕铀给八二一厂送达的救援物资解决了他们的燃眉之急，那一刻流淌的暖流抵挡着天灾带来的“严寒”。在那些余震不断的日子里，医院为了能够正常提供医疗服务，在空旷场地搭建了临时门诊，为患者提供看病、就医场所。“苟利国家生死以，岂因祸福避趋之。”在大地无情的灾害面前，一群可亲可爱的陕铀人以一种忠诚的使命感、虔诚的责任感，坚守在自己平凡的岗位上，维护着自己的生命线、幸福线，维护着核品生产线的安全稳定运行。

岁月不居，时光荏苒。很快，我们就又迎来了一次新机遇，历时整整8年谈判。2011年3月15日，离心四期引进工程首批机组成功启动，随后圆满建成投产。紧接着，2017年年底，由中核集团完全自主研发建造的我国新一代铀浓缩离心机大型商用示范工程首批机组在公司成功启动，至2018年3月20日工程全面建成投产。从1992年到2018年，从引俄工程到国产示范工程，“自强、开拓、奉献、创新”的陕铀人紧跟国家核电发展步伐，在引进和建成离心四期工程、北区扩建工程中，拥有了相关专用设备制造资质和能力，积累了丰富的建设、运行、管理经验，主产品一次交验合格率100%，使公司的产能规模、科技创新、国产化技术水平跃上了一个新台阶。在工程建设期间，不论是最基层的工人，还是负责的领导，所有人都甩开膀子，弯下腰，低下头，拉钢架、抬管道、搭棚子、调试机器，全员出动，在五十多度的真空现场，在工程调试冬天寒冷的夜晚，从白天到深夜……在这片土地上撒满了陕铀人的汗水、泪水还有笑声，每一位陕铀人舍小我，顾大局，在工程建设的关键时期，主动放弃自己的休息时间，加入到工程建设中来，从清晨干到深夜。那时，仿佛又像回到了我们刚来这里建设时，可是我却再没有那时的抱怨、焦躁与迷茫，因为虽然日子是艰苦的，可是我们的精神是满足的，每个人仿佛都有使不完的精力，因为我们有着坚定的信仰，有这样的陕铀精神——“不计名利的奉献精神；科学严谨的求实精神；艰苦奋斗的拼搏精神”。您看，沐浴着中国特色社会主义新时代的春风，我们不忘初心，坚守使命，为国担当，努力打造中国铀浓缩行业的运营高地、技术高地、人才高地、管理高地、文化高地。如今的陕铀快 50 岁了，他还那么年轻，那么朝气蓬勃，那么前途不可限量。我有幸陪伴着他一路成长，看他从五十年前的荒芜到现在的繁荣，我骄傲我是陕铀人！

在我们公司即将五十岁华诞的时间，我迫不及待的将他的发展说给您听，那个曾经野草遍地“大山深处”的小工厂现在已经成长为这样让人骄傲的存在，您是否为我、为陕铀而骄傲呢？

此致

敬礼

您的孩子万玥莹

大山深处的“绿色”

王 楚

汉水之滨秦岭南麓有着这样一群人：为国家的绿色能源，默默奉献；不忘建设核工业强国的初心，自主创新、勇于担当；以建设美丽中国为使命，前赴后继，努力地奋斗着。

我就来自于这群人，我们祖孙三辈子都生活工作在这片热土上，这里有我们的笑、我们的泪，还有我们的梦想。

我的外公自20世纪60年代就来到了这里，加入到光荣的核工业建设大军中，成为这里的首批建设者。在我印象里，外公很爱笑也很勤俭，他会缝衣服做被子，他总说缝缝补补又三年，好像生活是一件很容易的事情。在与外婆的一次交谈中，她回忆起了外公的故事：我的外公曾经是一名海军官兵，在浙江宁波服役期间担任过报务员，后来服从国家安排来到了核工业系统工作，又因工作需要辗转来到了大山深处的四〇五厂。当时正值四〇五厂建厂初期，生活条件很艰苦，家属区周边还几乎是片荒野，既没有水泥路，也没有路灯，一到晚上就漆黑一片，全家6口人挤在不到十平米的平房里。外公曾经对外婆说：“虽然从江南水乡到蛮荒深山的落差比较大，让你和孩子们跟随我来到这里可能有些不适应，但既然是国家的人就要为国家想，为了国家的未来，也为了核工业的未来，希望你和孩子们能理解。”当时的工程建设任务重、工期紧，外公白天进山搞工程建设，傍晚休息时他就组织几位同事一起拉电线、铺设路灯，干到很晚才回家。外婆说她现在还记得哪几个路口的路灯是外公安装的呢。外公还有个小爱好就是收集珍藏毛主席像章，当我第一次看到他收集的像章时，我感到十分震撼，是一种什么样的信仰能让一位老海军在那样的年代默默地一直做下去。这就是信仰的力量。在他们心里这些毛主席像章是弥足珍贵的，它们代表着作为核工业大建设时期的无上荣誉，更体现着一名核工业人最淳朴的美。

我的父辈见证了社区的建设也见证了厂区的建设。我父亲在青年时期积极响应了上山下乡的号召，归来时怀着高昂的斗志依旧投身于核事业，祖辈打下了基业，子辈继续添砖加瓦。厂房在父辈手中建成，俱乐部在他们眼中建起，桂花路的芬芳是他们的辛劳，每一条林荫道是他们凝聚的绿色。康盛园的美味，热情的招待，都是发自内心的真诚；凝心聚力的奉献是他们那一代的信仰。这一辈人，在 20 世纪 90 年代有选择离开的，去闯荡大山之外的世界；有选择留下的，继续扎根于四〇五这片热土。我的父亲选择了留下。他告诉我，他曾经是一名钳工，很多机械加工的活他都干过，而且干得很漂亮，同事们都很佩服他。后来因为后勤工作需要，他主动担当，组织几位同事共同承包了鸡场养殖管理工作，当时鸡场很红火，每月都能为职工提供新鲜的鸡蛋，有效解决了职工饮食缺乏营养的问题。

我生长于在这片土地，很荣幸地成为了“核三代”。大学毕业之后，为了延续父辈的事业，我回到了中核陕铀工作。就在 2009 年 3 月，对我们陕铀来说，意义重大，公司北区扩建二期工程最后一批机组已投入级联运行，机组各项参数稳定，已达到预定工况。这标志着由中核集团自主研发建造、具有完全自主知识产权的全国新一代铀浓缩离心机大型商用示范工程全面建成投产。我们夫妻俩都参加了这期工程建设，很荣幸我的丈夫通过自己的努力还获得了“示范工程建设一等功”的荣誉。一代人有一代人的责任和使命，饮水思源，这不仅是陕铀人的骄傲，更是我国核工业发展的骄傲，这些成绩始终离不开那些具有家国情怀、默默奉献的老一辈核工业人，因为我们都是站在巨人的肩膀上去建设更加美好的未来。

50 年来，我们一家人亲历了核燃料基地从无到有、从小到大、日新月异的变化。我们已经融入这片土地，已经与国家核事业的建设和发展紧密相连。我们一家人用接力棒的方式成为光荣的“核一代”“核二代”“核三代”。现在，我们的“核四代”小宝已经出生，作为晚辈的我们也必将追随他们的足迹，薪火相传，拼搏奋斗。

“中国离心浓缩事业从陕铀起步，必将在这里发展壮大!”让我们深入学习贯彻习近平新时代中国特色社会主义思想和党的十九大精神，不忘自主创新初心，坚守为国担当使命，树立绿色安全创新发展理鼓足聚和奋进的干劲激情，用承载着希望与未来的双手，为中华大地穿上一身“绿色”的新装，为美丽陕铀建设奉献一份力量，为加快建成具有国际竞争力的世界一流铀浓缩企业作出新的更大的贡献!

我和春天有个约定

刘　军

戊戌年三月，正是春暖花开、争奇斗艳的时分。此时，各大媒体竞相报道，我国新一代铀浓缩离心机大型商用示范工程全面建成投产达标！核工业人用汗水和智慧又谱写出了核事业的崭新华章！中核陕铀——这个靓丽的名字顿时响彻整个神州大地！

随着国产示范工程全面建成投产达标，作为建设者之一的我感到无比自豪，这些年来也亲眼目睹和经历了示范工程的沧桑变迁。

让我记忆深刻的是示范工程建设初期。2010 年，为了配合公司外协单位施工，我经常从示范工程建设工地旁路过。那时候空旷的荒地上没有厂房，只有泥泞的道路和厚厚的灰层。工地上到处都是新挖开的施工基坑，现场施工环境恶劣，条件艰苦。职工们夏天里汗流浃背，冬天里在寒风刺骨的工地上手抬肩扛忙碌着。每当下雨，满腿的泥泞苦不堪言，常常一段几百米的路程要走上二三十分钟！虽然条件艰苦，但建设者们斗志昂扬，陕铀精神时刻在示范工程建设工地上发挥出来！转眼 8 年过去了，眼看着当年的泥泞工地上，一排排崭新整齐的厂房逐一相连，一道道笔直的大道纵横交错般把整个示范工程主辅厂房连成一片，现在回想起来，心里仍然有着莫名的激动。

2012 年 5 月，示范工程建设进入关键节点，当时示范工程除了厂房和竖起的装架外一片空白。随着公司一声令下，各单位参建队伍马上组建起来并相继进驻厂房，主、辅系统各路调试人员全部开始按工程进度有条不紊、紧张有序地开展相关工作，空旷的厂房里顿时沸腾了起来。我们辅助工艺运行车间从各个岗位抽调的 20 余人组成的队伍也来到了工地上，我也很荣幸参与其中，投身到热火朝天的工程建设工地中。

2012 年冬季一个寒冷的夜晚，我当时值零点班，第二天有一批机组要冲击试验。凌晨一点去某大厅巡检时发现一处主机冷却水管出现漏水故障，故障点旁边不远处就是第二天启动需要的重要设备及线缆，我立即对漏水故障点采取应急处理并和相关施工负责人联系。负责该项目的化工成品车间负责人及施工人员很快就赶到现场处理故障。和几位师傅们处理完该故障，我们又一起对第二天要冲击试验的管线全部排查了一遍，直到次日凌晨三点，确认设备全部正常后才迈着疲惫的脚步走出厂房。

2017 年夏天的一个中班，示范工程某批真空干燥正在如期进行，此时辅运车间巡检人员发现电热水锅炉控制柜内触点温度高于正常值较多，马上联系车间电工及机电检修车间检修人员。当我零点接班后来到电热水锅炉房，一股热浪迎面而来，屋子里所有人额头上的汗水正一滴一滴不断往下掉！而此时，辅运车间电工、机电检修车间检修人员正在抢时间更换备件。为了保证真空干燥不受影响，大家顾不上喝水，抢时间把突发故障处理好，保证了该批机组真空干燥如期进行。直到处理完故障后一直等着电热水锅炉稳定运行一段时间后，大家才放心地返回了生活区。

示范工程建设中，这样的事情还有很多。就拿我所在的辅运工艺运行车间来说，不但承担了大量繁重的示范工程施工、调试、运行任务，同期还承担了公司 1C、1D 闭式冷却塔科研任务。2016 年、2017 年示范工程建设调试进入高峰期，车间承担的主机保洁任务需要人，闭式冷却塔科研任务调试进入紧要关头需要人，三条生产线运行系统也要保障，怎么办？这成了摆在车间领导面前的棘手问题。为保障三条生产线安全稳定运行、示范工程建设及闭式冷却塔科研任务如期完成，车间决定主机保洁任务主要由白班职能人员承担，人数不够时再给每个运行岗位分配名额并采取志愿报名的方式。让人感动的是许多运行岗位人员为了工程建设如期完成，主动请缨，放弃休息时间参加主机保洁工作。每次报名参加主机保洁人数爆满，许多报不上名的职工还有情绪。

作为示范工程首批进驻运行岗位的水辅系统职工，我所在的岗位其中大部分都是女职工，家里都有老人孩子。当时 1D 值点任务繁重，但是为了工程及科研项目早日建成，许多职工在保障运行的同时，经常利用休息时间主动参加主机保洁任务及闭式冷却塔调试。

我所在的示范工程水辅系统岗位，公司经过多年来在水辅系统的技术积累，已经形成了一支完整的专业调试队伍。公司、车间为确保我们在调试一线的工作顺利开展，调动所有的管理、技术、技能力量做好了后勤保障工作。先进的 DCS 辅助控制系统也在示范工程水辅系统岗位得到全面运用。但这也对我们这些参与调试的人员提出了更高的挑战。在调试工作中，管理、技术、技能人员有什么想法马上就聚在一起研讨，大家经常为了讨论出一个最佳的解决方案争执得面红耳赤！还记得，大家白天参加调试，晚上下班后去参加相关专业知识学习培训继续充电。大家通过不断地摸索、优化，圆满地完成了示范工程水辅系统调试等相关任务。

在示范工程建设中，公司上上下下心往一处想，劲往一处使，始终恪守“事业高于一切，责任重于一切，严细融于一切，进取成就一切”的核工业精神。随着施工进度的加快，很多普通施工人员主动放弃休假，家里的老人、孩子也无暇顾及。大家眼里就只有一个目标：舍小家顾大家，一切为了示范工程能早日建成投产达标！每当在示范工程现场看到师傅们娴熟、精心、忘我地工作时，我感到陕铀的每一位员工都是伟大的、成功的。他们靠自己的辛勤劳作、严谨细致胜任了本职工作，用实际行动践行了陕铀精神。

经过 8 年的上级支持及全公司所有职工的共同努力，我们终于成功建成具有完全自主知识产权的示范工程。示范工程的全面建成，也激励着全体陕铀职工不断坚守使命，为打造“六个一流”，为加快建成具有国际竞争力的世界一流铀浓缩企业继续不懈努力奋斗。

弹指一挥间，作为公司一名普普通通的生产一线运行操作工，我在陕铀已经工作了 29 个年头。借助公司这个平台，使自己从一个初出茅庐懵懂天真的小伙子，从青涩走到了成熟，从漂浮走到了安定，我用我的青春、用我的刻苦和努力，换来了一位能独当一面的行家里手。

50 年的砥砺前行，50 年的春华秋实，一代代陕铀精神的继承者和接班人用勤劳和智慧带来了公司日新月异的变化。对于我们来说，过去的 50 年只是个逗号，“中国离心浓缩事业在陕铀起步，必将在这里腾飞”的道路还很远。在以后的日子里，我要更加立足“小岗位”，努力争创“大业绩”，继续在普通的运行工作岗位上刻苦钻研，努力提高自身素质，为建设世界一流企业的宏伟目标，作出自己的贡献。我将紧跟公司发展的步伐，继续与公司共同成长，相信我的人生也将会随着公司的发展壮大而更加绚烂多彩！

熟悉陕铀的人都知道，从 1999 年 3 月、2011 年 3 月再到 2018 年的 3 月，公司与春天结下了不懈之缘。我们期待这个不懈之缘能一直延续下去，在全国最美油菜花海的汉中大地上，能给大家带来更多春天的约定。

我与陕铀结善缘

周志宏

1992年7月，我中专毕业，分配到原四〇五厂第一车间UPS岗位担任电气技术员，从事UPS及外围供电系统运行维护工作。自此，我与四〇五厂结下了不解之缘。

20世纪90年代初期，我国的商用核燃料事业才刚刚起步。受国际环境影响，我们的商用燃料事业处处受阻、步履维艰。在当时的情况下，许多技术人员选择了辞职和调离，跟我一个办公室待过的3名电气专业大学生也另谋高就，第一车间电气技术员只留下了我们几个中专生。在职职工中停薪留职者有之、兼职经商者有之……大部分岗位几乎无事可做，只有我们运行岗位的人员还在忙忙碌碌，维护着不多的几条运行线。企业前景不甚乐观！同时进厂的50多名大中专生走了近一半，我也心生去意。

周志宏

1993年6月，时任中央主要领导人来厂视察，挥笔题词“发展核技术，开发新能源”，引俄工程正式落地四〇五厂，这极大地鼓舞了全厂职工，成为了四〇五厂发展壮大的精神动力。1993年年底，405-1A工程土建开工，四〇五厂发展壮大的序幕正式拉开！全场干部职工信心满满，1994年8月，试验台架顺利建成，我成为首批变频电气运行人员之一，负责试验台架的变频电气系统运行维护工作。

1995年5月，405-1A工程施工安装工作全面展开，我们4个中专生被抽调出来“挑大梁”，负责变频电气系统施工的技术工作。在此之前，我们4个中专生一直从事运行维护工作，谁也没有工程安装经验。我们既兴奋又害怕，兴奋的是自己可以有机会发挥自己的专业所长了，同时又害怕受专业知识面窄及实践经验欠缺的影响而不能胜任！工程准备阶段，我们分工合作、各有侧重，从学习俄方图纸开始，识图、核图，认真推敲、互相讨论、反复核对，在不到3个月的时间里，用自己的双手将一本又一本俄方图纸手绘转化为适合国人习惯的电气系统图及接线图（当时计算机没有普及，只能手绘图纸），分系统确定了相应的材料清单，施工技术准备基本到位。施工过程中，我们几个分系统扎根施工现场，全过程参与工程建设。从电缆管制作、预埋开始，全过程介入相关电气施工，完成了盘柜落位、电缆敷设、单体调试、系统联调工作。当时通讯条件很差，没有移动电话，我们每人同时负责多个施工现场，我们不停地在各自负责的施工现场间穿梭，联系全靠对讲机。工期紧、任务量大，我们经历了一年多朝出晚归的生活模式，每天7：45离开生活区，晚上10：30回到单身楼。工程最紧张的时候，施工人员三班倒、我们连轴转，困了就在现场打个盹，确保工程进度不受影响。1996年8月电气系统安装施工基本完成，9月底，我们先后完成了设备单体调试及系统联调工作。10月6日，我们4个人作为工程启动的主操作手，圆满完成了几十台机组的启动工作，心中无比自豪、激动。设备试运行阶段，我们分工负责，完成了各个系统的运行规程、设备检修规程编制工作，确保运行、检修过程有章可循、有据可依，为运行维护及检修工作提供了技术保障。依然是我们4个中专生继续分工合作，分别担任大厅变频系统、外围电气系统运行管理员，负责运行系统维护管理、检修的技术支持工作。由于从头至尾参与了工程建设工作，非常清楚电气系统的“来龙去脉”，做起运行维护工作来得心应手，看着自己亲手参与建设的变频电气系统安全稳定运行，成就感满满！工程正常运行后，我们及时完成了竣工资料整理工作，为工程顺利通过验收奠定了基础。

正是有了1A工程的建设经验和体会，在后续1C工程、北区工程建设期间，虽然我们几个人在不同的单位、不同的岗位，我们依然尽自己所能，尽心尽力、无怨无悔地为工程贡献着自己的力量。

回顾我同陕铀结缘的这26年，回想自己在不同岗位的工作历程，感慨颇多。从20世纪90年代初期人心惶惶的四〇五厂，经过一批又一批工程建设者的无私奉献和不懈努力，终于成就了今天美丽和谐的中核陕铀，我们亲历了多条生产线的建设过程，内心充满了自豪感和成就感！我相信，通过陕铀干部职工的共同努力，“崇德向善、健康向上、风清气正、聚和奋进”的良好氛围一定会实现，陕铀的明天会更美好！

致敬陕铀

牟　俊

2019年是公司建企50周年。50年，在漫长的历史长河中可能最多寥寥几笔即被带过，而对于我们每一个为之奋斗的陕铀人来说，它却涵盖了很多人的一生！企业从无到有，从新技术的引进到新技术的熟练应用，再到我国新一代铀浓缩离心机大型商用示范工程的建成，每一步都是一次大跨跃，每一次的跨跃都让我们体验到巨大的变化，使我们紧跟着时代的步伐，一路向前。

这50年，是艰苦奋斗的50年，更是继往开来的50年。我虽然没有经历公司创业的艰辛，但是却幸运地目睹并参与了公司的积极建设和蓬勃发展，我为自己是中核陕铀的一员感到骄傲！

1989年，我随父母进入四〇五厂。那时候，厂里才刚建好职工俱乐部，大棚的菜市场车水马龙，生活区比现在小得多，家属区里两间半就是最大的房子，家家都在楼道里储备着蜂窝煤，去煤厂买蜂窝煤是件很有趣的事。很多在生活区没有房子的职工家属还住在北山坡（现在早已被公司的后续工程覆盖），北山坡紧邻主厂区北面，有武警中队驻扎，还有八九栋老楼。第一次看到持枪武警守卫的主厂区，觉得它充满着庄严感和神秘感。爸爸告诉我："李叔叔和邓叔叔就在里面上班，我们这是保密单位，里面的工作情况不能告诉别人。"

2004年，我回厂上班，成为我们家的第二代陕铀人。虽然从小在这里长大，可是当我真正走上工作岗位的时候，才发现我对陕铀的认识只是停留在初始的记忆里。当我重新审视、认识它的时候，我被它的质朴所感动。上班的第一年，我在原热电分厂电气运行岗位工作，绿色的设备外壳让我想到了淘汰的绿皮火车，设备是真落后！主控室里的模拟屏看得人眼晕，那么多的指示表、那么多的指示灯，还有好多块老式继电气；操作台上要人为不停地调整参数，保障电网平衡。而师傅们的工作状态却是无比积极和认真，每个人都坚守着自己的岗位，杜绝因个人疏失引发事故。有一次，因煤质不好，锅炉炉底结渣严重，运行值里的一半人迅速到现场，捅渣、掏渣，然后将炉渣装车，并一车车推走。那么大的锅炉，那么多的炉渣，来回几十趟，没有人喊苦叫累。大家想的只是"炉子"别"趴窝"（熄火），对冒着火气的红炉渣没有畏惧、更没有推诿。师傅们说："我们不怕事故，只是机会得来不易，我们输不起！如果在关键时候设备发挥不了它应有的作用，我们还有什么意义。”他的话，没有华丽的辞藻，却碰触到了我那颗不太脆弱的内心，让我感动，也让我深感作为一名陕铀人的责任之重！

2005 年，我调到动力车间的 21 号总降压站工作。这里经过之前对 6 kV 系统的自动化更新改造，新设备及其自动化程度让人耳目一新，工作重心由主要对设备进行精心维护转到通过后台机监控设备运行。工作似乎轻松了很多，但由于对新业务不熟悉，大家面对新系统心里却充满了不踏实感：这么多的新设备、这么多的二次线路，它们有纰漏吗？该报警的信号、该动作的保护装置都能正确启动吗？于是，带着疑虑，大家开始了伏案学习，技术人员不吝知识的分享，运行人员虚心求教……慢慢地，知识和本领让大家心里踏实了。对于后台机的报警信息都能结合实际准确判断、及时处理。2008 年，21 号总降压站经历了严峻的考验。在“5·12”汶川地震及其后续余震中，21 号站 6 kV 联络开关柜内支持瓷瓶受损，到 5 月 19 日凌晨 3 点多，发生对地放电，瞬间拉弧引起母线室三相短路，6 kV 系统全部失电，后台机报警信息铺天盖地，开关事故跳闸报警声不绝于耳……大家没有因为电气设备强烈的爆炸声和事故情况的恶劣而退缩，更没有坐、等、靠、要。值班长刘文迅速带领着班员及时检查系统，通过分析判断、准确操作，抢送 601、603 开关使 6 kV 系统恢复供电，而停电时间仅持续了 3 分 05 秒。事后又对 6 kV 分段母线及所有馈线分别停电，查找隐患，并将所有问题一一解决。

2010 年，21 号总降压站 110 kV 系统全面更新改造，将原来的 110 kV 少油断路器、隔离刀闸、互感器和避雷器等设备更换为 GIS 设备。新设备在操作方式上和运行维护要求上跟以前的设备完全不同，二次部分引入了五防系统，安全性和自动化程度更高。但在操作中，我们依然会发现一些缺陷，有的还很严重。比如说 110 kV 开关在合闸操作时无法合闸、在分闸操作时无法分闸。通过对故障开关进行检查、分析，在找到症结处理时，大家没有局限于仅换一个开关的辅助开关、仅改变一个开关的分（合）闸线圈的标识材质就给问题画上句号，对所有 110 kV 开关进行相应更换处理——因为每个 110 kV开关都可能出现这样的问题，于是通过各级联系，我们做好事故预案，倒换运行方式等多项措施。

在运行维护工作中，新设备、新技术的应用使我们感受到了它的力量，更开阔了我们的眼界。2010 年年末，供电系统新建了 21C 变电站，为 1C 系统的建立打好前战。建站初期，条件非常艰苦，一到下雨天，大家就泥里来、泥里去，控制室没有暖气、没有空调，去食堂吃饭还是问题，即便如此，大家依然有序地开展各项工作。2012 年，北厅供电设备陆续投运。其间，系统还扩容更换了 21C 站的 3 台主变压器，为新一代铀浓缩离心机大型商用示范工程做好带载准备。2015 年，伴随着我国新一代铀浓缩离心机大型商用示范工程项目的建设，南厅供电设备开始投运。2016—2018 年，对所有 10 kV 设备计划检修，在操作中发现了好多问题，设备变形卡阻、松动失灵、指示异常等，我们都和检修单位一一沟通、进行处理，不让任何一台设备“带病”投入运行。2018 年，车间提出了 21 号总降压站的优化改造方案，届时 1A 系统的所有负荷将由 21C 站来接带，21 号总降压站及其 6 kV 系统将全面退出，这是一个颠覆式改变。我们一直以应变、思变的方式与企业的发展紧密衔接，我们学会了为企业的美好蓝图添砖加瓦。

每一个陕铀人都在用自己的行动践行核工业精神。每年的“技术比武”都进行得如火如荼，“工匠精神”是我们的标杆；技术技能“双技大融合”激励通道的建立让更多的职工加入到科研队伍中；“成本管理”“精益管理”的精品视频课件传达到每个班组；公司领导“大走访、大宣讲、大提升”活动深入每一位一线职工；央视百家讲坛名师走进了陕铀大讲堂，为我们传授中国传统文化。陕铀人在全方位提升自己。虽然工作时间、工作分工、工作性质各不相同，但是每个人都在各自的领域里不计得失地发光发热。正是这些光和热汇聚出了今天的陕铀，在今天这个喜庆的日子里、在这个值得纪念的日子里，向您致敬！衷心祝愿您——我们的陕铀，明天更强更美好！

新型传感器“诞生”记

王　辉

2016年深秋时节，陕西汉中，中核陕西铀浓缩有限公司接待中心多功能厅，由中核集团陈念念院士带队的专家组，宣布公司研制的4种新型专用传感器通过集团公司科技成果鉴定。此时，我心里有一种说不出的成就感、收获感和自豪感。回想起几年来参加新型专用传感器研制的经历，一幕幕仿佛就在昨天。

2010年，公司的引进工程建设正紧锣密鼓地进行。其中，与主工艺运行密切相关的几种专用传感器——轻杂质事故保护传感器、流向事故保护传感器、数字微压计等均为新型号。有关的技术资料，只是简单的安装、使用说明，许多重要的技术原理、参数和异常处理方法等都基本没有提及；并且备品数量极少，只能基本满足安装调试的需要，不能满足后期运行维护的需要。这对未来的专用仪表运行检修是个极大的难题：工艺运行中，无论是轻杂质超限，还是气体倒灌、压力超限，都会损坏主机——主机是铀浓缩工艺的核心设备，一旦损坏不可修复。因此，及时准确检测轻杂质、气体流向、压力等参数，尤为重要。专用仪表一旦异常或损坏，没有备品更换，相关的参数就不能检测，直接影响主工艺系统的运行。怎么办？结合以往研制专用传感器的经验，公司下决心研制新型的专用传感器，以满足工程的运行检修需要，也为后续国产示范工程提供专用仪表选型。于是，由“传感器专家”、高级工程师刘通作为项目领头人，一个新型专用传感器研制的团队很快就组建起来。我——一名年轻的技术人员，有幸加入其中，和团队中的专家、师傅们一起挥洒汗水，一起付出辛劳，一起风雨兼程。

借鉴已有的研制经验，团队很快在2012年完成了新型流向事故保护传感器的研制工作，并投入批量生产。该型仪表很快在某工程中投入应用。紧接着，新型轻杂质事故保护传感器也在两年内完成了样机研制。新型轻杂质分析传感器、数字微压计也相继开展了研制工作。

2015年冬天，在研制新型轻杂质分析传感器时，仪表模拟实验效果很不理想，达不到预期的技术指标。必须要拿下这关键的模拟实验环节！于是，五加二、白加黑，研制团队在“传感器专家”刘通的带领下争分夺秒地干工作：刘通负责方案设计，工程师张晓萌负责实验操作、数据整理分析。在干燥寒冷的实验室里，调整仪表、修改方案、实验、分析数据，从仪表结构、实验方案、实验设施等方面查找原因。一遍遍地实验—修改—再实验—再修改，记录仪上画出了一条条曲线、记录本上写下了一个个数据。近两个月下来，进行了近百次实验，收集了几百个实验数据，终于得到了理想的实验结果，解决了这个技术难题。

熬过了寒冬，春天已然来临——麦苗青青、油菜花金黄夺目。传感器研制团队人员顾不上欣赏这番美景，继续向着下一个目标前进：新型轻杂质传感器的现场测试——这是验证专用传感器“实战”能力的关键环节。千里之外，渤海之滨，天津核工业理化工程研究院，这里有满足轻杂质传感器检测的实验条件。一到核理化院，我和刘通与核理化院的相关同志一起，开始了紧张的实验工作。管道连接、仪表安装、检漏、实验、分析数据，连续三天，从早忙到晚，我们对新型轻杂质事故保护传感器和新型轻杂质分析传感器做了二十多组数据，但是有些数据与预期有较大差异。于是和理化院的韩立果博士、王春岩等同志一起讨论：分析实验原理、操作过程、检测方法、数据处理等各个方面可能存在的问题，寻求解决方法。第四天，我们又开始新一轮实验，理化院也启动了一台高精度的仪器来配合实验，以便对最后的实验数据进行对比验证，一直忙到了晚上九点，但新型轻杂质事故保护传感器的实验数据还是不理想。回到住处，刘通和我又将这几天的实验数据仔细分析研究，对这几天的实验过程进行总结回顾，查找原因、制定后续实验方案。第五天，按照新方案，进行了多种工艺条件设定实验，又忙了一整天，终于完成了整个实验，得到了确定的实验结果。这两种新型轻杂质传感器的研制也算是尘埃落定了。离开天津之际，看着海河两岸的璀璨灯火，心中无限感慨——风景这边独好！

而新型数字微压计的研制则是另外一番景象。数字微压计由传感器和数显表组成，精度高，稳定性好，兼具就地显示与信号远传功能。从 2011 年开始做前期准备，到 2014 年，完成了数字微压计数显表的电路板检修、仿制，初步解决了它的数显表的备品问题。2015 年，开始数字微压计的传感器研制。这是一个新的技术研究领域。为解决仪表敏感元件来源，我们先后去西安、成都等地调研，但没有找到合适的产品供应单位。但总要解决！于是，利用废旧仪表上的敏感元件，由车工赵成刚师傅用车床一点一点“扒”下来，这是个精细活儿，稍不注意就会损坏敏感元件，这样干一天下来也就完成四五件，但硬是用这种方法“扒”出了一百多件敏感元件。仪表核心零件材质方面，我和胡逢春师傅到西安的几家单位调研了解，刘通也多方打听，终于解决了零件材质问题。李彦龙师傅按要求制作了多个仪表组装用工装，这对仪表焊接、组装很有用。各项工作都有条不紊地推进着。但是，在那年夏天，遇到了一个“拦路虎”——该型仪表的信号转换部分原理较难，我和团队的同事翁慧君、李菲做了长时间的检测和研究，也没有完全弄明白。得知此事，车间主任、研级高工穆周朝立即赶来指导并动手做仪表原理检测。那一天，做了一下午实验测试，得到了初步结果，但是由于使用的示波器的性能较差，没有得到精确的技术数据。第二天一大早，找来一台高性能的示波器，重新对该型仪表进行测试，经过几个小时的“攻关”，终于弄清楚了它的信号转换原理和主要技术参数。这为后续该型仪表的研制扫除了关键技术障碍。后续，数字微压计研制工作进展顺利，在 2016 年该研制项目顺利完成。

2018 年，又一个深秋时节，中核陕铀示范工程顺利通过了验收。在这项工程中，数百台新型轻杂质事故保护传感器及流向事故保护传感器检测着主工艺系统轻杂质参数，为主机的安全运行提供保护信息。而在另外一条生产线上，近百台新型的数字微压计检测着主工艺压力参数，主工艺运行人员再也不用到现场一个一个抄写参数，只需在控制室点动鼠标就可以实时看到各测点的压力。新型专用传感器，为主工艺运行提供了可靠的参数检测保证。而上述这数百台专用传感器，如果全部进口，至少需上千万元。正如四种新型专用传感器的科技成果鉴定书上，“推广转化前景及效益预测”部分的描述：新型专用传感器是新工艺法铀浓缩工厂专用设备，目前国内还没有同类型产品，具有较好的市场发展前景。研制新型专用传感器，掌握了新技术，摆脱了对国外技术和产品的依赖，自主解决引进工程运行系统传感器备品缺乏问题，保证引进工程系统安全、可靠、经济运行，为国内后续新工艺法铀浓缩工厂专用传感器的需求提供新的配套产品，具有较好的社会效益。

往事并不遥远。回想起这几年来参与新型专用传感器研制的经历，深深感到自己是幸运的。一方面，提升了自己的技术水平，开拓了视野；另一方面，和团队的专家同仁一起解决问题，并且取得了一些成绩，很有成就感。而为了这项工作，上至公司领导，下至一线的管理人员、技术人员、技能人员，都为之付出了辛勤的工作。这段经历，让我对核工业的“四个一切”精神有了更深的体会，让我对陕铀精神也有了更深的体会。不忘初心、牢记使命、永远奋斗，科技创新，作为自控仪表专业的一分子，我还需要继续努力。

追梦路上

张哲宇

50年披荆斩棘，50年风雨兼程。在这个不同寻常的秋天，中核陕铀迎来了50岁生日。一路走来，陕铀人靠着自力更生、艰苦奋斗，在秦岭脚下、汉水之滨创造出了我国核燃料发展的奇迹。作为为公司的一员，我对公司今天所取得的成绩，感到由衷的敬佩和无比的骄傲和自豪！

梦想，不是等来的，更不是喊来的，而是拼出来、干出来的。50年来，公司从一块砖、一捧土到拔地而起。技术创新，靠的是第一代陕铀人逢山开路、遇水架桥的锐气和豪气；50年后，我们建成国内领先的新一代示范工程，靠的是新时代陕铀人敢为人先、独占鳌头的志气。陕铀人靠着这种拼搏实干的精神和不服输的犟劲，实现了“中国离心浓缩事业从中核陕铀起步，必将在这里发展壮大”的承诺，更为公司培养了一批又一批的科研人才、管理人才，真正将务实和创新融入到自己的一言一行之中。数十年来陕铀人凭着这种强烈的使命感和对核事业的热爱，在这条满是荆棘的道路上艰难却又坚定地不断前行着，向党和人民交上了一份又一份满意的答卷。回顾公司这50年的历程，陕铀人可以自豪地说：“我们过得很充实、走得很坚定。”

生逢这个伟大的时代，站在新的历史起点上，做为新入职的陕铀人，我们更要争做时代的奋斗者、奔跑者、追梦人。

追梦，我们不能忘记要经常抬头看看“天”，党的方针和路线就是我们前行的方向和目标。它不但是国有企业的“根”，也是我们每一个追梦人的“魂”，“根”深才能枝繁叶茂，“魂”固才能基业长青。只有不断学习、真正做到“不忘初心、牢记使命”，才能切实提高自己的政治素养，有效地将党的路线、方针根植于自己的灵魂深处，源源不断地从中获得力量，用中国梦、中核梦、陕铀梦来引领我们人生梦想的航向。

追梦，更需要踏踏实实的低头赶路，这是实现跟跑到并跑、最终领跑的基石；是兢兢业业从实际做起，从小事做起，将陕铀精神融入灵魂的保障。

低头赶路，态度是关键。一个人的成功，到一个企业的壮大，乃至一个国家的富强，都直接取决于其中的每一个人。作为陕铀人，我们要感谢公司给我们提供了施展才华、实现人生梦想的舞台，因此我们要用最积极的态度、最乐观的精神来对待工作和人生，端好陕铀金饭碗，建功中核争一流！

低头赶路，更需要认真、科学的态度和虚心学习的精神，这样才能少走弯路、不走错路。我们是特殊的高科技行业，工作中必须格外小心谨慎，严格执行“两票三制”“四步操作法”等规章制度，做到工作零失误、生产零事故；在做好每天工作的同时，还要经常以“每日三省吾身”的精神，反省今天哪里做得好、应该继续保持，哪里还可以做得更好、应该继续完善。积点滴而成江河，积跬步以致千里。虽然在大学我们学到了许多理论知识，但对实际的操作流程、工艺都还需要从零学起。古人云“三人行，必有吾师”，我们要收起刚出校园少不更事的高傲和轻狂，虚心向老师傅们学习，只有通过不断地学习、吸收，最终才能实现自己的理想和抱负。以梦为马、逐梦前行，用奋斗定义人生价值，在奔跑中抵达远方，早已化为每一位陕铀人心中的信念。

追梦的路上，我们从不孤单。我们身边不但有来自于领导无微不至的关怀，还有同事细致入微的帮助，公司上下精诚团结、互帮互助、协同共进。中核陕铀就如同一艘航行于大海的巨舰，在这艘巨舰上每一个人都各司其职，发挥着不可替代的作用，最终凝聚成劈波斩浪的巨大动力。

及时当勉励，岁月不待人。我们身处于这个属于奋斗者的新时代，只有不驰于空想、不骛于虚声，才能为核工业做优做强做大，贡献出实实在在的力量，真正成为一名为实现中华民族伟大复兴事业、为中核陕铀明天而不断努力奔跑的追梦人！

追梦，我们始终在路上！

我和陕铀共成长

孙　薇

50年砥砺前行、50年春华秋实、50年风雨征程，50年铸就辉煌。从1969年到2019年，中核陕西铀浓缩有限公司历经50年发展。陕铀人用“自强、开拓、奉献、创新”的豪迈，坚定信心，团结奋进，作出了应有的贡献。回望漫漫来时路，公司发展过程中的每一步，都凝聚着每一代陕铀人的汗水和智慧。

公司早期的建设者们，在温饱问题都无法保障的情况下，不等不靠，自力更生，艰苦奋斗，靠勤劳的双手在秦巴山麓、汉水之滨谱写了核工业人敢于吃苦、奋发进取的雄伟诗篇。

我出生在这里，始终和公司在一起“成长”。小时候，父亲在技校当老师，辛勤培育年轻人；母亲是家属工，在煤场上班。后来，因为工作需要父亲调动到一号车间。为了更好地胜任新的岗位，父亲决定考技师。于是，他每天晚上都自学，看书到深夜。我记得当时天气很热，很晚了，父亲还在灯下一边扇扇子，一边看书。我姐姐虽然比我只大一岁多，但是由于受到家庭环境的影响，她很懂事，知道家里困难，所以在学习上从不让大人操心，为了能减轻家里的生活负担，姐姐毅然放弃了考大学的机会，以第一名的成绩考上了厂里的高中技校。因为当时考技校和考大学是在同一天，考上了技校就意味着工作有了着落。我也一样，先后读完小学、中学、技校。1996年，技校毕业在厂里就业。直到现在，我还记得第一个月的工资是345元，领到工资后激动了好几天。300元交给父母，剩下的45元自己当零花。

回望参加工作这22年，我经历了就业、下岗、再就业、转岗，到今天的“三供一业”移交，其中就包括我们幼儿园移交。2001年幼儿园从全厂各单位招聘老师，我也报了名，并参加了考试。我记得当时有6名来自不同车间的职工报了名，我脱颖而出，顺利被录取，从此开始了我从事17年的幼师生涯。我一直很热爱这份幼教工作，很努力地去学习如何上好每一节课，如何和孩子交流，如何去和家长沟通，如何去爱每一个孩子，直到2017年面临幼儿园移交改革。心里虽有万分不舍，但还是毅然选择留在厂里，因为我要和公司在一起。从我出生到现在，从我们职工的收入，从我们的厂房，从我们的生活条件，包括住房、周围环境、学校等，从四〇五厂到今天的中核陕铀，公司发生了巨大变化，企业发展，员工受益。我感受真切，我知道这是公司全体干部职工几代人戮力同心，付出智慧和汗水的结果。

中核陕铀走过了50个春秋，经历了无数风风雨雨，凝聚了几代人的智慧和汗水，作为陕铀人，我为中核陕铀取得的辉煌成就感到自豪，陕铀人必将以一流的党建、一流的技术、一流的管理、一流的团队、一流的文化、一流的业绩，为加快建成具有国际竞争力的世界一流铀浓缩企业而不懈奋斗！我相信陕铀的明天一定会更加美好！

握牢接力棒

范学振

十年树木，百年树人。五十年同舟共济，五十年砥砺前行，变的是时代，不变的是对国家和人民赤胆忠心的热忱。悠悠50载，记录的是陕铀儿女对国家的奉献；奋进50年，承载的是陕铀人对核技术发展孜孜不倦的追求。作为一名90后，虽不能见识到开业伊始那份艰辛与赤诚，但处于新时代的我们，必将捧牢这沉重又充满意义的接力棒，为陕铀发展书写最为华丽壮阔的诗篇。

犹记得，师傅们讲述父辈那一代人艰苦创业那段时光时眼角闪烁的泪花以及脸上充斥的自豪，作为倾听者也能感受到那一代人对核工业的赤诚与热爱。1969年10月10日，毛主席亲自批发了中央军委军发（10）168号电令，国营四〇五厂立即开工建设，一大批专家和技术人才齐聚朱鹮之乡。从此，一群追梦赤子便根植于大山深处，为了国家的发展，为了新的铀浓缩厂的建成，奉献自己的青春年华。从此，目光所及，便是家乡。

时光的长河卷走的是时代的年华，沉淀下来的是深沉的使命和传承的精神，留给后继之人发扬光大。

岁月车轮滚滚向前，时代变迁留下的是更艰巨的任务和更辛勤的汗水。一句“任重道远，任重道远啊！”承载着国家对浓缩事业的殷切期盼，得到的是铀浓缩技术的飞速发展和陕铀人对国家的满意答卷。

2018年3月20日，我国新一代铀浓缩离心机大型商用示范工程在中核陕铀全面建成，标志着我国的铀浓缩技术达到国际先进水平。荣誉和成绩的背后，是一代代奋斗中核人奋勇争先地光辉体现，更是一代代陕铀人无私奉献的缩影。我们用智慧和力量，肩负起时代赋予的使命和担当，建设祖国伟大的明天。

50年，不仅是核工业历史的一段轨车，载我们徐徐向前；50年更是核工业发展史上的一座里程碑，大爷山下的铁锄头打造出了国际先进发展力；50年，是一代又一代陕铀人用“敢为人先的创新精神、艰苦奋斗的拼搏精神、不计名利的奉献精神、科学严细的求实精神”打造出最为亮丽的风景线，创造出属于我们自己的光辉。

峥嵘岁月创伟业，50春秋著华章。时代的交接棒已然传递到我辈手中，我们俨然不惧，我们欣喜若狂。肩负着先辈们壮烈的建设功勋，承载着核工业人的发展期盼，继承着璀璨夺目的陕铀精神，我们必将乘风破浪，焕发出属于新时代我们这辈英才的青春活力，为国家，为人民贡献自己最为壮丽的奋斗诗篇。

50年，风雨同程；50年，同舟共济；50年，硕果丰盈。让我们携手共进，用赤诚之心铸就新的辉煌，书写中核陕铀更加美好的明天！

子弟情怀

杨　晋

时光如白马过隙，转眼间迎来公司建企 50 周年华诞。再次踏进时间的河流，回首望 50 年，不是简单的数字堆砌，而是陕铀人拼搏与奉献的青春飞扬。

我的爷爷是新中国第一批从事铀矿开采的老核工业人。20 世纪 50 年代，正是新中国核工业刚刚起步的年代，我的爷爷响应国家号召，离开了曾经战斗和生活过的山西老家，来到江西的一座铀矿担任矿长。当他接到调任命令时，他感到非常荣幸。当时二机部的领导询问他的意见与困难，他毫不犹豫地回答："服从组织安排，没有要求！"就这样，他先后调往湖南、辽宁、陕西，将青春奉献在了最艰苦的地方，把毕生都献给了中国的核事业。从我记事起，就经常听爷爷说起，1964 年 10 月 16 日原子弹爆炸，其中就有他们矿的原料在里面。

我的父母是"老三届"、东北知青，1972 年就来到这里投身到四〇五厂的建设中。本来按照国家的政策，1978 年知青是可以返回原籍的，但爷爷说："这个时候这么能离开呢？留下来吧！"父母因此毅然决然地留了下来，先后参与了基础设施建设和 405-1A 工程的建设等多项工作，直到相继退休。

20 世纪 80 年代，我还是一个小学生。每到放假，一个人在家的时候，我望着大爷山，总是在想：山背后那个叫北山坡的地方是什么样子？大人们每天去那里干什么呢？在我眼里，每天大人们总是不断重复着一件事：早上坐着"大轿子车"出门，太阳落山的时候坐着"大轿子车"回来。当时父亲忙于工程建设，母亲在北山坡的四〇五医院工作又要上夜班，于是母亲经常带着我去上班。那时候，隔着溢水河，我望着河对岸的工地，听着母亲的讲述，我对核工业渐渐开始有了懵懂的认识。我甚至还觉得，那里面一定有爷爷说过的原子弹。

1999 年，我大学毕业，回到了这个生我养我的地方，回到这个有可能解开儿时谜团的地方。我也沿着当年父辈们的轨迹，每天坐着更先进舒适的"大轿子车"，从事他们当年的工作。他们建设的老工程在我们这代人手里依然健康地运转，我们更是建设了一个又一个新工程。2010 年，我开始参与 1C

工程建设，主要负责和参与辅助工艺系统的安装调试工作。工程建设期间，我每天早上 6 点起床，7 点多就到工地开始做测绘、画图纸、编写各系统调试方案，再钻到阴冷潮湿的地沟里连接管道，在装架上爬上爬下收集调试数据……常常是每天工作结束回到家中已是凌晨。我和其他工程建设者们几乎夜以继日、全年无休地奋战在建设工地，完成了一个又一个子项目、攻克了一个又一个难题。现在回想起来，那段时光在我的职业生涯中是如此宝贵、如此难忘。正因为参与了 1C 工程得到历练，才成就了今天的我。如今，我开始从事示范工程的辅助运行管理工作，在新的岗位上书写新的答卷。

半世纪岁月交替，五十年风雨兼程。在全体陕铀人的忘我付出和不懈努力下，历经时代风雨的磨砺，公司由最初的小规模军工企业，到拥有代表国内最先进生产工艺和水平的现代化铀浓缩企业。在这历史性跨越中，几代陕铀人用智慧和双手，演绎了一个个奋发图强、创新发展的故事，创造了一个又一个伟大历史壮举和辉煌成就，为中国核工业发展和地方经济建设作出了巨大贡献，在我国核工业发展的史册上书写了重要篇章，铸就了辉煌的发展之旅！

如今，父辈们依然称自己是四〇五人，依然在不同的场合惯用这个数字。在他们看来，“405”不是三线建设工厂代码那么简单，而是第一代陕铀人对这份事业的眷恋，如同自己孩子的名字，叫起来那么朗朗上口，时时挂在嘴边，甚至有些骄傲和自豪。儿时心中的谜团早已解开，我渐渐意识到，50 年来，浓缩的不仅是铀，更是浓缩了一份情怀和担当。

我是核工业子弟。子弟，这两个字包含着深刻的心理内容：我是谁？我的人生价值在哪里？子弟们身上的归属感是最好的答案。良好的榜样有利于塑造归属感。对于核工业子弟来说，父辈的精神无疑是他们最好的榜样，我的爷爷和父母把自己的全部青春和热血交给了中国核工业，那么，核工业、陕铀就像我的家，我是属于它的。

工程现场的年轻爸爸

张　楠

“爸爸、爸爸，你去哪里了？”儿子仰着头，露出期盼的小眼神望着爸爸。“爸爸刚从工程现场回来……”他温柔地抚摸着儿子头说。

看着古灵精怪儿子，咧着小嘴儿发出“咯咯”的笑声，他觉得这一切都像在做梦一样。是的，儿子已经不是那个咿呀学语的孩子，现在已经长成了会和爸爸妈妈对话，有自己思想的小朋友了。邵磊，30岁出头已是中核陕铀的“十大杰出青年”，年轻的电气工程师。大学毕业后怀着对祖国核事业的崇高敬意，只身来到陕西汉中，在中核陕铀基层车间从事电气检修技术工作，在这里他遇见爱情，组建家庭，现在也是一位疼爱儿子的年轻爸爸。

工程现场的年轻爸爸（左一　张楠）

在北区扩建一期工程建设中，一天，邵磊接到领导打来的电话，工程现场需要技术人员，负责供电监测系统的安装和调试。领导找到了邵磊，考虑到他家里的实际情况，询问他能不能接？邵磊脑子里闪过的是家中怀孕的妻子和即将出生的孩子，如果接了这个任务，陪伴家人、照顾妻子的时间会大大减少。犹豫片刻，他说："没问题，我把手头上的工作干完就走！"

工程现场不比办公室的朝九晚五，加班也是家常便饭，邵磊从没一句怨言。在工程现场，邵磊并不觉得困难，因为图纸都装在了他的脑子里，穿梭在大大小小、高高低低的厂房里，他觉得就像漫游在图纸中。他每天都会到工程现场察看与设计图纸是否相符，回复施工队的问题并协同一起解决。现场其他专业的同事们说："小邵，看你跑现场跑得真勤啊，天天见。"邵磊笑着回答说："早点干完活儿，好回家好陪老婆孩子啊！"现场的事情确实多，排队等着他解决问题，所以大家往往看到的是他风一般的身影。一天晚上，工程监理现场例行巡查，看到邵磊带领着五六个年轻小伙高高低低站成一排，肩上扛着粗粗的线缆，嘴里喊着"一、二、三，上！"一遍一遍，空旷的现场仅剩他们的身影，在场的人无不莫名地被感动了，心想就是这样的一群年轻人在默默地实现着祖国核事业的蓝图。经过不懈努力，邵磊带领他的团队圆满完成了供电监测系统通讯线缆敷设及 22 面供电柜体的安装调试任务，一期工程如期成功启动，全面达产。还记得工程启动当天，控制室屏幕上闪烁着从现场设备采集的一个个跳动的、准确的数据，就像一双双眼睛，时刻守望着生产线的安全稳定运行；又像一颗颗晶莹透亮的汗水，悄然倾注在这伟大的事业里……

转眼间 5 年过去了，如今邵磊已走入管理岗位。经过一期工程的洗礼，他显得更加成熟与自信。在示范工程建设期间，邵磊带领他的团队依然奋斗在工程建设第一线，共完成了 112 台中频电源、4 台不间断电源、1 套供电监测装置的综合调试。时间一天天过去，眼看到了机组启动冲刺的关键时期，中频电源还有很多项消缺工作需要处理。为了保证工程质量，邵磊放弃了休假时间，挑起重任当排头兵，与调试组成员加班加点一起干，连续作战两个多星期。家里儿子长大了，经常见不到爸爸总是哭闹，邵磊男儿有泪不轻弹，领导叮嘱他过了这段时间赶紧回家多陪陪孩子。邵磊团队的辛苦大家都看在眼里，他积极提出合理化建议，并得以采纳，解决了现场许多实际问题，新型并机母排试验与应用、电源冷却水水质提高、电源与负载兼容匹配等技术难题一一攻克，他所带领的中频电源调试团队得到各方一致认可和好评。2018 年 3 月 20 日，示范工程全面达产，标志着我国铀浓缩技术实现了升级换代，铸就了大国重器的核心和基础。

周末，温暖的阳光洒满房间，屋子里弥漫着悠扬的钢琴曲，肉肉的手指头在键盘上飞扬，邵磊静静地坐在儿子身旁，闭着双眼，陶醉其中。突然，电话响了，工作人员报告中频供电系统出现异常，作为主设备运转的动力来源。邵磊不敢有丝毫的懈怠和马虎，立刻组织检修人员一同赶赴现场。儿子看到爸爸忙碌的身影，乖巧懂事地说：“爸爸，再见，早点回来!”这些年，邵磊和团队所负责的两项科研项目分别获集团公司二、三等奖，一次质量控制获国家优秀奖，五项专利申请通过，岁月的历练使得邵磊的内心越来越安定，处事越来越成熟。

历史的车轮滚滚向前，事业的发展就是一茬人接一茬人前赴后继赶出来，事业的成就就是一代人接一代人压上身家性命用共同的心血书写成的。一直以来像邵磊这样无数的陕铀年轻爸爸们以高度的使命担当和民族责任投入祖国核事业建设的各个战场，出现在公司生产系统的各个角落，弘扬爱国奋斗精神，在建功立业新时代的洪流中冲击、拍打，以实干精神向祖国交上满意的答卷，续写核事业辉煌的篇章。

共产党员彭光荣

李　刚

1981年，我聆听着父母的嘱托和希望，走进了他们为之奋斗一生的四〇五厂。那时，正是四〇五厂基础建设筹备时期，回望当年，一切生产生活都是那么简陋，没有现在那么舒适的工作环境和现代生产设施，工作繁忙而又非常艰辛，是现代年轻人难以想象的艰辛。回想当年，我们的前辈、父辈们就是靠对党和国家的赤胆忠诚，为了核事业的发展，不计名利甘愿奉献铸就了陕铀的基业。什么是担当、责任、奉献，在他们身上得到彰显，他们无愧于陕铀的创业者，无愧于起引领作用、表率作用的优秀共产党员。

一晃工作近40年了，也到了临近退休的年龄，回首往事，那些让我受用终身的感人故事，至今历历在目，肃然起敬。那时第五车间的主要工作是临时供电、通讯线路架设、基础生产生活电气维护和改造性工作。从那时起，我就跟着线路班的师傅们到处奔波架设临时高低压线路，因线路架设大多都在野外、山坡、农田地里，没有大型机械设备，基本都是人拉肩扛，非常危险和艰苦，建厂初期的生产建设就是在这样的困难条件下创业起步的。

记得是在1982年的一个盛夏，那一天非常炎热，这也是我参加工作以来第一次参加室外线路施工，这一时刻让我既兴奋又紧张，兴奋的是我将融入这个光荣的集体中。紧张的是，当我面对眼前如此艰苦的工作环境和简陋的工作条件时，陡然紧张和茫然。就在这时，听到不远处传来整齐而响亮的劳动号子声，一眼望去走来一队脚步沉重手拉肩扛水泥杆的施工队伍，我惊讶地发现走在队伍最前面的竟是一位身板瘦小、皮肤黝黑，看上去身体很单薄，年龄却比我大不了几岁的年轻师傅，喊着劳动号子在凹凸不平的稻田地里艰难行进，汗水泥水湿透了全身，他那种精神韧劲深深地感染了我，他就是平时不善言谈，埋头苦干，一个普通高压线路工，共产党员彭光荣同志。

多年来，我们始终在一个单位工作，摸爬滚打了几十年，随着远去的岁月时光，很多同志都因工作原因离开了现在的工作岗位，但彭光荣同志还始终坚守在这个为之敬重而自豪的工作岗位上，默默地工作，始终如一，一晃快40年了，再有一年他即将光荣退休，回顾跟这位老党员、老同志共同工作的这些岁月，往事记忆，他那坚韧又腼腆而憨厚性格，让我感慨依旧。

在多年的工作中他始终如一，任劳任怨，累活、脏活、险活都冲在前面，在多次线路、电缆发生故障抢修中，不论是酷暑寒天，还是遇到刮风下雨，他都能随叫随到，总是第一个赶到事发现场，认真履行事故应急规程，进行线路巡视查找故障点。

1999 年冬季的一个夜晚，21 号站至 91 号站 901 高压电缆出现故障，直接影响到福利区的生活用电，给职工家属照明造成了影响，为能及时恢复正常供电，在车间的精心组织下，连夜进行电缆故障巡查和修复工作，因高压电缆埋在 1 米多深的地下，查找到故障点是非常困难的，要在室外环境非常安静的状态下通过给电缆加一定标准的电压，用听诊器沿线去听放电故障点，那是在一个寒冷的冬天，寒风刺骨，彭光荣同志冒着严寒身先士卒，勇挑重担，凭着多年丰富的工作经验，沿着电缆路径一米一米地向前查找故障点，经过近 3 个多小时的精心查找不断核对，终于找到电缆故障点，并及时抢修恢复了供电，当大家看到面带微笑却浑身冰冷的他时，都心生敬佩。

2009 年正是 1C 工程建设电气安装阶段，在时间紧、任务重，启动节点后“墙不倒”的情况下，车间工程施工队组建了若干施工小组，那时彭光荣已经年过 50 了，由于工程施工加班加点是常事，组织上考虑到他的身体和年龄，不准备让他进入施工小组。当他得知后，那种不服老、想干事的劲头涌上心来，为了工程建设的早日竣工，他以一名共产党员的责任和担当说服了组织，进入了施工小组。

在工程建设电气施工中，他主要负责数千根电缆在桥架上的安装走向和工艺复杂的电缆头制作，工作烦琐、质量要求极高。就是在这样的危险环境下，他和年轻人一样在电缆桥架上爬上爬下指导各方面的工作。尤其是在电缆头制作上，这是一项工艺质量要求极高的专业项目，如果电缆头制作出现质量问题造成虚接，将会给主工艺运行带来重大安全隐患，彭光荣同志就是这样认真细致，不放过任何细节，充分体现了精益求精的制作技能和丰富的工作经验。

虽然他在工作中没有什么豪言壮语，但在他身上的那种精神韧劲体现了一个共产党员的优秀品德，更体现了一个普通劳动者“朴实、勤劳、敬业、奉献”的优秀品质，虽然他已经到了临近退休的年龄，但他对工作的那股热情和敬业的精神依然不减，始终保持着作为一名共产党员对党的忠诚和责任担当，这就是我身边的一线职工优秀共产党员和我多年共事的彭光荣同志。

主工艺的自控人

彭　超

转眼间，示范工程已全面达产运行一年时间了，现在每每看到调度盘上的信号灯亮起，听到现场设备的工作鸣响，那个春夏之交，自控人参与示范工程调试的身影仍旧会鲜活起来……

一起参与调试的成立师傅，四十来岁，中等身材，一副温文尔雅的样子，是自控团队中的普通一员。示范工程是他参与的第 4 个工程建设，凭借扎实的个人技能，丰富的现场经验，部门间有配合协作的活都喜欢找他。在工程调试期间，他手中的电话不时就会响起，俨然是一部“热线”。班组距离工程现场，大约三百多米的路程，每天他都会不厌其烦地走上好几个来回。记得有一次，临近中午吃饭时间，调试组要对某机组阀门柜进行功能测试，需自控人员在现场连接人为给定状态的阀门模拟器，手动传送若干个状态信号，通过在控制室计算机上的显示情况，反馈出远程接收到的阀门状态，以此来验证信号线路的畅通以及状态信号的准确。阀门柜根据内部阀门单元数量分为多个类型，这次测试的阀门柜内包含 7 个阀门控制单元，每个单元负责采集、传输一个现场电阀的开关状态。与控制室沟通好验证内容后，只见成立走到指定位号的阀门柜前，打开盘柜后门，找准盘柜进电空开，干脆地将空开拉下，确定阀门柜已断电后，麻利地将阀门控制单元上配套的阀门插头逐个拧下，按照指定要求，依次将测试用的 7 个“开状态”阀门模拟器连接至阀门控制单元上，迅速完成了一组规定信号的连接。检查连接确认完好后，成立推上空开，然后走到盘柜正面，从阀门控制单元的指示灯上先初检状态是否正确，现场检查正常后再与控制室联系，测试远控阀门状态。一组“开状态”测试完毕后，紧接着是一组“关状态”的测试，以相同的操作步骤重复进行……而这，只是一个阀门柜最初的状态测试，待后续系统联调，测试系统连锁关系执行情况时，要有针对性地选取单元间或盘柜间传送组合信号，到那时看似简单地给盘柜断送电、连接阀门模拟器等操作就变得不那么容易了，那时对于自控人而言，考验的不仅是大脑思路的清晰，同时还有对重复劳作的坚持。有时遇到调试不顺，不计其数的重复操作，双手会又酸又痛，可是成立一句抱怨也没有，最多只是甩甩手，让不适感稍微缓解一下后继续工作。自控的操作内容通常就是这样：送信号、连线路、换卡件、做切换……看似都不难，但想要像成立这样娴熟流畅地进行各种操作，没有三年五载的沉淀是很难达到的。自动控制涵盖的设备种类庞杂，数以万次的不断验证才能换来系统投产后的稳定运行，要建立一个现代化的智能工厂，所涉及的控制参量不容小觑，而每一个参数的正常显示，精准控制，都离不开自控人的敬业注入。经历过 4 个工程建设的洗礼，成立始终秉承兢兢业业、踏踏实实的工作精神，虽然手上的工作很平凡，但正是对各种小问题孜孜不倦的“计较”，才能“练就”控制系统敏锐的眼睛和果敢的动作。

随着公司改造发展调整，一部分自控人进入主工艺运行部，成为主工艺的自控人，这其中就包含成立。现在除了自控的常规操作和故障处理外，成立还会看压力曲线，找自控前级电源，翻专业外岗位规程。进入新的部门，看似干的还是原来的自控活儿，可是潜移默化间，职责发生了些许的变化。主工艺的自控人不仅要快速适应新环境，融入新团队，同时也需不断提升个人技术能力。处在大部门大班组的管理模式下，自控与其他专业的沟通更加频繁、便利，专业间的相互渗透，使自控人的心中多了一份思考，多了一份理解。在这个年轻的团队中，上班时间没有操作任务时，你会看到聊天式的专业问答多了起来，交流多了，岗位间的联系自然而然也变得更加紧密。不仅于此，岗位互学机制也能够促使个人知识越发整体化、全面化，有效增强对运行系统的把控。听，以前口中常说的“自控的活儿”“工艺的活儿”“电气的活儿”没了，如今变成了“咱们的活儿”，良好的条理性，也让工作开展得更加顺畅了。主工艺的自控人如同一注新鲜力量，不仅在磨练自我，也在凝练主工艺新的团队。

和平时期，早已不需沙场点兵安天下，不需牺牲小我为革命。许爱国之志，成报国之行，就体现在循守职业规范，做好本职工作的点滴中。国之大者，以人为本；国之存者，农业为基；国之强者，制造为王。天宫、蛟龙、天眼、悟空、墨子、大飞机、港珠澳大桥……一件件让世界叹为观止的大国重器的建成，都是一重重瓶颈的突破，一次次智慧的飞跃。陕铀五十载的创业历史，也是核工业的发展缩影。几代核工业人的传承接力，才建立起今时今日东方核强国的国际地位。也许，平凡的自控岗位无法将你我造就为大国工匠，但履行工匠精神可以予以自控人前行的责任与力量。爱我中华，践行社会主义核心价值观，珍惜美好生活，创造美好明天。曾言“须晴日，看红装素裹，分外妖娆”，今可谓“须开拓，看陕铀未来，分外期盼”。

工作一“本”

范学振

当今中国是和平的中国，是腾飞的中国，时代永远在召唤那些为了中国发展而鞠躬尽瘁、无私奉献的人们，轰轰烈烈的事情不是每一个人都能做，但立足岗位、兢兢业业的平凡榜样永远在身边。他们默默无闻，用自己勤劳朴实的双手、无私奉献的态度去建设他们深深爱着的事业。今天，我就给大家介绍一位平凡的老师傅，他并没有惊天动地的壮丽事迹，也没有感动中国的惊天作为，正是他身上闪烁的朴实光芒时刻激励着我前进与奋斗，他就是再生工段废水运行管理员——许德杰。

有些人光芒万千，让人敬仰，而有些人却踏实细致，认真负责，用自己平凡的魅力去感染你，让你不知不觉中感受到榜样的力量，许德杰就属于后者，尤其让我印象深刻的便是他手中那一个个普普通通的小本本，我们都笑称为工作一“本”。

我日常生活中喜欢数据分析，总是喜欢思考收集到的数据会反映什么现象，由于自身水平限制，有时候会出现一些细小纰漏。有一次，我在废水岗位精心收集到一组数据，经过 2 天多的思考和总结，得出的结论和现场操作结果不一致，经过反复推敲和演算，依然找不到问题所在。只好去求助老师傅，许德杰看到我的记录和分析，说是回去查阅一下他的“小本本”。当我看到他的小本本时，我震惊了。上面密密麻麻的记录着每一天生产的所有数据，他告诉我，不管有没有用，我都会记录下来，以后说不定会需要今天的某一个数据，而今天这份记录有可能就是以后成功的关键。经过认真比对我才恍然大悟，原来记录中有两个数值的计量单位与通用单位不一致，导致部分数据有偏差。正所谓，失之毫厘、差之千里。正是他的严谨细致成就了工作的万无一失，也为身边的人提供了前进道路的正确方向。

经此一役，我对他的工作小本本产生了浓厚的兴趣，时不时地就申请翻阅一下。那时我才知道，许师傅从开始工作后始终保持着这样的记录习惯，至今为止已经有一小摞这样的工作本了。只有深入研读这些小本本后，才真正地让我大开眼界。上面记录的从系统开始建设一直到现如今的发展状况，事无巨细，一应俱全，俨然成了一部废水系统的发展史。小本本上面记录的不仅仅是工作日常，更宝贵的财富在于故障处理。什么时间系统上哪个位置出现什么故障，什么时间通过什么方法达到了什么效果，大到系统更迭，小到螺丝更换，完美展现了当代建设者的智慧和汗水，果真是名不虚传的工作一“本”。

对于这些小本本，许师傅只说了一句话：“工作就是工作，我记录下来是为了更好地工作，也为了给后来的接班人留下一点印记，让他们看到陕铀的发展轨迹，看到企业一直在前进。”工作一“本”，一本人生，正是一代又一代平凡岗位的默默付出，才铸就了中核陕铀 50 年光辉发展的辉煌篇章。

也许有人觉得平凡就是无功，可是把千千万万的平凡做好那就是最大的不平凡。正是这样一个个平凡力量的汇集，这样一个个的工作本，才铸就了新时代中国共产党带领下蓬勃发展的美好中国。这个时代是拼搏奋进的时代，所有人都向着前方坚定不移地迈进，渴望成为祖国建设的光辉分子，伟大的人必定可贵，可我说：前进花朵下那默默无闻、不懈奋斗的绿叶也依然是时代前进中的中坚力量，更值得所有人去铭记。

工作一“本”，一本书写奉献和敬业的质朴诗篇，一个彰显平凡和认真的榜样力量，敦促着一代又一代热血青年继续探索奋斗。时代在召唤，榜样永远在身边，千千万万平凡榜样的力量汇聚在一起，便能形成闪耀世界的中国力量，激励中国人民奋勇前行，开创中华民族前进奋斗的历史诗篇，书写我们中国波澜壮丽的大国一“本”。

桑榆别样红

王　凯

董茂华是中核陕铀“核之光艺术团”团长。近20年来，她服务于老年文体工作，求真务实、勤奋工作、善于担当、乐于奉献。她退而不休，发挥余热，把“科学健身、文化养老”理念融于日常生活之中。她用真情，以饱满的热情带领中核陕铀“核之光艺术团”走上了一条绚丽多彩的希望之路。在她的身上展现着一名充满激情、充满了为党的事业增添正能量的时代舞者风采。

聪颖好学　崭露头角

董茂华今年已68岁了，熟悉她的老人都说：年轻时的她，性格开朗、活泼，喜欢唱歌跳舞，悟性好，表演的动作自然优美。说起董茂华同志，那还是她在1969年时，为响应党的号召，远赴云南生产建设兵团第4师17团当了一名知青。三天后，因能歌善舞，团部将她调入团文艺宣传队，成为一名兵团的文艺兵。在驻地周边聚居着苗族、纳西族、哈尼族、白族等众多少数民族，他们能歌善舞，军地联谊十分平凡。良好的环境，赋予她了宝贵的艺术土壤和养分，在革命的大熔炉里茁壮成长。

1998年，她从教师工作岗位退休后，并未感到如他人说的种种不适应，依然是春风扑面来，整日笑呵呵。常与她一起参与健身活动的人开心地说道：“她为人谦和，跟着她，我们感到轻松、快乐，能学到很多东西，我们喜欢叫她董老师。”久而久之，董老师身边的人逐渐多了起来，在她的带动下，自发开展的健身活动项目众多，如太极拳、太极剑、健身操、秧歌、舞蹈、柔力球等。边学边教，博采众长，发扬光大，她和伙伴们商量，认为要把离退休老同志的文化活动搞好，必须有组织、有纪律。在离退休工作部的倡导下，随即组建成立了陕西铀浓缩有限公司“核之光艺术团”，她任副团长兼舞蹈队队长，从此社区老年文体活动开展得如火如荼。

领导重视　如鱼得水

2005年以后，随着企业的不断深化改革，公司的发展步入了快车道。新工程建设大会战，企业效益蒸蒸日上，职工收入、生活水平大幅提升。建立和发展与之相适应的现代企业文化显得尤为重要，以文化促企业管理，以管理促企业生产，让企业永葆活力可持续发展。社区老年文体活动的丰富多彩作为企业文化的重要组成部分，得到公司领导的大力支持。近年来，公司投入巨资改造、建设基础设施，整合人力资源，提出了建设“和谐陕铀，魅力陕铀”的目标，以“科学健身，文化养老”为宗旨，广泛开展群众性文化体育活动。

2008 年，董老师出任团长至今，艺术团的发展实现了一次质的飞跃，不但规模扩大了，项目也增多了，还实现了走出去的目标。近年来，承担了公司庆祝活动及重要节假日节目的演出活动，演出 30 余场次。多次参加汉中市健身秧歌比赛、健身球操比赛，多次都获一等奖。

2009 年是“核之光艺术团”发展壮大显著的一年，董老师和她的伙伴们没有陶醉在昔日诸多的荣誉中，她们迎难而上，在离退休工作部的大力支持下，艺术团成功承办了中核陕西铀浓缩有限公司庆祝建企 40 周年专题文艺晚会，为今后有能力承办较大型文艺晚会积累了宝贵经验。

痛别亲人　真诚奉献

2011 年 1 月，正当董老师激情满怀，为“核之光艺术团”努力工作之时，一场厄运降临在她头上，她的丈夫查出肺癌晚期，不久后辞世，前后仅仅 2 个月的时间，让她陷入无限的悲痛之中，她几乎崩溃了……在领导的关怀、同事的关心以及朝夕相处的姐妹们的体贴照顾下，她又重新站立了起来，“核之光艺术团”又焕发了青春活力。

在 2012 年“重阳节”即将到来之际，按照集团公司以“尊老、敬老、爱老、助老”为主题开展的“敬老宣传月”活动要求，董老师和艺术团的同仁们策划筹备将在“重阳节”举办离退休职工专场文艺晚会。说干就干，在她的带领下，一天当做两天用，周密筹划，很快敲定好晚会节目、服装道具以及音乐制作等关键事项。每天早晨 6 点钟就到了训练场地，一排练就是几个小时，有时到了晚上 10 点多钟还能见到她们的身影，有时为了一个动作，更是反复地练习，直到满意为止。至于服装道具，她和团友们更是行家里手了，缺少的，就自己设计制作，不合身的，改一改，修饰一番，竟起到了意想不到的效果。晚会如期成功举办，连演两场，每场座无虚席，“太精彩了！别看是退休的老同志，比小年轻们演的都精彩！”观众们啧啧赞美道。舞蹈《京之韵》《荷塘雨丝》等节目被推荐为团里保留节目。

每年春节团拜节目的准备也是比较辛苦的。团拜节目是公司各个单位的优秀节目的在一起比拼，生产车间的年轻人多，脑子灵活，自然条件好。离退处是个大单位，需要的演员多，可是春节外出探亲人员较多，缺乏演员，她上门做工作动员大家参加活动。有的老同志退休以后身体出现了疾病，在她的劝说下走出家门，参加艺术团的活动以后，竟然渐渐地好了起来，这样的例子很多。在艺术团里，有一位母亲七年前痛失爱子，她自己已经丧失了生活的信心，整日以泪洗面，郁郁寡欢始终走不出阴影，董老师多次的登门抚慰、劝说，帮助排遣郁闷的心情，动员她参加团里的活动，经过连续两年的劝说动员，这位母亲终于融入了艺术团，并逐渐走出了阴影，振奋起精神重新开始了自己的生活，并成了艺术团的顶梁柱。

在生活中，董老师既是一位好老师，也是一位好母亲，她的儿女都是单位的骨干，她常常教导他们："公司赶上大发展不容易，你们在单位要努力工作，起带头作用，没有大事不准请假，家里的一切有我呢！"她有一个孙子、一个外孙女，每天要管中、晚两顿饭，上下学接送、生病照顾都是她的任务。在赶上排练任务重时，常常累得腰酸腿痛，她都咬牙坚持住了。

2013 年，舞蹈《京之韵》参加了县里的春节文艺晚会，一举成名，荣获最佳节目奖，同时还入选了汉中市元宵晚会。说起舞蹈《京之韵》节目能上县里的春节文艺晚会也有一点偶然，在之前的 2012 年公司"重阳节"晚会上，她们优美的舞姿征服了洋县春晚编导组，12 月中旬，洋县春晚编导组正式通知该节目参加县里的春节文艺晚会。离春节越来越近了，排练更是精益求精，她们多次前往现场走台彩排，由于天气寒冷，有的演员手冻了、脚冻了，感冒发烧是常有的事，大家咬咬牙，凭的就是那股子韧劲。2013 年 9 月，舞蹈《京之韵》代表汉中市参加省老体协成立 30 周年文艺晚会获银奖，董老师被评为中省单位、行业老体工作先进个人。2014 年 10 月，她率团参加庆祝中核陕铀建企 45 周年文艺晚会，她编导的舞蹈《荷塘雨丝》获最佳艺术奖。在各项殊荣面前，她显得更加沉着自信了。

陕铀情意浓，桑榆别样红。董老师带领她的伙伴们，就是这样的一群人——无论寒来暑往，晨曦暮霭，她们靓丽的身影已成为陕铀社区一道和谐、亮丽的风景线。

永恒的丰碑

师姗姗

1964 年 10 月 16 日，中国西北腾起蘑菇云，我国迎来了第一颗原子弹爆炸成功的伟大胜利，进入世界有核武器国家行列，实现了从无到有的历史性跨越。无数核工业人以身许国，怀着满腔热情，积极响应党和国家的号召，义无反顾地投身到这一伟大事业中，突破尖端技术，创造了奇迹。如今，核工业不仅仅是强国强军的需要，更是我国能源结构调整中新能源开发的需要，作为燃料，铀浓缩技术更是重中之重。

1993 年 3 月 25 日，四〇五厂开始建设新工艺法铀浓缩工程。铀浓缩技术实现了从扩散法向离心法的升级，这一难度不亚于中子弹的研制。历时 5 年的艰苦奋斗，保持着科学严谨的态度，凭着一腔热血，陕铀人终于圆满地完成了这项任务。于 2011 年 3 月 15 日，1C 工程圆满建成投产。2018 年 3 月 20 日，由中核集团完全自主研发创建的我国新一代铀浓缩离心机商用示范工程全面建成投产，并且主产品一次交验合格率达 100%。这背后是陕铀老一辈人不畏千山万苦，勇于攻坚克难，咬定青山不放松，把一生奉献给核工业科技事业，实现祖国强国梦的信念，更是后一辈人学习的榜样。

自控仪表车间的温伟，这个名字在陕铀人中无人不知。记得那会刚来自控仪表车间，老是看到一个个子高大，有点黑，戴着眼镜，很爱笑的中年人，但是他总是很忙碌，就连去吃饭的路上也和同事讨论着系统上的事情。感觉我每次加班的时候，他那个办公室灯都是亮的，通过师傅们介绍得知，原来他就是温伟。作为计算机软件编程的佼佼者，他的科研技改多达 30 余项，简直是硕果累累。进厂 27 年，4 次获得国防科技技术进步奖，2 次获得实用新型专利证书，还是国务院政府津贴的技能大师。在 2018 年建立“温伟大师工作室”。温大师的学历在人才济济的陕铀并不高，但是他的人生经历却时刻鼓励着我们。只要你愿意努力，只要过了这座山，翻过那道岭，前面就是晴天万里。专注于一件事，并且将这件事做好、做精，那就是人这一辈子最好的勋章。

在主工艺运行部，唐建这个名字也是无人不晓。他的故事我虽然都是听说的，人也是在我上下班的时候，走廊上的照片上看到的。但这并不影响我将他作为学习的对象。作为一名高级技师，他长期在铀离心分离供取料系统一线岗位从事运行、维护管理工作，多次获得国防科工局、中核集团陕西省总工会的表彰。唐建每天的第一要务就是使整个供取料系统安全稳定地运行，出现故障时，他能立刻想到所有影响的参数并做好准备，每天从上班忙到下班。他是个善于思考的人。俗语说生于忧患死于安乐，他将这个想法充分运用到系统维护上。所以当系统出现故障时，他能临危不乱、井然有序。他这种“磨刀不误砍柴工”的精神值得我们学习。

正所谓：“天将降大任于斯人也，必先苦其心志，劳其筋骨，饿其体肤，空乏其身，行拂乱其所为，所以动心忍性，增益其所不能。”所有成功的背后都离不开汗水与努力。百花齐放，行行出状元，这些只是陕铀新时代人才的冰山一角，正是这些默默无闻、埋头苦干的前辈们，才使整个系统得以安全稳定地运行，作为最年轻的我们，更加不能松懈，要深刻学习他们的思想，向前辈们致敬。

不忘初心方能砥砺前进。不管是老一辈陕铀人的艰苦奋斗，还是新时代陕铀人的孜孜不倦，都是我们学习的榜样，多看、多想、多观察，处处留心皆学问，在工作中攻坚克难，成长为一名优秀的陕铀人。

我身边的“普通人”

刘 勇

我身边有许许多多的普通人，他们为核工业事业的发展默默奉献着青春，做着不普通的事！

王伟辉就是这么一个“普通人”。他1959年3月出生在辽宁沈阳，1982年10月加入中国共产党，1979年毕业于空军一航校，曾是基建维修车间钢钳工段副科长。在405-2新工程项目期间，他本人主要负责预制厂的前期场平规划、主业设备五大件预制网片制作、五号群大维修及福利区日常维修等日常工作。

王伟辉同志在试验台架建设期间，担任钢筋下料班班长。当时的生产任务非常紧张，工程任务又不能怠慢。为使车间承揽的试验台架土建工程早日完成，按照相关技术要求和项目特点，他利用晚上休息时间，大量翻阅书籍和图纸，认真做好各种规格钢材的分类、资料的前期准备工作，编制钢筋下料施工方案长达18页。工余时间，他常对班组职工进行技术交底，加强大家的质量意识和标准。前期工程下料初试阶段时，老王合理安排班组成员，组建成三个下料小组轮流倒班执行下料任务。三个下料小组下料时间过程需要近10个小时，老王始终和三个小组工作在一起，钻研下料配套技术的第一手资料，不断改进操作工艺和方法，优化作业程序以达到作业精准度，大大提高了下料工作效率和品种繁多的下料加工速度。有时遇到临时下料尺寸有特殊要求需调整作用次序时，他以积极的工作态度和大家调整工作时间，这一干就是7个多月。

工程到了最后冲刺阶段，他8岁的女儿得了急性肺炎，半夜突发高烧近41度。他和作为教师的爱人把女儿送到职工医院打上点滴，女儿晕晕沉沉睡熟后，嘴里还一直叫着“爸爸、爸爸你不要走”的梦话。和爱人在病床陪伴到零晨两点时，老王安慰妻子说：“早上还要带课、教学生，千万不能因为丫头生病你休息不好，耽误了其他孩子的课程学习，你将就在女儿的病床边眯一会儿吧。”妻子默默点头趴在床边睡着了，老王一夜没合眼，紧握着女儿的小手，时不时用毛巾擦拭着女儿出着大汗的额头，看着液体的滴入速度，静静地陪在妻子和孩子身边，扎针之痛疼在了他心里、愧疚之心布满在他的脸上。

可就是这样，第二天一大早老王又准时出现在工作现场，为大家烧好了开水，带领大家继续抢工期。孩子一病就是5天，在老王两口子无微不至的细心呵护下，孩子很快康复出院了，但是老王本人整整瘦了五斤，可是他从没有因女儿生病需要看护休息过哪怕一天。事后，还是他的爱人来单位和他一起去办理出院手续时，给大家说起这件事情，大家才知悉这一情况。

这就是我身边的“好父亲、好丈夫、好榜样”，他始终以“普通人”的身份坚守着“四个一切”的核工业精神。他的兢兢业业感动和鼓舞着周围的职工们，他用及其普通的工作态度，为中国核事业的发展默默无闻地贡献自己的力量，这就是我身边许许多多的“普通人”中的一员。

平凡的工匠

焦　雯

李克强总理在政府工作报告中提出鼓励企业开展个性化定制、柔性化生产，培育精益求精的工匠精神，增品种、提品质、创品牌。近年来工匠精神被频繁提及，也让一惯秉承爱岗敬业、精益求精的自控仪表车间计量人为之一振。他们认真对待工作的每一个环节，用最朴实的行动诠释着最本质的工匠精神。

我们计量检定工作在外人看来每天都在重复着相同的工作内容。日复一日的仪表检定、日复一日的记录填写、日复一日的故障检修，看似枯燥乏味，但是对我们来讲，其实也是一件很有乐趣的事情。每次在对照标准设备时，看到被检仪表的数字在准确地跳动，我们的心里也充满了激动和热情。看到一块块被粘贴上合格标识的仪表，心里顿时充满了自豪感和成就感——因为这就是我们的本职工作。扎根在这个平凡而特殊的岗位中，精益求精地守好计量这杆秤，我们很满足也很快乐。

我们在日常的检定中，会面临很多的困难和难题，但是我们计量人员始终发扬着坚持不懈的精神，通过学习各种先进技术，解决了一个又一个难题。

郎平教练曾经说过“困难是成功的一部分”。只有克服每个困难，才能获得真正的成功。而计量工作亦是如此，只有不断地学习和积累经验，才能不断提高计量工作的质量和能力。

陶建华，计量室里唯一一位学计量专业出身的师傅。自 1985 年入职以来，从他手里检定出的电磁、无线电计量器具超过 6 000 余台（件）。记得刚到计量室那会，能开展的检定项目少、工作环境差、设备陈旧老化，有的同志觉得干计量没前途，想赶快调走。陶建华不仅没走，还在计量岗位上兢兢业业工作了 33 个年头。多年来，他一直从事电工计量方法研究、计量标准器具的建立、计量检定等服务工作。对计量室各类无线电、电磁学等各种通用、专用计量器具的检定及校准方法均做了大量研究，积累了丰富的经验。班里只要购置新的设备，首先会想到让他参与选型购置工作，查看参数是否匹配、量程是否能全面覆盖。尽管如今对电工类仪表的检定已是“行家里手”，但他对待每一项工作的细致一如既往。2016 年，汉中办公楼有 116 台件电子计量器具急需校验，为了不耽误仪表的正常使用，陶建华一行 3 人决定去现场检定。当时正值高温天气，他们每天拎着几十斤的仪器设备，准时到达现场开展计量工作。数字电压、电流表检定并不是一项高技术难度的工作，但当时所处地下室阴暗潮湿、照明环境差，仪表检定规范等特殊要求，还需要检定人员相互沟通配合，确保检定工作安全有序进行，这无疑是对身体上、技术上的双重考验。开机、预热、连接电源线、检查各项开关状态，工作进程按照计量检定规程有序推进。豆大的汗珠伴随着每一个动作滴落下来，衣服也逐渐被汗水打湿。就这样，陶建华等人出色地完成了该项工作。诸如此类的检定任务司空见惯，但陶建华从来没有抱怨过，无论何时何地，都在认真地做好看似平凡的每一项检定工作。

作为项目负责人，他主持建立了 9 项计量标准，使计量室硬件综合能力达到国家计量标准考核要求，填补了公司没有该项最高计量标准的空白。2015 年，为了节约计量成本，公司决定成立研究电焊机设备上电压、电流表进行现场校验的校准方法与误差判定，作为项目负责人的陶建华在没有任何经验可参考的条件下，只能摸石头过河。“我当时心里也没底，只有尽自己最大的努力去做。”陶建华这样说道。遇到的一个难题是，没有相关的技术及规范的支持，陶建华只能一次又一次地联系厂家，一次又一次地试验，自行编写规范进行上报。最终检定方法得以应用，解决了电焊机设备上电压、电流表外检送校的难题，为公司节省了一笔可观的费用。在做好本职工作的同时，陶建华从没有放弃过在科研方面的探索和努力，他负责主持和率领同事们承担参与了大量科研项目，实现了多个科研突破。他负责完成了研制摩擦功耗测量仪的科研工作，确保了主辅工艺系统的安全稳定运行。

他认为，计量工作是严谨的，容不得半点马虎。为此他也做了很多努力。在检定各类电工仪表时，在表的种类繁多，且缺少各类技术资料的情况下，他根据使用要求和仪表工作原理，研究确立计量参数、指标、测量方法、误差判定，巧妙计算，保证了计量器具的可靠性和可溯源性，满足了生产上的需要。陶建华在工作中也乐意帮助他人，计量室从事电子计量的都曾经是他的徒弟，他善于发现大家的优点并将其引导到工作中，让其发挥才干。他做事一丝不苟，对工作中发现的问题会立刻指出。在这个平凡的岗位上，他充分发挥自己的才能，赢得了同事们的一致好评和认可。

千里之行，积于跬步，是多年的勤奋学习、注重积累和善于钻研，使得陶建华在面对挑战时，总是从容不迫，充分发挥了“一名党员，一面旗帜”的先锋作用，他只是无数计量人的一个缩影。对于计量人来说，他们把工匠精神发挥得淋漓尽致，不仅体现在日常的检定工作中，更体现在不断更新吸收最前沿的计量技术，创造更新更有效的检定方法和能力上。它是一种爱岗敬业的职业精神，更是一种精益求精的工作态度。将爱岗敬业、精益求精的工匠精神融入检定的每一个环节，成就打动人心的一流仪表和质量。这种精神就是我们计量人历来追求的精神，也是一大批默默奋战在计量一线的计量工作者的真实写照。

那一群可爱的人

肖 雄

我身边有一群可爱的人，他们有着干事创业、建功立业的精气神，也有着实干兴邦、践行出真知的决心，一直奋斗在基层，为企业的健康向上、持续发展打下坚实的基础，持续输出着前进的动力。

那一群可爱的人，始终坚守在一线运行岗位上。虽然不像“两弹一星”元勋那样“干惊天动地事”，但是他们在生产运营以及工程建设上，始终走在前列，不畏艰难困苦，勇于攻坚克难，默默地奉献自我，在基层发光发热，以星星之火，形成燎原之势，成为核工业事业上的一面旗帜。回顾建厂50年来，从技改工程到示范工程；从地基的夯埋到厂房的搭建；从螺丝钉的紧固到离心机的安装；从系统的维护运行到事故的应急处理，这一幕幕场景，处处闪烁着他们的身影，紧张而有序，忙碌而从容。正是他们在一线运行的坚守，以及对每个细节的掌控，才换取了系统的安全稳定运行，守住企业长盛不衰的活力，抓牢大家的“金饭碗”。

那一群可爱的人，爱国爱企、奉献岗位。他们以企业健康发展为己任，立足岗位，做好手中事，落实岗位责，积极参加创新创效、科研攻关、降本增效，以创建一流绩效为己任，为系统安全稳定发展谋创新，为企业效益创收谋新高，为企业改革发展谋新篇。一站式电源、新型尾气吸附装置研发、离心机清洗以及其他科研项目的开展无不彰显着他们爱岗敬岗的初衷，一次次的科研攻关，不断地优化着系统运行工艺，持续地降低生产成本，节省能源，提升着企业的竞争力，向着国际市场不断迈进，向着建设优秀的核燃料生产基地迈进。

那一群可爱的人，健康向上、聚和奋进。他们是技术与技能人才融合的团队，以工程师、技师为核心，以电气、工艺操作员为骨干，大力传承与弘扬“两弹一星”精神、“四个一切”核工业精神，以精神为指导，自觉落实各项职责，以创建一流党建、一流技术、一流文化和一流团队为奋斗目标。集团公司首席技师、陕西省劳动模范、集团公司青年突击队先进青年，这一张张闪亮的名片，是团队中的领航者，是青年职工不断学习和奋进的目标。他们组成的团队，有着良性的竞争机制，和谐的团队氛围，强大的精神意志，健康发展，砥砺奋进，营造着属于自己的文化基地，打造着属于自己的文化家园，创造着先进、优秀的精神文明。

那一群可爱的人，传道解惑、创先争优。他们积极主动，做好传、帮、带，传授知识与经验，为岗位培育了一代又一代人才。他们发挥先进模范的作用，为新时代的青年人树立良好的榜样，告诫青年人要踏实肯干，严谨细致，落实职责，勇担重任，积极参加有益于自身和团队发展的活动，激流勇进，争做新时代的“弄潮儿”，奉献自己的激情与活力。师带徒，是他们的精神传唱。初来乍到的毛头小伙子，在他们的细心讲解和耐心指导下，从生疏到熟练，从胆怯到从容，一代一代地扎实成长，成为工作上的中坚力量。师傅们的深厚经验滋养着这群茁壮成长的青年人，守规矩、严要求、高标准，不断矫正着青年人的工作思路和成长路线，助力他们前进、远航。

就是这样一群可爱的人，勤勤恳恳，默默劳碌在一线运行岗位上，真抓实干，钻研技术，坚守职责，发挥着工匠精神与团结协作精神，不为名利，不畏艰辛，勇于担当，迎难而上，为加快建成具有国际竞争力的世界一流铀浓缩企业奉献自己的青春、贡献自己的力量。

工艺技术专家周凤华

叶有洲

作为核工业三线企业一名资深铀浓缩企业技术专家，在他30多年工作生涯中，将爱国、爱企、爱岗融入一生的追求，不忘初心，砥砺前行，岁月砥砺和拼搏的时间垒起的人生厚度像一幅长长的画卷，绚丽多彩，缤纷亮呈，在建设世界一流铀浓缩基地追梦路上，他坚定执着，日夜兼程，刻苦奉献。

周凤华

周凤华，是标准的汉中男，中等身材，气质儒雅，完全一副学者气派，平时说话很少，骨子里有一份执着追求的精神。他1965年出生，陕西工学院无线电技术专业毕业后又进入清华大学工程物理系同位素分离专业学习深造。他在四〇五厂最困难的时期，毫不犹豫地来到厂里工作，从基层一步一个脚印走起，走向工厂技术的高端。

他，一路走来，工厂艰辛历程造就了个人成长，一步一步都走得稳妥，一步一步都走得扎实。1989年，他到原四〇五厂第一车间变频工段从事技术工作，参与中频供电设备的检修，变频器调试、控制单元研制、不间断电源设备检修维护、主机中频电源系统运行等，每年完成近百次的检修任务，由于老系统技术落后，故障频繁，周末完成加班检修任务是常态。他善于钻研疑难问题，在变频技术岗位上攻克技术难题多达18项，深受同事们的好评。针对不间断电源系统充电柜原控制单元模拟器件输出控制脉冲调整困难，造成充电柜输出电压持续摆动问题，他经过反复钻研，创新性地提出了数字化变频器整流相控板的替代方案，经反复试验取得成功，解决了该设备困扰多年难题。

青年时代的周凤华完全没有大学生的样子，他把自己融入到工人行列，虚心向老师傅学习，身体力行地投入岗位工作中。一次安装设备过程中，要爬到高高的管道上，在大家犹豫的时候，他说“我上去吧”，他毫不犹豫地爬上去。大家都由衷地发出赞叹“这个大学生完全没有书生架子”。

后来随着新技术的发展，四〇五厂原有技术已经不适应未来发展需要，工厂一度面临停产，许多人才都走出了大山，到外面寻找新的生活、发展、创业机会，留下来的大学生寥寥无几，而他就是其中的一位。在最艰难的时期，他们组织过自救，开展生存副业，在四〇五厂最为灰暗时期，他和寥寥无几的几位同事坚持了下来。

20世纪90年代初，在国家的支持下，四〇五厂终于迎来了春天，开始了创业发展的新机遇，引进了新的工程项目，实现了四〇五厂人梦寐以求的愿望。那时是最为艰苦的岁月，面对这样的机遇，大家都异常激动，身上都憋着一股子干劲。在中试工程建设中，他发挥核工业人敬业报国、无私奉献的精神，全身心投入到工程建设中。他连续五天五夜工作在调试现场，实在累了就趴在桌子上睡一会儿，为的是能够继续工作。

他为了多为工厂作贡献，发挥出自己的更多才能，又满怀激情走进清华大学工程物理系同位素分离专业深造。结束了清华学习深造后，他义无反顾地投入到新工艺生产建设中。新工艺生产是国际公认的技术难度高、工艺系统复杂的技术，至今仍属于国际范围内高度认知的敏感技术，在实施技改工程过程中的创业艰辛不为外人所知，可以说，技改工程的建成与投产是工厂几代人矢志不移、艰苦拼搏的结果。在技改工程建设、调试、启动过程中，他细活、粗活、重活、累活从来不挑不捡，不怕吃亏，勇于担当。

21世纪初，公司迎来了发展的黄金机遇期。技改工程建设快马加鞭，如火如荼。在工程建设、启动调试过程中，他参与了工程的设计与改进，工程级联调试与运行维护，承担了工程的对外技术、项目设计及施工建设工艺方面的技术支持。

他在技改工程建设公司积累了相当丰富的经验，工程调试中，他作为工艺方面主要技术负责人，认真负责，组织好专业调试工作，并多达50余次与外方工艺专家沟通，及时解决专家提出的各种问题，圆满完成了工程的调试任务。

北区扩建一期工程使公司走上了蒸蒸日上的发展前程。他针对国内这个创新型级联，工厂初期毫无运行经验，他提出了系列改进措施和建议，得到实施后减少了级联不分离时间，提高了级联运行的安全性，减少了分离功损失。在这个工程上，由于外方设计的倒流事故导致传感器频繁出现问题，出现了数十块传感器不能工作，若进行更换，则面临着巨大风险，工作量也很大，严重影响到系统的安全稳定运行。他积极思考，苦思冥想，用过去积累的丰富工作经验，分析并提出了“采取一定的安全措施，并停止更换该系列传感器”的思路，避免了系统生产风险及产能损失，他提出的这个思路在后续工程上应用的建议，得到设计院认可，在后续工程建设中得到推广。

2012 年，在国内同类工厂的工程建设中，因施工组织急需外援，受对方邀请，公司指派他带领自控、电气专业 8 位同志组成技术专家组，参加该工程的技术指导。他认真组织专家组开展技术指导工作，每天深入施工现场进行检查和技术把关，耐心指导对方施工人员安装调试，审核工程启动调试方案、大纲、操作规程等文件多达 2 000 多份。从首批机组启动必须具备的条件入手，重新编排包括土建施工在内的各项工序，指导工艺设备安装、管道清洁检查，对各工序调试工作认真检查、复查。根据工程整改进度，制定启动时间节点，克服了施工工程中各种困难，顺利实现工程首批机组启动，赢得兄弟单位干部职工的好评，也为中核陕铀争得了荣誉。

新的历史、新的时期，中核陕铀必将创造新的辉煌。2017 年年底恰逢党的十九大胜利召开，公司新一代铀浓缩离心机大型商用示范工程建设再续新篇章，公司出现出了强劲的发展势头。示范工程集众多创新技术为一体，建设难度高、关键点多，周凤华仍然作为工艺方面主要负责人，是工艺方面的资深技术专家，他审核的示范工程技术文件多达上千份。

在示范工程级联方案设计工作中，周凤华根据公司工程建设实际调整情况，对示范工程级联方案组织进行设计，在与设计院研究后确定具体的工艺方案。铀浓缩生产线系统，线路十分复杂，设计后的系统，即使进入调试启动过程，仍有许多细节需要改进。在调试启动过程中，他提出了在抽空管道中部增加国产罗茨泵的抽空系统改进方案，实施后解决了示范工程对抽空系统的需求，为新设备顺利启动及长期安全运行提供了良好基础。

2018 年 3 月 20 日，示范工程全面投产，标志着我国新一代铀浓缩离心机大型商用示范工程全面建成。工程是集众多创新技术为一体的成功典范，正是许多像他这样的干部职工辛勤努力，发扬兴核报国的精神，使中核陕铀的产能和技术水平再次跃上了一个新的台阶，实现了我国在核燃料产业生产领域、生产能力及技术水平的跨越式发展。

离不开的人

王洁钰

我身边有许多的普通人，他们有的让我终身难忘，有的让我遗忘在脑后。但有一个人，却让我觉得很钦佩。那是 2009 年，我大学毕业后来到公司工作，到自控仪表车间辅运班成为一名仪表操作员，上班没过多久，示范工程就开始了，我被分配到由杨捍卫带领的施工小组，在示范工程建设过程中，杨捍卫带领辅运工段部分职工负责空调系统厂房工位监控的安装与调试以及水辅助装置、厂房空调自控仪表系统的安装工作。每天清早，杨捍卫都是 7：30跟着倒班人员提前上班。新工程建设赶时间又要保质量。他提前来把当天工作需要用到的工具图纸准备好。等大家到齐，他组织召开施工前安全、技术交底，提醒我们穿好防砸鞋，戴好安全帽。在别的同事们还在准备工具的时候，我们小组已经进入到施工现场了。

“要么不干，要干就干到最好。”这是杨捍卫师傅最常挂在嘴边的一句话。班里的同事经常笑他有强迫症。我也觉得，干活嘛，不出错就行了。可是杨师傅经常用这句话提醒我，要干一定干到最好。杨捍卫给人的印象：一是技术大拿，二是认真。只要是认识他的人，提起他的名字来，总是忍不住口赞扬。

2015 年是示范工程建设的关键一年，对于杨师傅来说，这一年也是他关键的一年。他的儿子要在这一年参加高考。也许对于别人来说，孩子高考是人生当中的要事。工作没有离不开的人，换别人干就好了。可是对于如火如荼的示范工程建设，杨师傅成了我们施工小组中那个“离不开的人”。

为争节点，他及时与设计、专工沟通确定仪表测点位置和安装接线方式，下到电缆沟内匍匐前进，将 60 多米的信号电缆敷设到一次表的安装位置，不顾劳累安排施工组成员进行一次表与记录仪表的接线和调试，确保了真空干燥相关温度参数的显示和准确记录。在电缆槽盒安装时，他发现电缆槽盒设计的安装高度与厂房里行车的电动葫芦高度、电气槽盒安装的高度有冲突；压空站仪表盘柜与现场 3 台一次传感器的 800 多米 ZR-KVVR 电缆架空敷设，测量信号衰减严重、不符合电缆敷设安装规范和存在较大安全隐患；厂房内主机预热系统、补压机冷却水系统、变频冷却水系统、循环冷却水系统、工艺冷却水系统的仪表测点位置不准确、仪表量程设计与实际测量限值较低、仪表安装方式有缺陷、电缆护线管预埋和电缆敷设走向不合理，以及空调系统电缆预埋管与实际机组接线位置严重不符等问题时提出解决问题的思路和建议，及时向施工队长、设计方代表、专业专工汇报和沟通，在三方的现场确定和合理改进后降低了安全风险、节约了安装成本，大大提高了安装质量和工程进度，使厂房里的安装的 231 台仪表，测点合理、整齐有序、观测方便，使厂房里敷设的各种型号 140 根近 12 000 米电缆走向合理、排列整洁、标牌明确，使 01d-7 机柜室和控制室的 DCS 系统盘柜、控制站、操作站接线整齐、设置规范、操作方便，使空调系统室外机组的 DP 通讯线路敷设合理、连接牢靠、通讯畅通。在工作的时候，杨捍卫始终以一颗积极的心态影响着周围的人，这为公司示范工程建设打下了良好的基层基础。每次安排工作，总是把难度最高的操作留给自己。在平凡的岗位上做着不平凡的事。

在整个工程建设中，每周有三四天要加班到晚上九、十点，周末往往也要加班。杨捍卫无法为即将高考的儿子做一顿可口的饭菜，每天收工换下工作服回到家中，也只能问一问儿子的功课，在家里时，还会时不时接到电话，询问一些工作上的相关问题。可他从来没有一句抱怨，还经常和我们说："任何事情都不要抱怨，要相互体谅，要尽自己最大努力做到最好。"就这样经过了 9 个多月的努力，他和他的施工小组成员确保了首批机组的顺利启动，向公司和车间交上了一份满意的答卷。

工作中的他，吃苦耐劳，积极主动，服从领导，尽职尽责，一直保持高涨的热情。在工作中积极配合，勤勤恳恳，无私奉献。因为他的认真仔细，以及丰富的经验，有他经手的工作，错误率基本为零，所以小组成员们什么事都爱问杨捍卫，他总是耐心细致地为大家讲解。在整个示范工程建设中，值得我们学习的人太多了。作为一名年轻人，第一步要做的就是脚踏实地。路还很长，我们要学习的是杨捍卫对待工作的认真严格的工匠精神。

绽放在我身边的“铿锵玫瑰”

侯巧胜

那一年是1988年，20岁的我参加了工作，那时我国离心法铀浓缩还在研究实验阶段。1993年，我25岁，有幸在工作岗位上见到了时任总书记的江泽民，聆听了总书记的教诲：发展核事业，开发新能源。自此，我的青春和我工作的工厂同时迈出了铿锵的舞步。

1997年，我国第一座离心法铀浓缩生产线达产，我刚好是生产线上的一名工作者。

1998年，我调离生产线成为一名工会工作者，同时也成为女工工作者。在这样的工作岗位，我更熟悉了我公司的女职工，我称她们为我的姐妹。我熟知姐妹们为这座离心工厂一条条生产线建成、运行所付出的艰辛和努力。

90号运行班由15名清一色女职工组成，担负着我公司生产的供水、生活区饮用水供水任务，承担着井群水源地设备的遥测、遥信、遥控的远方操作及加压泵站全部运行维护管理工作，她们不断创新工艺方法、完善操作规程，连续多年保持了质量保证率100%，安全生产“0”事故目标，在平凡的岗位上创造了不平凡的业绩。她们拟定了“削峰填谷”的节能法：根据供水时段用电峰值电价不同的特点，确定运行工作方案，致力于“削峰填谷”工作的探索和研究，不断创新工作方法和思路，积极推广节约用电。她们根据时段电价价差，利用自备储水能力，通过用电低谷和高峰不同时段增加或降低运行设备台数，尽量减少电费支出，不断降低能耗，降低供水成本。基于公司生产工艺对供水系统的严格要求，90号班运行中必须确保分秒供水畅通，因此运行人员必须具备高度的责任心。有一次巡视检查中，值班员突然发现设备窥视管破裂，水花四处飞溅，射向1米多远的电气盘柜，情况紧急，电气进水就可能造成设备事故，当值人员紧急启动1台热备用设备，不顾冷水浸透衣服，果断处理故障，有效避免了一场可能引发的电机短路事故，类此的“紧张”在她们多年的工作中也时有发生。她们靠着高度的责任心和使命感，几十年如一日，在平凡的岗位上默默坚守，该班2005年被中国妇联和国资委联合授予中央企业“巾帼文明岗”、2006年又被全国总工会和国家安全总局联合授予“全国安康杯劳动竞赛优胜班组”、2007年被全国妇联和“五一巾帼”

标兵创建工作领导小组联合表彰为“巾帼文明岗”，2007 年、2008 年先后被评为“陕西省三八先进集体”“全国三八红旗集体”等荣誉。一次次荣誉的获得一次次展现了核工业“娘子军”的风采。

化工成品车间废水处理班是担负着全公司放射性废水、废液处理工作的生产班组，又是一个女职工占 75%的女工班组。由于受早期工艺设计的局限，该岗位所有阀门的操作全是手动操作，每个班次需要对二三十个阀门进行开、关动作；同时部分工序是完全开放的，称得上是一个又脏又累的岗位，工作服、手套、口罩，每次进岗工作姐妹们都要从头到脚“全副武装”。在这样艰苦的环境下，坚持排放合格率均是 100%，年创造经济价值 40 万元。她们善于发挥班组在技术力量上的优势，积极开展班组 QC 活动，解决系统难题，探索新工艺方法。该班组的 QC 成果多次获得公司一、二、三等奖，在节能降耗方面取得显著成效。2006 年，她们以《减少放射性废液中废渣的产生量》为题开展 QC 活动，通过大家的积极探索，仅此活动就减少废渣量约7 000千克，生产能量提高 2 倍多，此 QC 课题荣获我公司 QC 成果二等奖。这个班组 2007 年荣获“陕西省国防工会五一巾帼标兵岗”。

01C-7 辅助运行班负责新建两条生产线辅助工艺系统运行和维护工作，是保证公司主工艺系统安全、稳定、持续运行至关重要的岗位之一。01C-7 辅助运行系统，相对于老系统的运行进行了设备提升，由原来的多个系统集中而成。对于运行人员无疑是巨大的挑战，四十多名运行人员平均年龄超过了 40 岁，由原来每个人只负责一个系统，到后来每个人同时负责八个系统。要保证系统安全运行，压力是很大的，她们一边要通过精心操作，合理调整运行方式，加强设备的运行维护，发现问题及时处理，保证设备安全、辅助系统安全、工艺系统安全，一边要不断地进行岗位提升学习，全面掌握整个系统运行操作，突发故障处理。全年进行反事故演习 40 多次，处理突发故障 10 多次，确保公司工艺系统的安全稳定运行。她们 2013 年荣获“陕西省国防工会五一标兵岗”。相似的集体还有自控仪表车间的热工仪表班、中央分析室在线分析班……

闫文慧

闫文慧是我在运行生产岗位的师妹，1996 年毕业于西安石油学院，是公司工作在核品生产线上从事核心技术少有的女性，也是多年的铀浓缩主工艺系统的技术带头人。2007 年 5 月在荷兰 ALMELO 参加了 URENCO 公司年会，她是这次参会的 20 多个国家、100 多名专家中少有的女性，也是我国参加这次重要学术交流唯一的女性。在会上她不仅用流利的英语代表我国进行了学术发言，更是通过本次交流，了解了世界最先进的铀浓缩技术，吸收了大量先进技术知识。在这次会上发言都采用英语，会议交流都采用幻灯。对感兴趣的内容，她请求会议组织者进行拷贝，却没有得到允许，她就做了大量的记录。会议组织现场参观仅给了 1 小时的时间，许多地方人家还“保密”，就在这种情况下，她硬是看中了人家的“物料转移小车”，回来后念念不忘，反复琢磨，根据她的叙述，其他同志出国真就搞到了影像资料。在此基础上他们在国内联系厂家研制，这可不仅仅是填补“国内空白”，最重要的是提高物料在转移中的可靠系数呀。凭借着这样的认真、执着，她主抓、参与了多项科研技改项目，自 2008 年起她先后荣获“陕西省国防科技工业五一巾帼标兵”“国防科技工业全国巾帼建功标兵”“陕西省三八红旗手”“全国五一巾帼标兵”等荣誉，2015 年被评为“最美中核人”。

刘琳秀

刘琳秀是自控专业一名工程师。多年来，在科研技改方面，她先后参与或负责项目近十起，其中 95%已在系统上应用，5%作为新技术虽不是直接应用，但其研究结果也被应用到系统中。其中机组改造项目大大提高了系统生产能力，提高了效益；调节阀运用于运行系统项目填补了国际、国内空白。尤其在调度盘改造项目中，刘琳秀同志提前做好了一切准备工作，在材料到货时离项目规定的完成时间只剩十天的情况下，带领项目组成员不但牺牲休息时间，还要不停地在 36 ℃和 19 ℃左右的环境中来回穿梭，最终按时完成了任务。在中核集团自主研发大型商用示范工程中，她作为主工艺自控系统的程序员和负责人，认真研究设计图纸和技术资料，用心领会工艺要求，提出了多项优化改进建议，提高了工效、缩短了工期，最终圆满完成了自控系统控制程序的编写，并负责调试工作，2018 年 3 月该工程已经成功启动达产并投入运行。自 2008 年起她先后荣获陕西省国防科学技术工业委员会促进技术进步重大贡献奖、陕西省国防工会“陕西省国防科技工业五一巾帼标兵”“陕西省五一巾帼标兵”我国铀浓缩离心机大型商用示范工程二等功等荣誉。

中核陕铀的女职工队伍可谓是一支传承和体现核工业人“两弹一星”精神和“讲奉献、敢拼搏、精业务、创佳绩”的典型娘子军团队。25 年弹指一挥间，许多当年的骨干陆陆续续退休了，或退出了技术岗位，但这种精神还在传承，我们的事业还在不断的发展，如今我们在运行的已达四条生产线。2018 年 3 月，我国新一代铀浓缩离心机大型商用示范工程在我公司全面建成，这其中我的姐妹们用实际行动谱写着公司发展的绚丽篇章，谱写着中国核事业发展壮大的动人诗篇！

壮丽七十年　奋进新时代

郭　鹏

遥远的东方，有一个古老的国度，美丽而宽广；有一个伟大的民族，勤劳而坚强；奔腾不息的黄河是她的血脉，巍峨屹立的泰山是她的脊梁；这就是我们的祖国——中国！

走过世纪的风雨，万里长城像巨龙在云中穿梭；跨过岁月的长河，珠穆朗玛峰像雄鹰傲立在世界最高坡；我们的共和国从没有像今天这样威武强大、充满活力，散发着蓬勃的朝气。

70 年来，您有过磨难，也有过欢笑，历经了崎岖坎坷，但风雨过后总会有彩虹，共和国的明天会更加美好，您的人民将日益富强，您的国力将日益强大；70 年来，您凝聚了天下炎黄子孙的心，赢得了世界尊重的目光，现在您正意气奋发，开启了新的征程，让我们从心底里向您说一声——祖国，您好！

跨越时空 50 年，从四〇五厂到中核陕铀，一路走来，陕铀人一直将个人前途同国家命运、企业发展紧密相连，为祖国核事业贡献着自己的力量和智慧。风风雨雨 50 年。陕铀人紧跟国家战略要求，勇攀科技创新高峰的精神大步向前；他们将个人的理想、抱负与核工业发展紧紧联系在一起，勇于接受挑战，走超越人生的弯道。

一路走来，有这么一支优秀的团队，他们始终坚持以人为本，用真情和魅力凝聚职工队伍，培养出一大批优秀的自控人，他们成为自控专业的佼佼者和引路人；一路走来，自控仪表车间分工会被评为全国“先进职工小家”；主控检修二班荣获全国“创新型”示范班组，温伟同志获得全国技术能手及集团公司首席技师荣誉称号；张奇同志获得全国技术能手、享受国务院政府特殊津贴殊荣，曾先后多人荣获集团公司劳模，一路走来，陕铀自控人积极履行岗位职责，始终脚踏实地，立足系统，心系企业发展，用他们的聪明才智呵护着系统的安全、稳定运行，为企业的健康发展作出了贡献。一路走来，陕铀自控人在科技创新的舞台上不断前行、大显身手，为中国核工业事业的振兴和企业的发展，做出了自已的努力。50 年创造辉煌，用数字足以说明，曾先后获得集团公司科技进步奖共 10 余项，国家及行业专利多项；四块专用仪表等多项科研成果，填补了国内的空白，被广泛应用于核工业铀分离企业。

直挂云帆潮头立，坚持党建引领，凝心聚力，扬鞭催马，奋勇拼搏，追求永不停息的自控人再次把目光投向未来。面对新的挑战，以强烈的责任感和担当意识描绘出更加绚丽的蓝图。

“日出江花红胜火，春来江水绿如蓝”，作为新时代陕铀人，当以实现中华民族伟大复兴为己任，以振兴我国核工业为担当，不辜负党的期望，人民期待，民族重托，不辜负我们这个伟大的时代。

追梦的脚步从未停歇，用挥舞的国旗，用自豪的微笑，用嘹亮的诵词，向祖国诉说，向时代诉说。

在庆祝新中国成立 70 周年和建企 50 周年之际，陕铀人将以习近平新时代中国特色社会主义思想为指导，不忘初心、牢记使命，以永不懈怠的精神状态和一往无前的奋斗姿态，勇挑时代赋予的重担；以开拓进取、争先创优的锐气，以攻坚克难、勇于担当的豪气，传承着“四个一切”精神；以“而今迈步从头越”的豪情，把我公司建成具有国际竞争力的世界一流铀浓缩企业，贡献陕铀人的智慧和力量。

新思想引领新征程，新时代呼唤新作为；新目标开启新航线，新使命召唤新陕铀。愿我们的祖国更加繁荣富强，愿陕铀的明天更加美好！

塑造阳光心态　创造美好生活

张旖旎

生活是一条路，是蜿蜒盘旋的小道，抑或是平整开阔的大道；生活是一首歌，是哀婉惆怅的悲调，抑或是激扬奋进的旋律；生活是一幅画，是阴暗忧郁的蓝色，抑或是饱满奔放的红色；生活，又不仅仅是一条路、一首歌，一幅画……

在面对同样的道路，同样的诗歌，同样的画作时，为何每个人看到的景象总是不尽相同？忧郁的人总是郁郁寡欢，觉得全世界都对他不公；乐观的人却总是满脸笑容，觉得每一天都是那样的无限美好。因为心态的不同，每个人的生活不尽相同。

张旖旎

良好的心态如同沙砾中的珍珠，在波涛汹涌的海域中也能璀璨夺目。现如今，比起深海怒涛，我们的生活已是风平浪静，相比于旧社会，现在的工作更加轻松，但是仍然有许多人怨天怨地，不知满足，既做不好工作也无法拥有一个和谐的人际关系。

我们的生活到底是什么样的呢？

现在的生活笼罩在阳光之中，今日的祖国，繁荣富强，高楼大厦，车水马龙代替了过去的间间砖瓦房，立于世界之上。今日的中核陕铀，发展迅速，过去的中核陕铀还在蹒跚学步，现如今已是健步如飞，生产上抓生产促生产，生产稳步提升，生活区内也是焕然一新，新的柏油马路，美丽的住宅楼，天然气的落户，以及亮化工程等都使中核陕铀有了一个从外到内的改变。今日的我们，薪水逐年增加，可以看到大家已是吃喝不愁，多少人住上了新房子开上了新汽车？我们的生活蒸蒸日上，生活是在公司越来越精益化管理中的辛勤工作，生活是在陕铀讲堂中的洗礼之中，生活是在运动中心的挥洒汗水，生活是在退休办院内的红歌嘹亮，生活是在公园的休憩养生……现如今的生活不仅仅是物质上的飞跃，更是精神上的飞跃。生活仿佛是刚刚初生的太阳，温暖明亮，让人心中充满无限希望。

生活是运动的、变化的、向前的，是弯弯的月牙渐渐饱满成圆月的模样。在我们基建维修车间，从建厂初期到现如今，工作内容发生了很多改变，它是改变中的一个小小缩影，而不变的则是每一个职工的初心。我们的工作相比于其他车间而言没有那么的“高大上”。我们常年陪伴在水泥、沙子、混凝土、下水道旁边，风吹日晒，爬高下低，不论男女。在新工程建设时，面对新工程的大维修、日常维修的工作，面对车间承揽的六大构件预制具体项目现状特点，面对车间人员很少、构件繁多、作业场地狭小的情况，大家打破常规，牺牲节假日，跨班组、跨工种横向互补进行作业。所有人不喊一声困难，只是默默工作。在工程期间不仅保证了原有大维修工程施工生产，也保证了新工程所需的两万多件预制构件的质量。当工程完成后，当大家满意后，当看到生活越来越好后，面对这样美好的生活，我们还怎么去埋怨它，为其烦恼忧愁呢？建设与服务，这就是我们的初心。

我们要学会感恩，打开心中的那盏天窗，让阳光洒满胸膛。不因得失而耿耿于怀，不因过往的烦恼而闷闷不乐，心胸开阔，心态平和，爱党爱国爱公司爱他人爱自己爱生活，才会令生活变得幸福美满，充满欢声笑语。宽容、奉献、豁达、平凡心，以及知足常乐，才能对得起我们现在这来之不易的美好生活。

情系陕铀　共铸辉煌

周梦溪

当岁月悄然转动不息的年轮
当太阳激情点燃生命的火焰
当 18250 个日日夜夜已经成为昨天
从 1969 到 2019，中核陕铀已经整整过了五十年
这是激情梦想、努力拼搏的五十年

曹雪芹（左一）、周梦溪（右一）

这是不断发展、追求卓越的五十年
这是书写精彩、誉满史册的五十年
这是历尽繁华、破茧成蝶的五十年
五十年的岁月和历史
五十年的奋斗和进取
五十年的功勋和业绩
都成了永恒的记忆
你还记得吗？如梭岁月中挥洒的青春

你还记得吗？似箭光阴中滴落的汗水
你还记得吗？五十年寒暑中穿过的星月
我记得！今天的成就承载着明天的希望
我记得！今天的忍耐饱含着明天的动力
我记得！今天的沉淀孕育着明天的绽放
我们都记得！
在我的记忆中
很多美好的事物
似乎都与秋天相关
2019 年的十月啊
在这个金风送爽的时节
在这个丹桂飘香的时节
在这个硕果累累的时节
中核陕铀
迎来她的五十岁生日

五十年春华秋实
五十年风霜雪雨
有过辉煌与繁荣
有过阵痛与反思
我们陕铀人
以从容的姿态
以进取的精神
经过几代人的不懈努力和奋斗
实现着一个又一个梦想
陕铀一步一个脚印
以跨越的速度
跻身于核燃料的前列
如同一颗璀璨的明珠
闪耀在陕南大地上
陕铀建企五十年，示范工程陕铀建
提升国际竞争力，浓缩事业创新篇
陕铀建企五十年，五大高地在创建
新的时代新征程，五大陕铀更绚烂

陕铀建企五十年，陕铀精神代代传
承前启后不停步，大胆创新永向前

光阴似箭，岁月如梭，刹那间已走过五十年。

1969 年的 10 月 10 日，在党和国家的号召下，一大批来自全国各地的热血青年为了自己热爱的核事业来到这片群山环绕的山区，我的爷爷也是其中的一员。小时候，我常听爷爷讲过去建设工厂的情形。那时的生活条件非常艰苦，工作环境也很恶劣，白天大家一起修公路、架电线、运设备、建厂房，肩挑背扛，挥汗如雨；因为没有房子住，晚上全家老小都得挤在周围老乡家里，四面透风的板房，风吹着窗户沙沙作响。爷爷每次一讲起来就停不住，脸上洋溢着自豪，眼神中流露出怀念。爷爷常说："我们那个时候搞建设啊，是毛主席交付给我们的任务，我，就是想着不能让国家再被鬼子欺负了。"每次回想起爷爷的话，我都感动莫名。老一辈人，怀着为国家争光、为民族争气的豪情壮志，奉献出他们金灿灿如油菜花海似的青春，结出硕果累累，将我们的核事业从无到有建设起来，奠定了祖国安全的基石。他们用双手静静呵护，用汗水辛勤浇灌，渴望着陕铀茁壮成长，郁郁葱葱，有朝一日可以撑起中国核燃料生产的脊梁。

在陕铀高速发展的今天，我们一群热情洋溢，充满激情的大学生来到这里，成为一名陕铀人。能从父辈们手中接过发展祖国核工业事业的重担，我感到非常幸福。古人云知恩图报，善莫大焉。是陕铀给了我们平台，我们应时刻心怀感恩，以陕铀为家，爱岗敬业，开拓进取，为陕铀的建设添砖加瓦。

2018 年 3 月 20 日，我国新一代铀浓缩大型商用示范工程在中核陕铀全面建成。在漫天的礼花、威风的锣鼓声、雷鸣般的掌声中，我们热泪盈眶，视野一瞬间模糊起来……一个个科研攻关小组，一个个党员先锋队，一个个青年突击队冲进了施工现场……整齐林立的装架，稳定旋转的机器，智能化的控制系统，自强、开拓、奉献、创新的陕铀人，坚守使命，为国担当，聚和奋进，用自己的智慧刷新了历史记录，实现了一个又一个零突破，扛起了核工业人兴核报国的梦想。示范工程的全面建成，提升了核燃料生产自主化能力，提高了我国铀浓缩领域的地位和市场竞争力，使我国核燃料产业由核大国走向核强国。

陕铀情、中核魂、中国梦……筑梦路上，有你也有我。我们有实力迎接更大的挑战，我们有信心创造更高的价值，我们要用劳动浇灌着陕铀更加辉煌的明天。五十年弹指一挥间，一代又一代陕铀人，不忘初心，牢记使命，建成了世界一流的铀浓缩企业，唱响了为中华民族复兴奋斗的主旋律。

永远在我心中的歌
——写给建企 50 周年

蓬万朝

这里是一条河，
一条永远清澈向前的河。
她奔腾向前，碧浪清波。
你我的青春年华，
都从这里流过。
我们在这里相聚，
我们在这里开拓。
我们一起为新工程奠基，
一起为新厂房架舵。
我们一起奔流，
一起向前，
一起到人生长河中披浪斩波，
让美丽的青春在浪花里闪烁。
这里是一条永远向前的河，
永远奔腾和咆哮的河。

这里是一炉火，
一炉燃烧希望和理想的火。
她烈焰熊熊，红光四射。
不管你是铁、是钢，
都会在这里熔塑。
我们在这里成长，
我们在这里锻造和打磨。
我们一起给人生淬火，
一起把核工业精神浓缩。
一起为实现梦想给力，

一起为国之重器拼搏。
这里是一炉永远燃烧的火，
永远兴旺和永远升腾的火。

蓬万朝

这里是一首歌，
一首永远拼搏奉献的歌。
她的每一个音符都随心跳跃，
每一个乐章都把欢乐传播。
我们在这里升华，
我们在这里取舍。
我们在这里爱恋，
我们在这里生活。
我们一起勤奋耕耘，
一起渴望收获。
一起为国防工业添彩，
一起为祖国富强增色。
这里是一首永远欢乐的歌，
一首核工业人奋斗的凯歌，
一首永远传颂在心里的歌。

注：作者蓬万朝是一位87岁高龄的退休职工。他说："建企50周年，我冥思苦想，组装了几句小诗，目的是想通过一条河、一炉火、一首歌，来写我们陕铀人在这里生活、学习、拼搏、历练、成长的过程。"

永遇乐

方　文

陕铀之魂，精英铸就，五十风雨，三代传承；细思起来，难以回望，艰难岁月，为中核梦，无视道险路阻。全心思，寄志报国，陕铀无悔无愧。

现代企业，执着坚守，多少艰辛飞逝。花园工厂，寄望未来，几许青丝笑颜。复兴伟业，华夏同舟，酣畅显身手。不松懈，前途路远，豪情万千！

满江红

方　文

黑云滚滚，西风紧，虎豹窥探。齐动员，一声呐喊；五十风雨报国志，百年国耻从此雪；蘑菇云，东方晴空现，豺狼颤。

深山坳，笑困苦，荒坡岭，斗艰难；众志成城矣，万难莫当。陕铀铸就企业魂，三代传承抒新篇。看今朝，撸起袖子干，向前迈。

五十年风雨·春华秋实

李东泊

春风浩荡，改革大潮奋进昂扬
巍巍秦岭，陕轴儿女为国担当
回顾往昔，风雨兼程矢志不渝
展望未来，策马扬帆再次起航
此刻，在您五十岁生日到来之际
让我深情地为您歌唱

歌唱您——
胸怀梦想，破釜沉舟
扎根深山腹地
创下不朽的功绩
淳朴善良的陕轴人
用青春铸就了
励精图治的英雄魂
五十年岁月如白驹过隙
如今，曾经的技改工程运行良好
如今，迎来了技术升级新的机遇
如今的您，拥有着坚实的根基

歌唱您——
兼容并包，生生不息
是您养育了一代代陕轴人
让他们耕耘在这片土地
是您温暖了一颗颗赤诚心
让他们的功勋被历史铭记
他们昂首挺胸，脚步铿锵
他们挺直脊梁、气宇轩昂

历史不会忘记
敢为人先的创新
艰苦奋斗的拼搏
不计名利的奉献
科学严细的求实

歌唱您——
砥砺奋进，日新月异
我看着您在变幻莫测的市场里
乘风破浪
看着您在追求卓越的道路上
奋进激昂
您走过了艰辛坎坷的八年谈判
您将希望渺茫的引俄四期变成现实
您一步步将北区扩建
您用汗水铸就的示范工程
那一列列火车拉走的浓缩铀料罐
见证了一代代陕铀人的不懈努力
更见证了中国核工业离心技术的奋起

歌唱您——
勇立潮头，初心不忘
生产经营创新高，管理水平上台阶
科技创新结硕果，文明之花别样红
党建生产相融合，同频共振效率高
雄关漫道真如铁，而今迈步从头越
我将和您一起
继承昨日之光荣与传统
不辱今天之责任与使命
不负明日之理想与追求
我们不忘“发展核技术，开发新能源”的嘱托
紧跟时代的脉搏
我们坚定“中国离心从陕铀起步，必将在这里发展壮大”的信念
迎接一个又一个的挑战

我们将乘着十九大的春风
高举新时代的思想
在科技的天空驰骋翱翔
矢志不渝，再战新功
基业长青，续写辉煌

我们的新时代

蒋　丽

今天，该用怎样的心情
说说我们的新时代
当陕铀 50 年遇见新中国 70 华诞
是一个多么欢喜的日子
今天，该用怎样的心怀
畅想我们的新时代

当机遇遇见勇气
当生存遇见选择
当求实遇见拼搏
那些逆境中闪亮的日子啊
让我们用朗读的心声告白

“我是一名军人
服从命令是我的天职”
因为保密需要
孟宪钰对妻子说
我要出差一段时间
不久，妻子来信告诉他
她也出差去了远方
孟宪钰忽然在工作的厂区里
看到日夜思念的她
是你吗？真的是你吗
在那个激情燃烧的岁月里
让我们用“秘密”的心声相互告白

他的故事从西北边陲五〇四厂

再到秦巴南麓四〇五厂
彭福临老人把豪情和大爱播撒在这里
踏遍山峦秋月
从“丰度”到温度的毕生守护中
汇就他“平凡”又“纯粹”的核事业生涯
用科技工作者毕生坚守与追求
抒写了为核事业奉献一生的智慧和胆识

梦想似天边璀璨星辰
照亮他前行方向
劳动如天梯上坚实台阶
引领他抵达焊花飞溅的彼岸
爱岗让他苦学专业
钻研让他业精于勤
国际焊接大赛上他连续取得骄人好成绩
陕铀这片天地让李进知道
怀揣梦想和信念
一步一个台阶向上走
总能成就“大国工匠魂”的梦想

他的计步器每天显示 3 万多步
他用脚步丈量技能
他的心脏里安装着支架
撑起的是责任与担当
示范工程真空工作中
他就是一枚螺丝钉
钉在哪里就在哪里闪光
刘辉黝黑脸上充满微笑
他笑着说：
我就是个普通人
再一次在鲜红党旗下
他举起右手郑重承诺：
积极工作

大家都叫他俩金大师、唐大师
他们创新求变，担当作为
在铀浓缩事业上深入钻研
系统调试工作有他们
运行系统优化工作有他们
男儿肩膀有担当
前行路上，有坚守
他从钳工小子变身“编程大师”
敢做科技线上的排头兵
因为大师们坚信
风雨百般锤炼后
必能拥有绚烂彩虹天

我们是运行线上的眼睛
我们爱日月与星辰交换
严谨、科学是我们的守则
奉献、创新是我们的精神
那寒来暑往的坚守
内心已装满沉甸甸收获
我们没有鲜花张扬绚烂
因为绿叶就爱朴素无华

有人说我们是天子骄子
清华生总是自带光环
不，我们的肩膀有担当
我们心中有阳光
用火一样的炽热情怀
向未来证明
“核”能兴邦，青年担当

50 年风雨故事如泣如诉
铭记历史，传承荣光
我们坚信“核”它在一起
中核陕铀必将跨入

安全创新发展新阶段
我们坚信“核”它在一起
中核陕铀争创世界一流的
脚步会更加铿锵有力

我们的新时代
承载核工业的高远丰歌
做优、做强的陕铀人
自主创新、为之欢欣
正绘就一幅优美画卷
我们的新时代
像万里江河澎湃
奋斗的陕铀人最可爱
再创无限好精彩
我们的新时代
崇德向善　健康向上
面朝大海　春暖花开
我们的新时代
风清气正　聚和奋进
正以前所未有的姿态
迈向世界科技大舞台
让我们再出发
向着新时代的新陕铀筑梦远航！

满江红·陕轴人

赵思远

五十春秋，回望首，道阻且艰。沐春风，扬蹄改革，奋勇拼搏。离心工程由我起，四大项目谱新篇。汉水疾，看秦巴山麓，陕轴人。

离心法、电调阀、闭式塔、中频电，创新驱动发展。打造五大高地，建设五大陕轴。新时代，看盛世龙腾，新征程。

陕铀明天更美好

史　进

光阴似箭，
日月如梭，
在这丰收的季节，
在这秋高气爽的十月，
我们迎来了陕铀五十华诞！

五十年前国际形势巨变，
国家英明决策把企业来建！
五湖四海聚才俊，
四面八方汇英豪，
一批核工业人相聚来奋战，
一个神秘的工厂——中核陕铀，
诞生在汉江之滨溢水河畔。

披星又戴月，
严寒与酷暑，
从基建工程、引进工程到示范工程，
我们风雨兼程历尽坎坷，
不懈努力，不断探索锐意创新，
用辛勤与智慧描绘着一幅幅壮丽的画卷，
“两弹一星”精神在陕铀人的身上充分体现。

三中全会指航向，
改革开放促引进，
405-1A 启航程，
浓缩上新技术，
工艺越大台阶。
为实现技术与产量的跨越，
公司总动员：大干一百四十天，试验工程要确保。
目标已定，全员行动，
众志成城，目标完成，
外方专家对我们刮目相看。

完成工程虽不简单，
然而仅仅是试验，
一期、二期、四期工程陕铀人继续：
艰苦奋斗来拼搏，
不计名利来奉献，
科学严细求实效，
奉献精神陕铀人，
再高的目标也能实现！
核工业史上谱新篇，
向党和人民交上满意答卷！

离心工程意义大，
江总书记来视察，
题词同时把话发：
“发展核技术，开发新能源”，

“你们任重道远，任重道远”。
总书记的话指航向、激励咱，
全体职工的干劲更加大。

陕铀人奋战 50 年，
核工业的“四个一切”精神记心间，
记心间，还不算，工程建设中来体现，
英雄模范人物的事迹数不清、赞不完。
杰出代表王国君，
称他为现代“铁人”是绝配，
他带领突击队，苦干巧干显神威，
一万方混凝土，180 天均拆完。
铁人精神人人夸，
“全国五一劳动奖章”的荣誉属于他！
大国重器在陕铀铸就——
全面建成我国新一代铀浓缩离心机大型商用示范工程。
系统运行良好一次性通过验收，
知识产权均自有，
升级换代能商用，
水平国际数一流。
陕铀人用智慧精心呵护它走过了达产一周年，
它的正常运行对我国铀浓缩事业具有里程碑意义，
续写了陕铀发展史上辉煌篇章！

示范工程“金饭碗”，
我们必须用心、用情、用力来端。
勇于挑战的陕铀人，
继续前进不歇脚，
时刻不忘核工业的“四个一切”精神，
深刻理解核事业的重要性，
不忘初心，勇担责任，
对待工作，科学严细、一丝不苟、求真务实，
对待事业要用只争朝夕的干劲，
自主创新搞科研，开拓进取求发展，

为建设核工业强国，
贡献陕铀智慧和陕铀力量。
永唱一支拼搏的歌。

忆往昔，峥嵘岁月，
我们心潮澎湃，感慨万千。
看今朝，我们激情满怀；
展未来，陕铀喜迎新时代！
陕铀人将永不停步，
坚决拥护以习近平同志为核心的党中央，
认真贯彻执行新时代中国特色社会主义思想，
继续发扬“自强、开拓、奉献、创新”的企业精神，
为顺利建成“五大高地”，
实现“五大陕铀”和“六个一流”而不懈努力。
为完成“1151 发展目标”砥砺前行，
迎接中核陕铀更加光辉灿烂的明天！

陕铀人在行动

赵彦军

蘑菇云的天空点亮，
《东方红》凯歌的高高奏响，
中国人民从此挺直了脊梁！

1969 年，中央军委 168 号令，
毛主席亲笔定，四〇五即刻建，
集体智慧出结晶！

秦巴山麓，
核工业的一粒种子在播种，
53 师工程兵，多少英骨忠魂长眠在山下！

忆往昔，长滩桥边的居住点，北山坡的老医院，
记忆着往日生活的辛与酸，
木板房，工棚间，生产准备不间断！

看今朝，梧桐路，桂花香，社区面貌变新样，
一公园、二公园，阳光、春晖相继建，
再加小小的暖气片，生活质量大改善！
1993 年，“发展核技术，开发新能源”，
总书记的嘱咐记心间，
技改工程的投产，实现了父辈的夙愿！

全国劳动模范的增光，
人民大会堂的演讲，
引来无数精英凤与凰，
科技兴厂有力量！

2018 年，汉水之滨，
宽敞明亮的大厅，生产机器的低鸣——
商用示范工程安全在运行，
小康路上大步行！

不忘初心，牢记使命，
实现中华民族伟大复兴梦，
陕铀人——在行动！

致敬运行人　逐梦新陕铀

蒋　丽

今天　我们站在这里
就像奔跑者抵达一个新的港湾
飞舞的朱鹮鸟正在高空翱翔
逐梦的脚步将春天故事讲述
艰苦创伟业　双手铸辉煌
50 年风雨拼搏
刻下我们陕铀人前行的足迹
这里有太多的人　太多的事
今天就说说我们运行人

有人说我们“特殊”
那是因为我们上班时间
总是让人琢磨不透
当清晨第一缕阳光照在滋水河畔
我们就谈笑着走出了厂房
当夜晚星辰还在山巅闪烁
我们又走进厂房面对显示屏

我们岗位很特殊
那是一个通宵“不打烊”地方
我们习惯说交接班
习惯说白天不懂夜的黑
吃饭、洗澡要交换着前往
没有春节、五一和十一假期
那些寒来暑往 无畏坚守的日子

运行人的背影你可曾记得

我们在大屏前看什么
看变化，看细微的数据变化
我们查什么
查当班运行状态，异常处理情况
我们细说什么
1 号制冷机启动声响异常
3 号变频泵自启失败 紧急转换
电网波动 注意巡查

都说监盘枯坐很单调
你以为我们只是“坐视不管”
看似轻松的脸上
那是对系统有了了解与信任
我们习惯了以岗位为阵地
以设备为中心
用特殊方式书写着“爱岗敬业”

我们对巡检辖区有钟爱
每班几次去探访
我们喜欢技改小发明
结合实际搞试验
在设备更新换代中
问题导向做攻关
闭式冷却塔搭平台
节能降耗更安全
我们俯身精耕　提升能力
脚踏实地　步履铿锵

在这平凡岗位上
始终有一种力量在激荡
那是责任与担当
我们是新时代的运行人
憧憬未来也肩负重任
有多少夜晚被泪水打湿
把病中的孩子交给孩子的爷爷奶奶
看到她环抱的小手不松开
只能对她说
天亮了，爸爸妈妈就回来了

我们是百变的运行人
为保证主机设备清洁达标
变身为保洁员又何妨
那是对质量高度、品质的检验
挥动双臂　踮起脚尖
我们用双手和汗水
一次次把示范工程的节点保障

我们还有一群爱在地沟里
“搞事情”的“地下党”
主厂房冷却水系统冲洗置换工作迫在眉睫
他们甘愿做“地下”不见光的劳动者
管道脱落！管道爆裂！水压下降！
面对水流如柱
没有犹豫　没有躲闪
任凭冰冷的水冲刷他们的身体
浸湿的衣服也只当披了一身“铠甲”
永不言败的誓言早已融入了他们的身躯
辅运人
来之能战　战之能胜
默默守护　初心不改

用坚守和坚韧把困难一次次化解
工程进度绝不能在我们手中耽误

岁月往昔
刻下我们前行的足迹
挥手走过岁月
我就要离开岗位
和那熟悉的值班室说声再见
和那熟悉的数据记录
说一声：你的样子，我不会忘记
是运行岗位
让我懂得奉献
是运行岗位
成就我职业的精彩

站在时光门槛
看见运行人奋进的足迹
我们过得充实　走得坚定
我们是自信乐观的运行人
懂得用日夜与星辰温暖四季
我们是朝气蓬勃的运行人
用蓝色工装舞动青春芳华
我们是不忘初心的运行人
用坚守执着筑起安全防线
初心如磐　使命在肩
让我们坚持
党建引领　凝心聚力
在鲜红党旗下再一次庄严承诺：
积极向上　努力工作！
“功成不必在我，功成必定有我”
这就是我们的大爱告白
我们坚守岗位

让爱岗敬业　以辅保主的精神
内化于心　外化于行
我们开拓　我们奋进
我们与新陕铀一起逐梦远航
我们会一起见证
新一代示范工程
春风十里　再添新风采
中国离心浓缩事业从中核陕铀起步
必将在这里发展壮大!!
必将在这里发展壮大!!

我自豪，我是陕铀人

杨传宝

我自豪，我是陕铀人。
60 年前，
罗布泊震惊世界的蘑菇云，
诉说着我们非凡的出身。
“要不受人欺负，就不能没原子弹!”
伟大领袖的高屋建瓴，
更是赋予了我们高贵的灵魂。
在筚路蓝缕的奋进历程中，
“四个一切”悄悄地融入了我们的基因。

我自豪，我是陕铀人。
50 年前，
在伟大的“三线建设”中，
我们应运而生。
总理为我们确定选址，
共和国为我们命名，
从此我们便砥砺前行。

巍巍秦岭高昂着永恒的丰碑，
滔滔汉江传颂着我们特有的陕铀精神。

我自豪，我是陕铀人。
1993 年 6 月 9 日，
总书记亲临视察，
“发展核技术开发新能源”的题词，
“你们任重道远，任重道远啦!”的叮咛，
激发起我们为国担当的磅礴热情。

30 年扎根陕铀 20 载出入大厅 10 年值班主任，
我始终和广大陕铀人一道践行
“离心浓缩事业从陕铀起步，必将在这里发展壮大”的初心。

我自豪，我是陕铀人。
2018 年 3 月 20 日，
新一代铀浓缩大型商用示范工程在陕铀建成。
这是具有完全知识产权的国之重器，
这是为祖国决胜全面小康社会的献礼。
“核工业是高科技战略产业，是国家安全重要基石”
这是习总书记为我们事业的崇高定义。
核筑强国梦，助推中国梦，
筑梦路上我们阔步前进！

再展宏图

陈华云

五十年前起风云，
汉江边上起征程。
万众齐心建工厂，
代代努力献青春。

无中生有创业苦，
从小到大企业兴。
五湖四海人才聚，
共创离心高科技。

中试引俄到国产，
浓缩陕铀未来新。
示范工程震华夏，
陕铀精神放光华。

孱弱苗成参天树，
贫瘠地变肥沃土。
穷山村成欢乐园，
小小工厂成尖端。

风雨兼程发展路，
开拓创新拨迷雾。
前仆后继党引领，
小康陕铀奔致富。

而今事业仍在肩，
勇担重任力争先。

科学严细成习惯，
不懈进取奋力攀。

五十载光阴荏苒，
五十载岁月蹉跎。
坚持凝成了信念，
科研结出了硕果。

磨练成铁骨铮铮，
积淀出华彩齐身。
精益出誉满天下，
奉献出名就功成。

新时代春风浩荡，
陕铀人快步齐上。
撸袖子再展宏图，
跨骏马勇登高峰。

陕铀之窗

秦允祯

改革开放四十年，
各项事业大发展。
回顾陕铀发展史，
激流勇进成焦点。
难忘一九六九年，
十月十日那一天。
伟大领袖毛主席，
亲自批准把厂建。
全国各地精英选，
汇聚陕南湓水畔。
为尽快建成“核三线”，
他们经历了难以想象的磨难。
他们大多来自“老厂”
曾经隐姓埋名许多年。
他们为“两弹一星”研制成功，
出过力洒过血流过汗。
他们是人民的功臣，
他们是祖国的亮点。
随着国家计划的调整，
工程建设在低谷中
停步不前。
数千名职工在苦苦地挣扎期盼，
经历了酸甜苦辣的考验。
职工工资低下，
孩子不能就业上班。
这样的日子何时了，
这样的生活哪时完？

春雷一声震山川，
东风化雨润沃田。
十一届三中全会开新篇，
拨乱反正天下安。
改革开放似灯塔，
指明航向万民赞。
分享党的好政策。
陕铀受益非一般。
工程建设为基础，
引进新工艺设备，
我们把新工厂兴建。
技改项目列重点，
国家重视全力援。
江总书记亲临视察，
亲笔题词寄期盼：
“发展核技术，开发新能源。”
一腔热血报国恩，
核工业精神灵魂现。
首批机组提前投运，
比原计划早了三百零四天。
质量得到了保证，
争取了宝贵的时间。
创造了良好的效益，
培育了大批技术骨干。
为后续工程的建设，
储备了足够的能源。
从引进中吸取了精华，
从引进中积累了经验。
探索研究改进创新，
为国产化攻克了一道道难关。
从引进到国产，
我们有了质的飞跃。
更加先进的技术设备，
必将在我们手中创建。

中核陕铀能有今天的发展，
正是改革开放政策的最好体现。
“大河里没水小河干”，
如此浅显的道理，勿须深谈。
只有公司得到发展，
职工生活才会有大的改善。
大家分享着发展的红利，
对美好生活的向往，
正在逐步实现。
让我们携起手来，
高举“科技兴厂”的大旗，
创建陕铀更加灿烂的明天！

大爷山和大红山

王德培

以山的名义研判，
神秘就跃然耳畔。
两座山在偶然间，
构成核工业灿烂。

大爷山和大红山，
千山万水隔不断。
大爷山下汉江源，
大红山下黄河边。

大爷山和大红山，
大红山下是枣园。
中苏两国签协议，
首座铀厂在此建。

大爷山和大红山，
一座西北一陕南。
西北大哥五〇四，
陕南弟弟名字反。

大爷山和大红山，
大爷山下洞打穿，
神州大地垂青史，
虽未成业功非凡。

大爷山和大红山，
哪能忘记他们仨，
介福丕绪和中蕃，
中国铀浓仨开端。

大爷山和大红山，
优秀儿女聚山边。
战天斗地圆核梦，
铀浓事业作贡献。

大爷山和大红山，
珠联璧合搞尖端。
陕铀生产浓缩铀，
兰铀首创第一罐。

大爷山和大红山，
兄弟情谊亲无间。
铀浓摇篮在兰州，
离心起步在陕南。

大爷山和大红山，
示范工程陕铀建。
提升国际竞争力，

以核强国创新篇。

大爷山和大红山，
两弹一星保国安。
兰铀跨越一甲子，
陕铀欢庆天命年。

大爷山和大红山，
登上高山望得远。
强强联手创一流，
世界铀浓我领先。

大爷山和大红山，
不忘初心使命担。
新的时代新征程，
砥砺奋进永向前。

（王德培，83 岁，先后在五〇四厂和四〇五厂工作，系四〇五厂原副厂长）

后 记

2019年是新中国成立70周年，也是中核陕铀建企50周年。为贯彻落实习近平新时代中国特色社会主义思想和党的十九大精神，回顾创业发展的光辉历程，展现老一辈陕铀人崇高的精神追求，再现各个阶段陕铀人的精神风貌，激励全体职工继承和弘扬“两弹一星”精神和“四个一切”核工业精神，落实公司党委“建成具有国际竞争力的世界一流铀浓缩企业”的使命和“中国离心浓缩事业从中核陕铀起步，必将在这里发展壮大”的初心，公司党委决定，开展建企50周年宣传文化系列活动。编写《铀梦初心》这本文化产品，也是纪念活动的内容之一。

《铀梦初心》自2018年年底开始征稿、采访、写稿、改稿、统稿，范围涵盖了公司各单位、各阶段不同的人物、事物，总字数50余万字，图片150余幅。这其中，凝聚了全体编写团队的心血，也凝聚着所有撰稿人的辛勤付出，稿子经初步筛选、提出修改意见、作者修改、编辑修改、团队精修、分类统稿等多环节打磨，于2019年8月底定稿。这本书，诠释了“中国离心浓缩事业”起根发苗的爱国初心，涵盖了不同历史阶段全体职工的责任担当，反映了新时期广大职工守初心担使命建我国新一代示范工程建设的荣耀……应该说，这是一份品质较高的文化产品。从2019年初开始，其中的一些精品文章，先后在公司《中核陕铀》《陕铀之窗》《新陕铀》《中国核工业》杂志、《中国核工业报》以及原子能公司微信平台、中核集团网站和微信平台等刊载，有的精品文章甚至登上了《学习强国》，公司党委宣传部进行了全方位、多维度、广视角、全覆盖的“抢滩登陆”全面宣传。

由于时间跨度大，涉及面广，加之编写出版时间较短，书中难免有不尽如人意的地方，恳请广大读者和职工批评指正、谅解海涵，以便后续更正。

最后，《铀梦初心》编辑部向所有撰稿者、积极配合的采访者以及支持本书写作、出版的单位、个人表示真挚的感谢和衷心的祝福。

编辑部
2019年9月